»Ein neuer Sommer auf der Insel beginnt, und wie immer haben wir reichlich Gesprächsstoff. Chefkoch Mario Subiaco hat Lizbet Keaton im Hotel Nantucket einen Antrag gemacht, draußen in Monomoy ist eine Filmcrew unterwegs (die blonde Sharon weiß aus sicherer Quelle, dass da eine Netflix-Original-Serie entsteht), Polizeichef Ed Kapenash wurde mit Schmerzen in der Brust ins Krankenhaus eingeliefert, und es tobt eine hitzige Debatte, ob auf Nantucket Oben-ohne-Strände erlaubt werden sollen. (Wir sind wirklich progressiv und weltoffen, aber das hier ist nun mal nicht Frankreich.)

Und dann geht das Gerücht, dass Hollis Shaw in ihrem Haus in Squam etwas veranstalten will, das sie ›Fünf-Sterne-Wochenende‹ nennt.

Wir sind wirklich gespannt.«

Elin Hilderbrand ist eine der erfolgreichsten Autorinnen der USA, die mit ihren großen Schicksals- und Lebensromanen ein Millionenpublikum begeistert: »Niemand fängt das Sommergefühl so gut ein wie Elin Hilderbrand« (*Kirkus Reviews*). Sie ist Mutter von drei Kindern, begeisterte Pelotonfahrerin und eine passionierte Strandgängerin.

Cornelia Röser, geboren 1978, lebt als Übersetzerin und Illustratorin in Berlin. Sie übersetzt Romane und Essays aus dem Englischen, zuletzt von Emilie Pine, Emily Segal, Michael Schur und Dylan Farrow.

ELIN
HILDERBRAND

Das
Fünf Sterne
Wochenende

Roman

Aus dem amerikanischen Englisch
von Cornelia Röser

Atlantik

Die Originalausgabe erschien 2023 unter dem Titel
The Five-Star Weekend bei Little, Brown and Company,
einem Imprint von Hachette Book Group, Inc.

*Atlantik ist ein Imprint des
Hoffmann und Campe Verlags, Hamburg.*

1. Auflage 2025
Taschenbuchausgabe
Copyright © 2023 by Elin Hilderbrand
Für die deutschsprachige Ausgabe:
Copyright © 2024 Hoffmann und Campe Verlag
Harvestehuder Weg 42, 20149 Hamburg, produktsicherheit@hoca.de
www.hoffmann-und-campe.de
Umschlaggestaltung und -motiv:
Johannes Wiebel | punchdesign, München, unter
Verwendung eines Motivs von shutterstock.com
und stock.adobe.com
Satz: Dörlemann Satz, Lemförde
Gesetzt aus der Adobe Caslon
Druck und Bindung: C.H. Beck, Nördlingen
Printed in Germany
978-3-455-02000-7

HOFFMANN
UND CAMPE

Ein Unternehmen der
GANSKE VERLAGSGRUPPE

Für Michael Carlisle und David Forrer,
in Liebe und ewiger Dankbarkeit.
Fünf Sterne sind nicht genug.

Prolog: Nantucket

Ein neuer Sommer auf der Insel beginnt, und wie immer haben wir reichlich Gesprächsstoff. Chefkoch Mario Subiaco hat Lizbet Keaton im Hotel Nantucket einen Antrag gemacht, draußen in Monomoy ist eine Filmcrew unterwegs (die blonde Sharon weiß aus sicherer Quelle, dass da eine Netflix-Original-Serie entsteht), Polizeichef Ed Kapenash wurde mit Schmerzen in der Brust ins Krankenhaus eingeliefert, und es tobt eine hitzige Debatte, ob auf Nantucket Oben-ohne-Strände erlaubt werden sollen. (Wir sind wirklich progressiv und weltoffen, aber das hier ist nun mal nicht Frankreich.)

Und dann geht das Gerücht, dass Hollis Shaw in ihrem Haus in Squam etwas veranstalten will, das sie »Fünf-Sterne-Wochenende« nennt.

Wir sind wirklich gespannt.

Hollis Shaw ist eine Ausnahmeerscheinung. Früher war sie eine von uns. Sie ist die Tochter von Tom Shaw, dem besten Klempner der Insel, und der Erzieherin Charlotte Shaw. Hollis war noch keine zwei Jahre alt, als Charlotte beim Duschen an einem Aneurysma starb, und Tom Shaw musste seine Tochter allein großziehen. Aber hier auf der Insel ist jeder für jeden da – schließlich braucht man ein Dorf, um ein Kind großzuziehen –, und damals zogen wir alle gemeinsam Hollis groß. Wir saßen in ihren Ballettaufführungen, sahen ihr beim Football zu und waren bei den Spielen der Nantucket Whalers dabei, wenn sie von der Tribüne aus ihren Freund Jack Finigan anfeuerte. Hollis war eine gute Schülerin und eine herausragende Softball-Pitcherin (in der elften

Klasse gewann ihr Team die Landesmeisterschaften, im Jahr darauf belegten sie immerhin den zweiten Platz). Sie lebte mit ihrem Vater in einem eher bescheidenen Haus (auch wenn das Land, auf dem es stand, ein Vermögen wert war), und sobald sie alt genug war, führte sie den Haushalt und kochte jeden Abend für sie beide. Nach der Schule jobbte sie in der Werft, und im Sommer kellnerte sie mit ihrer besten Freundin Tatum.

In der zwölften Klasse schrieb Hollis laut ihrer Englischlehrerin Ms. Fox »den besten Essay, den ich in einunddreißig Jahren gelesen habe«. Er war als Brief an ihre verstorbene Mutter verfasst. *Liebe Mom*, begann er, *ich glaube, du wärst stolz darauf, was aus mir geworden ist, und hier sind einige Gründe dafür.*

Dass Hollis zum Studium nach North Carolina ging, sahen wir mit gemischten Gefühlen. Zwar waren wir stolz auf sie – sie erhielt ein Vollstipendium –, aber wir wussten, sie würde uns fehlen.

Nach dem Studium zog Hollis nach Boston, wo sie als Assistentin der Food-Redaktion beim *Boston*-Magazin arbeitete und sich auf Spesen durch die besten Restaurants schlemmen durfte. Schließlich lernte sie Matthew Madden kennen, einen angehenden Chirurgen aus Harvard. Die beiden heirateten in Wellesley und kauften sich dort ein Haus, in dem sie ihre Tochter Caroline großzogen.

Als Hollis' Vater Tom 2007 starb, erbte Hollis das Anwesen in Squam. Über den Winter ließen sie das kleine Haus, in dem Hollis aufgewachsen war, an den Rand des Grundstücks versetzen und an seiner Stelle ein großzügiges Ständerwerkhaus erbauen.

Jetzt ist es offiziell, dachten wir. *Hollis Shaw ist ein Sommergast geworden.* (Aber immerhin war sie *unser* Sommergast, wir hätten sie schließlich auch an Martha's Vineyard verlieren können.) Sie spielte Tennis im Field and Oar Club und half als Freiwillige beim alljährlichen Lesefestival mit. An Samstagnachmittagen sah man sie an einem der besten Tische im Restaurant The Deck direkt an der Brüstung über den Monomoy Creeks mit fremden Gesichtern lachen und Rosé trinken.

Störte es uns, dass Hollis sich nicht mehr wie eine Einheimische verhielt und nur noch für den Sommer und Kurzurlaube auf die Insel kam, zu Thanksgiving oder zum Osterglockenfest? Einige störte es, andere freuten sich einfach für sie.

Doch als sie ein Internetstar wurde, da war sie für alle wieder eine von uns.

In den dunkelsten Tagen der Pandemie, als die Geschäfte schlossen, die Aktienmärkte zusammenbrachen und die Restaurants auf Take-away umstellten, postete Hollis sorgfältig aufbereiteten Content auf ihrem mit 274 Abonnentinnen noch bescheidenen Foodblog *Hollis hat Hunger*. In ihrer Küche in Wellesley filmte sie sich dabei, wie sie ein Hackbraten-Sandwich mit selbst eingelegten Gurken auf frisch gebackenem japanischen Milchbrot zubereitete. Das Video ging viral. Es traf einen Nerv, ungefähr wie das von dem Mann, der auf seinem Balkon in Bologna für seine Nachbarn Geige spielte. Es war ein erhabenes Sandwich: Der Hackbraten war mit Zwiebeln und Kräutern gespickt und von einer rosa »Spezialsoße« gekrönt, die Gürkchen waren knackig und würzig, das japanische Milchbrot, der Instagram-Trend, war weich, aber doch fest genug, um dem Sandwich Stabilität zu verleihen.

Ja, das war ein ziemlich zeitaufwendiges Sandwich, aber plötzlich hatten die Leute ja alle Zeit der Welt.

Außerdem war es billig – aus Lebensmitteln im Wert von gerade mal siebzehn Dollar ließen sich vier Stück zubereiten, und es gab eine vegane Variante.

Es war genau das, was alle brauchten: Wohlfühlessen, aber in ambitioniert.

Mit einem Mal war Hollis' bescheidener Foodblog gar nicht mehr so bescheiden, sondern angesagt.

Binnen einer Woche hatte der Newsletter des Blogs über eine

halbe Million Abonnentinnen. Als Nächstes stellte Hollis ein Rezept für *cremige Gazpacho aus gelben Tomaten* und dann ein *erschreckend knuspriges Brathähnchen* online. Die Fans des Blogs feierten nicht nur die Rezepte, sondern auch Hollis selbst. Sie war so etwas wie eine beste Freundin, die tröstliches Essen vorbeibrachte. Sie liebten es, dass Hollis in ihren Kochvideos eine ungeschminkte Version von sich zeigte – samt Falten und Sommersprossen und leichtem Doppelkinn. (Die Frauen mittleren Alters dachten: *Wie kann sie die Kamera so nah an sich heranzoomen lassen?* Die Millennials und Generation-Z-ler dachten: *Wenn sie kein Make-up tragen will, okay, aber wie wäre es mit einem Filter?*) In Hollis' blonden Haaren, die sie in einer Art Nicht-Frisur trug – in der Mitte gescheitelt und hinter die Ohren gesteckt –, war schon Grau zu sehen. Ihr Hals aber sah gut aus. (*Welche Creme benutzt sie?*, fragten sich die Leute. *Wird sie die irgendwo verlinken?*) Sie trug stets eine gestärkte Baumwollbluse mit hochgestelltem Kragen (sie besaß das Modell in mehreren Farben) und dazu goldene Creolen vom Durchmesser eines Vierteldollars. Jemand hatte nach den Ohrringen gefragt, und sie hatte ihnen anvertraut, sie habe sie 1987 von ihrem Vater zum Schulabschluss bekommen. Hollis' Fans feierten sie dafür, dass sie bodenständig blieb, auch wenn ihnen der gigantische Diamant an ihrem Verlobungsring (mindestens drei Karat!) und der Ehering mit Diamant und Saphiren nicht entgangen sein konnten.

Nachdem Hollis ein Video für eine Kartoffel-Frischkäse-Tarte mit knuspriger Baconkruste veröffentlicht hatte, knackte ihr Newsletter die Eine-Million-Marke (Bacon macht's möglich!). Mit Unterstützung ihrer Tochter Caroline, die in New York studierte, richtete Hollis eine Website für ihren Blog ein und stattete sie mit zwei besonderen Features aus: Das erste hieß *Küchenlichter* und war eine interaktive Weltkarte. Wenn jemand auf der Website aktiv war, erschien auf dieser Karte ein kleiner Lichtpunkt, damit sich die Besucher der Seite vorstellen konnten, wie ein anderer Koch oder eine andere Köchin in, sagen wir, Spokane, Washington, oder Grand Island, Nebraska, in seiner oder ihrer Küche Schnittlauch und Petersilie für Hollis' Tortellini-Salat hackte.

Über das zweite Feature, die Pinnwand, konnten Hollis' Followerinnen Nachrichten hinterlassen, Rezepte posten, Restaurants bewerten, Kochbücher rezensieren und Fragen stellen wie: *Warum gibt Planters immer noch Paranüsse in seine Nussmischungen, wenn niemand die isst?* Hollis selbst postete ein- bis zweimal pro Woche etwas an der Pinnwand, um die Community über ihre neusten Erfolge auf dem Laufenden zu halten: Sie hatte eine Anfrage für eine eigene Kochgeschirr-Kollektion erhalten, ein Buchvertrag stand ins Haus, und sogar von einer eigenen Fernsehsendung war die Rede, in der sie nicht nur Koch- sondern auch Lifestyletipps geben würde.

Ja, ja, ja, ja! Ihre Millionen Fans wollten all das. Sie konnten nicht genug bekommen von unserer Hollis Shaw (wir waren sehr davon angetan, dass sie ihren Mädchennamen behielt.) Hollis' Leben war so vollkommen, so geordnet und so vom Glück verwöhnt, und das Leben ihrer Fans wurde allein dadurch besser, dass sie ihr dabei zusehen konnten. Auf Nantucket haben 1670 Personen Hollis' Newsletter abonniert (darunter ihre ehemalige Lehrerin Ms. Fox, die »schon immer gewusst hat, dass sie etwas Besonderes ist«). Im Sommer 2022 war *Hollis hat Hunger* so beliebt wie Wordle und die Zimtbrötchen der Wicked Island Bakery. Man konnte sich unmöglich im RJ Miller Salon die Haare machen lassen oder bei Ships etwas trinken, ohne etwas über Hollis Shaw zu hören.

Sie war eine richtige Nantucket-Berühmtheit geworden.

Am fünfzehnten Dezember, einem Donnerstag, sucht Ms. Fox auf der Website gerade nach dem Rezept für die einfachen Weihnachts-Horsd'œuvres, die Hollis angekündigt hatte – Ms. Fox braucht ein Mitbringsel für eine Wichtelfeier –, als auf ihrem Bildschirm eine neue Pinnwandnachricht von Hollis angezeigt wird:

Liebe Hollis-hat-Hunger-Gemeinde,

heute Morgen ist mein Mann Matthew überraschend gestorben. Um diese furchtbare Tragödie zu verarbeiten, brauche ich etwas Raum. Sicher habt ihr alle Verständnis dafür, dass ich mich für eine Weile von der Website zurückziehe. Ich hoffe, irgendwann weiterzumachen, auch wenn ich jetzt noch nicht absehen kann, wann das sein wird.
Haltet eure Lieben fest.

Voller Dankbarkeit,
Hollis

Ms. Fox ringt nach Luft. Sie sucht im Internet nach Matthew, Ehemann von Hollis Shaw. Dass Hollis verheiratet ist, weiß sie wegen der Diamanten, auch wenn Hollis nie von ihrem Mann spricht. (Ms. Fox und einige andere wünschten sich, dass er präsenter wäre, wie zum Beispiel Ina Gartens Mann Jeffrey.) Wenn Ms. Fox sich einen Mann an Hollis' Seite vorstellt, hat sie immer noch ihren Highschool-Freund Jack Finigan mit seinen süßen Grübchen vor Augen.

Am nächsten Morgen lesen wir alle den Nachruf im Nantucket Standard: *Sommergast Dr. Matthew Madden bei Autounfall ums Leben gekommen.* Es gibt auch Anzeigen im *Boston Globe, Renommierter Chirurg des Massachusetts General Hospital und Harvard-Professor nahe Wellesley mit dem Auto verunglückt,* und der *New York Times, Dr. Matthew Madden, leitender Herzchirurg und international tätiger Dozent, im Alter von 55 Jahren verstorben.*

Ms. Fox möchte Kontakt aufnehmen, und damit ist sie nicht allein. Innerhalb weniger Stunden drücken 17 262 Pinnwandnachrichten Beileid aus, viele davon stammen von Menschen, die selbst jemanden verloren haben. Sie alle wollen Trost spenden … auch wenn ihre Motive nicht vollkommen selbstlos sind. Wann wird Hollis wieder auf ihrer Website aktiv sein? Zum Valentinstag? (Nein, zu früh.) Ostern vielleicht?

Wie unfair das Leben sein kann: Erst ist Hollis' Mutter viel zu jung gestorben, jetzt auch noch ihr Mann. Wir fragen uns, ob Hollis den Sommer auf der Insel verbringen wird. Ob ihr danach zumute sein wird, Tennis zu spielen oder auf der Restaurant-Terrasse Rosé zu trinken? Eddie Pancik, unser ewig durstiger Immobilienmakler, fragt seine Schwester Barbie, ob es geschmacklos wäre, nachzufragen, ob Hollis das Haus in Squam verkaufen will.

»Ja, du Blödmann«, sagt Barbie.

Am 21. Juni, dem ersten Sommertag, vermeldet Romeo von der Steamship Authority, Hollis Shaw sei gerade in ihrem rostigen Volvo von der Fähre gerollt. Der Wagen ist vollgepackt mit Kisten und Taschen und einem Gerät, das durchs Fenster wie ein mobiler Pizzaofen aussieht. Hollis' serbische Hirtenhündin Henrietta liegt schlafend auf dem Rücksitz. *Sehr gut, Hollis,* denken wir. *In solchen Zeiten will man zu Hause sein.*

In den nächsten Wochen wird sie nur sporadisch auf der Insel gesichtet. Sie geht nicht zum Lesefest, auch nicht zum jährlichen Hauseigentümertreffen der Squam Road. Lieferdienstfahrer Johnny Baylor berichtet, Hollis an einem Abend Sushi nach Hause geliefert zu haben und an einem anderen Hummerbrötchen. Hollis' langjähriger Nachbar Kerri Gasperson sieht sie in der Abenddämmerung mit Henrietta Gassi gehen, aber Hollis hat ihre AirPods drin, und Kerri möchte sie nicht stören.

Wir wissen, dass man Zeit braucht, um einen Verlust zu verarbeiten. Wir gehen davon aus, dass Hollis den Sommer allein verbringen wird, mit Selbstfürsorge und der Trauer um den Mann, mit dem sie vierundzwanzig Jahre verheiratet war.

Aber als wir von der Sache mit dem Fünf-Sterne-Wochenende hören – so kreativ, so ungewöhnlich! –, da sind wir uns alle einig: Das könnte jetzt genau das Richtige für sie sein.

1.
Unfallbericht I

Es ist früh am Morgen des fünfzehnten Dezember. In der Küche ihres Hauses in Wellesley bereitet Hollis Shaw den Teig für ihre Cheddar-Tartlets vor. Ihr Mann, Dr. Matthew Madden, nimmt den Zehn-Uhr-Flug nach Deutschland – er soll bei einer Kardiologenkonferenz in Leipzig einen Vortrag halten und wird fünf Tage weg sein.

Würde Hollis diese Eingangsszene in einem Video darstellen, wäre sie ein Sinnbild häuslichen Glücks. Sie trägt einen taillierten, rot karierten Pyjama und hat die Haare zurückgesteckt. Neben der Arbeitsplatte aus graugeädertem Marmor, auf der sie ihren Teig ausrollt, steht eine Schale Milchkaffee. Über das Soundsystem laufen Weihnachtslieder. *The Holly and the Ivy* mag Hollis am liebsten und singt mit. Die Küche ist weihnachtlich geschmückt: Tannenzweige winden sich um die verwitterten Holzbalken, und die Kupfertöpfe schimmern in den offenen Regalen. Es gibt einen Küchen-Weihnachtsbaum, den sie mit kulinarischem Schmuck behängt hat, einem kleinen Schneebesen, einem Nudelholz, einer Doughnut-Schachtel aus Porzellan. Vor dem Panoramafenster über der Spüle, in der Hollis das Geschirr abwäscht, sieht man die alten Eichen und Tannen im Garten. Der Ausblick ist wunderbar, ganz besonders heute Morgen, als Schneeflocken, so groß und fluffig wie Wattebäusche, langsam zu Boden sinken. Für Hollis gibt es nichts Schöneres als weiße Weihnachten.

Die Küchenuhr klingelt, und Hollis zieht ein Blech knusprigen Bacon aus dem Ofen. Wie magisch angezogen kommt ihre serbische Hirtenhündin Henrietta hereingeklingelt (Hollis hat ihr Glöckchen ans Halsband gebunden) und hebt die haarige Schnauze.

»Na gut.« Hollis gibt ihr ein Stück Bacon. Den Rest legt sie auf Küchenpapier neben die Quiche mit roter Paprika und geräuchertem Gouda, die sie am Morgen zubereitet hat. Sie schneidet ein Stück Quiche heraus und richtet es mit einigen Streifen Bacon an, kontrastiert durch das köstliche, überraschende Pink einer Cara-Cara-Orange.

Als sie Matthews Schritte auf der Treppe hört, schließt sie die Augen und atmet tief durch, um sich zu beruhigen.

Sag nichts, ermahnt sie sich. *Lass ihn im Guten gehen.*

Aber wenn sie ehrlich ist, ärgert Hollis diese Reise nach Leipzig. Die halbe Nacht lang hat sie sich darüber aufgeregt. Matthew hält seinen Vortrag morgen Vormittag, da könnte er problemlos rechtzeitig zu ihrer Weihnachtsparty am Samstag zurück sein. Seit sie nach Wellesley gezogen sind, richten Hollis und Matthew jedes Jahr so eine Vorweihnachtsfeier aus, und zwar immer am dritten Samstag im Dezember. Matthew behauptet, er habe gedacht, das wäre später, weshalb er bis zum Ende der Konferenz in Leipzig bleiben und anschließend seinen Mentor Dr. Emanuel Schrader in Berlin besuchen will, der nach einer Parkinson-Diagnose seit Kurzem nicht mehr als Chirurg praktizieren kann.

»Aber du darfst bei unserer Party nicht fehlen!«, hatte Hollis gesagt, als er ihr das mitteilte.

Matthew hatte geschmunzelt. »Wir sind uns wohl einig, dass das *deine* Party ist, Zuckerherz. Bei der ganzen vornehmen Wellesley-Prominenz wirst du kaum bemerken, dass ich nicht da bin.«

Er hatte das leichthin gesagt, aber Hollis war dennoch getroffen. Es stimmte, dass sie die Party jedes Jahr praktisch im Alleingang organisierte. Sie bereitete das Essen zu – die Cheddar-Tartlets, die Rinderfilet-Sandwiches, die Minikartoffeln mit Kaviar –, sie polierte die Champagnerflöten, hängte die Lichter in der Einfahrt auf, füllte Tütchen mit selbst gemachten Toffees, die die Gäste mit nach Hause nehmen konnten. Sie verschickte die Einladungen, und tatsächlich *war* ihre Gästeliste von Jahr zu Jahr länger geworden (bis auf das Jahr, in dem sie sich mit Electra Undergrove und deren Clique überworfen hatte).

Trotzdem kann sie sich nicht vorstellen, die Gäste an der Tür zu begrüßen, ohne Matthew an ihrer Seite zu haben. Es ist einfach undenkbar.

Aber offenbar nicht für ihn.

Jetzt kommt Matthew in die Küche. Er trägt einen Anzug, wie immer, wenn er fliegt, und dazu die rote Krawatte mit den schnellbootfahrenden Weihnachtsmännern drauf – die Hollis ihm *für die Party* gekauft hatte! Er summt das Weihnachtslied mit, das gerade läuft, *Once in Royal David's City*, und streckt Hollis das rechte Handgelenk entgegen, damit sie ihm mit dem Manschettenknopf, einem silbernen Rentier, hilft. Er ist unübersehbar in Weihnachtsstimmung.

Hollis atmet den Duft seines Rasiergels ein, den sie liebt, weil er sie an romantische gemeinsame Abende erinnert und die (immer selteneren) Morgen, an denen sie in seinen Armen aufwacht.

Sie kann nicht glauben, dass er das wirklich durchzieht.

Sie möchte sagen: *Hier, dein Frühstück*, oder *Warte, ich bringe dir deinen Kaffee* – Matthew trinkt seinen Kaffee schwarz und brühend heiß, sie gießt ihn erst in den Becher, wenn ihr Mann direkt vor ihr steht. Doch stattdessen hört sie sich sagen: »Es wäre mir *wirklich* lieber, du würdest es dir noch mal überlegen.«

Als Matthew weg ist – deutlich später als geplant –, rollt Hollis den Teig zu einer Kugel, wickelt ihn in Frischhaltefolie und legt ihn in den Kühlschrank. Die Lust aufs Backen ist ihr vergangen. Matthew hat sein Frühstück nicht angerührt, doch statt den Teller mit Folie abzudecken und für später aufzubewahren – sie hasst Verschwendung, in dieser Hinsicht ist sie ganz Tom Shaws Tochter – kratzt sie das Essen in Hennys Futternapf. Dann reißt sie ein Stück Küchenpapier von der Rolle und tupft sich die Augen. Unglaublich, wie schnell ihr Gespräch zu einem Streit eskaliert ist.

»In letzter Zeit ist dir alles andere wichtiger als ich«, hatte sie gesagt. »Arbeit, Reisen und jetzt Dr. Schrader.«

»Er war mein Mentor, Hollis. Berlin liegt zwei Autostunden von Leipzig entfernt. Es wäre ein Affront, ihn unter diesen Umständen nicht zu besuchen.«

Statt ihm in diesem Punkt recht zu geben, warf sie ihm vor, er würde sich von ihr entfernen, seit Caroline zum studieren ausgezogen war. Sie hatte immer von einer romantischen Ehe geträumt, wie Matthews Eltern sie führten – die beiden schienen bis zum Ende ineinander verliebt gewesen zu sein.

Aber wann hatte es in ihrer Ehe zuletzt Romantik gegeben?, überlegt Hollis. Wenn Matthew seine Reise absagen würde, das wäre eine romantische Geste, aber dazu würde es nicht kommen. Das sah sie an der Anspannung in seinen Schultern und seinem Kiefer. Er konnte es kaum erwarten, aus der Tür zu kommen.

»Manchmal habe ich das Gefühl, wir sind nur noch eine WG«, sagte Hollis. Fast hätte sie davon angefangen, wie lange sie schon nicht mehr miteinander geschlafen hatten, aber dafür war sie genauso verantwortlich wie er. Tagsüber war sie beschäftigt, und abends fiel sie völlig erschöpft ins Bett.

Matthew benutzte seinen Ärztetrick: Er sah aus, als würde er zuhören, wartete aber nur darauf, dass es vorbei war. Er räusperte sich und sah auf die Uhr. Während er seinen Trenchcoat und die ledernen Fahrhandschuhe anzog, tupfte sie sich die Tränen weg.

Matthew ging in die Hocke, um Henny das Gesicht zu kraulen, dann nahm er Hollis fest in den Arm – immerhin etwas.

Kurz bevor er aus der Tür war, drehte er sich noch einmal um. »Du hast dich verändert«, sagte er seufzend. »Und unsere Beziehung hat sich verändert.« Dann trat er hinaus in den Schnee und schloss die Tür hinter sich.

Jetzt hallen die Worte in Hollis' Ohren nach. *Du hast dich verändert. Und unsere Beziehung hat sich verändert.* Zu gern würde sie behaupten, keine Ahnung zu haben, was er damit meint – aber sie weiß es genau. Seit ihre Website so angesagt ist und sie die Chancen nutzt, die sich aus ihrer neuen Berühmtheit ergeben, ist sie ein anderer Mensch geworden. Ein Mensch, der kaum noch einen Augenblick erleben kann, ohne ihn für seine Newsletter-Abonnentinnen dokumentieren zu wollen. Ständig hat sie jetzt das Handy oder den Laptop oder beides vor der Nase. Ja, sie hat sich verändert, und vermutlich hat sich dadurch auch ihre Beziehung verändert. Aber Matthew muss doch verstehen, wie großartig es für sie ist, sich etwas Eigenes aufzubauen, nachdem sie zwanzig Jahre lang Ehefrau und Mutter war.

Sie ruft ihn an und will sich dafür entschuldigen, sich wie eine Elefantin im Porzellanladen verhalten zu haben, landet jedoch direkt auf seiner Mailbox. Sie probiert es gleich noch einmal – wieder die Mailbox. Sie wartet auf den Piep und sagt: »An meiner Liebe zu dir hat sich nichts geändert.«

Für den Fall, dass Matthew seine Mailbox nicht abhört (hört heutzutage überhaupt noch jemand seine Mailbox ab?), schickt sie ihm eine Nachricht: Ich liebe dich, Dr. M. Du bist mir wichtig. Unsere Beziehung ist mir wichtig.

Sie wartet ein paar Augenblicke, bekommt jedoch keine Antwort. Plötzlich ist es ihr ungeheuer wichtig, dass er sie sagen hört: *Ich liebe dich. Du bist mir wichtig.* Wieder versucht sie ihn anzurufen, und wieder landet sie auf der Mailbox.

Also gut, denkt sie. *Er braucht Zeit, um sich abzuregen.* Sie wird es später noch einmal versuchen, wenn sie davon ausgehen kann, dass er in der Lufthansa-Lounge sitzt. Aber die Aussage *Unsere Beziehung hat sich verändert* bereitet ihr Sorgen. Was wollte er damit sagen?

So zittrig und unsicher zu sein, sieht ihr gar nicht ähnlich. Alles wird gut. Sicher, Matthew verpasst die Party, aber zum Weihnachtsfest mit der Familie wird er längst zurück sein. Dr. Schrader hat Parkinson, natürlich sollte Matthew ihn besuchen.

Sie setzt sich an den Laptop und beschließt, für Silvester einen Tisch im Mistral zu reservieren. Sie werden ein Uber nehmen, damit sie so viel Champagner trinken können, wie sie wollen. Hollis wird sich ein neues Kleid kaufen: schwarz und sexy. Als Nächstes will sie ihre Website checken – ihre Followerinnen warten auf das Rezept für die Cheddar-Tartlets – doch stattdessen loggt sie sich bei Facebook ein. Ein paar Sekunden kämpft sie dagegen an, dann landet sie schließlich doch auf dem Profil ihres Highschool-Freundes Jack Finigan. Es gibt keine neuen Beiträge; Jack postet nur zwei oder drei Mal im Jahr etwas. Der letzte Post stammt aus dem Herbst: ein Foto von ihm, wie er an einem Seeufer, irgendwo im Westen von Massachusetts, eine Forelle hochhält. Seit vorletztem Sommer hat er keine Fotos mehr von seiner Langzeitfreundin Mindy gepostet. Hollis hatte das Naheliegende getan und versucht, Mindys Profil aufzurufen. Doch das ist auf privat gestellt, weshalb Hollis nur das Hintergrundfoto sehen kann, auf dem ein Quilt zu sehen ist, vermutlich selbst gemacht. Hollis weiß, dass das Stalking ist, aber es ist vollkommen harmlos, sie würde nie versuchen, Kontakt zu ihm aufzunehmen. Sie fragt sich, ob Jack – oder Mindy – von ihrem Blog *Hollis hat Hunger* gehört hat.

Das Klopfen an der Tür lässt sie wie ertappt zusammenfahren. Eilig schließt sie die Facebook-Seite und geht zur Tür. Das Flackern von blauen und roten Lichtern spiegelt sich auf dem Schnee im Vorgarten.

»Mrs. Madden?« Der Polizist ist jung, gerade mal ein paar Jahre älter als Caroline, und Hollis kann sich nicht vorstellen, was er will. Es ist so früh am Morgen, sie ist noch im Schlafanzug. Beinahe hätte sie ihn korrigiert: Ihr Nachname lautet Shaw, nicht Madden. Doch in diesem Moment begreift sie, dass er wegen Matthew hier sein muss – ist etwas mit Matthew?

»Ja?«, sagt sie.

Den genauen Wortlaut bekommt sie nicht mit, aber irgendwie versteht Hollis, dass es einen Unfall gegeben hat, eine Hirschkuh mit einem Kalb, sagt der Polizist. Matthew habe die Kontrolle über den Wagen verloren und sich auf der Dover Street überschlagen.

Auf der Dover Street fahren sie ständig, beinahe jeden Tag, schon seit Jahren, Jahrzehnten. Und ja, es laufen ständig Hirsche über die Dover Street.

»Ist er verletzt?«, fragt Hollis, und obwohl sich Panik in ihr ausbreitet, klingt ihre Stimme immer noch annähernd normal. Sie späht an der Schulter des Polizisten vorbei zum Streifenwagen. Sitzt Matthew auf der Rückbank? Wurde er ins Krankenhaus gebracht? Dann bemerkt sie den Blick des Polizisten. »Geht es ihm gut?«

»Er ist tot, Ma'am«, sagt der Polizist.

Plötzlich wälzt sich Hollis schreiend und weinend auf dem Boden. Es ist ihr egal, dass ein Fremder sie so sieht. Henny kommt und leckt ihr das Gesicht. Hollis hört die Klänge eines Lieds aus der Küche – *Ding Dong, Merrily on High* – und hält sich die Ohren zu. Der Polizist fragt, ob er jemanden für sie anrufen soll.

»Meinen Mann! Rufen Sie meinen Mann an!«, schreit sie. In diesem Moment scheint das noch möglich zu sein. Matthew ist Arzt, jemand, der die Dinge in Ordnung bringt. Er kann helfen. Nur er.

Statt einer Weihnachtsparty gibt es eine Beerdigung. Matthew wird auf dem Friedhof von St. Andrews neben seinen Eltern beigesetzt. Anschließend wartet ein Haus voller Menschen auf sie – Nachbarn aus Wellesley, Ärzte und Schwestern aus dem Krankenhaus, befreundete Mütter, einschließlich Brooke Kirtley, die vom Linden Store Sandwich-Platten liefern lässt und hinterher beim Aufräumen hilft. Wichtig ist Hollis einzig und allein Carolines Anwesenheit, aber ihre Beziehung ist angespannt. Caroline ist gefasst – im Gottesdienst trägt sie, ohne zu stocken, *Nothing Gold Can Stay* von Robert Frost vor. Vor den Leuten ist sie höflich zu Hollis. Doch sobald sie allein sind, stößt sie ihre Mutter fort. Sie fällt ihr ins Wort, um ihre Erinnerungen zu korrigieren, und kritisiert Hollis' Entscheidung, den Leichenschmaus bei ihnen zu Hause abzuhalten. »Dad ist tot, und du gibst eine Party.«

»Es ist ein Leichenschmaus, keine Party«, sagt Hollis. »Das macht man so.« Sie weiß, dass es für Caroline die erste Beerdigung ist, und es bricht ihr das Herz.

»So machst *du* das«, sagt Caroline bitter. »Ich hab gehört, wie du Brooke gebeten hast, fünf Kilo Eis zu besorgen. Mein Vater ist tot, und du interessierst dich für Eis!«

Hollis ist sicher, dass alles besser wird, wenn die anderen gegangen sind, wenn Caroline und sie allein sind und in Ruhe miteinander reden können. Sie malt sich aus, wie sie sich zu zweit tagelang im Wohnzimmer verkriechen, Henny zu ihren Füßen, in Fotoalben blättern und zusammen weinen, vielleicht sogar lachen.

Aber es wird nur schlimmer. Caroline verbarrikadiert sich in ihrem Zimmer. Abends geht sie mit ihrer Freundin aus und kommt lärmend und sturzbetrunken nach Hause, schwankt an Hollis vorbei, die meistens noch am Küchentisch sitzt und achtlos in Ausgaben von *Bon Appétit* und *Food and Wine* blättert. Solange Caroline nicht sicher zu Hause ist, kann sie nicht ins Bett gehen, und Schlaf findet sie ohnehin nicht.

»Hattest du einen schönen Abend, Liebes?«, fragt Hollis einmal.

»Einen schönen Abend?«, schnaubt Caroline höhnisch. »Nein, es war kein *schöner Abend*, Mutter.« Und damit stürmt sie die Treppe hinauf. Henrietta trottet ihr treu hinterher.

An einem der ersten Abende im neuen Jahr – nachdem sie die halbgegessenen Gerichte aus dem Kühlschrank entsorgt und den Weihnachtsschmuck abgenommen und in Kisten verpackt hat – macht Hollis sich daran, Matthews Sachen zu sortieren, seine Maßanzüge, seine Brille, den Stapel nie getragener Band-Shirts (Hootie and the Blowfish, Social Distortion, Dave Matthews).

Dabei wird sie von Caroline unterbrochen, die schroff fragt, warum Hollis die persönlichen Sachen ihres Vaters so dringend entsorgen möchte.

»Ich will nur …«

»Ihn loswerden? Ja, das sieht man. Wahrscheinlich brauchst du mehr Platz im Schrank für deine komischen Blusen. Wolltest du das echt *ohne mich* machen?«

»Ich dachte, das ist vielleicht zu schwer für dich«, sagt Hollis. »Ich wollte es dir ersparen.«

Caroline hebt das Hootie-T-Shirt auf. »Das willst du doch nicht etwa weggeben? Dad hat dieses T-Shirt geliebt.«

Hollis öffnet den Mund und will sich verteidigen, doch bevor sie etwas sagen kann, bekommt Caroline einen Wutanfall und wirft ihr vor, Matthew nicht genug zu lieben und nicht richtig um ihn zu trauern. »Du warst nicht mal mit ihm verwandt. Du wirst einen neuen Mann finden, aber ich werde nie, niemals einen anderen Vater haben!«

»Ich weiß, dass du leidest, Liebes«, sagt Hollis. Aber Caroline zufolge weiß sie es eben nicht. Sie weiß überhaupt nichts. Caroline läuft im Zimmer auf und ab wie ein wildes Tier im Käfig und sagt furchtbare Dinge – es fehlt nicht viel zu *Ich wünschte, es hätte stattdessen dich getroffen.* Aber in der wutschnaubenden Furie sieht Hollis das kleine Mädchen, für das gerade die Welt zusammengebrochen ist. Hollis sitzt auf dem Bett und redet sich gut zu: *Ich warte ab, bis sich ihre Wut gelegt hat, ich bin die Erwachsene, ich bin ihre Mutter, es ist meine Aufgabe, das auszuhalten.* Matthew und Caroline hatten sich nahegestanden, eine besondere Verbindung zueinander gehabt. Caroline war ein Papakind.

»Es tut mir leid, Liebes«, sagt Hollis. »Für mich ist es schwer, in einem Zimmer zu schlafen, das voll mit Dads Sachen ist … dieses T-Shirt zu sehen und zu wissen, dass er es nie wieder tragen wird.« Sie hält Carolins Blick stand. »Ich tue mein Bestes, um nicht zusammenzubrechen.«

Sie erwartet, dass Caroline ihr nach diesen Worten in die Arme fallen und sich entschuldigen wird, aber da liegt sie falsch. Mit einem »Immer geht es *nur um dich*!« stürmt Caroline aus dem Zimmer. Sie fährt drei Tage früher als geplant mit dem Schnellzug zurück nach New York, und Hollis bleibt allein und ratlos zurück.

Die Polizei von Wellesley schickt Hollis eine E-Mail mit dem offiziellen Unfallbericht, doch sie kann sich nicht dazu überwinden, ihn zu lesen. Sie will keine Einzelheiten darüber wissen, wie schnell Matthew gefahren ist oder wo auf der Dover Street er die Kontrolle über den Wagen verlor oder wie oft sich der Wagen um sich selbst drehte, bevor er sich überschlug. (Dass er sich überschlagen hat, weiß sie, das hat ihr der junge Polizist gesagt. Das ist das einzige Detail, das sie sich gemerkt hat – außer dem mit der Hirschkuh und dem Jungtier, denen Matthew ausgewichen ist und die er am Ende trotzdem totgefahren hat.) Wie gern würde Hollis diese E-Mail löschen und dann für immer aus dem Gelöscht-Ordner löschen – Matthew ist tot, die genauen Umstände spielen keine Rolle. Stattdessen verschiebt sie die Mail in einen

Ordner mit der Bezeichnung *MM*, in dem sie allen Schriftverkehr in Verbindung mit Matthews Tod aufbewahrt.

Sie kocht nicht mehr. Sie isst kaum noch. Ihre Ärztin Karen Lindstrom schlägt vor, ihr für den Tag Ativan zu verschreiben und Ambien zum Schlafen. Aber Hollis will keine Tabletten. Hin und wieder gießt sie sich ein Glas Sancerre ein, doch das führt nur zu Erinnerungen, die sie vermeiden möchte: *Du hast dich verändert. Und unsere Beziehung hat sich verändert.* Das Klopfen an der Tür.

Freunde und Nachbarn sehen nach ihr. Was können sie tun? Die Antwort ist: »Nichts.« Trotzdem geben sie Ratschläge: Yoga, geführte Meditation, Trauerbegleitung, ätherische Öle, Reisen, ein Ashram, ein Medium, Stricken.

Stricken, wirklich?, denkt Hollis.

Die neue Kochgeschirr-Kollektion legt Hollis auf Eis, ebenso ihre Pläne für das Kochbuch und die Fernsehsendung. Wozu das alles noch?

Sie fragt sich, wie ihr Vater den plötzlichen Tod ihrer Mutter verkraftet hat. Wahrscheinlich hat er sich darauf konzentriert, für Hollis zu sorgen und zur Arbeit zu gehen. Seit sie ihn kannte, war er stets unerschütterlich und stoisch gewesen. Er konnte es sich nicht leisten, zusammenzubrechen.

Hollis meldet sich alle paar Tage bei Caroline, doch ihre Anrufe werden abgewiesen, und auf ihre Textnachrichten erhält sie immer dieselbe Antwort. Okay. Gerade genug, um Hollis wissen zu lassen, dass Caroline noch lebt.

Soll sie sich in den Zug nach New York setzen und Caroline zur Rede stellen? Soll sie die Anrufe und Textnachrichten einstellen? (Das käme ihr grausam vor, das Mädchen hat gerade ihren Vater verloren.) Soll sie aufhören, Carolines Kreditkartenabrechnungen zu bezahlen? (Damit würde sie garantiert ihre Aufmerksamkeit bekommen.) Hollis weiß, dass Kinder narzisstisch sind, und ihr ist bewusst, dass der präfrontale Kortex erst mit fünfundzwanzig voll entwickelt ist. Caroline trifft keine Schuld, sie wird noch erwachsen. Aber Hollis möchte am liebsten schreien: *Du tust mir weh! Das hier wäre leichter durchzustehen, wenn wir zusammenhielten.*

Hollis hat gelernt, Carolines Instagram-Posts weder zu liken noch zu kommentieren, aber sie ruft den Account ihrer Tochter mehrmals am Tag auf. Seit Matthews Tod gab es nur einen einzigen Beitrag, eine Story, in der Caroline ihrer besten Freundin Cygnet zum Geburtstag gratuliert. Hollis klickt sie immer wieder an, weil Caroline Kinderfotos von sich und Cygnet gepostet hat: die beiden Mädchen beim Zelten im Garten und mit den Pancake-Pops, die Caroline sich zu ihrem zehnten Geburtstag gewünscht hatte. Hollis legt den Finger aufs Display, damit das Bild nicht weggeht. *Ich will wieder in diese Zeit zurück*, denkt sie. Eine Zeit, in der Geburtstage mit Übernachtungspartys und einem besonderen Frühstück gefeiert wurden.

Es kommt ihr vor, als hätte sie nicht nur ihren Mann verloren, sondern auch ihre Tochter.

Ein wenig Linderung findet Hollis einzig darin, Nachrichten mit einer Frau namens Gigi Ling auszutauschen, die vor einigen Monaten über ihre Website Kontakt mit ihr aufgenommen hatte. Sie kennen sich nicht persönlich, doch durch Gigi hatte sie von Läden entlang des Buford Highways erfahren, in denen man die besten Dim Sum, Bulgogi und Tacos der Südstaaten bekam. Außerdem hatte Gigi ihr die Bücher *Home Cooking* und *More Home Cooking* von Laurie Colwin empfohlen, die Hollis inzwischen liebt.

Ja, Gigi Ling ist der Mensch in der *Hollis hat Hunger*-Gemeinde, den Hollis am liebsten mag, obwohl sie eigentlich findet, sie dürfte keine Lieblinge haben. (Ein alberner Gedanke, jeder hat seine Lieblinge, das ist nur menschlich.)

Eine Woche nach Matthews Tod hatte Gigi ihr eine Direktnachricht geschickt, in der nur ein einziger Satz stand: Ich bin da und höre zu. An diese Worte klammerte Hollis sich wie an einen Rettungsring, und ihr wurde bewusst, dass sie seit dem Posten der Bekanntmachung auf eine Nachricht von Gigi gewartet hatte.

Von da an schreiben sie sich mehrmals pro Woche. Hollis würde ihr gern täglich schreiben, will ihr aber nicht zur Last fallen. Normalerweise loggt sich Gigi dienstags, freitags und manchmal auch sonntagabends auf der Website ein. Wie war dein Tag? Wie geht es dir? Ich bin da. Ich bin da. Ich bin da. – Anfangs war es ein seltsames Gefühl, einer völlig Fremden zu schreiben, aber andererseits machen die Leute das auf Dating-Apps ständig, denkt Hollis – Tinder, Bumble, Hinge. Und schon nach kurzer Zeit ist es kaum noch seltsam, sondern befreiend. Fast ist es sogar leichter, sich einer Fremden anzuvertrauen.

Hollis erzählt auch sehr persönliche Dinge. Matthew und ich hatten kurz vor seinem Tod … Schwierigkeiten.

Inwiefern?, fragt Gigi nach.

Hollis berichtet ihr, dass Matthew und sie sich auseinandergelebt hatten. Einerseits das übliche Leeres-Nest-Syndrom, sagt sie. Caroline war nicht mehr da, um sie als Familie zusammenzuhalten. Und andererseits hatte die Welt Hollis' Website entdeckt.

Gigi schreibt: Vermutlich fühlte er sich von deinem plötzlichen Erfolg bedroht.

Hat Matthew sich bedroht gefühlt?, überlegt Hollis. *Bedroht* ist nicht das richtige Wort, hier war schließlich vom allseits geschätzten Dr. Madden die Rede, aber aus irgendeinem Grund hatte Matthew Hollis' Erfolg nicht rückhaltlos begeistert aufgenommen oder gar unterstützt. Er war davon … irritiert gewesen. Und manchmal genervt. Caroline und er hatten sich über die grenzenlose Anbetung ihrer Fans lustig gemacht. Hatte Matthew ihr je gesagt, er sei stolz auf ihre Leistung? Nein. Hatte er nicht.

Im Laufe der nächsten Monate werden Hollis und Gigi immer vertrauter miteinander, und an einem Tag Mitte Juni fühlt Hollis sich schließlich bereit, Gigi zu erzählen, was am Morgen von Matthews Tod vorgefallen war. Die Konferenz in Leipzig, Dr. Schraders Parkinsonerkrankung, die Weihnachtsparty.

Kurz bevor er das Haus verließ, habe ich ihn deswegen zur Rede gestellt, schreibt Hollis. Ich habe sein Fehlen bei der Weihnachtsparty schlimmer dargestellt, als nötig gewesen wäre. Daraufhin meinte er, ich hätte mich verändert und unsere Beziehung hätte sich verändert. Damals ist mir der Gedanke nicht gekommen, aber jetzt verfolgt er mich: Matthew wollte mich verlassen. Ich habe ihn angerufen, um mich zu entschuldigen, aber er nahm nicht ab. Ich habe ihm eine Nachricht hinterlassen und eine WhatsApp geschickt, dass ich ihn liebe. Keine Ahnung, ob er die Nachricht abgehört oder die Nachricht gelesen hat. Was ich aber weiß, ist, dass er meinetwegen spät dran war. Er ist mit überhöhter Geschwindigkeit gefahren, weil er seinen Flug kriegen musste. Ich habe Schuldgefühle. Ich fühle mich … verantwortlich.

Sobald sie auf Senden geklickt hat, ist Hollis erleichtert. Aber plötzlich auch in Matthews Tod verwickelt. Sie hat den Gedanken in die Welt gesetzt, dass sie in geringfügiger oder sogar beträchtlicher Weise zu Matthews Tod beigetragen hat. Zum Glück hatte sie Gigi nicht erzählt, dass sie sich gerade auf Jack Finigans Facebookseite herumgetrieben hatte, als die Polizei an die Tür klopfte. Das wird sie Gigi nie erzählen. Das wird sie nie irgendjemandem erzählen.

Sie wartet auf Gigis Antwort, etwas wie: *Sei nicht albern, Hollis, es war nicht deine Schuld. Es war ein Unfall. Die Straße war glatt, es hat geschneit, der Hirsch ist aus dem Nichts aufgetaucht.* Doch das schreibt sie nicht. Volle zwei Tage lang erhält Hollis keine Antwort, nicht einmal die drei Punkte in der Sprechblase, die anzeigen, dass Gigi ihre Worte sorgfältig abwägt.

Hollis ist verletzt. Sie entwirft eine ganze Reihe von Nachrichten, um nachzufragen, was los ist. Geht es Gigi gut, hat dieses Eingeständnis sie entsetzt, wird es ihr zu viel? Aber letztendlich schickt Hollis keine davon ab, wahrscheinlich ist Gigi nur beschäftigt. Schließlich hat sie ein eigenes Leben – wobei, was weiß Hollis eigentlich über sie? Gigi ist dreiundvierzig, zehn Jahre jünger als sie selbst. Sie ist Single und hat keine Kinder. Sie hat eine Katze namens Mabel, sie lebt in Atlanta, arbeitet als Pilotin bei Delta Airlines und ist nicht auf Social Media. Von *Hollis hat Hunger* hat ihr eine Flugbegleiterin erzählt, die meinte, das würde sich lohnen – und damit habe sie recht gehabt. Solche Dinge hat Gigi Hollis explizit von sich erzählt. Was Hollis zwischen den Zeilen mitbekommen hat, ist, dass Gigi viel liest, kocht, aber auch gerne gut essen geht. Sie ist gebildet, kultiviert, anspruchsvoll. Aber in ihren Nachrichten war es stets nur um Hollis gegangen. Kein Wunder, dass Gigi abgetaucht ist. Wahrscheinlich hatte sie genug von dieser einseitigen Freundschaft.

Eine Woche vergeht ohne ein Wort von Gigi. Hollis sieht sogar auf der *Hollis hat Hunger*-Website nach, ob irgendwo in Atlanta ein Küchenlicht brennt. Ja, viele sogar, aber sie kann nicht erkennen, ob eines dieser Lichter zu Gigi gehört. Als Nächstes sieht Hollis nach, ob Gigi sich vom Newsletter abgemeldet hat – aber Gott sei Dank ist ihre Mailadresse noch da. Wahrscheinlich hat sie nur einen vollen Flugplan, oder ihr ist das Handy in den Pool gefallen, oder sie hat eine neue Beziehung, oder ihre Katze Mabel ist gestorben, oder ihr Vater in Singapur ist krank geworden. (Gigi hatte erwähnt, dass ihre Mutter früh gestorben ist, noch etwas, das sie gemeinsam haben.)

Hollis redet sich gut zu, Gigi wird sich schon wieder melden. Aber ohne Gigi verschlechtert sich Hollis' seelischer Zustand – und dass Caroline ihr schreibt: Ach, übrigens, ich komme im Sommer nicht mit nach Nantucket. Hab das Praktikum bei Isaac Opoku gekriegt und bleibe in New York. Wohne zur Untermiete in der East 82nd, kostet 1800 im Monat. Danke, ist auch nicht hilfreich.

Hollis ruft Caroline sofort an, landet aber direkt auf der Mailbox. Sie hinterlässt eine überschwängliche Nachricht, von der sie weiß, dass Caroline sie nie abhören wird: »Bin *so* stolz auf dich, Liebes. Du hast so hart dafür gearbeitet – dein Vater wäre überglücklich! *Brava!*« Caroline hatte sich seit dem Herbst um dieses Praktikum bemüht. Um diese Chance, mit Isaac Opoku zu arbeiten, bewarben sich tausende angehende Filmschaffende.

Hollis hätte Caroline im Sommer lieber in ihrer Nähe gehabt, um ihre Beziehung zu kitten, doch sie ruft sich in Erinnerung, dass das Praktikum eine große Chance ist und wahrscheinlich genau das, was Caroline nach dem Verlust ihres Vaters braucht.

Am 21. Juni, dem Tag des Sommeranfangs, fährt Hollis nach Nantucket, das ihr eigentliches Zuhause ist. Sie ist sich sicher, dass alles besser wird, wenn sie erst wieder in ihrem Haus in der Squam Road ist. Der Tapetenwechsel, der Sommer und das Meer hinter dem Haus werden ihr guttun. Dann wird es ihr nichts mehr ausmachen, dass Gigi abgetaucht ist und Caroline und sie gefährlich kurz davor stehen, sich zu entfremden.

Doch wieder auf Nantucket zu sein, hilft ihr auch nicht, stellt sich heraus. Auf Nantucket trauert sie nämlich um eine andere Version von Matthew, den entspannten Sommerferien-Matthew.

Es ist Matthews und ihr zweiter Sommer in diesem soliden, eleganten Haus, von dem Hollis kaum glauben kann, dass es ihr gehört. Von so einem Anwesen hatte sie immer geträumt, als sie noch mit ihrem Vater in dem kleinen Häuschen wohnte, von dem sie stets fürchtete, es würde eines Tages vom Sturm weggetragen wie das im *Zauberer von Oz*. Geheizt wurde mit einem Holzofen, gegessen haben Hollis und ihr Vater an dem runden Küchentisch,

29

von dem aus sie den Fernseher im Wohnzimmer im Blick hatten. Sie teilten sich ein Bad und hatten ein einziges Telefon. Im Winter ging Hollis mit dickem Pullover und Wollsocken ins Bett. Die Dusche brauchte fünf ganze Minuten, um warm zu werden, und man konnte sich darauf verlassen, dass Tom Shaw sich irgendwann vor der Tür räusperte, um Hollis mitzuteilen, sie solle sich jetzt bitte mal drunterstellen, kaltes Wasser hin oder her.

Hollis hatte als Babysitter bei den Gaspersons gejobbt, die ein Stück die Straße hinunter wohnten. Sie hatten neunzehn Zimmer, manche davon mit eigener Terrasse oder Balkon mit Meerblick. Im Keller gab es einen Raum mit Etagenbetten an den Wänden und im dritten Stock eine Schlafveranda. Die Gaspersons hatten keinen Fernseher. Waren die Eltern und Großeltern ausgegangen, spielten die Gasperson-Kinder Karten oder Brettspiele oder ordneten ihre Muschel- und Strandglassammlung neu. Sie liebten es, wenn Hollis ihnen bei Kerzenlicht Geistergeschichten erzählte. Hollis hätte auch umsonst für die Gaspersons gearbeitet. Sie wollte ein Teil dieser großen Familie sein. Es war ihr Traum, nur noch im Sommer in der Squam Road zu leben.

Und jetzt war dieser Traum wahr geworden.

Hollis und Matthew biegen in die dicht mit spanischen Olivenbäumen und Japanrosen gesäumte Straße ein. An den Gartenzäunen hängen handgemalte Schilder: Runter vom Gas, Fußgänger. In Hollis' Kindheit war diese Straße so mit Furchen und Schlaglöchern übersät gewesen, dass man ohnehin nicht schneller als fünfzehn Stundenkilometer fahren konnte, doch jetzt bewertet der Nachbarschaftsverband die Straße jedes Jahr als so glatt wie die Seide einer Siegerschleife. Sie kommen an einem Paar in Nantucket-Reds-Hosen und Jack-Kennedy-Sonnenbrillen vorbei, das einen schokobraunen Labrador spazieren führt, dann an einer Frau mit Strohhut, die in ihrem Vorgarten Kosmeen und Schwarzäugige Susannen schneidet. *Die würden sich wunderbar als Strauß neben der Spüle machen,* denkt Hollis. Schließlich fahren sie die neue weiße Muscheleinfahrt hinauf, die zu beiden Seiten mit jungen Hortensienbüschen gesäumt ist. Die Büsche würden sich noch »füllen«, hat ihnen die Landschaftsgärtnerin Anastasia versprochen. Ihre sechsjährige Tochter Caroline ist gerade neben ihrem Irish Setter Seamus auf dem Rücksitz eingeschlafen.

Als Matthew das Auto vor dem Haus parkt – sie müssen noch einen Namen finden, alle richtigen Sommerhäuser haben Namen –, sagt er: »Lassen wir die beiden einen Moment hier, ich möchte dir etwas zeigen.«

»Aber …« Die Wagenfenster sind offen, Caroline und Seamus schnarchen unisono vor sich hin, warum also nicht?

»Vertrau mir, Zuckerherz«, sagt Matthew. »Es lohnt sich.«

Er führt Hollis ums Haus herum und öffnet das Tor am Pool (Hollis weiß, dass ihr Vater sich deswegen im Grabe umdrehen würde, aber sie hat sich so sehr einen Pool gewünscht), um in den hinteren Teil des Gartens mit dem Teich und dem Zugang zum Strand zu gelangen.

Hollis stockt der Atem. Der Teich – in ihrer Kindheit ein brackiger Tümpel voller Moskitos – ist … völlig neu erfunden worden. Das Wasser sieht aus wie grünes Glas und ist mit Seerosen übersät. Aber das wirklich Besondere ist die geschwungene kleine Brücke mit geflochtenen Handläufen, die sich über den Teich wölbt.

»Hast du das gemacht?«, fragt Hollis, und dann lacht sie – natürlich hat er das. Der Teich hat sich nicht von selbst gereinigt, und die Brücke ist nicht von Elfen erbaut worden.

»Weil du Giverny so geliebt hast«, sagt Matthew.

Claude Monets Garten in Giverny – oh ja, sie hatten eine Frankreichreise gemacht, als Hollis mit Caroline schwanger war, und da hatten es ihr die Brücken angetan. Im Souvenirshop hatte sie sich eines der Giverny-Gemälde als Kunstdruck gekauft. Unglaublich, dass Matthew sich daran erinnert. Dass er so aufmerksam war.

»Können wir … darübergehen?«, fragt Hollis.

Matthew reicht ihr die Hand.

Hollis ist in ihrer Trauer gefangen; sie isst nicht, sie schläft nicht. Sie knickt ein und bittet Dr. Lindstrom doch um ein Rezept für Ambien. Die Tabletten helfen ihr beim Einschlafen, aber um ein Uhr morgens ist sie wieder hellwach. Dann schlurft sie in die Küche und klappt ihren Laptop auf. Das Gesicht in blaues Licht getaucht, stürzt sie sich in den Kaninchenbau. Sie tippt: *Was tun, wenn der Mann stirbt?*, und die Ergebnisse werden angezeigt: *Wie man mit dem Tod eines geliebten Menschen umgeht, Anleitung für ein Trauertagebuch, Sex and the Widow.*

Sex and the Widow?, denkt sie. *Ha, ha, als ob.*

Sie liest hier einen Artikel an, da ein paar Sätze von einem anderen, nichts hilft, nichts hilft, *nichts hilft!* Sie geht auf Jack Finigans Facebookseite. Immer noch keine Bilder von Mindy, aber davon geht es Hollis auch nicht besser.

Sie fragt Caroline per Textnachricht, wie ihr das Praktikum gefällt.

Okay.

Und wie ist die Wohnung? (*Für die ich bezahle*, denkt Hollis, schreibt es aber nicht.)

Okay.

Geh doch bitte ans Telefon, wenn ich anrufe, Caroline.

Keine Antwort.

Dann, am 15. Juli, genau sieben Monate nach Matthews Tod, stößt Hollis auf etwas Überraschendes.

Auf einer Seite namens *Motherlode* (von der Hollis vorher noch nie gehört hat) liest sie etwas über Moira Sullivan (59), deren Mann nach dreißig Jahren Ehe eines Tages tot umgefallen war, als er im Baumarkt Körner für ihr Vogelhäuschen kaufen wollte.

Ich war am Ende, schreibt Moira. Ich brach völlig zusammen.

Ja, denkt Hollis.

Aber dann kam mir eine Idee, schreibt Moira. Sie organisierte ein Treffen mit ihren besten Freundinnen, eine aus jeder Phase ihres Lebens. Das Foto zum Artikel zeigt ein Grüppchen lächelnder Frauen mittleren Alters vor einem Strandhaus in Destin, Florida. Moira träg einen Strohhut. Sie steht ganz klar im Mittelpunkt, und ihre Freundinnen umringen sie wie Planeten, die um die Sonne kreisen.

Ich wollte von den Menschen umgeben sein, die mich am besten kannten, schreibt Moira, obwohl ich manche der Frauen seit Jahren nicht mehr gesehen oder gesprochen hatte. Obwohl unsere gemeinsame Basis geschrumpft war. Obwohl sich diese Frauen untereinander nicht gut kannten – wenn überhaupt. Ich wollte die Freundschaften feiern, die mich geformt hatten.

Also lud Moira ihre beste Freundin aus Teenagertagen ein (Cate), ihre beste Freundin aus ihren Zwanzigern (Paige), ihre beste Freundin aus der »Blüte des Lebens« (Phoebe) und ihre beste Freundin aus der Lebensmitte (Liz). Die fünf gingen zusammen zum Strand und lasen *Der Gesang der Flusskrebse*. Sie mieteten sich ein Hausboot und ließen sich weintrinkend über die smaragdgrünen Wasser von Destin treiben. Am ersten Abend kochten sie gemeinsam Lasagne, und dazu gab es reichlich Wein und eine besondere Playlist von Moira, zu der wir alle auf der Terrasse tanzten (schreibt Cate). Am zweiten Abend ließen sie es in einer Bar so richtig krachen (Phoebes Worte). Alle machten mit ihren iPhones Fotos, die sie in einer eigenen, geschlossenen Facebook-Gruppe teilten, und Moira erstellte ein Erinnerungsalbum auf Shutterfly. Der Titel des Albums hieß genauso wie der Artikel: »Das Fünf-Sterne-Wochenende«.

Was Hollis daran ansprach, war nicht nur die berührende Idee (»dein Leben in Freundinnen«), sondern auch der dafür erforderliche Mut: ein Wochenende mit vier Frauen, deren einzige Verbindung untereinander man selbst ist.

Hollis stellt sich vor, selbst so ein Wochenende zu organisieren.

Die beste Freundin aus ihrer Teenagerzeit: Tatum McKenzie.

Die beste Freundin aus ihren Zwanzigern: Dru-Ann Jones.

Die beste Freundin aus der Blüte ihres Lebens: Da wäre Electra Undergrove, aber sie und Hollis reden nicht mehr miteinander. Auf dem zweiten Platz folgt wohl Brooke Kirtley, die ihr nach Matthews Tod eine große Hilfe gewesen war.

Was ist mit der vierten Freundin, der aus der »Lebensmitte« (was *jetzt* ist, wie Hollis aufgeht)? Sie hat keine Freunde speziell aus diesem Zeitraum. Wie kann das sein? Wenn die Kinder erst einmal groß sind, lernt man nur noch schwer neue Leute kennen, zumal wenn man von zu Hause arbeitet. Da wäre die süße Zoe Kern aus Hollis' Barre-Kurs, aber Zoe ist neunundzwanzig und im siebten Monat schwanger.

Aber dann wird Hollis bewusst, dass sie doch eine neue Freundin hat. Sie hat Gigi Ling.

Hollis lässt den Tab mit dem Artikel über das Fünf-Sterne-Wochenende im Browser geöffnet. Seltsam aufgekratzt läuft sie in ihrer Küche auf und ab, während sie überlegt, ihr eigenes Fünf-Sterne-Wochenende zu veranstalten. Ihr gefällt der schöne doppelte Wortsinn: die fünf Frauen einerseits und ein Wochenende voller herausragender Erfahrungen, die fünf Sterne verdienen, andererseits. (Wenn irgendjemand so etwas auf die Beine stellen kann, dann natürlich sie.) Aber der größte Reiz liegt für Hollis darin, die Freundschaften zu würdigen, die sie geformt haben.

Hollis ist nicht so naiv, zu glauben, dass das ein Kitschfilm wird, in dem ihre Schuldgefühle, ihre Traurigkeit und Einsamkeit wie durch Zauberhand verschwinden, sobald sie von ihren Freundinnen umringt ist.

Aber doch, eigentlich stellt sie sich das so ähnlich vor.

Alles andere hat nicht funktioniert.

Schaden kann es schließlich nicht. (Oder?)

Sie macht es, beschließt sie. Sie wird hier auf Nantucket ein Fünf-Sterne-Wochenende organisieren.

Sie klappt den Laptop zu und geht ins Bett. Zum ersten Mal seit Matthews Tod fällt ihr das Einschlafen leicht.

2.

Die Einladung

Am nächsten Morgen schickt Hollis allen vier »Sternen« denselben Text: Hättest du vom 21. Bis 24. Juli Lust auf ein Mädels-Wochenende in meinem Haus auf Nantucket? Du brauchst nur zu kommen, um alles andere kümmere ich mich.

Brooke Kirtley antwortet als Erste: Oh, Hollis, das freut mich für dich! Bist du sicher, dass du dafür bereit bist? Wenn ja, bin ich auf JEDEN Fall dabei!

Die Nächste ist Dru-Ann: Steht das Datum fest? Bei mir geht's gerade drunter und drüber.

Auch das ist keine Überraschung. Dru-Ann Jones, Hollis' Mitbewohnerin an der Uni, ist die angesagteste Agentin für Sportlerinnen, die es derzeit gibt, *und* moderiert eine Fernsehsendung mit dem Titel *Wirf wie ein Mädchen*, die dienstagnachmittags ausgestrahlt wird. Außerdem schreibt sie für das *New York*-Magazin über Hautfarbe und Geschlechterpolitik im Sport.

Als Matthew starb, hielt sich Dru-Ann gerade in Freemantle in Australien auf, um eine Olympiaschwimmerin unter Vertrag zu nehmen. Sie fragte, wie sie helfen könne, und hätte doch tatsächlich alles stehen und liegen gelassen und wäre um die halbe Welt nach Boston geflogen. »Ich werde dich später brauchen«, sagte Hollis da. »Wenn die ganzen Leute hier wieder weg sind.«

»Ich vertraue darauf, dass du die Wahrheit sagst und nicht die Märtyrerin spielst«, hatte Dru-Ann erwidert. »Wenn du mich brauchst, bin ich da.«

Nach Matthews Tod hast du gefragt, was du für mich tun kannst, textet Hollis zurück. Du kannst das hier tun.

Sie erhält keine Antwort, und für einen Moment ist Hollis verzweifelt. Wenn nicht alle kommen, wird sie die ganze Sache absagen, aber Brooke wird dann trotzdem kommen wollen, und wird Hollis ein ganzes Wochenende allein mit Brooke durchstehen? (Nein.) Sie scheibt Dru-Ann eine weitere Nachricht: Ich habe einen Hometrainer. Und ich besorge deine Tequila-Marke. Und Bio-Limetten.

Den Tequila nehm ich gern. Aber um alles andere mach dir keine Gedanken, schreibt Dru-Ann. Ich werde da sein.

Das wären schon mal zwei, denkt Hollis. Bei dem Versuch, sich ein Wochenende nur mit Brooke und Dru-Ann vorzustellen, überkommt sie eine ganz andere Art von Panik. Dru-Ann und Brooke haben sich vor ein paar Jahren bei einem Brunch bei Hollis und Matthew kennengelernt – Dru-Ann war in der Stadt, weil gerade Marathon war und sie eine der Spitzenläuferinnen aus Kenia vertrat, und hatte Brooke anschließend als »das menschliche Äquivalent zu etwas, das einem zwischen den Zähnen steckt« beschrieben. »Nur nervig.« Brooke dagegen ist regelrecht besessen von Dru-Ann. Sie schaut jede Woche *Wirf wie ein Mädchen* und findet es *wahnsinnig cool,* dass Hollis mit jemandem studiert hat, der *im Fernsehen* ist und im letzten Jahr auf Platz 74 der Forbes-Liste der einflussreichsten Frauen stand.

Kurz darauf blinkt auf Hollis' Handy eine Nachricht von ihrer besten Freundin aus ihrer Jugendzeit auf. Tatum McKenzie, die immer noch das ganze Jahr auf Nantucket lebt: Bedeutet Mädels-Wochenende, wir übernachten in deinem Haus in Squam?

Hollis antwortet: Ja! Das wird Lustig, meinst du nicht?

Okay, schreibt Tatum, was nicht direkt eine Antwort auf Hollis' Frage ist. Aber es klingt nach einer Zusage, und Erleichterung überkommt Hollis. Seit sie und Matthew das neue Haus auf dem Grundstück ihres Vaters gebaut haben, hat sie Tatum jeden Sommer zum Abendessen eingeladen, und Tatum fand jeden Sommer eine andere Ausrede, warum sie nicht kommen konnte. Tatum war also noch nie in Hollis' neuem Haus. Vor ein paar Jahren erhielt Hollis einmal aus heiterem Himmel eine Nachricht von Tatum: Kyle und ich haben einen Sonntagsausflug gemacht und sind bei eurem Haus in Squam gelandet. Wir haben in die Fenster geguckt, auf der Poolabdeckung getanzt und hatten Sex unter eurer Außendusche. (Nur Spaß). Du bist jetzt offiziell ein Sommergast, wie du es dir immer gewünscht hast. Dem folgte ein Emoji mit einer Träne.

Hollis wollte witzig sein und schrieb zurück: Natürlich hattet ihr Sex unter der Außendusche!

Tatums Antwort war ein Mittelfinger-Emoji.

Seitdem sind sich Hollis und Tatum ein paarmal über den Weg gelaufen – einmal in Dans Apotheke, einmal auf der Post, einmal in der St.-Mary's-Kirche (wo sie früher beide Messdienerinnen gewesen waren) – aber wenn Hollis ehrlich ist, muss sie sich eingestehen, dass die Dinge zwischen Tatum und ihr nie wieder gut oder in Ordnung gewesen waren, seit sie zum Studium weggezogen war.

Von wegen Kitschfilm, denkt Hollis. Ihr Fünf-Sterne-Wochenende wird eher wie *Real Housewives*.

Aber drei von vier Sternen haben definitiv zugesagt. Jetzt gibt es kein Zurück mehr.

Als die Nachmittagshitze etwas nachlässt, dreht Hollis mit Henrietta eine Runde, das Handy lässt sie zu Hause. Die Hortensienbüsche in der Auffahrt sind jetzt dicht grün, mit prächtigen Blüten, genau wie Anastasia es versprochen hatte, auch wenn Hollis diese Schönheit im Moment nicht angemessen würdigen kann.

Wenn ich zurück bin, denkt Hollis, *wird Gigi sich gemeldet haben.*

Aber das hat sie nicht. Die einzige neue Nachricht ist von Brooke: Ich bin schon so aufgeregt!!! hab die Fähre gebucht, komme Freitag um 16:05 an!! was kann ich mitbringen?!?!

Fast hätte Hollis *Nur dich selbst, sonst nichts!!* geantwortet, aber Brookes Textnachrichten sind wie eine chinesische Fingerfalle –, wenn man erst mal drin steckt, kommt man nur schwer wieder heraus. Brooke wird mit einem Herz oder doppeltem Ausrufezeichen auf ihre Nachricht reagieren (welcher Sadist hat sich *diese* Funktion ausgedacht?!) und dann eine Frage stellen, zum Beispiel *Wie wärs mit Steakspitzen von Fells Market?*, woraufhin sich Hollis zu einer Antwort verpflichtet fühlen wird, und dann wird Brooke *diese* Nachricht wieder liken oder markieren, und so wird es weitergehen, bis Hollis entnervt aufhören wird zu antworten, woraufhin Brooke eine Reihe von Herzchen- und Küsschen-Emojis schicken wird.

Hollis lässt Brookes Nachricht also unbeantwortet. Sie klickt Gigis Namen an, um nachzusehen, ob die Nachricht wirklich rausgegangen ist. Das Internet in Squam funktioniert nicht immer zuverlässig.

Ja. Zugestellt heute Morgen um 9:38 Uhr.

Gigi will offenbar nichts mehr mit ihr zu tun haben. Hollis weiß selbst nicht, warum sie das so belastet. Es ist nicht so, dass Gigi ihre Seelenverwandte wäre, Seelenverwandte lernt man nicht im Internet kennen. (Also, andere Menschen vielleicht schon, aber nicht Hollis).

Doch als Hollis am nächsten Tag aufwacht, ist die Antwort da, abgeschickt um drei Uhr fünfzehn: Ich fühle mich sehr geehrt, dabei sein zu dürfen. Bist du dir bei dieser Sache sicher?

Hollis starrt auf die Worte, blinzelt, liest sie noch einmal, vergewissert sich, dass die Nachricht wirklich von Gigi Ling stammt. Der Text klingt nach Gigi: freundlich und gütig. Hollis kann sich gerade noch verkneifen zurückzuschreiben: Wo bist du gewesen? Warum hast du mich geghostet?

Stattdessen tippt sie: Sehr sicher. Kann es nicht erwarten, dich in echt zu treffen!!! Dann löscht sie es wieder (mit den ganzen Ausrufezeichen klingt sie wie Brooke) und tippt: Sehr sicher. Freu mich auf das Treffen.

Sie drückt auf Senden.

3.
Der Riss in der Fassade

Caroline Shaw-Madden erhält eine Textnachricht von ihrer Mutter, die sie am kommenden Wochenende auf Nantucket zu sehen wünscht.

Auf keinen Fall!, sagt Caroline zu sich. Doch dann denkt sie noch einmal darüber nach.

Seit siebzehn glutheißen, rauschhaften Tagen hat sie ein romantisches Verhältnis mit ihrem Chef, dem Oscarpreisträger Isaac Opoku.

Nie hätte sich Caroline träumen lassen, dass sich die Dinge mit Isaac in dieser Form entwickeln würden, nicht nur wegen des Altersunterschieds (vierzehn Jahre) oder des Machtgefälles (Caroline steht vor ihrem letzten Studienjahr an der Uni und hat bisher noch nicht mal einen Kurzfilm gedreht), sondern auch, weil Isaac in einer festen Beziehung ist. Seine Freundin Sofia Desmione ist Topmodel (*Vogue*, italienische *Vogue*, Valentino, Dolce & Gabbana) und lebt mit Isaac in einem Loft in Chelsea, das Isaac außerdem als Studio benutzt.

Aber … die meiste Zeit über ist sie nicht da. Sie ist entweder bei Shootings oder feiert bis zum Morgengrauen im Zero Bond. Isaac hingegen leidet unter sozialer Phobie. Eine von Carolines Aufgaben bestand darin, seine E-Mails durchzusehen und sämtliche Einladungen abzusagen. Von Anfang an hatte sie sich gewundert, warum die beiden zusammen waren. Sie hatte Sofia nur einmal zu Gesicht bekommen: In einem Kleid, das wie ein Müllsack aussah, und umgeben von einer Wolke aus Jo Malone und Tequila war sie hereingeweht, hatte Isaac einen Kuss auf die Stirn gegeben und ihm gesagt, sie habe einen Auftrag für Acne bekommen und werde die nächsten drei Wochen für ein Shooting in Stockholm sein. Sie fügte hinzu: »Gleich esse ich mit Mauricio im Cluny zu Mittag, dann saus ich los zum JFK. Gemma kommt nachher und packt meine Sachen. Hab dich lieb.«

Und Isaac hatte in seinem hinreißenden Ghanaer Akzent gesagt: »Hab dich auch lieb, *ma chérie*.«

Dann erst hatte sie Caroline bemerkt. »Eine neue Assistentin? Süß! Ich bin Sofia.« Sie hatte Caroline eine kühle Hand gereicht. »Bitte mach keine Schwierigkeiten.«

Vor Schreck wusste Caroline nichts zu erwidern. Bedeutete es das, was sie dachte? Hatte es mit anderen Assistentinnen »Schwierigkeiten« gegeben? Oder fand Sofia Caroline bedrohlich (was absurd wäre)? Als Caroline sich so weit gefangen hatte, dass sie sagen konnte: »Nein, natürlich nicht«, war Sofia bereits aus der Tür gewesen.

Theoretisch hilft Caroline Isaac beim Schneiden seiner Dokumentation *L'Ètoile Verte*. Sie handelt von Amira Delacroix, einer Köchin, die ihr unglaublich angesagtes Restaurant-Imperium in Paris aufgibt, um in der marokkanischen Wüstenstadt Ouarzazate ein elegantes französisches Bistro zu eröffnen. Dieses *Helfen* bedeutet allerdings hauptsächlich, dass Caroline Isaac seine Schinken-Käse-Ei-Sandwiches von der Bodega an der Ecke holt, seine Mails öffnet und auf einem Hocker neben ihm sitzt, während er ihr zeigt, wie man einen Film schneidet. Von Anfang an fand Caroline Isaac sanft, anziehend und freundlich. Er hatte sie für die banalen alltäglichen Arbeiten eingestellt, aber auch um der Gesellschaft willen. Außerdem möchte er sein Wissen an jemanden weitergeben, und Caroline saugt alles auf wie ein Schwamm. Doch eines Nachmittags, kurz nachdem Sofia nach Schweden abgereist ist, gab Caroline ihm das Drehbuch mit falsch angeordneten Seiten, und Isaac verlor die Geduld. »Ein Kindergarten-Bébé würde das hinkriegen, Caroline«, sagte er, »und du bringst es fertig, ein Chaos anzurichten!«

Caroline konnte ihre Tränen nicht zurückhalten, und als sie erst angefangen hatte zu weinen, konnte sie nicht mehr aufhören. Es war nicht Isaacs Zurechtweisung, es war einfach alles, und mit *alles* meinte sie, dass ihr Vater tot war. Sie hatte Isaac nichts davon erzählt, weil sie keine Sonderbehandlung gewollt hatte. Mit Sicherheit hatten auch die neunhundertneunundneunzig anderen Studierenden, die sich auf diese Stelle beworben hatten, ihre Probleme, aber diese Probleme hatten im Studio nichts verloren.

Doch jetzt sagte sie: »Es tut mir leid. Mein Vater ist im Dezember unerwartet verstorben, und ich bin immer noch etwas labil.«

Sie wäre nicht überrascht gewesen, wenn Isaac sie auf der Stelle gefeuert hätte, doch stattdessen stand er von seinem Computer auf, nahm sie an der Hand und führte sie zu dem Vintage-Sofa im Wohnbereich des Lofts. Er kochte ihr eine Tasse Yellow-Gold-Tee und stellte eine Auswahl an Cashews, türkischen Feigen und getrockneten Aprikosen von Kalustyan's in der Lexington Avenue auf den Tisch. Dann erzählte er Caroline, dass er mit neun Jahren seine Mutter verloren habe und kein Tag vergehe, an dem er nicht um sie trauere.

In diesem Augenblick war er so süß zu ihr und seine Einsamkeit so offensichtlich (mit Sofia war er offensichtlich nur aus Image-Gründen zusammen), dass sie sich nicht beherrschen konnte. Sie schlug Sofias Bitte in den Wind und küsste ihn. Zu seiner Verteidigung sei erwähnt, dass er zurückwich und sagte: »Das ist nicht das, was du willst.« Was er damit meinte, war: *Das wird nicht die Liebe deines Vaters ersetzen.* Was er außerdem meinte, war: *Ich bin in einer Machtposition, und deshalb wäre es dir gegenüber nicht fair. Solche Geschichten hat es schon gegeben, und sie sind nie gut ausgegangen.*

Caroline hauchte an seinem Mund: »Das ist genau das, was ich will.« Und küsste ihn noch einmal.

Die Nachricht ihrer Mutter erreicht Caroline, als sie Isaacs Loft verlässt und sich auf den langen Fußweg zu ihrer Wohnung an der Upper East Side macht (für die U-Bahn ist es zu heiß, und für ein Taxi fehlt ihr das Geld). Morgen wird Sofia nach New York zurückkommen, und Isaac und Caroline werden ihre Affäre beenden müssen, so qualvoll das für sie beide auch sein wird.

Mit ihrer Mutter hat Caroline seit Monaten nicht gesprochen. Da sie eine Eins in Psychologie und in Sozialpsychologie hat, weiß sie, dass sie Hollis bestraft, weil sie der überlebende Elternteil ist. Bei der Trauerfeier hatten alle die ganze Zeit gesagt, wie stark Hollis sei, was Caroline *rasend* machte. Früher war Hollis eine hingebungsvolle Ehefrau und Mutter gewesen, aber als sie so erfolgreich wurde, hatte sie sowohl Caroline als auch ihren Vater einfach links liegen lassen. Na gut, ganz so schlimm war es nicht, aber es gab eine merkliche Veränderung in ihrer Familiendynamik. Hollis' Social-Media-Präsenz war ihr neues Baby geworden und hatte oberste Priorität für sie. Caroline und ihr Vater nannten Hollis im Scherz »die kochende Kardashian«, doch jetzt, wo ihr Vater nicht mehr lebt, ist es nicht mehr witzig. Aus Gründen, die sie nicht in Worte fassen kann, ist Caroline wahnsinnig wütend auf ihre Mutter. Sie vermutet, dass sie wütend ist, um ihren Schmerz nicht spüren zu müssen.

Aber Hollis hatte schon immer eine gute Intuition. Es würde

Caroline nicht überraschen, wenn ihre Mutter irgendwie gespürt hätte, dass Caroline gerade die erste Trennung ihres Erwachsenenlebens durchmachte.

Könntest du dieses Wochenende nach Nantucket kommen? Bitte, Caroline. ich plane etwas.

Caroline hasst es, dass Hollis sich gerade jetzt meldet, wo sie am verwundbarsten ist. Sie holt tief Luft – die Stadtluft riecht nach Abgasen, Schweiß und Abfall – und ruft ihre Mutter an. Hollis nimmt beim ersten Klingeln ab. Andernfalls hätte sie vielleicht wieder aufgelegt.

»Liebes?«, sagt Hollis.

»Ja«, sagt Caroline.

Einen Augenblick lang sagt keine von beiden etwas.

»Du hast geschrieben, du planst etwas. Was ist es?«, sagt Caroline dann und macht sich auf das Schlimmste gefasst.

»Also«, sagt Hollis. »Ich will etwas organisieren, das sich Fünf-Sterne-Wochenende nennt, und ich hatte gehofft, du könntest mir helfen.«

Caroline hört nur »fünf Sterne« und »organisieren« und denkt: *Natürlich veranstaltet Hollis irgendwas Vornehmes.* Kann sie einfach auflegen? Einerseits will sie es, aber andererseits überrascht es sie, wie sehr sie die Stimme ihrer Mutter vermisst hat.

Hollis erklärt ihr das Konzept: vier Freundinnen, eine aus jeder Phase ihres Lebens, die in ihrem Haus auf Nantucket übernachten.

In Carolines Ohren klingt das nach einer Internetchallenge für Boomer. »Und wie soll *ich* dir dabei helfen?«

»Ich fände es schön, wenn du dabei bist und alles filmst«, sagt Hollis. »Die Frau, die das zuerst gemacht hat, Moira, hat ein Shutterfly-Album mit Fotos erstellt. Aber ich dachte, da du ja Filmemacherin bist« – *Ich bin Studentin,* denkt Caroline, *die mit einem Filmemacher geschlafen hat* – »könntest du unsere Abenteuer dokumentieren.«

Was für Abenteuer?, höhnt Caroline innerlich. So was wie ein Ausflug in den Handarbeitsladen? Oder im Lemon Press ausnahmsweise Kombucha statt einen Latte zu bestellen? Vor ihrem geistigen Auge sieht sie ein Glas Chardonnay auf einem Verandageländer vor Stranddünen, und dazu singt Bonnie Tyler *Holding Out For a Hero*.

Ganz sicher nicht, denkt sie. Aber bevor sie ablehnen kann, sagt Hollis: »Ich zahle dir zweitausendfünfhundert Dollar. Wie klingt das?«

Das klingt so gut wie eine Hot-Stone-Massage, ein kühler Wodka mit Himbeeren und ein heimliches Date mit Jacob Elordi. Caroline ist pleite, aber ihre Mutter um Geld zu bitten, wo sie ihr im Grunde die Tür vor der Nase zugeschlagen hatte, wäre schlechter Stil gewesen.

»Okay, ich mach's.« sie braucht die Kohle, und außerdem will sie wegen Sofias bevorstehender Rückkehr dringend raus aus der Stadt. »Wann soll ich da sein?«

»Freitagvormittag«, sagt Hollis. »Tut mir leid, ich weiß, du müsstest dann arbeiten …«

»Kein Problem«, sagt Caroline.

Als Caroline am nächsten Tag in Isaacs Loft kommt, trägt sie Schwarz, was den Tod ihrer Romanze symbolisieren soll. An der Atmosphäre im Studio merkt sie, dass Sofia noch nicht zurück ist.

»Sie landet um fünf«, sagt Isaac. Sie sehen einander voller Verlangen an, und Caroline denkt: *Noch ein letztes Mal?* Doch Isaac macht eine abschneidende Handbewegung. »Wir müssen wieder an die Arbeit.«

Caroline nickt. »Ich nehme mir morgen und Montag frei.« Jetzt kann sie ihn um alles bitten, das weiß sie.

Isaac runzelt die Stirn und fasst Caroline am Kinn, sodass ihr nichts anderes übrigbleibt, als in seine braunen Augen zu blicken.

Sofia Desmione hat diese Augen nicht verdient, denkt Caroline. »Du brauchst eine Auszeit?«, fragt er. »Was hast du vor?«

»Ich fahre nach Nantucket, zu meiner Mutter«, sagt Caroline. »Sie richtet ein Wochenende für ihre Freundinnen aus.« Nach ihrem gestrigen Telefonat mit Hollis war Caroline aufgefallen, dass sie die wichtigste Frage nicht gestellt hatte. Sie schrieb ihrer Mutter: Moment – wen hast du alles eingeladen?

Drei Punkte erschienen auf Carolines Handy, verschwanden, erschienen wieder, verschwanden.

Endlich ging eine Textnachricht ein: Tatum.

Okay, dachte Caroline. Sie hatte nicht gewusst, dass Tatum und ihre Mutter noch befreundet waren.

Dru-Ann.

Natürlich, dachte Carolin.

Brooke.

Augenroll-Emoji, dachte Caroline.

Dann entstand eine Pause, und Caroline dachte: *Das war's? Ich dachte, es sollten fünf Freundinnen sein,* doch dann kam eine weitere Nachricht.

Gigi Ling.

Wer ist das? Diesen Namen hatte Caroline noch nie gehört. Sie schrieb: ????

Ich habe sie über die Website kennengelernt, antwortete ihre Mutter.

Caroline stöhnte. Dass Hollis jemanden aus diesem Kreis zu sich nach Hause einlud, war *sehr* bedenklich.

Sag mir bitte, dass du die Frau auch persönlich kennst, schrieb Caroline.

Die Punkte erschienen und verschwanden wieder.

Das, dachte Caroline, *bedeutet Nein.*

In Gedanken entwarf Caroline eine Antwort an ihre Mutter: *Nicht zu fassen, dass du jemanden zu deinem Fünf-Sterne-Wochenende*

einlädst, den du noch nie im wahren Leben gesehen hast. Wahrschein-
lich ist das irgendein Gruseltyp, der bei seiner Mutter im Keller wohnt
und euch alle abschlachtet. Oder eine Trickbetrügerin, eine Diebin oder
im besten Fall eine Frau, die keine Freunde hat und es so nötig hat,
dass sie zu einem Frauenwochenende mit völlig fremden Menschen geht.
Ehrlich, Mom, was denkst du dir dabei?

Zu Isaac sagt sie: »Sie möchte, dass ich es filme.«

»*Mon dieu*«, erwidert er mit zweifelnder Miene.

»Eine von den Frauen hat sie noch nie vorher getroffen«, sagt Caroline. »Sie ist von ihrer ... du weißt schon, dieser Foodie-Website.«

Isaacs schöne Augen weiten sich. »Wie bizarr. Das wird ein hübsches kleines Projekt für dich. Und vielleicht nicht ganz umsonst? Du kannst Landschaftsaufnahmen üben.«

Eines Nachmittags in Isaacs Bett hatte Caroline ihm Nantucket beschrieben: die langen, unberührten, goldenen Strände, die Heidelandschaft mit den grünen Teichen, der mintgrüne Sankaty-Leuchtturm.

»Darf ich mir bitte eine Kamera von dir leihen?«, fragt Caroline. »Die Red oder die Alexa? Und eins von den Sachtler-Stativen?«

Sie sieht Zweifel über sein Gesicht huschen – Isaac verleiht sein Equipment nie.

»Natürlich, *mon petit chou*. Und nimm auch die Drohne mit.«

Die Drohne? Wow. Vielleicht hofft er auf gutes Bildmaterial von der Insel, vielleicht verhält er sich auch gönnerhaft. Es wird ein hübsches kleines Projekt, und Caroline wird um zweitausendfünfhundert Dollar reicher nach New York zurückkommen.

An ihrem ersten Tag hatte Isaac Caroline erklärt, die schwierigste Aufgabe bestehe darin, ein *lohnenswertes Thema* zu finden. *Halte Ausschau nach einem Riss in der Fassade,* sagte er. *Nach einem Punkt, an dem du die Oberfläche durchdringen und eine verborgene Wahrheit aufdecken kannst.*

Während Caroline Isaacs kostbare Ausrüstung zusammenpackt,

schmunzelt sie. Ein Grüppchen alter Frauen, die in Capri-Hosen Hummerbrötchen essen, birgt garantiert keine verborgene Wahrheit.

So viel ist sicher.

4.
First Light I

Squam liegt im Nordosten der Insel, die Sonnenaufgänge hier sind herrlich. Hollis nimmt ihren Kaffee mit auf die Terrasse, Henrietta folgt ihr auf den Fersen, und die beiden genießen die Aussicht – der Teich, die kleine Brücke, der sandige Weg zu dem blauen Streifen Atlantik.

Matthew und sie haben das Haus *First Light* getauft.

Was mag Hollis an dem Haus am liebsten? In den schmalen Fenstern links und rechts der Tür ist echtes Strandglas in sämtlichen Grün- und Blautönen verarbeitet. Das Wohnzimmer mit der hohen Decke ist weiß und lichtdurchflutet, die Balken und Verkleidungen aus hellem Holz, aber es gibt auch Farbkleckse – das Blue-Moon-Sofa, ein gemütlicher Halbkreis aus weichem tiefblauen Veloursleder zwischen kleegrünen Sesseln mit Blick auf die Terrasse. Die Kücheninsel ist von Lederhockern umringt – hier hat Hollis reichlich Platz zum Kochen, während sie ihre Gäste unterhält –, und obendrüber hängt ein Deckenleuchter aus alten Coca-Cola-Flaschen. Vor dem weißen Backsteinkamin steht eine mit zartblauer Seide bezogene Chaiselongue. Caroline nennt sie *Moms Thron*, weil Hollis jede freie Minute mit einem Buch auf der Chaiselongue verbringt (wobei *Buch* in letzter Zeit eher *Laptop* heißt). Im Sommer bleiben die Vorder- und die Hintertür offen, damit der Wind durchs Haus wehen kann, und im Herbst und Winter brennt immer ein Feuer im Kamin. Morgens steht Kaffee auf dem Beistelltisch, abends ein Glas kalter, klarer Sauvignon blanc.

Das ursprüngliche Haus haben Hollis und Matthew zu einem charmanten Gästehaus umgebaut und mit geschwungenen, farbenfrohen Möbeln aus den Fünfzigerjahren eingerichtet. Sie haben es *Twist* genannt (und die aufmerksamen Gäste verstehen, warum).

In der Doppelgarage neben dem Gästehaus stehen Hollis' Volvo und Matthews »Baby«: ein erdbeerrotes 1971er Bronco Cabriolet, das ständig voller Sand ist, egal wie oft Hollis es staubsaugt.

Hollis beschließt, Tatum in der Fifty-Shades-of-White-Suite unterzubringen, gegenüber ihrem eigenen Zimmer und neben dem von Caroline. Brooke wird im Board Room schlafen und Gigi bekommt Hollis' Lieblingszimmer im Haus: das Hibiscus Heaven – beide Suiten liegen weit entfernt vom Wohnbereich. Dru-Ann kann das Gästehaus für sich allein haben.

»Es passiert wirklich, altes Mädchen«, sagt Hollis zu Henrietta. »Morgen kommen sie alle an.«

Henrietta bebt vor freudiger Erregung, als hätte sie die Worte verstanden. Sie mag Besuch.

»Caroline kommt auch«, sagt Hollis. Sie hatte lange gezögert, ihr zu schreiben – sie fürchtete, zurückgewiesen zu werden. Sie fürchtete, das angebotene Geld könnte es so aussehen lassen, als müsste sie ihre eigene Tochter *bestechen*, damit sie zu Besuch kam. Davon abgesehen ist sie nicht im Mindesten sicher, ob irgendetwas von dem, was an diesem Wochenende passieren wird, auf Film festgehalten werden sollte – aber nachdem Caroline nun eingewilligt hat, ist Hollis optimistisch. Sie beide werden zusammen sein, und sie werden nicht allein sein, wodurch es weniger unbehaglich wird.

Hollis klappt ihren Laptop auf, geht auf die *Hollis hat Hunger*-Website und klickt auf die Pinnwand. Liebe Hollis-hat-Hunger-Gemeinde: Die vergangenen sieben Monate waren grauenvoll …

Sie löscht das Wort grauenvoll und schreibt trostlos, dann löscht sie auch das wieder. Beide Wörter sind zutreffend, ebenso wie *einsam, düster* und das gute alte *traurig*, aber sie will nicht alle runterziehen, und sie will auch kein großes Brimborium darum machen, dass sie wieder da ist. Sie will nur einen Schritt nach vorn machen.

Hollis atmet tief durch und schreibt: Ich möchte euch allen für eure Gedanken, Gebete und Beileidswünsche danken und auch dafür, dass ihr mir eure eigenen Erfahrungen anvertraut habt. Das Wissen, dass hier bei Hollis-hat-Hunger weiterhin eure Küchenlichter brannten, hat mir durch einige sehr dunkle Tage geholfen. Heute habe ich eine positivere Nachricht für euch: Ich werde in meinem Haus auf Nantucket ein Fünf-Sterne-Wochenende ausrichten. Was das ist, wollt ihr wissen?

5.
Besorgungen

Am Donnerstagmorgen um halb neun entdeckt Tatum McKenzie ihre älteste Freundin Hollis Shaw an der Feinkosttheke im Stop and Shop im Zentrum der Insel. Hollis hat sich die Sonnenbrille ins Haar geschoben, trägt eine Joggingshorts von Lululemon und ein T-Shirt. Sie hakt Punkte auf einer Liste ab. Tatum lächelt. Listen hat Hollis schon immer geliebt.

Ohne innezuhalten, schwenkt Tatum ihren Einkaufswagen herum und läuft in die entgegengesetzte Richtung, ihr Herz pocht aufgeregt. *Schnell, schnell, schnell!* Eilig läuft sie zur nächstgelegenen Kasse und packt das Putzmittel und die Papiertücher aufs Band. An der Kasse sitzt Kathy Culbert, die in der Highschool ein Jahr über Tatum und Hollis war, und wie immer hat Kathy Lust auf ein Schwätzchen. »Wie geht's dem Kleinen?«, fragt sie. Kathys

Schwester Melanie betreibt die Kindertagesstätte, in die Tatums Enkel Orion geht.

»Gut.« Tatum flucht innerlich wegen der verpassten Chance, noch ein Brathähnchen zu kaufen. Kyle soll etwas zu essen haben, wenn sie das Wochenende in Squam verbringt – mit genau der Frau, vor der sie in diesem Moment davonläuft.

»Ich versteh nicht, warum du zugesagt hast«, hatte Kyle an diesem Morgen gesagt. »Du meidest Hollis wie Gift-Efeu, und jetzt willst du das Wochenende bei ihr verbringen?« Kyle gab ihr einen Kuss auf die Nase. »Nach so vielen Jahren durchschaue ich dich immer noch nicht. Das ist sexy.« Das Ganze endete in einem Quickie vor dem Spiegel, wobei Kyle es behutsam vermied, die Einstichstelle der Biopsienadel an ihrer rechten Brust zu berühren.

Der Sex hat Tatum in ihrem Zeitplan zurückgeworfen. Dylan schlief noch – er war erst um zwei oder drei Uhr morgens von der Arbeit gekommen –, und deshalb musste Tatum Orion zu Melanie bringen, bevor sie zum Supermarkt fuhr, um das Putzzeug zu kaufen, und jetzt muss sie Mr. Albrights Hemden aus der Wäscherei holen und es irgendwie bis neun zu seinem Haus schaffen. Tatum sehnt sich nach einer Zigarette. Seit sie den Knoten entdeckt hat, raucht sie doppelt so viel wie sonst, und sie weiß, dass das nicht gut ist, aber wie soll sie ohne Zigaretten mit dem Stress fertigwerden, dass sie vielleicht Brustkrebs hat? Andere Frauen mögen das hinkriegen, Tatum nicht.

Als Tatum aus dem Supermarkt kommt, ist es Viertel vor neun. Jetzt muss sie richtig Gas geben und zur Heiligen Jungfrau Maria beten, dass sie in der Reinigung nicht lange warten muss. Trotzdem kann sie es sich nicht verkneifen, Hollis einen Streich zu spielen. Sie lässt den Blick über den Parkplatz wandern und sucht den erdbeerroten Bronco. Nachdem sie sich kurz umgeschaut hat, rennt sie hinüber. Das Fenster der Fahrerseite steht offen, und die Schlüssel liegen in der Mittelkonsole. Hollis lässt sie immer offen herumliegen, wie es die Einheimischen hier machen – auch wenn sie ansonsten in jeder Hinsicht ein Sommergast geworden ist. Tatum schnappt sich die Schlüssel und versteckt sie unter dem Fahrersitz.

In der Inselwäscherei sind fünf Leute vor ihr, und Geschäftsführerin Amy ist nirgends zu entdecken. Tatum sieht auf ihr Handy, es ist 8:51 Uhr. Tatums Chefin Irina ist eine Pedantin, letzte Woche hat sie ein Mädchen gefeuert, weil sie verkatert zur Arbeit kam. Tatum schreibt Irina eine Nachricht: Stehe bei Holdgate's in der Schlange. Soll ich die Hemden abholen oder sofort kommen?

Irina antwortet: Hol die Hemden. Dann schreibt sie: Die Reinigung öffnet um 8:30 Uhr. Du hättest früher dort sein sollen.

Tatums Finger schwebt über dem Display. Was sie schreiben möchte, ist: Ich kündige. Stattdessen schreibt sie: Tut mir leid. Irina könnte Tatums Tochter sein, sie ist nur ein Jahr älter als Dylan. 2015 ist sie aus Litauen nach Nantucket gekommen, hat erst selbst Häuser geputzt und besitzt heute ein eigenes Reinigungs- und Hausmeister-Unternehmen, das beste auf der Insel. Es trägt den schlichten Namen Irina Services. Irina Services putzt nicht nur Häuser, ihre Mitarbeiterinnen übernehmen auch Besorgungen, wie Kleidung aus der Reinigung holen, Pakete zu UPS bringen, Lebensmittel einkaufen (natürlich essen ihre Klienten nichts aus dem Supermarkt, für sie gibt es Feinkostläden wie Bartlett's oder Nantucket Meat and Fish), die Häuser mit Blumensträußen von Flowers and Chestnut bestücken und sogar die Familienhunde zum Hundefriseur Geronimo chauffieren. Irina hat eine Marktlücke entdeckt, sie hat siebenunddreißig Klienten und sechzehn Angestellte, von denen Tatum mit zwanzig Jahren Abstand die älteste und die einzige Einheimische ist. Irina überträgt Tatum die angenehmeren Aufgaben wie Wäsche aus der Reinigung holen oder Vorräte auffüllen – die jüngeren Mädchen werden bis zu den Ellbogen in den Toiletten der Albrights stecken, wenn Tatum dort ankommt. Das ist der eine Grund, warum Tatum nicht kündigt. Der andere ist das Gehalt. Mit den Trinkgeldern, die die Mädchen unter sich aufteilen, kommt Tatum auf etwa fünfzig Dollar die Stunde. Für einen Job bei Tag ist das viel Geld, wenn auch nur Peanuts, verglichen mit dem, was sie mit Kellern verdient hat. Über zwanzig Jahre hatte sie im Lobster Trap gearbeitet, aber dann gekündigt, als Orion zur Welt kam. Bei Dylan hatte sie so viel verpasst, als er klein war: das Baden, das Geschichtenerzählen und Ins-Bett-bringen, das sollte sich bei ihrem Enkel nicht wiederholen.

Amy kommt aus dem Hinterzimmer, und die Schlange setzt sich in Bewegung. Es ist 8:54 Uhr. Das Gestell dreht sich klackernd. Amy zieht die Kreditkarte einer Frau durch, die an die sechzig Kleider in leuchtenden Farben abholt. Allem Anschein nach Partykleider, jede Menge Lilly Pulitzer. Normalerweise würde Tatum die Augen verdrehen – sie möchte es offiziell zum Klischee erklären, bei einer Veranstaltung auf Nantucket Lilly Pulitzer zu tragen –, doch heute wandern Tatums Gedanken zum bevorstehenden Wochenende. Holly hat einen Ablaufplan herumgeschickt (Gott sei Dank mit dem Hinweis, dass sie für alles bezahlt), und der enthielt ein paar Punkte, für die man sich schick machen musste – das Dinner im Nautilus am Samstagabend und der Lunch im Galley am Sonntag –, sogar Farben für die jeweiligen Anlässe hat Hollis vorgeschlagen. Samstagabend: Schwarz oder Weiß Sonntag: Orange oder Pink. Tatum hätte dagegen rebelliert, aber natürlich hängen in ihrem Schrank schwarze und weiße Outfits und sogar ein süßes orangefarbenes Etuikleid von Lilli Pulitzer (sie hat es vor über zwanzig Jahren im Schlussverkauf erstanden, als Dylan noch klein war, aber es müsste noch passen). Soll sie das anziehen? Es wäre perfekt für den Lunch.

Soll sie ein wandelndes Klischee sein?

Als Kyle sie fragte, warum sie an diesem Wochenende teilnehmen wollte, hatte Tatum gesagt: »Ich glaube einfach, dass es das Richtige ist. Sie hat ihren Mann verloren, *Ky*. Kannst du dir *vorstellen*, wie das ist?« Kyles Miene verdüsterte sich. Seit sie den Knoten entdeckt hatten, seit dem schlechten Mammografie-Ergebnis und der Biopsie konnten sie sich das beide nur allzu gut vorstellen.

Ein unbeschwerterer Grund dafür, dass Tatum bei der Sache mitmachen will, ist, dass sie sich ein paar Tage wie ein Sommergast fühlen möchte. Tatum liebt ihre Sommer. Sie liebt die Cottage-Rosen und Hortensien, holt sich am Ende ihrer Schicht ein Eis an der Sandbar, und schwimmt anschließend eine Runde an einer öffentlichen Badestelle. An den Wochenenden verbringt sie die Nachmittage mit Kyle an ihrem Geheimstrand, und einmal die Woche nehmen sie sich einen Babysitter für Orion und gehen essen (meistens ins Cru, weil Dylan dort arbeitet und ihnen dreißig Prozent Rabatt gibt). Aber Tatum weiß, dass parallel dazu ein aufregendes Gesellschaftsleben stattfindet, zu dem sie keinen Zugang hat – Benefizveranstaltungen mit teuren Eintrittskarten, Cocktailpartys in privaten Gärten, Dinner an Deck von Jachten – und auch wenn sie das nur ungern zugibt, weil es ihr peinlich ist, möchte sie daran teilhaben.

Als sie nun bei Holdgate's in der Schlange steht, tippt ihr jemand auf die Schulter. »Hey, Sis.«

Tatum dreht sich um. Es ist Hollis.

Tatum blinzelt. Was macht Hollis *hier*? Weiß sie, dass Tatum ihren Schlüssel versteckt hat? Beinahe muss sie grinsen, als sie sich vorstellt, wie Hollis fieberhaft den Bronco absucht, aber das *Hey, Sis*, hält sie davon ab. Hollis benutzt den alten Kosenamen, als wäre überhaupt keine Zeit vergangen, als träfen sie ich gerade im Flur ihrer Highschool, Hollis käme aus dem Englisch-Leistungskurs und Tatum aus dem Sportkurs.

Aber das ist nicht fair. In den letzten fünfzehn Jahren – seit Hollis das riesige Haus in der Squam Road gebaut hat – ist jedes Zusammentreffen zwischen ihnen befangen gewesen. Hollis ist immer so affektiert und spricht in einem unechten, piepsigen Singsang – *Tatum McKenzie, du wirst nie auch nur einen Tag älter, wie geht's dir, wie geht's Kyle und Dylan, zeig mir doch mal Fotos –*, und Tatum blockt sie ab, antwortet einsilbig und beendet die Begegnung so schnell wie möglich. Es ist wirklich ein elendes Gefühl, jemanden zu treffen, der einem so nahestand wie eine Schwester – nein, näher als eine Schwester (alle Mädchen, die Tatum und Hollis in ihrer Jugend kannten, hassten ihre Schwestern). *Beste Freundinnen* beschrieb ihr Verhältnis nicht einmal annähernd. Sie waren alles füreinander gewesen. Während des ganzen schmerzhaften Prozesses des Erwachsenwerdens hatte Tatum sich nie allein gefühlt. Sie hatte immer Hollis gehabt. *Immer.*

Und dann eines Tages nicht mehr.

Tatum kann sich nicht überwinden, ebenfalls *Hey, Sis* zu sagen. »Das mit Matthew tut mir leid.« Sie steckt das Handy in die Hosentasche und umarmt Hollis. Richtig. Mit beiden Armen und fest. Tatum hatte den Nachruf auf Matthew im *Nantucket Standard* gelesen, doch Kyle und sie hatten sich entschieden, nicht an der Beisetzung in Wellesley teilzunehmen. Jetzt hat sie deswegen natürlich ein schlechtes Gewissen. Sie hatte eine Karte schicken wollen, aber sie kann nicht so gut mit Worten umgehen wie Hollis und hatte sich gesagt, in dem reißenden Strom an Liebesbekundungen ihrer verrückten Social-Media-Fans würde ihre Karte sowieso untergehen.

Jetzt hält sie diese Entscheidung für furchtbar falsch. Wenn Kyle sterben würde (Tatum erschauert bei dem Gedanken daran, sie liebt diesen Mann so sehr) und Hollis würde mit keiner Silbe reagieren, könnte Tatum ihr das nie verzeihen. »Und es tut mir leid, dass ich nicht angerufen oder geschrieben habe und nicht bei der Trauerfeier war.«

»Aber du kommst dieses Wochenende«, sagt Hollis.

Tatum fährt sich über die Augen. Sie kann vor Hollis weglaufen, so viel sie will, Hollis ist und bleibt der erste Mensch außerhalb ihrer Familie, den Tatum je geliebt hat.

»Ich werde da sein.« Jetzt ist Tatum an der Reihe, sie gibt Amy den Abholschein, und kurz darauf hängt Amy Mr. Albrights Hemden an die Stange.

»Gehören die *Kyle*?«, fragt Hollis. »Ich kann ihn mir beim besten Willen nicht in Rosa vorstellen … oder in Pfirsich.«

Tatum schaut auf ihr Handy: 8:58 Uhr. »Die sind für einen Klienten.«

»Für einen Klienten?«

»Ich putze und mache Besorgungen für …« Sie hat keine Zeit, Hollis auf den aktuellen Stand zu bringen. »Ich muss los. Wir sehen uns morgen.«

»Die anderen kommen gegen vier«, sagt Hollis.

Vier schaff ich, denkt Tatum. Um drei hat sie Feierabend, dann holt sie Orion aus der Kindertagesstätte ab und packt ihre Sachen. Oder vielleicht packt sie schon heute Abend und gönnt sich morgen ein Styling bei RJ Miller. »Okay, bis dann!« Sie winkt zum Abschied. Ihr bleiben noch etwa sechzig Sekunden, um zu den Albrights zu kommen.

Sie öffnet die hintere Tür ihres alten Honda Pilot, fegt Chipskrümel von Orions Kindersitz und legt behutsam Mr. Albrights Hemden ab. Sie muss los – kann es sich aber nicht verkneifen, doch noch einmal in die Reinigung zurückzugehen.

»Holly?«, fragt sie. »Wer kommt noch zu diesem Wochenende?«

Hollis lächelt. »Hab ich dir das nicht gesagt?«

»Nein«, sagt Tatum. Sie hatte nicht gefragt, weil es ihr im Prinzip egal war. Hollis' Freundinnen sind eine wie die andere – alle sind sie reich und achten auf ihr Gewicht, diskutieren über Schönheitsoperationen und versuchen, ihre Kinder an Elite-Unis unterzubringen.

Hollis faltet ihre Liste zusammen und falzt die Kanten zwischen den Fingernägeln. »Das Ganze nennt sich Fünf-Sterne-Wochenende«, sagte sie. »Und ich habe jeweils meine beste Freundin aus jeder Lebensphase eingeladen.«

Aus jeder Lebensphase?, denkt Tatum. Was soll das überhaupt bedeuten?

»Meine Freundin Brooke aus Wellesley kommt. Und Dru-Ann. Die Vierte ist Gigi, die ich über meine Website kennengelernt habe. Eigentlich … bin ich ihr noch nie in echt begegnet. Aber sie macht einen netten Eindruck.«

Tatum nickt knapp. Ihr ist klar, dass der springende Punkt die Sache mit der wildfremden Person ist, die Hollis in ihr Haus einlädt, aber Tatums Aufmerksamkeit weckt der zweite Name.

Dru-Ann. Uff.

Tatum öffnet den Mund, um zu sagen: *Ich hatte gehofft, Dru-Ann nach deiner Hochzeit nie wiedersehen zu müssen.*

Aber in diesem Augenblick tritt Hollis an den Tresen und sagt zu Amy: »Ich möchte die Hemden von Matthew Shaw abholen.«

Die Worte wirken wie ein Eimer kaltes Wasser auf Tatums Ärger. Wenn Hollis tapfer genug ist, die Sachen ihres toten Mannes aus der Reinigung zu holen, dann kann Tatum auch ein Wochenende mit Dru-Ann aushalten.

Wieder im Auto, klingelt ihr Handy. Die Klinik.

Für einige Augenblicke gerät Tatum ins Schwimmen. Soll sie rangehen oder nicht? Sie ist nicht bereit dafür, hat keine Zeit. Sie drückt auf Ablehnen.

Nach dem Biopsietermin am Tag zuvor hatte die Ärztin gesagt, die Ergebnisse würden »Anfang nächster Woche« vorliegen, weshalb Tatum mit Montag oder Dienstag gerechnet hatte. Heute ist erst Donnerstag. Warum ruft sie jetzt schon an? Ist es definitiv Krebs? Oder definitiv nicht? Ein Signalton – die Mailbox. Ihr Handy ist jetzt radioaktiv: Tatum fürchtet sich davor, es zu berühren. Sie zündet sich eine Zigarette an und nimmt einen tiefen Zug.

Sie möchte Kyle anrufen, aber der ist bei einem Großauftrag und hat dort keinen Handyempfang.

Als Tatum um 9:02 Uhr vor dem Haus der Albrights anhält, wartet Irina auf der Veranda auf sie. Irina ist eins achtzig groß und trägt ihre gelbblond gefärbten Haare straff zum Pferdeschwanz zurückgebunden. Mit ihrer aufrechten Haltung – Schultern zurück, Brust raus – erinnert sie an eine olympische Speerwerferin. Irina zieht gern mit einer Freundin durch die Stadt, die ganz ähnlich aussieht, nur dass sie braune Haare hat. Die beiden sind immer stark geschminkt, tragen stechende Parfüms und haben absolut nichts Subtiles an sich. Ebenso wenig wie ihre Mission: die Jagd auf reiche Männer.

Tatum drückt die Zigarette aus, greift nach den Tüten vom Stop and Shop und hebt Mr. Albrights Hemden auf, die von der Rückbank gerutscht sind, weil sie gefahren ist wie eine Irre. Mr. Albrights Hemden interessieren sie nicht die Bohne. Um ehrlich zu sein, ist Tatum richtig *sauer* auf Mr. Albright.

Habe ich Krebs?

Als Tatum in der zwölften Klasse war, erhielt ihre Mutter Laura Leigh – nach Tatums Ansicht eine der schönsten Frauen, die je das Antlitz der Erde geziert haben – die Diagnose aggressiver metastasierender Brustkrebs (damals sprachen die Ärzte noch nicht von Stadien, aber sie nimmt an, dass ihre Mutter im Stadium elf gewesen sein dürfte). Sie unterzog sich einer Chemotherapie von der Art, bei der man dreiundzwanzig Stunden am Tag zusammengekrümmt vor der Toilette liegt – Tatum erinnert sich an ihr Stöhnen, den dramatischen Gewichtsverlust, daran, wie Laura Leighs lange, zimtfarbene Haare büschelweise ausfielen, bis sie kahl wie eine Billardkugel war. Nach der Diagnose blieben ihr noch neun Wochen. Der Satz »Sie haben noch ein halbes Jahr zu leben« entpuppte sich als Wunschtraum.

Tatum weiß alles über das BRCA-Gen, hat sich aber nie testen lassen, weil Kyle und sie ihre Krankenversicherung selbst bezahlen, und außerdem war Tatum immer kerngesund gewesen. Aber jetzt kommt es ihr vor, als sei sie am Ende ihrer Glückssträhne angelangt und der Sensenmann warte direkt vor der Tür. Sie stellt sich vor, wie ihre dunklen Haare durch den Abfluss der Dusche gespült werden, wie Krankenschwestern intravenöse Zugänge legen, wie die Chemo mit dem Spitznamen Roter Teufel durch ihre Adern strömt. Sie stellt sich vor, dass sie schwitzt und kotzt und zittert, dass sie auf dem Operationstisch liegt wie ein Braten auf dem Teller, ihre Existenz in den Händen eines Chirurgen, der auch nur ein Mensch ist, genau wie sie. Sie stellt sich vor, das Gefühl in den Brüsten zu verlieren, sie stellt sich tätowierte Brustwarzen vor, sie stellt sich vor, keinen Kanister Milch mehr heben zu können. Es gibt eine Reihe von Szenarien, in denen sie ihren Job kündigen und Kyle sich bei der Arbeit beurlauben lassen müsste, denn wer sollte sich sonst um sie kümmern? Wie sollen sie die ganzen Fahrten ins Krankenhaus nach Boston bezahlen? Kyle und sie machen seit dreißig Jahren Witze darüber, dass sie die zehn Millionen im Lotto gewinnen – sie spielen jede Woche Powerball –, aber auch ohne einen solchen Geldsegen haben sie ihr Haus so gut wie abbezahlt. Tatum wird noch zwei Jahre arbeiten müssen, dann wollten Kyle und sie endlich mal so richtig Urlaub machen. Jetzt stellt sie sich vor, dass sie Orion nicht mehr aufwachsen sehen und Dylans Hochzeit nicht mehr erleben wird. Sie hatte einen furchtbaren Traum, in dem sie gestorben war und Irina in ihr Haus in der Hooper Farm Road kam, um ihre Sachen auszuräumen, und am Ende mit Kyle im Bett landete.

»Lächerlich!«, rief Kyle aus, als Tatum ihm von dem Traum erzählte. »Ich würde niemals mit Irina schlafen. Ich werde überhaupt mit niemand anderem schlafen, Baby. Mein Leben beginnt und endet mit dir. Warum reden wir überhaupt darüber? Du musst daran glauben, dass alles gut wird.«

Aber der Traum verfolgt Tatum, und schuld daran ist ihr Klient Mr. Albright. Als Irina ihn vor zwei Jahren in die Kartei aufnahm, litt Mrs. Albright an einem Lymphom und lag im Sterben, und Tatum und ihre Kolleginnen mussten ihre Arbeit zwischen den Leuten vom Hospiz erledigen. In dieser Zeit hatte Mr. Albright schon ein Verhältnis mit der Frau begonnen, die später die zweite Mrs. Albright werden sollte. Er behauptete, dies sei der letzte Wunsch der ersten Mrs. Albright gewesen. Sie hätte gewollt, dass er glücklich war.

Tatum war völlig fertig. Mr. Albright holte seine Freundin zwar nicht in sein Haus, aber immerhin nach Nantucket – sie hatten eine gemeinsame Suite im Wauwinet. Wie widerwärtig ist das denn! Hätte er nicht wenigstens warten können, bis seine arme Frau unter der Erde war, bevor er es mit einer anderen trieb?

Tatum wischt ein paar Krümel von den Schutzhüllen mit den Hemden. Sie ist zu spät dran und konnte ihre Zigarette nicht zu Ende rauchen. Irina sieht ungeduldig aus, und Tatum fürchtet, dass sie anfangen wird zu weinen, wenn Irina sie jetzt anschreit.

Das Beste an Hollis' Mädelswochenende ist, dass es Tatum bestimmt auf andere Gedanken bringt. Sie wird sich eine hübsche kleine Rache für Dru-Ann ausdenken. Allein dafür wird es sich schon lohnen.

6.

Phantom

Am Donnerstagmorgen steuert Dru-Ann Jones ihren Rolls-Royce Phantom durch den Verkehr auf dem Lake Shore Drive, und wie üblich geben alle um sie herum freiwillig die Spur frei, als könnten sie spüren, dass Dru-Ann sie sonst aus dem Weg rammen würde.

Dru-Ann liebt dieses Auto – sie hatte auch mit einem Ferrari geliebäugelt, wegen des Wow-Faktors, aber der Phantom ist einfach so stilvoll, da geht nichts drüber.

Ihr Handy klingelt, und eine seidige britische Stimme verkündet: »Anruf von Marla Fitzsimmon.«

Dru-Ann ist irritiert. Marla ist ihre Co-Moderatorin bei *Wirf wie ein Mädchen*, sie ist eine Millennial und würde nur telefonieren, wenn sie den Notruf wählen muss.

»Annehmen«, sagt Dru-Ann. Alarmiert sagt sie: »Hey … was gibt's?«

»Hat Zeke dich erreicht?«, fragt Marla.

Zeke ist ihr Produzent. (Ja, es wurmt Dru-Ann, dass der Produzent ihrer Fernsehshow zur Förderung von Frauen im Sport ein Mann ist.)

Zeke hat sie *nicht* erreicht. Dru-Ann hatte ihn mehrfach angerufen, um ihm den Vorfall mit Posey zu erklären, war aber jedes Mal an die Mailbox weitergeleitet worden. Sollte sie sich Sorgen machen, weil Marla offenbar mit ihm gesprochen hat? Marla ist die Unschuld vom Lande, das Nachwuchstalent und eine frühere Klientin von Dru-Ann. Sie war Basketballstar und kurz vor einer Einstiegsposition bei Chicago Sky, als sie sich beim Skifahren das Kreuzband riss. Die Verletzung bedeutete das Ende von Marlas Basketballkarriere, aber hatte Dru-Ann sie aufgegeben? Nein! Als Zeke und die Verantwortlichen des Senders Dru-Ann für *Wirf wie ein Mädchen* gewinnen wollten, hatte sie nur unter der Bedingung zugestimmt, dass Marla ihre Co-Moderatorin wurde.

»Warum?«, fragt Dru-Ann. »Ist er sauer wegen der Sache mit Posey? Fürs Protokoll: Das war nicht meine Schuld.«

Dru-Ann hört, wie Marla an ihrem Vape-Pen zieht. »Ich bin nur der Bote«, sagt sie.

»Er setzt die Sendung nicht ab, oder?«

»Nein«, sagt Marla. »Aber er ersetzt dich vorübergehend, bis

Gras über diese Sache gewachsen ist. Crabby Gabby übernimmt für dich.«

»Das ist ein Witz«, sagt Dru-Ann. Zu spät bemerkt sie, dass sich vor ihr ein Stau gebildet hat. Sie tritt hart auf die Bremse, ihr Kaffee schwappt über die Konsole. »Sag mir bitte, dass das nicht wahr ist.«

»Es ist wahr.«

»Aber das ist doch Bullshit. So schlimm ist es gar nicht!«, sagt Dru-Ann.

»Doch, es ist so schlimm, Dru«, sagt Marla. »Du hast heute Morgen wahrscheinlich noch nicht bei Twitter reingeschaut?«

Nachdem Dru-Ann ihren Wagen in der Tiefgarage des Bürogebäudes geparkt hat – war das Einbildung, oder hat der Wachmann sie schief angesehen? –, ruft sie auf ihrem Smartphone Twitter auf und tippt ihren Namen ins Suchfeld.

#DruAnnJones
Trends
#cancelDruAnnJones
13,5k Tweets in der letzten Stunde
#PrioritizeMentalHealth
11,2Tsd Tweets in der letzten Stunde
#TeamPosey
4,6k Tweets in der letzten Stunde

Dru-Ann hat plötzlich das Gefühl, am Leder ihres Autositzes festgeklebt zu sein. Sie kann sich nicht rühren. Aber ihre Hände laufen offenbar über einen anderen Stromkreis, die fangen nämlich an zu zittern. Sie hält den bebenden Finger über das Display. Soll sie lesen, was die Leute schreiben? Sie hatte schon Klientinnen in solchen Situationen, allen voran Tania Oaks, Olympiasiegerin im

Dressurreiten, die jemand dabei gefilmt hatte, wie sie – auf dem Rückweg von den Spielen, *mit der Goldmedaille um den Hals* – eine Flugbegleiterin als »billige Tussi« bezeichnet hat. Das Video ging viral. Als die mediale Hysterie losbrach, nahm Dru-Ann Tania das Handy weg.

Befolge deinen eigenen Rat, ermahnt sich Dru-Ann. *Sieh es dir nicht an.*

Aber das ist etwas anderes. Hier geht es um mich. Und ich habe nichts falsch gemacht. Die Menschen im #TeamPosey kennen die Details nicht. Sonst wären sie im #TeamDruAnn.

Dru-Ann wünschte, sie könnte allen erklären, was wirklich passiert ist.

Es ist Freitagabend. Dru-Ann, ihre Klientin Posey Wofford und Poseys Vater Nick Wofford – der Dru-Anns Freund ist und vielleicht die lang ersehnte Liebe ihres Lebens – sind in einem Restaurant und feiern, dass Posey beim Dow-Great-Lakes-Bay-Invitational-Golfturnier mit vier Schlägen vorn liegt und ins Finale einzieht.

Sie bestellen Drinks – Dru-Ann einen Casamigos auf Eis, Nick einen Martini, Posey ein Pellegrino mit einem Spritzer Cranberrysaft. Dru-Ann studiert die Speisekarte. Die Yelp-Bewertungen für dieses Restaurant waren anständig. Die Getränke werden gebracht, sie erheben die Gläser.

Posey sagt: »Ich kann nicht zum Essen bleiben. In zwanzig Minuten kommt mein Lyft nach Detroit. Ich fliege heute Abend noch nach Edinburgh.«

Nick lacht. Dru-Ann würde zu gern mitlachen, hat aber das Gefühl, dass Posey das ernst meint. Langsam nippt sie an ihrem Tequila und wartet ab.

»Phineas hat gerade erfahren, dass er es in die Open geschafft hat«, sagt Posey. »Und ihr wisst ja, dass sie dieses Jahr die Old Lady spielen. Er hat geträumt, dass er gewinnt. Ich muss dabei sein.«

Dru-Ann sieht Nick an, dem es offenbar die Sprache verschlagen hat. Aber Nick wird nicht Nein zu seiner Tochter sagen. Nick sagt nie Nein. Diese Aufgabe fällt immer Dru-Ann zu. Damit verdient sie ihr Geld: Sie schützt ihre Klientinnen vor sich selbst.

»Nein«, sagt Dru-Ann.

»Doch«, sagt Posey und wirft trotzig den Pferdeschwanz zurück. »Das sind die *British Open*. In *St. Andrews*.«

Dru-Ann trinkt noch einen Schluck Tequila und erwägt die Optionen für ihren nächsten Schritt. Das Prestige oder den Mythos der British Open kann sie nicht herunterspielen. Das Turnier ist Dru-Anns heimlicher Favorit, wenn es im Royal and Ancient Golf Club of St. Andrews ausgetragen wird. (Heimlich muss es sein, denn wie könnte sie als Schwarze Frau einen Verein mit »traditionellen« Mitgliedschaftsregeln verehren? Erst seit September 2014 können Frauen überhaupt beitreten, und sie dürfen sich immer noch nicht im Hauptgebäude umziehen.) Phineas steht derzeit auf Platz 127 der Weltrangliste. Dru-Ann kann kaum glauben, dass er überhaupt in den Open antritt, das sind ziemlich große Neuigkeiten.

Auch die Beziehung zwischen Posey und Phineas kann Dru-Ann nicht kleinreden. Die beiden sind seit der ersten Woche im Golfinternat ein Paar. Sie haben die Herausforderungen einer Fernbeziehung und den Druck des Turnierlebens gemeistert – Qualifizierungsrunden, Rankings und ein brutales Reiseprogramm. Die beiden werden eines Tages heiraten, und Posey wird die nächste Generation von Klientinnen für Dru-Ann in die Welt setzen.

Die beste Taktik ist, bei Posey selbst anzusetzen. »Du liegst mit vier Schlägen vorn«, sagt sie. »Du hast die Tournee dominiert. Bella ist viel zu nervös. Sie wird dich nicht schlagen, und sie ist deine einzige echte Konkurrenz. Du wirst dieses Turnier gewinnen, Posey.«

Posey lächelt Dru-Ann an. »Ist mir egal.«

»Es ist dir egal, ob du ein Turnier der Ladies Professional Golf Association gewinnst?«, fragt Dru-Ann. »Ist das nicht seit Jahren dein Traum?«

Posey zuckt die Schultern. »Wir sind hier in Michigan, das ist nicht dasselbe.«

Nick starrt in seinen Martini. Dru-Ann tritt ihn unter dem Tisch, doch er tut, als würde er es nicht bemerken. Kann sie einen Mann lieben, der einen blinden Fleck genau in Größe und Form seiner jüngsten Tochter hat?

»Wie willst du das deinen Sponsoren erklären?«, fragt Dru-Ann. »Ping? Lululemon? Die haben in dich *investiert*!«

»Ich sage, ich habe psychische Probleme«, sagt Posey. »Ist doch klar.«

»Psychische Probleme?« Dru-Ann ist bewusst, dass sie laut genug spricht, um die Aufmerksamkeit der umliegenden Tische auf sich zu ziehen, aber das ist ihr im Moment egal. »Soll das ein Witz sein? So eine Ausrede kannst du doch nicht einfach aus dem Ärmel ziehen, wie es dir in den Kram passt. Das setzt Sportlerinnen herab, die echte psychische Probleme haben, wie Simone Biles und Naomi Osaka und die zahllosen Frauen, von denen wir nichts wissen.«

»Ich sage dir, dass ich mich morgen nicht konzentrieren kann. Wenn Dad und du darauf besteht, dass ich bleibe und die Finalrunde spiele, werde ich abgelenkt sein und nur an Phineas denken. Ich werde bereuen, dass ich nicht geflogen bin, und mir wünschen, dort zu sein.«

»Also gut.« Dru-Ann zügelt ihre Emotionen. *Du hast hier die Gelegenheit, ihr etwas begreiflich zu machen,* denkt sie »Aber abgelenkt zu sein und sich zu wünschen, man wäre woanders, ist kein psychisches Problem. Psychisch gesunde Menschen erleben so etwas ständig. Wenn zum Beispiel das Drake-Konzert am selben Abend ist wie ein Dinner mit einer Klientin, das man nicht absagen kann.« Sie sucht auf Poseys Zügen nach einem Zeichen von Verständnis. Ist der Vergleich angekommen? »Du kannst doch locker morgen achtzehn Löcher spielen und danach fliegen.«

Posey schaut auf ihr Handy und steht auf. »Mein Lyft kommt in zwölf Minuten. Ich gehe ins Hotel und packe.« Sie sieht Nick an. »Bringst du meine Schläger zurück nach Chicago?«

»Posey«, sagt Nick halb tadelnd, halb enttäuscht. Doch darauf folgt nichts. Als Posey ihrem Vater einen Kuss auf die Stirn gibt, schließt er ergeben die Augen. »Wünsch Phineas von uns viel Glück.«

Dru-Ann kann es nicht fassen. Nick ist so weich wie ein Haufen Scheiße.

Ohne Dru-Ann eines weiteren Blickes zu würdigen – sie ist schlicht zu feige –, verlässt Posey das Restaurant, woraufhin Dru-Ann ihr hinterherruft: »Drückebergerin!«

Was vermutlich irgendeinen neugierigen Clown am Nachbartisch dazu veranlasst, sein Smartphone zu zücken und auf Aufnahme zu drücken. Er fängt Dru-Anns ungezügelte Wut ein, als sie Nick anfährt: »Ich fasse es nicht, dass du dich nicht gegen sie behauptet hast. Sie fährt weg, Nick. Sie fliegt nach Schottland! Und sie wird allen erzählen, sie hätte ›psychische Probleme‹« – Dru-Ann malt Anführungszeichen in die Luft – »obwohl sie sich einfach mal *zusammenreißen und das Spiel durchziehen müsste!*«

Jetzt sieht Dru-Ann den kurzen Videoausschnitt, in dem sie diese Worte schreit, auf drei verschiedenen Twitter-Kanälen, darunter einer mit einer Trilliarde Followern, der keinen anderen Job zu haben scheint, als Zeug auf Twitter zu posten.

Dru-Ann schließt die App und stürmt hinauf ins Büro, wo ihre Partnerinnen – die es allesamt satthaben, sich mit den Launen ihrer verwöhnten Klientinnen herumzuschlagen – ihr sicherlich gut zureden und sie beruhigen werden.

Doch in den Büros der Agentur JB Channing ist die Stimmung seltsam gedrückt. Normalerweise hocken um diese Uhrzeit alle zusammen im Gemeinschaftsraum vor dem 105-Zoll-Fernseher und gucken *SportsCenter*. Aber heute ist der Fernseher aus. Dru-Ann blinzelt. Hat sie diesen Fernseher schon jemals ausgeschaltet gesehen? Irgendwo auf der Welt findet immer irgendein Sportereignis statt – Kricket, Fußball, Rugby, Polo, australischer Football –, und mit großer Wahrscheinlichkeit nimmt ein Klient von JB Channing daran teil. Der schwarze Bildschirm ist so ungewöhnlich, dass Dru-Ann an einen Stromausfall denkt – aber das Licht ist an.

Begleitet von einer bösen Vorahnung, geht Dru-Ann zu ihrem Eckbüro. Sämtliche Bürotüren sind *geschlossen*. Auch das kommt nie vor. Dru-Anns männliche Kollegen lieben es, mit ihren ach so wichtigen Gesprächen anzugeben – mit Federer, mit Davante Adams, mit den PR-Leuten von Emirates Airlines, die Dwayne Wade für ihre neue Werbekampagne verpflichten wollen.

Dru-Anns Assistent Jayquan hält wie üblich ihren Espresso bereit, die Apokalypse ist offenbar nicht eingetreten. Dankbar nimmt Dru-Ann den Becher entgegen. Jayquan verzieht das Gesicht. »JB ist in deinem Büro.«

Die Apokalypse ist doch eingetreten.

JB Channing ist ein Titan in der Welt des Sports. Er hat diese Agentur gegründet, wurde fünf Mal zu Chicagos Geschäftsmann des Jahres gewählt und steht ständig auf der *Ebony*-Liste der 100 mächtigsten Personen. Letztes Jahr war er im *People*-Magazin, in der Ausgabe über die schönsten Menschen. Er geht mit Schauspielerinnen aus und war ein paar Monate mit dem erfolgreichsten Popstar der Welt liiert. Er hat sehr berühmte Freunde. (Hinter seinem Schreibtisch hängt ein Foto von ihm mit Jimmy Kimmel, Jason Bateman und Chris Rock in der Green Door Tavern.) JB ist nicht nur Dru-Anns Boss, er ist ihr Vorbild. Eingestellt hat er sie, weil sie die beste Nase für Talente hat, die ihm je untergekommen ist. Dru-Ann setzt sich energisch für andere Women of Color ein, lässt sich nichts gefallen und sagt, was sie denkt. Es gibt nur zwei Dinge, die sie bei einem Sportler für wichtiger hält als Talent, und das sind harte Arbeit und Disziplin.

JB hat sehr deutlich gemacht, dass er das an ihr schätzt.

Allerdings nicht heute.

Mit einer Begrüßung hält er sich gar nicht erst auf. »Das Video ist überall, und blöderweise ist in der Sportwelt heute sonst verdammt wenig los.« Er seufzt und fährt sich über den rasierten Schädel. »In unsrem Business gibt es nur wenige absolute No-Gos, Dru-Ann. Aber bei psychischer Gesundheit gibt es kein Pardon.«

»Ja. Ich weiß. Außer ...«

»Ohne Ausnahme! Du warst doch mit uns allen bei dem Retreat.«

Ja, Dru-Ann hatte an dem Retreat zu psychischer Gesundheit im American Club in Kohler, Wisconsin teilgenommen. JB hatte es organisiert, nachdem sich ein junger Wide Receiver aus Baylor – der ein Angebot von den 49ers hatte – das Leben genommen hatte.

»Ich habe die psychische Gesundheit *verteidigt*«, sagt Dru-Ann. »Posey hat die Karte nur ausgespielt, weil es ihr *in den Kram passte*.«

»Du hast heute Morgen schon vier Klientinnen verloren«, sagt JB. »Tamika, Winnie, Nyla und Linzy. Und es werden garantiert noch mehr folgen. Du bist so lange beurlaubt, bis Gras über die Sache gewachsen ist, und Jim setzt gerade mit seinem Team deine Entschuldigung auf. Wir wollen sie so schnell wie möglich veröffentlichen.«

»Ich werde mich nicht öffentlich entschuldigen«, sagt Dru-Ann. »Weil ich nichts falsch gemacht habe. Posey Wofford ist psychisch gesund. Sie benutzt das als *Ausrede*, JB.«

»Du wirst dich entschuldigen«, sagt JB. »Sonst sehe ich mich gezwungen, den nächsten Schritt zu gehen.«

»Und der wäre? Mich zu feuern?«

»Natürlich werde ich dich nicht feuern, Dru-Ann«, sagt JB.

»Bitte stell dich auf meine Seite.« Dru-Ann blickt aus dem Fenster über die Skyline von Chicago, dann macht sie auf dem Absatz ihrer Stilettos kehrt. Er will sie beurlauben, das kann er haben.

»Wir melden uns wegen des Statements«, ruft er ihr nach.

Dru-Ann kehrt in den tröstlichen Schoß ihres Phantom zurück und rollt aus dem Parkhaus (der Wachmann schaut sie tatsächlich schief an!). Ganz automatisch biegt sie in den Lake Shore Drive ein und fährt Richtung Norden, aber das fühlt sich einfach nicht richtig an. Es ist zu früh. Sie besitzt ein wunderhübsches Brownstone-Haus in Lincoln Park, aber tagsüber will sie sich dort nicht aufhalten.

Ihr Handy klingelt, und eine vornehme britische Stimme sagt: »Nicholas Wofford«, als stünde Nick im Smoking mit einem Riesenstrauß Callas-Lilien vor der Tür.

»Annehmen.« Eigentlich will Dru-Ann nicht mit Nick reden – seine jämmerliche Reaktion ist Schuld an dieser ganzen Sache – aber die traurige Wahrheit ist, dass Dru-Ann sich in ihn verliebt hat und außerdem nur wenige Freunde hat. »Hey«, sagt sie. »Bist du im Büro? Sollen wir einen Kaffee trinken?«

Stille folgt, dann räuspert sich Nick, und Dru-Ann denkt: *O lieber Gott, nicht du auch.*

»Ich glaube, wir sollten auf die Bremse treten«, sagt Nick. »Und uns eine Zeit lang nicht mehr sehen …«

Dru-Ann legt auf und schreit in die gefilterte Luft im Wageninneren. Hat sich denn wirklich jeder Mensch in ihrem Leben von ihr abgewandt? Sie erhält eine Textnachricht, rechnet damit, dass Nick ein paar dürftige, herablassende Worte geschickt hat. Doch als sie aufs Display guckt, ist es Hollis. Farben fürs Ausgehen am

Wochenende, steht da. Dinner am Samstag: Schwarz oder Weiß. Lunch am Sonntag: Orange oder Pink.

Ach ja, richtig, denkt Dru-Ann. *Da war doch was.* Sie hatte absagen wollen. Sie ist sich ziemlich sicher, dass Hollis *davon ausgeht,* dass sie absagt – nicht wegen ihrer psychischen Gesundheit, sondern weil Dru-Ann jegliche Art von Mädelswochenende verabscheut, vor allem wenn sie auch noch alle dieselben verdammten Farben tragen sollen.

Aber weil Dru-Ann so erleichtert darüber ist, dass es überhaupt einen Ort gibt, an dem sie derzeit tatsächlich willkommen ist, ruft sie ihren Assistenten an und bittet ihn, ihr für den nächsten Morgen ein Erste-Klasse-Ticket nach Nantucket zu buchen.

»Soll ich das über die Firmenkarte laufen lassen?«, fragt Jayquan.

Dru-Ann ist versucht, Ja zu sagen, allein um JB zu ärgern, aber eine Kostenprüfung von der Buchhaltung ist das Letzte, was sie jetzt gebrauchen kann. »Meine private Karte, bitte«, sagt sie. »Und auf der Insel brauche ich einen Fahrdienst, der mich in die Squam Road bringt. Richte bitte bis auf weiteres eine Abwesenheitsnotiz in meinem Mailaccount ein.«

Als Dru-Ann auflegt, fühlt sie sich ein winziges bisschen besser. Sie wird ihr knallpinkes, eng anliegendes Stella-McCartney-Kleid aus den Tiefen ihres überquellenden Kleiderschranks kramen, Austern schlürfen und im Mondschein auf Hollis' Terrasse tanzen.

Sie wird das Mädelswochenende *rocken.* Sie wird die wertvollste Spielerin sein.

Nantucket, denkt sie, *ich komme!*

7.
Dichterviertel

Es ist Donnerstagnachmittag im Dichterviertel von Wellesley, und Brooke Kirtley schneidet ein Foto von sich zu und bearbeitet es, um es auf Facebook zu posten. Auf dem Bild trägt sie einen Strohhut und ein weißes Eyelet-Kleid von LoveShackFancy. Sie sitzt auf einem breiten, weißen Bett, über ihr der Korbleuchter von Serena and Lily, neben ihr der gepackte, aufgeklappte Reisekoffer. Sie hat die Arme zu einem U für Urlaub erhoben und *strahlt*. Sie postet das Foto mit dem Text Koffer gepackt für ein Mädelswochenende auf Nantucket. Sie entscheidet sich, Hollis nicht zu taggen, weil sie nicht mit dem Namen angeben will – Hollis und sie waren schon lange vor *Hollis hat Hunger* Freundinnen. Brooke inspiziert das Foto eingehend, zoomt auf das Gesicht (sie hat natürlich einen glättenden, aufhellenden Filter benutzt) und dann auf ihre Arme (wirken sie sehnig?), dann sucht sie nach eventuellen Flecken auf dem Bettüberwurf (das wäre unendlich peinlich). Brooke wollte ihren Facebook-Freunden schon längst ein Foto von ihrem und Charlies Schlafzimmer zeigen (das sie selbst eingerichtet hat). Sie überlegt, Serena and Lily zu taggen, die könnten das Foto für Werbezwecke verwenden – die Bettwäsche, das mit grünem Leinen bespannte, muschelförmige Kopfteil, die intarsierten Tischlampen und natürlich der kultige Deckenleuchter. Als Brooke gerade recherchiert, wie man eine Marke taggt, macht ihr Handy ein Regentropfengeräusch. Ein Kommentar zu ihrem Post – jetzt schon!

Er ist von Electra Undergrove.

Auf Facebook sind Brooke und Electra noch befreundet, auch wenn sie im echten Leben nicht mehr miteinander reden. Immer wenn Brooke etwas postet, überlegt sie: *Wird Electra das sehen? Was wird Electra denken?* Brooke hat den Verdacht, dass Electra zu beschäftigt ist oder zu viele andere Freundinnen hat (im Prinzip ganz Wellesley), um überhaupt zu bemerken, dass sie hier immer noch mit Brooke verbunden ist.

Der Kommentar lautet: Ich bin auch auf Nantucket. Lass uns doch im Slip 14 ein Glas Wein trinken.

Brooke blinzelt. Soll das ein Trick sein? Sehr vorsichtig klickt sie auf Electras Profilbild – Electra, Simon und die Kinder in der ersten Reihe bei einem Kenny-Chesney-Konzert – und fragt sich, ob der Kommentar wirklich von ihr stammt oder von einem Bot, der auf Facebook sein Unwesen treibt. Es gibt Fotos von der ganzen Bande bei der Footballparty bei Electra zu Hause, dann das Grüppchen Mütter – Electra, Liesl, Rhonda und Bets –, die auf dem Sportplatz Sprague Fields im Gras sitzen, und dann noch mal nur die Mütter an einem Küstenstreifen, der nach Cinque Terre aussieht.

Die sind zusammen nach Italien *gefahren?*, wundert sich Brooke, und eine so starke Sehnsucht überkommt sie, dass ihr davon schlecht wird. Sie liest den Kommentar noch einmal: Ich bin auch auf Nantucket. Lass uns doch im Slip 14 was trinken gehen.

Ja!!! Tippt Brooke. Unbedingt!! Hast du meine Nummer noch? Sie ist …

Doch während Brooke ihre Nummer eintippt, besinnt sie sich und löscht das Geschriebene. Seit *dem* Sonntag vor fünf Jahren hat Electra nicht mehr mit Brooke gesprochen. *Scher dich zum Teufel, Electra*, denkt Brooke. Aber ein bisschen selbstgefällig ist sie auch. Nach all der Zeit ist es jetzt Electra, die Kontakt aufnimmt – und dann sogar mit einer konkreten Einladung. Sie hat nicht nur gesagt: Lass uns mal was trinken gehen, sie hat einen Ort ausgesucht, das Slip 14. Aber Electras Namen zu sehen, ist ein Trigger. Brooke weiß noch genau, wie oft sie früher an Electras Haus vorbeigefahren ist, um an den parkenden Autos abzulesen, wer anstelle von ihr und Charlie eingeladen worden war.

Brooke tippt: Weiß noch nicht, ob ich Zeit habe, sorry. Aber das klingt bissig, und Brooke hat sich geschworen, sich nie auf Electras Niveau hinabzulassen. In der Schlange beim Bäcker ignoriert Electra sie jedes Mal, und auch an Thanksgiving, beim Footballspiel Wellesley gegen Needham, hat sie ihr die kalte Schulter gezeigt. Electra, Liesl, Rhonda und Bets hatten auf der Tribüne gestanden, und als Brooke ihnen zuwinkte, rückten sie enger zusammen, lachten und tranken ihre traditionellen Fireball-Shots.

Brooke beschließt, Electra gar nicht zu antworten. In einem ihrer Selbsthilfe-Podcasts hatte sie gehört, wenn man nicht sicher sei, was man sagen soll, solle man nichts sagen.

Und es stimmt: Es gibt Brooke ein Gefühl von Macht, Electra keiner Reaktion zu würdigen.

Einige Augenblicke sitzt sie da und sieht zu, wie sich die Likes anhäufen. Brookes Mutter Doris kommentiert: Oooh, ich bin neidisch! Kindischerweise möchte Brooke das am liebsten löschen. Wie peinlich, dass ihre siebzigjährige Mutter auf Facebook mit ihr befreundet ist. Aber dann antwortet Milly Soper auf den Kommentar von Brookes Mutter: Ich auch!, und deshalb muss sie es stehen lassen.

Das Klopfen an der Haustür kommt so unerwartet, dass Brooke aufspringt. Sie setzt den Strohhut ab und würde sich gern umziehen – das ist ihr Ausgehkleid für Samstagabend –, aber dann klopft es erneut, diesmal mit mehr Nachdruck. Eindeutig ein Mann. Vielleicht die Mormonen oder Zeugen Jehovas? Der Kammerjäger? Ein Politiker im Wahlkampf? Irgendein Handelsvertreter? Keinem von denen möchte Brooke gern öffnen, doch die Neugier treibt sie zur Tür.

Vor ihr steht ein breit gebauter Mann mit schütterem Haar in graubrauner Uniform mit einer glänzenden Marke. Polizei? Brooke wird ein wenig flau, ist ihrem Sohn Will etwas zugestoßen? (Er macht diesen Sommer ein Praktikum bei einer Investment-Bank.) Oder ihrer Tochter Whitney? (Sie fährt eines der Bostoner

Entenboote, der perfekte Ferienjob für eine Schauspielstudentin.) Oder Charlie? (Wobei dieser Gedanke nicht dieselbe nackte Panik in ihr auslöst.)

»Ja?«, fragt sie. Sie sieht einen Streifenwagen mit laufendem Motor in der Einfahrt stehen. Auf der Tür steht NORFOLK COUNTY SHERIFF DEPT.

»Ist Charley Kirtley zu Hause?«, fragt der Mann.

»Nein«, sagt Brooke. »Er ist bei der Arbeit.«

»Wo arbeitet er?«, fragt der Mann.

Brookes Blick fällt auf das Blatt Papier, das der Mann in der Hand hält, und in diesem Moment begreift sie, was hier vorgeht. Dieser Mann stellt Charlie eine Vorladung zu.

Charlie wird verklagt. Schon wieder.

Um Viertel vor fünf kommt Charlie durch die Tür, und inzwischen hat Brooke drei Tito's mit Soda und sechs gesalzene Mandeln intus. Es überrascht sie ein bisschen, dass er so früh nach Hause kommt. Donnerstags und freitags geht Charlie mit seinen toxischen männlichen Kollegen bei Landover (das Charlie nervigerweise als »Land Rover für Wirtschaftsprüfer« bezeichnet) nach der Arbeit auf ein paar Drinks zu Abe und Louie's.

Die Zwillinge haben heute Abend zum Glück schon etwas vor: Will geht wie üblich ins Fitnessstudio, und Whitney hat ein Bumble-Date. Das weiß Brooke, weil sie am Abend vor ihrer Abreise eigentlich mit der ganzen Familie hatte zu Abend essen wollen, aber Whitney hatte sie ausgelacht. (»Es sind nur drei Tage, und du verlässt noch nicht mal den Bundesstaat.«)

»Da ist ja mein Engel«, sagt Charlie, als er in die Küche kommt. Er zieht Brooke von ihrem Stuhl hoch und küsst sie feucht auf den Mund. (Charlie küsst wie eine Boa constrictor – Brooke hat jedes Mal das Gefühl, er wolle sie verschlucken.)

»Hat der Hilfssheriff dich gefunden?«, fragt sie.

Charlie zieht Brooke noch fester an sich. Sein Körper bebt, und er gibt dieses Fiepen von sich, das er beim Weinen macht. Es ist ein jämmerlicher Laut, doch Brooke hat kein Mitleid mit ihm. Was er tut, ist ungeheuerlich. Sein Elend hat er sich gänzlich selbst zuzuschreiben.

»Wer war es diesmal?« Brooke hatte den Hilfssheriff gebeten, ihr die Vorladung zu zeigen, doch er hatte abgelehnt.

Charlie atmet tief und bebend ein. »Irish, aus dem Büro.«

Irish Fahey, die neue Markenmanagerin bei Landover. Charlie hatte von ihr erzählt – die feuerroten Haare, die Sommersprossen, der Vorname, der einlud, einen Kommentar zu machen. Er nennt sie »das neue Mädchen«, weil sie frisch vom College kommt.

»Was hast du gemacht?«

»Sie hat das völlig verzerrt dargestellt …«

»Charlie.«

»Ich hab sie mir von hinten geschnappt. Ich hab nur rumgealbert. Ich dachte, sie ist cool.«

Brooke stößt Charlie von sich, allerdings ist er so massiv gebaut, dass er sich kaum vom Fleck rührt. Sie blickt auf das Stillleben auf Kücheninsel: Ihr Glas mit einem Fingerbreit verwässertem Wodka darin und einem zerdrückten Limettenschnitz, die vom Kondenswasser nasse Flasche Tito's, die so verführerisch vereist gewesen war, als Brooke sie aus dem Eisfach holte, die Dose Mandeln, die sie sich so sparsam eingeteilt hatte. Sie denkt an Irish Fahey, das Opfer des Übergriffs. *Von hinten geschnappt* bedeutet, dass Charlie ihre Brüste befummelt und sein Ding an ihrem Hintern gerieben hat. Brooke ist froh, dass Irish ihn angezeigt hat. Irishs Anwalt wird erfahren, dass Charlie eine Vorgeschichte mit solchen Übergriffen hat. Damals hatte er im Oak Room eine Kellnerin namens Lola begrapscht. Das Oak Room ist die Kneipe, in die Charlie und seine widerwärtigen Kumpel früher gegangen sind. Charlies Anwalt hatte sich mit Lolas Anwalt außergerichtlich geeinigt – eine deftige fünfstellige Summe –, und Brooke hatte gedroht, wenn er so etwas noch einmal täte, werde sie ihn verlassen.

Allerdings ist es nicht realistisch, ihn ausgerechnet jetzt zu verlassen. Brookes Mutter wohnt in einer Zweizimmerwohnung in Boca Raton, dorthin kann Brooke auf keinen Fall, und dann sind da noch die Kinder, die sehr zufrieden sind mit ihren Jobs und ihrem bequemen Vorstadtleben, das sie führen, wenn sie im Sommer von ihren teuren Privatunis nach Hause kommen.

Trotzdem sagt Brooke: »Ich bin fertig mit dir, Charlie.«

Charlie heult auf. »Du kannst mich nicht im Stich lassen«, sagt er. »Dann habe ich gar nichts mehr. Ich wurde heute gefeuert.«

Das wundert Brooke. Trotz seines abstoßenden Verhaltens war Charlie beruflich immer erfolgreich. Bei seinen Klienten ist er irre beliebt, weil er großzügig Abschläge gewährt und sich bestens mit sämtlichen Steuerschlupflöchern für Unternehmen auskennt. Außerdem ist er der Liebling der Kollegen, die allesamt ehemalige Verbindungsstudenten sind und im Büro eine Herrenclub-Atmosphäre geschaffen haben. Die Firma Landover, das hieß Fantasy Football, Freitagsbierchen und Pornhub, Männertrips nach Vegas und zum Kentucky Derby, Männer, die sich über ihre Ehefrauen ärgern, die sie nicht ran lassen, und über Kinder, die sie wie Geldautomaten behandeln. Während der Steuer-Hochsaison – von Februar bis April – schieben sie Nachtschichten mit Foodtrucks vor dem Haus, palettenweise Red Bull, Amphetaminen auf Rezept und Masseurinnen von Happy Orchid.

Brooke konnte nur schwer glauben, dass die Jungs, mit denen Charlie zusammenarbeitete, ihn aus moralischer Empörung heraus gefeuert haben sollten. Wahrscheinlich hatte Irish gedroht, die ganze Firma dranzukriegen, und Charlie hatten sie geopfert. Brooke stellt sich vor, wie sich seine Kollegen in seinem Namen entschuldigen und sagen, er habe eindeutig eine Grenze überschritten, und dann untereinander flüstern, Irish hätte ihn reingelegt.

Brooke widersteht dem Drang, direkt aus der Tito's-Flasche zu trinken und Charlie die Mandeln über den Kopf zu kippen (sie müsste sie hinterher aufsammeln). Sie marschiert durch den Flur zum Schlafzimmer, das um diese Tageszeit in Gold getaucht ist, weil das Spätnachmittagslicht den Raum flutet – aber das ist nur die Oberfläche. Charlie folgt ihr dicht auf den Fersen.

Brooke deutet auf ihren Koffer. »Ich habe schon gepackt.«

Charlie wirft sich bäuchlings aufs Bett, wie Whitney es als Teenager bei einem Wutanfall gemacht hatte. Brooke tun die Kinder leid, vor allem Whitney. Bald wird sie erfahren, dass ihr Vater eine Kollegin begrapscht hat, die nur wenige Jahre älter ist als sie selbst. Und was für ein abscheuliches Beispiel gibt Charlie für Will ab?

Während Charlie auf dem Bett liegt und sich sein Rücken unter Schluchzern hebt und senkt, sieht Brooke auf ihn hinab und empfindet … nichts. Nicht einmal Wut, obwohl ihr jetzt klar wird, dass nicht ihre soziale Unbeholfenheit der Grund dafür ist, dass sie keine Freunde mehr hat (was Charlie ihr eingeredet hat), sondern *er*.

Brooke nimmt ihren Koffer und ihre Hutschachtel und geht ins Gästezimmer. Hier wird sie bleiben, bis sie sich am nächsten Tag auf den Weg zur Fähre macht.

Sie schaut auf ihr Smartphone. Ihr Post hat fünfzig Likes und sechzehn Kommentare. Es ist ihr erfolgreichster Beitrag aller Zeiten. Sie wischt sich eine Träne von der Wange.

8.
Die dritte Margarita

Wegen eines Streits in der Kabine verzögert sich der Abflug aus Cancún. Kristen, die Flugbegleiterin in der First Class, streckt den Kopf ins Cockpit und sagt zu Gigi: »Das passiert ständig. Die

Leute glauben immer, die dritte Margarita wäre eine gute Idee, und sie liegen immer falsch.«

»Was ist los?«, fragt Gigi.

»Der Marshal begleitet sie hinaus.«

Gigi dreht sich in ihrem Sitz um und sieht, wie ein Paar mit glasigem Blick (und heftigem Sonnenbrand) durch den Gang geschoben wird. *Hier spricht Ihr Kapitän*, denkt Gigi. *Auf Wiedersehen.* Auf ihren Strecken Atlanta–Rom oder Atlanta–Madrid ist so etwas nie passiert. Aber nach Matthews Tod hat Gigi diese Strecken aufgegeben. Es tat einfach zu weh, in FCO oder MAD zu landen, wenn Matthew dort nicht auf sie wartete.

Deshalb ist sie jetzt hier und vegetiert im Land der Margaritas vor sich hin.

Erst um neun Uhr kommt sie zu Hause in Buckhead an. Melba begrüßt sie mit wütendem Miauen an der Tür, und Gigi hebt sie hoch und bedeckt ihr Gesicht mit Küssen. Auf dem Küchentisch liegt ein Zettel. *Wir machen heute Abend Paella. Komm rüber!*

Gigi will nichts weiter als ein Glas Wein und ins Bett, aber Tim und Santi haben die Katze gefüttert, und Paella klingt gut. Sie setzt Melba auf dem Boden ab und geht ein paar Häuser weiter.

Wie sich herausstellt, zahlt sie für die Paella einen hohen Preis. Die beiden wollen nämlich über den morgigen Ausflug reden. Und das nicht zu knapp.

»Ich kann nicht glauben, dass du das bringst«, sagt Tim, während er eine Riesenportion duftenden Safranreis mit Shrimps, Muscheln und Würstchen auf Gigis Teller häuft. »Bist du verrückt geworden?«

»Hollis weiß über dich Bescheid«, mutmaßt Santi. »Jetzt mal ehrlich, Geej. Aus zwei Millionen Followern wählt sie ausgerechnet dich aus? Sie weiß es unter Garantie.«

»Das dachte ich auch«, sagt Gigi. »Ich bin davon ausgegangen, Matthew hätte irgendwelche Spuren hinterlassen und Hollis wollte, na ja, *darüber reden*. Aber ich glaube, sie meint die Einladung ernst. Sie … mag mich. Und ich mag sie ehrlich gesagt auch.«

»Ich habe eine Theorie«, sagt Santi. »Ich glaube, dass du Nachrichten mit Matthews Frau austauschst, weil du ihn nicht loslassen willst.«

»Ich möchte sie persönlich kennenlernen«, erwidert sie. »Ich möchte mit ihr über ihn reden. Ich möchte ein Gefühl dafür bekommen, wie ihre Ehe war. Er hat mir nur wenig erzählt, und ich weiß nicht, ob überhaupt etwas davon wahr war.«

»Wie lange hat er dir vorgelogen, er wäre nicht verheiratet?«, fragt Tim.

»Sieben Monate.« Genug Zeit für Gigi, sich zu verlieben. Als Matthew ihr endlich gestand, dass er verheiratet war – und nicht einfach nur verheiratet, sondern *mit Hollis Shaw* verheiratet –, hatte Gigi die Sache nicht beenden können. Sie hatte es versucht und war gescheitert. Er bedeutete ihr zu viel.

Gigi lernt Dr. Matthew Madden während eines heftigen Unwetters in Hartsfield in der Lounge von Delta Airlines kennen. Sie will nach Buenos Aires in den Urlaub fliegen, er ist auf dem Heimweg nach Boston. Gigi bittet den Barkeeper, den Fernsehsender zu wechseln, weil sie Football sehen möchte.

Matthew dreht sich zu ihr um. »Ich hätte Sie nicht für einen Footballfan gehalten«, sagt er. »Bei Ihrem britischen Akzent.«

»Ich bin totaler Bulldogs-Fan.« Gigi zwinkert ihm zu. »Ich bin Pilotin bei Delta, aber heute Abend wollte ich eigentlich für ein bisschen Malbec und Tango nach Buenos Aires fliegen.«

Sie fangen ein Gespräch an, und es stellt sich heraus, sie mögen beide Klassik, sind beide ständig auf Reisen, beide süchtig nach ihrer Arbeit. Als ihre Flüge gestrichen werden, beschließen sie, eine Flasche Champagner zu bestellen, und fangen an zu flirten.

Erst subtil, dann offener. Es ist nicht Gigis erste Flughafenromanze, das bringt der Job so mit sich – als Matthew also sagt, dass er ein Zimmer im Marriott Gateway bucht, direkt hier am Flughafen, erwidert Gigi, dass sie sich auch ein Zimmer nimmt, damit sie nicht angetrunken nach Hause fahren muss. Auf dem Weg zur Hotelrezeption halten sie Händchen, und getrennte Zimmer wären absurd. Matthew ruft niemanden an, schreibt niemandem, verschwindet auch nicht verdächtig lange im Bad. Er trägt keinen Ring, und es gibt auch keine Abdrücke, die vermuten ließen, dass er bis vor Kurzem einen getragen hätte.

Als Gigi und Matthew im Mai des folgenden Jahres ein romantisches Wochenende auf Santorini verbringen, erklärt Matthew ihr, sie könnten sich im kommenden Sommer nicht oft sehen, weil er mit seiner Familie auf Nantucket sein werde.

Gigi blickt aus dem weißen Rundbogenfenster ihres Hotelzimmers in Oia hinaus auf das glitzernde Mittelmeer und denkt: *Da stimmt was nicht.*

»Du meinst, mit deiner Tochter?«, fragt sie nach. Matthew hatte ihr von der zwanzigjährigen Caroline erzählt, die in New York studierte.

»Ja«, sagt Matthew. »Und mit meiner Frau.« Matthew, der undramatischste Mensch, den es gibt, macht eine dramatische Pause. »Gigi, ich bin verheiratet.«

Wie süß von ihm, ihr das zu sagen, während sie auf einer griechischen Insel sind und sie nicht wegkann. Oh, korrigiere, sie *kann* weg, und genau damit droht sie natürlich. *Wie konntest du nur! Du Lügner! Du hast mich von Anfang an belogen! Was ist nur los mit dir?* Doch letztendlich lässt sie sich mit Worten trösten, die mit Sicherheit gelogen oder bestenfalls Halbwahrheiten sind: *Hollis und ich führen getrennte Leben, die Liebe ist uns vor Jahren abhandengekommen, ich wohne nur noch im Haus, weil ich mir den Stress einer Scheidung ersparen will, und wegen Caroline. Bitte, Gigi, bitte sieh doch, wie glücklich du mich machst. Du machst mich so verdammt glücklich.*

Er sagt nicht, *ich liebe dich*, und womöglich ist das der Grund, warum sie bleibt. Von diesem Moment an ist sie entschlossen, seine Liebe zu gewinnen.

Sie weiß, dass es moralisch nicht die beste Entscheidung ist, mit Matthew zusammenzubleiben, obwohl er verheiratet ist. Deshalb versucht sie, es zu rationalisieren: Nicht sie begeht den Betrug, sondern Matthew. Doch als Gigi später an diesem Abend erfährt – als sie ihre Wut so weit verarbeitet hat, dass sie in der Lage ist, Fragen wie *Wie heißt deine Frau* zu stellen? –, dass Matthews Frau Hollis Shaw ist, denkt sie: *Das muss doch ein Witz sein!* Die Flugbegleiterinnen, mit denen Gigi arbeitet, reden unablässig von Hollis Shaw. Sie lieben ihre Rezepte und ihre Blusen, ihren Serbischen Hirtenhund, sie lieben ihren adretten Boho-Style. Bis zu diesem Moment hegte Gigi nur ein höfliches, flüchtiges Interesse an Hollis Shaw. Aber jetzt gibt es eine Verbindung zwischen ihr und dieser Frau. Gigi besucht die Website von nun an häufig und bemüht sich, von Hollis bemerkt zu werden.

Wie soll sie Hollis' Aufmerksamkeit wecken, wenn sie eine unter Millionen ist? Nun, sie hat Insider-Informationen. Matthew hat ihr erzählt, dass Hollis als junges Mädchen ihre Mutter verloren hat – und wie es der Zufall will, starb Gigis Mutter, als Gigi zwölf war. Gigi geht auf die Pinnwand und schreibt Hollis eine Nachricht, sie sei so dankbar für die Demo-Videos, denn meine Mutter starb, bevor sie mir ihre kantonesischen Lieblingsgerichte beibringen konnte. Hollis schreibt sofort zurück: Ich habe mir alles selbst beigebracht. Meine Mutter ist gestorben, als ich noch ganz klein war. Das ist es! Gigi antwortet auf andere Posts von Hollis so intelligent und interessant wie nur möglich. So viele andere Kommentare sind kriecherisch, fast schon abstoßend: Du bist meine Heldin, Hollis. Oder gewöhnlich, wie: Yummie! Sieht superlecker aus! (Mit beliebig vielen Ausrufezeichen.) Oder sie stellen nervige Fragen über Mengenangaben und Ersatzzutaten. Hollis antwortet immer öfter auf Gigis Kommentare, und bald tauschen sie sich in Direktnachrichten über Restaurants und Bücher und ihre Lieblingssendungen und -podcasts aus. Wie sich herausstellt, haben sie eine Menge gemeinsam.

Gigi macht sich über ihre Paella her. Tim und Santi sind die beiden einzigen Menschen, denen sie ihre Beziehung mit Matthew anvertraut hat. (Wäre Gigi schwach geworden und hätte es einer der Flugbegleiterinnen erzählt, hätte es binnen vierundzwanzig Stunden bei der Airline die Runde gemacht.) Die beiden spendeten ihr Trost, als sie – aus dem Post auf Hollis' Website – von Matthews Tod erfuhr. Aber es gibt eine Sache, von der sie nichts wissen und von der Gigi ihnen heute Abend auch nichts erzählen wird.

»Ich weiß, es ist verrückt, da hinzufahren«, sagt sie. Sie hat sich nicht nur mit der Frau ihres toten Geliebten angefreundet, sie ist auch noch deren Vertraute geworden und zu ihrem *Freundinnenwochenende* eingeladen. »Aber ich muss sie kennenlernen.«

»Hoffentlich um einen Schlussstrich zu ziehen«, sagt Tim.

Gigi glaubt nicht an Schlussstriche. »Für irgendwas wird es schon gut sein«, sagt sie. »Außerdem ist es Nantucket. Da ist es wunderschön.«

Santi hebt sein Weinglas. »Auf Nantucket«, sagt er. »Und darauf, dass du in einem Stück zurückkommst.«

9.
Das Programm

Freitag

16:00–18:00 Ankunft

18:00–19:00 Cocktails, Horsd'œuvres

19:00 Abendessen auf der Terrasse

Samstag

8:00 Yoga am Pool, kleines Frühstück

10:00 bis mittags: Shopping in der Stadt

Mittags bis 17:00 Strand, Lunch, Pool

17:00–19:00 Stylen fürs Dinner, Cocktails und Snacks

19:30 Dinner im Nautilus

     (empfohlene Farben Schwarz und/oder Weiß)

22:00 Maxxtone-Konzert im Chicken Box!

Sonntag

freier Vormittag, kleines Frühstück

Mittag: Lunch im Galley Beach

     (empfohlene Farben: Pink oder Orange)

14:00 Segeltörn auf der *Endeavor*

19:00 Pizza-Party

20:30 Eis und Feuerwerk am Strand

Montag

Abreise

Hollis schickt den Abonnentinnen ihres Newsletters eine Mail mit dem Programm für das Wochenende, und die fiebern nach mehr Details. An der Pinnwand strömen die Nachrichten herein: Bitte poste das Menü für das Terrassendinner! Wie bist du an die Reservierung im Nautilus gekommen? Welche Hors d'œuvres wirst du servieren? Woraus besteht das kleine Frühstück? Gibt es vegane Alternativen? Wird die Pizza für die Pizza-Party selbst gemacht oder bestellt? (Bestimmt selbst gemacht!) Bitte poste Rezepte, Rezepte, Rezepte!

Die Freigeister unter ihnen finden das Wochenende zu durchgeplant. Sie malen sich aus, wie Hollis ihre Freundinnen von einem Programmpunkt zum nächsten scheucht, an Schlafzimmertüren klopft und die vier Sterne zur Eile antreibt. Warum soll sich das Wochenende nicht natürlich entwickeln, ohne so viele Termine?

Ein regelrechtes virtuelles Gerangel bricht wegen der vorgeschlagenen Farben aus. Aileen Blankenship aus Dubuque, Iowa, findet das kindisch und albern. Warum müssen sich erwachsene Frauen gleich anziehen?

Aber Molly Beardsley aus Twain Harte in Kalifornien sagt: Was ist denn gegen ein bisschen Spaß einzuwenden? Außerdem wird es sich auf den Fotos sehr gut machen.

Es ist ein Schrei nach Aufmerksamkeit, sagt Aileen. Hollis macht ihre Freundinnen zu einer Zirkusnummer.

Zirkusnummer klingt ein bisschen gemein, finden einige von Hollis' Followerinnen, aber dann meldet sich Bailey Ruckert aus Baton Rouge in Louisiana mit ernsteren Bedenken zu Wort. Das ist ein ganz schön ausgelassenes Programm für eine Frau, die gerade ihren Mann verloren hat. Das sieht aus, als würde sie auf seinem Grab tanzen.

Molly Beardsley ist anderer Meinung. Hollis sucht sich Unterstützung. Sie schart die besten Freundinnen ihres Lebens um sich, um das Leben zu feiern. Wenn wir sie dafür kritisieren, dass sie vorzügliches Essen kocht und ihre Freundinnen mit Besuchen in schicken Restaurants verwöhnt, sind es dann nicht *wir*, die zu viel Wert auf Äußerlichkeiten legen? Bestimmt wird es eine Menge bedeutungsvoller Momente geben, von denen wir nie erfahren werden und die uns auch nichts angehen. Ich lasse mich davon nicht abbringen. Hollis hat einen tragischen Verlust erlitten, und sie sollte ihr Wochenende genau so planen, wie sie es möchte, ohne dass wir darüber urteilen.

Bailey schreibt: Sie sollte ein Jahr warten. Ein bisschen Zeit vergehen lassen.

Molly kommentiert: Wer hat dich eigentlich zur Trauerpolizei ernannt?

Bailey antwortet nicht.

Dann postet eine Frau namens Paige Sweezey aus Tallahassee: Meine beste Freundin aus meiner Studienzeit hatte die Idee zu diesem Wochenende!!! Sie heißt Moira Sullivan. Ein halbes Jahr nach dem Tod ihres Mannes lud sie uns alle nach Destin ein, und es half ihr, aus ihrem Loch herauszukommen. Es war ein lebensbejahendes Ereignis, nicht nur für Moira, sondern für uns alle. Paige verlinkt den Artikel über Moira Sullivans Wochenende in Destin.

Es sieht ganz danach aus, als hätte Moira Sullivan die Idee mit dem Fünf-Sterne-Wochenende in die Welt gesetzt. Hollis musste den Artikel gelesen und die Idee an ihre Bedürfnisse angepasst haben. Manche ihrer Followerinnen finden, Hollis hätte das transparent machen und die Quelle benennen müssen. (Paige schreibt, Moira hätte sich die Idee schützen lassen sollen, aber wie würde so etwas funktionieren?)

Das Wunderbare an der *Hollis hat Hunger*-Seite, da sind sich alle einig, ist, dass jede rücksichtsvoll formulierte, wohlüberlegte Meinung ihre Berechtigung hat.

Wenig später hinterlässt Hollis eine Nachricht an der Pinnwand. Offenbar hat sie die Kommentare nicht gelesen oder sich zumindest entschieden, nicht darauf einzugehen.

Da steht: Da ich Tatum, Dru-Ann, Brooke und Gigi meine ungeteilte Aufmerksamkeit schenken möchte, werde ich erst nach dem Wochenende wieder posten. Nächste Woche bekommt ihr einen umfassenden Rückblick – und ja, ich werde die Rezepte online stellen.

Im Äther wird hörbar kollektiv nach Luft geschnappt. *Gigi?* Hat

Hollis etwa Gigi Ling, eine eifrige Besucherin der Website, zu ihrem Fünf-Sterne-Wochenende eingeladen? Gigi Ling antwortet *immer* auf Hollis' Posts, und (das entgeht den anderen nicht) Hollis antwortet, als wäre Gigi für sie das interessanteste Geschöpf auf Erden. Sie müssen annehmen, dass Hollis tatsächlich *diese* Gigi eingeladen hat.

Jetzt sind sie alle ein bisschen eifersüchtig.

Trotzdem ist es doch ein Risiko, oder nicht? Jemanden, den man übers Internet kennengelernt hat, zu einem solchen Wochenende einzuladen? Wird das gutgehen?

Sie können es nicht erwarten, das herauszufinden.

10.
Night Changes I

Caroline läuft vor dem Nantucket Memorial Airport auf und ab. Ihre Mutter verspätet sich.

Was soll der Mist? Caroline ist in aller Herrgottsfrühe aufgestanden, um sich und Isaacs sperrige Filmausrüstung zum JFK zu schaffen, und jetzt darf sie hier am Bordstein vergammeln, während alle anderen in ein Taxi oder Lyft steigen. Caroline schreibt ihrer Mutter: Bin da. Wo bist du?

Keine Antwort.

Da steht ein freies Roger's Taxi. Damit wäre Caroline in zehn Minuten in Squam. Aber ihre Mutter war so versessen darauf, dass Caroline herkommt, sie *sollte* wirklich hier sein. Sie hätte *rechtzeitig* hier sein sollen. Wahrscheinlich ist sie zu sehr damit beschäftigt, Gurken für das Spa-Wasser zu schälen oder die Enden der Toilettenpapierrollen zu vornehmen Dreiecken zu falten, und hat vergessen, ihr eigenes Kind abzuholen.

Der nächste Gedanke kommt ungebeten. Ihr *Vater* wäre rechtzeitig hier gewesen. Er würde mit offenem Verdeck auf sie warten, sein Hootie-and-the-Blowfish-T-Shirt tragen, hätte einen Latte und ein Zimtbrötchen von der Wicked Island Bakery für sie, und Henrietta würde quer auf dem Rücksitz liegen. Er würde aus dem Auto springen, Caroline kräftig in die Arme schließen und ihr mit dem Gepäck helfen. Dann würden sie zum Nobadeer Beach fahren und Surfer beobachten, während Caroline ihren Latte genießt und die luftigen Schichten des Zimtbrötchens auseinanderpflückt.

Tränen brennen in ihren Augen. Sie hätte nicht damit gerechnet, dass sie den Verlust ihres Vaters hier auf Nantucket noch einmal von Neuem durchleben würde.

Da Carolines Mutter eine lange, komplizierte Geschichte mit dieser Insel verbindet, mussten sich Caroline und Matthew ihre eigenen Nantucket-Traditionen schaffen. Matthew verbrachte den Vierten Juli gern auf Coatue, sie grillten Muscheln auf dem Hibachi und sahen sich das Feuerwerk am Jetties Beach auf der anderen Seite des Hafens an. An den Wochenenden schnallten er und Caroline frühmorgens ihre Paddleboards auf den Bronco, um zum Sesachacha Pond zu fahren. Dort tauchten sie die Paddel in das ruhige Wasser des Sees, während die aufgehende Sonne seine Oberfläche in Rosa tauchte. An Carolines einundzwanzigstem Geburtstag unternahm er mit ihr einen Überraschungsausflug. Unterwegs holten sie sich bei Sophie T'S eine Peperoni-Pizza und kamen gegen Mittag beim Chicken Box an, wo Caroline ihr erstes legales Bier bestellte. Matthew hatte arrangiert, dass der Sänger der Band, die an diesem Abend auftrat, *Happy Birthday* für sie sang. Der Barkeeper und die Einheimischen klatschten, der Sänger umarmte Caroline und machte ein Selfie mit ihr.

Jetzt fließen die Tränen bei Caroline, während sie ihr Smartphone checkt. Immer noch keine Nachricht von ihrer Mutter.

Sie hört den Boardingaufruf für den Jet-Blue-Flug zurück zum

JFK. Soll sie einfach wieder ins Flugzeug steigen und zurück in die Stadt fliegen? Es geschähe Hollis recht. *Und ich werde nie wieder mit ihr reden,* denkt Caroline. *Ich werd mich selbst zur Waise erklären.*

Im Loft in Chelsea werden Isaac und Sofia inzwischen wieder vereint sein. Vielleicht lieben sie sich gerade auf der weichen, mit ägyptischer Baumwolle bezogenen Matratze, auf der Caroline vor noch so kurzer Zeit gelegen hatte. Sie hatte Isaac nach dem Sex mit Sofia gefragt: Hatten sie welchen? Wann fanden sie die Zeit dafür? Isaac vertraute ihr an, dass sie sich spätnachts oder frühmorgens liebten, wenn Sofia aus den Clubs zurückkam. Sie liege hingegossen wie Honig im Bett, sagte er, und das klang auf eine Art sinnlich und exotisch, von der Caroline wusste, dass sie selbst niemals so sein würde.

Warum ich?, hatte Caroline Isaac einmal gefragt, und er hatte gesagt: *Als du geweint hast, konnte ich in dein Inneres sehen. Du bist rein und unverdorben, du kannst noch fühlen. Das fand ich unwiderstehlich.*

Caroline kann im Moment nichts anderes als fühlen – und zwar Angst, Sehnsucht und Eifersucht. Jetzt, in diesem Augenblick, kommen noch Erschöpfung und Gereiztheit dazu. Wo bleibt ihre Mutter?

Sie schreibt Isaac: Ich vermisse dich. Und fragt sich: Wird er das unwiderstehlich finden oder erbärmlich? Erbärmlich, da ist sie ziemlich sicher, und trotzdem kann sie nicht anders, als auf Senden zu drücken.

Dann hört sie eine Stimme: »Caroline?«

Sie dreht sich um. Ein Typ mit einem kleinen Kind an der Hand kommt aus dem Flughafenrestaurant. Für einen Moment kneift Caroline die Augen zu. Das ist Dylan McKenzie.

Weil sie angehende Filmemacherin ist, zoomt sie in Gedanken heraus und betrachtet die Szene von außen, während sie sie erlebt. (Isaac fordert sie immer auf, zu *beobachten,* statt nur zu *sehen.*) Aber was jemand denkt, kann die Kamera nicht erfassen.

Bei Caroline ist das in diesem Moment etwas wie: *Woah, was geht hier ab?* Kommt Dylan McKenzie wirklich gerade auf sie zu?

Der Name *Dylan McKenzie* klingt wie eine Figur aus *Beverly Hills 90210*, und so sieht der Typ auch aus: dichte, dunkle Haare, leicht zerzaust, markante Wangenknochen und gefühlvolle braune Augen. Caroline glaubt, dass er noch sexyer geworden ist, seit sie ihn zuletzt gesehen hat, obwohl das eigentlich nicht möglich ist.

Caroline lernt Dylan bei einem Lagerfeuer in Clark's Cove kennen, als sie sechzehn ist und Dylan achtzehn. Sie weiß natürlich, wer er ist, weil er süß und superbeliebt ist – der Lacrosse-Star der Nantucket High School, auf den ein Vollstipendium für die Syracuse wartet. Mit einem Bier in der Hand spaziert er direkt auf Caroline zu, und sie erwartet, dass er jetzt etwas sagt wie, sie sei zu jung für die Party oder Touristenkinder hätten keinen Zutritt.

Doch stattdessen sagt er: »Du bist Caroline, oder? Deine Mom und meine waren als Kinder befreundet.«

Caroline nickt eifrig, erleichtert, dass er sie nicht wegschickt, auch wenn sie nicht weiß, wovon er redet. »Deine Mom ist …?«

»Tatum«, sagt Dylan. »Tatum McKenzie.«

»Ja!«, sagt Caroline. Hollis hat erwähnt, dass jemand namens Tatum – den Namen vergisst man nicht so leicht – ihre beste Freundin war. Ihre »Freundin zum Pferdestehlen«, auch wenn Caroline stark bezweifelt, dass sie tatsächlich je irgendetwas gestohlen haben, so spießig, wie ihre Mutter ist.

»Sie waren *beste* Freundinnen«, sagt Caroline.

Dylan holt ihnen zwei Dosen Twisted Tea, und die beiden setzen sich nebeneinander in den Sand. Er fragt, auf welche Schule sie geht (Wellesley High), wo sie hier auf der Insel wohnt (Squam), ob sie Sport macht (Fußball, aber sie ist echt mies und hört nur deshalb nicht auf, weil es sich gut in den Collegebewerbungen macht). Dylan schickt einen Zehntklässler los, ihnen neue Getränke zu bringen, dann bemerkt er, dass Caroline zittert, und fragt, ob sie näher ans Feuer rücken oder seinen Whalers-Hoodie überziehen möchte. Natürlich nimmt sie den Hoodie. Carolines Freundin Cygnet beobachtet sie von der anderen Seite des Lagerfeuers aus mit großen Augen; Caroline spürt ihr Handy in der Hosentasche wie wild vibrieren, aber sie will ihrer besten Freundin nicht schreiben, während sie neben Dylan McKenzie sitzt und sein Sweatshirt trägt.

Irgendwann berührt Dylans Bein Carolines Bein, dann finden sich ihre Füße im kalten Sand, und sie denkt: *Dylan McKenzie steht auf mich.* Wie kann das sein? Caroline ist nicht annähernd das hübscheste Mädchen in Wellesley, sie landet nicht mal unter den Top 10 (in Wellesley gibt es jede Menge hübsche Mädchen). Aber in diesem Sommer hat sie eine Verwandlung durchlaufen. Ihre Haare haben sich zu einem sandigen Blond aufgehellt, sie ist ein paar Zentimeter gewachsen, hat eine Taille und endlich reinere Haut bekommen. Als Dylan ihr den Arm um die Schultern legt, denkt sie: *Das passiert wirklich.* Und irgendwie ist es logisch: Dylan lebt auf der Insel, die ganzen Mädchen von seiner Schule hat er wahrscheinlich inzwischen satt, und Caroline ist etwas Neues.

Aber dann werden sie gestört. Jemand kickt Caroline Sand ins Gesicht und wirft ihr Getränk um. Ein Mädchen, das aussieht wie die junge Kate Moss. Dylan springt auf und packt sie am Arm.

Das Mädchen funkelt Caroline wütend an und sagt: »Zieh den Hoodie aus und hau ab, bevor ich dir die Augen auskratze, Bitch!«

»Aubrey«, sagt Dylan. »Komm mal runter.«

Caroline ist so durcheinander, so eingeschüchtert und hat es so eilig, den Pullover loszuwerden, dass sie ihn zu hastig auszieht und ihr T-Shirt mit hochrutscht und die ganze Party ihren rosa Victoria's-Secret-BH zu sehen kriegt. Es wird gepfiffen und gejohlt. Carolines Wangen brennen heißer als das Feuer. Cygnet und sie treten einen hastigen, schmachvollen Rückzug an, während Aubrey ihnen Drohungen hinterherschreit.

In der Nacht spielt Caroline die Szene in ihrem Kopf so durch, wie sie hätte enden *sollen*: Ganz lässig und gemächlich zieht sie den Pullover aus, knüllt ihn zusammen und drückt ihn Aubrey mit den Worten in die Hand: *Tut mir leid, Psycho.*

Als Caroline ihrer Mutter am nächsten Tag erzählt, dass sie Dylan McKenzie getroffen hat (sie erwähnt keine Details), seufzt Hollis. »Ich hätte mir denken müssen, dass ihr beide euch irgendwann über den Weg lauft. Weißt du, seine Mom, Tatum, war lange meine beste Freundin auf der ganzen Welt.«

»Aha. Und was ist dann passiert?«, fragt Caroline.

Ihre Mutter schüttelt den Kopf. »Ich bin weggegangen«, sagt sie. »Und Tatum ist geblieben.«

Im Sommer darauf sieht Caroline Dylan und Aubrey am Cisco Beach. In der Zwischenzeit hat Caroline sich ein bisschen über Aubrey Collins erkundigt und weiß, dass sie und Dylan – wenn man Social Media glauben darf – schon lange zusammen sind. (Auf Instagram gibt es einen Post mit fünf Rosen für fünf Jahre.)

Als Dylan Caroline entdeckt, winkt er ihr zu (mit ihren siebzehn Jahren ist Caroline voll aufgeblüht, mit Po und Busen und allem Drum und Dran), und im selben Augenblick zeigt Aubrey ihr den Finger, was die Frage beantwortet, ob sie hinübergehen und Hallo sagen soll.

Ein paar Jahre lang bekommt Caroline Dylan gar nicht mehr zu sehen, weder persönlich noch online. Sein Instagram-Account verschwindet. Caroline geht sogar so weit, dem Lacrosse-Team der Uni von Syracuse zu folgen, aber dort entdeckt sie ihn nur im ersten Semester einmal auf der Bank. Auf Snapchat scheint er auch nicht zu sein (oder falls doch, hat Aubrey dafür gesorgt, dass er Caroline blockiert, was ein lustiger Gedanke ist. Ganz schön nachtragend, wie? *Es war eine Highschool-Party!*)

Das nächste Mal läuft sie Dylan in die Arme, als sie eine Bestellung vom Burgerladen abholen will. Sie ist in ihr Smartphone versunken, als ihr jemand auf die Schulter tippt, und da steht Dylan in all seiner supersexy Pracht. Er fragt, ob sie den Sommer über arbeitet, und sie sagt, sie habe gerade ein Filmseminar in Rom abgeschlossen und müsse Mitte August wieder in die Stadt zurück, weshalb sie nicht so richtig Zeit hatte, sich um einen Job zu kümmern.

»Wie wäre es mit Babysitten?«, fragt er.

»Hahaha!«, macht sie. »Nein.«

»Schade«, sagt er. »Ich könnte jemanden gebrauchen. Ich hab da einen Zweieinhalbjährigen namens Orion.«

»Im Ernst?« Dylan ist ein paar Jahre älter als Caroline, trotzdem betrachtet sie ihn als gleichaltrig, und Leute in ihrem Alter haben keine Kinder. Sie überlegt, ob Aubrey die Mutter ist.

Bevor Caroline nachfragen kann, wird ihre Bestellung aufgerufen. Die Tüte riecht verführerisch nach heißen, knusprigen Trüffelpommes. Caroline lächelt Dylan an und denkt: *Er hat die schöne, fiese Aubrey geschwängert und ist jetzt mit zwanzig Vater, was für eine Verschwendung!* »War schön, dich wiederzusehen«, sagt sie. »Bye!«

Licht, Kamera, Action!, denkt Caroline. Keine Zeit mehr für die Hintergrundgeschichte, Dylan kommt direkt auf sie zu.

»Hey, du«, sagt sie. Sie schaut Orion an, der, als hätte es im Drehbuch gestanden, etwas Skurriles, Kleinkindmäßiges macht: Er nuckelt an einem Stück Bacon. »Das muss dein Sohn sein. Er ist dir wie aus dem Gesicht geschnitten.« (Caroline dehnt die Wahrheit ein wenig; der Junge hat ein pummeliges, fleckiges Gesicht und blonde, fliegende Haare.)

Dylan starrt Caroline so intensiv an, wie er es tun würde, wenn sie diese Szene inszeniert hätte – *verschlinge sie mit den Blicken* –, und Caroline wünscht sich sehnlichst, sie hätte sich die Haare heute Morgen richtig geföhnt, statt sie nur zum lässigen Alltagsknoten zusammenzubinden.

»Das ist O-Man«, sagt Dylan. »O-Man, sag Hi zu Caroline.«

O-Man streckt die Ärmchen nach oben, um hochgenommen zu werden. Der Bacon hängt ihm aus dem Mund wie die Zunge einer Comicfigur.

»Soll ich dich irgendwohin mitnehmen?«, fragt Dylan. Sein Blick streift ihren Koffer und die sperrige Tasche mit dem Equipment. »Du bist dann wohl für das große Wochenende hier?«

»Ich habe den Auftrag, es zu filmen«, sagt Caroline, dann fällt ihr auf, wie lächerlich das klingt. Sie sind hier nicht beim Coachella-Festival. »Meine Mutter hat mich gebeten, Filmmaterial für ihre Website zu drehen.«

Dylan grinst. Er starrt sie immer noch an, und O-Man nuckelt immer noch an seinem Bacon, und Caroline vermisst Isaac, muss aber durchaus zugeben, dass das hier eine angenehme Ablenkung ist.

»Komm, ich fahr dich nach Hause«, sagt Dylan. »Ich muss nur noch auf … Orions Mutter warten. Sie hat ihn dieses Wochenende. Sie müsste jeeeeden Moment hier sein.«

»Ach, schon gut.« Caroline wirft einen Blick auf ihr Handy. Immer noch keine Nachricht von ihrer Mutter. »Mom holt mich ab.« In diesem Moment biegt ein blauer Jeep rasant auf den Parkplatz ein. Hinter dem Steuer sitzt eine Frau mit langen glatten Haaren und einer Baseballmütze mit dem Schirm nach hinten (ein niedlicher Look, der Caroline leider nicht steht), und, Überraschung: Es ist Aubrey!

Besser als diese Erkenntnis ist nur noch, dass Aubrey auch Caroline wiedererkennt. Ihr Gesicht nimmt einen so fassungslosen Ausdruck an, dass es wirklich Meme-reif ist. Mit quietschenden Bremsen hält sie an, stößt abrupt die Tür auf und stürmt um den Wagen herum. Sie hebt Orion hoch, reißt ihm den Bacon aus dem Mund und schmeißt ihn weg.

Orion fängt an zu schreien: »Mein Bacon!« Er hat eine süße,

klare Stimme, und in diesem Moment empfindet Caroline gleichermaßen Liebe wie Mitleid für ihn.

»Ich *glaub* das einfach nicht«, sagt Aubrey. Sie wirft Caroline einen vernichtenden Blick zu und wendet sich dann an Dylan. »Wie lange läuft das schon?«

Dylan wirkt ziemlich relaxt, vielleicht sogar ein bisschen belustigt. »Etwa fünf Minuten. Wir haben Caroline gerade zufällig getroffen, als wir aus dem Diner kamen. Orion hat ihr seinen Bacon gezeigt.«

Aubrey schnallt Orion auf dem Beifahrersitz des Jeeps (eine Rückbank gibt es nicht) in einen Kindersitz, der ein bisschen minderwertig aussieht.

Aubrey sieht Dylan an. »Deine Mutter soll am Sonntag um fünf da sein. Ich habe was vor.«

»Mit wem denn?«, fragt Dylan.

»Mit niemandem, der dich was angeht!«, fährt Aubrey ihn an.

Caroline bemerkt ungläubig, dass sie mitten in ihren Streit hineingeraten ist.

Dylan zögert. »Meine Mutter hat das ganze Wochenende zu tun«, sagt er. »Ich werde ihn selbst abholen.«

Aubrey knallt die Tür so heftig zu, dass der Jeep wackelt. Orion schreit lauter und verrenkt sich den Hals, um seinem Bacon hinterherzustarren, den sich gerade eine Möwe geschnappt hat. »Wie auch immer, viel Spaß mit deiner kleinen Freundin, du erbärmliches Stück …« Sie lässt den Wagen an und fährt davon – nicht ohne beiden noch den Mittelfinger gezeigt zu haben.

»Wow«, sagt Caroline.

»Sieht aus, als wäre sie eifersüchtig auf dich«, sagt Dylan sichtlich erfreut. Er schnappt sich Carolines Koffer und hievt die Tasche mit der Filmausrüstung hoch. »Komm mit, ich parke da drüben.«

Caroline folgt Dylan zu einem Truck, der groß genug ist, um als »Monster« durchzugehen. Dylan hält ihr die Beifahrertür auf und hilft ihr beim Einsteigen. Als sie sitzt, kommt es Caroline vor, als würde sie den Parkplatz aus dem zweiten Stock betrachten. Sie genießt die ungewohnte Erfahrung, mit einem *Mann mit Truck* unterwegs zu sein. Isaac hat nicht mal einen Führerschein.

Dylan steigt ein, richtet die Lüftung der Klimaanlage auf sie und wechselt den Radiosender von *Kidz Bop* zu *Coffee House*, wo gerade eine Akustikversion von *Night Changes* läuft.

»Nach Squam?«, fragt Dylan.

Caroline braucht einen Moment, um klarzukommen. Sie sitzt neben Dylan McKenzie in einem Truck und hört One Direction. Für einen Moment ist sie wieder sechzehn.

»Ja«, sagt sie. Und dann: »Dass du noch weißt, wo ich wohne.«

»Seit Tagen redet meine Mutter von nichts anderem«, erklärt Dylan, »als dass sie bei deiner Mutter in Squam übernachten wird. Sie hat versucht, die Sache herunterzuspielen, aber ich glaube, sie freut sich wirklich sehr auf das Wochenende.«

Caroline stellt fest, dass sie das für ihre Mutter freut. Dylan dreht den Song lauter, und sie beide singen spontan mit: *Every thing that you've ever dreamed of disappearin' when you wake up …* Sie kommt sich vor wie in der kitschigsten aller romantischen Komödien.

Sie schreibt ihrer Mutter: Vergiss es, hab ne Mitfahrgelegenheit.

11.
Vorbereitungen

Molly Beardsley ist begeisterter Fan der *Hollis hat Hunger*-Website, und weil ihr so viel daran liegt, dass an Hollis' Fünf-Sterne-Wochenende alles gutgeht, steht sie in Twain Harte, Kalifornien, um sechs Uhr früh auf, um nachzusehen, wie das Wetter fünftausendundzwei Kilometer entfernt auf Nantucket wird. Am Freitag soll es klar und sonnig sein, mit Höchstwerten um vierundzwanzig Grad. Molly freut sich für Hollis und fragt sich, wie sie die Details regeln wird. Hat sie eine große To-do-Liste oder viele Einzellisten?

Hollis ist derweil längst auf dem Weg zu Bartlett's Farm und fährt gerade an einem Feld mit Reihen von Lilien, Zinnien, Kosmeen und Löwenmäulchen in allen Farben des Regenbogens vorbei, dessen Anblick Monet oder Renoir erfreut hätte. Hollis überlegt, ob sie anhalten und ein Foto machen soll, aber sie ist auf einer Mission. Um 7:55 Uhr biegt sie auf den Parkplatz des Bauernmarkts ein.

Einen Teil der Diskussion auf ihrer Website hat sie am Ende doch noch gelesen: Ist es zu früh, um ein Mädelswochenende zu veranstalten?

Oh, wahrscheinlich, denkt sie. Aber es hat ihre Lebensgeister geweckt und ihr etwas gegeben, worauf sie sich freuen kann. Und da sie die Gastgeberin ist, wird sie es auf ihre Art machen. Ende der Debatte.

Um Punkt acht Uhr dreht Geschäftsführerin Lily Callahan (die eine rege Besucherin der *Hollis hat Hunger*-Website ist und deshalb genau weiß, was Hollis hier will) das Ladenschild auf geöffnet.

Gleich hinter der Ladentür bleibt Hollis an einer Auslage mit frischen Blumen stehen. In verzinkten Eimern lehnen Lilien in Weiß, Gelb, Apricot und einer Farbe, die sich Sattrosa nennt. Hollis nimmt fünf Stück davon und sucht sich dann vier gemischte Sträuße aus, die an diesem Morgen frisch gepflückt wurden. Die Blüten sind noch feucht von der Bewässerungsanlage. Dann geht es zum Mais. Die Kolben liegen aneinandergeschmiegt in ihrer Krippe. (Lili Callahan liebt den Anblick der Maiskrippe früh am Morgen. Am späten Nachmittag werden die Menschen, die auf dem Rückweg vom Strand hier vorbeikommen, den Mais zerfleddert haben. Die Kolben werden wild durcheinanderliegen und halb entblättert sein.) Als Nächstes wählt Hollis Gewächshaustomaten, Biobutter, Salat, Gurken, Zucchini und Sommerkürbisse aus. Weiter geht es mit den Kräutern: frischer Dill, Basilikum, ein Bund Schnittlauch und das, was Lily und ihre Angestellten »Pornostar-Minze« nennen (sie ist äußerst gut bestückt). Hollis schiebt ihren Wagen zur Käsetheke, wo sie Taleggio und einen in Leinen gebundenen Cheddar auswählt (Fünf-Sterne-Käse, Lily ist angetan), edle Cracker, italienische Salami-Sticks, Marcona-Mandeln, eine Dose Virginia-Erdnüsse mit Salz und Pfeffer sowie Alfonso-Oliven.

Sie hält Lily (die Hollis natürlich gefolgt ist) die Oliven hin und sagt: »Niemand isst Oliven, aber ich mag die lila Farbe.«

»Ich auch«, gesteht Lily.

Von Bartletts ist es nur ein Katzensprung zu 167 Raw, Hollis' Lieblings-Fischmarkt. Maria, die an der Theke arbeitet, betet Hollis Shaw an, wird aber nicht so aufdringlich sein, um ein Foto zu bitten. Sie trägt Hollis' Bestellung zusammen – vier Pfund mit der Harpune erlegten Schwertfisch – und gibt noch eine Schale der legendären Guacamole »aufs Haus« dazu.

»Wie lieb von Ihnen«, sagt Hollis.

Beinahe hätte Maria vorgeschlagen, dass Hollis die Guacamole am Sonntagabend als Vorspeise vor der Pizzaparty serviert, aber das bringt sie nicht. Oder doch? Sie öffnet den Mund, sagt dann aber nur: »Viel Spaß am Wochenende!«

Hollis' Miene ist undurchschaubar. »Ich werd mich bemühen«, sagt sie.

Hollis' letzte und, wie sie sagen würde, wichtigste Station ist das Hatch's, die Spirituosenhandlung. Dieses Wochenende ist nicht denkbar ohne Wein. Reichlich Wein.

Auch wenn der Ladenbesitzer Ethan Falcone kein Follower der

Hollis hat Hunger-Seite ist, erkennt er Hollis natürlich, sie ist nämlich mit seiner Frau Terri auf die Highschool gegangen. Die beiden waren zusammen im Softballteam; in der elften Klasse hatten sie die Landesmeisterschaft gewonnen und in der zwölften auf so dramatische Art verloren, dass Terri sich darüber immer noch aufregt. Und hatte Terri Hollis' Namen nicht kürzlich noch aus irgendeinem Grund erwähnt? Ethan ist sich sicher, weiß aber nicht mehr, warum. Terri besitzt einen kleinen Friseursalon in der Old South Road und erzählt Ethan so viel Tratsch über so viele Leute, dass er sich unmöglich alles merken kann.

Er beobachtet, wie Hollis Pinot Grigio, Sauvignon blanc, Chardonnay und Rosé im mittleren Preissegment auswählt. Außerdem nimmt sie zu seiner Freude eine Flasche Casa-Dragones-Tequila, zwei Flaschen Triple-8-Wodka und je eine Flasche Hendrick's Gin und Mount-Gay-Rum aus dem Regal. Sie hat sich bereits an der Kasse angestellt, schwenkt den Einkaufswagen dann aber noch einmal herum und hält auf den Gang mit dem Champagner zu. Sie legt zwei Flaschen Veuve Clicquot in den Wagen und geht zurück zur Kasse.

Als sie an der Reihe ist, sagt Ethan: »Hi, Hollis.«

»Hey …« Hollis' Ton verrät ihm, dass sie seinen Namen nicht mehr weiß. Das ist schon in Ordnung, es macht Ethan nichts aus. Er kennt Hollis auch nur, weil Terris immer noch von ihrem Highschool-Softballteam redet.

»Wie läuft's denn so?«, fragt Ethan.

»Oh, alles bestens, danke«, sagt Hollis.

»Wie geht's dem Herrn Doktor? Hab ihn den ganzen Sommer noch nicht gesehen.«

Hollis' Lächeln fällt in sich zusammen, und in diesem Moment fällt Ethan wieder ein, in welchem Zusammenhang Terri Hollis' Namen kürzlich erwähnt hatte. *Ihr Mann, dieser Chefarzt im Mass General, ist gestorben.*

»Matthew ist im Dezember gestorben«, sagt Hollis dann auch.

Ich bin so ein Idiot, denkt Ethan. Aber er konnte schon immer gut mit Menschen und wird die Situation retten. »Tut mir leid, das zu hören«, sagt er. »Er war ein sehr sympathischer Mensch, und ich habe mich immer gern mit ihm unterhalten. Mein herzliches Beileid.«

»Danke«, flüstert Hollis.

Ethan fängt an abzukassieren und stellt die Flaschen in Kartons. Er würde gern sagen, Hollis' Einkäufe gingen aufs Haus, aber sie hat ganz schön viel gekauft, und er hat hier ein Geschäft zu führen. »Das macht fünfhundertelf Dollar.«

Während Hollis ihre Karte ins Lesegerät steckt, überlegt Ethan, was er stattdessen tun könnte. »Warten Sie, ich helfe Ihnen, die Sachen zum Auto zu tragen.«

Hollis geht mit Ethan zu ihrem Oldtimer, und nachdem Ethan die Kisten eingeladen hat, breitet er die Arme aus. Sie umarmt ihn kurz und sagt: »Danke, Evan.«

»Ethan«, sagt er, und beide lachen. Dann fällt ihm etwas anderes ein. »Wissen Sie, wie Terri Ihren Mann immer genannt hat?«

Hollis blinzelt verständnislos.

»Er kam regelmäßig zum Haareschneiden zu ihr.«

»Oh ja, natürlich«, sagt Hollis. »Wie hat sie ihn genannt?«

»Mr. Wunderbar«, sagt Ethan. »Sie hat ihn Mr. Wunderbar genannt.« Stolz, dass ihm das eingefallen ist, klopft er auf die Heckklappe des Bronco. »Viel Spaß am Wochenende!«

Als Ethan wieder im Laden ist, legt Hollis die Stirn aufs Lenkrad. *Mr. Wunderbar*, denkt sie, und vor ihrem geistigen Auge spielt sich eine ihrer liebsten Erinnerungen ab – so klar und deutlich, wie auf einer Kinoleinwand.

Hollis und Matthew sind aus der Innenstadt nach Wellesley gezogen, in ein Kolonialhaus auf einem Waldgrundstück an der Livingston Road. Hollis hat beim *Boston*-Magazin aufgehört und bleibt bei der dreijährigen Caroline zu Hause. Weil sie trotzdem noch »etwas anderes« machen möchte, übernimmt sie den Vorsitz einer Benefizgala des Herzzentrums und macht ihre Sache wirklich gut. Die Karten sind sofort ausverkauft, sie hat Firmensponsoren gewonnen und einen musikalischen Stargast gebucht.

Am Abend der Gala setzt Hollis sich an den Schminktisch, um ihre Diamantohrstecker anzulegen. Sie hat sich die Haare hochgesteckt und trägt ein verführerisches violettes Kleid (es ist das erste Mal seit der Schwangerschaft, dass sie in ein figurbetontes Kleidungsstück passt, sie musste dafür viele Stunden im Fitnessstudio verbringen und drei Monate auf den Nachtisch verzichten.)

Matthew kommt in seinem Smoking ins Zimmer, zwei Champagnerflöten in der Hand. Eine davon reicht er Hollis und lächelt ihrem Spiegelbild zu. »Auf meine wunderschöne Frau«, sagt er. »Bei der Arbeit reden alle davon, was für eine Zauberin du bist. Ich bin so stolz auf dich.«

Sie stoßen an und trinken. Matthew küsst Hollis auf den Nacken. Aus dem Flur hören sie, wie Caroline mit dem Babysitter beratschlagt, welches Buch sie vorgelesen haben möchte. Hollis schließt die Augen und denkt: *Ich habe ein solches Glück. Genau das habe ich mir mein Leben lang gewünscht: so einen Augenblick.*

Wieder im Haus, bewegt sich Hollis in doppelter Geschwindigkeit; ihr Fitness-Tracker kommt kaum hinterher.

Jedes Gästebett soll so verführerisch aussehen wie Konditoreikonfekt. Sie steckt jeweils zwei Daunendecken in die Bezüge, für extra viel Kuscheligkeit. Am Kopfende platziert sie mehrere daunengefütterte Kissen und arrangiert auf jedem Nachttisch einen Bauernblumenstrauß, eine Wasserkaraffe und einen Stapel aktueller Zeitschriften. Für die Blumen benutzt Hollis einen TikTok-Trick: Sie zieht kreuzweise Klebeband über die Öffnung der Vase, damit die Stängel aufrecht stehen, und gibt Essig, Zucker und Eis ins Wasser, um die Blumen frisch zu halten. Sie erkennt in dieser absurden Detailversessenheit genau das, was es ist: den Versuch, die wenigen Dinge zu kontrollieren, die sie kontrollieren kann. Da hatte sie dem armen Ethan bei Hatch's doch tatsächlich von Matthews Tod erzählen müssen. Für einen Moment hätte sie am liebsten gesagt, Matthew sei zu Hause und kümmere sich um die Tomaten, die er immer mit seinen sicheren, geschickten Chirurgenhänden zurückgeschnitten hatte.

In jedem Badezimmer faltet sie makellos weiße Handtücher aus türkischer Baumwolle und packt ein Stück Wildblumenseife aus.

In der Küche macht sie sich daran, den Schwertfisch zu marinieren (das Rezept wird sie posten, wenn das Wochenende vorbei ist), sie nimmt den Käse aus dem Kühlschrank und bereitet ihre berühmten Pekannüsse mit Bacon und Rosmarin zu. (Auch dieses Rezept wird sie online stellen. Sie weiß schon jetzt, dass die Followerinnen fragen werden, ob sie statt der Pekannüsse auch Mandeln verwenden können.)

Sie richtet den Tisch auf der Terrasse her – zwei überlappende Tischtücher mit Toile-Druck, Platzteller aus Korb, Leinenservietten, Kerzen, ein Strauß Hortensien, die sie aus den Büschen an der Auffahrt geschnitten hat. Sie hängt Citronella-Laternen auf und legt auf einem Hocker einen Stapel Kaschmirdecken bereit, für den Fall, dass es jemandem kühl werden sollte. (Die Decken geben ihr das Gefühl, an alles gedacht zu haben. *Hat* sie an alles gedacht?)

Sie legt Wein und Champagner in einem Kübel aus gehämmertem Silber auf Eis, poliert die Weingläser, zieht mit einem feuchten Papiertuch behutsam die Staubblätter aus den Lilien. Dann geht sie in den Schuppen und wischt die Spinnweben von den Strandschirmen. Als sie die Getränkekühlbox auswischt, vor sich zwei Kästen Sprudelwasser, piept ihr Handy. Eine Textnachricht.

Sie ist von Caroline. Bin hier. Wo bist du?

Hier? Was hat das zu bedeuten – hier auf *Nantucket?* Es ist erst halb zwölf. Hat Caroline einen früheren Flug genommen? Hollis könnte schwören, der Flug, den sie für ihre Tochter gebucht hat, landet erst um halb zwei. Schnell spült sie die Kühlbox mit dem Wasserschlauch aus und stellt sie zum Trocknen in die Sonne. Dann streift sie die Gummihandschuhe ab und läuft ins Haus zu ihrem Laptop. Sie klickt auf die Bestätigungsmail, die sie Caroline am Abend zuvor weitergeleitet hat, und schnappt nach Luft.

Abflug JFK 10:13 Uhr

Ankunft ACK 11:27 Uhr

Oh nein. Nein, nein, nein, nein! Sie muss Caroline anrufen, aber ihr Handy … wo ist ihr Handy? Draußen beim Getränkekühler? Nein. Sie findet es im Schuppen, läuft zurück ins Haus und denkt: *Ich hab's versaut. Ich hab es richtig versaut.* Eilig steigt sie in den Bronco und ist halb aus der Einfahrt, weiße Muscheln spritzen nach allen Seiten, als eine weitere Textnachricht kommt.

Ebenfalls von Caroline: Vergiss es. Hab ne Mitfahrgelegenheit.

Hollis tritt auf die Bremse und atmet seufzend aus. Sie hat eine Mitfahrgelegenheit gefunden. Okay, das ist doch gut, oder? Aber Hollis weiß, dass es nicht gut ist.

Sie hat an die Kaschmirdecken gedacht, aber ihre eigene Tochter vergessen.

Hollis muss ihre gesamte Willenskraft aufbieten, um nicht in der Einfahrt zu lauern, bis Caroline kommt. Stattdessen geht sie in die Küche und bereitet ein BLT-Sandwich mit getoastetem portugiesischen Brot zu, Carolines Lieblings-Sommersnack, und richtet es mit einer Handvoll Cape-Cod-Chips und einem reifen Pfirsich auf einem Teller an. Sie hört einen Wagen in der Auffahrt, und als sie den Kopf aus der Tür streckt, sieht sie Caroline aus einem abartig großen schwarzen Truck klettern. Hollis blinzelt überrascht;

sie kann nicht erkennen, wer am Steuer sitzt, aber Caroline winkt ihm (oder ihr) zu. Sie lächelt. Vielleicht ist die Lage doch nicht so schlimm, wie sie befürchtet.

»Mein Schatz!«, sagt Hollis, als Caroline hereingestürmt kommt und die Fliegengittertür hinter sich zuknallt. »Willkommen zu Hause.«

»Das soll ein Witz sein, oder?«, fragt Caroline. Sie wirft Hollis einen vernichtenden Blick zu und geht dann in die Hocke, um Henny zu küssen und zu streicheln, die vor Aufregung und Liebe mit dem Schwanz wedelt.

»Es tut mir so leid, Liebes. Ich hatte mir halb zwei auf die Liste geschrieben.«

»Deine Liste …« Caroline lacht tonlos. »Typisch.«

»Du bist natürlich mehr als nur ein Punkt auf meiner Liste, Caroline«, sagt Hollis. »Aber ich hatte halb zwei im Kopf, und ich wollte …«

»Nein, ich möchte keinen Lunch, vielen Dank.« Damit rauscht Caroline an Hollis vorbei und verschwindet in ihrem Zimmer. Hollis hört die Tür zuschlagen.

Lass sie in Frieden, denkt sie. Die größte Hürde haben sie überwunden, Caroline ist wieder unter Hollis' Dach. Das Sandwich wird sie ihr für später aufheben. Wahrscheinlich braucht das Mädchen nur ein bisschen Schlaf.

Eine Stunde später klopft sie behutsam an Carolines Tür. Keine Antwort. Sie hatte vergessen, wie fest man in Carolines Alter schlafen kann.

Um drei Uhr zieht Hollis ihr »Willkommens-Outfit« an – eine weiße Tunnelzughose und ihre Bluse in Hellrosa, beides kaschierend geschnitten, denn auch wenn sie seit Matthews Tod einiges an Gewicht verloren hat, würde niemand sie als dünn bezeichnen. Einen Fashion Award wird sie dieses Wochenende nicht gewinnen, aber sie fühlt sich mit ihrem Aussehen wohl. In ihren Haaren ist immer noch mehr Blond als Grau, ihre Augen haben ein klares Schieferblau, ihre Brüste halten der Schwerkraft noch stand, und ihr Hintern ist zwar rund, aber fest. Sie ist leicht gebräunt und hat sich Anfang der Woche Maniküre und Pediküre gegönnt und sich die Augenbrauen färben und wachsen lassen. Sie hat immer ganz ausgezeichnete Augenbrauen gehabt, aber ihre dreiundfünfzig Lebensjahre haben sie gelehrt, dass einem gute Augenbrauen keine reibungslose Reise durchs Leben garantieren.

Sie klopft noch einmal an Carolines Tür. »Liebes?«

Nichts.

Um Viertel nach vier ist noch niemand da oder hat seine Ankunft per Textnachricht angekündigt. Nicht einmal Brooke. Hollis überlegt, ob sie es sich alle anders überlegt haben.

Sie wandert durchs Haus und versucht, es mit den Augen einer Fremden zu sehen. Es sieht gut aus, riecht gut – aber irgendetwas fehlt. Es ist zu still. Sie braucht Musik. Moira Sullivans Vorbild folgend, hat Hollis nicht nur eine, sondern gleich vier Playlists erstellt – eine für Tatum (Eighties), eine für Dru-Ann (Nineties), eine für Brooke (Songs, die sie hörten, während ihre Kinder aufwuchsen) und eine für Gigi. Da sie sich noch nie über Musik unterhalten haben, hat Hollis versucht, anhand der ausgetauschten Nachrichten auf Gigis Geschmack zu schließen, und ist bei ihrer privaten Kategorie Kluge-Frauen-Musik gelandet – Alison Krauss, Lauryn Hill, Norah Jones. Sie hat ein paar Klassiker daruntergemischt, Billie Holiday, Nina Simone, Carole King, und das Ganze mit etwas Eigenwilligerem abgerundet: Fiona Apple, Courtney Love, Alanis Morissette. Gigis Playlist ist die beste, um Leute willkommen zu heißen. Hollis drückt auf Shuffle.

Als erster Song läuft *Maybe* von Ingrid Michaelson. Hollis setzt sich an die Kücheninsel, nimmt ihr Smartphone und macht ein Foto im Porträtmodus von der geschliffenen Glasschale mit Bacon-Rosmarin-Pekannüssen.

Carolines Sandwich-Teller steht unberührt auf der Arbeitsfläche. Hollis sieht, dass das Brot trocken und die Chips lasch geworden sind, der Saft der Tomate sickert auf den Teller. Ab damit in Hennys Fressnapf.

Wieder geht sie zu Carolines Zimmer und klopft an, diesmal kräftiger. »Caroline? Steh bitte auf, die Gäste müssten bald kommen.«

Keine Antwort. Hollis ruft sich in Erinnerung, dass *sie* die Mutter ist, dass es ihr Haus ist, dass es keine böse Absicht war, Caroline zu vergessen, und dass sie sich entschuldigt hat. Die alte Caroline hätte gesagt: *Mach dir keinen Kopf, Mama, du hast so viel um die Ohren.*

»Darf ich reinkommen, Caroline?«, fragt Hollis. Caroline ist geradezu fanatisch auf ihre Privatsphäre bedacht. Sie hat keine Ahnung davon, dass es Zeiten gab, in denen man mit seinem Freund – in Hollis' Fall Jack Finigan – übers Festnetz telefonieren musste, und zwar in der Küche, während der Vater zwei Meter weiter auf dem Sofa *Quincy* guckte, aber wahrscheinlich jedes einzelne Wort mithörte.

Endlich hört sie ein gedämpftes »Was?«.

Behutsam öffnet Hollis die Tür. Caroline hat sich unter die Bettdecke gekuschelt – obwohl draußen vierundzwanzig Grad sind – und schaut auf ihr Handy. Immerhin ist sie wach.

»Caroline, es tut mir sehr leid, dass ich nicht am Flughafen war. Ich hatte die falsche Uhrzeit im Kopf. Ich bitte dich um Entschuldigung.«

Caroline setzt sich auf und schlägt schwungvoll die Decke zurück. »Du hattest aber Zeit, alles vorzubereiten, wie ich sehe. Blumen, frisch geernteter Mais. Warst du heute Morgen die Erste auf dem Bauernmarkt?«

»Caroline.«

»Ja oder nein?«, fragt Caroline. »Sag es einfach.«

»Ja, war ich.«

»Früher hatte ich mal Priorität für dich.«

»Hast du immer noch«, sagt Hollis. »Du bist mir das Allerwichtigste.«

»Zuerst kommt deine Website. Und deine Marke. Das ist dir beides wichtiger als ich«, sagt Caroline. Eine Pause. »Und wichtiger als Dad.«

Hollis weiß, dass Caroline sie provozieren will, aber sie bleibt gelassen. »Du hast mir gefehlt. Ich bin froh, dass du nach Hause gekommen bist. Es bedeutet mir viel, dich hier zu haben, Liebes.«

»Bild dir bloß nichts ein«, sagt Caroline. »Ich hab nur zugesagt, weil ich das Geld brauche.«

Das ist Hollis' Stichwort, wieder zu gehen, doch stattdessen setzt sie sich zu Caroline aufs Bett, wobei sie darauf achtet, sie nicht zu bedrängen. (Zum Muttersein, hat sie gelernt, gehört eine Menge Mathematik: Wie viel Raum ist genug, wie viel ist zu viel?) »Möchtest du über Dad reden?«, fragt sie. »Es ist bestimmt schwer, dieses Wochenende herzukommen, und … er ist nicht hier. Für mich war das auch schlimm.« Aber Hollis wird jetzt nicht von sich reden. Sie weiß noch, wie sehr ihr Gigis schlichte Worte geholfen haben: *Ich bin da und höre zu.*

»Natürlich vermisse ich Dad«, sagt Caroline. »Er hätte mich nicht allein am Flughafen sitzen lassen wie eine Waise.«

Da liegt ein winziger Anflug von Ironie in ihrer Stimme, und das macht Hollis Hoffnung. »Du hast recht«, sagt Hollis. »Dein Vater hätte diesen Fehler nie gemacht. Er hätte direkt vor dem Eingang auf dich gewartet und sich gefreut, dich zu sehen und alles über deinen Sommer in New York zu erfahren.« Hollis streicht Caroline die Haare aus dem Gesicht. »Wie ist dein Sommer in New York?«

Carolines Handy gibt einen Ton von sich, und sie tippt darauf. Hollis muss daran denken, wie Matthew und sie Caroline vor zehn Jahren ihr erstes iPhone gekauft haben. Was hatte Matthew damals gesagt? Ach ja: *Jetzt werden wir nie wieder das Wichtigste in ihrem Leben sein.*

»Mom?« Carolines Tonfall hat sich verändert. »Mach dich auf was gefasst.« Sie hält ihrer Mutter das Handy hin. »Dru-Ann wurde gecancelt.«

»*Was?*« Hollis späht auf das Display und wünschte, sie hätte ihre Lesebrille dabei. Sie vergrößert das Bild mit zwei Fingern und kneift die Augen zusammen. Dru-Ann Jones äußert sich abfällig über psychische Probleme. Hollis fängt an zu lesen, aber die Schrift ist so klein. In dem Artikel wird irgendeine Posey erwähnt, eine Golferin, und dann klickt Hollis einfach auf das Video. Sie sieht, wie ihre liebe Freundin einen reich aussehenden weißen Typen anbrüllt: »Sie wird allen erzählen, sie hätte psychische Probleme« – Dru-Ann malt Anführungszeichen in die Luft – »obwohl sie sich einfach mal *zusammenreißen und das Spiel durchziehen müsste*.«

Vor zehn, vielleicht sogar noch vor fünf Jahren hätte Hollis nicht verstanden, wo dabei das Problem sein soll, doch inzwischen, nicht zuletzt dank des Austauschs mit den Besucherinnen ihrer Website, hat sie eine Menge über psychische Störungen gelernt.

»Ach, du meine Güte«, sagt Hollis. »Das ist nicht gut.«

»Es ist schlimmer als nicht gut«, sagt Caroline. »Das ist eine *Katastrophe*. Und es ist überall. Der Artikel steht auf Refinery29, aber die haben es von *Vulture*.«

Plötzlich ruft jemand aus der Küche. Hollis späht durch die Ritzen in den Fensterläden und sieht einen schwarzen Lincoln, der in der Einfahrt wendet.

Nur eine ihrer Freundinnen würde für den Weg hierher so einen Wagen mieten.

»Das ist Dru-Ann«, sagt Hollis.

»Dann gehst du jetzt wohl besser.«

Hollis fühlt sich zerrissen. Sie müsste ihren Gast begrüßen, aber Caroline soll nicht denken, sie sei ihr nicht wichtig. »Kann ich dich …«

»Geh einfach, Mutter«, sagt Caroline. Sie wendet sich wieder ihrem Handy zu. »Dru-Ann braucht dich jetzt dringender als ich.«

12.
Zen-Zustand

Das Styling im Salon ist teurer, als Tatum erwartet hatte, aber das ist es so was von wert. Lorna, die Stylistin mit dem irischen Akzent, bettet Tatums Kopf sanft auf den Rand des Waschbeckens und knetet ihre Kopfhaut ordentlich durch. Dann wickelt sie ihre Haare in ein flauschiges weißes Handtuch und reicht ihr einen Latte und die neueste Ausgabe des *People*-Magazins. Während Lorna ihr die Haare glatt und glänzend föhnt, mit ein bisschen Volumen am Scheitel und ein bisschen Bewegung in den Spitzen, kann Tatum regelrecht spüren, wie sich die Anspannung aus ihren Schultern löst.

Tatum weiß, dass Lorna vor einigen Jahren selbst gegen Brustkrebs gekämpft hat. Im Rose and Crown hatte es eine Spendenaktion für sie gegeben, und Irina Services hatte die wöchentliche Reinigung von Lornas Haus gespendet. Tatum mustert sie verstohlen. Sie hat kleine, kecke Brüste und rosige Wangen und hält die Haarbürste mit starkem, sicherem Griff. Niemand würde vermuten, dass sie krank gewesen ist. Soll Tatum sie nach ihrem »Weg« fragen? (Immerhin weiß sie so viel, dass sie es nicht »Kampf« nennen sollte.) Brustkrebsüberlebende sind angeblich Teil einer Schwesternschaft, was schön klingt, solange man den Part mit dem

Überleben hinkriegt und nicht wie Tatums Mutter in der Kiste landet.

Der Zen-Zustand, den Tatum für etwa fünf Minuten erreicht hatte, ist dahin, trotzdem lächelt sie Lorna im Spiegel an. »Wenn ich doch nur immer solche Haare haben könnte.«

»Du siehst umwerfend aus. Und jetzt viel Spaß bei deinem Fünf-Sterne-Wochenende.«

Am Abend zuvor hatte Tatum Kyle von der Nachricht auf ihrer Mailbox erzählt. Er hatte ihre Hand gehalten – sie hatte verdammt fest zugedrückt –, und sie hatten sie sich gemeinsam angehört.

»Guten Morgen, hier ist Dr. Constable. Ich habe die Ergebnisse Ihrer Biopsie, aber die Krankenhausvorschriften erlauben mir nicht, diese Information auf einem Anrufbeantworter zu hinterlassen. Ich bin heute bis fünf Uhr erreichbar und morgen außer Haus. Falls Sie mich heute nicht erreichen, bin ich direkt am Montagmorgen wieder am Schreibtisch. Sie können mich gern ab acht Uhr anrufen. Vielen Dank.«

Tatum ließ Kyles Hand los und spielte die Nachricht noch einmal ab, wobei sie versuchte, Dr. Constables Ton zu deuten. Sie klang nicht übermäßig düster, aber auch nicht fröhlich. Sie klang absolut neutral.

»Ruf sie zurück«, sagte Kyle.

»Sie hat gesagt, sie ist bis fünf erreichbar, jetzt ist es halb sieben.«

»Ärzte sitzen nach der Sprechstunde noch stundenlang an ihrem Schreibtisch und machen sich Notizen auf Karteikarten«, sagte Kyle.

»Ja, im Fernsehen.« Tatum wollte nicht anrufen, deshalb gab sie Kyle das Telefon, und er rief an.

Tatums Gedanken schweifen währenddessen durch ein mentales Erinnerungsalbum: Eisbecher an ihrem sechsten Geburtstag, eine unruhige Fährfahrt mit zwölf, auf der ihr kotzübel wurde, das lavendelfarbene Kleid, das sie zum Abschlussball trug (Kyle passend dazu mit lavendelfarbener Fliege und Kummerbund), Dylans Laufstühlchen (mit dem er Tatum mit Vorliebe in die Hacken lief), ein Mann, den sie im Lobster Trap bedient hatte und der eine Extraportion zerlassene Butter bestellt hatte, um sie dann zu *trinken*. Warum diese Erinnerungen? Warum fielen ihr keine besseren ein?

Kyle seufzte. »Anrufbeantworter.«

»Sprich nicht drauf«, sagte Tatum. »Ich rufe einfach Montagmorgen noch mal an.«

Kyle sagte: »Das Gute ist, dass du jetzt dein Wochenende genießen kannst, ohne dass dir die Sache die ganze Zeit im Nacken sitzt.«

Fast hätte Tatum ihn angefahren. *Das sitzt mir trotzdem im Nacken, Blödmann,* aber sie wusste, dass er genauso nervös war wie sie und sie nur trösten wollte, und deshalb gab sie ihm stattdessen einen Kuss.

Jetzt schreibt Tatum Kyle eine Nachricht: Bin auf dem Heimweg, wir müssen um vier los! Das hat sie ihm zwar schon mehr als einmal eingeschärft, aber sie hat so eine Ahnung, dass er sie ins Schlafzimmer zerren will, wenn er sie mit dieser Frisur sieht, und dafür haben sie wirklich keine Zeit.

Als sie zu Hause ankommt, sitzt Kyle an dem Teakholztisch im Garten, ein Vatertagsgeschenk von Tatum und Dylan, und trinkt Bier. Neben ihm sitzt ein großer, kahlköpfiger Mann mit silbernem Kinnbart in Jeans, weißem Poloshirt und Flip-Flops.

Der Mann grinst Tatum an und sagt: »Überraschung!«

Ungläubig kneift Tatum die Augen zusammen. Das ist Jack Finigan.

»Sieh an, sieh an«, sagt Tatum, als bei ihr der Groschen fällt. »Was für ein Zufall, dass du ausgerechnet an diesem Wochenende wie aus dem Nichts hier auftauchst, nachdem du uns eine Million Jahre geghostet hast.«

Jack umarmt sie so kräftig, dass sie die Wunde an ihrer Brust spürt. Er hat ein bisschen zugelegt, und sein Gesicht ist älter geworden, aber er sieht immer noch gut aus. Männer werden mit dem Alter attraktiver, das nervt Tantum.

»Deine Haare sehen sexy aus, Babe«, sagt Kyle.

»Danke.« Tatum sieht Kyle mit hochgezogener Augenbraue an. *Hast du gewusst, dass er kommt?* Kyle, Jack und sie sind seit der Mittelschule befreundet, seit Jacks Vater als Bauleiter bei Toscana Construction angefangen hatte. Sie freut sich, ihn zu sehen, aber eine kleine Warnung vorher wäre nett gewesen. Sie steckt sich eine Zigarette an.

»Möchtest du ein Glas Wein, Tay?«, fragt Jack. »Ich hab dir eine Flasche als Gastgeschenk mitgebracht.«

Gastgeschenk! Verdammt. Sie hat nichts für Hollis, aber was könnte sie ihr auch schenken, das sie sich nicht selbst kaufen kann? Die Antwort ist: Nichts, doch Tatum weiß, dass es darum nicht geht. Es geht darum, nicht mit leeren Händen aufzutauchen. Sie überlegt, eine Dose Suppe mitzunehmen oder eine Rolle Küchenpapier oder ein neongelbes T-Shirt mit dem Aufdruck *McKenzie Heiz- und Kühlsysteme*. Sie hätte in ihren Fotoalben kramen und ein Bild von sich und Hollis heraussuchen sollen – davon dürfte sie schätzungsweise dreitausend Stück haben – und bei Flowers and Chestnut einen silbernen Rahmen dafür kaufen. Das wäre eine süße Idee gewesen, aber der Rahmen hätte fünfundsiebzig Dollar gekostet, die Tatum einfach nicht übrig hat, vor allem nicht nach der Föhnfrisur. Vielleicht nimmt sie einfach nur ein Foto? Dieses eine, wo sie hinten im Bus sitzen, nachdem sie in der elften Klasse die Landesmeisterschaften im Softball gewonnen hatten (sie grinsen bis über beide Ohren, Tatum hält zwei Finger zum Victory-Zeichen in die Kamera, Hollis trägt ein Stirnband). Oder eins zu vier – Tatum und Kyle, Hollis und Jack – am Neujahrstag ihres letzten Schuljahres, oben am Altar Rock. Aber nur einen Schnappschuss mitzubringen wäre armselig. Außerdem fehlt ihr die Zeit, die Alben zu durchforsten. Sie ist spät dran.

»Ich muss in zehn Minuten in Squam sein«, sagt sie.

»Squam?«, fragt Jack. »Was ist da draußen?«

Er weiß genau, was da draußen ist, denkt Tatum. Jack erinnert sich garantiert, dass Hollis ihr altes Haus hat umsetzen lassen und sich so ein Riesending da hingestellt hat – aber weiß er auch von Matthews Tod? Und hat Kyle ihm von dem Event erzählt, das er liebevoll »das Zehn-Titten-Wochenende« nennt? Hat Kyle ihn gerade *wegen* dieses Wochenendes eingeladen? Jack lebt im Westen von Massachusetts, wo er ein Restaurant betreibt und Wildhüter ist. Er hat das Meer gegen den See getauscht, Streifenbarsche gegen … was für Fische leben in Seen? Forellen? Tatum hat keine Ahnung. Seit Dylans Highschool-Abschluss hat sie Jack nicht mehr gesehen, das ist jetzt wie lange her? Fünf Jahre? Jack mochte es nicht, wie sich die Insel veränderte. Zu viele reiche Schnösel mit ihren Smartphones in den Range Rovern ihrer Väter, und die schönen Orte gab es alle nicht mehr – Thirty Acres, den Mad Hatter, das Atlantic Café. Aber Tatum war sich ziemlich sicher, dass Hollis in dieser Gleichung auch vorkam. Sie war der Grund, warum er nicht auf die Insel zurückgekommen war.

Aber jetzt ist Hollis Witwe, und Tatum wird das Wochenende mit ihr verbringen – Jacks Besuch ist *garantiert* kein Zufall. Kyle und er müssen diesen Plan ausgeheckt haben wie ein paar Teenager.

Tatum schaut in den Kühlschrank und findet eine Flasche Santa Margherita Pinot Grigio. Ihre Lieblingssorte. Das wird ihr Gastgeschenk.

Und der hochnäsigen Dru-Ann wird sie auch etwas mitbringen.

Sie holt ihre Reisetasche aus dem Schlafzimmer und schreibt mit Lippenstift *Ich liebe dich* an den Badezimmerspiegel. Ein kleiner Abstecher in Orions Zimmer, wo sie in der Spielzeugkommode kramt, bis sie findet, was sie sucht. Dann streckt sie den Kopf aus der Hintertür.

»Kyle bringt mich rüber nach Squam«, sagt sie zu Jack. »Willst du nicht mitkommen?«

Er springt praktisch von seinem Stuhl auf. »Genau das hatte ich vor«, sagt er.

13.

Happy Hour I

Um vier Uhr am Freitagnachmittag schlendert Brooke Kirtley vom Fähranleger. Sie trägt einen Strohhut, einen Lilly-Pulitzer-Rock mit türkisfarbenem Giraffenprint und dazu passende türkisfarbene Sandalen, die zwischen den Zehen scheuern. Im Flur sagte Charlie: »Du siehst aus, als hätte Nantucket dich ausgespuckt.« Brooke wusste, dass Charlie nur neidisch war und Schuldgefühle hatte – weshalb sie bloß »Oh, danke schön« sagte und ging.

Jemand tippt Brooke auf die Schulter, und als sie sich umdreht, steht Electra Undergrove hinter ihr auf dem Anleger.

»Ach«, sagt Brooke, »warst du auch auf der Fähre?«

»Allerdings.« Electra sieht sehr elegant aus in einem figurbetonten blauen Patio-Kleid mit Cut-outs an der Taille. Sie hat eine neue, asymmetrische Frisur und eine neue Haarfarbe, ein dunkles Rotviolett wie von Cherry-Cola. Und wenn Brooke sich nicht sehr täuscht, hat sie sich noch etwas verändert. Erst denkt sie, Electra hätte abgenommen – das wäre keine Überraschung, eine ganze Reihe von Wellesley-Müttern geht jetzt in diesen neuen »Achtsamkeits-Spa« an der Route 16 und fastet –, aber dann erkennt sie, was es ist: Electra hat sich die Brüste machen lassen. Oder nicht?

112

Sie war immer flach wie ein Brett, aber jetzt sind ihre Brüste zwei schwerelose Kugeln mit verführerisch gebräuntem Dekolleté.

Das sagenhafte Kleid, die neue Frisur und die Brüste, zusammen mit Electras strahlendem Selbstbewusstsein sorgen im Nu dafür, dass Brooke sich minderwertig fühlt. Ihr Rock ist altbacken, ihr Hut albern, ihre Schuhe tun weh.

Electra blickt Brooke über den Rand ihrer riesigen Sonnenbrille hinweg an und sagt: »Wie wär's, gehen wir was trinken?«

Jetzt? Brooke hat Hollis gesagt, sie kommt mit der Vier-Uhr-Fähre und nimmt ein Taxi. Sie ist nämlich fest entschlossen, keine Umstände zu machen und keine Sonderbehandlung zu brauchen. Sie wird nicht zu viel reden und sich nicht für Dinge entschuldigen, an denen sie nicht schuld ist. Und sie wird niemandem auf die Nerven gehen. Sie will so sehr, dass die anderen sie *cool* finden. Aber vielleicht fängt sie damit an, dass sie nicht auf schnellstem Weg zu Hollis nach Hause saust, sondern stattdessen ein Glas Wein mit Electra Undergrove trinkt.

Außerdem kann Brooke Electra unmöglich abweisen, nachdem sie sich jahrelang den Kopf darüber zerbrochen hat, warum sie aus Electras Haus und ihrem Freundeskreis verbannt wurde. Electra ist quasi die Chefin von Wellesley. Sie jetzt zurückzuweisen würde bedeuten, gesellschaftlichen Selbstmord zu begehen.

Noch einmal gesellschaftlichen Selbstmord zu begehen, denkt Brooke.

Und deshalb lächelt sie Electra an – wenn auch nicht allzu herzlich – und zuckt die Schultern. »Ein Glas kann nicht schaden.«

Im Slip 14 glotzt ein Junge Electras neue Brüste an wie zwei Brötchen, die frisch aus dem Ofen kommen. Über die Soundanlage singt Kenny Chesney *Save It For a Rainy Day*. Ein paar süße Typen trinken an der Bar Bier vom Fass und schlürfen Austern. Brooke folgt Electra zu einem Zweiertisch auf der Terrasse. Ihren Koffer zieht sie hinter sich her.

Electra bestellt eine Flasche Rosé, und Brooke sagt: »Ich kann nur auf ein Glas bleiben.«

Electra lacht. »Gibt es so etwas wie nur ein Glas Rosé überhaupt?«

Ja, denkt Brooke. Sie wird wirklich nur ein Glas trinken, sie wird sich nicht von Electra *manipulieren* lassen. Sie wird sich nicht von Electra *schikanieren* lassen.

»Wo ist Simon?«, fragt Brooke.

»Er kommt mit dem Rover auf dem langsamen Schiff.« Electra hebt ihr Weinglas. »Das kommt um fünf an. Dann holt er mich ab. Cheers, Freundin.«

»Cheers«, sagt Brooke, bringt das *Freundin* aber nicht über die Lippen. Denn die nackte Wahrheit ist, Electra Undergrove ist nicht Brookes Freundin. Sie *war* Brookes Freundin, vor fünfzehn, zehn, auch noch vor fünf Jahren, als ihre Kinder zusammen aufwuchsen. Aber diese Zeit hatte ein abruptes Ende genommen. Wahrscheinlich ist Electra gar nicht bewusst, dass das Wort *Freundin* ein Trigger für Brooke ist. Aber diesen Gefühlen wird sie jetzt nicht nachgeben. *Save it for a rainy day,* ermahnt sie sich. Spar dir das für einen Regentag. Heute ist ein strahlender Freitag im Sommer, sie haben eine Flasche Rosé und ziehen eine Menge bewundernder Blicke auf sich (oder zumindest Electra). Sie wird sich ganz natürlich verhalten.

Und das tut sie, auch wenn sie sich durch das Gespräch bewegen muss wie über ein Minenfeld. Sie darf nicht erwähnen, was mit Charlie los ist, weshalb sie beim ungefährlichen Thema Kinder bleibt und nach Electras Sohn Carter und ihrer Tochter Layla fragt. Electra vertraut ihr an, dass Carter gerade in einer Entzugsklinik ist und Layla mit ihrem Freund der Band Imagine Dragons durchs ganze Land hinterherreist. Dann sagt sie: »Sie werden ihren Weg schon noch finden. Sie waren nie solche Überflieger wie deine Kids.«

Wow, denkt Brooke. *Ein echtes Kompliment von Electra!* Der Wein ist ihr zu Kopf gestiegen. Um Kalorien für Hollis' Dinner zu sparen, hat sie heute noch nichts gegessen. Sie fragt Electra, wo auf der Insel sie wohnen.

»Wir haben etwas auf dem Cliff gemietet«, sagt Electra. Sie neigt den Kopf, und Brooke nimmt plötzlich eine intensive Neugier hinter den dunklen Brillengläsern wahr. »Warst du schon mal auf *Nantucket*?«

»Ein Mal, als Kind«, sagt Brooke. »Ich weiß nur noch, dass mein Bruder von einer Qualle gestochen wurde.«

»Aber es ist dein erstes Mal als Erwachsene? Du warst noch nie bei Hollis zu Hause?«

Brooke schüttelt den Kopf. *Save it for a rainy day*, denkt sie.

»Wie ist das möglich?«, fragt Electra. »Ihr zwei steht euch doch so nahe. Ich war früher ein paarmal eingeladen. Da gab es Hummer …«

(Wenn Brooke später an diesen Moment zurückdenkt, wird sie sich wünschen, sie hätte das Thema gewechselt. Aber der Rosé hat ihre Zunge gelockert und ihre Urteilsfähigkeit getrübt.) Sie beugt sich vor. »Hollis veranstaltet ein sogenanntes Fünf-Sterne-Wochenende. Sie hat je eine beste Freundin aus jeder Lebensphase eingeladen.«

Einen Moment lang starrt Electra sie an, dann greift sie nach ihrem Weinglas. »Und du bist ihre … was? Ihre beste *Wellesley*-Freundin?«

Brooke weiß nicht genau, was sie darauf erwidern soll, was vermutlich heißt, dass es Zeit für einen halbwegs eleganten Abgang ist. Doch stattdessen schiebt sie ihr Handy über den Tisch. »Hier ist das Programm. Hollis hat an alles gedacht.«

Electra schnappt sich das Smartphone und scrollt rauf und runter. »Sie gibt für Dinner und Lunch Farben vor? Wie niedlich.«

»Das ist für die Fotos«, wehrt Brooke ab. »Die sehen dann besser aus.«

Electra schiebt sich die Sonnenbrille in die Haare. Brooke hat den Eindruck, dass sie sich das Programm genau einprägt, damit sie später vor Leuten wie Liesl, Rhonda und Bets darüber lästern kann.

»Es tut Hollis sicher gut, etwas zu haben, worauf sie sich konzentrieren kann«, sagt Brooke. »Matthews Verlust war ein Schock. Die beiden waren Hashtag-das-perfekte-Paar.«

Electra scrollt immer noch. »Findest du?«

»Ja, oder nicht?«, sagt Brooke. Hollis und Matthew hatten einfach alles – das wunderschöne Haus, eine wohlgeratene Tochter, den Respekt sämtlicher Einwohner von Wellesley. Matthew war der Beste auf seinem Gebiet, und Hollis wurde zu einer landesweit bekannten Haushaltsgöttin. Die beiden waren reif, umsichtig und großzügig. Sie waren ihr und Charlie weit überlegen – aber auch Electra und Simon und allen anderen, die Brooke kannte. »Sie waren perfekt zusammen«, sagt Brooke. »Eine Inspiration.«

Endlich hebt Electra den Kopf und sieht Brooke, wie es ihr vorkommt, herausfordernd an. »Simon und ich haben Matthew letzten Herbst zufällig getroffen, als er einen Gastvortrag an der Emory Medical School hielt. Wir haben Carter besucht und betraten gerade ein Lokal, als Matthew herauskam.« Electra macht eine Pause, sie hält immer noch Brookes Handy in der Hand. »Hat Hollis dir davon erzählt?«

»Nein, sie …« Fast hätte Brooke hinzugefügt *spricht niemals von dir,* aber sie lässt es bleiben.

»Ich glaube, wir haben ihn überrascht«, sagt Electra. »Genau genommen weiß ich es. Ich werde nicht mehr sagen, weil ich nicht tratschen möchte, vor allem nicht über Matthew. Nicht nach dem, was passiert ist.«

Brooke kippt den Rest ihres Rosé in einem Zug hinunter (ein fast volles zweites Glas) und denkt: *Ich muss weg von dieser Frau.* »Kann ich bitte mein Handy zurückhaben?«

»Natürlich.« Electra schiebt das Telefon über den Tisch und schenkt sich noch ein Glas ein, lehnt sich auf ihrem Stuhl zurück und hält das Gesicht in die Sonne. Auch mit ihrer neuen Frisur und den kecken Brüsten ist Electra Undergrove nicht die attraktivste Frau in Wellesley, denkt Brooke. Und auch nicht die reichste, und eine tolle Karriere hat sie auch nicht. Aber irgendwie haben die anderen sie zu ihrer Königin ernannt. Sie ist witzig, sie gibt Partys, sie bestimmt den gesellschaftlichen Kalender und die Gästelisten. Sie ist die Anführerin. Warum? Das fragt Brooke sich seit Jahren.

»Ich muss los«, sagt Brooke. Sie nimmt zwei Zwanziger für den Wein aus ihrem Portemonnaie. Reicht das? Sie legt noch einen dritten drauf (obwohl sie nicht so mit Geld um sich werfen sollte, nachdem Charlie seinen Job verloren hat), und statt das abzulehnen (was sie tun sollte, schließlich hat sie Brooke auf ein Glas eingeladen), faltet Electra die Scheine zusammen und hält sie wie eine Zigarette zwischen Zeige- und Mittelfinger.

»Simon und ich haben neulich noch davon gesprochen, wie sehr wir dich und Charlie vermissen«, sagt Electra. »Ihr müsst wieder zu uns kommen, sobald die Footballsaison losgeht.«

Brooke wünscht sich, sie wäre stark genug, um zu sagen: *Danke, nein,* oder sogar *Fick dich, Electra.* Doch stattdessen strahlt sie. »Das wäre wunderbar. Wir kommen sehr gern!«

Und genau wie eine Frau, die manipuliert, schikaniert, beeinflusst und vereinnahmt wurde, ruft Brooke den Kalender auf ihrem Smartphone auf, um das Datum zu bestätigen: Sonntag, zehnter September. Brooke tippt: Footballparty bei Electra.

»Und wer ist noch zu diesem kleinen Wochenende eingeladen?«, fragt Electra.

»Hollis' beste Freundin aus ihrer Kindheit hier auf der Insel und ihre beste Freundin vom College. Die vierte Person kenne ich nicht. Ich glaube, sie hat sie über die Website kennengelernt.«

»Wusstest du, dass Hollis mich geblockt hat und ich ihren Blog nicht abonnieren kann?«, sagt Electra. »Ich weiß nicht, warum sie mir immer noch böse ist. Du hast mir schließlich auch verziehen. Wir trinken Wein zusammen. Du und Charlie, ihr kommt im Herbst wieder zu uns.«

Ich habe dir nicht verziehen, denkt Brooke. Sie trinkt nur Wein mit Electra, weil … ja, warum eigentlich? Weil sie auf kranke Art die Bestätigung braucht, dass jemand wie Electra sich mit ihr abgibt. Aber das ist ein Fehler.

»Ich muss los«, sagt Brooke. »Hollis erwartet mich. Ich bin spät dran.«

Electra winkt achtlos ab, schnappt sich die Weinflasche und schlendert zu den Männern an die Bar. »Viel Spaß«, sagt sie. »Und Glückwunsch, dass du als einer der Sterne ausgewählt wurdest.«

»Danke«, sagt Brooks. Sie möchte noch hinzufügen, dass es keine große Sache ist, aber sie hat den Verdacht, dass Electra das sarkastisch gemeint hat.

Natürlich war das sarkastisch gemeint, denkt Brooke, während sich zermahlene Muscheln in den Rädern ihres Rollkoffers verfangen. Sie hat eine neue Frisur und neue Brüste, aber ihr Inneres ist immer noch verdorben.

Alkoholumnebelt wandert Brooke zum Taxistand. Dass sie Mist gebaut hat, weiß sie. Sie weiß nur nicht genau, wie schlimm es ist.

14.
Pünktliche Ankunft

Dru-Anns Fahrer Al ist ein Schwätzer. Was macht sie beruflich, woher kommt sie, ist sie zum ersten Mal auf der Insel? Dru-Ann gibt einsilbige Antworten und sagt schließlich: »Tut mir leid, dass ich so eine miese Gesprächspartnerin bin, aber ich muss ein paar geschäftliche Angelegenheiten erledigen.«

Kein Problem, Al versteht das, er hat schon alle möglichen viel-beschäftigen und wichtigen Leute gefahren, er will ja keine Namen nennen, aber da war dieser ehemalige Vizepräsidentschaftskandi-dat aus Virginia, »wir vertreten nicht dieselben politischen Ansich-ten, aber ich fand, er war trotzdem ein guter Kerl« … unglaublich, der Typ redet immer noch, aber Dru-Ann hört ihm kaum noch zu, weil es in ihren Social-Media-Accounts lichterloh brennt. Twitter nennt sie einen »Ghoul« und eine »schockierende Enttäuschung«, aber das sind nur Worte. Zu gern würde sie klarstellen, dass das gesamte Internet sich irrt! Sie war diejenige, die sich für Menschen mit psychischen Problemen eingesetzt hat!

Als Hollis' Haus in Sichtweite kommt – sie war seit Jahren nicht mehr hier, erinnert sich aber an die schmalen Strandglasfenster links und rechts der Eingangstür –, setzt sie in aller Eile einen Tweet ab. Fürs Protokoll: Posey Wofford steckt nicht in einer psy-chischen Krise. Ihr Abbruch des #DowGreatLakesBayInvitational hat nichts mit psychischen Problemen zu tun! Dru-Ann überlegt, ob sie erwähnen soll, dass Phineas in den British Open antritt, aber das ist zu komplex für Twitter, deshalb tippt sie #TeamDruAnn (in der Hoffnung, dass der Hashtag aufgegriffen wird und anfängt zu trenden) und postet den Tweet.

»Ist es das hier?«, fragt Al.

Dru-Ann atmet tief aus. *Scheiß auf die Entschuldigung,* denkt sie. Sie wird für sich einstehen.

»Ja«, sagt sie. »Das ist es.«

Al trägt ihre Taschen zur Tür und fragt, ob sie sonst noch et-was brauche. Nein? Gut, ob sie dann vielleicht seine Dienste in der Black-Car-App bewerten könne? Um den Typen loszuwerden und weil ihr Handy klingelt, nickt Dru-Ann. Sie klopft an die Tür, betritt das Haus und ruft »Hallo, hallo?«. Sie erwartet, eine

Schar beschwipster Frauen anzutreffen, aber in der geschmackvoll hergerichteten Küche (diese rosa Lilien sind der Wahnsinn) ist niemand außer Hollis' bärengroßem Hund, der auf sie zugetrottet kommt, um sie zu beschnuppern. Zu hören ist nichts außer einer akustischen Version von Adeles *When We Were Young* und das hartnäckige Summen von Dru-Anns Handy.

»Hallo?«, ruft sie noch einmal. »Holly?« Sie überlegt, ob sie den Zeitplan falsch gelesen hat. Die Party steigt doch heute, oder nicht? Sie holt ihr Handy heraus. Der Anrufer ist JB. Sie drückt ihn weg, und dann tut sie das Undenkbare. Dru-Ann Jones, die sich rühmt, rund um die Uhr erreichbar zu sein, deren Handy praktisch eine Verlängerung ihrer rechten Hand ist, drückt auf NICHT STÖREN. (Ausschalten bringt sie dann doch nicht über sich.)

»Komme!« Hollis eilt durch den Flur in die Küche, wo sie Dru-Ann an Lilien schnuppernd vorfindet.

Sie spürt, wie Tränen in ihr aufsteigen. *Genau das,* denkt sie, *ist der Sinn des Fünf-Sterne-Wochenendes.* Sie und Dru-Ann Jones waren noch Kinder, als sie an der Uni zusammen in ein Wohnheimzimmer gesteckt wurden. Jetzt, fünfunddreißig Jahre später, stehen sie als Frauen mittleren Alters in der Küche, die eine trauert um ihren Mann, die andere wurde gerade »gecancelt«. Aber für Hollis wird Dru-Ann niemals gecancelt sein.

Wer *Wirf wie ein Mädchen* schon einmal gesehen hat, wird zugeben müssen, dass Dru-Ann Jones im echten Leben noch glamouröser ist als im Fernsehen. Sie hat makellose Haut, trägt pflaumenfarbenen Lippenstift und hat die Haare wie immer zu einem Pferdeschwanz zusammengebunden (die *Allure* hatte in einem Artikel über Pferdeschwänze ein Foto von Dru-Ann gebracht). Dru-Anns Signature-Kleidungsstück ist ein maßgeschneiderter Blazer. Jede Saison kauft sie die komplette Kollektion von Veronica Beard, und heute trägt sie ein marineblaues Scuba-Jacket zu

weißem T-Shirt und Jeans. An den Füßen hat sie kirschrote Wild-
leder-Stilettos – atemberaubend und unpraktisch.

»Dru«, sagt Hollis. Das Glücksgefühl in ihr ist so groß, dass es
sie fast von den Füßen hebt. »Danke fürs Kommen.« Hollis bremst
ihren Überschwang. Sie will nicht wie Brooke klingen. »Ich weiß,
du hast viel zu tun.«

»Du hast Glück gehabt«, sagt Dru-Ann. »Es hat sich ergeben,
dass ich dieses Wochenende Zeit habe.« Sie seufzt. »Hast du irgendwas mit Alkohol da?«

Während Hollis für Dru-Ann Casa-Dragones-Tequila auf Eis ein-
schenkt, hält ein Taxi vor dem Haus, und Brooke steigt aus. Es
spielt sich ein kleiner Tango ab – Brooke nimmt das Geld aus der
Tasche, der Fahrer hievt ihren Koffer aus dem Kofferraum (»Was
haben Sie da drin«, fragt er, »Goldbarren?«), Brookes Strohhut fällt
zu Boden, und während sie ihn aufhebt, begutachtet der Fahrer
ihren Hintern – aber endlich schafft sie es zur Haustür. Sie klopft
an, und Dru-Ann öffnet, sieht Brooke und macht die Tür direkt
wieder zu. Das sollte lustig sein, und es *ist* lustig, Hollis muss sich
ein Grinsen verkneifen, aber auf der anderen Seite der Tür fragt
sich Brooke, ob wohl alle Witze an diesem Wochenende auf ihre
Kosten gehen werden.

»Dru-Ann«, sagt Hollis. »Hör auf damit.«

Dru-Ann öffnet die Tür – dieses Wochenende macht ihr jetzt
schon mehr Spaß, als sie erwartet hatte – und sagt: »Sie sind wegen der Orgie hier, richtig?«

Brooke nickt. Mitspielen kann sie. »Genau«, sagt sie. »Ich habe
den Schokosirup und die Augenbinden dabei.«

Darüber muss Dru-Ann lachen, und Hollis entspannt sich.
»Brooke!«, ruft Hollis. »Willkommen!« Brookes Anblick macht
sie nicht ganz so glücklich wie der von Dru-Ann, aber dieses Wochenende soll kein Wettbewerb werden. Zu Hause in Wellesley

verbringt sie viel Zeit mit Brooke, nach Matthews Tod war sie ihr zu Hilfe geeilt wie Superwoman. Sie fuhr Hollis zum Bestattungsinstitut, half ihr, einen Sarg auszusuchen, fuhr sie für das Gespräch mit dem Pfarrer nach St. Andrews. Brooke war wirklich für sie da gewesen.

Hollis reicht Dru-Ann ihren Drink und deutet auf das Gästehaus auf der anderen Seite der Einfahrt. »Du bist im Twist. Es ist alles für dich vorbereitet.«

Dru-Ann zieht eine Augenbraue hoch. »Du quartierst mich aus?«

»Ich … du … du«, Brooke schnappt nach Luft. »Du kannst mein Zimmer haben«, sagt sie dann. »Ich lasse mich gern ausquartieren.«

»Dich *sollte* man auch wirklich ausquartieren«, sagt Dru-Ann, »allein schon für diesen Hut.« Dann legt sich ein breites Lächeln auf ihr Gesicht. »War nur Spaß, Hollis weiß, dass ich gern meinen Raum für mich habe.«

»Das Twist ist perfekt für dich«, sagt Hollis. »Da drin stehen ein Heimtrainer und eine Espressomaschine, und auf dem Küchentisch wartet eine Flasche Tequila ganz für dich allein.«

»Herrliche Aussichten«, sagt Dru-Ann. »Wir sehn uns Montag.« Sie schnappt sich ihr Gepäck, geht hinaus und zieht die Tür hinter sich zu.

»Möchtest du auch etwas trinken?«, fragt Hollis Brooke. Sie wirft einen Blick auf Brookes Outfit. Das ist wirklich überzogen, sie sieht sie aus wie einem Mary-Cassatt-Gemälde entstiegen. »Ein Glas Rosé?«

»Nur Wasser, bitte«, sagt sie. »Ich hatte schon zwei Gläser Rosé, und die spüre ich deutlich.«

»Hast du auf der Fähre getrunken?«, fragt Hollis.

Brooke öffnet den Mund, doch es kommt nichts heraus.

»Muss dir doch nicht peinlich sein«, sagt Hollis. »Wir wollen uns dieses Wochenende entspannen.«

»Die letzten Tage waren ein ziemlicher Horror für mich«, sagt

Brooke. »Aber das erzähl ich dir ein andermal. Das ist kein passendes Thema für ein Fünf-Sterne-Wochenende.«

Hollis zögert. Es stimmt – im Augenblick ist sie nicht in der Verfassung, sich irgendwelche Brooke-Dramen anzuhören.

Gigi Ling hat noch nicht von sich hören lassen. Hollis hatte ihr den Zeitplan und die Adresse geschickt und darauf ein Daumen-hoch-Emoji erhalten. Sie hätte doch Bescheid gesagt, wenn sie nicht käme, oder?

»Komm, ich zeig dir dein Zimmer«, sagt sie zu Brooke.

Doch zuerst gibt Hollis ihr eine Führung durchs Haus. Die Inneneinrichtung ist überirdisch. Das dunkelblaue Halbmondsofa und die kleegrünen Clubsessel im Wohnzimmer sind die perfekten Farbtupfer zwischen all dem Weiß. Gegenüber dem Sofa geht es raus zur Terrasse, dahinter liegt ein Teich mit einer kleinen Brücke, und wieder dahinter sieht Brooke ein Stück goldenen Sandstrand und das Meer.

Sie gehen durch den Flur. »In diesem Flügel gibt es zwei Gäste-suiten«, sagt Hollis. »Ich habe dir den Board Room gegeben.«

Es ist, als würde man Instagram betreten. Die Tapete erinnert Brooke an ein maßgeschneidertes Herrenhemd: klassisches helles Marineblau und dezente graue Nadelstreifen. (Nadelstreifen-tapete, wer kommt auf so etwas?) Ein Bett aus Walnussholz mit gestärkten weißen Laken und einer marineblau karierten Über-decke, eine Auswahl an Kissen, teils mit blauen Streifen, teils mit Blumendruck. Am Fußende des Bettes steht eine blau bezogene Rattan-Bank. Das Rattan wiederholt sich in der Deckenlampe und den Rollos. Über dem Bett hängt eine Reihe kleinformatiger Surflandschaften, und auf dem antiken Nachttisch steht eine blaue Glasvase voller Kosmeen (Brookes Lieblingsblumen), daneben die aktuellen Ausgaben von *Martha Stewart Living* und dem *O*-Ma-gazin. (Die werden in Brookes Reisetasche landen. Sie ist auch bei ihrem Zahnarzt und ihrer Frauenärztin als Zeitschriftendiebin bekannt.)

Brooke setzt ihren Strohhut ab und findet sofort zur Ruhe. Das ist das prächtigste Schlafzimmer, in das sie je einen Fuß gesetzt hat. Dagegen wirkt ihr eigenes Zimmer in Wellesley – auf das sie gestern noch so stolz war – wie eine Bastelarbeit für die Schule.

Noch immer fallen ihr Dinge auf: die Wasserkaraffe neben einer blauen Keramiklampe auf dem Nachttisch, ein Vorleger mit breiten Streifen in Marineblau und Hellblau, das Kissen in marineblauem Vichy-Karo auf dem Schreibtischstuhl.

»Du hast ein eigenes Bad«, sagt Hollis, »aber unter uns: Die Außendusche ist die beste im ganzen Haus.«

Brooke wirft einen Blick ins Bad, wo sie eine Explosion fröhlicher Farben empfängt: die Tapete in Orange und Türkis, ist mit Surfbrettern bedruckt – ach, deshalb heißt es Bord Room –, und ein ovaler, von weißen Korallen umrahmter Spiegel, links und rechts davon hängt je eine kleine Tiki-Lampe.

Brooke dreht sich zu Hollis um. »Ich fühle mich sehr geehrt, dass ich hier übernachten darf und du mich für dieses Wochenende ausgewählt hast.« Sie blinzelt. »Du sollst wissen, wie viel mir unsere Freundschaft bedeutet und alles, was du für mich getan hast …«

Ehe Brooke zu emotional wird, fängt zum Glück das Handy in Hollis' Tasche an zu vibrieren. *Das muss Gigi sein,* denkt sie. *Gigi ist hier. Sie ist gekommen.* Zu Brooke sagt sie: »Richte dich ein, und dann komm zu uns in die Küche.«

Brooke öffnet den Mund, um etwas zu erwidern, aber Hollis hat keine Zeit für sentimentale Filmszenen, weshalb sie aus dem Zimmer geht und die Tür mit einem entschiedenen Klicken hinter sich schließt. Sie schaut auf ihr Handy.

Es ist nicht Gigi. Sondern Tatum. Ich bin da, sagt die Nachricht. Komm raus in die Einfahrt, ich hab ne Überraschung für dich.

Caroline hört Stimmen in der Küche – Dru-Ann und Brooke. Das ist die »Ankunft der fünf Sterne«, und Caroline sollte sie filmen, nicht nur weil ihre Mutter sie dafür bezahlt, sondern auch, weil Hollis' Abonnentinnen das mit Sicherheit sehen wollen.

Dabei wäre ein Augenroll-Emoji der einzig passende Kommentar zu dem, was hier abgeht.

Aber ... es entwickeln sich erste Komplikationen. Zwischen ihrer Mutter und Tatum gibt es Spannungen. Dru-Ann wurde offenbar gerade gecancelt. Brooke wird sich in Gesellschaft wie immer peinlich benehmen. Und irgendwann wird die geheimnisvolle Frau auftauchen: Gigi Ling. Ihr Name klingt vielversprechend, er rollt melodisch über die Zunge. *Bitte hab was drauf, Gigi*, denkt Caroline, *bitte sei nicht langweilig.*

Isaacs Kamera auf dem Arm wie ein Baby, so hat er es ihr gezeigt, geht Caroline nach draußen, wo gerade ein Honda Pilot in die Auffahrt fährt. Caroline sieht einen Mann und eine Frau auf den Vordersitzen und eine schemenhafte dritte Person auf dem Rücksitz.

Sie hört Isaacs Stimme in ihrem Kopf: *Beobachte.*

Direkt vor ihren Augen geschieht etwas.

Caroline richtet den Fokus der Kamera auf die Frau, die auf der Beifahrerseite aus dem Pilot steigt, und denkt: *Ah, daher hat Dylan sein Aussehen.* Tatum ist groß und schlank und hat lange, dunkle Filmstar-Haare. Sie trägt abgeschnittene Jeans und ein marineblaues Whalers-Lacrosse-T-Shirt. Tatum und Hollis umarmen sich – Caroline entgeht nicht, dass Tatum zehn Jahre jünger aussieht als ihre Mutter – und dann steigt auf der Fahrerseite ein stämmiger Mann aus, der einen Schnauzbart hat wie ein Pornostar aus den Siebzigern, und Hollis sagt: »Hey, Kyle.« Caroline zoomt auf ihre Mutter und Kyle McKenzie, die sich umarmen und hin- und herwiegen. »Es ist *so* schön, dich zu sehen«, sagt Hollis. »Danke, dass du unsere Tatum die ganze Strecke hierhergefahren hast. Ich werde gut auf sie aufpassen, versprochen.«

Kyle sagt: »Da ist noch jemand, der Hallo sagen möchte.«

In diesem Augenblick wird die hintere Tür des Pilot geöffnet, und ein kahlköpfiger Mann mit silbernem Kinnbart steigt aus. Für einen Vatertyp sieht er ziemlich süß aus, und wow, er hat nur Augen für Hollis. Caroline schwenkt die Kamera gerade rechtzeitig auf ihre Mutter, um das Erschrecken auf ihrem Gesicht einzufangen. Das ist irgendein Hinterhalt, das erkennt Caroline, aber wer ist dieser Typ?

Er tritt vor und sagt: »Hey, Halle Berry.« (Erst später, wenn sie das Filmmaterial sichtet, wird Caroline erkennen, dass er eigentlich »Holly Berry«, und nicht »Halle Berry« sagt.) Und Hollis flüstert: »Jack?«, als wäre sie eine Figur aus einem Historiendrama, deren angeblich im Kampf gefallener Geliebter heimkehrt. Sie gehen aufeinander zu – bleiben aber etwa einen halben Meter voneinander entfernt stehen.

Caroline hält den Atem an. Was *tut* ihre Mutter da?

Jack streckt die Arme aus. »Komm her.«

Und Hollis geht zu ihm.

Caroline lässt die Kamera sinken und geht zurück ins Haus. Sie will nicht so eine Tochter sein, die ungehalten und eifersüchtig wird, wenn ihre Mutter einen »besonderen Moment« mit jemandem hat, den sie von früher kennt – aber was für ein Pech, sie *ist* so eine Tochter. Wut steigt in ihr auf, und sie würde am liebsten schreien.

Aber sie weiß, was Isaac sagen würde. Sie hätte bleiben und die Szene filmen sollen. Konflikt bedeutet Stoff. Wer dieser Kerl auch ist, er ist ein Riss in der Fassade.

Jack Finigan, denkt Hollis in seinen Armen. Jedes Mal, wenn sie an der Nantucket Highschool vorbeikommt oder nach Great Point rausfährt, sieht sie ihn vor sich, und auch jedes Mal, wenn sie am Hafen ist, denn er und Kyle hatten im Sommer auf gecharterten Anglerbooten gejobbt, während Hollis und Tatum kellnerten. Nach der Arbeit trafen sie sich alle, die Jungs mit ein paar Halsstücken vom Streifenbarsch und die Mädchen mit den übriggebliebenen Hummern des Abends und einem Sixpack Pabst, und dann fuhren sie mit Kyles schrottigem CJ-7 raus zum Fortieth Pole und brieten alles über dem Feuer. Dabei hörten sie auf dem Kassettendeck des Jeeps Billy Joel. *My sweet romantic teenage nights!*

Hollis und Jack waren zusammen aufgewachsen, und von Jack Finigan hatte Hollis gelernt, was Liebe ist.

Vor einigen Jahren hatte sie ihn aus der Ferne auf der Hauptstraße gesehen. Daraufhin hatte sie angefangen, ihn auf Facebook zu stalken.

»Das mit deinem Mann tut mir leid«, flüstert er in ihre Haare.

Sie holt tief Luft und tritt einen Schritt zurück. Ihr ist bewusst, dass sie Publikum haben, einschließlich ihrer Tochter mit einer Videokamera. Jacks Besuch passt so gar nicht zum Charakter des Fünf-Sterne-Wochenendes, das sich um *Frauen* drehen sollte.

Jack ist ein Stern ganz anderer Art.

»Hier sind zu viele …«, sagt sie. »Können wir später reden?«

»Klar«, erwidert er. »Es war ein bisschen unfair, hier so einfach aufzukreuzen, aber du weißt schon, *wild horses* und so.«

»*We'll ride them someday*«, ergänzt sie. Der Stones-Song ist so sehr *ihr* Song, dass sie ihn seit fünfunddreißig Jahren nicht mehr hatte hören können. Wenn er im Radio läuft, wechselt sie den Sender.

Als Hollis sich umdreht, sieht sie, wie Tatum und Kyle sich zum Abschied küssen, und fühlt sich wieder wie siebzehn.

Jack steigt in den Wagen. »Na, macht schon, Mum und Dad«, ruft er aus dem Fenster.

In diesem Moment kommt Dru-Ann aus dem Gästehaus und denkt: *Ach, du Schande.*

Jack winkt ihr zu. »Hey, Dru-Ann, ich bin's, Jack Finigan.« Sie mustert den glatzköpfigen Typen mit zusammengekniffenen Augen und wird schlagartig in die Vergangenheit katapultiert.

Es ist mitten in ihrem ersten Semester am College, als Jack Finigan mit dem Pick-up seines Vaters bei ihnen auftaucht (mit dem er, wie sich herausstellt, über tausend Kilometer ohne Führerschein gefahren ist). Er klopft an die Tür von Hollis' und Dru-Anns Wohnheimzimmer, in der Hand einen Strauß roter Rosen, die er aus einem der Plastikeimer bei Kroeger am Shannon Drive gefischt haben muss; die Stiele tropfen noch. Hollis ist in ihrem Seminar über amerikanische Literatur und kommt erst in zwei Stunden wieder. Bei dieser Auskunft verzieht sich Jacks Gesicht. Er sieht so aus, als würde er jeden Moment anfangen zu heulen, und Dru-Ann erträgt es nicht, andere weinen zu sehen. Froh über eine Ablenkung von ihrer Makroökonomie-Lektüre, gibt sie Jack eine Führung über den Campus.

»Früher war das ein richtiger Brunnen«, sagt sie, als sie vor Old Well stehen. »Die Studenten tauchten damals eine Schöpfkelle hinein und tranken daraus«, erklärt ihm Dru-Ann. Jetzt ist es ein Springbrunnen, und während der Orientierungswoche gibt es hier immer eine kilometerlange Schlange. Wer als Studienanfänger davon trinkt, bekommt angeblich einen Einser-Notendurchschnitt, und die meisten Erstsemester, einschließlich Hollis, konnten nicht widerstehen.

Jack schenkt dem Old Well gerade mal eine Sekunde seiner Aufmerksamkeit. Nichts könnte ihm gleichgültiger sein, und sie kann es ihm nicht verdenken. Er ist nur hier, um Hollis zu sehen. Über Hollis' Bett hängt eine Fotocollage, und auf fast jedem Bild ist Jack zu sehen, dabei hat Hollis Dru-Ann gesagt, sie hätten Schluss gemacht, bevor sie ans College ging.

Und trotzdem ist dieser arme Junge dreizehn Stunden gefahren, hat nur haltgemacht, um zu pinkeln und diese jämmerlichen Blumen zu kaufen.

Als Hollis aus ihrem Kurs kommt und Jack sieht, ringt sie nach Luft, umarmt ihn und wirkt überwältigt – aber nicht ganz glücklich. Die beiden gehen essen, und auf dem Weg zurück ins Wohnheim bricht sie ihm (wieder) das Herz. Aber Hollis weint die ganze Nacht, und die Rosen bleiben auf ihrem Tisch stehen, bis sie verwelken, und dann presst sie die verdammten Dinger in ihrer Ausgabe von *Bartlett's vertraute Zitate*.

Nach den Winterferien verschwindet die Collage von der Wand, und Monets Seerosen nehmen ihren Platz ein. Aber jedes Mal, wenn Hollis in den folgenden dreieinhalb Jahren betrunken ist, wer taucht dann in der Unterhaltung auf? Genau, Jack Finigan. Dru-Ann erträgt fünf Minuten Gerede über Jack, manchmal auch zehn, aber dann ist Feierabend. Als Hollis sich in diesen süßen angehenden Chirurgen Matthew Madden verliebt, macht Dru-Ann drei Kreuze: Sie muss nie wieder irgendwelche Jack-Geschichten hören.

Aber jetzt ist er hier.

Dru-Ann geht zu Hollis, Tatum und ihrem Mann (die beiden sind die Art von Paar, das einen gemeinsamen E-Mail-Account hat, das sieht sie auf den ersten Blick) und sagt: »Die Männer müssen gehen. Sofort.«

»Bist du hier die Chefin, oder was?«, wehrt Tatum ab.

Freut mich auch, dich wiederzusehen, denkt Dru-Ann. »Hallo, Tatum«, sagt sie, ist aber klug genug, sie nicht umarmen zu wollen. Sie haben sich seit Hollis' Hochzeit nicht mehr gesehen. Damals hatte Tatum sie gehasst, und so, wie es klingt, tut sie das vielleicht immer noch. Da hat sie was mit dem Rest der Welt gemeinsam.

Netterweise steigt Tatums Göttergatte in den Wagen und fährt aus der Einfahrt, und im selben Moment streckt Brooke den Kopf aus der Haustür und fragt: »Was hab ich verpasst?«

»Nichts«, sagt Dru-Ann. »Lasset die Spiele beginnen.«

15.
Am Flughafen

Gigi empfindet es immer als befreiend, in Zivilkleidung durch einen Flughafen zu laufen. Und für diesen Trip hat sie ihr Arbeitsgepäck – schmale, aufeinandergesteckte schwarze Koffer – gegen ihr privates Gepäck getauscht.

Diese Reise ist privat.

Sie fliegt erster Klasse von Hartsfield nach Logan, Reiseflughöhe fünfunddreißigtausend Fuß, nicht die kleinste Turbulenz. Pilot Bruce und Co-Pilot Craig sind als die geschmeidigsten Flieger der ganzen Airline bekannt. Gerüchten zufolge wird Bruce sehr ungehalten, wenn sein Kaffee überschwappt. Sie landen achtzehn Minuten zu früh. In so einem Fall ist es manchmal schwierig, ein Gate zu kriegen, aber A7 ist wie durch Zauberhand frei, und Gigi steigt als Erste aus dem Flugzeug. Es ist fast schon zu einfach.

Sie geht zu Terminal C, wo sie für ihren Cape-Air-Flug in einer neunsitzigen Cessna eincheckt. Sie ist für den Flug um 15:25 Uhr gebucht, der um 16:15 Uhr landet. Bis dahin muss sie eine Stunde totschlagen, also geht sie zu Legal Seafood, bestellt Hummerbrötchen und eine Bloody Mary und fragt sich zum dreitausendsten Mal, was sie hier eigentlich tut.

Sie wird die Frau ihres toten Geliebten treffen.

Beim ersten Schluck ist Gigi in Gedanken wieder an jenem schrecklichen Abend des 15. Dezember.

Wider besseres Wissen ruft Gigi die *Hollis hat Hunger*-Seite auf. Nach dem Telefonat mit Matthew heute Morgen hat sie sich geschworen, nie wieder auf diese Website zu gehen, aber da nun unerwarteterweise ein freies Wochenende vor ihr liegt, starrt sie auf die Karte mit den Küchenlichtern. Überall in den USA und Kanada finden sich helle Flecken – sogar in Australien, Brasilien und auf Guam. Gigi stellt sich vor, wie die Leute in ihren hellen, warmen Küchen mit einem Stück Butter, Champignons und einer Zwiebel vor ihren Schneidebrettern stehen.

Sie zoomt die Gegend um Boston heran und sucht nach Hollis' Haus. Ohne Zweifel ist Hollis gerade dabei, die alljährliche Shaw-Madden-Weihnachtsparty vorzubereiten. Gigi hat alles darüber gehört.

In und um Boston leuchten sehr viele Lichter, und Gigi zoomt näher heran, um herauszufinden, welches dieser Lichter, falls überhaupt eines, zu Hollis gehört. In diesem Moment erscheint eine Nachricht an der Pinnwand. Sie ist von Hollis persönlich:

Liebe Hollis-hat-Hunger-Gemeinde,

heute Morgen ist mein Mann Matthew überraschend gestorben. Um diese furchtbare Tragödie zu verarbeiten, brauche ich etwas Raum. Sicher habt ihr alle Verständnis dafür, dass ich mich für eine Weile von der Website zurückziehe. Ich hoffe, irgendwann weiterzumachen, auch wenn ich jetzt noch nicht absehen kann, wann das sein wird.
Haltet eure Lieben fest.

Voller Dankbarkeit,
Hollis

Gigi steht der Mund offen. Sie schreit. Sie greift nach ihrem Handy, ruft Matthew an und landet direkt auf der Mailbox. *Das kann nicht stimmen*, denkt sie. Matthew ist nicht »gestorben«. Gigi hat doch noch an diesem Morgen mit ihm gesprochen. Wieder wählt sie seine Handynummer. Wieder die Mailbox – aber das ist nur logisch. Nach ihrem Gespräch hat er sie bestimmt blockiert. Aber er ist nicht *tot* – wie kann er tot sein? Gigi liest sich den Post auf Hollis' Website noch einmal durch und denkt, da muss ein Irrtum vorliegen, *Hollis hat Hunger* wurde gehackt. Heute morgen unerwartet gestorben ... furchtbare Tragödie zu verarbeiten ... Die ersten Beileidsbekundungen trudeln ein. Dann ist es also wahr? Gigi nimmt Mabel hoch und drückt sie zu fest an sich. Die Katze maunzt empört und springt zurück auf den Boden. Gigi googelt Matthews Namen, findet aber nur den Link zum Mass General Hospital, zur Harvard Medical School, zu dem Aufsatz, den er letzten November in San Francisco vorgestellt hat. Dort hatte sich Gigi mit ihm getroffen, sie waren zusammen im Sinfoniekonzert gewesen und hatten dann in ihrer Suite im Four Seasons Essen beim Zimmerservice bestellt. Am nächsten Tag hatten sie ein Cabrio gemietet und waren nach Napa gefahren. Die Herbstfarben waren atemberaubend, das Mittagessen im Bouchon vorzüglich.

Gigi geht im Haus auf und ab und denkt: *Was soll ich tun? Wen kann ich anrufen?* Die beiden einzigen Menschen auf der Welt, die von Gigis Affäre wissen, sind Tim und Santi. Soll sie zu ihnen hinüberlaufen? Nein, noch nicht. Sie wird abwarten, bis sie Gewissheit hat. Wann wird das sein? Niemand weiß, dass es sie gibt, dass sie benachrichtigt werden muss. Und überhaupt, wem macht sie hier etwas vor – Hollis würde nicht zwei Millionen Menschen vorlügen, ihr Mann sei gestorben. Matthew ist tot. Aber warum? Was ist passiert?

Sie legt sich aufs Sofa und döst immer wieder weg, bis schließlich die Sonne aufgeht. Einen Moment lang wundert sie sich, warum sie nicht in ihrem Bett liegt, dann kommt die Erkenntnis mit einem schmerzhaften Schlag zurück: Hollis' Nachricht. Im Licht des Morgens ist die Vorstellung, dass Matthew plötzlich verstorben sein soll, von Neuem unerträglich und unbegreiflich. Gigi glaubt es nicht. Doch als sie sich an ihren Computer setzt, sieht sie die Nachrufe: bei einem Autounfall am Morgen des 15. Dezember.

Nein, denkt Gigi.

Dann erinnert sie sich an den Beginn ihres Telefonats. Matthew hatte ihr gesagt, es würde schneien.

Er ist verunglückt. Er ist tot.

Nach Auflistung sämtlicher Ehrungen und Auszeichnungen des Dr. Madden schreiben die Zeitungen, er hinterlasse eine Frau und eine Tochter.

Sie erhält eine Nachricht von Hollis. Hey, wollte nur hören, ob alles okay ist. wann kommst du voraussichtlich an?

Sofort bestellt Gigi eine zweite Bloody Mary. Das Trinkverhalten von Menschen an Flughäfen hat sie schon immer fasziniert. Sobald eine Flughafenbar in Sichtweite kommt, scheinen alle Regeln vergessen zu sein. Sechs Uhr früh? Die perfekte Zeit für ein Bier und einen Schnaps. Die Frau neben Gigi hat einen Teller Pommes frites und dazu eine ganze Flasche Champagner für sich allein bestellt. *Nicht alle Superhelden tragen Capes,* denkt Gigi. Sie trinkt ihr Glas aus und bezahlt. Als sie wieder am Gate von Cape Air ankommt, erhält sie eine weitere Nachricht von Hollis, in der ihre Adresse steht. Ruf an, wenn der Taxifahrer es nicht findet.

In den Tagen nach Matthews Tod wartete Gigi noch auf eine Mail oder ein Anruf käme. Sie stellte sich vor, wie Hollis Matthews Schreibtischschubladen durchsah und auf etwas verräterisches stieß – die Passfotos aus dem Automaten bei der Hochzeit, die Gigi und Matthew in Baltimore gecrasht haben, als Matthew einen Vortrag an der Johns Hopkins hielt, oder die handgeschriebene Speisekarte aus dem Bouchon, die sie hatten mitgehen lassen.

Eine Woche nach seinem Tod, als Gigis Trauer schwelte wie eine entzündete Wunde, kam ihr eine Erkenntnis: Der einzige Mensch, der verstand, wie sie sich fühlte, war Hollis. Ich bin da und höre zu, schrieb sie ihr und fügte ihre Telefonnummer hinzu. Noch am selben Abend erhielt sie eine Nachricht: Hi, Gigi, hier ist Hollis. Tut mir leid, wenn ich störe.

Gigi antwortet sofort: Tust du nicht. Ich bin da. Wie geht es dir? Und so wurde eine Freundschaft geboren.

Aber, denkt Gigi jetzt, als ihr 15:45-Flug aufgerufen wird, *diese Freundschaft basiert auf einer Täuschung.* Während sich die anderen acht Passagiere zum Boarding einreihen, bleibt Gigi sitzen. Auch als ihr Name über die Lautsprecher ausgerufen wird. Sie packt ihr Handy aus und sucht Rückflüge nach Atlanta – um acht geht ein Direktflug. Sie überlegt, einfach in Boston zu bleiben.

Ein dritter Text von Hollis. Ist alles okay?

Gigis Finger schwebt über dem Display. Sie tippt: Tut mir leid, mir ist etwas dazwischengekommen, *nämlich mein Gewissen,* schickt den Text aber nicht ab. Sie hätte gar nicht erst zusagen dürfen, das war völlig psychotisch.

Aber, denkt Gigi, sie *möchte* hingehen. Sie möchte Hollis persönlich kennenlernen, möchte das Haus sehen, die Geschichten hören (*möchte* sie die Geschichten hören?). Wenn es unangenehm und seltsam wird, kann sie immer noch abreisen.

Sie geht zum Schalter. Es tue ihr so leid, sie habe den 15:25 verpasst, ob sie den Flug um 16:40 nehmen könne?

Der 16:40 sei ausgebucht, erklärt ihr Bonnie, die Mitarbeiterin am Gate, in einem Ton, der hart an der Grenze zur Unfreundlichkeit ist (aber Gigi hat Mitgefühl, die Arbeit am Gate kann frustrierend sein). Gleiches gilt für den um 17:15, fügt Bonnie hinzu, und ebenso für den 18:05. »Tut mir leid«, sagt sie. »Es ist Freitag, und wir haben Juli.«

Gigi verliert die Hoffnung. Dann also zurück nach Atlanta?

»Ich habe allerdings noch einen Platz in dem Flug um 18:50, kommt 19:40 auf Nantucket an«, sagt Bonnie.

»Ja«, sagt Gigi, »den nehme ich.«

»Sind Sie sicher, dass Sie den nicht wieder ›verpassen‹?« Bonnie malt Anführungszeichen in die Luft. »Ich habe gesehen, dass Sie sitzen geblieben sind, als wir Sie aufriefen.«

Ups, aufgeflogen. »Wenn ich Ihnen sagen würde, warum ich den um 15:25 nicht nehmen konnte, würden Sie mir nicht glauben. Aber ja, ich bin sicher.«

Bonnie zeigt den Anflug eines Lächelns. »Mehr brauche ich nicht zu wissen.«

16.
Happy Hour II

Hollis öffnet die Weinflasche, die Tatum als Gastgeschenk mitgebracht hat, und gießt zwei Gläser ein, eins für sich selbst und eins für Tatum. Dru-Ann nimmt die Flasche und kratzt mit dem Fingernagel das Preisschild ab.

»Zwölf fünfundneunzig«, sagt sie halblaut. »Edel.«

»Schhh!«, zischt Hollis. Vor Hollis' und Matthews Hochzeit hatte es zwischen Tatum und Dru-Ann ständig Spannungen gegeben. Das ist ewig her, aber – und das weiß Hollis nur zu gut – niemand ist so nachtragend wie Tatum McKenzie. »Tatum hat mir diesen Wein mitgebracht, weil sie weiß, dass ich ihn mag.«

»Wenn du das sagst«, sagt Dru-Ann.

»Tut mir leid, dass es kein Montrachet ist«, sagt Tatum. »Die Flasche hab ich heute Nachmittag leer gemacht.«

Gut gekontert, muss Dru-Ann zugeben.

Brooke nimmt die Flasche Whispering-Angel-Rosé aus dem Kühler. Ihr Gastgeschenk ist eine Kerze mit Meeresbrisenduft, aber nachdem Brooke die lässige Eleganz von Hollis' Einrichtung gesehen hat, fürchtet sie, dass die Kerze nicht schick genug oder sogar geschmacklos ist (wonach riecht eine Meeresbrise überhaupt?) Und weil Brooke sie im Sonderangebot im Christmas Tree Shop erstanden hat, war sie sogar noch günstiger als zwölf fünfundneunzig.

Hollis möchte ihr Glas zu einem Toast erheben – sie möchte sich bei allen bedanken, dass sie alles stehen und liegen gelassen haben, um das Wochenende mit ihr zu verbringen – aber sie sollten wirklich auf Gigi warten.

Es ist sechs Uhr und immer noch kein Wort von ihr.

Wird das hier doch nur ein Vier Sterne Wochenende?

Irgendwie muss sie die Stimmung heben. Vielleicht ist die Musik eine Spur zu aggressiv? Hollis lässt Tatums Playlist per Zufallswiedergabe laufen. REO Speedwagon mit *Keep On Lovin You* kommt aus den Lautsprechern. Schlagartig sind sie wieder in den 1980ern.

Als Hollis die Vorspeiseplatten herausholt, zückt Brooke ihr Handy und macht Fotos. Sie will sie möglichst bald auf Facebook posten; Electra soll sehen, was sie verpasst: zart schmelzend gebackener Brie in einer goldenen Teigkruste, dünn geschnittene, zu Blüten arrangierte Salamischeiben, Schälchen mit Marcona-Mandeln und violetten Oliven, dazu Käsestangen. Es gibt Tellerchen mit Senf und Chutney, einen geschwungenen Pfad aus Crackern mit Saaten, gezuckerte Trauben, saftige Erdbeeren, getrocknete Aprikosen – und in der Mitte ein Häufchen von Hollis' berühmten, süchtig machenden Bacon-Rosmarin-Pekannüssen.

»Hoffentlich ist das das Abendessen«, sagt Dru-Ann. Der Tequila tut seine Wirkung, und sie spürt, wie sie lockerer wird. Sie wird die Spannungen mit Tatum genauso ignorieren wie all ihre anderen Probleme. Ihr Handy hat sie in der Handtasche gelassen, und die liegt mindestens drei Meter entfernt auf der blauen Seidenchaiselongue.

»Schick mir die Fotos«, sagt Dru-Ann zu Brooke. Sie tippt ihre Nummer in deren Handy, wählt das einzige anständige Foto von den Vorspeisen aus und schickt es sich. »Jetzt hast du meine Nummer, aber du darfst sie nur im Notfall benutzen.«

Brooke strahlt wie eine Pfadfinderin, die gerade den Preis für den Verkauf der meisten Kekse gewonnen hat, und Dru-Ann wird ein bisschen weich. Diese Frau kann quasseln, dass einem Hören und Sehen vergeht, aber eigentlich ist sie ganz süß, und es wäre vielleicht gar nicht so schlecht, an diesem Wochenende eine Verbündete zu haben. »Wenn du zum Beispiel im Country Club von Wellesley bist und auf dem Tennisplatz eine Zwölfjährige das Clubturnier gewinnt, dann kannst du mir schreiben. Das könnte nämlich meine nächste Klientin sein.«

»Ja!« Brooke hebt die Arme. »Das mache ich!«

Mit Isaacs Kamera auf dem Arm kommt Caroline in die Küche zurück. Sie hebt das Gerät an und schwenkt durch den Raum, nimmt ein Bild (die Champagnerflaschen mit den leuchtend orangefarbenen Etiketten) nach dem anderen (Dru-Anns Balenciaga-Hobo-Bag, die auf der blauen Seidenchaiselongue lümmelt) in den Fokus. Brooke klebt an Dru-Ann wie ein Klettverschluss – bis sich Dru-Ann an Tatum wendet.

»Sorry, der Spruch über das Preisschild war unnötig«, sagt sie.

Tatum verschränkt die Arme vor der Brust und sieht sie kühl an. Caroline bringt die Kamera ein Stück näher heran. *Was haben wir denn hier?*

»Ist mir egal, was du von mir hältst«, sagt Tatum. »Wenn du meinen Wein nicht magst, dann trink ihn nicht.«

Keine Sorge, das werde ich garantiert nicht, denkt Dru-Ann. Doch als sie Tatum genauer ansieht – die Frau ist kaum älter geworden, und sie hat eine tolle Frisur, auch wenn es ein bisschen nach *Drei Engel für Charlie* aussieht –, erinnert sie sich daran, dass auf Hollis' Hochzeit irgendetwas vorgefallen ist. Sie hatte einen Witz gemacht, und Tatum hatte ihn in den falschen Hals gekriegt, aber so richtig. Dru-Ann würde sich jetzt gern entschuldigen, aber wahrscheinlich ist es besser, nicht davon anzufangen.

Sie lässt das Eis in ihrem Glas klirren. »Ich trinke Tequila.«

Dann bemerkt sie die auf sie gerichtete Kamera. Und zeigt ihr den Mittelfinger.

Gegen ihren Willen muss Caroline lächeln. Was würden die Fans ihrer Mutter *davon* halten?

Tatums Playlist wechselt von *I Don't Like Mondays* von den Boomtown Rats zu *Vienna* von Billy Joel.

Caroline filmt die vier Sterne, die sich um die Käseplatte scharen. Es wird viel gegessen und ein bisschen mitgesungen. *But then if you're so smart, tell me why are you still so afraid.* (Das ist Hollis, sie singt furchtbar schief.) Die Einzige, die redet, ist Brooke: *Ach, du meine Güte, Hollis, das musst du ja tagelang vorbereitet haben, diese Pekannüsse machen süchtig, das Fünf-Sterne-Wochenende ist eine so clevere Idee, aber ich könnte so etwas nicht ausrichten – seit meine Mutter unser Haus verkauft hat und nach Boca gezogen ist, habe ich mit niemandem von meiner Highschool geredet.*

Caroline überlegt, die Kamera auszuschalten. Doch stattdessen zoomt sie auf die Gesichter der Frauen. Jede von ihnen scheint in ihrer eigenen Welt zu sein, sogar ihre Mutter.

Hollis denkt daran, wie sich Jacks Arme auf ihrem Körper angefühlt haben. Wahrscheinlich interpretiert sie da zu viel hinein. Das hier wird kein Liebesroman, in dem die einsame Witwe jemanden aus ihrer Vergangenheit wiedertrifft und alles noch schöner wird als damals, weil jetzt beide reifer sind und kein anderes Ziel haben, als sich an der Gesellschaft des anderen zu erfreuen und im Glanz ihrer zweiten Chance auf Liebe zu schwelgen. Im echten Leben passiert so etwas nicht.

Tatum ärgert sich tierisch über sich selbst, weil sie bei der Weinflasche nicht nach dem Preisschild geguckt hatte. Sie hatte angenommen, Jack hätte das erledigt, bevor er sie ihr gab. Tatum weiß, dass Hollis so etwas egal ist, selbst mit leeren Händen aufzukreuzen, wäre okay gewesen. Dru-Ann will nur alle wissen lassen, dass sie Geld hat und Tatum nicht. Was schon von Anfang an das Problem war (beim Junggesellinnenabschied im Ritz in Boston und bei der bissigen Bemerkung über die Perlenkette).

Tatum hätte doch zu Hause die Fotoalben durchforsten und ein paar Schnappschüsse mitbringen sollen. Jetzt erkennt sie, dass es nicht schlimm gewesen wäre, zu spät zu kommen. Die vierte Frau ist noch nicht mal aufgetaucht.

Dru-Ann überlegt, ob sie Tatum beiseitenehmen soll, um ihr zu erklären, unter welchem Stress sie gerade steht. *Ich stecke mitten in einer PR-Krise. Twitter will meinen Kopf rollen sehen.* Würde Tatum das *verstehen*? Warum hatte sie bei dem Preisschild bloß ihren Mund nicht halten können? Vielleicht erzählt sie Tatum, dass der Mann, mit dem sie liiert ist, ihre Beziehung gerade auf Eis gelegt hat. *Endlich habe ich einen Mann gefunden, der mir etwas bedeutet, und dann passiert dieses Desaster.* Sie könnte Tatum sogar anvertrauen, dass sie sich in Nick verliebt hat. *Das* wird Tatum verstehen; sie scheint mit ihrem Mann geradezu ekelhaft glücklich zu sein.

Sie beobachtet, wie Tatum eine Olive nimmt, daran schnuppert und sie dann auf ihre Cocktailserviette legt. Dru-Ann steckt sich eine Olive in den Mund. »Die sind gut«, sagt sie im Tonfall einer Mutter, die ihr Kind zum Essen überreden will.

»Mein Geschmack ist wohl nicht so *erlesen* wie deiner«, sagt Tatum.

Dru-Ann schließt die Augen.

Brooke merkt, dass sie als Einzige redet. Die anderen nicken und machen »Mhm«, aber Brooke hat nicht das Gefühl, dass sie wirklich zuhören. Es ist schwierig, sich auf etwas anderes zu konzentrieren als die herrlichen Vorspeisen auf dem Tisch. Sie möchte sich in Zurückhaltung üben, aber diese Rosmarin-Bacon-Pekannüsse sind so lecker, die gehören verboten, und die Käsestangen sind selbst gemacht, mit einer Kombination aus altem Cheddar, geriebenem Parmesan und Kräutern aus Hollis' Garten. Brooke spült eine davon mit Rosé hinunter und sieht sich am Tisch um.

»Wann kommt diese Gigi?«, fragt sie.

Ja, wann kommt Gigi?, fragt sich auch Hollis. Sie hat ihr drei Nachrichten geschickt, sich nach ihrer Ankunftszeit erkundigt, ihr die Adresse genannt und schließlich gefragt, ob alles okay sei. Auf keine der Nachrichten hat Gigi geantwortet, und als Hollis um sieben schließlich anruft, landet sie direkt auf der Mailbox. Fast sagt sie: *Du kommst doch noch, oder?* Doch stattdessen hinterlässt sie eine heitere, fröhliche Nachricht: »Ich wollte nur mal hören … keine Eile, lass dir Zeit, du kommst, wenn du kommst.«

Dann denkt sie zum siebentausendsten Mal: *Welche Vollidiotin lädt eine Frau für ein Wochenende zu sich nach Hause ein, der sie nie begegnet ist?* Wenn das hier wirklich »Hollis' Lebensgeschichte in Form von Freundschaften« ist, was sagt das dann über sie aus, dass sie ihre beste Freundin aus der Lebensmitte nur übers Internet kennt? Ist es ein Zeichen dafür, dass sie mit der Zeit geht, oder eher dafür, dass ihre Standards komplett im Keller sind?

Sie hätte die süße Zoe Kern aus ihrem Barre-Kurs einladen sollen.

Aber Hollis wollte Gigi. Sie will immer noch Gigi. Wo ist Gigi?

»Tatum?«, fragt Hollis. »Würdest du mit rauskommen und mir mit dem Grill helfen?«

Tatum weiß, dass Hollis keine Hilfe mit dem Grill braucht. Hollis ist von Tom Shaw großgezogen worden, sie kann Feuer aus einer Handvoll trockenem Laub und einem scharfen Blick machen. Wahrscheinlich will Hollis ihr gut zureden, damit sie nett zu Dru-Ann ist. Aber es ist, wie es ist, mit Dru-Ann hat Tatum noch eine Rechnung offen.

Dann fällt ihr etwas ein.

»Okay«, sagt sie. »Lass mich nur kurz zur Toilette gehen.« Sie geht durch den Flur zu ihrer Fifty-Shades-of-White-Gästesuite, die original aussieht wie in *Selling Sunset*. Direkt nachdem Hollis Tatum in dem Zimmer allein gelassen hatte, damit sie »sich einrichten« konnte, hatte Tatum ihr Handy gezückt und ein Video aufgenommen, das sie an Kyle schickte. Sie hat ein weißes »Soufflé«-Bett, so hat Hollis es genannt, mit einer flauschigen elfenbeinfarbenen Decke und einer Trillion Kissen in Weißtönen von French Vanilla bis zur Farbe von reinem, frisch gefallenem Schnee. Ein durchsichtiger, eiförmiger Sessel hängt von der Decke. Hollis hat ihr den »Feuerwerkleuchter« gezeigt: Hunderte winziger LED-Lichter an Fiberglasfäden, die in alle Richtungen explodieren, sodass es aussieht wie ein Feuerwerk über dem Bett. Ihr ist bewusst, dass das ganze Weiß für zurückhaltenden Luxus steht, sie wird aber das Bild nicht los, wie dieser Raum aussehen würde, wenn sie Orion hier mit seinen Cheez-Its, seinen Oreos und seinen Filzstiften losließe.

Sie kramt in ihrer Tasche, bis sie Orions Gummischlange findet. Dru-Ann wohnt allein draußen im Gästehaus. (Das passt ins Bild. Dru-Ann ist *so* eine Diva.) Tatum huscht zur Seitentür hinaus und läuft mit knirschenden Schritten über die weiße Muscheleinfahrt zum Twist hinüber. Der wahre »Twist«, denkt Tatum, ist, dass Hollis und ihr Vater früher in diesem kleinen Haus gewohnt haben. Unzählige Stunden hat Tatum auf dem Teppich in Hollis' hustensirupfarbenen Zimmer verbracht und das Bild von Rick Springfield auf dem Cover von *Working Class Dog* angeschmachtet. Natürlich ist das Haus renoviert worden – es ist komplett im Stil der Fifties gehalten, reichlich Kurven und Farben, Küchenstühle mit roten Kunstlederbezügen, ein Art-déco-Barwagen, an dem sich Frank Sinatra einen Martini mixen kann, wenn er vorbeikommt. Tatum geht ins Schlafzimmer und lässt die Schlange unter Dru-Anns Bettdecke verschwinden.

Augenblicklich fühlt sie sich besser.

Sie kehrt ins Haupthaus zurück, schnappt sich ihr Weinglas und schafft es gerade rechtzeitig auf die Terrasse, um zu sehen, wie Hollis den Grill per Knopfdruck entzündet – keinerlei Hilfe nötig. Hollis sieht auf. »Du hast nicht zufällig eine Zigarette, oder?«

Halleluja, denkt Tatum. Sie hatte sich schon gefragt, wann sie heimlich eine rauchen könnte. Sie nimmt ihre Newports aus der Hosentasche und bietet Hollis eine an. »Ich hätte nicht gedacht, dass du noch rauchst.«

»Tu ich auch nicht.« Hollis nimmt einen tiefen Zug. Ihre Lunge brennt, und ihr wird sofort schwindelig. *Hallo, Nikotin, alter Freund.* »Nur in Notfällen.«

Tatum zieht an ihrer Zigarette und kippt den Rest Wein aus ihrem Glas hinunter. »Jacks Besuch hat mich genauso überrascht wie dich. Das müssen er und Kyle zusammen ausgeheckt haben.«

»Wie hat er das von Matthew erfahren?«

»Kyle hat ihm eine Nachricht geschickt, als es passiert ist«, sagt Tatum.

»Ist er noch mit Mindy zusammen?« Hollis sagt nicht, dass sie seine Facebookseite stalkt und das letzte Foto von Mindy am 25. August 2020 gepostet wurde.

»Sie hatte es satt, auf einen Ring zu warten, und hat ihn verlassen«, sagt Tatum. »Sie hat einen reichen Tech-Typen geheiratet und ein Inn in Lenox gekauft. Also, ja, Jack ist derzeit Single, wenn es das ist, was du wissen willst.«

Er ist Single, denkt Hollis. *Aber er sieht so verdammt gut aus, dass er wahrscheinlich mit jeder Frau in West-Massachusetts schlafen könnte.* »Er sieht noch genauso aus wie früher«, sagt sie, »findest du nicht?«

»Er hat eine Glatze und einen grauen Kinnbart«, sagt Tatum. »Wenn du dich erinnern möchtest: Auf der Highschool hatte er volles Haar und war so dürr, dass ihm ständig die Hose runtergerutscht ist.«

»Du hast recht«, sagt Hollis. »Ich meine wohl, dass er noch genauso *wirkt*.«

»Als wäre er bis über beide Ohren in dich verliebt?«, sagt Tatum. »Ja, das ist mir auch aufgefallen.«

Brooke bietet an, die Vorspeisen abzuräumen – ein paar getrocknete Aprikosen, Pekannusskrümel und Käsereste.

»Ich werde mich mal mit meiner Patentochter unterhalten«, sagt Dru-Ann und geht, dem Song *Practice* von DaBaby folgend, nach rechts durch den Flur, bis unter einer Tür ein Streifen Licht zu sehen ist. Sie klopft. Die Musik verstummt.

»Was ist?«, fragt Caroline durch die Tür. »Ist Gigi da?«

Dru-Ann öffnet die Tür einen Spaltbreit. »Sorry, ich bin's nur.«

Caroline sitzt an ihrem Schreibtisch und lädt das bisher entstandene Filmmaterial auf ihren Laptop. Die Szene zwischen ihrer Mutter und dem Überraschungsbesuch aus dem Auto ist *wirklich* beunruhigend. Caroline hat sie sich ein halbes Dutzend Mal angesehen, was die erwartbaren Emotionen hervorrief. Sie kann sich nicht erinnern, dass ihre Mutter jemals jemanden so angesehen hat, nicht mal ihren Vater.

»Hey«, sagt Caroline. »Mom meint, ich muss erst wieder rauskommen, wenn Gigi da ist.«

»Wer *ist* Gigi?«, fragt Dru-Ann.

Caroline zuckt die Schultern. »Eine von Moms Website. Keiner kennt sie. Nicht mal Mom.«

»Wow«, sagt Dru-Ann. »Das klingt dubios.«

»Ich will ja nichts sagen, aber das ganze Wochenende ist dubios.« Endlich sieht Caroline Dru-Ann in die Augen. »Mein Vater ist gerade gestorben, und meine Mutter gibt mit so einem Fünf-Sterne-Festival an. Ich soll das alles für ihre Website filmen, damit die Leute sehen, dass ... ja, was eigentlich? Dass ihr Leben weitergeht? Dass sie mit ihren Freundinnen tanzt?«

»Hey«, sagt Dru-Ann. »Hab ein bisschen Nachsicht mit deiner Mom. Diese Sache ist für sie etwas Positives, auf das sie sich konzentrieren kann.«

»Es ist zu früh.«

»Ich glaube nicht, dass jemand von uns das beurteilen kann. Sie war einsam, sie wollte Menschen um sich haben. Sie wollte dich um sich haben.«

»Das ist bloß für ihre Website«, sagt Caroline. »Sie will nur Klicks.«

»Caroline, ich bin deine Patin, was bedeutet, dass ich auf deiner Seite stehen sollte, aber in diesem Fall möchte ich dich bitten, ein bisschen gnädiger mit deiner Mutter zu sein. Sie hat viel durchgemacht.«

»*Ich* habe viel durchgemacht.« Caroline starrt auf ihren Bildschirm. »Meine Mutter wird einfach neu heiraten und von vorn anfangen.«

Dru-Ann sucht nach klugen Worten – aber wem will sie etwas vormachen? Sie hat bewiesen, dass sie in der Kommunikation mit Twens ein Totalausfall ist – da leuchtet Carolines Handy auf dem Schreibtisch auf. Sie sieht ihren eigenen Namen.

»Du hast wahrscheinlich gehört, was mit Posey Wofford vorgefallen ist?«

»Klar.«

»Gut, dann bin ich froh, dass ich es dir persönlich erklären kann. Posey hat keine psychischen Probleme. Sie benutzt das als Ausrede.«

Caroline hat keine Lust auf diese Generation-Z-Nummer, die der Generation X andauernd erklären muss, warum manche ihrer Äußerungen nicht mehr akzeptabel sind, aber was bleibt ihr anderes übrig? »Du hättest nichts über Poseys psychische Gesundheit sagen sollen. Das darf nur Posey.«

Dru-Ann seufzt. »Die Sache hat zwei Seiten.«

»Bestimmt. Aber das Internet sieht nur die eine. Du verdienst Geld mit Posey, da willst du *natürlich,* dass sie das Turnier durchzieht.«

»Es ging nicht um Geld, Caroline«, sagt Dru-Ann. »Ich habe reichlich Geld, auch ohne Posey Wofford.«

»Hast du daran gedacht, dich öffentlich zu entschuldigen?« Dabei denkt Caroline, dass eine Entschuldigung allein wohl nicht reichen dürfte. Vermutlich sollte sie außerdem eine großzügige Summe an die Jed Foundation spenden.

»Ich muss ein Statement schreiben und erklären, was passiert ist«, erwidert Dru-Ann. »Posey hat psychische Probleme nur als Ausrede …«

»Du bist ihre Agentin«, unterbricht Caroline sie. »Es ist deine Aufgabe, einen sicheren Raum für sie zu schaffen.«

Keinen Ausdruck hasst Dru-Ann mehr als *sicherer Raum.* Erstens ist das eine komplette Illusion, kein Raum im Leben ist vollkommen sicher, solange man nicht in Luftpolsterfolie wohnt. Menschen widersprechen einem, Menschen greifen einen an, Menschen lügen einem direkt ins Gesicht. In Dru-Anns Branche ist jeder Tag ein Wettkampf – einer gewinnt, viele andere verlieren. Sicherheit gibt es nicht.

»Ich wollte, dass sie sich an die Vereinbarung hält«, sagt Dru-Ann. »Ein bisschen gutes altes Zähnezusammenbeißen. Weißt du, warum sie das Turnier abgebrochen hat?«

»Sie fühlte sich nicht dazu in der Lage«, sagt Caroline.

»Es ging ihr prima«, sagt Dru-Ann. »Ihr Freund, Phineas Pine …«

»Ich glaube nicht, dass die Details auf Twitter irgendjemanden interessieren. Wahrscheinlich solltest du dich einfach entschuldigen.«

»Auf keinen Fall.«

Einen Augenblick lang messen sie einander mit Blicken.

Dru-Ann denkt: *Deine Generation ist empfindlich und verwöhnt, und niemand darf euch das vorhalten, weil ihr bloß ein paar Knöpfe zu drücken braucht, um die Karriere von Menschen zu ruinieren.* Außerdem denkt sie: *Ich habe deine Windeln gewechselt, und jetzt gibst du mir Ratschläge?*

Caroline denkt: *Wenn du dich nicht entschuldigst, werden sie dich zerfleischen. Je länger du wartest, desto schlimmer wird es. Sie* wechselt das Thema. »Was ist zwischen dir und Tatum los?«

»Das wirst du Tatum fragen müssen.« Dru-Ann wirft Caroline eine Kusshand zu und zieht die Tür von außen hinter sich zu. Caroline hört ihre Absätze durch den Flur klackern.

Es ist erst sieben Uhr am Freitagabend, aber eines ist schon jetzt klar: Ihre Aufnahmen werden sich nicht nur um die Landschaft drehen.

Brooke ist allein in der Küche und macht sauber wie Cinderella. Hollis und Tatum sind draußen auf der Terrasse, Brooke sieht durch die Glastüren, wie sie rauchen. *Seit wann raucht Hollis?* Ihre Bewegungen, mit denen sie die Servierplatte aus Eiche abwischt, werden immer aggressiver. Natürlich wird sie wieder ausgeschlossen. Sie hat keine Ahnung, wohin Dru-Ann verschwunden ist, und sie kann Hollis und Tatum nicht unterbrechen, wenn die beiden gerade einen besonderen Moment haben.

Brooke ruft sich in Erinnerung, dass Hollis besondere Momente verbringen darf, mit wem sie will. Sie hat eine Tragödie erlebt. Aber wer war nach Matthews Tod für sie da? Wer hat die ganzen Telefonate erledigt, wer die Mahlzeiten organisiert, wer hat über einen Monat lang jeden Abend nach ihr gesehen? Nicht Tatum. Oder Dru-Ann. (Keine der beiden war bei der Beerdigung!) Sondern Brooke.

Sie schenkt sich noch ein Glas Rosé ein und denkt sich, sie kann die Flasche jetzt auch genauso gut leer machen, als die Haustür aufgeht und eine Frau den Kopf hereinstreckt.

»Hi«, sagt sie. »Ich bin hier doch richtig bei Hollis Shaw? Ich bin Gigi Ling.«

Gigi Ling!, denkt Brooke. Da ist der fünfte Stern, den noch niemand kennt, nicht einmal Hollis. *Mach einen guten Eindruck. Aber sei ganz natürlich.*

»Ja, hallo, willkommen.« Brooke eilt ihr entgegen. »Ich bin Brooke Kirtley, Hollis' Freundin aus Wellesley, wir haben unsere Kinder zusammen großgezogen. Ich habe Zwillinge, Junge und Mädchen, im selben Alter wie Hollis' Tochter Caroline …« Brooke merkt, dass sie anfängt zu plappern, und atmet tief durch. Sie streckt die Hand aus. Gigi Ling schüttelt sie und lächelt Brooke herzlich an.

»Freut mich sehr, dich kennenzulernen, Brooke.« Gigi Ling hat einen britischen Akzent, ist das nicht überraschend? Brooke *liebt* britische Akzente! Gigi rollt ihr Gepäck herein – eine Tasche aus rosa Leder und darauf befestigt eine Henkeltasche aus beigem Velours, die aussieht, als stamme sie aus einem reizenden kleinen Geschäft in einer Seitenstraße von Florenz. »Tut mir leid, dass ich so spät dran bin.« Sie winkt ab. »Ich will dich nicht mit den tristen Details langweilen. Hauptsache, ich bin jetzt hier.«

»Möchtest du etwas trinken?«, fragt Brooke. »Die anderen müssten gleich zurück sein. Wir haben noch nicht zu Abend gegessen.«

»Ein Glas kaltes Wasser wäre ganz fabelhaft, danke«, sagt Gigi.

Ganz fabelhaft, denkt Brooke. Sie nimmt eines von Hollis' Gläsern mit kobaltblauem Rand aus dem Regal und füllt es aus einer Karaffe mit Gurkenwasser aus dem Kühlschrank. Brooke reicht Gigi das Glas und denkt, dass Gigi Ling selbst *ganz fabelhaft* ist. Und so stylish! Gigi setzt ihren Stroh-Fedora ab, der so viel süßer und schlichter ist als der umständliche Strohhut, den sie selbst ausgewählt hat, und Brooke bewundert ihren Pixie-Cut. (Sie sehnt sich danach, ihre Lockenmähne abzuschneiden, fürchtet aber, dass sie dann wie Oliver Twist aussieht.)

Gigis Outfit ist die Schlichtheit in Perfektion: ein geripptes oliv-grünes Top, dazu schmale weiße Used-Jeans mit ausgefranstem Saum. *Wo finden andere Leute bloß gut sitzende Jeans?*, fragt sich Brooke. Bei ihren sind immer der Bund zu hoch und die Beine zu kurz. Gigis Schmuck besteht aus mehreren zarten Goldkettchen, einem goldenen Armreif und einer Uhr mit Lederarmband. An ihrem Zeigefinger steckt ein Ring mit einem coolen grünlichen Stein. Dazu trägt sie Veja-Sneakers. Gigi hat dunkelbraune Augen und strahlende Haut und verströmt jene Art raffinierter Eleganz, die man mit Frauen wie Prinzessin Diana oder Jackie Kennedy verbindet.

Plötzlich geht die Glastür auf, und Hollis kommt herein. Brooke ist glatt ein bisschen enttäuscht; Gigi und sie haben sich gerade erst kennengelernt, und jetzt soll sie Gigi mit allen anderen teilen. Kurz darauf kommt auch Tatum, beide riechen streng nach Zigarettenrauch, und Dru-Ann erscheint aus dem Flur.

»Gigi!«, sagt Hollis. »Bist du das?«

Vor den Augen der anderen geht Hollis auf Gigi zu und reicht ihr die Hand, doch Gigi breitet die Arme aus, und Hollis lacht, und die beiden Frauen umarmen sich.

Henrietta fängt an zu bellen. Sie schnüffelt an Gigis Bein, hebt die Schnauze zur Decke und jault.

»Henny«, ruft Hollis. »Aus!«

Hennys Bellen geht in ein langes, tiefes Knurren über.

Gigi lacht. »Wahrscheinlich riecht sie meine Katze Mabel.« Als sie Henrietta streicheln will, schnappt die Hündin nach ihr.

»Henny!« Hollis reißt sie am Halsband zurück. »Es tut mir so leid, sie ist sonst nie so.« Zu Henny sagt sie: »Du wirst in den Kerker verbannt.« Sie geht mit dem Hund durch den Flur. Gigi lächelt die anderen Frauen strahlend an und denkt: *Der Hund weiß Bescheid.*

Als Hollis zurückkommt, sagt sie: »Keine Sorge, der Kerker ist mein Schlafzimmer, ihr geht's gut. Verzeih ihr bitte – das kommt sonst nie vor.«

»Schon gut«, erwidert Gigi. »Ich bin schon schlimmer angeknurrt worden.«

Hollis beschreibt mit ihrem Arm einen Halbkreis wie eine Spielshow-Moderatorin. »Darf ich dir die anderen vorstellen? Das ist Tatum, meine beste Freundin aus der Highschool, Dru-Ann, meine beste Freundin vom College, und Brooke, meine Freundin aus der Zeit, als unsere Kinder klein waren.«

Brooke bemerkt, dass Hollis sie nicht als *beste* Freundin bezeichnet. Aber sie lässt sich davon nicht stören, sie lässt sich nicht *kränken*, es ist okay – sie muss nicht Hollis' beste Freundin sein, sie ist hier, darauf kommt es an. Aber sicher haben alle anderen in der Küche bemerkt, dass Hollis nicht *beste Freundin* gesagt hat, und halten Brooke deswegen für minderwertig.

Der Rosé hat Brookes gesunden Menschenverstand gekapert. Sie platzt heraus: »Und Gigi ist deine beste Freundin aus dem Internet.«

Einen Augenblick herrscht Stille, und Brooke verflucht sich innerlich. Sie muss ihre Worte vor dem Sprechen redigieren.

Gigi lacht. »Das lässt mich ziemlich verdächtig aussehen.«

»Ach was. Komm, ich zeig dir dein Zimmer. Das Abendessen ist gleich fertig.« Hollis streckt die Hand aus, Gigi ergreift sie und die beiden verschwinden durch den Flur. Von hinten machen sie den Eindruck, als würden sie sich schon ihr Leben lang kennen.

Brooke flüstert Tatum und Dru-Ann zu: »Sie wirkt nett.«

»Schon«, sagt Dru-Ann. »Aber wer *ist* sie?« Sie wendet sich an Tatum. »Hat Hollis dir irgendetwas über sie erzählt?«

Tatum blinzelt nur.

Dru-Ann sagt: »Willst du echt die ganze Zeit so zu mir sein?«

Brooke sieht die beiden Frauen an. »Mir war gar nicht bewusst, dass ihr euch kennt«, sagt sie. »Wann habt ihr euch kennengelernt?«

»Bei Hollis' Hochzeit«, sagen beide gleichzeitig.

»Oh«, sagt Brooke. Sie und Hollis hatten sich erst später kennengelernt, als sie beide schwanger waren. »Wie war die Hochzeit?«, fragt sie.

Weder Tatum noch Dru-Ann antworten. Die Frage bleibt in der Luft hängen wie ein Furz. Alle sind erleichtert, als Hollis und Gigi zurückkommen und Hollis sie zum Dinner nach draußen geleitet.

17.
Vorgetäuscht

Caroline schwenkt über den Esstisch. Für Hollis' Fans dürfte das die wichtigste Einstellung sein.

Hollis serviert ihren in Koriander und Limetten marinierten Schwertfisch mit Guacamole, einer Sommerkürbis-Tarte mit Ziegenkäse und Minze, einem großen grünen Salat und selbst gebackenem Baguette mit gepfefferter Butter, die sie wirklich und wahrhaftig selbst gebuttert hat. Dem Ganzen folgt ein Pfirsich-Cobbler mit heißer Zuckerkruste, frischer Schlagsahne und kleinen Stückchen japanischer Schokolade.

Tatum streicht Pfefferbutter auf ein Stück Baguette. Der Schwertfisch ist so perfekt gegart und gewürzt, er braucht die Guacamole gar nicht. Sie denkt: *Wenn ich keinen Krebs habe, werde ich auch so kochen lernen. Ich werde Kurse im Gastrozentrum belegen, ich werde mir ein verdammtes Butterfass anschaffen.* Sie wird sich keine Gedanken wegen der Kosten machen, sie wird es einfach tun. *Habe ich Krebs?* Sie beobachtet, wie Brooke Salat auf ihren Teller häuft, und denkt: *Wenn ich bis fünf zählen kann, ohne dass Brooke etwas sagt, um die Stille zu füllen, heißt das, der Tumor ist gutartig.* Sie kommt bis vier, ehe Brooke Luft holt … sich dann jedoch zügelt und sich den Mund mit Salat stopft. Tatum atmet aus. Sie hätte die Ärztin direkt zurückrufen sollen; sie wird noch verrückt.

Brooke wollte gerade fragen, wie alle so viel essen und trinken können, ohne Angst davor, hundert Pfund zuzulegen. Sie fängt mit Salat und einem kleinen Stück Fisch (ohne Soße) an. Aber die Tarte ist ein Kunstwerk – die leuchtend gelben Kürbisscheiben sind in die Kruste eingearbeitet, mit Ziegenkäse bestrichen und mit frischer Minze bestreut. Sie wird ein kleines Stück davon probieren, alles andere wäre unhöflich. Aber kein Brot. Doch dann reicht ihr Gigi, die neben ihr sitzt, das Förmchen mit der Butter und sagt: »Das ist Magie. Warte, ich reiche dir das Brot.«

Brooke nimmt die Butter und denkt: *Ein Stück Brot wird helfen, den Alkohol aufzusaugen.* Sie hat reichlich getrunken. Da waren die beiden Gläser Wein mit Electra (wobei Brooke die gern abziehen würde, als hätte sie nie mit Electra zusammengesessen) und fast eine ganze Flasche Rosé heute Abend. Gigi beobachtet sie mit einem freundlichen Lächeln und wartet darauf, dass sie die Butter auf das Brot streicht, und was soll Brooke da tun? Zählt heutzutage überhaupt noch jemand Kalorien? Es gibt viel angesagtere Möglichkeiten, Gewicht zu verlieren, wie intermittierendes Fasten oder Keto, wo man nur Steak und Eier und Rübstiel isst. Jüngere Menschen scheren sich überhaupt nicht mehr um Körpergewicht, denn wenn man dünn sein will, ist man gegen Body Positivity. Will Brooke gegen Body Positivity sein? Na ja, nein, aber ihre Speckrollen mag sie auch nicht besonders. Einen Moment lang wägt sie ab, dann streicht sie Butter auf das Stück Baguette und beißt hinein. Es ist so köstlich, dass es ihr egal ist, ob man sie später in einer Schubkarre von der Insel schaffen muss.

Hollis kann nicht aufhören, Gigi Ling anzustarren. Sie ist ganz genauso hinreißend, wie Hollis sie sich vorgestellt hat. *Eine gute Wahl,* denkt sie. Gigi Ling ist besser als normal – sie ist außergewöhnlich. Ihr Akzent klingt wie Musik, von ihr würde sich Hollis mit Vergnügen das Telefonbuch vorlesen lassen.

»Erzähl uns von dir«, bittet Hollis.

»Ich bin Wassermann und mag lange Strandspaziergänge«, sagt Gigi.

Sie ist witzig, denkt Hollis. »Ich weiß, dass du in Atlanta lebst«, sagt sie. »Aber woher kommt dein Akzent?«

»Ich bin in Singapur geboren und aufgewachsen«, erwidert Gigi. »Mein Vater ist Chinese, meine Mutter war ein Mädchen vom Land aus Pine Mountain in Georgia. Sie haben sich kennengelernt, als meine Mutter Flugbegleiterin in der Concorde war und mein Vater geschäftlich zwischen New York und Paris pendelte.«

Die Antwort ist cooler, als Hollis es sich hätte vorstellen können, aber irgendetwas passt da nicht …

»Ich dachte, deine Mutter wäre Chinesin? Sagtest du nicht etwas von ihren kantonesischen Rezepten?«

Gigi erschrickt. Verdammt, ja. An der Pinnwand hatte sie geschrieben: Meine Mutter starb, bevor sie mir ihre kantonesischen Lieblingsgerichte beibringen konnte. Damals, als Gigi versucht hatte, Hollis' Aufmerksamkeit zu erregen. Nie hätte sie sich träumen lassen, dass sie eines Tages bei Hollis am Tisch sitzen und die Geschichte ihrer Herkunft erzählen würde.

»Das stimmt«, sagt sie eilig. Wie soll sie die kantonesischen Gerichte ihrer Mutter erklären, wenn diese Mutter als Mädchen vom Land im Westen von Georgia aufgewachsen ist? Es ist nicht auszuschließen, dass ihre Mutter Sino-Amerikanerin war und die kantonesischen Gerichte von ihrer eigenen Mutter oder Großmutter gelernt hatte. Wäre das glaubhaft? »Meine Mutter hat Kochen gelernt, als sie nach Singapur gezogen ist«, sagt sie dann. »Mein Vater behauptete immer, sie mache das beste Zongzi im ganzen Land, sogar noch besser als die Privatköche, und von denen gab es viele.« Gigi lacht, vor allem weil die Antwort so absurd ist. Ihre Mutter hat nicht nur nicht gekocht, sie hat auch nicht gegessen, sie ernährte sich ausschließlich von Tabletten und Zigaretten und starb mit vierzig an einem Emphysem. Aber sie kommt damit durch, Hollis lacht, und hört von den anderen überhaupt jemand zu? Vorsichtshalber begibt sich Gigi auf ungefährlicheres Terrain: Sie war auf der Singapore American School SAS, dann trennten sich ihre Eltern. Für zwei Jahre studierte Gigi an der Universität von Georgia, ehe sie sich in den Kopf setzte, die Fliegerei zu ihrem Beruf zu machen, und an die Aeronautische Universität Embry-Riddle wechselte. Sie ist dreiundvierzig und seit achtzehn Jahren Pilotin bei Delta. Meistens fliegt sie international. Rom und Madrid erwähnt sie nicht, wohl aber, dass sie durch ihre Reisen fließend Italienisch und Spanisch spricht.

»Das ist so *interessant*!«, schwärmt Holly und blickt in die Runde, auf die von Kerzenlicht beschienenen Gesichter ihrer Freundinnen. »Nicht wahr?«

Tatum tastet unauffällig unter ihren Achseln. Bildet sie sich das ein, oder ist da eine Schwellung? *Lymphknoten*, denkt sie.

Dru-Ann starrt auf ihre Tasche auf der blauen Seiden-Chaiselongue. Was geschieht gerade auf ihrem Handy? Hat Nick angerufen? Inzwischen bereut er bestimmt, was er über das Auf-die-Bremse-Treten gesagt hat. Wahrscheinlich ist er bei ihr zu Hause vorbeigefahren, und als sie dort nicht war, hat er sie vielleicht im The Aviary gesucht. Als sie dort auch nicht war – fing er da an, sich Sorgen zu machen?

Brooke denkt, *Hollis scheint richtig besessen von Gigi zu sein – und aus gutem Grund. Gigi ist fabelhaft!*

Es dauert nicht lange, bis jemand – die Frau mit den Locken, Brooke? – die Frage stellt, vor der es Gigi graut.

»Und? Gibt es einen Mr. Ling?«

»Nur meinen Vater«, sagt Gigi.

»Hast du einen Freund?«, fragt Brooke. »Oder … einen Partner?«
Sie unterbricht sich. »Tut mir leid, ist das zu privat?«

Ja, das ist zu privat!, denkt Gigi. »Ich hatte eine Beziehung«, sagt Gigi. »Aber die ist vorbei.«

Hollis ist froh, dass Brooke gefragt hat. Sie hatte schon lange wissen wollen, ob Gigi mit jemandem zusammen ist, wollte aber per Textnachricht nicht fragen.

Gigi lacht. »Also mache ich jetzt diesen neuen heißen Trend mit, Männer aus meinem Leben zu dezentralisieren.«

Ist das ein heißer Trend?, überlegt Dru-Ann. *Wenn ja, hat Posey Wofford noch nicht davon gehört.*

Tatum ist seit einunddreißig Jahren mit Kyle verheiratet. Ihr Ziel waren immer sechzig Jahre, und sie sind erst bei der Hälfte. Sie weiß, dass es kein neuer heißer Trend ist, so sehr in den eigenen Mann verliebt zu sein, aber sie ist es. *Lieber Gott,* denkt sie, *bitte gib mir mehr Zeit mit Kyle.*

»Ich würde gern Charlie aus meinem Leben dezentralisieren«, sagt Brooke.

»Gibt es da etwas, das du der Gruppe mitteilen möchtest?«, fragt Dru-Ann. Das ist ein Witz, keiner von ihnen will irgendwelche tiefen, dunklen Geständnisse über den Zustand von Brookes Ehe hören. *Stimmt doch, oder?* Aber wahrscheinlich irrt sie sich da, Gigi, Tatum und Hollis starren Brooke interessiert an.

»Nein«, sagt Brooke. »Vielleicht später, im Laufe des Wochenendes, aber nicht jetzt.«

Gigi entspannt sich ein bisschen. Solche Gespräche ist sie nicht gewohnt. Sie war nie eng mit Frauen befreundet. An der Schule in Singapur hatte sie sich immer mal wieder mit Mädchen angefreundet, deren Eltern von einer Bank oder Firma dorthin versetzt worden waren, doch dann wurden die Eltern wieder versetzt, oder die Familie konnte sich nicht an die drückende Hitze oder die strengen Gesetze gewöhnen und zog nach einem oder zwei

Jahren wieder weg. An der Embry-Riddle waren ihre Klassenkameraden dann fast ausschließlich Männer, was sich in ihrem Leben als Pilotin fortsetzte. Wenn die Flugbegleiterinnen, mit denen Gigi zusammenarbeitet, sie hin und wieder einladen, mit ihnen etwas trinken zu gehen, sagt sie zu – und nach ein paar Cosmos oder Negronis landen die Gespräche immer beim Thema Sex. Immer.

Gigi trinkt einen Schluck Wein. »Lasst uns das Thema wechseln«, sagt sie. »Wie steht ihr dazu, Orgasmen vorzutäuschen?«

Der Tisch fällt in verblüfftes Schweigen.

Ups.

Caroline ist so froh, dass sie die Kamera hat weiterlaufen lassen. Diese Frau ist klasse.

Tatum trinkt einen Schluck Pinot Grigio und sagt: »Ich habe in meinem Leben noch nie einen Orgasmus vorgetäuscht.«

»Lügnerin«, sagt Dru-Ann. »Das macht doch jede. Und deshalb sind Männer auch immer so unsicher. Sie wissen nie, ob es echt ist oder ob wir einen auf Meg Ryan machen.«

Wer ist Meg Ryan?, fragt sich Caroline.

»Ich. Habe. Noch. Nie. Einen. Orgasmus. Vorgetäuscht«, sagt Tatum. »Kyle weiß, wie er mich zum *Schreien* bringt. Er steht hinter mir …« Sie unterbricht sich. »Wollt ihr das hören?«

»Äh, *nein*«, sagt Dru-Ann. »Wir essen.«

»Ich will es hören«, sagt Brooke.

»Ich muss zugeben, ich *bin* fasziniert«, sagt Gigi.

»Er hebt mich mit einem Arm hoch und reibt mich mit zwei Fingern der anderen Hand.« Tatum zuckt die Schultern. »Manchmal machen wir das vor dem Spiegel. Superheiß. Das funktioniert immer, aber er hat auch andere Tricks. Früher, als wir jung waren, habe ich ihm gezeigt, was mir gefällt. Und weil er weiß, dass ich mit keinem anderen geschlafen habe, braucht er sich mit niemandem zu vergleichen. Aber vortäuschen tu ich nie. Wozu?«

»Verdammt«, sagt Dru-Ann. »Ich täusche ihn vor, na ja, um die Dinge voranzubringen.«

»Weil man ein Hähnchen im Ofen hat«, sagt Hollis. »Oder weil man einfach schlafen möchte.«

Igitt, denkt Caroline. Sie hatte gehofft, ihre Mutter würde sich aus diesem Teil des Gesprächs raushalten.

»Ich hatte mit Charlie noch nie einen Orgasmus«, sagt Brooke.

Wieder verstummen alle am Tisch. Man hört, wie sich draußen die Wellen brechen und wieder aufs Meer hinausgesogen werden.

Das, denkt Caroline, *nennt man einen Mic Drop.*

Endlich räuspert sich Dru-Ann. »Jetzt verstehe ich, warum du ihn aus deinem Leben dezentralisieren möchtest.« Sie zögert. »Nie?«

»Nie. Nicht mit Charlie, und auch mit keinem anderen Mann«, sagt Brooke. »Nur mit mir selbst.«

»Weiß *Charlie* das?« Hollis hört selbst, wie schrill sie klingt. Sie sollte auf Wasser umsteigen, aber sie möchte nicht. Das ist genau die Art offener, intimer Gespräche, die sich an diesem Wochenende entwickeln sollten. Gigi Ling hat die Aufgabenstellung verstanden.

»Er hat keine Ahnung«, sagt Brooke. »Er hält sich für einen Sexgott.«

»Armes Kind«, sagt Dru-Ann. Sie entwickelt tatsächlich Zuneigung für Brooke. Die Frau ist so ein hoffnungsloser Fall, dass es schon wieder liebenswert ist. »Wir brauchen Shots, sofort.« Sie geht in die Küche, um Schnapsgläser zu holen, und bringt auch die Flasche Casa Dragones und die Schüssel mit aufgeschnittenen Limetten mit. Wieder am Tisch, gießt sie fünf Shots ein und reicht vier davon in die Runde. Brooke, Tatum, Hollis und Gigi.

Dru-Ann hebt ihr Glas. »Auf die Befriedigung.« Sie zwinkert Brooke zu. »Wir werden dir welche verschaffen, Mädchen.«

Sie kippen ihre Shots. Hollis verzieht das Gesicht, Brooke verzieht das Gesicht, Tatum verzieht das Gesicht. Gigi drückt Limettensaft in ihren Tequila, und ihr Goldarmreif klimpert gegen ihre Uhr, als sie ihr Glas mit unbestreitbarer Anmut leert.

Wo hat Hollis diese Frau aufgetrieben?, fragt sich Caroline. Sie ist eine Königin.

Hollis fühlt sich ein bisschen wackelig auf den Beinen, als sie aufsteht, um das Dessert zu holen: den Pfirsich-Cobbler mit heißer Zuckerkruste, den sie im Ofen warm gehalten hat. Sie bringt ihn an den Tisch und stellt ihn auf einen Untersetzer, dann saust sie noch einmal zurück, um die Sahne steif zu schlagen. Einige Augenblicke lang starrt sie in die Schüssel, während der Schneebesen seine Runden dreht. Von nebenan hört sie Gelächter und Bon Jovi und denkt: *Es funktioniert.* So sicher, wie sich die flüssige Sahne verfestigt, finden ihre Freundinnen zueinander. Die Metapher ist vielleicht ein bisschen schief, aber es lässt sich nicht leugnen, dass die Lage auf der Terrasse deutlich besser ist als noch vorhin. Gigis Auftauchen hat Wunder gewirkt. Alle zeigen sich von ihrer besten Seite.

Eigentlich ist es sogar liebenswert, denkt Hollis, dass Gigi über die kantonesischen Rezepte ihrer Mutter geflunkert hat. Hollis hat früher auch gelogen, was ihre Mutter anging – oh ja, allerdings. Sie und Gigi sind sich so … *simpatico*.

Für einen Moment ist sie zufrieden mit sich. *Sie* hat diese tollen Frauen zusammengebracht und außerdem das *perfekte Nantucket-Wochenende* organisiert.

Doch als sie durch die Schiebetür hinaustritt, hört sie das Gespräch auf der Terrasse.

Brooke sagt: »Dieser Cobbler gehört auf ein Zeitschriftencover!«

Und Caroline sagt: »Das Äußere überzeugt bei meiner Mutter immer. Das ist das Einzige, was ihr wichtig ist.«

Niemand entgegnet etwas. Hollis möchte rückwärts in die Küche zurückgehen und dann noch weiter zurück bis zu dem Punkt vor zwei Wochen, bevor sie die Einladungen verschickt hat. Bevor sie dachte, dieses Wochenende wäre ihre Rettung.

Aber dann fängt Tatum ihren Blick auf. »Hey, Sis«, sagt sie.

Hollis hält die Glasschale hoch. »Schlagsahne«, sagt sie matt.

Tatum steht vom Tisch auf, Dru-Ann folgt ihr kurz darauf. Tatum verschwindet im Bad. Dru-Ann hört das Surren der Lüftung, das Abrollen des Toilettenpapiers, dann die Klospülung und Wasser im Waschbecken.

Die Tür öffnet sich. Als Tatum Dru-Ann sieht, prallt sie zurück. Sie presst die Lippen zu einer grimmigen Linie zusammen und versucht, sich an ihr vorbeizuschieben, doch Dru-Ann hält sie am Arm fest. »Haben wir ein Problem?«

»Lass mich bitte los«, sagt Tatum. »Alles ist in Ordnung.« *Solange du mir vom Leib bleibst,* denkt sie.

»Das kann doch nicht sein, dass du immer noch wegen einem Witz sauer bist, den ich vor einer Million Jahren gemacht habe«, sagt Dru-Ann.

»Das Ding ist«, sagt Tatum, »das war kein Witz.« Sie sieht Gigi durch den Flur auf sie zukommen und presst die Lippen zusammen.

»Alles okay mit euch beiden?«, fragt Gigi.

Nein, denkt Tatum.

Nein, denkt Dru-Ann. Aber sie wird keine Fremde in diese Sache mit hineinziehen. Sie sieht Gigi mit einer hochgezogenen Augenbraue an. »Mir ist aufgefallen, dass du deine eigene Frage nicht beantwortet hast. Täuschst du Orgasmen vor?«

»Na ja«, sagt Gigi und legt eine dramatische Pause ein. »Ich bin lieber eine Tatum als eine Brooke.«

Tatum und Dru-Ann lachen. Tatum vergisst für einen Moment, dass sie sauer ist, und Dru-Ann denkt: *Okay, eins zu null für Gigi.*

Obwohl ihr nicht entgeht, dass sie die Frage eigentlich nicht beantwortet hat.

Ein paar Meter entfernt steht Caroline und filmt. *Ein spannender Moment,* denkt sie. *Hollis' Fans können sich auf etwas gefasst machen.*

Irgendwie findet sich Hollis allein mit Brooke am Tisch wieder. Wo sind die anderen alle hin? Am liebsten würde sie anfangen abzuräumen. Wäre das unhöflich? Würde Brooke sich angegriffen fühlen und den Eindruck bekommen, ihre Gesellschaft wäre nicht genug? (Garantiert.)

Brooke wird bewusst, dass sie Hollis für sich hat. Jetzt ist der richtige Zeitpunkt, um ihr vom Wein mit Electra zu erzählen. Denn was wäre, wenn Hollis auf anderem Wege davon erfährt? Sie wird es nicht erfahren, wie denn auch – und leben sie nicht in einem freien Land? Darf Brooke nicht Wein trinken, mit wem sie will?

Sie wird es nicht erzählen. Electras Namen auch nur zu erwähnen, wäre wie eine Stinkbombe an diesem sonst so makellosen Abend.

Aber sie kann nicht einfach schweigend dasitzen. Das ist zu unbehaglich.

Sie sagt: »Wo auch immer Matthew jetzt ist, ich bin sicher, er vermisst deine Kochkünste. Er war so stolz auf dich.« Augenblicklich verflucht sie sich dafür. Was für ein idiotischer Satz! *Wo auch immer Matthew jetzt ist,* was soll das heißen? Im Himmel? In der Hölle? Im Äther? Bei den Würmern unter der Erde?

Hollis lächelt schwach. »Dieser Pfirsich-Cobbler war sein Lieblingsdessert.« Sie starrt ins Kerzenlicht, und ihre Gedanken schweifen ab. Matthew liebte alle Desserts mit Obst und bestellte immer Heilbutt, wenn es welchen auf der Karte gab. Er konnte es nicht leiden, wenn Joe Buck ein Footballspiel kommentierte, liebte aber Cris Collinsworth. Seine Lieblingsfarbe war Grün, die Farbe seines Autos nannte er »Jägergrün«. (Hollis darf auf keinen Fall an das Auto denken. Sie reißt ihre Gedanken davon los wie die Hand von einer heißen Herdplatte.) Matthew mochte blonde Haare lieber als braune. Zur Arbeit trug er Ferragamo-Slipper, an den Wochenenden Mokassins, auf Rockkonzerten Chucks. Er hasste Glücksspiel. Ein Onkel von ihm hatte sein ganzes Hab und Gut an einem Würfeltisch in Las Vegas verloren. Er las Michael Connelly, David McCullough. Gab es Dinge, die er bereute? Er sagte immer, er hätte Carolines Fußballmannschaft trainieren sollen, als sie klein war, aber wem wollte er etwas vormachen. Er schaffte es ja kaum, regelmäßig zuzuschauen. Er hatte bessere Freunde vom College als von der Highschool, und von der Medical School hatte er überhaupt keine Freunde, wenn man die Professoren nicht mitzählte – wie seinen Mentor Dr. Schrader. Dem hatte Hollis wenige Stunden nach Matthews Tod eine E-Mail geschrieben, um ihn direkt zu informieren, da er ja Matthews Besuch erwartete. Dr. Schraders Frau Elsa hatte zurückgeschrieben und ihr Beileid bekundet. Wir sind in Gedanken bei Ihnen und Caroline. Wir wussten nicht, dass Matthew uns besuchen wollte. Wie lieb von ihm, so eine Überraschung zu planen. Er war nicht nur der brillanteste Student, den Manny je hatte, sondern auch eine gute Seele.

Das kam Hollis merkwürdig vor, weil Matthew Überraschungen hasste. Er war ein Planer.

Matthews Lieblingsstadt war San Francisco. Wenn sie dort waren, übernachteten Hollis und er immer im Fairmont, und am ersten Abend in der Stadt aßen sie immer im Swan's Oyster Depot. Das war der einzige Ort, an dem es Matthew nichts ausmachte, Schlange zu stehen. Im Flugzeug saß er lieber am Gang als am Fenster. Er liebte Kinos, vor allem historische, und kaufte immer Popcorn. Jedes Jahr spendete er eine atemberaubende Summe an das Pine Street Inn in Boston – Obdachlosigkeit einzudämmen, war ihm ein wichtiges Anliegen, aber er sprach auch davon, sich den Ärzten ohne Grenzen anzuschließen, wenn er im Ruhestand wäre. Hollis hegte insgeheim den Verdacht, dass er nie in den Ruhestand gehen würde.

»Hollis?«, fragt Brooke. Tatum und Dru-Ann nennen sie beide Holly, aber für Brooke ist das unvorstellbar. »Geht es dir gut?«

»Ja, ja«, sagt Hollis. »Tut mir leid, ich war nur in Erinnerungen an Matthew versunken.«

»Glaubst du, dass er … uns *zusieht*?«, fragt Brooke.

Darüber muss Hollis lachen. Wenn Matthew noch am Leben wäre und sie ihm erzählt hätte, sie würde ein Wochenende für Tatum, Dru-Ann, Brooke und eine Frau namens Gigi Ling aus dem Internet veranstalten, wäre er über alle Berge gewesen. Nichts hätte Matthew weniger interessieren können, als was sich hier bei Hollis' Fünf-Sterne-Wochenende abspielte.

»Nein«, sagt sie.

Caroline sieht auf ihr Handy. Eine Nachricht von Dylan: Treffen wir uns nachher im Cru, wenn du Zeit hast?

Will Dylan wirklich Kontakt zu ihr? *OMG!*

kay, antwortet sie. Je nachdem, wie lange der Spaß hier geht. Sie fügt ein Lachtränen-Emoji hinzu.

Die Nachricht von Dylan hebt ihre Stimmung, aber von Isaac hat sie immer noch nichts gehört. Die Nachricht Du fehlst mir hängt in der Luft, die war ein Fehler. Wahrscheinlich hat er sie direkt gelöscht. Zu gern würde sie noch eine Nachricht schicken, etwas über ihre bisherigen Filmaufnahmen. Schließlich benutzt sie seine Ausrüstung. Und das Material ist so viel besser, als sie erwartet hatte.

Tatum kehrt an den Tisch zurück, gefolgt von Dru-Ann, Gigi und schließlich Caroline. Hollis bekommt frischen Schwung. Der Abend darf noch nicht zu Ende sein – das Essen war tadellos und die Konversation pikanter als erwartet, aber wo bleibt der Spaß? Kann sie diesem Abend noch Spaß entlocken? Als der Anfang von *American Girl* von Tom Petty aus den Lautsprechern dringt, dreht Hollis lauter.

Brooke kreischt. »Ich liebe diesen Song!«

In ihrer Kindheit war dieses Lied in so vieler Hinsicht Hollis' Hymne gewesen. Sie singt mit: »*She couldn't help thinking that there was little more to life somewhere else.*« Sie dachte immer, dass das Leben woanders ein wenig mehr zu bieten hätte.

Im nächsten Augenblick tanzen alle auf der Terrasse. Caroline hat gewusst, dass das passieren würde. Als Nächstes kommt *What I Like About You* von den Romantics, und Brooke wippt so heftig mit dem Kopf von einer Schulter zur anderen, dass sie sich eigentlich den Hals verrenken müsste.

Dru-Ann schenkt noch eine Runde Shots für alle ein. *Muss das denn wirklich sein?*, denkt Caroline. Es ist fast elf. Sie will in die Stadt und sich mit Dylan treffen.

Der nächste Song ist *I'm Still Standing*, von Elton John. Brooke hebt die Arme und schwingt die Hüften, und die anderen stehen im Kreis um sie herum. Caroline überlegt, ob sie abhauen kann. Würde es jemandem auffallen? (Ihrer Mutter garantiert.) Und würde sie etwas Wichtiges verpassen?

Als Nächstes ist *Take My Breath Away* von Berlin in der Playlist, und die Stimmung verändert sich völlig.

Dru-Ann schnappt sich Brooke, die so betrunken ist, dass sie nur noch die Arme um Dru-Anns Taille schlingt und den Kopf an ihre Brust legt. In Dru-Anns Kopf steigt eine unwillkommene Erinnerung auf: ein Tanz mit Philip Price in der siebten Klasse. Das Lied war damals *Stairway to Heaven*, acht Minuten Folter – oder pures Glück, wenn man Philip Price hieß und dreizehn war und seine Erektion an Dru-Anns Bein drückte.

Caroline richtet die Kamera auf Gigi, die am Tisch sitzt und den anderen Frauen beim Tanzen zusieht. Gigis Miene ist neutral. Sie wirkt nicht verletzt oder gekränkt, weil sie das fünfte Rad am Wagen ist, sie spielt nicht mit den Händen, guckt nicht aufs Handy oder nascht von den Cobbler-Resten, die vor ihr auf dem Tisch stehen. Sie bleibt so präsent und gelassen, als wäre sie ein Gemälde. Ihre goldenen Ketten funkeln im Kerzenlicht, die vom Strand heranwehende Brise hebt die Ponysträhnen von ihrer Stirn. *Was sie wohl denkt?*, fragt sich Caroline.

Gigi kommt sich vor wie eine Schurkin von epischen Ausmaßen. Sie ist Lady Macbeth. Sie ist der Erzähler aus dem *Verräterischen Herz* von Edgar Allan Poe. Die Schuld pocht laut in ihren Ohren, warum hören die anderen das nicht?

Sie sehnt sich danach, reinen Tisch zu machen. Sie stellt sich vor, wie sie die Musik unterbricht, um etwas zu verkünden – *ich war Matthews Geliebte –*, und dann einen dramatischen Abgang durch die Terrassentür hinlegt, während die anderen ihr schockiert und verwirrt hinterherstarren. Es wäre abscheulich, ja, aber auch reinigend und kathartisch. Das Joch der Schuld, das so schwer auf ihren Schultern lastet, würde von ihr genommen.

Sie malt sich aus, wie sie vor dem Schlafengehen auf die *Hollis hat Hunger*-Website geht. Bei Hollis' Haus auf Nantucket wird ein Küchenlicht erscheinen, und Gigi wird an die Pinnwand schreiben:

Liebe Hollis-hat-Hunger-Gemeinde,
ich heiße Gigi Ling, und ich war unter Vorspiegelung falscher Tatsachen auf dieser Seite aktiv. Ich habe euch allen vorgemacht, ich würde mich für Bananenbrot und Bouillabaisse begeistern, aber eigentlich bin ich hergekommen, weil ich eine Liebesaffäre mit Hollis Shaws Mann, Dr. Matthew Madden hatte und neugierig auf die Frau war, die ich als meine

Rivalin betrachtete. Nach Matthews Tod kamen Hollis und ich uns so nahe, dass sie mich zu ihrem Fünf-Sterne-Wochenende zu sich nach Hause einlud.

Mir ist bewusst, dass sich einige unter euch nicht für das ganze zwischenmenschliche Drama interessieren, und denjenigen möchte ich sagen: Hollis hat gegrillten Schwertfisch mit Avocadosoße serviert, frische Baguettes mit selbst hergestellter Butter und einen Pfirsich-Cobbler mit heißer Zuckerkruste. Hollis Shaw ist echt.

Aber ich bin es nicht.

Was würde Molly Beardsley aus Twain Harte in Kalifornien davon halten? Und Bailey Ruckert aus Baton Rouge? Gigi überlegt, wer von Hollis' Followern mit Steinen werfen würde. Fast alle, vermutet sie, aber sie wüsste gern, ob auch jemand da draußen Erbarmen, Mitgefühl oder Verständnis aufbringen würde.

Letztlich spielt es keine Rolle. Gigi ist viel zu feige, um sich zu offenbaren.

18.
First Light II

Als Caroline ins Cru kommt, ist es Mitternacht. In seinem marineblauen Hemd, marineblauem Blazer und Jeans sieht Dylan unglaublich sexy aus. Er begleitet sie zu einem Platz an der Bar und fragt, ob Champagner okay wäre.

»Natürlich«, sagt sie.

Eine Schale Pol Roger wird serviert. Caroline nippt daran und wünscht sich, Isaac könnte sie jetzt sehen. Sie überlegt, ein Selfie zu machen und es ihm zu schicken, aber das wäre kindisch. Sie überlegt, ein Selfie zu machen und es in ihren Insta-Stories zu posten – Isaac gibt vor, keine Zeit für Social Media zu haben, aber Caroline weiß, dass er sich manchmal auf ihrem Account herumtreibt – aber will sie wirklich *so* ein Mädchen sein, das Selfies macht und sie postet? Will sie nicht. Sie versucht, sich von Gigi Ling inspirieren zu lassen. Sie wird präsent sein: An ihrem Champagner nippen, die geschickte Arbeit des Austernschälers hinter der Bar bewundern, sich die Musik anhören (*Kids* von MGMT). Sofia zieht vermutlich schon wieder durch die Clubs, und Isaac ist im Loft und wartet auf seine Lieferung von Momoya, vielleicht arbeitet er, vielleicht schaut er zum x-ten Mal *Mein Lehrer, der Krake* (er sagt, er finde in diesem Film jedes Mal etwas Neues zu bewundern). Soll sie vor die Tür gehen und ihn anrufen?

Nein, soll sie nicht. Dylan kommt wieder. Er bittet den Barmann um Champagner to go und bekommt eine frische Flasche Pol Roger und zwei Plastikbecher. Er und Caroline gehen an der Werft vorbei zum Parkplatz. »Ihr Streitwagen wartet.« Dylan hält ihr die Beifahrertür seines Monstertrucks auf.

Sie fahren zum Monomoy Beach, wo es dunkel, ruhig und leer ist. Dylan holt eine Decke vom Rücksitz (er war vorbereitet, denkt Caroline zuerst, doch als er sie aufschüttelt, fallen Cheeze-It-Krümel heraus, und ihr wird klar, dass es Orions Spieldecke sein muss). Sie setzen sich in den Sand, und Dylan schenkt ihnen Champagner ein. Es ist die romantischste Szene, die Caroline sich vorstellen kann: Der Sichelmond strahlt wie eine Diva im Rampenlicht. Sie versucht, nicht an Isaac zu denken. Sie versucht, auf keinen Fall an Isaac zu denken.

Dylan sagt: »Und? Wie ist die Lage im Haus?«

»Sie haben Tequila getrunken, über gefakte Orgasmen geredet und geschwoft.«

Dylan verschluckt sich an seinem Champagner. »Das klingt nach purem Gold für Filmemacher.«

»Es ist ein Anfang«, sagt Caroline. Der Abend ist ziemlich genau so gelaufen, wie sie erwartet hatte, allerdings scheint es unter der Oberfläche zu brodeln. Wie soll sie da rankommen? Vielleicht muss sie ihre Opfer von der Herde trennen und einzeln mit den Frauen sprechen.

»Deine Eltern scheinen immer noch ziemlich ineinander verliebt zu sein«, sagt sie. »Du hast Glück.«

»Das sind sie«, sagt er. »Es ist echt ekelhaft.« Er lacht und sagt dann: »Waren deine Eltern glücklich, bevor dein Vater gestorben ist?«

»Glücklich genug, dass ich mir darüber nie Gedanken gemacht habe«, sagt Caroline. »Ob sie so glücklich waren wie deine Eltern, weiß ich nicht.« Caroline zittert. Vom Wasser her weht ein frischer Wind, gegen den ihre schulterfreie Bluse und der knappe Rock nicht ausreichen. Dylan zieht galant seinen Blazer aus und legt ihn ihr um die Schultern. »Weißt du noch, wie wir uns kennengelernt haben?«, fragt sie. Sie erinnert ihn an den Hoodie und daran, wie Aubrey aus dem Nichts aufgetaucht war. »Das hier ist eine süße Wiederholung. Nur ohne Aubrey.«

»Sie ist wie Voldemort«, sagt Dylan. »Man sollte niemals ihren Namen aussprechen.«

Caroline hat Fragen zu Aubrey: Wie ist ihre Situation? Hat Dylan wegen Aubreys Schwangerschaft mit dem Studium aufgehört? Wie war das für ihn? Warum haben sie sich getrennt? Dylan schien sich ziemlich darüber zu freuen, dass Aubrey bei Carolines Anblick so eifersüchtig wurde. Hat er noch Gefühle für sie?

Aber sie versteht den Wink mit dem Zaunpfahl und lässt das Thema fallen.

Der Champagner ist leer und Caroline muss zur Toilette. Sie fragt Dylan, ob er sie zu ihrem Jeep fahren kann, der auf dem Parkplatz steht, und er sagt: »Willst du noch mit zu mir kommen? Da kannst du aufs Klo, und wir trinken noch was.«

Sie überlegt, abzulehnen. Sie ist heute um vier Uhr früh in New York aufgestanden und hat das Gefühl, das sei schon drei Tage her. Morgen soll sie um acht mit dem Drehen anfangen, weil ihre Mutter eine Yogalehrerin ins Haus bestellt hat. Caroline soll die fünf Sterne in der Haltung des Kindes oder im Krieger III filmen.

Außerdem vermisst sie Isaac. Aber Isaac ist mit Sofia zusammen. *Bitte, mach keine Schwierigkeiten*, hatte Sofia gesagt. Warum hatte Caroline nicht auf sie gehört? Womöglich hatte Sofia vorhergesehen, was passieren würde: Caroline ist in jemanden verliebt, der nicht zu ihr gehört. Caroline leidet.

»Gern«, sagt sie.

In seinem Haus in der Hooper Farm Road öffnet Dylan zwei Dosen Bier, und sie setzen sich aufs Sofa.

»Wie war das, als dein Vater gestorben ist?«, fragt er.

»Wie das *war*?«, fragt Caroline.

»Wir müssen nicht darüber reden, wenn du nicht willst.« Dylan dreht die Bierdose in den Händen und stellt sie wieder ab, ohne getrunken zu haben. »Aber es scheint mir wichtig zu sein.«

Ist Dylan McKenzie an mir als Mensch interessiert?, fragt sie sich. Ist sie an *ihm* als Mensch interessiert?

»Er hatte einen Autounfall.« Caroline holt tief Luft. »Das war knapp zwei Wochen vor Weihnachten, mein Vater war im Schneesturm auf dem Weg zum Flughafen. Er wollte für eine Konferenz nach Deutschland fliegen und war spät dran. Die Stelle, an der das Auto ins Schleudern kam, liegt nicht weit von unserem Haus entfernt – ihm sind Hirsche vor den Wagen gelaufen.« Caroline macht eine Pause. Sie denkt an die Sekunden direkt vor dem Aufprall, nachdem ihr Vater die Kontrolle über den Wagen verloren hat. Hatte er Angst? Hat er gewusst, dass er sterben würde? Hatte er noch Zeit zu schreien? Hat er an Hollis und Caroline gedacht? »Ich war am College und saß gerade in meiner Abschlussprüfung über Kulturen der Welt, als meine Mutter mir eine Nachricht schrieb, ich solle sie anrufen, es sei dringend. Meine Mutter ist immer ziemlich dramatisch. Ich dachte, *dringend* heißt, dass ihr eine Geschenkidee für meinen Dad fehlt. Ich schrieb den Test zu Ende und ging dann zum Mittagessen in eine Salatbar, da rief meine Mutter wieder an, und ehrlich gesagt hätte ich fast die Mailbox rangehen lassen. Aber in letzter Sekunde habe ich doch noch abgenommen, und da hat sie es mir gesagt.«

Dylan zieht hörbar die Luft ein, und Caroline hört wieder die Stimme ihrer Mutter. *Caroline, bist du an einem Ort, wo du reden kannst?* Die Frage war so seltsam, und Caroline dachte: *Warum sollte ich in der Salatbar nicht reden können?* Aber etwas an der Stimme ihrer Mutter kam ihr ungewöhnlich vor – bei diesem Anruf ging es *nicht* um Weihnachtsgeschenke –, also setzte Caroline den Plastikdeckel auf ihre Crispy Rice Bowl und ging nach draußen auf die Straße. Sie sagte: *Okay, Mom. Was ist los? Was ist passiert?* Und ihre Mutter sagte: *Es hat einen Unfall gegeben. Dein Vater …*

Die Crispy Rice Bowl landete auf dem Bordstein und der Inhalt spritzte überall herum. Blind vor Tränen rannte Caroline zu ihrem Apartment. Sie rief Cygnet an, ihre beste Freundin aus der Highschool, die jetzt an der Columbia studierte. Sie kam mit der U-Bahn nach Downtown und schaffte Caroline irgendwie zum JFK und in ein Flugzeug nach Boston, an die Details kann sie sich nicht mehr genau erinnern.

Wie war das?, denkt Caroline. Es war, als hinge man über einem endlos tiefen, dunklen Loch und wusste, gleich fällt man hinein und kommt nie wieder heraus. Sie würde ihren Vater nie wiedersehen.

Caroline weint und zittert. Dylan stützt den Kopf in die Hände und sagt: »Verdammt, es tut mir leid. Ich hätte nicht davon anfangen sollen.« Fast hätte Caroline erwidert, es sei nett von ihm gewesen, danach zu fragen – aber muss sie jetzt dafür sorgen, dass Dylan McKenzie sich besser fühlt?

Nach ein, zwei Minuten hat sie sich wieder gefasst. »So ist es zurzeit«, sagt sie. »Meistens geht es mir gut, und dann ... breche ich einfach zusammen.« Sie wischt sich die Tränen weg. »Ich sollte jetzt nach Hause fahren.«

Dylan rückt näher an sie heran und küsst sie. Es ist ein schöner Kuss. Er wartet einen Moment, dann küsst er sie noch einmal und schiebt die Zunge zwischen ihre Lippen, und als Caroline sich gerade fragt, ob sie das will (sie *sollte* es wollen, das hier ist er superheiße Dylan McKenzie, ihr Jugendschwarm, und Isaac schläft wahrscheinlich genau in diesem Moment mit Sofia, und Caroline braucht dringend eine Aufmunterung), zieht Dylan sich zurück.

Er schüttelt den Kopf. »Ich nehme nie Mädchen mit nach Hause«, sagt er. »Wegen Orion. Es kommt mir einfach ... nicht richtig vor.«

»Verstehe«, sagt Caroline. Sie versteht es nicht, aber sie ist erleichtert, dass sie jetzt nicht weitermachen.

»Willst du nicht hier auf der Couch übernachten?«, fragt Dylan. »Wir haben beide getrunken, und nach dieser Geschichte ...«

Caroline lässt sich in die Sofakissen sinken. In die Stadt zu fahren und dann den ganzen Weg zurück nach Squam kommt ihr unschaffbar vor. Dylan legt ihr eine Decke um die Schultern und gibt ihr einen Kuss auf die Stirn, als wäre sie vier. Aber es ist ein schönes Gefühl, und sie schließt die Augen.

Als sie aufwacht, hat sie zuerst keine Ahnung, wo sie ist. Sie liegt auf einer Couch, die schwach nach Zigaretten riecht. Sie ist komplett angezogen und mit einer grünen Chenilledecke zugedeckt. Auf dem Couchtisch stehen ein Glas Wasser und zwei Dosen Bud light. *Ich bin bei Dylan*, denkt sie. *Verdammt*. Stocksteif liegt sie da, bewegt nur die Augen – rechts von ihr befindet sich die Küche, und drüben neben der Eingangstür führt eine Treppe nach oben. Sie ist allein. Der Großteil des Wohnzimmers wird von einer riesigen Spielzeugeisenbahn eingenommen – Thomas, die kleine Lokomotive –, dahinter eine Kinderwerkbank. Beim Anblick der Spielsachen wird Caroline unbehaglich zumute. Sie muss hier raus, aber wie? Dylan ist wahrscheinlich oben und schläft. Soll sie ihm eine Textnachricht schreiben? So hart, wie er arbeitet, braucht er seine Ruhe. Sie kann sich ein Lyft bestellen. Sie zieht ihre Sandalen an, faltet die Decke zusammen, steigt vorsichtig über die Eisenbahnschienen und öffnet die Haustür.

Die Luft draußen ist kühl und schwer von Morgennebel. Als Caroline ein Lyft bestellen will, sagt die App: keine Wagen verfügbar. Es ist Viertel vor sieben, wie können da keine Wagen verfügbar sein? Muss denn niemand zur Fähre oder zum Flughafen? Sie sieht sich in beide Richtungen um. Die Hooper Farm Road ist völlig anders als die Squam Road. Das hier ist ein Wohngebiet für Einheimische im Inselinneren. Auf der anderen Straßenseite steht ein kleines Farmhaus, von dessen Wänden die weiße Farbe abblättert. Neben der Tür lehnt ein Surfbrett, und in der Auffahrt stehen mehrere klapprige Autos. Wahrscheinlich eine Unterkunft für Jugendliche, die den Sommer über hier arbeiten. Vielleicht hat einer von ihnen Frühschicht und kann sie in die Stadt mitnehmen.

Als sie gerade hinübergehen und an die Tür klopfen will, hört sie, wie hinter ihr die Fliegengittertür geschlossen wird. Sie dreht sich um und sieht einen Mann aus Dylans Haus kommen. Das ist dieser Typ aus dem Auto gestern, Jack. Der Mann, von dem ihre Mutter so *verzaubert* war.

Oh nein, denkt sie. *Wohnt der hier?*

»Hey«, sagt er mit gedämpfter Stimme. »Du bist … Hollis' Tochter? Ich habe dich gestern gesehen, aber wir wurden einander nicht vorgestellt.« Er streckt die Hand aus. »Ich bin Jack Finigan.«

Caroline bleibt nichts anderes übrig, als Jack die Hand zu

schütteln, ihm in die Augen zu sehen und zu sagen: »Caroline Shaw-Madden.«

Jacks Mundwinkel heben sich, und auf seinen Wangen zeigen sich Grübchen, doch Caroline wird sich nicht bezirzen lassen. Er deutet mit dem Kopf zum Haus. »Versuchst du, dich aus dem Staub zu machen?«

Erst schämt sie sich, dann fällt ihr ein, dass es nur ein Kuss war, also kein Grund, sich zu schämen. »Ja, ich muss nach Hause und filmen. Meine Mutter und ihre Freundinnen haben um acht Uhr Yoga.«

»Kommt dich jemand abholen?«

»Ich habe versucht, mir ein Lyft zu bestellen.« Sehnsüchtig blickt sie die Straße hinunter. »Mein Wagen steht in der Stadt. Ich könnte hinlaufen, aber das ist ganz schön weit.«

»Ich bringe dich«, sagt Jack. »Bestimmt hat Kyle die Schlüssel im Van stecken gelassen.«

»Das musst du nicht«, sagt Caroline. Sie will nicht bei Jack Finigan mitfahren –, auch wenn er wirklich nett wirkt –, aber wie soll sie sonst in die Stadt kommen? Ihre Mutter hat sich in Sachen Abholen ja als unzuverlässig erwiesen.

Jack öffnet die Beifahrertür eines geschlossenen Lieferwagens, auf dem MCKENZIE HEIZ- UND KÜHLSYSTEME steht, und Caroline steigt ein. Der Fußraum ist eine Müllhalde aus weißen Papiertüten von Kaffeebechern und weggeworfenen Powerball-Losen. Im Laderaum ist alles voller Werkzeuge und Geräte, PVC-Rohre und Isolierhülsen, die aussehen wie große Schlangen. Es riecht nach Benzin oder Öl, nicht unangenehm, nur ungewohnt, und fast muss Caroline lachen. Sie steigt tatsächlich zu einem völlig Fremden in einen Van. Genau so landen Leute in True-Crime-Sendungen.

Als Jack den Zündschlüssel dreht, plärrt das Radio los, und er dreht es eilig leiser. »Wir haben gestern Abend Rush gehört, sorry.«

Das machen alte Leute, denkt Caroline. *Sie singen und tanzen zu alter Musik.*

»Und entschuldige die Unordnung, wobei die auf Kyles Konto geht. Der Junge war schon immer ein Chaot.« Er bemerkt, dass Caroline eines der Lose betrachtet. »Kyle wollte schon auf der Highschool immer im Lotto gewinnen.«

Zwar hat sie keine Lust auf ein Gespräch über »die guten alten Zeiten«, aber worüber soll sie sonst mit ihm reden? »Sie sind auf Nantucket aufgewachsen? Mit meiner Mum?«

»Ich bin in der siebten Klasse hergezogen«, sagt Jack. »Mein Vater hat als Vorarbeiter in einer großen Baufirma angefangen.«

Sie passieren den kleinen Kreisverkehr und fahren über die Pleasant Street in den Ortskern. In fünf, vielleicht sechs Minuten wird sie in ihrem Auto in Sicherheit sein.

»Das Gute an der Sache war, dass ich ab der zweiten Schulwoche Football spielte. Kyle, der damals schon mit Tatum zusammen war, war in meinem Team der Quarterback.«

»Die beiden waren in der *siebten Klasse* zusammen?« Caroline fällt ein, wie Tatum sagte: *Früher, als wir jung waren, habe ich ihm gezeigt, was mir gefällt,* und öffnet ihr Fenster. Sie braucht frische Luft.

»Es war alles ganz unschuldig, sie haben im Kino Händchen gehalten und sich Zettelchen geschrieben. Tatum war Hollis' beste Freundin, und Kyle und Tatum haben beschlossen, dass Hollis und ich zusammenkommen sollten.«

Caroline lacht. »Sie haben es beschlossen?«

»Die beiden haben uns in den Sweet Shoppe gelockt. So hieß damals die Eisdiele in der Innenstadt. Tatum brachte deine Mom mit und Kyle mich. Ich wusste, dass Hollis zu hübsch und zu beliebt für mich war. Sie hatte einen blonden Pferdeschwanz und ein Lächeln, das ihr ganzes Gesicht zum Strahlen brachte. Tatum und sie waren die besten Sportlerinnen der Klasse, und Hollis war außerdem klug – wir waren im selben Literaturkurs, und sie meldete sich ständig. Ich wollte ihr Eis bezahlen, aber sie sagte, sie hat einen Job und bezahlt selbst. Wir bezeichneten es trotzdem als unser erstes Date, denn als wir aus der Eisdiele traten, waren wir irgendwie zusammen.«

Gegen ihren Willen ist Caroline interessiert an der Geschichte. Was ihre Mutter von ihrer Jugend auf Nantucket erzählt hat, war recht selektiv, und von diesem »Date« hat Caroline noch nie gehört. Sie hat überhaupt noch nie von Jack Finigan gehört. Natürlich hatte sie nicht gedacht, ihre Mutter hätte wie eine Nonne gelebt, bevor sie ihren Vater kennenlernte, aber – doch, irgendwie hatte sie genau das gedacht.

»Wie lange ging das?«, fragt sie.

»Wir waren die ganze Highschool-Zeit zusammen, bis deine Mom dann nach North Carolina ging«, sagt Jack. »Also etwas über fünf Jahre.«

Fünf Jahre! Ihre Mutter war fünf Jahre mit diesem Typen zusammen, und sie erfährt erst jetzt davon?

Jack biegt in die Summer Street ein, und sie kurven zwischen den Fischlokalen hindurch zur Union Street. Ihr bleiben noch zwei, vielleicht drei Minuten. »Wie war meine Mom in der Highschool? Ich kann mir denken, dass sie klug war, und ich weiß, dass sie sportlich war …«

»Hollis und Tatum waren Softball-Stars. In der elften Klasse haben sie die Landesmeisterschaft gewonnen und in der zwölften in einem dramatischen Match verloren.« Jack hält inne. »Hast du deinen Großvater noch kennengelernt?«

»Ich war noch klein, als er gestorben ist«, sagt Caroline.

»Ach, schade. Aber auch keine Überraschung. Tom Shaw hat zwei Schachteln Camel am Tag geraucht. Er war ein toller Kerl, von allen respektiert, hat deine Mom ganz allein großgezogen. Er hat ihr das Jagen und Angeln beigebracht und ist jeden Freitagabend mit ihr in den Anglers Club gegangen. Und er hat mich kein einziges Mal dazu eingeladen.«

Meine Mutter und Angeln?, wundert sich Caroline. *Und Jagen? Mit einem Gewehr?*

»Am ersten Tag der Muschelsaison holte Tom Hollis jedes Jahr aus der Schule. Sie zog sich Gummistiefel an und schnappte sich ihre Harke, und dann fuhren die beiden zu ihrem Geheimplatz oben in Pocomo.« Er lacht. »Zum Muschelsammeln haben sie mich auch nie mitgenommen.«

»Klingt, als hätte mein Großvater dich nicht sonderlich gemocht«, sagt Caroline.

»Er hat mich geliebt. Ich war der Sohn, den er nie hatte. Aber …« Er zuckt die Schultern. »Die Dinge sind anders gelaufen, als ich gedacht hatte.«

Er fährt auf den Parkplatz, und Caroline zeigt auf ihren Jeep. »Ich kann nicht glauben, dass meine Mutter gejagt und Muscheln gesammelt hat«, sagt sie. »Das klingt, als wäre sie ein völlig anderer Mensch gewesen.«

Jack schmunzelt. »Man kann in seinem Leben mehr als nur ein Mensch sein«, sagt er. »Aber ich war immer ein Mensch, der Hollis Shaw liebt.«

Caroline schreckt zurück. »Ohhh-kay?«

»Das ist mir so rausgerutscht, entschuldige«, sagt Jack. »Ich weiß, du hast gerade erst deinen Vater verloren. Das hättest du nicht hören sollen.«

Caroline greift nach der Tür. Sie kann nicht schnell genug aus diesem Van herauskommen. »Danke fürs Fahren«, sagt sie.

19.

Haltung des Kindes

Die frischgebackene Yogalehrerin Avalon Boone kürzt ihre Morgenmeditation ab, um rechtzeitig zu Hollis Shaw zu kommen – doch als sie in die Auffahrt in der Squam Road einbiegt, findet sie alle Rollos heruntergelassen vor. Offensichtlich schläft das Haus noch.

Hollis zahlt ihr dreihundert Dollar dafür, dass sie diese Stunde leitet, und Avalon braucht das Geld dringend. Wenn es sein muss, wird sie alle mit ihrem Gong aufwecken.

Sie holt die Bast-Yogamatten, Blöcke und Gurte aus dem Kofferraum ihres Camry und geht zur Haustür. *Vermittle Leichtigkeit und Beweglichkeit,* ermahnt sie sich. *Der erste Eindruck zählt.* Hollis hat bisher noch nie mit Avalon Yoga gemacht. Am Telefon hatte sie erklärt, sie habe ihre Anzeige auf der Rückseite des *N*-Magazins gesehen.

Avalon fallen die Strandglasfenster links und rechts der Eingangstür auf, und sie zückt ihr Handy, um ein Foto zu machen. Sollte sie je genug Geld zusammensparen, um sich hier auf der Insel ein Haus zu kaufen, will sie genau solche Fenster. Sie klopft an die Tür, doch nichts passiert – keine Schritte, keine Stimmen. Sie klopft noch einmal. Nichts. Sie sieht auf ihr Handy. Zehn vor acht. Soll sie bis Punkt acht im Auto warten? Das wäre albern. Sie müssen auf der Poolterrasse noch alles vorbereiten, und um halb zehn gibt Avalon einen Vinyasa-Kurs im Amelia Drive.

Sie schreibt Hollis: Guten Morgen, hier ist Avalon, die Yoga-Lehrerin. Ich bin da.

Sie wartet noch eine Minute. Keine Antwort, kein Geräusch aus dem Haus.

Die Tür ist nicht abgeschlossen. Avalon öffnet sie einen Spaltbreit. »Hallo?«

Im Haus ist es so still wie in einer Krypta. Avalon tritt ein und schließt die Tür hinter sich.

Was für ein Haus! Hinter dem großzügigen Eingangsbereich sieht sie einen gemauerten Kamin und eine Sitzgruppe – Avalon liebt die hellblaue Seiden-Chaiselongue –, und rechts davon geht es in die helle, weiße Küche. Jemand hat Frühstück vorbereitet – eine große Schüssel Granola, zwei Karaffen Milch, eine mit fettarm beschriftet, die andere mit Mandel. Glaskrüge mit Saft – Orange und Ananas – und der exquisiteste Obstsalat, den Avalon je gesehen hat: mit Himbeeren, Kiwis, Brombeeren, aufgeschnittenen Pfirsichen und Pflaumen, Ananas und Mango. Avalon kann sich nicht beherrschen. Sie stibitzt eine dicke Blaubeere von der Spitze und steckt sie sich in den Mund. Das Glanzstück ist eine Platte mit duftenden Zimtschnecken von der Wicked Island Bakery. Irgendjemand muss heute sehr früh wach gewesen sein.

»Hallo?«, ruft Avalon noch einmal.

Als Antwort sind nur die fernen Schreie der Möwen und das Rauschen des Ozeans zu hören. Die hintere Schiebetür steht offen, und als Avalon den Kopf hinausstreckt, sieht sie einen Teich, über den eine kleine Brücke führt, und dahinter den Strand.

Dieses Haus ist der Wahnsinn, denkt sie. *Und das Frühstück sieht vorzüglich aus. Aber wo sind bloß alle?*

Hollis' Wecker klingelt um sechs. Sie liegt angezogen auf der Tagesdecke, vom Nachttisch aus verhöhnt sie ein halbvolles Glas Sauvignon blanc. Sie tastet nach ihrem Handy, sie muss diesen schrillen Lärm *abstellen*, aber dabei stößt sie das Weinglas um. Sie rettet das Handy aus der Nässe und blinzelt auf den Bildschirm. Der Alarm sagt: Zimtbrötchen.

Vergiss die Brötchen, denkt sie.

Aber sie ist die Gastgeberin, und das hier soll ein Fünf-Sterne-Wochenende sein. Also zwingt sie sich aus dem Bett und wankt nach draußen zum Auto. Sie landet als Zweite in der Bäckerei-schlange und sagt zu dem armen jungen Mädchen hinter der Theke etwas äußerst Unwitziges von der Art Der-frühe-Vogel-fängt-die-Brötchen. Dann fährt sie umnebelt zurück nach Hause, wobei sie zweimal rechts ranfährt, um sich zu übergeben. Der Tequila.

Zu Hause richtet sie wie ein Roboter das Frühstück an und dankt Gott, dass sie alles schon vorbereitet hatte. Es ist erst Viertel vor sieben, vor dem Yoga kann sie also noch eine Stunde schlafen. Sie geht ins Schlafzimmer und legt sich nackt ins Bett, ohne daran zu denken, dass sie ihr Handy im Auto gelassen hat.

Während Avalon in der Küche ein Stück Ananas und eine Ho-nigmelonenkugel aus dem Obstsalat stibitzt, schläft Hollis tief und fest.

Tatum wacht wie immer um halb sieben auf, obwohl sie heute aus-schlafen könnte, statt Orion seine Frühstücksflocken hinzustellen, sein Spiel auf dem iPad zu starten, Lunch für Kyle einzupacken und sich selbst für die Arbeit fertig zu machen. (Samstage sind bei Irina Services höllisch.) Sie versucht wieder einzuschlafen, schafft es aber nicht. Wann hat sie zuletzt eine ganze Nacht allein im Bett gelegen? Sie kann sich nicht erinnern. Vielleicht im Krankenhaus, nach Dylans Geburt. Kyle und sie sind nie getrennt – wenn sie die Insel verlassen, dann gemeinsam. Tatum streckt sich wie ein Seestern. Es ist schön, aber sie vermisst Kyles warmen Körper und seine Morgenerektion, die sich an ihren Rücken drückt, seinen Atem in ihrem Haar. Seine Hand, die im Schlaf auf ihrer Hüfte liegt. Sie dreht sich auf die Seite und greift nach ihrem Handy, wo sie bereits eine Nachricht von ihm findet.

Du fehlst mir. Wie war's gestern Abend?

Ja, wie war es gestern Abend? Es war besser, als sie erwartet hatte. Die Musik war gut gewesen, das ganze coole Zeug aus den Acht-zigern, und das Essen natürlich unglaublich. Das Beste an dem

Abend aber war, dass sie Dru-Ann tatsächlich genauso eiskalt hat abblitzen lassen, wie sie es sich seit fünfundzwanzig Jahren ausgemalt hatte.

Als *Take My Breath Away* lief, hatte Hollis nach Tatums Hand gegriffen, und die beiden hatten die Choreografie getanzt, die sie in der Mittelschule erfunden und seitdem bei jeder Gelegenheit aufgeführt hatten, einschließlich der Abschlussbälle nach der elften und zwölften Klasse sowie ihrer beider Hochzeiten. Sie hatten diese Moves seit Ewigkeiten nicht mehr gemacht, wussten aber beide noch jeden einzelnen.

Tatum versteht nicht ganz, wie Gigi hier ins Bild passt. Sie macht einen netten Eindruck, aber warum hat Hollis sie eingeladen?

Es ist nett, schreibt sie Kyle. Sie will noch nicht zu viel loben, das Wochenende wird noch genug Chancen bieten, merkwürdig zu werden. Dass sie deutlich weniger Geld hat als die anderen, ist nicht zu übersehen, wobei sie erfreut feststellen durfte, dass sie besseren Sex hat. Von dem Orgasmusgespräch wird sie Kyle persönlich erzählen – das wird er *lieben*.

Was habt ihr Jungs gestern Abend gemacht?, fragt sie.

Wir waren Steaks essen. Dann im Straight Wharf was trinken.

In der Straight-Wharf-Bar tummeln sich lauter superheiße Mittzwanziger. Nicht zu fassen, dass Kyle ins Straight Wharf gegangen ist. Hat er sechzehn Dollar für einen Cocktail bezahlt oder elf für ein Bud light? Wurde er angebaggert? (Er ist dreiundfünfzig, sieht aber zehn Jahre jünger aus, der Mistkerl.) Warum sind er und Jack nicht einfach hundert Meter weiter ins Cru gegangen, wenn sie einen Absacker trinken wollten? Dylan hätte ihnen die Getränke umsonst gegeben! Diese kleinliche Eifersucht ist neu für Tatum und *sehr* unangenehm. Warum soll Kyle keinen Spaß haben dürfen? Die richtige Antwort lautet, er *soll* dürfen, aber es wäre Tatum weitaus lieber gewesen, wenn Kyle zu Hause geblieben und sich bei Mikrowellenpopcorn die Red Sox angeschaut hätte.

Noch eine Nachricht von Kyle. Sie erwartet eine Erklärung oder Entschuldigung, aber da steht: Dann sind wir ins Gaslight, da haben Buckle and Shake gespielt.

Tatum tastet über die wunde Stelle an ihrer rechten Brust, drückt darauf, um den kleinen Knubbel zu spüren, der entweder eine Zyste oder ein Tumor ist. Sie hatte die Nachricht auf der Mailbox vor dem Schlafengehen noch einmal abgespielt, weil sie hoffte, aus der Stimme der Ärztin irgendetwas heraushören zu können. *Habe ich Krebs oder nicht?*

Anscheinend hatten Kyle und Jack einen waschechten Nantucket-Abend in der Stadt gehabt. Wo heute das Gaslight ist, war früher das Starlight Kino, in dem sie und Kyle sich heimlich in *9½ Wochen* geschlichen hatten. Tatum hat viel Gutes über den Nachtclub gehört, ihn aber für zu jung und abgefahren gehalten. Dylan geht ab und zu hin.

Sie lässt sich in die Kissen zurücksinken. Sie wird keine dieser Ehefrauen sein, die ihrem Mann sagen, er solle sich noch zu ihren Lebzeiten neu verabreden, und sie wird Kyle auch nicht zureden, sich eine neue Liebe zu suchen, wenn sie nicht mehr da ist. Wenn das eine Charakterschwäche ist, dann steht sie dazu.

Noch eine Nachricht von Kyle: Hab ne Boiler-Reparatur in der Crook Lane. Frühstücke um zehn mit Jack im Black-Eyed Susan's. Kommst du mit?

»Sich mit dem Ehemann zum Frühstück treffen« scheint gegen die Regeln eines Mädelswochenendes zu verstoßen – aber das wird sie sich auf keinen Fall entgehen lassen. Klar!, schreibt sie zurück. Bis gleich. Für zehn Uhr sieht der Zeitplan *Shopping in der Stadt* vor, da wird sie sich einfach für eine Stunde absetzen.

Tatum hört ein Klopfen an der Haustür. Sie springt aus dem Bett und späht aus dem Fenster. Da steht eine junge Frau mit hochaufgetürmten aschblonden Locken und einem Mandala-Tattoo auf der Schulter. Sie stützt einen Korb mit Yogamatten auf ihre

Hüfte. Tatum huscht zurück ins Bett. Sie hat kein Bedürfnis nach Yoga, weder heute noch an irgendeinem anderen Tag. Sie wird auf der hinteren Terrasse eine rauchen wie die Rebellin, die sie immer schon war.

Aber im Haus regt sich nichts, keine Reaktion auf das Klopfen. Gott sei Dank. Sie schließt die Augen. Sie wird schlafen, bis es Zeit ist, in die Stadt zu fahren. Und dann wird sie sich mit ihrem Mann treffen, ganz egal was Hollis und die anderen davon halten.

Während Avalon sich auf einen Hocker an Hollis' Kücheninsel setzt und sich fragt, ob es allzu unhöflich wäre, sich eins von den Zimt-brötchen zu nehmen (ja, wäre es, entscheidet sie, außerdem würde das Gluten ihren Unterricht beeinträchtigen und ihr höchstwahr-scheinlich Sodbrennen einbringen), wälzt sich Dru-Ann unruhig unter der Bettdecke. Etwas hat sich um ihr Bein gewickelt – ja? Nein? Träumt sie? Sie hebt die Decke an und kreischt auf. Da ist ein langes, dünnes, schwarzes Etwas, das sich um ihr Schienbein ringelt. Eine *Schlange*? Sie springt aus dem Bett, und die Schlange fällt zu Boden und bleibt dort liegen. Dru-Ann kneift die Augen zusammen. Das Vieh bewegt sich nicht. Es ist aus Gummi.

Sind solche Überraschungen der Grund, warum das Haus *Twist* heißt?

Ihr Herz klopft so schnell, dass sie den Heimtrainer eigentlich nicht braucht, aber sie zieht trotzdem eine fünfundvierzigminütige Spinning-Session zu den Songs von Tunde durch. Als sie aufs Rad steigt, schweißnass und *sehr* stark nach dem Tequila von gestern Abend riechend, fühlt sie sich ein klein wenig besser. Sie geht in die Kitchenette und nimmt sich ein Wasser aus der Vintage-Kühl-box. Von den Gummischlangen abgesehen, ist die Einrichtung des Häuschens ein Fünfzigerjahre-Traum. Im Wohnzimmer steht ein eckiges, mandarinenfarbenes Sofa, flankiert von zwei Sesseln mit olivgrünem und weißem Wellenmuster, sowie eine Stehlampe, die aussieht wie ein Vogelkäfig auf einem Holzstativ. Der Teppich hat gelb-weiße geometrische Muster, und an den Wänden hängen groovige abstrakte Drucke. In einer kleinen Nische an der gegenüberliegenden Wand steht ein Bakelite-Plattenspieler, über dem eine gerahmte 45er-Schallplatte hängt. Bei dem Anblick möchte Dru-Ann sich in Patio-Kleider hüllen und Fonduepartys geben.

Diese Gedanken sind eine nette kleine Ablenkung – aber plötzlich hält Dru-Ann es keine Sekunde länger aus und greift ruckartig nach ihrem Handy.

Sie ruft den Hashtag #TeamDruAnn auf Twitter auf. Nur eine Person hat ihn retweetet – ihr Assistent Jayquan. Der Junge kriegt eine Gehaltserhöhung.

Sie hat eine Nachricht von JB: Hab versucht, dich zu erreichen. Ist dein Handy aus? Hör die Mailbox ab. Außerdem hat sie eine Nachricht von Nick. *Endlich!* Sie hatte es sich zur Regel gemacht, in jeder romantischen Beziehung die Oberhand zu behalten, und deshalb kann sie ehrlich behaupten, dass ihr mit ihren dreiundfünfzig Jahren noch nie jemand das Herz gebrochen hat. Sie war davon ausgegangen, dass Nick Wofford mehr an ihr lag als ihr an ihm, aber so, wie sie sich fühlt, seit er sagte, er wolle »auf die Bremse treten«, hat sie sich da vielleicht geirrt.

Nick hat zwei ältere Söhne von seiner (furchtbaren) ersten Frau Artice, der Nick immer noch Alimente in siebenstelliger Höhe zahlt. Die Jungs, Sean und Declan, arbeiten für Nicks Hedgefonds, und Nick ist zu beiden superstreng. Posey ist das einzige Kind aus Nicks zweiter Ehe mit einer Frau namens Catherine. Catherine starb an Eierstockkrebs, als Posey acht war, und war Nicks große Liebe – sie war freundlich und lieb und großzügig. (Dru-Ann nennt sie heimlich die heilige Katharina.) Es ist nur logisch, dass Nick Posey verwöhnt, aber sieht er denn nicht ein, dass er sie hätte auffordern müssen, ihrer Verpflichtung nachzukommen und das Turnier zu Ende zu spielen? Es ging um *eine Runde Golf.* Sie hätte ins nächste Flugzeug nach Edinburgh springen können, sobald sie die Trophäe in ihren kostbaren kleinen Händen gehalten hätte.

Was für ein Debakel. Dru-Ann kann nicht glauben, wie sich die Sache entwickelt hat.

Zuerst hört sie JBs Mailboxnachricht ab.

»Dru-Ann, die Lage eskaliert. Was hat dich nur geritten, diesen Tweet gestern abzusetzen? Hashtag Team Dru-Ann? Ist das dein Ernst? Das ist durch die Decke gegangen, aber nicht so, wie du dachtest. Zwei weitere Klientinnen lassen dich fallen, Sharese Morris und Kendall Hennaker, wobei Kendall sagt, dass sie bleibt, wenn du dich entschuldigst. Ich habe dir das Statement von der Rechtsabteilung gemailt. Du musst noch heute unterschreiben. Es gibt keine andere Möglichkeit, das auszubügeln. Ich glaube, wir können auch Linzy zurückholen, ich habe mit ihrer Mutter gesprochen, die auf deiner Seite ist.« Eine lange Pause. »Aber Linzys Mutter ist die absolute Minderheit, Dru-Ann. Das fällt alles auf die Firma zurück. Wenn du nicht heute noch eine Entschuldigung veröffentlichst, bin ich gezwungen, die nächsten Schritte einzuleiten.« Wieder eine Pause. »Ich hoffe, du hörst das ab.«

Dru-Ann löscht die Nachricht. Sie wird sich nicht entschuldigen. Sie konnte Linzys Mutter noch nie leiden, ist aber froh, wenigstens eine Verbündete auf der Welt zu haben.

Als sie die Nachricht von Nick öffnet, erwartet sie eine Entschuldigung und eine Liebeserklärung. Da steht: FYI, Phineas hat gerade am 14. einen Eagle hingelegt und ist unter den Top Ten gelandet.

Dru-Ann greift nach der Fernbedienung und schaltet durch die Sportkanäle, obwohl sie weiß, dass die Berichterstattung über die British Open in den USA erst heute Nachmittag losgeht, und selbst dann wird vor der morgigen Finalrunde kaum etwas gezeigt werden. Sie fährt ihren Laptop hoch und ruft die Spielstände ab, und tatsächlich liegt Phineas Pine mit vier Schlägen unter Par auf dem neunten Platz. Er ist jetzt beim sechzehnten Loch der Runde.

Das Spitzenfeld ist zum Greifen nah; McIlroy führt mit sieben unter. Phineas liegt drei Schläge zurück und hat noch einundzwanzig Loch zu spielen.

In St. Andrews sind Handys verboten, weshalb es schwierig ist, die Entwicklung in Echtzeit zu verfolgen. Schreibt Posey Nick irgendwie Nachrichten? Oder ist Nick nach Schottland geflogen? Dru-Ann fragt sich, ob Nick findet, Phineas' bemerkenswerte Leistung würde irgendwie Poseys Entscheidung rechtfertigen, den Dow abzubrechen. *Er hat geträumt, dass er gewinnt.* Vielleicht findet Nick es romantisch, dass Posey ihren eigenen fast sicheren Sieg opfert, um an der Seite ihres Freundes zu sein.

Das ist nicht romantisch, denkt Dru-Ann. *Das ist erbärmlich!*

Während sich Avalon in der Küche einen Kräutertee aufbrüht und eine weitere Nachricht an Hollis schreibt – Hi, ich bin hier! Soll ich warten oder nicht? –, klappt Dru-Ann ihren Laptop zu und schaltet den Fernseher aus und ihr Handy gleich mit. Sie muss unter die Dusche.

Brooke liegt auf dem Bett, hat die Hand zwischen den Beinen und masturbiert. Die Gespräche von gestern Abend haben sie erregt. Sie stellt sich vor, dass sie wieder umringt von den anderen tanzt, nur dass sie in ihrer Fantasie nackt ist.

Draußen im Flur hört sie jemanden flüstern: »Hallo? Hallo? Namaste.« Es klingt, als stünde die Person direkt vor ihrer Zimmertür, aber Brooke hatte zweimal überprüft, dass abgeschlossen ist, und so steigert das nur ihre Lust. Die Yogalehrerin ist nur ein paar Meter entfernt, hat aber keine Ahnung, welche heißprickelnde glücksschauernde *Ekstase* Brooke gerade erlebt.

Erleuchtung findet sie auch ohne Yoga, hier ganz für sich.

Die Tür zu Gigis Zimmer ist nur angelehnt, und das fasst Avalon als Einladung auf. Sie will wenigstens *irgend*jemanden antreffen, bevor sie wieder wegfährt. Sie klopft an und fragt: »Hallo? Hallo?«, und dann, um sich als Yogalehrerin zu erkennen zu geben, fügt sie hinzu: »Namaste?«

Sie erhält keine Antwort und öffnet verwegen die Tür. Dieses Zimmer ist genauso zum Niederknien wie der Rest des Hauses. Die Tapete ist dunkelgrün mit einem Dschungelprint, das Schlittenbett aus Rattan hat einen weiß und hibiskusfarben gestreiften Bezug, auf dem Boden liegt ein schlichter Sisalteppich, und am Fußende des Bettes steht eine Truhe mit Perlmutt-Intarsien. Die andere Seite des Zimmers ist ein Wohngarten – Sukkulenten hängen von der Decke, und neben einem weißen Regal mit mehreren Bonsais stehen zwei Zimmerpalmen. Wieder zückt Avalon ihr Handy und schießt trotz ihrer zunehmenden Genervtheit schnell einige Fotos. Sie schämt sich ein bisschen fürs Herumschnüffeln, verlässt das Zimmer und bemerkt am Ende des Flurs eine Tür mit einem Fenster, durch das sie etwas Türkises erblickt. Der Pool!

Avalon eilt durch den Flur und denkt, vielleicht warten schon alle draußen am Pool auf sie.

Aber die Terrasse ist leer. *Was soll der Mist?*

Gigi macht einen Strandspaziergang. Sie sieht Möwen und Strandläufer und Austernfischer und in der Ferne einen rot-weiß gestreiften Leuchtturm auf einem Felsen. Andere Menschen sieht sie nicht, was ihr sehr gelegen kommt.

Sie setzt sich in den Sand, birgt das Gesicht in den Händen und weint.

Avalon packt ihre Sachen wieder in den Camry und fährt weg. Das war ein Reinfall – aber zumindest hat sie, eingewickelt in eine Serviette, ein Zimtbrötchen für später dabei.

20.
Beifahrer I

Als alle in Hollis' Bronco steigen, um in die Stadt zu fahren, sagt Dru-Ann: »Weißt du, was ich in meinem Bett gefunden habe? Eine Gummischlange.«

»Was?«, fragt Hollis. »Das kann nicht sein. Ich habe die Betten gestern alle frisch bezogen.«

»Das ist ja wie in dieser Szene aus *Der Pate*!«, sagt Brooke. »Wisst ihr noch, der Pferdekopf?«

Tatum, die vorn neben Hollis sitzt, sagt: »Klingt, als wollte dir jemand eine Nachricht übermitteln.«

Aha, denkt Dru-Ann, *dieses Rätsel wäre wohl gelöst.*

21.
Stone Alley

Brooke hatte erwartet, dass sie alle zusammen durch die Innenstadt bummeln würden, doch kaum sind sie aus dem Bronco gestiegen, sagt Tatum, dass sie noch etwas zu erledigen hat und in einer Stunde wieder zu ihnen stößt.

»Okay?«, sagt Brooke. Die sadistischen Sandalen von gestern haben ihr die Stelle zwischen den Zehen wund gerieben, weshalb sie heute lila Skechers trägt, auch wenn sie damit aussieht, als wollte sie zum Walking. »Wo treffen wir uns wieder?« Sie lässt den Blick über die Main Street wandern: Vor dem Lemon Press steht eine Schlange junger, strahlender Menschen in Yogakleidung, an der Ecke parkt der Lieferwagen von Bartlett's Farm, auf der offenen Ladefläche türmen sich Maiskolben, Zucchini, Möhren und Rettiche mit krausem Grünzeug obendrauf; ein Herr mit schütterem

Haar und Hornbrille liest auf einer Bank die Zeitung, zu seinen Füßen liegt ein Golden Retriever. »Ich würde gern zu Murray's Toggery gehen, ich will mir einen Nantucket-Reds-Rock kaufen.« Sie sieht Hollis an, von der sie sich eine Bestätigung oder irgendwelche Anweisungen erhofft, doch Hollis blickt die Centre Street hinunter.

»Ich bin gleich wieder da«, sagt sie. »Wenn ich euch nicht finde, schreib ich ne Nachricht.« Sie überholt ein Paar mit Doppelkinderwagen und saust hinter Tatum her.

Brooke versucht, sich in das sanfte Nachglühen von heute Morgen zurückzuversetzen, doch das ist verschwunden. Sie hatte geglaubt, sie würden alle gemeinsam shoppen gehen. (War das albern?) Während Brooke einen Rock anprobierte, würden die anderen stöbern, und wenn sie aus der Umkleidekabine käme, würden sie die Daumen heben oder senken. So machten das Freundinnen.

»Ich wollte in eine bestimmte Boutique«, sagt Dru-Ann, »aber die ist am anderen Ende der Stadt. Ist die einzige weit und breit, die Dries Van Noten hat.«

»Dries Van …« Brooke hat keine Ahnung, wovon Dru-Ann redet. Für ihre Ohren klingt es wie Deutsch.

»Bis später.« Dru-Ann deutet vage in die Richtung der Pacific National Bank und marschiert los.

Mit einem gezwungenen Lächeln wendet sich Brooke an Gigi. »Dann bleiben wohl noch wir beide«, sagt sie. Sie kommt sich vor wie im Sportunterricht, keiner will sie in sein Team wählen.

Gigi trägt ihren Stroh-Fedora, eine dunkle, runde Sonnenbrille und ein zartes weißes T-Shirt-Kleid zu ihren Vejas. »Ich hatte ohnehin auf eine Gelegenheit gehofft, dich besser kennenzulernen«, sagt sie. »Gestern hatten wir ja kaum Gelegenheit, uns zu unterhalten.«

Das muntert Brooke auf. Sie wird Gigi und ihren fabelhaften Akzent ganz für sich haben. Zu gern möchte sie die naheliegende

Frage stellen: Wie bist du mit Hollis in Kontakt gekommen? Hat sie dich einfach *zufällig* von ihrer Website ausgewählt? Aber das wäre wirklich eine unglaublich unhöfliche Frage. Kein Wunder, dass die Leute sie meiden wie eine ansteckende Krankheit; bei ihr kann man sich immer darauf verlassen, dass sie das Falsche sagt.

Sie gehen über die Straße, und Brooke schwenkt Richtung Murray's, wo ihr neuer Rock auf sie wartet, doch Gigi geht zu Mitchell's Book Corner – und Brooke muss dann wohl mit.

»Was für ein reizender Laden«, schwärmt Gigi. »Ich liebe unabhängige Buchläden.«

Brooke weiß, dass es eine gute Sache ist, unabhängige Buchhandlungen zu unterstützen, aber wenn sie Bücher kauft (was nicht oft der Fall ist, vor zehn Jahren hat sie *Fifty Shades of Grey* gelesen und sich vor einiger Zeit *Ein Gentleman in Moskau* bestellt, weil alle es lasen, es aber nie auch nur aufgeschlagen), dann bestellt sie bei Amazon, weil es billiger und einfacher ist.

Gigi steuert direkt auf die Romanabteilung zu und sucht ein Buch von einer Autorin namens Maggie O'Farrell heraus. »Hast du das schon gelesen?«, fragt sie Brooke.

»Äh, nein?«, sagt die. »Hab noch nie davon ...«

»*Was?* Oh, du musst etwas von ihr lesen, sie ist *so* klug. Weißt du was, ich kauf es dir, keine Widerrede.« Als Nächstes nimmt sie einen Roman mit dem Titel *Der leuchtend blaue Faden* von Anne Tyler aus dem Regal. »Anne Tyler ist eine *Göttin*. Ich lese ihre Bücher seit der Uni, und sie wird immer noch besser.«

Von Anne Tyler hat Brooke schon mal gehört. Oder? Hatte die nicht zu Brookes Collegezeiten diese Vampirbücher geschrieben?

»Oh!« Gigi nimmt einen Roman mit dem Titel *Unsere kleine Welt* aus dem Regal. »Dieses Juwel habe ich gerade ausgelesen – es ist ihr erster Roman, deshalb empfehle ich ihn allen weiter, du weißt ja, wie wichtig es ist, neue Autorinnen und Autoren zu unterstützen. Das kaufe ich dir auch.«

»Das ist doch nicht nö…« Brooke kann Gigi nicht Geld für Bücher ausgeben lassen, die sie nie lesen wird.

»Was ich an Romanen so liebe, ist, dass man durch sie die eigenen Lebenserfahrungen in Beziehung zur Außenwelt setzen kann«, sagt Gigi. »Siehst du das nicht auch so?«

Brooke weiß nicht recht, was sie sagen soll. Das Literarischste, was man über sie sagen kann, ist, dass sie in der Thackerey Road im Dichterviertel von Wellesley lebt. Sie findet nur schwer Zugang zu Büchern, und ganz sicher hat sie noch nie ein Buch über jemanden wie sich selbst gelesen. Ihr Leben ist so langweilig, so schlicht, dass es keinerlei Berührungspunkte mit dem Reich der Literatur hat.

Aber … vielleicht gibt sie dem Lesen ja doch noch eine Chance. Vielleicht macht dieser Anstoß von Gigi sie zu einer Person, die neue Autorinnen unterstützt und sie anderen weiterempfiehlt. In Wellesley gibt es natürlich *reichlich* Buchclubs. Irgendwann vor langer Zeit war Brooke mal hingegangen, weil man ihr versichert hatte: »Da redet niemand über das Buch, wir trinken nur Wein.« Aber dann hatten sie doch über das Buch geredet, das Brooke nicht einmal angefangen hatte. Die Leiterin der ersten Diskussionsrunde, Trinh Nguyen, eine Professorin am Wellesley College, hatte sie gefragt, was sie von der »Reise des Helden« hielte, und Brooke war dunkelrot, fast schon lila angelaufen und hatte gesagt: »Bei dem Teil bin ich noch nicht.« Trinh sagte (in einem Ton, der Brooke an Mrs. Dolan, ihre Englischlehrerin der zehnten Klasse, erinnerte): »Das ganze Buch ist die Heldenreise, Brooke.«

Ist es da ein Wunder, dass Brooke nicht gerne liest? Ihr Handy erwartet nie von ihr, dass sie nachdenkt, Netflix verlangt keine tiefschürfenden Analysen. Lesen macht Mühe, und Brooke hat schon genug mit Charlie und dem Haus und den Kindern und ihren diversen Unsicherheiten zu tun.

Brooke betrachtet die farbigen Buchrücken der Neuerscheinungen und nimmt einen Roman mit himmelblauem Umschlag aus dem Regal. Dem Klappentext zufolge spielt das Buch auf Nantucket, es sei ein »Strandbuch«, steht da. Mit einem Strandbuch wird Brooke fertig, oder? Sie wird noch heute Nachmittag damit anfangen; das passt einfach perfekt: ein Nantucket-Strandbuch am Strand von Nantucket zu lesen!

Sie geht zu Gigi und präsentiert ihr das Buch wie eine Opfergabe. »Ich kaufe mir das hier.«

Gigi nimmt ihr das Buch aus der Hand und blinzelt. »Ja, davon hab ich gehört, die Autorin soll sich sehr gut verkaufen.« Brooke hört heraus, dass *sich gut verkaufen* eine versteckte Beleidigung ist. Wahrscheinlich ist das Buch, dass Brooke sich ausgesucht hat, das literarische Äquivalent zu *The Masked Singer*. (Brooke liebt *The Masked Singer*.) »Aber die anderen beiden kaufe ich dir trotzdem. Das bereitet mir so viel Freude.«

»Okay?«, sagt Brooke. Selbst wenn die Bücher am Ende nur auf ihrem Nachttisch verstauben, wird ihr Anblick Brooke an Gigis Freundlichkeit erinnern. Gigi überreicht ihr die braune Papiertüte, und ihr Gewicht hat etwas Befriedigendes, etwas von persönlichem Wachstum. Brooke nimmt eine aufrechtere Haltung an.

Wieder auf der Straße, geht Brooke voran zu Murray's und erklärt Gigi das Phänomen der Nantucket-Reds-Hosen. Sie werden aus einem Leinenstoff gefertigt, der am Anfang ziegelrot ist und dann mit jedem Waschgang ein bisschen mehr zu einem ganz bestimmten Rosaton ausbleicht. »Der beliebteste Artikel sind Herrenhosen, aber ich wollte mir einen Rock kaufen.«

Gigi hakt sich bei Brooke unter. »Dann machen wir deinen Traum mal wahr.«

Was Brooke bei Murray's als Erstes auffällt – außer dem herrlichen Duft nach Leder und Wäschestärke –, sind die Farben. Gleich hinter der Tür liegt ein Stapel Herrenhosen in Gelb, Kornblumenblau und Kleegrün. Es gibt Drehständer mit Feiertags-krawatten – Brooke betastet eine rosafarbene mit blauen Kreb-sen – und Ständer voller gestärkter Hemden mit Vichykaros oder Streifen. Da sind Shorts mit aufgedruckten Stockenten, amerika-nischen Flaggen, Kleeblättern, und daneben liegen bestickte Gür-tel und ein Stapel Strickpullover in Farben wie Melone und Türkis. Jedes Kleidungsstück verspricht ein Leben voller Segeltörns, Golf und Heckklappen-Picknicks, Fuchsjagden und Abschlussfeiern an Orten wie Princeton oder Duke.

Gigi nimmt ein violett kariertes Hemd von der Stange und sagt: »Ich wünschte, ich hätte jemanden, für den ich das kaufen könnte.« Sie klingt sehnsüchtig, und Brooke überlegt, Gigi zu fragen, ob sie nach dem Ende der letzten Beziehung jetzt wieder versucht, jemanden kennenzulernen. Ist sie auf Hinge oder Bumble? Als Pi-lotin müsste sie doch den ganzen Tag von Männern umgeben sein.

Brooke sagt: »Ich habe jemanden, für den ich etwas kaufen könnte, aber der kriegt garantiert nichts.« Entschlossenen Schrit-tes geht Brooke in die Damenabteilung.

Sie bewundert die Kaschmir-Cardigans, die klassischen weißen Blusen mit Peter-Pan-Kragen, die Haarreifen und Espadrilles. Da-bei werden liebevolle Erinnerungen an ihre Großmutter wach, die solche Kleidung trug, wenn sie zum Bridge einlud oder zu den Treffen ihres Gartenvereins ging. Dann findet Brooke, wonach sie gesucht hat: eine ganze Wand voller Nantucket-Reds-Röcke in verschiedenen Längen. Sie entdeckt einen jugendlichen Minirock und ganz hinten auch einen mit einunddreißiger Bund.

Gigi berührt den Stoff. »Interessant«, sagt sie.

Womöglich ist *interessant* für einen Rock dasselbe wie *verkauft sich gut* bei Büchern, aber das ist Brooke egal. Sie nimmt den Rock mit in die Umkleidekabine. Erst als sie aus ihrem Etuikleid ge-stiegen ist, fällt ihr auf, dass sie kein Oberteil zu dem Rock hat. Sie kann sich Gigi ja schlecht nur im BH präsentieren – doch in diesem Moment klopft es an der Tür, und Gigi sagt: »Ich hab dir den elegantesten Pulli dazu rausgesucht.«

Brooke öffnet die Tür einen Spalt, und Gigis körperlose Hand reicht ihr einen marineblau-weiß gestreiften Pullover mit U-Boot-Ausschnitt herein, der tatsächlich elegant ist. Brooke zieht ihn über und schließt den Rock. Als sie aus der Umkleide tritt, strahlt Gigi und klatscht in die Hände. »Was für eine Schönheit! Du hattest recht, Brooke, das steht dir.«

Brooke ist so glücklich, dass sie fast anfängt zu weinen. Sie ist *froh*, dass die anderen nicht dabei sind. *Es kommt immer so, wie es kommen soll,* denkt sie. Brooke und Gigi sollten diese gemeinsame Zeit haben, um Freundinnen zu werden.

Brooke beschließt, nicht nur den Rock, sondern auch den Pullover zu kaufen. Vielleicht trägt sie die Kombi morgen Abend zu Pizza, Eis und Feuerwerk. Die Kassiererin sagt beim Zusammenlegen des Rocks: »Die Farbe bleicht nach ein paar Wäschen aus.«

»Oh ja, ich weiß«, sagt Brooke. Sie reicht der Frau ihre Visakarte und betet, dass Charlie in seiner Verzweiflung nichts Unüberlegtes getan hat, Sportwetten oder so. Aber die Buchung geht problemlos durch, die Kassiererin reicht Brooke ihre Tüte, und Brooke schwebt aus dem Laden.

Sie ist so gut gelaunt, dass sie Electra erst sieht, als es fast schon zu spät ist. Aus einem Instinkt heraus dreht Brooke sich um – oder vielleicht ist es auch Electras hummelgelbes Kleid oder das hufschlagartige Klappern ihrer Plateauschuhe auf dem Zebrastreifen, das Brookes Aufmerksamkeit erregt. Electra hält direkt auf sie zu.

»Wohin gehen wir jetzt?«, fragt Gigi.

Ein Zusammentreffen mit Electra darf Brooke auf keinen Fall riskieren, aber wie soll sie es verhindern? Sie nimmt Gigi am Arm und biegt mit ihr um die nächste Ecke, obwohl dort ganz offensichtlich ein Wohngebiet liegt.

»Hier entlang.« Brooke zieht Gigi hinter sich her. Sie hört Electra ihren Namen rufen, tut aber so, als hätte sie nichts gehört. Zügig marschiert sie weiter und dankt Gott für die Skechers.

Sie braucht eine Fluchtmöglichkeit. Electra alleine zu begegnen, wäre vielleicht noch okay gewesen, aber sie kann ihr nicht Gigi vorstellen, weil Hollis sonst davon erfährt. Zu ihrer Linken sieht Brooke etwas, das sie für eine Einfahrt hält … bis sie eines der typisch geschmackvollen Nantucket-Straßenschilder entdeckt, auf dem Stone Alley steht.

»Das will ich mir ansehen«, sagt Brooke zu Gigi, und dann eilt sie im Laufschritt die steile Kopfsteinpflastergasse zwischen den Ladenrückseiten der Main Street und den Seitenwänden der Wohnhäuser hinunter. Hier kann ihnen Electra in ihren Plateauschuhen nicht folgen, ohne sich die Knöchel zu brechen.

»Das ist so skurril«, ruft Gigi aus. »Wie im Märchen.«

Ist es skurril, dass Brooke Electra so verzweifelt aus dem Weg gehen will, dass sie mit wild schlenkernden Einkaufstüten über das Kopfsteinpflaster rennt? Allzu leicht könnte sie sich selbst die Knochen brechen, aber das ist ihr egal. Sie muss hier weg. Hollis würde ihr nie verzeihen, wenn sie dahinterkommt, dass Brooke und Electra wieder Kontakt haben. Warum hatte sie sich bloß darauf eingelassen, mit dieser Frau Wein zu trinken? Warum hat sie Electra nicht damit konfrontiert, wie viel Schaden sie angerichtet hatte? Stattdessen hatte Brooke einen Kniefall vor Electras Altar gemacht und sich das Datum für die Footballparty in den Kalender eingetragen.

Mit Gigi im Schlepptau stürmt Brooke bis zum Fuß des Hügels hinunter, wo die Gasse in steinerne Stufen übergeht, die auf die Union Street führen. Brooke ist außer Atem und schämt sich. Gigi muss sie für völlig verrückt halten. Und ist sie das etwa nicht?

Doch als Gigi sie einholt, wirkt sie ganz aufgekratzt. »Das war ja ein todschicker Abstecher«, sagt sie. »Als wir die enge Gasse hinunterstürmten, sah ich richtig vor mir, wie Walfangkapitäne auf diesem Weg ihre Geliebten besuchen. Und wie sich junge Quäkerinnen mit gekräuselten Hauben für verstohlene Küsse mit ihren Verehrern treffen.«

Brooke wundert sich nicht mehr, warum Hollis Gigi zu ihrem Fünf-Sterne-Wochenende eingeladen hat. Diese Frau ist einfach immer gut gelaunt.

Gigi schaut auf ihr Handy. »Ein paar Straßen weiter gibt es ein Café. Sollen wir dort einen Kaffee trinken?«

»Mit Vergnügen«, sagt Brooke, die jetzt selbst einen leichten britischen Akzent benutzt. »Das wäre einfach fabelhaft.«

22.
Unter Influencerinnen I

Dru-Ann bedauert, dass sie keine bessere Einkaufsbegleitung ist, oder was an diesem Wochenende von ihr erwartet wird, aber sie geht nun mal am liebsten allein shoppen. Sie weiß, was ihr steht und was nicht, und geht so effizient wie möglich in die Boutiquen rein und wieder raus. Außerdem ist sie ein Snob, und von der Aussicht, durch reihenweise Läden geschleift zu werden, in denen Nantucket-T-Shirts, Bullaugen-Spiegel aus Messing oder Aquarelle vom Hafen verkauft werden, wird ihr übel. Brooke wollte zu Murray's, da kaufen die Frauen ein, die in der Episkopalkirche Heftchen verteilen. Jeder, wie er meint, aber Dru-Anns Geschmack ist ein bisschen urbaner.

Gypsy enttäuscht sie nicht. Das Geschäft befindet sich in einem der großen Altbauten auf der Federal Street; in dem gepflegten Vorgarten sitzen zwei junge Frauen auf einem Sofa, Einkaufstüten zu ihren Füßen. Eine der Frauen ist Schwarz und hat raspelkurze

Haare. Sie trägt feuerroten Lippenstift und von Kopf bis Fuß Gucci. Die andere hat blonde Haare und Porzellanhaut und trägt eines dieser langen, puffärmeligen Kleider mit Blümchenmuster, die Dru-Ann immer an *Unsere kleine Farm* erinnern. Die Gucci-Frau zeigt Laura Ingalls etwas auf ihrem Handy. Dru-Ann hört sie sagen: »Das war bei dem Shooting in Rashads Apartment in der Bleecker Street.« Als Dru-Ann näher kommt, sehen die beiden auf, und sie lächelt, um zu beweisen, dass sie zu Menschen aus New York nett sein kann, obwohl sie gebürtige Chicagoerin ist.

Sie sucht ein bestimmtes amethystfarbenes Blusenkleid von Dries Van Noten, und genau das entdeckt sie auf den ersten Blick an einer Schaufensterpuppe am anderen Ende des Ladens. Ein großer, schlanker, unerträglich eleganter Verkäufer mustert Dru-Anns Outfit – ihre Mother-Jeans, die Golden-Goose-Sneakers, ein Rick-Owens-T-Shirt unter einem cremefarbenen Leinenblazer von Veronica Beard – und schenkt ihr ein kaum wahrnehmbares anerkennendes Nicken.

»Willkommen bei Gypsy«, sagt er. »Mein Name ist Joey. Darf ich Ihnen ein Glas Champagner anbieten?«

Will Dru-Ann um halb elf Uhr vormittags Champagner? Aber unbedingt. »Sehr gern, vielen Dank. Ich bin Dru-Ann.«

In einer winzigen, aber sehr schön ausgestatteten Kitchenette hinter der Kasse köpft Joey eine Flasche Moët et Chandon, die in einem Eiskübel lag. Dru-Ann ist angenehm überrascht, sie hatte lauwarmen Prosecco erwartet. Sie lässt sich von Joey das Glas reichen, schiebt sich die Sonnenbrille in die Haare und schnappt sich das amethystfarbene Blusenkleid in S vom Haken.

»Ich richte eine Umkleide für Sie her«, sagt Joey.

Dru-Ann schwebt durch den Laden, berührt Ärmel, hebt Pullover an. Die haben hier die Nili-Lotan-Hosen, die man überall im Internet sieht. Dru-Ann gefallen sie in Eierschale, aber fallen die unter »Küsten-Oma« – einen Look, den Dru-Ann um jeden Preis vermeiden will? Sie sieht ein Kleid von Raquel Allegra, das sie nur zum Spaß anprobieren will, und ein elfenbeinfarbenes Cami-Top von Chloe. Obwohl sie versucht, Nick aus ihren Gedanken zu verbannen, muss sie an den Samstag vor gerade mal zwei Wochen denken – vor dem Desaster –, Nick und sie waren essen gewesen, dann ein bisschen shoppen, nahmen einen sehr späten Lunch im Beatrix ein und fuhren anschließend in Dru-Anns Townhouse, wo sie Sex hatten, wie man ihn aus Kinofilmen kennt. Dass Nick nichts von ihrem Aufenthalt auf Nantucket weiß, fühlt sich genauso merkwürdig an, wie keine Ahnung zu haben, wo er heute ist. Er besitzt ein Haus am See in Winnetka, wo er mit Posey lebt. Er wartet noch, bis sie auszieht, ehe er das große Haus verkauft und das Penthouse im Nr. 9 Walton kauft.

Ist er zu Hause in Winnetka?, fragt sich Dru-Ann, oder ist er nach Schottland geflogen? Und falls er nach Schottland geflogen ist, wird sie ihm das je verzeihen? Spielt es überhaupt eine Rolle, ob sie ihm verzeiht oder nicht, da sie ja »auf die Bremse getreten« sind? Dru-Ann schüttet ihren Champagner hinunter und nimmt eine Motorradjacke aus rotem Leder in die Hand. Sie wird … was? Geld ausgeben, bis der Schmerz vergeht?

Das Beste an den anderen vier Sternen (einschließlich Tatum) ist, dass sie Dru-Ann von dieser ganzen Sache abgelenkt haben.

Die beiden jungen Frauen aus dem Vorgarten kommen in den Laden. Wahrscheinlich sind sie Influencerinnen. Sie geben sich, als würde ihnen die ganze Welt zusehen. Dru-Ann überlegt, zu fragen, ob sie mit ihr in eine Bar gehen wollen. Sie könnte ihnen von dem Fünf-Sterne-Wochenende erzählen und davon, dass eine der anderen Frauen ihr eine Gummischlange ins Bett gelegt hat, um eine fünfundzwanzig Jahre alte Rechnung zu begleichen. Joey bringt die Motorradjacke in die Umkleidekabine, und Dru-Ann folgt ihm, bevor sie noch den ganzen Laden anprobieren will.

Das amethystfarbene Kleid ist ein Ja (sie wusste es), das von Raquel Allegra ein Nein (Joey ist erfrischend direkt. »Das schmeichelt Ihnen nicht.«) Das elfenbeinfarbene Cami-Top unter der roten Lederjacke ist so ein Volltreffer, dass die Influencerinnen auf sie zukommen. Die in Gucci zückt ihr Handy, um ein Foto zu machen.

»Ist das Isabel Marant«, fragt sie?

»Allerdings«, sagt Dru-Ann und posiert mit dem Champagnerglas. »Heute gönn ich mir mal was.«

Laura Ingalls rauscht zur Kleiderstange und wirft einen Blick auf das Preisschild der Jacke. »Zweitausendsechshundert Mücken«, sagt sie mit einem Anflug von Ehrfurcht.

Dru-Ann zwinkert Joey zu. »Ich nehme das lila Kleid und das Top.«

»Ausgezeichnet«, sagt Joey.

Die Gucci-Influencerin hält immer noch ihr Handy hoch. Jetzt sieht es aus, als würde sie Dru-Ann filmen. »Wir wissen, wer du bist«, sagt sie.

»Du hast unsere Posey respektlos behandelt«, sagt Laura Ingalls. »Und damit auch dreiundfünfzig Millionen andere Amerikanerinnen und Amerikaner, die an psychischen Erkrankungen leiden.«

Dru-Ann fällt fast das Glas aus der Hand. Was für ein hinterhältiger Angriff. Sie ist ziemlich sicher, dass die beiden ein 9er-Eisen nicht von einem Glätteisen unterscheiden könnten – aber sie reden von »ihrer Posey«? Dru-Ann möchte Gucci am liebsten das Handy aus der Hand schlagen und zertreten. Dann überlegt sie, ob das vielleicht ihre Chance sein könnte. Die beiden Frauen sind Influencerinnen, womöglich haben sie jeweils Hunderttausende Follower. Sie könnten ihr helfen, ihre Message zu verbreiten.

»Ihr beide wollt doch bestimmt die Exklusiv-Story«, sagt Dru-Ann. »Und die ist, dass Posey Wofford ihre ›psychische Erkrankung‹« – Dru-Ann malt Anführungszeichen in die Luft – »nur vortäuscht, um sich vorm Dow Invitational zu drücken.«

Gucci lässt das Handy sinken und sieht Dru-Ann mit einem

vernichtenden Blick an. »Wenn du glaubst, dass ich diesem Müll Reichweite verschaffe, hast du dich geschnitten.«

»Ich weiß, dass psychische Probleme real sind«, sagt Dru-Ann. »Ich habe mich *für* die dreiundfünfzig Millionen Amerikanerinnen und Amerikaner eingesetzt, die darunter leiden. Posey Wofford hat sie als Ausrede benutzt, weil es ihr gerade gelegen kam.«

»Komm, Bex«, sagt Laura Ingalls. »Wir gehen.«

Gucci folgt Laura Ingalls aus dem Geschäft, doch in der Tür dreht sie sich noch einmal um. »Du warst meine Heldin, weißt du? Ich schaue mir *Wirf wie ein Mädchen* an, ich lese deine Artikel. Ich fand dich klug und scharfsinnig, du warst ein *Vorbild*, bis ich dieses Video gesehen habe. Das war so eine Enttäuschung. *Du* bist so eine Enttäuschung.« Diese Frau hat zu Dru-Ann aufgesehen und fühlt sich von ihr bitter enttäuscht. Das ist tatsächlich ernüchternd. Vielleicht sollte sie einfach die Entschuldigung veröffentlichen.

»Ich weiß, alles scheint in eine Richtung zu deuten, aber glaubt mir, es ist genau umgekehrt.« Das Blut rauscht in ihren Ohren, ihr ist übel vom Champagner. Sie ist nach Nantucket gekommen, um unter dem Radar zu bleiben, aber vergeblich – »Posey Wofford ist hier die Enttäuschung.«

»Sag lieber nichts mehr«, faucht Laura Ingalls.

Guccis Miene verhärtet sich zu einer undurchdringlichen Maske. »Bye, Girl«, sagt sie, und die beiden gehen hinaus und ziehen die Tür mit Nachdruck hinter sich zu.

Einen Augenblick lang herrscht unglaublich peinliches Schweigen, dann befreit Joey Dru-Ann von ihrem leeren Champagnerglas und holt flink das amethystfarbene Kleid aus der Umkleidekabine. »Ich packe Ihnen das schnell ein«, sagt er. »Wie haben Sie sich wegen der Jacke entschieden?« Joey weiß bereits, was Dru-Ann sagen wird. Wenn Menschen sich unwohl fühlen, geben sie mehr Geld aus. Seine Provision steigt.

»Ich nehme es«, sagt sie.

23

Roggentoast

Tatum merkt, dass Hollis ihr durch die Centre Street folgt wie jemand, der *Spionage für Dummies* gelesen hat. Hollis bleibt immer fünf, sechs Schritte hinter ihr, und als Tatum in die India Street einbiegt, biegt auch Hollis in die India Street ein. Als Tatum sich durch die wartende Menge vor dem Black-Eyed Susan's schlängelt, folgt Hollis ihr – aber genervt sind die Leute nur von Hollis. »Wir *warten* hier!«

Tatum lässt den Blick suchend durchs Restaurant schweifen – wie immer ist viel Betrieb, und es duftet intensiv nach Kaffee, Butter, Vanille und Bacon –, bis sie Kyle und Jack an einem Vierertisch entdeckt, die beiden Plätze neben ihnen sind noch frei. Sie fasst Kyle von hinten in die Haare und drückt ihm einen schmatzenden Kuss auf die Wange, bevor sie sich neben ihn setzt.

»Ich glaube, mir ist jemand gefolgt«, sagt sie.

»Wirklich?«, fragt Kyle. »Wer?«

Eine Sekunde später lässt sich Hollis auf den Platz gegenüber von Tatum fallen. »Überraschung!«

»Ich bin nicht überrascht«, sagt Tatum. »Ich hab deine Spiegelung im Schaufenster von Don Freedmans Galerie gesehen.«

»Ich bin auch nicht überrascht«, sagt Jack augenzwinkernd. »Ich habe immer gewusst, dass du zu mir zurückkommen würdest.«

»Oho«, sagt Kyle, »er hat es tatsächlich gesagt.«

Hollis lacht. Die Kopfschmerzen, die sie den ganzen Morgen geplagt hatten, sind plötzlich verschwunden. »Es ist nur ein Frühstück«, sagt sie.

Kyle hebt seine Kaffeetasse. »Die Band ist wieder vereint.«

Es ist okay, es ist in Ordnung, es ist ganz unschuldig, redet Hollis sich gut zu. Jetzt ist der perfekte Zeitpunkt, um den Kontakt mit

Jack wieder aufzunehmen. Dank Kyle und Tatum wirkt es völlig normal – sie trifft sich mit alten Freunden. Aber fühlt es sich auch normal an? Nein, tut es nicht. Jack Finigan ist hier, und Hollis kann das Kribbeln in ihrem Körper nicht ignorieren.

Tatum möchte Jack sagen, er soll zusehen, dass er wegkommt. Kyle möchte Jack sagen (und hat es am Abend zuvor möglicherweise auch getan), er soll etwas unternehmen und *dann* zusehen, dass er wegkommt.

Hollis bestellt Kaffee. Zu Hause war sie so verkatert, dass sie nur Eiswasser hinunterbekommen hat, und jetzt ist sie am *Verhungern*. Jack reicht ihr die Speisekarte. »Ich weiß, was du nimmst.«

»Ach, komm schon«, sagt Tatum. »Wir wissen alle, was Hollis bestellt.«

»Rühreier, knusprigen Bacon, Roggentoast und Hashbrowns – vorausgesetzt, es sind echte Hashbrowns und keine Bratkartoffeln«, sagt Kyle.

»Na toll, jetzt hast du mir die Show gestohlen«, sagt Jack.

»Und mir auch«, sagt Tatum.

In ihrer Highschool-Zeit haben sie jeden Samstag nach dem freitagabendlichen Whalers-Footballspiel zusammen bei Downyflake gefrühstückt, und während Jack, Tatum und Kyle mal French Toast, mal Omelett und mal die berühmten Downyflake-Doughnuts aßen, bestellte Hollis immer dasselbe. Sie war die Berechenbare von ihnen gewesen.

Woher wissen sie, dass sich mein Geschmack mit der Zeit nicht geändert hat?, fragt sie sich. Vielleicht bestellt sie sich die Huevos Rancheros oder das scharfe Thai-Rührei.

Aber das will sie nicht.

»Genau das nehme ich«, sagt sie und legt die Karte auf den Tisch.

»Die Jungs hier haben gestern Abend richtig einen draufgemacht«, sagt Tatum. »Sie waren im Straight Wharf und anschließend im Gaslight.«

Kyle hebt die Hände. »Ich habe nur versucht, ein guter Kumpel zu sein. Jack war auf der Suche nach nächtlicher Gesellschaft.«

Hollis betrachtet ihren Ehering. »Hattest du Glück?«, fragt sie.

Als Tatum die Worte *nächtliche Gesellschaft* hört, beginnt die Wunde an ihrer Brust zu pochen. »Da lasse ich dich einen Abend lang allein, und du gehst auf die Pirsch?«

»Ich bin unschuldig«, sagt Kyle. »Ich habe mich im Hintergrund gehalten, während Jack bei deiner Chefin und ihrer Handlangerin seinen Charme spielen ließ.«

Es dauert eine Weile, bis sie begreift, was Kyle da sagt.

»Ihr habt *Irina* getroffen?«, fragt sie. »Und *Veda*?« Sie klammert sich an die Tischkante. Ja, die beiden tragen zu viel Make-up, und von ihrem Parfüm tränen einem die Augen, aber sie sind sexy und selbstbewusst – und hat Kyle etwa Tatums schrecklichen Albtraum vergessen, in dem er mit Irina im Bett landete? »Warum hast du mir das nicht gleich gesagt?«

»*Ich* habe nicht mit ihnen geredet.« Kyle sieht Jack an. »Unterstütz mich hier mal, Alter.«

»Sie waren die beiden einzigen Frauen in dem Laden, die nicht gevapt oder Tiktoks aufgenommen haben«, sagt Jack.

»Hat Irina dich gesehen?«, fragt Tatum Kyle. »Hat sie etwas gesagt?« Soweit Tatum weiß, kennen Kyle und Irina sich nur flüchtig. Letzten Winter, als ihr Auto in der Reparatur war, hatte Kyle sie mit dem Van zur Arbeit gebracht und abgeholt, da hatte Tatum die beiden einander vorgestellt. Irina war zu Kyle wesentlich freundlicher gewesen als jemals zu Tatum.

Was für ein Süßer, hatte Irina hinterher gesagt. *Dein süßer Ehemann.* Was mochte Irina gedacht haben, als sie Kyle ohne Begleitung sah, während Jack sie anquatschte?

Tatum weiß nicht, wohin mit ihrer Wut. Als Kyle ihr Knie drückt, schlägt sie seine Hand so heftig weg, dass sie gegen den Tisch stößt und in allen Tassen der Kaffee überschwappt.

Hollis versucht, das Thema zu wechseln. »Hast du immer noch die Bar?«, fragt sie Jack. Doch ihre Frage geht in den atmosphärischen Störungen auf der anderen Seite des Tisches unter. Kyle versichert Tatum, er habe sich um seine eigenen Angelegenheiten gekümmert und versucht, sich die Band anzuhören, und nur Jack habe mit Irina geredet und mit ihr und ihrer Freundin getanzt. Als Hollis das hört, spürt sie einen schmerzhaften Stich, was vollkommen absurd ist. Jack und sie haben sich getrennt, als Ronald Reagan noch Präsident war.

Ihr Kellner, ein Frühstücksveteran namens Naz, bringt ihre Teller, kann sie jedoch nicht abstellen, weil die dunkelhaarige Frau am Tisch ihren Stuhl zurückstößt und aufsteht, und – oh! – sie weint. (Naz sieht mehr Menschen beim Frühstück weinen, als man erwarten würde.) Hollis bemerkt ebenfalls, dass Tatum weint, und sucht ihren Blick, doch Tatum schiebt sich an Naz vorbei und läuft zu den Toiletten im hinteren Teil des Restaurants.

Naz stellt die Teller ab. »Kann ich Ihnen noch etwas bringen?«

Kyle blickt Tatum hinterher. Jack sagt: »Eine Portion Orangenmarmelade, bitte.«

»Na klar.« Naz tritt eilig den Rückzug an.

Hollis betrachtet ihren goldbraunen Roggentoast, dann Tatums Blaubeer-Pancakes, dann Kyle. »Ist bestimmt auch ein schönes Gefühl, dass sie immer noch eifersüchtig werden kann.«

»Sie ist nicht eifersüchtig«, sagt Kyle. »Also, doch, aber deswegen ist sie nicht so aufgebracht.« Er mahlt Pfeffer über seine Eier Benedict. »Sie hat dir doch von der Biopsie erzählt?«

»Biopsie?«, fragt Hollis. »Was für eine Biopsie?«

»Oh verdammt«, sagt Kyle.

Hollis starrt ihn an.

»Knoten in der rechten Brust«, sagt er. »Sie hat am Donnerstag den Anruf mit den Ergebnissen verpasst und muss jetzt bis Montag warten.«

Hollis atmet aus. Wie kann Kyle – und übrigens auch Jack – da so ruhig bleiben? Sie alle haben Laura Leighs Krebserkrankung miterlebt. Tatums Mutter, Laura Leigh Grover, kam mit einer Nantucket-Whalers-Strickmütze auf ihrem kahlen Kopf zur Abschlussfeier. Drei Wochen später war sie tot. Kyle und Jack waren Sargträger und haben die Frau, die sie alle geliebt hatten, der Erde übergeben.

Hollis ist entsetzt. Wie hatte Tatum das nur für sich behalten können? Sie ist so tapfer, aber auch so ein Dummerchen. Hollis ist ihre beste Freundin – oder war es jedenfalls. Dass sich Tatum ihr offenbar nicht mehr nahe genug fühlt, um ihr das anzuvertrauen, schmerzt Hollis. Laura Leighs Brustkrebs war *extrem* aggressiv gewesen, es war schnell und brutal zu Ende gegangen. Tatum muss schreckliche Angst haben.

Aber seit Laura Leighs Diagnose sind fünfunddreißig Jahre vergangen. Es gab Forschung und Durchbrüche und klinische Studien. Tatum wird in Boston behandelt werden, vielleicht sogar im Mass General, wo Matthew gearbeitet hat und wo Hollis ihr die besten Ärzte *der Welt* besorgen kann. Und außerdem kann sich der Knoten immer noch als gutartig erweisen.

Aber das alles kommt ihr wie magisches Denken vor. Hollis denkt an den Abend zuvor zurück: Tatum hatte gegessen, getrunken, eine Zigarette geraucht und getanzt. Bevor sie sich zurückzog, hat sie Hollis umarmt und gesagt: »Danke für die Einladung, Sis.«

In diesem einen Satz gab es eine Menge zu entschlüsseln, nicht zuletzt die Tatsache, dass Tatum den alten Kosenamen benutzte. Hollis hätte sie daran erinnern können, dass sie seit dem Bau des neuen Hauses jeden Sommer zum Essen eingeladen gewesen, aber nie gekommen war – doch das hätte unweigerlich zu anderen Themen geführt, über die keine von ihnen sprechen wollte. Außerdem war es spät gewesen und sie hatten beide getrunken, und deshalb hatte Hollis gesagt: »Danke fürs *Kommen*, Sis«, und dann waren sie jede in ihr Zimmer gewankt.

»Das hat sie mir nicht erzählt«, sagt Hollis. »Gestern Abend schien es ihr gut zu gehen. Sie hat sich amüsiert. Wir haben unsere Choreografie getanzt.«

»Oh, euer Tanz«, sagt Jack.

Kyle steht auf. »Ich sehe mal nach ihr.«

Gerade als er vom Tisch aufsteht, bringt Naz ihnen ein Schälchen Orangenmarmelade. Jack schiebt es zu Hollis hinüber.

»Du hast das für mich bestellt?«, fragt sie.

»Du willst es doch, oder?«

Ja, natürlich. Ohne Orangenmarmelade wäre Hollis' Roggentoast mit Butter nicht komplett. »Dass du das noch weißt.«

»Ach, Hollis«, sagt er und seufzt. »Ich konnte in den letzten vierzig Jahren keine Scheibe Roggentoast sehen, ohne daran zu denken, wie du sie mit dem widerwärtigsten aller Aufstriche beschmierst: Orangenmarmelade.«

Hollis schüttelt den Kopf, Tränen treten ihr in die Augen.

Jack legt den Arm um ihre Schultern und drückt sie. »Es wird alles gut mit ihr«, sagt er.

Während Kyle und Tatum sich vor dem Lokal mit einem langen Kuss verabschieden, besteht Jack darauf, Hollis seine Telefonnummer zu geben. »Ruf mich später an, wenn du Zeit hast.«

»Ich werde keine Zeit haben«, sagt Hollis. Schuldbewusst denkt sie an Brooke, Dru-Ann und die arme Gigi, die sie sich selbst überlassen hat. Aber … nichts und niemand hätte sie von Jack fernhalten können. Wenn sie ihn ansieht, sieht sie einen dreiundfünfzigjährigen Mann, aber zugleich auch einen siebzehnjährigen Jungen. Sein Lächeln fühlt sich an wie Sonnenlicht auf ihrem Gesicht. »Okay, gut.« Sie nimmt seine Nummer entgegen.

»Heute Morgen habe ich deine Tochter getroffen«, sagt er.

»Wahrscheinlich sollte ich sie nicht verpetzen, aber sie ist bei den McKenzies aufgewacht und kriegte kein Lyft, deshalb habe ich sie in die Stadt gefahren.«

»Bei den McKenzies?«, fragt Hollis. »Sie war … bei Dylan?« Dann war er es also, der Caroline gestern nach Hause gebracht hat, denkt Hollis. Dylan McKenzie.

Jack hebt die Hände: »Darüber haben wir nicht gesprochen.«

»Worüber denn dann?«, fragt Hollis. »Caroline ist im Moment nicht unbedingt mein größter Fan.«

»Nun, sie wirkte überrascht, als sie hörte, dass du früher mit deinem alten Herrn gejagt und Muscheln gesammelt hast.«

»Ach herrje«, sagt Hollis. »Ich habe seit Urzeiten keine Muscheln mehr gesammelt.«

»Aber du kennst den Geheimplatz deines Vaters noch?«, fragt Jack.

»Allerdings.« Hollis gibt ihm einen Klaps. »Und nein, ich verrate ihn dir nicht.«

Endlich lösen sich Tatum und Kyle voneinander, alle verabschieden sich, und Tatum dreht sich noch ein letztes Mal um und winkt. Hollis hatte Tatum nach der Biopsie fragen wollen, sobald sie eine Sekunde allein wären, aber jetzt kommt sie zu dem Schluss, dass Tatum das von sich aus ansprechen sollte.

Mitten auf dem Gehweg bleibt Tatum stehen und zündet sich eine Zigarette an. »Holly?«

Jetzt kommt's, denkt Hollis. »Tay?«, sagt sie.

Tatum bläst den Rauch seitlich aus dem Mund. »Irina soll sich lieber von meinem Mann fernhalten«, sagt sie. »Sonst lege ich *ihr* eine Schlange ins Bett, und die ist dann nicht aus Gummi.«

24.
Beifahrer II

Am Samstagvormittag gibt es in der Stadt zahlreiche Sichtungen von Hollis Shaw und ihren »Sternen«. Naz aus dem Black-Eyed Susan's berichtet von ihnen und auch Father John, der Priester von St. Mary's, der die Frauen auf seinem Weg zur Kirche sieht, wo er eine Hochzeit vorzubereiten hat. (Father John weiß nichts von dem Fünf-Sterne-Wochenende, aber er erkennt das Gemeinde-mitglied Tatum McKenzie, und sie scheint in ein Wortgefecht mit einer Frau verwickelt zu sein, die wie die Moderatorin von *Wirf wie ein Mädchen* aussieht. Ist das möglich?)

Die blonde Sharon kommt gerade aus dem Laden von Erica Wilson, wo sie Stickgarn in allen Farben des Regenbogens gekauft hat (offenbar sind Freundschaftsbändchen wieder im Kommen), und wird Zeugin einer Szene, die sich vor Hollis Shaws erdbeer-rotem Bronco abspielt.

Tatum legt die Hand auf den Türgriff der Beifahrerseite. Dru-Ann schlägt sie weg.

»Oh nein. Du hast auf der Hinfahrt vorn gesessen, jetzt kriege ich den Platz.«

Tatum dreht sich zu ihr um. »Bist du neun, oder was?«

»Ich?«, fragt Dru-Ann. »Du hast mir doch eine Gummischlange ins Bett gelegt, als wären wir Rivalinnen in einem Disneyfilm.«

»Ich habe keine Ahnung, wovon du redest«, sagt Tatum.

»Du bist immer noch sauer auf mich, wegen der Sache auf der Toilette bei Hollis' Hochzeit«, sagt Dru-Ann. »Das war ein *Witz*.«

»Mich haben auch noch andere Dinge geärgert«, sagt Tatum.

»Aber die sind *fünfundzwanzig Jahre her*«, empört sich Dru-Ann so laut, dass sie Aufmerksamkeit erregt, und Tatum sieht sich um. Auf der Main Street tummeln sich lauter Sommergäste. Aus den

Augenwinkeln sieht sie Father John von St. Mary's. (Er soll sie nicht bei unschicklichem Betragen beobachten.) Tatum weiß, dass sie diese Hochzeitsgeschichte überproportional aufbläst. Wahrscheinlich gelten nur zehn Prozent ihrer Wut eigentlich Dru-Ann – bei neunzig Prozent geht es um andere Dinge.

Also schnaubt sie nur verächtlich und überlässt Dru-Ann den Vordersitz. Das ist nicht weiter schlimm, nur muss sie sich jetzt mit Gigi und Brooke auf die Rückbank quetschen. Brooke bietet an, in der Mitte zu sitzen, und Tatum steigt als Letzte ein, sodass sie hinter Dru-Ann sitzt. Sie tippt ihr auf die Schulter und sagt: »Bitte schieb den Sitz nach vorn, ich beiß mir hier in die Knie.«

Dru-Ann ignoriert sie. Hollis setzt rückwärts auf die Straße. Die blonde Sharon sieht den Bronco über die Main Street holpern. Anscheinend hat das Fünf-Sterne-Wochenende eine Portion Drama zu bieten.

»Wie war eure Shoppingtour?«, fragt Hollis. »Was habt ihr gekauft?«

Tatum hatte Dru-Anns große mattschwarze Einkaufstüte von Gypsy bemerkt, einem Laden, der ausschließlich vierstellige Preise hat – nicht wortwörtlich, aber … doch. Tatum würde sich nicht trauen, auch nur einen Fuß in das Geschäft zu setzen, ist aber kein Stück überrascht, dass Dru-Ann genau dort eingekauft hat.

Brooke beugt sich vor und ruft: »Bei Gigi und mir war es *super*! Wir waren bei Mitchell's, und Gigi hat mir zwei Bücher geschenkt, das neue von Maggie O'Farrell und den Roman von einer Debütautorin namens Karen Winn, und ich habe mir selbst auch eins gekauft – es ist ein Strandbuch, das *auf Nantucket spielt*. Ist das nicht absolut cool?« Brooke nimmt das Strandbuch aus der braunen Papiertüte, und die Seiten flattern im Fahrtwind.

Die Autorin ist eine Einheimische, eine Kundin von McKenzie Heiz- und Kühlsysteme, aber das wird Tatum nicht erwähnen, weil Brookes Enthusiasmus jetzt schon unerträglich nervt. Tatum wünschte, sie könnte mit Kyle und Jack nach Smith's Point rausfahren. Sie würden eine Kühlbox voll Bier mitnehmen und bis zum Sonnenuntergang dort bleiben, und auf dem Rückweg würden sie sich Margaritas und Hummertacos holen. Stattdessen wird sie sich die ganze Zeit fragen, was Kyle und Jack so treiben. Sie kann nicht glauben, dass die beiden gestern beim Ausgehen Irina und Veda getroffen haben. Jack hat mit ihnen *getanzt*! Tatum will verdammt noch mal nicht als eine dieser ekelerregenden Geschichten enden: *Die beiden waren schon in der Highschool ein Paar, einunddreißig Jahre verheiratet, und dann stirbt sie, und er heiratet ihre Chefin.*

Nein. Sie nimmt ihre Zigaretten aus der Handtasche und wendet sich an Brooke: »Stört es dich, wenn ich rauche?«

Aber Brooke hört sie gar nicht. »Dann waren wir bei Murray's«, schwärmt sie. »Und ich hab mir diesen Nantucket-Reds-Rock gekauft.« Sie packt den Rock aus. Der Stoff knattert im Fahrtwind wie eine Flagge. Er trifft Tatum zwar nicht im Gesicht, aber viel fehlt nicht, und Brookes Locken fliegen auch überall herum.

Wahrscheinlich findet sie das romantisch, mit wehenden Haaren Cabrio zu fahren. Tatum rückt ein Stück von Brooke weg, auch wenn sie dafür nur wenige Zentimeter Platz hat. »Was für ein schreckliches Teil!«, sagt sie.

»Tatum«, tadelt Hollis sie. »Wir beide haben diese Röcke auch getragen. Ich wette, du hast deinen aufgehoben, und wahrscheinlich passt er dir sogar noch.«

»Das war für die Arbeit«, sagt Tatum. In den Sommern 1986 und 1987, als sie und Hollis im Rope Walk kellnerten, mussten sie die Nantucket-Reds-Röcke und enge weiße T-Shirts dazu tragen. »Wir haben sie nicht *freiwillig* angehabt. Wir haben kein Geld dafür ausgegeben.«

Brooke faltet ihren Rock zusammen und verstaut ihn wieder in der Tüte. »Und einen Pullover habe ich gekauft«, sagt sie kleinlaut. »Gigi hat mir geholfen, ihn auszusuchen.«

Brooke ist eine erwachsene Frau und kann sich nicht allein ihre Kleidung aussuchen, denkt Tatum. *Das beschreibt sie ziemlich gut.* Was hat sie bei diesen Leuten verloren? Am liebsten würde sie Hollis bitten, sie nach Hause zu bringen. Es wäre eine solche Erleichterung. Aber sie bricht Dinge nicht einfach ab. Sie *lässt* andere *nicht im Stich.*

Brooke beugt sich zum Vordersitz. »Was hast du gekauft, Dru-Ann?«, fragt sie. »Zeig her.«

»Mir ist jetzt nicht danach. Und kannst du bitte ein bisschen runterkommen? Du bist auf elf, und wir brauchen dich auf drei.«

Amen, denkt Tatum. Zumindest in diesem Punkt sind sie sich einig.

Brooke sackt in ihren Sitz zurück. Sie öffnet den Mund, um sich zu entschuldigen (sie hätte vorhin keinen Kaffee trinken sollen, von zu viel Koffein wird sie unerträglich, sagt jedenfalls Charlie), aber sie wird einfach den Rest der Fahrt still dasitzen. Sich nicht mehr begeistern, sich nicht mehr mitteilen. Sie kriegt das hin.

Gigi drückt Brookes Arm, und diese kleine Geste treibt Brooke die Tränen in die Augen. Wahrscheinlich hat Gigi Mitleid mit ihr. Brooke kramt in ihrer Handtasche nach einem Gummiband und bindet sich die Haare zurück.

Tatum kann keine Sekunde länger warten und zündet sich eine Zigarette an. Schließlich fahren sie in einem Cabrio. Sie inhaliert tief, bläst den Rauch zur Seite weg und hält den Kopf aus dem Auto. Hollis hat den Blick auf die Straße gerichtet und träumt garantiert von Jack, darauf würde Tatum wetten. Die beiden waren sofort wieder wie damals mit siebzehn, es war ein göttlicher Anblick.

Tatum nimmt noch einen Zug. Als sie gerade spürt, wie ihre Anspannung ein wenig nachlässt, reißt Dru-Ann den Kopf zu ihr herum. »*Rauchst* du etwa? Tatsächlich! Und hast du mir gerade Rauch in die *Haare* geblasen?«

Beinahe hätte Tatum Dru-Ann den Rauch direkt ins Gesicht gepustet, aber das ginge selbst für sie einen Schritt zu weit. Sie lässt ihn aus dem Mundwinkel entweichen und klopft die Asche ab. »Ganz bestimmt nicht.«

»Wer raucht denn in einem vollbesetzten Auto?«, fragt Dru-Ann. »Das ist so was von asozial.«

Tatum beugt sich vor. »Was hast du gerade gesagt?«

»Dass mehr als rücksichtslos ist, was du da tust.«

»Du hast mich *asozial* genannt«, sagt Tatum. »Tut mir leid, dass ich nicht sechsstellig verdiene wie du.«

Eher sieben, denkt Dru-Ann, aber sie sagt es nicht und wünscht sich jetzt, sie hätte die Klappe gehalten. Tatum soll sie nicht noch mehr hassen als ohnehin schon. »Es geht nicht um Geld«, sagt sie, »sondern um Manieren.«

»Wir sind in einem offenen Cabrio!« Tatum schnippt die Zigarette weg. »Aber meinetwegen, tut mir leid.« Sie hasst sich dafür, dass sie sich bei Dru-Ann entschuldigt, auch wenn ihre Entschuldigung eigentlich Hollis gilt. »Deine Haare werden es hoffentlich überleben.«

Hollis würde Tatum gern verteidigen – die arme Frau wartet auf ihre Biopsie-Ergebnisse –, aber wenn sie das tut, sagt Dru-Ann garantiert: *Warum nimmst du sie immer in Schutz? Das tust du schon dein Leben lang,* und dann wird Tatum dazwischengehen und sagen: *Sie kennt mich ja auch schon ihr Leben lang.* Hollis schweigt, und alle anderen schweigen, und Hollis hofft, dass die Sache damit gegessen ist. Diese Rückfahrt ist nur ein Drei-Sterne-Erlebnis. Vielleicht auch nur zwei. Als sie in die Auffahrt einbiegen, ist Gigi die Einzige im Auto, die lächelt.

Gott sei Dank gibt es Gigi, denkt Hollis.

25.
Vielleicht: Sofia

Als Caroline am Samstag zum zweiten Mal aufwacht, liegt auf dem Küchentisch ein Zettel von ihrer Mutter. Sind zum Shoppen in der Stadt, gegen Mittag zurück, steht da. *Halleluja!* Sie hat das Haus für sich allein. Das Frühstück ist natürlich schon abgeräumt, aber Caroline findet die in ein Origami aus Wachspapier gewickelten Zimtbrötchen und macht sich einen Kaffee mit Mandelmilch. Sie geht zu ihrem Lieblingsplatz auf dem Grundstück, der kleinen Brücke am Teich, die ein guter Aussichtspunkt ist, um das Shaw-Madden-Anwesen zu betrachten. Im Schneidersitz sitzt Caroline in der Sonne und genießt den leichten Wind, der über den Teich weht, und den Blick auf den Strand. Sie nippt an ihrem Kaffee, schlingt das erste Brötchen mit drei Bissen hinunter und wirft Stücke vom zweiten in den Teich. Mit leisem Plätschern brechen die Fische durch die Wasseroberfläche. Eine Libelle schwebt über Carolines nacktem Unterarm. Ist das ein besonderer Moment? Vielleicht, doch er ist flüchtig. Sie denkt an den vergangenen Abend und daran, wie seltsam es ist, dass Dylan nicht versucht hat, sie ins Bett zu kriegen. Sie wollte nicht unbedingt mit ihm schlafen, aber es wäre nett gewesen, sich begehrt zu fühlen. Isaac hätte sich für sie gefreut, wenn sie ihm erzählt hätte, dass sie mit ihrem Langzeitschwarm geschlafen hat. Denn sein großzügiges Herz würde nicht wollen, dass sie einsam ist. Er selbst ist schließlich auch nicht einsam. Er ist mit Sofia zusammen.

Caroline nimmt ihr Handy und googelt Isaac Opoku und Sofia Desmione – und weil sie ein erbärmliches Würstchen ist, fängt sie an zu scrollen.

Da ist ein Artikel aus der *New York Post* vom 5. Dezember 2018, in dem darüber spekuliert wird, dass Isaac und Sofia miteinander ausgehen. Als Nächstes kommt ein Bild von Isaac und Sofia auf dem Roten Teppich bei den Oscars 2019 – Isaac sieht absolut perfekt aus in seinem mitternachtsblauen Oscar-de-la-Renta-Smoking, Sofia in Givenchy. Ein Link führt zu einem Artikel im *New York*-Magazin, der unter Erwähnung von Isaacs Arbeiten vorhersagt, Dokumentarfilme seien das einzige Filmgenre, das es in die nächste Dekade schaffen würde. Schließlich landet Caroline auf Sofias Instagram-Seite mit 19,3 Millionen Followern (die meisten davon aus Italien, das hat Caroline schon bei früherer Gelegenheit herausgefunden). In ihrem Feed gibt es fünf Fotos von Isaac. Vier davon bei öffentlichen Auftritten – dem Toronto Film Festival, dem Sundance, Cannes und der Givenchy Show während der Paris Fashion Week. (Caroline spürt einen Moment der Ehrfurcht nach, dass sie mit Isaac geschlafen hat und Isaac in Cannes gewonnen hat, womit Caroline jetzt irgendwie mit Cannes verbunden ist.) Aber das schönste und herzzerreißendste Bild in Sofias Feed wurde im vergangenen April aufgenommen. Es zeigt Isaac auf dem weißen Sofa im Loft. Er trägt ein weißes T-Shirt, Jeans und weiße Chucks. Neben seinem Bein liegt das Kreuzworträtsel der *New York Times*, und auf dem Tisch vor ihm steht eine Tasse Gelbtee. Es wirkt, als hätte Sofia ihn überrascht, als hätte er in diesem Moment aufgeblickt, weil sie seinen Namen gerufen hatte. Seine braune Haut schimmert, seine Augen blicken groß und gefühlvoll. Auf den anderen Fotos wirkt Isaac distanziert, aber hier erkennt Caroline den neunjährigen Jungen wieder, der seine Mutter verloren hat. Nicht nur seine Schönheit fesselt Caroline, sondern auch seine Verwundbarkeit.

Die Bildunterschrift lautet schlicht: Meine Liebe.

Sie erhält eine Textnachricht und nimmt an, dass Hollis schreibt, wann sie zurückkommen. Doch es ist eine Nummer mit New Yorker Vorwahl, und die Anrufer-ID lautet Vielleicht: Sofia.

Was? Ganz behutsam wischt sie über die Benachrichtigung. Der Text lautet: Hi, Caroline, wie geht dein Wochenende?

Caroline legt das Handy auf die Holzplanken der Brücke. Auf einmal kommt es ihr gefährlich vor, es auch nur zu berühren. Sofia hat Caroline noch nie getextet. Kein einziges Mal. Sie hat Carolines Nummer gar nicht. Sie muss sie von Isaac bekommen haben. Oder in seinem Adressbuch gefunden.

Hi, Caroline, wie ist dein Wochenende? Das ist definitiv Sofia. Der Satzbau ist der einer Person, die fließend Englisch spricht, aber keine Muttersprachlerin ist. *Wie läuft dein Wochenende so?*, würde man fragen, wenn man es wirklich wissen wollte, wovon Caroline bei Sofia allerdings nicht ausgeht.

Was ist hier los? Caroline kennt sich gut mit Social Media aus und weiß, dass man nicht erkennen kann, ob jemand den eigenen Account ansieht, solange man nicht live mitbekommt, wie dieser Jemand etwas likt oder kommentiert, und Caroline hat keins von beidem getan. Dass Caroline gerade auf Instagram aktiv ist, könnte Sofia nur sehen, wenn Caroline ihr folgen würde, aber das tut sie nicht. Es ist ein sehr unheimlicher Zufall, dass Sofia ihr genau in dem Moment schreibt, *in dem Caroline ihr Profil stalkt.*

Sofia muss von ihrer Affäre mit Isaac erfahren haben. Vielleicht hat sie die Du fehlst mir-Nachricht auf seinem Handy entdeckt. Es war so dumm, die abzuschicken. So dumm! Vielleicht ist ein blondes Haar von Caroline auf dem Kissen aufgetaucht. (Isaac hatte gesagt, er würde die Laken waschen, aber hat er das auch getan?) Man könnte Erklärungen für die Nachricht finden – Caroline könnte sie versehentlich an Isaac geschickt haben. Für das verirrte Haar galt dasselbe: Caroline arbeitete im Loft, ihre DNA war dort überall.

Sie beschließt, cool zu bleiben. Wahrscheinlich hat Isaac Sofia erzählt, dass Caroline ubers Wochenende verreist ist, um dieses Event für ihre Mutter zu filmen, und er ihr sein Equipment mitgegeben hatte. Vielleicht fand Sofia die Idee spannend, vielleicht hat sie sich in Schweden eine neue Persönlichkeit einpflanzen lassen und interessiert sich jetzt für normale Leute wie Caroline. Oder vielleicht – und das ist am wahrscheinlichsten – hat Sofia eine *Ahnung*, dass da was läuft, ist sich aber nicht hundertprozentig sicher. Vielleicht hat sich Isaac ja auch von Sofia getrennt, und sie will sich jetzt bei Caroline ausheulen. (Nie im Leben.)

Caroline weiß, dass sie nicht antworten sollte, fürchtet aber, Schweigen käme einem Schuldeingeständnis gleich. Hey, schreibt sie zurück.

Augenblicklich klingelt Carolines Handy. Es ist Vielleicht: Sofia. *Neiiiiin!* Sie kann nicht rangehen. In Textnachrichten kann sie vielleicht lässig und unbekümmert rüberkommen, aber am Telefon wird ihre Stimme sie verraten. *Ich habe mit Isaac geschlafen. Ich habe mich in ihn verliebt. Er hat kurz vor deiner Rückkehr Schluss gemacht. Mein Herz ist gebrochen.*

Caroline weist den Anruf ab und tippt: Sorry, kann gerade nicht reden, bin beim Dreh. Melde mich später.

Worauf Sofia augenblicklich antwortet: Kay.

Carolines Hände zittern. Sie atmet tief durch. Soll sie Isaac anrufen? Die Antwort ist natürlich Nein. Womöglich hat Sofia sein Handy in der anderen Hand und wartet nur darauf, dass genau das passiert. Caroline denkt an Sofias Worte: *Bitte mach keine Schwierigkeiten.* Für Caroline bedeuten die *Schwierigkeiten*, dass sie nicht nur Isaac verliert, sondern auch ihr Praktikum und damit ihren Ruf. Was ist, wenn Sofia sich an die *Post* wendet und denen von der Affäre berichtet, und die *Post* dann einen Fotografen nach Nantucket schickt, um Fotos für die Story »Die andere Frau von Isaac Opoku – Praktikantin Caroline Shaw-Madden, Filmstudentin an der NYU« zu machen? Für einen kurzen Moment wird Caroline berühmt sein, wie jene Nannys, die die Ehen von Schauspielern und Rockstars zerstören. Es mag glamourös aussehen, von Paparazzi verfolgt zu werden, aber was würde das für Carolines Zukunft bedeuten? Würde die Dokumentarfilm-Community sie dafür ächten? Oder … fänden die das sogar gut? Schließlich war sie dem großen Isaac Opoku aufgefallen. Sie hatte (zumindest für einige Wochen) Sofia Desmiones Platz eingenommen!

Würde das überhaupt jemand glauben? Das Ganze ist so absurd, dass Caroline sich für einen Moment vorstellt, eine Doku über sich selbst zu drehen: *Im Bett mit dem Genie: Meine kurze Affäre mit Isaac Opoku.*

Caroline hört das Knirschen von Reifen – die Sterne sind zurück. Sie steht auf und steckt das Handy in die Hosentasche.

Die Stimmung im Haus ist merkwürdig gedrückt. Die Frauen kommen allesamt schweigend in die Küche. Dru-Ann ist nicht dabei, anscheinend ist sie direkt in ihr Zimmer gegangen. Gigi und Brooke verschwinden im Flur, Tatum nimmt sich das letzte Brötchen vom Tisch und geht in ihr Zimmer.

»Ist in der Stadt etwas vorgefallen?«, fragt Caroline ihre Mutter.

»Nein«, sagt Hollis. »Alles in Ordnung.«

Klar, dass ihre Mutter ihr nicht die Wahrheit sagt.

»Wie geht's dir, Liebes? Hast du gefrühstückt?«, fragt Hollis.

»Ja«, sagt Caroline. »Danke.«

Hollis lächelt. »Ich hab gehört, mein Freund Jack hat dich heute Morgen in die Stadt gefahren.«

»Woher hast du das denn?«

»Ich habe mit ihm gefrühstückt. Er sagt, du hast bei den McKenzies übernachtet?«

»Stimmt.« Caroline funkelt ihre Mutter finster an, fordert sie heraus, ein Urteil zu fällen. »Ich habe mich gestern Abend mit Dylan getroffen, war dann zu müde, um nach Hause zu kommen, und bin über Nacht geblieben. Es ist nichts passiert.«

»Aha«, sagt Hollis.

Mit einem Mal ist Caroline sauer. Erstens ist sie einundzwanzig und damit erwachsen, und was sie nachts tut oder nicht, geht ihre Mutter nicht das Geringste an. Und zweitens … »Nicht zu fassen, dass du mit *Jack* gefrühstückt hast. Ist der Sinn und Zweck dieses Wochenendes nicht, Zeit mit deinen Freundinnen zu verbringen? Du bist so eine Heuchlerin. Du hast deinen Abonnentinnen dieses tolle Programm geschickt, damit sie dich bewundern, aber sie haben ja keine Ahnung, dass es ein einziger Schwindel ist. *Shopping in der Stadt* heißt nämlich in Wirklichkeit ›Ich hab ein schnuckeliges Frühstücksdate mit meiner Jugendliebe‹. Und außerdem« – leider hört sich ihre Stimme jetzt schwach und kratzig an – »ist Dad *gerade erst* gestorben, und du suchst dir schon den Nächsten?«

»Ich suche mir nicht den Nächsten«, wehrt Hollis sich. »Jack ist ein alter Freund.«

Caroline ist nicht blöd. Sie weiß, wie das läuft – alte Leute nehmen über Facebook wieder Kontakt zu ihren Freunden von der Highschool auf, und ein paar Monate später heiraten sie im Garten mit ihren erwachsenen Kindern als Trauzeugen. »Er hat mir gesagt, dass er immer noch in dich verliebt ist«, sagt Caroline.

»*Was?* Das ist lächerlich. Er hat sein eigenes Leben, ganz woanders. Bitte, Liebes, wegen Jack musst du dir keine Gedanken machen.« Hollis sieht ihrer Tochter fest in die Augen, hat aber das Gefühl, dass Caroline direkt in sie hineinsehen kann.

Caroline schüttelt den Kopf. »Würde ich das Filmmaterial von diesem Wochenende ungeschnitten posten, könnten deine Fans dich in einem ganz anderen Licht sehen.«

Was soll Hollis sagen? Sie ist dafür bekannt geworden, dass sie ihren Followern das wahre Leben zeigt, aber mit einem hat Caroline recht: Das ist gar nicht ihr wahres Leben.

26.
Buch in der Hand, Füße im Sand

In ihrem Zimmer bekommt Caroline ein schlechtes Gewissen. Sie überlegt, sich bei ihrer Mutter zu entschuldigen. Aber Frühstücken mit Jack? Das ist unentschuldbar.

Carolines Handy piept. Es ist ihre Mutter, die ihr mit dem Vermerk Filmen für Hollis hat Hunger per App die zweitausendfünfhundert Dollar überweist.

Caroline kann es nicht leugnen: Sie ist ganz heiß auf das Geld. Aber es macht ihr auch bewusst, dass sie nicht hier ist, um die Beziehung zu ihrer Mutter zu kitten. Sondern um einen Auftrag zu erledigen. Die Frauen sind jetzt alle auf dem Weg nach draußen, zum nächsten Punkt auf ihrem Zeitplan: *Strand, Lunch, Pool.*

Der Himmel ist strahlend blau. Caroline wird Isaacs Drohne einsetzen.

Der Tag, an dem Isaac Caroline beibrachte, die Drohne zu steuern, war der romantischste ihrer gemeinsamen Zeit. Am Abend zuvor hatte es heftig gewittert, und als sie nebeneinander aufwachten, war die Luft wie rein gewaschen. Isaac kündigte an, sie würden die Drohne im Central Park fliegen lassen.

Carolines Erschrecken war nicht gespielt. »Du meinst, wir zeigen uns zusammen in der Öffentlichkeit?«

Der Central Park war saftig grün und voller blühender Blumen. Alles wirkte vom Regen erfrischt, sogar die Menschen mit ihren Kinderwagen und Hunden und verrückten Sport-Outfits, und niemand schenkte Isaac und Caroline besondere Beachtung. Als sie die Mall entlangschlenderten – auf beiden Seiten gesäumt von Bänken und Ulmen, die sich über ihnen zu einem smaragdgrünen Baldachin wölben –, legte Isaac den Arm um Caroline und küsste sie auf die Wange. Mitten in der Öffentlichkeit an einem Sommervormittag.

Caroline hatte erwartet, dass sie auf der Terrasse am Bethesda-Brunnen oder auf der großen Wiese filmen würden, doch Isaacs Lieblingsplatz war das Conservatory Water, der Teich an der Ostseite des Parks.

Er zeigte Caroline, wie sie die Abdeckung vom Gimbal, dem eigentlichen Kameramechanismus, entfernte und ihr Handy in das Bedienelement einsetzte. »Siehst du, *mon petit chou*?«, sagte er. »So einfach geht das.«

Über das Wasser des Teichs flitzten ferngesteuerte Boote, die aussahen wie lauter fallen gelassene Taschentücher, doch Isaac zeigte Caroline, wie man die Drohne so dicht über die Wasseroberfläche herabsenkte, dass sie sich vorkam wie ein Miniaturmensch, der auf dem Bug eines solchen Bootes mitfuhr.

Jetzt stellt Caroline die Drohne auf den Gartentisch neben dem Pool und ruft sich Isaacs Anleitungen ins Gedächtnis, um das Gerät mit den richtigen Knöpfen zum Leben zu erwecken.

Es ist wie ein mechanisches Haustier. Doch während die meisten Drohnen lärmen wie ein Bienenschwarm, ist Isaacs vollkommen lautlos – kann also unbemerkt bleiben. Verzückt beobachtet Caroline, wie die Drohne vom Tisch abhebt, über den Pool fliegt und dann über die Dünen zum Strand.

Auf dem Bildschirm ihres Handys kann Caroline nun aus der Vogelperspektive beobachten, wie Hollis und ihre Freundinnen es sich für den Nachmittag gemütlich machen.

Drei marineblaue Strandschirme beschatten fünf Teakholzliegen, an denen blau-weiß gestreifte Handtücher hängen, und einen langen Tisch, an dem, wie Caroline vermutet, der Lunch serviert werden wird. Sie senkt die Drohne ab, um ein paar Nahaufnahmen zu machen.

Tatums Stuhl steht in der prallen Sonne. Sie liegt auf dem Rücken, das Gesicht ungeniert den UV-Strahlen ausgesetzt.

Brookes Liege steht im Schatten, sie hat sich ein Handtuch über die Beine gelegt und trägt einen langärmligen Rashguard über dem Badeanzug. Sie nimmt ein Buch aus ihrer Tasche und schlägt es auf.

Gigi trägt als Einzige einen Bikini, ein türkisfarbenes Triangel-Modell. Ihr Bauch ist vollkommen flach und hat sanft definierte Muskeln. (*Bestimmt macht sie Side-Planks*, denkt Caroline.) Den dazu passenden Pareo legt sie ab und bindet ihn an ihrer Liege fest. Sie trägt ihre goldenen Kettchen, den Armreif und die Uhr, den Stroh-Fedora und die Sonnenbrille. Mühelose Eleganz. Der Drohne gefällt es, und Brooke offenbar auch. Ihr Blick bleibt etwas zu lange an Gigi hängen – *Girl crush?*, denkt Caroline –, dann zieht Brooke die Decke über ihren Beinen straff wie ein Kokon.

Dru-Ann ist draußen im Wasser, und ihre Rufe lassen alle Frauen aufschrecken. Sie zeigt auf einen glatten, dunklen Kopf, der etwa zwanzig, dreißig Meter entfernt aus dem Wasser ragt.

Gigi springt von ihrer Liege auf, Hollis ebenfalls. Beide laufen zum Wasser.

Caroline steuert die Drohne über das Meer. Eine Robbe spielt in den Wellen. Am liebsten würde Caroline die Drohne weiter hinausfliegen lassen, auf eine Erkundungsmission. Was würde sie finden? Noch mehr Robben, oder etwas Düsteres? Sie liebt die Symbolik darin: Lauert dort draußen womöglich eine Gefahr für das scheinbar idyllische Wochenende?

Gigi und Hollis gehen aufeinander zu, bis sie Seite an Seite stehen und Dru-Ann beobachten. Dann zeigt Gigi auf die Drohne, und sie und Hollis lächeln und winken. Caroline drückt auf den Knopf, der die Drohne zurückholt. Aus der Luft betrachtet ist das Wochenende ihrer Mutter unbestreitbar vollkommen.

Hollis' Blick fällt auf Gigis Füße im Sand. Ihre Zehennägel sind so dunkelrot lackiert, dass sie fast schwarz aussehen, und sie trägt einen goldenen Zehenring. *An Gigi ist alles schön,* denkt Hollis, *sogar ihre Füße.*

Die beiden schlendern den Strand entlang, bis sie außer Hörweite der anderen sind.

»Wie geht es dir?«, fragt Gigi.

Es kommt Hollis paradox vor, dass sie sich von allen Frauen hier am ehesten Gigi anvertrauen möchte. Sie will ihr von Tatums Biopsie erzählen, von Dru-Anns PR-Desaster, von Brookes massiver Unsicherheit und von ihren eigenen Problemen mit Caroline. Aber das ist einfach ... zu viel.

Sie sagt: »Während ihr anderen eingekauft habt, war ich mit meiner ersten Liebe frühstücken.«

Gigi stockt der Atem. Das war *nicht* das, was sie zu hören erwartet hatte. »Wirklich?«

»Wirklich«, sagt Hollis. Und sie ist erleichtert, dass Gigi nicht so entsetzt zu sein scheint wie Caroline vorhin. »Ich habe gegen sämtliche Regeln im Handbuch für Fünf-Sterne-Wochenenden verstoßen.«

»Ich weiß nicht, ob es dafür ein Handbuch gibt«, sagt Gigi. »Besser gesagt weiß ich nicht, ob es überhaupt Regeln geben sollte. Wir sind erwachsene Frauen. Wir können die Entscheidungen treffen, die für uns am besten sind.« Wellen umspielen ihre Füße. »Erzähl mir von ihm. Oder ... ihr?«

»Ihm«, sagt Hollis. »Jack Finigan.« Sie seufzt. Wo soll sie anfangen? Mit dreizehn, noch vor dem Stimmbruch, ist er an den Wochenenden auf seinem Mountainbike die ganze Strecke nach Squam rausgefahren, und wenn er dort ankam, ließ Tom Shaw ihn Laub rechen, Holz für den Holzofen sammeln oder den Deckenventilator im einzigen Bad ihres Hauses reparieren. Im Austausch für diese Hilfe ließ Tom Hollis und Jack eine Stunde unbeaufsichtigt an den Strand. Ihren ersten Kuss erlebten sie hier in den Dünen, unweit der Stelle, an der sie beide jetzt stehen.

In der Highschool schlenderten Hollis und Jack Arm in Arm durch die Schulflure, die Hände in den Hosentaschen des anderen. Ständig wurden sie aufgefordert, nicht vor den Schließfächern rumzuknutschen (der Austausch von Zärtlichkeiten war in der Schule verboten), aber irgendwann gaben es die Lehrer auf. Nachdem Jack seinen Führerschein hatte, kaufte er sich von dem Geld, das er über den Sommer gespart hatte, einen gebrauchten Pick-up, mit dem Hollis und er abends ins Moor fuhren. Sie fanden eine kreisrunde Lichtung zwischen den Bäumen, die sie das Runde Zimmer nannten, und parkten dort. (Einmal blieben sie im weichen Sand stecken, ein anderes Mal war die Batterie leer, und beide Male kamen ihnen Kyle und Tatum zu Hilfe, einmal mit Abschleppseil, das andere Mal mit Überbrückungskabeln.) *Sticky Fingers* lief in Dauerschleife auf dem Kassettendeck, und *Wild Horses* spulten sie immer wieder zurück und ließen es dreimal hintereinander laufen.

»Klingt wie aus einem Film«, sagt Gigi, nachdem sie das alles gehört hat. »Sehr amerikanisch.«

»Oh, das war es«, sagt Hollis. Aber im Sommer vor ihrem Abschlussjahr fingen Tatum, Jack und Kyle an, von »dem Plan« zu reden. Hollis stimmte dem Plan zu – nahm ihn aber nicht so ernst wie die anderen.

Hollis und Gigi sind den Strand so weit entlanggewandert, dass sie in der Ferne den Sankaty-Leuchtturm sehen können. »Wir sollten wohl langsam umkehren«, schlägt Hollis vor.

Sie machen sich auf den Rückweg. Hollis sagt: »Danke, dass ich mit dir reden konnte. Nicht nur heute, sondern vor allem nach Matthews Tod. Du warst ein Rettungsanker für mich. Ich hoffe, das weißt du.«

»Ich bin froh, wenn ich ein wenig Trost spenden konnte«, sagt Gigi und fragt sich, ob das wirklich stimmt. Ja, sicher stimmt es, aber sie kann nicht behaupten, sie hätte aus rein altruistischen Motiven gehandelt.

»Warum hast du dich überhaupt auf dieses Wochenende eingelassen? Hast du mich nicht für verrückt gehalten, als ich dich eingeladen habe, obwohl wir uns noch nie begegnet sind?«

»Es kam mir wirklich ein bisschen … *riskant* vor«, sagt Gigi. »Aber du und ich, wir haben einen Draht zueinander. Als du mich eingeladen hast, erschien es mir richtig, zu kommen.«

»Beim Abendessen hast du gesagt, du hättest eine Beziehung gehabt, aber die sei zu Ende gegangen«, sagt Hollis. »War das zur selben Zeit, als ich Matthew verloren habe?«

»Das war tatsächlich etwa zur selben Zeit«, sagt Gigi. Sie wird leichtsinnig. Sie fordert Hollis ja praktisch dazu heraus, dahinterzukommen: *Die Person, die ich verloren habe, ist dieselbe Person, die du verloren hast. Das ist die Verbindung zwischen uns.*

»Das dachte ich mir«, sagt Hollis. »An einem Punkt in unserem Austausch bist du auf einmal abgetaucht, und ich habe angenommen, dass irgendetwas bei dir los ist.«

Ja, direkt nach Matthews Tod war Gigi in ein Loch gefallen. Hollis erzählte ihr später, was am Morgen von Matthews Tod geschehen war – ihre Wut, weil er ihre Weihnachtsparty verpasste, der Streit. Hollis erzählte von ihrer Befürchtung, Matthew würde sie verlassen. Sie hatte ihm auf die Mailbox gesprochen und eine Nachricht geschickt, beide mit dem Inhalt, dass sie ihn liebte, aber sie wusste nicht, ob er sie erhalten hatte. *Das* hatte Gigi vor Schreck verstummen lassen. Sich in Hollis' Lage zu versetzen, die nicht nur ihren Mann verloren hatte, sondern auch noch mit der ungelösten emotionalen Situation zurückblieb.

Du musst Hollis sagen, was passiert ist, hatte Gigi damals gedacht. Aber das hätte alles nur schlimmer gemacht. Warum hatte sie den Kontakt nicht einfach abgebrochen?

»Ich hätte fragen sollen, wie es dir geht«, sagt Hollis. »Aber ich war total mit mir selbst beschäftigt. Du bist mir wichtig, Gigi, und ich möchte mehr darüber erfahren, was du durchgemacht hast.«

Gigi schüttelt den Kopf. »Es war nicht ganz dasselbe wie bei dir. Der Mann, mit dem ich zusammen war … Wir waren nicht verheiratet und hatten keine Kinder. Aber das macht es irgendwie sogar schwerer. Jetzt, nach seinem Tod, bleibt mir nichts von ihm außer meinen Erinnerungen … Ich weiß nicht, ob du das kennst, aber Erinnerungen werden mit der Zeit unscharf. Ich ertappe mich immer wieder dabei, dass ich mich frage: *Ist das wirklich passiert?*«

Abrupt bleibt Hollis stehen. »Tod?«, fragt sie. »Der Mann, mit dem du zusammen warst, ist auch gestorben?« Plötzlich bekommt sie kaum noch Luft. Gigis Freund, ihr Partner, ihr Lebensgefährte … ist *gestorben*? Genau zur gleichen Zeit wie Matthew?

Eigentlich hatte Gigi sagen wollen, *seit er nicht mehr da ist*, was man auf verschiedene Arten hätte verstehen können. Unglaublich, dass sie *nach seinem Tod* gesagt hat. Herzukommen war, als würde sie sich an den Rand einer Klippe vorwagen. Und jetzt … was? Wird sie springen? Ihr bleiben grob geschätzt zwei Sekunden, um den Kurs zu korrigieren und etwas zu sagen wie *Für mich ist er gestorben*, aber das würde nicht funktionieren.

»Ja, er ist gestorben«, sagt Gigi.

»Moment«, sagt Hollis. »Warte mal.« Sie schüttelt. »Warum hast du mir das nicht *erzählt*?«

Gigi hat nichts zu ihrer Verteidigung vorzubringen. Jetzt wird Hollis jeden Moment dahinterkommen.

Hollis zieht hörbar die Luft ein. Sie ist verwirrt, schockiert, fühlt sich seltsam *betrogen*. So viele andere Menschen auf ihrer Website haben sich mit ihren Geschichten von plötzlichen, unerwarteten Tragödien an sie gewandt, aber nicht Gigi. Gigi hatte nur die schlichten Worte geschickt: *Ich bin da und höre zu.* Hollis hatte Gigi ihr Herz über den Verlust von Matthew ausgeschüttet, aber Gigi selbst hatte kein Wort über ihre Situation verloren. Irgendetwas stimmt hier nicht – und Hollis befürchtet, dass dieses Etwas sie selbst ist. Gigi hat ihr diese Information nicht mitgeteilt, weil

Hollis ihr *nie die Gelegenheit dazu gegeben hatte.* Wenn sie ehrlich war, musste sie sich eingestehen, Gigi würde sich *geehrt* fühlen, dass Hollis sich ausgerechnet ihr anvertraute.

Caroline hat recht, denkt Hollis. *Ich bin eine Heuchlerin.* »Ich schäme mich so«, sagt sie. »Deine Worte waren immer so klug, so genau auf den Punkt. Ich hätte darauf kommen müssen, dass du einen ähnlichen Verlust erlitten hast.« Hollis legt Gigi die Hand auf den Arm und spürt – oder ist das Einbildung? –, wie diese zurückzuckt.

Wie furchtbar. Hollis hatte sich von ihrem Status auf der Website blenden lassen. Dadurch war ein Machtverhältnis entstanden, in dem Hollis' Trauer irgendwie wichtiger erschien als Gigis. *Du hast dich verändert. Und unsere Beziehung hat sich verändert.*

Trotzdem: Sie haben so viele Gespräche geführt, warum hatte Gigi *nie* irgendetwas gesagt?

»Was ist passiert?«, fragt sie. »Mit deinem … mit … wie hieß er eigentlich?«

»Oh«, sagt Gigi. Unter solchem Druck kann sie sich unmöglich eine Geschichte einfallen lassen. Oder? *Er hieß Mike und war Pilot bei United. Er hieß Mark, wir haben uns im Fitnessstudio kennengelernt. Er hieß Maxwell, er war Mabels Tierarzt.* »Ich möchte dir gern davon erzählen, aber ehrlich gesagt, Hollis … solange ich hier bin, würde ich gern einfach ein bisschen Abstand davon gewinnen.« Sie breitet die Arme aus und blickt zum Himmel, und die Geste ist so theatralisch, dass es ihr selbst peinlich ist. »Du hast mir das beste Geschenk gemacht, das ich mir hätte wünschen können, nämlich eine Auszeit.«

Hollis starrt sie an. Aber sie trägt eine Sonnenbrille, und deshalb kann Gigi nicht erkennen, ob sie ihr die Story abkauft. *Ich hätte einfach sagen sollen:* »Mark. Wir kennen uns aus dem Fitnessstudio.« *Die langweiligste Antwort ist meistens die glaubwürdigste. Herzinfarkt auf dem Laufband. Vielleicht heimlicher Kokainkonsum.*

Jetzt ist es völlig logisch, warum Gigi die Einladung angenommen hat, denkt Hollis. *Sie brauchte dieses Wochenende genauso sehr wie ich selbst.* »Ich bin so froh, dass du hier bist. Als wir gestern Abend getanzt haben … ich hoffe, du hast dich nicht ausgeschlossen gefühlt? Das fünfte Rad am Wagen?«

Gigi lacht, hauptsächlich vor Erleichterung. »Ich habe die Darbietung genossen.«

Eine Weile gehen sie weiter, ohne etwas zu sagen. Hollis denkt, sie hätte *intuitiv* spüren müssen, dass Gigi etwas Ähnliches durchgemacht hat, und Gigi denkt, wenn sie diesen Teil der Geschichte zu Hause Tim und Santi erzählt, werden die beiden ihr niemals glauben, wie nahe sie sich ans Feuer gewagt hat, ohne sich zu verbrennen.

Dru-Ann ist nicht der Typ für Sätze wie »Das Meer hat etwas Heilsames«, aber … das Meer hat etwas Heilsames. Die Kühle des Wassers, die Wellen, die über ihre Schultern und manchmal über ihren Kopf schwappen. *Das Meer*, denkt Dru-An, *ist gewaltig. Es ist tief. Welche Rolle spielt eine Handvoll Twittertrolle, verglichen mit der Herrlichkeit unseres Planeten und dem Mysterium der menschlichen Existenz.*

Sie muss aufhören, so zu denken. Sie klingt wie ein Wartezimmerposter bei ihrem Zahnarzt.

Sie sieht Hollis und Gigi von ihrem Spaziergang zurückkommen und winkt ihnen. »Kommt rein!«, ruft sie. Hollis winkt zurück, geht aber Richtung Haus. Gigi nimmt lächelnd ihre Uhr und ihre Sonnenbrille ab, legt beides in ihren Hut und geht einige vorsichtige Schritte ins Wasser. Dann wirft sich in die Fluten und taucht kurz darauf neben Dru-Ann wieder auf. Ihre nassen Wimpern kleben aneinander, dazwischen verfangen sich Wassertröpfchen wie kleine Diamanten.

»Das Wasser ist *unvergleichlich*«, schwärmt Gigi.

»Bist du ein Strandmensch?«, fragt Dru-Ann.

»Unbedingt«, sagt Gigi. »Aber das hier ist schwer zu toppen.«

Dem muss Dru-Ann zustimmen. Nicks Haus am Lake Michigan ist wunderschön und hat einen Privatstrand, aber der See ist kein Vergleich zum Atlantik.

Gigi sagt: »Ich muss zugeben, ich hab dich gestern Abend gegoogelt.«

Dru-Ann stöhnt. »Wie viel hast du gelesen?«

Gigi schüttelt den Kopf. »Nur ein bisschen. Die Tweets sind alle Müll.«

»Alle hassen mich«, sagt Dru-Ann. »Meine Klientinnen lassen mich fallen. Mein Chef will, dass ich mich öffentlich entschuldige.«

»Und? Wirst du das tun?«, fragt Gigi.

»Ich möchte nicht«, sagt Dru-Ann. »Aber vielleicht hab ich keine Wahl.«

»Natürlich hast du eine Wahl«, sagt Gigi. »Du bist doch genau deshalb so begehrt, weil du deine Meinung sagst und zu deinen Überzeugungen stehst.«

Gigi hat recht, denkt Dru-Ann. Genau das ist der Grund für ihren Erfolg. Sich nicht zu entschuldigen, wäre genau ihr Markenzeichen.

Gigi streckt die Beine vor sich aus. »Ehrlich gesagt beeindruckt es mich, wie du damit umgehst. Wenn ich nicht gegoogelt hätte, wäre ich nie auf die Idee gekommen, dass irgendetwas nicht in Ordnung sein könnte. Du bist so präsent und so ruhig.«

»Das liegt am Meer«, sagt Dru-Ann staubtrocken. »Das Meer heilt alle Wunden.«

Gigi lacht. »Ich habe in der Stadt ein besticktes Kissen gesehen, auf dem genau dasselbe stand.«

Als Dru-Ann zu ihrer Liege zurückkehrt, überlegt sie, ihr Handy zu checken, aber Gigis Worte klingen noch in ihrem Kopf nach.

Du bist so präsent. So ruhig. Sie nimmt sich eine Gurkenlimo aus der Kühlbox. Als sie wieder aufblickt, sieht sie Hollis mit einem dieser alten französischen Marktkörbe, in dem sich Sandwiches türmen, durch die Dünen auf sie zukommen.

»Frisch von Something Natural«, sagt Hollis, als sie den Korb auf dem Tisch abstellt. Außerdem hat sie eine Riesenschüssel asiatischen Nudelsalat zubereitet. Dazu gibt es eine Platte aufgeschnittene Melone mit Zitronenzesten und Meersalz sowie Cookies mit Grapefruit- und Tequila-Frosting. Ist es ein Wunder, dass Hollis Millionen Fans hat? Sie ist eine Göttin, und Dru-Ann ist am Verhungern.

Gigi tritt an den Tisch. Sie hat sich abgetrocknet und ihren Pareo vor der Brust geknotet. »Hollis, dieser Tisch …«, sagt sie. »Jede andere Frau hätte einen Caterer bestellt oder einen Nervenzusammenbruch erlitten. Ich hoffe, du machst Fotos für die Website.«

»Oh!« Hollis dreht sich zum Haus um. Wohin ist Caroline verschwunden? Vorhin hatte sie die Drohne fliegen lassen. Hollis fotografiert den Lunch mit ihrem Handy, darunter eine hinreißende Aufnahme im Porträtmodus: Nudelsalat vor unscharfem Ozean. Dann richtet sie das Handy auf Tatum, die durch den Sand auf sie zukommt, groß und schlank in ihrem schwarzen Badeanzug. Hollis' Blick fällt auf Tatums Brüste, die immer noch so rund und schwerelos sind wie in ihrer Jugend.

Tatum verschränkt die Arme vor der Brust. »Fotografierst du mich?«

»Tatum Grover gewinnt die Wahl zum Best Body der Abschlussklasse '87«, witzelt Hollis.

Tatum schnappt sich das Handy und starrt auf das Bild. Hollis verspannt sich. Woran denkt Tatum jetzt, wenn sie sich im Badeanzug sieht? Denkt sie, dass ihr Körper sie verraten hat? Macht sie sich Sorgen, eine – oder beide – ihrer Fünf-Sterne-Brüste zu verlieren?

Tatums Finger huschen über das Display. »Das schicke ich Kyle«, sagt sie. »Ich sehe heiß aus.«

Brooke möchte das Mittagessen ausfallen lassen.

Zum Frühstück hat sie sich statt des Café au Lait, den sie gern gehabt hätte, einen Tee gekocht, sich den Teller mit Obstsalat gefüllt und war sich tugendhaft vorgekommen. Doch dann hatte sie die Schale Granola gesehen. Das war eindeutig selbst gemacht, proppevoll mit Mandeln, Pekannüssen, getrockneten Kirschen und frischen Kokossplittern. Es wäre eine Schande gewesen, wenn niemand es anrühren würde, nachdem Hollis sich so viel Mühe damit gegeben hatte. Brooke aß eine Schale davon und beschloss, dafür auf das Brötchen zu verzichten. Aber da lagen fünf Stück auf dem Teller, und als Brooke eines davon in die Hand nahm, roch es so intensiv nach Zimt und Butter, dass sie kurz daran knabberte, woraus mehr als Knabbern wurde. Sie aß es ganz auf und leckte sich anschließend die Finger ab. Dann spielte sie mit dem Gedanken, ein zweites zu essen.

Jetzt liegt Brooke unter ihrem Sonnenschirm und stellt sich schlafend. Sie hatte aufmerksam Wache gehalten, während Dru-Ann im Wasser war (sie hatte Geschichten über die reißenden Strömungen vor Nantucket gehört, von Menschen, die so weit hinausgezogen wurden, dass sie es nicht mehr zurück an Land schafften). Und als Gigi ebenfalls ins Wasser ging, hatte sie überlegt, ihnen zu folgen – sich dann jedoch versichert, dass Dru-Ann und Gigi nicht sofort beste Freundinnen werden würden, nur weil sie zusammen schwammen. Oder doch? Brooke kniff die Augen zusammen und versuchte, Lippenbewegungen und Mimik der beiden Frauen zu lesen. Sie beugte sich vor, um ein oder zwei Worte aufzuschnappen, doch Wind und Wellenrauschen machten es unmöglich. Als Gigi davonschwamm und Dru-Ann ans Ufer kam, war Brooke erleichtert. Dann sah sie, wie Hollis mit den Sandwiches zum Tisch kam, und legte ihr Buch weg (wem wollte sie etwas vormachen? Sie würde es nie lesen. Nicht einmal ein Nantucket-Strandbuch vermochte ihre Aufmerksamkeit zu fesseln. Sie musste sich schon wegen so vieler anderer Dinge verrückt machen. Lesen war etwas für Menschen mit innerer Ruhe, und so etwas besaß Brooke nicht), lehnte sich auf ihrer Liege zurück und schloss die Augen.

Aber sie ist eine miese Schauspielerin. Als Dru-Ann zu den Liegen kommt, um sich abzutrocknen, sagt sie: »Brooke, Essen ist fertig«, und sofort schlägt Brooke die Augen auf.

»Ich glaube, ich schlafe lieber ein bisschen«, sagt Brooke.

Dru-Ann starrt sie einen Moment lang an, und Brooke kann förmlich hören, wie sie denkt: *Wie blöd muss man sein, wenn man von Hollis Shaw übers Wochenende eingeladen wird und dann nichts isst?* »Wie du meinst.«

Ganz genau, *wie ich meine*, denkt Brooke. Ein Mädelswochenende heißt noch lange nicht, dass sie alles zusammen machen müssen. Wenn Brooke den Lunch ausfallen lassen will, dann lässt sie ihn ausfallen!

Trotzdem steht sie auf und folgt Dru-Ann zum Tisch. Da liegen die Sandwiches: getoastete Brotscheiben, zwischen denen der Hummersalat hervorquillt, und dick belegte BLTs mit Avocado. Brooke nimmt ein halbes mit Hummersalat und ein halbes BLT. Der asiatische Nudelsalat sieht gesund aus. Brooke nimmt sich eine bescheidene Portion davon, und dann noch ein bisschen mehr, weil es nach Limette und Minze duftet. Dazu legt sie ein paar Scheiben Wassermelone (gesund!), und dann steht sie vor den Cookies.

Das darf sie nicht. Das wird sie nicht.

Sie setzt sich neben Gigi, auf deren Teller sich das Essen nur so häuft. Gigi beißt eine Ecke von ihrem Hummersalat-Sandwich ab und schließt genüsslich die Augen.

»Wie bleibst du bloß so dünn?«, fragt Brooke.

Gigi tupft sich mit einer Serviette die Lippen ab. Sie ist ein Filmstar, denkt Brooke. Ein Bond Girl. Ihr Haar ist an den Ohren ein wenig feucht, ihre Haut schimmert in der Sonne. »Ich genieße jeden Bissen«, sagt Gigi. »Und wenn ich gesättigt bin, höre ich auf zu essen.«

Gesättigt. Was für ein elegantes Wort. Brooke führt das BLT zum Mund und denkt: *Ich werde diesen Bissen genießen.*

Sie versucht es wirklich, aber dann fangen ihre Gedanken an zu kreisen. Warum sollte Gigi Dru-Ann nicht lieber mögen als Brooke? Sie ist viel interessanter, vielleicht sollte Brooke sich mehr um Tatum bemühen, aber würde sie damit Dru-Ann verprellen? Dru-Ann und Tatum verstehen sich nicht. Das Problem bei einer ungeraden Personenzahl ist, dass immer eine ausgeschlossen ist. Hollis und Tatum sind ein Paar, und vielleicht sind Gigi und Dru-Ann auch eines, und dann bleibt Brooke allein. Bei diesen Gedanken stopft sie sich erst das BLT- und dann das Hummersalat-Sandwich in den Mund. Bleiern und aufgebläht fällt sie anschließend auf ihre Liege und beschließt, es noch einmal mit dem Strandbuch zu probieren – sie hat den ersten Absatz jetzt viermal gelesen, wann sollte es anfangen spannend zu werden? Ihre Augenlider werden schwer. Es ist hoffnungslos, das Buch fällt in den Sand.

Caroline ist in ihrem Zimmer und sichtet das Filmmaterial aus der Drohne. Es ist unglaublich, sie hat das Majestätische ihres Anwesens eingefangen – man sieht das Haus, den Teich, den Pool, die Damen am Strand, alles von oben, als würde Gott ihnen zusehen –, bevor die Kamera hinabstößt, um alles aus der Nähe zu beobachten. Die Aufnahmen der Robbe sind eine Wonne, man hat das Gefühl, direkt neben ihr zu schwimmen. Das wird die Besucherzahlen auf der Website ihrer Mutter in die Höhe schießen lassen, da ist Caroline sicher.

Sie schneidet einen Clip zusammen, um ihn Isaac zu schicken.

Im Grunde ist es eine Landschaftsstudie, nur besser, wegen der menschlichen Komponente.

Es klopft an der Haustür. »Mom?«, ruft sie. Keine Antwort. Die sind wohl noch am Strand, also geht sie selbst öffnen. Der Mann mit den Sandwiches war schon vor einer Weile da, aber es könnte eine andere Lieferung sein. Einen angstvollen Moment lang glaubt sie, Sofia Desmione stünde womöglich vor der Tür.

Wieder klopft es, dann ein Rufen, das Caroline nicht versteht. Als sie die Tür öffnet, erkennt sie den Mann, der davorsteht: ein schwitzender, rotgesichtiger Typ in Kaki-Shorts, offenem blauen Oxfordhemd über einem T-Shirt, Flip-Flops und einer grünen Red-Sox-Mütze, wie sie gern von Iren getragen wird.

»Caroline.« Der Mann breitet die Arme aus und macht einen wankenden Schritt auf sie zu.

Instinktiv weicht Caroline zurück. »Hallo, Mr. Kirtley«, sagt sie. Auf keinen Fall wird sie sich von Charlie Kirtley umarmen lassen. In ihrer Highschool-Zeit war das ein paarmal vorgekommen, und jedes Mal war die Umarmung zu eng gewesen und hatte zu lange gedauert. Und überhaupt, was hat er hier zu suchen?

»Kannst du bitte meine Frau holen?«, sagt er leicht undeutlich, was sie nicht unbedingt überrascht. Als Caroline noch zur Highschool ging, fand sie ihn cool. Er war der Vater, der an verschneiten Samstagen mit allen Kindern Schlitten fahren ging und alle Freunde von Will und Whitney zu den Celtics- und Bruins-Spielen mitnahm. Auf den Hin- und Rückfahrten spielte er im Auto die Musik, die sie hören wollten, auf voller Lautstärke, auch bei expliziten Texten, *besonders* bei expliziten Texten. Aber als Caroline älter wurde, erkannte sie, dass Charlie Kirtley nie wirklich erwachsen geworden war.

»Okay …« Caroline weiß, dass es höflich wäre, Charlie Kirtley hereinzubitten und ihm ein großes Glas Eiswasser anzubieten, aber sie hat ein mulmiges Gefühl. Weiß Charlie nicht, dass das ein

*Frauen*wochenende ist? Warum taucht er hier aus heiterem Himmel auf? Charlie dreht sich um, setzt sich auf die oberste Treppenstufe und stützt den Kopf in die Hände. Sehr leise schließt Caroline die Haustür und läuft los, um ihre Mutter zu suchen.

27.
Ruhig und präsent

Dru-Ann verlässt den Strand gleich nach dem Lunch. Brooke ist neben ihr auf dem Rücken eingeschlafen und schnarcht. Gigi liest, und Hollis räumt den Tisch ab, will aber keine Hilfe annehmen und behauptet, das sei meditativ für sie. Der einzige Mensch, mit dem Dru-Ann reden könnte, ist Tatum, und das wird sie natürlich nicht tun. Dru-Ann zieht sich was über, schnappt sich ihr Handtuch und die Sonnencreme und geht durch die Dünen, um den Teich herum, durch ein kleines Törchen und über einen Steinpfad zum Gästehaus. Die kühle, dunkle Luft darin ist angenehm. Es ist ruhig. Dru-Ann ist allein. Sie atmet durch. *Du bist so präsent. So ruhig.* Diese Beschreibung belustigt Dru-Ann und schmeichelt ihr ein wenig. Im echten Leben ist sie nie präsent. Sie hetzt von einem Event zum nächsten. Sie will eine Sache erledigt haben und dann die nächste angehen. Und sie *ruhig* zu nennen, ist geradezu lächerlich. Ruhig ist Dru-Ann nur, wenn sie schläft, und manchmal selbst dann nicht.

Ist sie ruhig und präsent genug, um ihren Laptop aufzuklappen und sich die Rangliste der Spiele bei den British Open anzusehen? Wahrscheinlich nicht, aber sie tut es trotzdem – und was sie sieht, bringt sie zum Staunen.

Phineas ist auf den dritten Platz vorgerückt. Er ist bei fünf unter Par, hinter McIlroy und Hovland.

Er hat geträumt, dass er gewinnt, hatte Posey gesagt.

Nun, McIlroy wird er nicht schlagen, und Hovland vermutlich auch nicht, aber der dritte Platz bei den British Open ist keine Kleinigkeit. Er wird einen ordentlichen Teil des Preisgelds mit nach Hause nehmen und in Sachen Sponsoring in einem ganz neuen Licht gesehen werden. Ein Turnier macht noch keinen Spitzengolfer, aber dennoch, schön für Phineas.

Ja, sie denkt tatsächlich: *Schön für Phineas.*

Die heutige Runde ist vorbei, morgen wird die letzte gespielt. Wird Phineas sich behaupten und den dritten Platz halten können? Der Golfsport fordert von einem Spieler psychisch ebenso viel wie physisch. Wenn sie Phineas' Agentin wäre (er wird von einem Typen namens Gannon vertreten, irgendeinem niederen Mitarbeiter bei ISE), würde sie ihm raten, sich vorzustellen, er spielt bei einer Junggesellenparty nur um die Ehre und Freigetränke. Lächeln, entspannen, Spaß haben. So spielt er am besten.

Sie klappt ihren Laptop zu und starrt auf ihr Handy. Sie hasst dieses Teil inzwischen so sehr, dass sie sich vorstellt, es anzuzünden. Aber das würde nichts ändern. Das Handy ist nicht schuld an ihrer Situation.

Sie drückt die Einschalttaste, und der berühmte angebissene Apfel erscheint. Vielleicht wartet ja ein süßer Text oder eine Sprachnachricht von Nick auf sie. Sie haben seit zweieinhalb Tagen nicht miteinander gesprochen, und sie vermisst ihn, so wie sie fließend heißes Wasser oder ein zweites Kissen vermissen würde: Sie wird es überleben, aber es ist alles andere als angenehm. Sie schließt die Augen, während ihr Handy anfängt zu vibrieren und zu piepen. Das geht eine ganze Weile so. So viele Menschen, die mit ihr reden wollen. Sie nimmt an, dass einer von ihnen Nick ist.

Dru-Ann fängt an zu scrollen. Drei verpasste Anrufe und eine Sprachnachricht von JB, eine Sprachnachricht von Jim aus der Rechtsabteilung, eine von Zeke, ihrem Produzenten bei *Wirf wie ein Mädchen*, eine Sprachnachricht von Dean Falzarano, ihrem

Redakteur beim *New York*-Magazin (was einigermaßen besorgnis-erregend ist, weil sie noch nie mit Dean telefoniert hat, sie kommunizieren immer nur per E-Mail) und ein verpasster Anruf von Rosemarie Filbert, der Vorsitzenden von Dru-Anns Nachbarschaftsverein. Rosemarie ist die neugierigste Person in Lincoln Park und legt in ihrer Eigenschaft als Maklerin größten Wert darauf, zu wissen, was bei allen so los ist – Scheidungen, Pleiten, Schwangerschaften, kranke Eltern –, weil es möglicherweise zu einem Kauf oder Verkauf führen könnte.

Kein Anruf von Nick.

Sie öffnet die Textnachrichten. Sie denkt: *Komm schon, Baby, du weißt, dass du mich vermisst.* Aber nichts von ihm, nicht mal ein Update über Phineas' fantastisches Tagesergebnis. Dafür hat sie eine Textnachricht von ihrer Co-Moderatorin Marla Fitzsimmon: Nantucket? Ich bin neidisch! Isabel Marant kriegt so viel Publicity, sie sollten dich dafür bezahlen.

Woher weiß Marla, die mit der halben Mannschaft der White Sox schläft und jeden Samstag im Comiskey Park verbringt, dass Dru-Ann auf Nantucket ist? Und was soll diese Bemerkung mit Isabel Marant bedeuten?

Oh nein, denkt sie, und in ihrem Kopf läuft dieser nervtötende Tiktok-Song: *Oh no! Oh no, no, no, no, no!*

Sie öffnet Instagram und sucht nach ihrem Namen-als-Hashtag. Der erste Treffer liefert einen Account namens SexyBexx, und – Überraschung – das Profilbild zeigt die Frau in Gucci. Sie hat das Video gepostet, in dem Dru-Ann Champagner trinkt, in der roten Lederjacke posiert und in die Kamera sagt: »Heute gönn ich mir mal was.«

Das ist der letzte Nagel zu ihrem Sarg. Sie hätte sich entschuldigen und die Füße still halten sollen, stattdessen trinkt sie Moët et Chandon und macht eine unbedachte und unglaublich unpassende Bemerkung, während sie in Luxuskleidung rumpost.

Unter dem Bild steht: @Dru-An Jones äußert sich abfällig über die psychischen Probleme ihrer Klientin und lässt es sich gutgehen, indem sie das Geld ihrer Klientinnen für @isabelmarant ausgibt. #ekelhaft #DruAnnJones #gypsynantucket

Das Video wurde mittags hochgeladen und hat schon 692 000 Aufrufe. Der erste Kommentar, den Dru-Ann nicht übersehen kann, lautet: Cancelt dieses Monster. Und irgendwie hat diese Person Dru-Anns Avatar kopiert – eine hübsche Frau mit brauner Haut, Pferdeschwanz und Blazer – und in einen roten, durchgestrichenen Kreis platziert.

Dru-Ann schreibt unter SexyBexxx' Post: Ich habe mich für psychische Gesundheit eingesetzt!, löscht es aber gleich wieder. Das würde alles nur noch schlimmer machen.

Sie schaltet ihr Handy aus. Am liebsten würde sie es im Klo runterspülen, aber sie will Hollis' Rohre nicht verstopfen. Sie könnte es in den Dünen vergraben, doch es soll nicht auch noch heißen, Dru-Ann Jones verschmutze die Umwelt.

Als sie den Aufruhr unten in der Auffahrt hört, glaubt sie zuerst, Reporter hätten ihren Aufenthaltsort herausgefunden und wollten jetzt eine Stellungnahme von ihr. Das wäre ihr sogar ganz recht. Vielleicht sollte sie proaktiv vorgehen und von sich aus die Presse anrufen. Sie hat einen guten Kontakt bei *Sports Illustrated*. Vielleicht sollte sie ihr Schweigen brechen, bevor sie noch am Schweigen zerbricht.

Sie wirft einen Blick aus dem Fenster. Irgend so ein Clown steht vor Hollis' Haustür, wedelt mit den Armen und schreit Brooke an.

Nicht in meinem Beisein!, denkt Dru-Ann und geht nach draußen.

28.
Entschuldigt die Störung I

Hollis entspannt sich am Strand, als Caroline ihr die Nachricht überbringt: »Mr. Kirtley ist da. Draußen vor dem Haus. Und ich glaube, er hat ein bisschen was getankt.«

»Das ist ein Witz«, sagt Hollis.

»Kein Witz. Er hat mich gebeten, seine Frau zu holen.«

Hollis stöhnt und erhebt sich von ihrer Liege. Sie weckt Brooke auf: »Brooke, Liebes, ich glaube, Charlie ist hier.«

Brooke starrt Hollis verschlafen an. »Nein.«

»Er ist vor dem Haus«, sagt Caroline.

»Nein«, wiederholt Brooke und schließt die Augen. »Sag ihm, er soll sich zum Teufel scheren.«

Caroline und ihre Mutter wechseln einen Blick. Sollen sie Charlie wegschicken? Es juckt Caroline in den Fingern, die Kamera zu holen. Konflikte sind der beste Stoff. Such nach dem Riss in der Fassade.

Brooke nimmt die Füße von der Liege und stakst durch den Sand Richtung Haus. Hollis und Caroline folgen ihr.

Als Brooke zur Vordertür kommt, sagt Charlie: »Da ist ja mein Engel.«

Ein Engel für Charlie.

Es gab eine Zeit, da hielt Brooke das für das Süßeste, was sie je gehört hatte.

Es ist ein Sommerabend im Jahr 1995, und Brooke tanzt mit ihren Freundinnen zu *Waterfalls* von TLC – der Sommerhit in diesem Jahr –, als sie spürt, wie jemand sehr dicht hinter ihr tanzt. Sie dreht sich um und sieht einen jungen Mann, Typ Verbindungsstudent. Er gefällt ihr, und sie ist geschmeichelt, dass er sie ausgewählt hat und nicht ihre Freundinnen Amy und Megan, die beide hübscher sind. Er stellt sich als Charlie vor, und Brooke geht mit ihm zur Bar, wo sie Kamikaze-Shots trinken. *Bäh! Ekelhaft!* Aber sie erzielen die gewünschte Wirkung, zumindest für Charlie: An diesem Abend geht Brooke mit ihm nach Hause, in ein Townhouse in Dorchester, das er und sein Bruder gerade restaurieren. Als Brooke am nächsten Morgen aufwacht, zeigt Charlie ihr den Stuck im Esszimmer, die Holzvertäfelung in der Küche, die hölzerne Sitzbank im Flur, die sie aus einer Kirche in Salem gerettet haben, und Brooke hält Charlie für jemanden, der Wert auf Handwerk, Qualität und den Erhalt alter Häuser legt. (In Wirklichkeit ist dieser Jemand Charlies Bruder. Er selbst plappert ihm nur nach, um Brooke zu beeindrucken.) In der nächsten Woche treffen sie sich erneut beim Tanzen und landen wieder im Bett. Am Morgen danach geht Charlie mit Brooke in einer Bar namens Flanagan's frühstücken, wo ein alter Barkeeper mit irischem Akzent Charlie mit Namen kennt und Brooke »Liebes« nennt. Sie essen Spiegeleier mit Würstchen und gegrillten Tomaten, was irgendwie dazu führt, dass Charlie und Brooke zusammenkommen, sich verloben und heiraten, Zwillinge bekommen und ein Haus im Dichterviertel von Wellesley kaufen.

Brooke weiß, dass ihre Ehe nicht perfekt war – schon vor der ersten Anzeige hatte sie sich für Charlies schmutzige Witze und sein unangemessenes Verhalten entschuldigen müssen –, aber sie mochte das Leben, das sie führte. Sie konnte zu Hause bleiben, und das Dasein als Mutter machte sie wahnsinnig glücklich. Will und Whitney waren tolle Kinder, herausragend sogar, und ihre Erfolge in der Schule, auf der Bühne und im Sport gaben Brooke immer das Gefühl, sie müsse irgendetwas richtig machen. Aber zwischen ihr und Charlie war es immer schon schwierig. 1995 hatte sie befürchtet, keinen Besseren abzukriegen, und zahlt dafür bis heute den Preis.

»Das ist ein Mädelswochenende, Charlie«, sagt Brooke. »Du bist hier nicht erwünscht. Und ehrlich gesagt, ist es peinlich, dass du hier auftauchst.«

»Ich habe uns für heute Nacht ein Zimmer im Wauwinet gebucht«, sagt Charlie. »Und einen Tisch im Topper's reserviert. Morgen kannst du dich wieder zu den Ladys gesellen, aber bitte, verbring die Nacht mit mir. Ich brauche dich. Mir geht's nicht gut, Engel.«

Brooke mustert ihren Mann. Sein Gesicht ist knallrot, und sie riecht den Jameson, den er ausdünstet. »Du hast getrunken.«

»Ein Bier auf der Fähre.«

Sie starrt ihn an.

»Und ein Bier und einen Kurzen in der Taverne, während ich Hotel und Abendessen gebucht habe.« Er streckt die Hand aus. »Komm schon, Engel.«

»Nein«, sagt Brooke. Am liebsten würde sie ihn *anschreien*. Er wird verklagt, weil er ein junges Mädchen begrapscht hat. Er hat seinen Job verloren, weil sogar seine erbärmlichen Kollegen wissen, dass er zu weit gegangen ist. Eine Nacht im Wauwinet oder ein Dinner im Topper's können sie sich überhaupt nicht leisten! Aber ist so eine verschwenderische, überzogene Geste nicht typisch Charlie? Er hätte ihr Blumen als Entschuldigung schicken können – das hätte den anderen Frauen vielleicht imponiert –, aber stattdessen gibt er zehn oder zwanzig Mal so viel Geld für weniger Wirkung aus. Doch Brooke hält den Mund, weil Hollis und Caroline hinter ihr stehen.

Während Caroline das Drama beobachtet, das sich vor ihren Augen abspielt, denkt sie darüber nach, eine eigene Dokumentation über die Kirtleys zu drehen. Eines hat sie nämlich immer schon gewundert: Brooke und Charlie sind beide extrem peinlich, aber sie haben zwei der coolsten menschlichen Wesen hervorgebracht, die Caroline kennt. Will und Whitney Kirtley sind intelligent, witzig, freundlich und anziehend. Will geht auf die Wesleyan, und Whitney studiert Theater in Yale. Die beiden sind absolut *großartig* und haben nicht das Geringste mit ihren Eltern gemeinsam. Einmal hatte Caroline Hollis gefragt, ob die Zwillinge adoptiert seien. (Die Antwort war Nein.)

Brooke senkt die Stimme. »Du musst gehen, Charlie. Bitte. *Bitte,* mach keine Szene.« *Es ist schon so schwierig genug, mich hier einzufügen,* denkt sie. »Stornier das Wauwinet und fahr mit der nächsten Fähre nach Hause.«

Charlie verzieht das Gesicht zu einer wütenden Grimasse und fängt an zu schimpfen: »Du undankbare Schlampe! Ich arbeite mir den Arsch für dich und die Kinder ab, zweimal Collegegebühren, das vornehme Haus im vornehmen Wellesley, das du unbedingt haben musstest, der Escalade, um den du mich angebettelt hast, weil du Electra damit beeindrucken wolltest.«

Brooke schließt die Augen. Warum muss er jetzt von Electra anfangen?

»Verschwinde von hier, sofort!«, faucht Brooke. Ihr Mittagessen schlägt Purzelbäume in ihrem Magen, und einen mulmigen, heißen Moment lang befürchtet sie, sich gleich in die Blumenbeete zu übergeben. Sie atmet durch die Nase ein und versucht sich vorzustellen, was Gigi tun würde. Gigi würde sich solche Beschimpfungen nicht gefallen lassen, so viel ist sicher.

»Ich gehe hier nicht ohne dich weg!«, schreit Charlie.

Hollis legt Brooke eine Hand auf die Schulter und sagt: »Willst du nicht schon mal zurück zum Strand gehen? Ich rufe Charlie ein Taxi und buche ihm einen Platz auf der Fähre um halb fünf.«

Brooke steigen brennende Tränen der Scham in die Augen. »Ich werde einfach mit ihm gehen«, sagt sie und fängt an zu weinen. »Hier bin ich sowieso nur das fünfte Rad am Wagen.«

»Was?«, fragt Hollis. »Das stimmt doch gar nicht.«

»Du hast Tatum«, sagt Brooke, »und Dru-Ann hat Gigi.«

In diesem Moment wird krachend eine Tür zugeschlagen, und alle blicken zum Gästehaus auf der anderen Seite des Parkplatzes. Mit großen Schritten marschiert Dru-Ann auf Charlie zu. »Gibt es hier ein Problem?«

Charlie schreckt zurück. »Hey … du bist doch die Puppe von *Wirf wie ein Mädchen*.«

Dru-Ann reicht ihm die Hand. »Dru-Ann Jones«, sagt sie mit schmalem Lächeln. Brooke sieht, dass sie Charlie die Finger zerquetscht. »Nennen Sie mich – oder irgendeine andere Frau – bitte nie wieder ›Puppe‹.« Charlie öffnet den Mund, um etwas zu erwidern, doch Dru-Ann lässt ihn nicht zu Wort kommen. »Sie stören eine sehr exklusive Party, mein Freund. Brooke bleibt hier bei uns. Sie werden ihr und unserer Gastgeberin Hollis Respekt erweisen, indem Sie augenblicklich von hier verschwinden. Habe ich mich klar ausgedrückt?«

Ermutigt durch Dru-Ann – sie rettet die Lage wie Super Woman –, sagt Brooke: »Genau! Verschwinde von hier, Charlie!«

Charlie massiert sich die von Dru-Ann malträtierten Finger. »Meine Frau hat in diesem Cougar-Komitee nichts verloren«, sagt er. »Ihr seid doch alle … Hexen!«

»Wir sind Freundinnen, Charlie«, sagt Hollis. »Ich habe dir ein Taxi gerufen. Du wartest am besten vorne an der Straße.«

Widerstrebend geht Charlie die hortensiengesäumte Auffahrt hinunter. Er dreht sich noch mal um und ruft: »Amüsiert euch schön, während ihr Salbei verbrennt und über Luke und Laura tratscht!«

Dru-Ann steigt die Eingangsstufen hinauf, legt den Arm um Brooke und sagt: »Tut mir leid, Süße. Ich hatte keine Ahnung, dass du mit so etwas zu kämpfen hast.«

In der Seitentür prallt Caroline mit Tatum zusammen. »Was ist hier los?«, fragt Tatum. »Wo sind denn alle hin?«

Das zu erklären, wird Caroline später ihrer Mutter überlassen, aber jetzt kommt ihr eine Idee. »Hast du gerade etwas vor?«, fragt sie. »Ich würde nämlich gern unter vier Augen mit dir sprechen und dir ein paar Fragen über meine Mutter stellen.«

»Ich hab Zeit«, sagt Tatum. »Nach dir, bitte.«

Hollis weiß nicht, wie viel Drama sie noch verkraftet. Da war das Frühstück mit Jack, die Nachricht von Tatums Biopsie, die Enthüllung, dass Gigi einen geliebten Mann verloren hat, die Probleme mit Caroline – und dann taucht Charlie Kirtley hier aus heiterem Himmel auf und nennt sie Hexen?

»Geht's dir gut?«, wendet sie sich an Brooke.

»Sie wird schon wieder«, sagt Dru-Ann. »Wir gehen jetzt zurück an den Strand, wo uns die Welt den Buckel runterrutschen kann.«

Hollis sieht, wie Tatum hinter Caroline in den Keller hinabsteigt. »Was habt ihr beide denn vor?«

»Wir wollen uns ein bisschen unterhalten«, sagt Caroline.

Hollis blinzelt. »Unterhalten? Worüber?«

Caroline lächelt. »Ich möchte mit Tatum über eure Freundschaft reden.«

»Das steht nicht im Programm«, sagt Hollis halb im Scherz. »Ich bewundere deine Kreativität, Süße, aber ich glaube nicht, dass Tatum über unsere Freundschaft ausgequetscht werden möchte.«

»Ich hab nichts dagegen«, sagt Tatum. Sie sieht Hollis an. »Was ist los, Hollis? Hast du Angst davor, was ich erzählen könnte?«

»Ich brauche nur ein bisschen historischen Kontext«, sagt Caroline.

»Historischen Kontext?«, fragt Hollis. »Das klingt ja, als wären wir hundert.«

»Das gibt dem Film mehr Tiefe und Struktur«, erklärt Caroline. »Ansonsten wird es bloß ein Erinnerungsalbum im Videoformat.«

Genau das will Hollis: ein Erinnerungsalbum im Videoformat. Sie begrüßt es, dass Caroline die Sache so ernst nimmt, aber sie muss doch nicht gleich einen auf Ken Burns machen und … die Leute *interviewen*.

»Diese Art von Gesprächen finde ich zu privat für die Website«, sagt sie. »Die Leute müssen keine Details über meine intimsten Beziehungen erfahren.«

»Entspann dich doch mal, Mutter. Das sind deine *Freundinnen*. Ich will doch nur ein bisschen nachhaken, das verleiht dem Wochenende doch erst eine tiefere Bedeutung. Ansonsten geht es nur um Tagesdecken und Pekannüsse.«

Henrietta schmiegt sich an Hollis' Bein, wahrscheinlich spürt sie ihr Unbehagen. »Also gut«, sagt Hollis. Sie sieht Tatum mit hochgezogenen Augenbrauen an. »Sei nett, ja?«

»Ich werde ehrlich sein«, sagt Tatum.

29.
Entschuldigt die Störung II

Brooke und Dru-Ann sind am Strand. Tatum ist bei Caroline. Wo ist Gigi? Hollis vermutet sie ebenfalls am Strand, womit sie Zeit für die Zubereitung ihres Sour-Cream-Dip mit Röstzwiebeln hätte, den sie zur Cocktailstunde auf den Tisch bringen will. Aber dann hört sie Henny knurren und entdeckt die Hündin vor der Bibliothek. Hollis sieht sich in dem Raum um, der vielleicht ihr Lieblingsplatz im ganzen Haus ist. Die Bücher stehen in Einbauregalen aus hellem Holz, ausgefallene Stücke Treibholz und eine zauberhafte Sammlung von Quahog-Muscheln und Strandglas dient als Dekoration. Es gibt einen Kamin und große Lesesessel, und auch der Fernseher steht hier. An Herbstwochenenden haben Hollis und Matthew hier gern Sport geguckt.

Hollis sieht Gigi in der hinteren Ecke des Raums stehen, ein gerahmtes Foto in der Hand.

»Oh, hey, entschuldige. Ich wusste nicht, dass jemand hier ist«, sagt Hollis. Es beunruhigt sie ein wenig, Gigi in der Bibliothek anzutreffen, auch wenn sie nicht genau sagen könnte, warum. Gigi hat sich als Bücherwurm zu erkennen gegeben – sie hat sogar Brooke zu einem Roman überredet –, und die Bibliothek liegt direkt gegenüber von Gigis Gästesuite. Warum sollte sie sich hier nicht umsehen? Hollis' Laptop steht aufgeklappt auf dem Schreibtisch, aber was hat Hollis zu verbergen? Ihre Rezepte? Dass sie Jacks Profil im Internet aufgerufen hat?

Hatte sich die Dynamik zwischen ihnen nach ihrem Gespräch am Strand irgendwie verändert? Vielleicht ein bisschen, denkt Hollis. Und sie darf nicht vergessen, dass Gigi, auch wenn sie sich noch so gut in die Gruppe einfügt, trotzdem eine völlig fremde Person ist.

Gigi fragt sich, warum nirgendwo im Haus Fotos von Matthew stehen – es ist fast so, als hätte er nie hier gelebt. Sie nimmt an, dass Hollis alle im Schlafzimmer hortet, doch dann wirft sie einen Blick in die Bibliothek. Und dort entdeckt sie eine ganze Reihe Fotos in silbernen Rahmen, jedes mit eingravierter Jahreszahl. Es beginnt mit 2007, als Caroline noch klein ist, bis zum vergangenen Sommer. Jedes Foto zeigt Hollis, Matthew, Caroline und den Hund (vor Henny war es ein eleganter Irish Setter gewesen), die am Strand hinter dem Haus posieren. Jedes Foto wurde etwa bei Sonnenuntergang aufgenommen, und ihre Gesichter sind in rosagoldenes Licht getaucht.

Matthew, flüstert Gigi leise, als sie das letzte Foto in die Hand nimmt. Sie kennt ihn nur so, wie er auf dieser jüngsten Aufnahme aussieht, wo er in ihren Augen am attraktivsten ist. Hatte er in dem Moment an sie gedacht, oder war er ganz in seiner Familientradition aufgegangen? Gigi wüsste zu gern, an welchem Tag das Foto aufgenommen worden war, damit sie zu Hause in ihrem Kalender nachsehen könnte. War sie vielleicht in Sorrento gewesen? Oder auf dem Cap d'Antibes? Sie hofft es, aber selbst dann würde sie sich nach ihm gesehnt haben – mehr als er sich nach ihr, so viel war jetzt klar.

Gigi lächelt Hollis an. »Hoffentlich findest du es nicht aufdringlich, dass ich mir die Bilder ansehe«, sagt sie. Eine Ader in ihrer Stirn fängt an zu pochen.

»Überhaupt nicht«, sagt Hollis. Sie berührt das Foto, das Gigi in der Hand hält. Gigis Blick fällt auf Hollis' Ehe- und Verlobungsring. »Das Bild ist letzten Sommer entstanden. Laurie Richards hat jedes Jahr in der letzten Augustwoche ein Porträt von uns aufgenommen.«

Henrietta wimmert jetzt wie ein kleines Kind. Sie ist Gigis wegen so unruhig. Tiere haben einen siebten Sinn.

»Was für eine wunderschöne Familie«, flüstert Gigi.

Was für eine wunderschöne Familie, denkt Hollis.

Der Sommer ist mit Matthew die schönste Jahreszeit. Er kommt immer am Donnerstagabend an und fährt am Sonntagabend wieder, so haben sie drei ganze Tage zusammen. Sie folgen einer wunderbaren Routine: Donnerstagabends kocht Hollis zu Hause, und beim Essen tauschen sie sich über ihre Woche aus. Am Freitag geht Matthew zum Friseur und werkelt danach im Garten, ehe er sich an den Pool legt und seine Medizinzeitschriften liest. Freitagabends gehen sie zum Jazz-Dinner mit Live-Musik. Samstags fährt Matthew mit Caroline und den Paddleboards zum Sesachacha Pond. Manchmal kann Caroline ihn zu einer Fahrradtour überreden (das kommt in jedem Sommer etwa ein Mal vor), dann holen sie sich Sandwiches bei Claudette. Samstagabends gehen sie aus – Cocktailpartys, Benefizveranstaltungen, private Einladungen. Wenn sie zu viel trinken, dann am Samstagabend; wenn sie Sex haben, dann am Samstagabend oder gleich am Sonntagmorgen. Der Sonntag ist ganz der Faulheit verschrieben – Hollis macht Omelett oder Blaubeer-Pancakes, sie lesen die Zeitung und gehen irgendwann hinunter zum Strand, wo sie den Nachmittag vertrödeln. Um vier Uhr stemmt sich Matthew seufzend aus seinem Liegestuhl und geht ins Haus, um zu duschen und sich anzuziehen. Hollis packt ihm Proviant ein und fährt ihn zum Hafen, wo er die Sieben-Uhr-Fähre aufs Festland nimmt. Ein Kuss und ein *Bis Donnerstag, hab eine schöne Woche.*

Aber in diesem Sommer …

In diesem Sommer stimmt irgendetwas nicht, auch wenn Hollis nicht genau sagen kann, was es ist. Matthew versäumt das Memorial-Day-Wochenende, weil er irgendwo einen Vortrag hält, wo genau, weiß sie nicht – Rom? Athen? Warum lässt er sich solche Reisen immer in die Familienzeit legen? Hollis muss allein das Auto ausräumen und das Haus herrichten. Als Matthew am ersten Juniwochenende endlich zu ihr stößt, streiten sie sich. Matthew will nicht mehr das machen, was sie immer gemacht haben. Zum Beispiel hatte Hollis am Donnerstag ein Abendessen mit Rippchen, Maisbrot und frischem Coleslaw vorbereitet, aber Matthew verkündet, er wolle im 167 Hummer besorgen. Hollis sagt: »Wir können uns morgen Abend Hummer holen, aber heute habe ich gekocht.« Sie klingt wie seine Mutter, und das hasst sie. Freitagabend besorgen sie Hummer, doch das bedeutet, dass Hollis ihr Essen mit den Gaspersons im Field and Oar Club auf Samstagabend verschieben muss, und weil im Field and Oar Club am Samstagabend eine Tanzveranstaltung stattfindet, laden die Gaspersons sie stattdessen zu sich nach Hause ein. Matthew sagt, er wolle nicht zu den Gaspersons gehen, Kerri sei in Ordnung, aber ihr Mann lasse auf dem Grill alles anbrennen. Matthew würde viel lieber zu Hause bleiben und ein Erdnussbutter-Sandwich essen.

»Was ist denn los mit dir?«, fragt Hollis. Sie ist für einen Streit gewappnet. In ihr hat sich eine Menge Frust angestaut, den sie loswerden möchte, aber Matthew schüttelt nur den Kopf und sagt: »Schon gut, ich komme mit. Aber unter Protest.«

Für Sonntag ist Hollis von einer Frau aus dem Tennisclub zum Lunch eingeladen worden. Die Frau dieser Frau kommt ebenfalls. Sie steht im Impressum von *Bon Appétit* ziemlich weit oben und hat explizit darum gebeten, Hollis kennenzulernen.

»Vielleicht bringen sie einen Artikel über meine Website«, sagt Hollis zu Matthew.

In einer seltenen Anwandlung, die Hollis nur als höhnisch bezeichnen kann, sagt Matthew: »Um Himmels willen, das kannst du dir nicht entgehen lassen. Du musst natürlich den ganzen Sonntag opfern, um dich mit Rosé volllaufen zu lassen.«

Hollis hat nicht die Absicht, sich mit Rosé volllaufen zu lassen, aber weil sie so wütend ist, tut sie schließlich genau das. Sie nimmt ein Uber nach Hause und lässt den Bronco stehen. Zu Hause schläft sie auf einer Liege am Pool sofort ein. Als Matthew sie aufweckt, steht die Sonne tief am Himmel. Es ist Zeit, zur Fähre zu fahren, und sie müssen den Volvo nehmen, weil der Bronco nicht da ist. Es gibt den erwartbaren Streit – er hat ihr gesagt, dass es eine schlechte Idee war, und sie hat es trotzdem gemacht, und jetzt muss sie sehen, wie sie den Bronco wieder nach Hause schafft, sofern er nicht bereits abgeschleppt worden ist – und Hollis sagt im hässlichsten Ton, den sie zustande bringt: »Wird dir deine Rechthaberei irgendwann mal langweilig?« Damit ist das Gespräch beendet. Sie sagen nichts mehr, und sie küssen sich nicht, was keine Überraschung ist, weil sie schon seit April nicht mehr miteinander geschlafen haben.

245

So geht es den ganzen Juli und August hindurch weiter. Es ist zugleich Glück und Pech, dass *Bon Appétit* tatsächlich einen Beitrag über sie bringen will – und die Aufnahmen dafür sollen Ende August in ihrem Haus auf Nantucket gemacht werden. Matthew ist ziemlich genervt, und Hollis hat ein schlechtes Gewissen – es ist das letzte Wochenende, bevor der Betrieb im Krankenhaus wieder richtig losgeht und bei Matthews Harvard-Seminar das Semester anfängt. Es ist das letzte Wochenende, bevor Caroline an die Uni zurückgeht, und Matthew sagt zu ihr: »Ich kümmere mich um dich, deine Mutter ist ja beschäftigt.«

Hollis möchte fragen, wer sich die ersten neunzehn Jahre von Carolines Leben um sie gekümmert hat, aber sie hat Schuldgefühle. Das Shooting dringt tief in ihre Privatsphäre ein. Überall laufen schwarz gekleidete Menschen herum, Kameraleute, Licht, Haar-, Make-up-, Kostüm- und Food-Stylisten. Offen gesagt ist es leichter, wenn Matthew und Caroline nicht im Haus sind, auch wenn Hollis sich das letzte Sommerwochenende wirklich anders vorgestellt hat.

Am Sonntagnachmittag ist die Kameracrew endlich weg. Hollis hat das traditionelle Familienfoto mit Laurie Richards für fünf Uhr geplant, so haben sie eine Stunde Zeit, bevor Matthew zur Fähre muss. Ist das knapp geplant? Ja, aber was bleibt Hollis anderes übrig? Das Shooting hat alles durcheinandergebracht – sie hätte nicht zusagen sollen, aber es war so eine große Sache. Das wird Hollis' Website auf eine neue Ebene befördern. Das verstehen Caroline und Matthew doch sicher. Oder?

Vielleicht auch nicht. Die beiden sind am Vormittag zum Paddleboarden rausgefahren und noch nicht wieder zurück. Hollis ruft sie auf ihren Handys an und landet bei beiden auf der Mailbox. Sie schreibt: Wo seid ihr? Vergesst das Familienfoto um fünf nicht. Henny und ich warten auf euch! Aber es kommt keine Antwort.

Um Viertel vor fünf hat Hollis noch nichts von ihrer Familie gehört und ist in heller Aufregung. Sie will Lauries Zeit nicht verschwenden, aber die Fotosession auch nicht ausfallen lassen. Das ist ihre Tradition am letzten Wochenende des Sommers. So machen sie das seit fünfzehn Jahren. In Hollis' Kopf setzt sich die Vorstellung fest, dass ihre Familie auseinanderbricht, wenn sie dieses Foto nicht machen. Dann sagt sie sich, dass das albern ist. Es ist nur ein Foto.

Als Laurie eintrifft, erklärt Hollis ihr, Matthew und Caroline würden sich verspäten. Kein Problem, sagt Laurie und geht schon mal runter zum Strand, um alles aufzubauen. Es ist ein herrlicher Abend, vielleicht das schönste Wetter, das sie je hatten. Hollis trägt ihre unvermeidliche Bluse, diesmal in Lavendel. Sie hatte Caroline gebeten, Weiß zu tragen, und Matthew, Marineblau. Aber inzwischen ist sie so weit, dass sie die beiden in jedem Aufzug akzeptieren würde. Wo stecken sie bloß?

Hollis ruft beide noch einmal an – nichts –, aber sie textet nicht, denn sie will nichts schreiben, was sie später bereut. Sie hatte beide an das Shooting erinnert, bevor sie heute Morgen aus dem Haus gingen – aber dann stöhnt sie und fragt sich, ob die beiden dachten, sie hätte das *Bon Appétit*-Shooting gemeint. *Nein, nein,* sie hat definitiv *Laurie Richards* und *Familienfoto* gesagt, und die beiden haben *Ja, okay* gesagt oder etwas in der Richtung.

Um halb sechs, als Hollis sich gerade bei Laurie entschuldigt – sie wird sie natürlich für ihre Zeit bezahlen –, tauchen Matthew und Caroline in den Dünen auf. Hollis verdient einen Oscar für ihre Darbietung als nur leicht verärgerte Ehefrau und Mutter. »Wo seid ihr zwei gewesen?«, fragt sie. »Laurie wollte gerade gehen.«

»Wir waren draußen am Great Point«, sagt Matthew. »Ich war brandungsangeln, Caroline hat gelesen. Es war der beste Tag dieses Sommers.«

Hollis weiß nicht genau, wie sie seinen Ton deuten soll. War es der beste Tag dieses Sommers, *und* Hollis hat ihn verpasst? Oder war es der beste Tag des Sommers, *weil* Hollis nicht dabei war?

Aber sie sieht, dass er ein marineblaues Polohemd trägt, und Caroline hat das weiße Neckholder-Kleid an, genau wie Hollis es wollte, also stellen sie sich zusammen auf, holen Henny dazu und lächeln für die Kamera.

Als Hollis das Foto jetzt über Gigis Schulter hinweg betrachtet, denkt sie darüber nach, dass Gigi nicht erkennen kann, dass die Verbindung zwischen Hollis und Matthew auf diesem Bild hauptsächlich aus Wut und Verärgerung besteht. Für Gigi müssen sie aussehen wie das perfekte Paar.

Aber das waren sie ganz und gar nicht.

Du hast dich verändert. Und unsere Beziehung hat sich verändert.

Es kommt ihr vor, als hielte Gigi eine Lüge in der Hand.

30.
Fallen lassen I

Im Heimkino unten im Keller platziert Caroline zwei Clubsessel gegenüber voneinander und schaltet das Ringlicht ein.

»Ist es okay, wenn ich das filme?«, fragt sie. Sie hält es für einen Geniestreich, Aufnahmen mit Hollis' Freundinnen für die Website zusammenzuschneiden. Es soll nicht so etwas wie *The Office* werden – was dieser Tage das am häufigsten imitierte Format in Hollywood ist –, aber, doch, eigentlich schwebt ihr genau das vor.

Tatum zuckt mit den Schultern. »Ich sehe aus wie durch den Sand geschleift, aber klar, mach nur.«

Tatums Haare, gestern noch so glatt und glänzend, sind jetzt nass vom Schwimmen und zu einem Pferdeschwanz zusammengebunden. Ihr Gesicht hat Sonne abbekommen, und auf ihren Wangen sprießen Sommersprossen. Sie besitzt kein Beach-Cover-up wie die anderen Frauen, sondern trägt ein graues Nantucket-Whalers-Shirt und kurze Jeans, die sandigen Füße stecken in Flip-Flops. (Sie muss die Fußwanne vor der Tür übersehen haben. Hollis wird einen Anfall kriegen, aber jetzt ist es zu spät.) Caroline hätte sie nicht besser stylen können. Ihr Look ist *Einheimische von der Insel* in Reinform.

»Super, danke«, sagt Caroline ein bisschen befangen, aber das liegt vielleicht nur daran, dass sie am Abend zuvor mit dem Sohn dieser Frau zusammen war und heute in ihrem Haus aufgewacht ist.

Tatum weiß, dass Dylan und Caroline sich getroffen haben, denn kurz bevor Hollis in ihr Frühstück geplatzt ist, hat Jack Kyle und ihr erzählt, dass er Caroline bei ihnen in der Auffahrt getroffen und in die Stadt gefahren hat.

Später am Strand hatte Tatum Dylan eine Nachricht geschickt: Caroline also, hm?

Dylan schrieb zurück: Es war nur ein Kuss. Sie hat auf dem Sofa geschlafen.

Dylan erzählt ihr heute noch alles, vermutlich weil sie damals so ruhig auf seine Nachricht »Ich hab Aubrey geschwängert, wir kriegen ein Baby« reagiert hatte.

Tatum tippte: Magst du sie???

Sie ist nett, schrieb Dylan zurück.

Es gibt nichts Schlimmeres, als jemanden als nett zu bezeichnen, und Tatum ist enttäuscht. Sie wünscht sich, dass Dylan jemanden findet und Aubrey aus dem Kopf kriegt. Außerdem hat sie die verrückte Idee, dass, wenn Dylan und Caroline heiraten und Kinder kriegen, sie selbst und Hollis Schwester-Omas sein könnten – sie ist die Coole und Hollis die mit dem Geld. Sie lacht, und Caroline sieht sie fragend an.

»Ich bin so weit«, sagt sie. »Worüber möchtest du reden?«

»Ich weiß nicht. Am besten fangen wir wohl am Anfang an. Wie seid ihr Freundinnen geworden, du und meine Mom?«

»Ich kann mich nicht erinnern, je *nicht* mit Hollis befreundet gewesen zu sein. Unsere Mütter unterrichteten Parallelklassen an der Grundschule, und da war es eine Riesensache, als beide gleichzeitig in den Mutterschutz gingen. Damals fiel man dann für das ganze Schuljahr aus. Die beiden trafen sich mehrmals pro Woche, gingen mit uns spazieren, gaben uns auf den Babyschaukeln Schwung, solche Sachen. Und dann – wir waren beide noch viel zu klein, um uns daran zu erinnern – ist Hollis' Mutter Charlotte gestorben.«

Ja, denkt Caroline. *Aneurysma, unter der Dusche.* Da war Hollis einundzwanzig Monate alt.

»Von da an musste sich Tom Shaw allein um seine Tochter kümmern. Meine Mutter Laura Leigh half ihm dabei. Tom setzte Hollis auf dem Weg zur Arbeit bei uns zu Hause ab. Deshalb ist Hollis schon in meinen frühesten Erinnerungen immer da. Sie hatte ihre eigene Zahnbürste und Schlafanzüge bei uns. Meine Mutter buk die Cupcakes für Hollis' Geburtstag, und wenn Hollis krank wurde, holte meine Mutter sie von der Schule ab.« Tatum hält inne. »In der vierten Klasse gab es so eine Aktion, ein Muttertags-Kaffeekränzchen. Wir sollten Gedichte für unsere Mütter schreiben und sie vor der Klasse vorlesen, und danach sollte es Saft und Kekse geben. Ich weiß noch, dass Hollis sich meldete und fragte, was sie tun solle, weil sie ja keine Mutter habe. Kurz dachte ich, unsere Lehrerin fängt an zu weinen. Aber dann flüsterte ich Hollis ins Ohr, wir könnten uns meine Mutter teilen. Und das taten wir. Wir waren wie Schwestern.«

Das hat Caroline nicht gewusst. »Oh, okay … wow. Und ihr beiden wart während der ganzen Highschool-Zeit so eng befreundet?«

»Aber so was von!« Tatum mustert Caroline. Wie kann sie diesem Kind begreiflich machen, wie es in den 1980er-Jahren zwischen ihr und Hollis war?

Sie sind in der elften Klasse. Tatum und Hollis – und Kyle und Jack – sind die Stars der Highschool. Kyle und Jack spielen Football, Tatum und Hollis Softball. Die vier sitzen abends am Gibbs Pond am Lagerfeuer, genau wie Generationen von Schülern auf Nantucket vor ihnen. Samstags frühstücken sie im Downyflake, gehen ins Kino und Pizza essen. Tatum verliert als Erste ihre Jungfräulichkeit, dann folgt Hollis.

Da ist diese eine angespannte Woche, in der Tatum glaubt, sie könnte schwanger sein. Einen Frühtest kann sie nicht kaufen, weil es die nur in der Apotheke gibt, und der Apotheker ist *Tatums Vater*. Tatum und Hollis planen eine Einkaufstour nach Hyannis – zwei Stunden mit der Fähre hin, zwei Stunden zurück, einen ganzen Samstag, nur um im Kmart einen Test zu kaufen. Noch auf der Ladentoilette pinkelt Tatum auf das Stäbchen, während Hollis an der Tür Wache hält. »Was machst du, wenn du schwanger bist?«, fragt sie. Tatum sagt: »Meine Mom kümmert sich um das Kind, bis ich meinen Highschool-Abschluss habe.«

Hollis schweigt, und Tatum spürt ihre Missbilligung. »Was ist mit dem College?«, fragt Hollis.

Doch bevor Tatum antworten kann, dass sie ihr und Kyles Baby auf gar keinen Fall abtreiben oder weggeben wird, sind die drei Minuten um, und es ist kein zweiter Strich erschienen.

Negativ.

Sie feiern das Ergebnis mit Orangen-Milkshakes im Foodcourt. Tatum ist vor Erleichterung ganz schwindelig, aber an diesem Tag wird ihr auch zum ersten Mal bewusst, dass Hollis und sie sich zu zwei verschiedenen Individuen entwickeln.

Im Sommer vor ihrem letzten Schuljahr kellnern sie beide im Rope Walk, wo sie diese scheußlichen Nantucket-Reds-Röcke tragen. Die Teile sind so kurz, dass sie sich nicht bücken können, ohne dass die Kunden etwas zu sehen kriegen. Der Eigentümer sagt, das sei »gut fürs Geschäft«. Jeden Abend steckt irgendein reicher Typ

Tatum einen Bierdeckel mit seiner Nummer oder dem Namen seiner Jacht und einer Nachricht zu, allesamt Varianten von *Komm doch auf einen Absacker vorbei.* Tatum kommt nie der Gedanke, ja zu sagen, aber Hollis ist Feuer und Flamme. Sie will Dom Pérignon trinken und mit Perlmuttlöffeln Kaviar auf Blinis klecksen. Anders als Tatum ist sie von Reichtum und Privilegien fasziniert. Sie will die Welt außerhalb von Nantucket kennenlernen.

Das alles erzählt Tatum Caroline, selbst den Teil mit der befürchteten Schwangerschaft, von dem bisher nur Hollis und Kyle wussten. »Die Definition einer *besten Freundin* ist, dass sie an der Klotür vom Kmart Schmiere steht, während man auf das Stäbchen pinkelt, und nie einer Menschenseele etwas davon verrät.« Caroline nickt eifrig, und Tatum denkt, das Mädchen hat jetzt vermutlich so viel »historischen Kontext« bekommen, wie sie verkraften kann.

Ein noch größeres Geheimnis als die Schwangerschaftsangst war das, was während der Softball-Landesmeisterschaft in ihrem letzten Schuljahr passierte.

»In der zwölften Klasse war alles anders«, sagt Tatum. »Wir vier, deine Mum, ich, Kyle und Jack – hatten beschlossen, dass wir alle zusammen auf die University of Massachusetts gehen würden. Aber dann erzählte uns Hollis eines Tages aus heiterem Himmel, unsere Englischlehrerin Ms. Fox hätte gesagt, ihr College-Essay sei der beste, den sie in einunddreißig Jahren Schuldienst gelesen hat.« Daran erinnert sich Tatum, als wäre es gestern gewesen: Sie hatten sich auf dem Schulparkplatz eine Zigarette geteilt, die Blätter der dicken Eiche begannen sich gerade zu verfärben.

»Sie möchte, dass ich mich auch an anderen Colleges bewerbe«, sagt Hollis. »An der University of North Carolina zum Beispiel. Sie sagt, sie kann sich mich dort vorstellen.«

Das verblüfft Tatum ziemlich. Sie haben sich immer über

Ms. Fox lustig gemacht, die sich anzieht wie eine Quäkerin aus dem neunzehnten Jahrhundert – lange schwarze Röcke und steife Blusen mit Kragen. »Aber du bewirbst dich trotzdem nur an der UMass?«

»Vielleicht bewerbe ich mich auch an der UNC«, sagt Hollis. »Aber ich studiere definitiv mit euch.« Sie macht eine Pause. »Etwas anderes als die UMass kann sich mein Dad gar nicht leisten.«

Tatum entspannt sich. Sie ist ziemlich sicher, dass das stimmt. Sich an anderen Unis zu bewerben, ist für Hollis nur ein Spiel, um zu sehen, ob sie angenommen wird.

Die Briefe von den Colleges treffen am 15. April ein. Tatum, Kyle, Jack und Hollis wurden an der UMass angenommen, und in der Mittagspause des nächsten Tages weiß das die ganze Schule. Aber während Tatum und Hollis im Flur rumhängen – Tatum überlegt, ob sie zusammenwohnen sollen, Hollis meint, es sei noch zu früh, darüber nachzudenken, und Tatum sagt: »Es könnte sinnvoll sein, nicht zusammenzuwohnen, weil dann hättest du eine Mitbewohnerin und ich auch, und wir würden neue Leute treffen und könnten ein kleines Imperium aufbauen« –, kommt Ms. Fox auf sie zu (in einem hochgeschlossenen marineblauen Kleid, dessen Saum über den Boden schleift) und schließt Hollis in die Arme. »Du wurdest an der UNC angenommen!«, sagt sie. »Mit einem Vollstipendium. Ich bin so stolz auf dich.«

Hollis ist kleinlaut, Tatum schockiert. »Ja«, sagt Hollis. »Danke. Ich muss aber natürlich erst mit meinem Vater darüber reden.«

Als Ms. Fox gegangen ist, wendet sich Tatum an Hollis. »UNC?«, fragt sie. »Warum hast du mir das nicht erzählt?«

Hollis holt tief Luft. »Ich weiß nicht, Tay. Vielleicht, weil es keine Rolle spielt?«

»Weil du nicht dorthin gehst, ja?«

»Genau«, sagt Hollis leise. »Mein Dad wird das nie erlauben. Das sind zwölf Stunden Fahrt von Hyannis.«

Tatum empfindet zu gleichen Teilen Angst und Wut. Warum sollte Hollis auf ein College gehen, das zwölf Stunden entfernt liegt und wo sie niemanden kennt? Als einzige Antwort fällt ihr ein, dass Hollis wegwill – weg von der Insel und allen, die hier leben. Einschließlich Tatum.

Die endgültigen College-Entscheidungen müssen bis zum ersten Mai getroffen werden, dem Tag, an dem auch die Landesmeisterschaften im Softball stattfinden.

Auf der Fahrt zum Spiel bringt Tatum das Thema auf, nicht zuletzt, weil das Spiel in Amherst ausgetragen wird. »Du hast doch deine Kaution an die UMass geschickt, oder?«, fragt sie Hollis.

Hollis starrt aus dem Fenster auf die Route 32. »Tay«, sagt sie.

»Was?«, fragt Tatum, aber sie weiß es ganz genau. Hollis hat sich für die UNC entschieden. Tatum sieht all ihre Träume und Visionen davon, wie sie und Kyle und Jack und Hollis zusammen durch das Herbstlaub auf dem Campus schlurfen, mit lautem Platschen auf dem eklig klebrigen Fußboden des Busses zerplatzen.

Hollis fängt an zu weinen, und Tatum sagt: »Warum heulst *du* denn jetzt? Es ist doch deine Entscheidung.«

»Ich weiß«, sagt Hollis. »Aber …«

Aber was?, denkt Tatum. Sie fühlt sich so verraten und verlassen, dass sie beschließt, das Undenkbare zu tun.

Tatum schlägt als Cleanup, ihr Schlagdurchschnitt in dieser Saison liegt bei .322, das ist nicht nur der beste im Team, sondern in der ganzen Liga. Aber sie schlägt zuerst zwei Strikeouts und dann einen Pop-up, beides absichtlich. Im letzten Inning liegt Nantucket mit einem Run vorn, und Miranda Coffey vom Amherst-Team ist am Schlag. Sie hat einen platinblonden Bürstenschnitt wie Brigitte Nielsen und einen kalten Blick. Sie wird den Ball wegdreschen, ganz egal wie unerreichbar Hollis' Slider ist. Wie nach Drehbuch schlägt Miranda den Ball tief ins linke Feld, und eigentlich ist das nichts, womit Tatum nicht fertigwerden würde. Sie sieht die Runnerin von der Zweiten zur Dritten sausen und denkt: *Die Softball-Damen der Nantucket High, zwei Jahre hintereinander Landesmeister*, davon hatten sie und Hollis geträumt, seit sie als kleine Mädchen Wiffleball gespielt haben. Aber andererseits wird sich vieles nicht erfüllen, wovon Tatum und Hollis geträumt haben. Hollis wird auf die University of North Carolina gehen. Hollis dreht sich auf der Abwurfstelle um, und für eine Sekunde sieht Tatum ihr voller blanker Wut in die Augen und denkt: *Wie kannst du nur?* Und dann fängt sie den Ball, lässt ihn aber vom Handschuh abtropfen. Die Runnerin macht den Punkt und Amherst gewinnt.

Wenn Tatum das Herz gebrochen wird, dann bitte schön auch Hollis.

»Ich habe das Spiel absichtlich verloren«, erzählt Tatum Caroline. »Und dafür schäme ich mich seit fünfunddreißig Jahren. Ich habe nicht nur Hollis um den Meistertitel gebracht, sondern auch unser Team, unsere Schule, die ganze Insel. Ich war die totale Spielverderberin.«

Caroline sieht eher fasziniert aus als entsetzt. Sie kriegt hier vermutlich weit mehr, als sie erwartet hat.

»Und was ist dann passiert?«, fragt Caroline.

»Hollis ist weggegangen«, sagt Tatum. »Und nie wieder zurückgekommen. Nie mehr so richtig.«

Im ersten Studienjahr kommt Hollis über die Feiertage nach Nantucket, aber im Sommer darauf, als Tatum davon ausgeht, dass sie beide wieder im Rope Walk arbeiten werden, sagt Hollis, dass sie in Chapel Hill bleibt, um im Chili's zu kellnern.

Im Chili's, echt jetzt?, denkt Tatum. Warum sollte Hollis im sumpfigen, schwülen North Carolina Fajitas servieren, wenn sie nach Hause kommen und dreimal so viel Geld mit Meerblick verdienen könnte? Das ergibt keinen Sinn.

Tatum ruft Hollis per Ferngespräch an und fleht sie an, es sich noch einmal zu überlegen. Zu diesem Zeitpunkt ist Tatums Mutter Laura Leigh seit einem Jahr tot, und Tatums Vater geht mit Alison aus, einer jungen Frau, die er vor Kurzem in der Apotheke angestellt hat. Tatum braucht Hollis. Hollis ist ihre Schwester.

»Ich geh auch mit dir auf die Jachten, versprochen«, sagt Tatum, obwohl sie das wegen Kyle nicht tun wird. »Ich helfe dir, einen reichen Ehemann zu finden.«

»Sorry, Tay«, sagt Hollis. »Dru-Ann und ich haben uns entschieden, hierzubleiben.«

Dru-Ann, denkt Tatum. *Na klar.* Hollis redet ununterbrochen von ihrer Mitbewohnerin Dru-Ann Jones, deren Vater irgendein hohes Tier in Chicago ist.

»Wir arbeiten im Chili's und kämpfen uns durch unsere Sommer-Lektüreliste – Nella Larson, Joan Didion, Angela Carter.«

Tatum kennt keine dieser Autorinnen, und es interessiert sie auch nicht, und Hollis *weiß,* dass sie das nicht interessiert. *Hollis ist wie eine Schlange,* denkt Tatum, *sie streift ihr altes Leben ab wie eine zu klein gewordene Haut.*

»Als meine Mom dann in den Sommerferien nicht mehr hierherkam, wart ihr dann keine Freundinnen mehr?«, fragt Caroline.

»Doch, wir waren noch Freundinnen«, sagt Tatum. »Aber es war nicht mehr dasselbe.« Sie macht eine Pause und zündet sich eine Zigarette an. »Kyle und ich heirateten, und deine Mutter war meine Trauzeugin – wir haben unseren Tanz aufgeführt, alles war noch in Ordnung. Und dann ... hat sich deine Mutter verlobt.«

Hollis ruft Tatum an, um ihr zu sagen, dass Matthews praktisches Jahr in der Chirurgie zu Ende geht und sie beschlossen haben zu heiraten. Tatum will alles wissen: Der Ring, der Antrag, war es romantisch?

»Er ist nicht auf die Knie gesunken oder so«, sagt Hollis. »Das kann ich mir bei ihm einfach nicht vorstellen.«

Stimmt, das kann Tatum auch nicht. Kyle und sie haben Matthew bei dem einzigen Mal kennengelernt, als Hollis ihn mit nach Nantucket brachte. Sie waren im Lobster Trap essen gewesen, und Matthew verlor sich völlig darin, seinen Hummer mit absoluter Präzision zu zerlegen, um auch ja kein Fitzelchen Fleisch übrig zu lassen. Jedes Mal, wenn Tatum oder Kyle ihm eine Frage stellten, schrak er hoch, als hätte er vergessen, dass noch andere Menschen dabei waren.

Hollis berichtet weiter, dass Matthew und sie in Wellesley heiraten werden, wo Matthew aufgewachsen ist, und zwar im Februar – weil das am besten in Matthews Zeitplan passt. Matthews Mutter Judith übernimmt die Planung der Feier, Hollis braucht keinen Finger zu rühren.

»Toll«, sagt Tatum. Kyle und sie hatten eine kleine Hochzeit am Strand bei Brant Point, mit anschließendem Empfang im Admiralty Club in Madaket, aber sie haben alles selbst entschieden. Tatum kommt zu dem Punkt, den sie für den Grund des Anrufs hält: »Wie viele Brautjungfern wirst du haben?«

»Sechs«, sagt Hollis. »Du, Dru-Ann, Matts Cousine Cora, Gretchen und Ellie von der UNC und Regency aus Boston.«

Gretchen und Ellie ist Tatum nie begegnet, weiß aber, dass die beiden ein Paar sind, und von einer Regency aus Boston hat sie noch nie gehört, ihr war nicht einmal bewusst gewesen, dass Regency ein Vorname sein konnte. Aber gut, wie auch immer. »Dann gib mir wohl am besten von allen die Adressen«, sagt Tatum, »damit ich alles organisieren kann.«

»Organisieren?«, fragt Hollis.

»Ich bin doch die Trauzeugin«, sagt Tatum. »Oder?«

Stille. »Ja, natürlich!«, sagt Hollis dann eilig. »Du und Dru-Ann, *ihr beide*! Ihr seid beide meine Trauzeuginnen.«

Tatums Mutter Laura Leigh war Vorschullehrerin, daher ist sie zum Teilen erzogen worden. Aber nein, sorry, nicht in diesem Fall. Hollis sollte ihre beste Freundin zur Trauzeugin ernennen. Und *beste* ist ein Superlativ, davon kann es nur eine geben. Ist es mehr als eine Person, wird das Amt verwässert und verliert an Bedeutung. Tatum fängt an zu weinen (wofür sie sich hasst).

»Wir beide kennen uns schon unser ganzes Leben, wir sind nicht nur Freundinnen, wir sind Schwestern, meine Familie hat dich aufgenommen, meine Mutter hat dich wie ihre eigene Tochter behandelt!« Tatum fühlt sich nicht nur um ihrer selbst willen angegriffen, sondern auch im Namen ihrer Mutter, die Hollis die Haare geflochten, die Grasflecken aus den Softball-Trikots gewaschen und mit ihr das Kleid für den Abschlussball ausgesucht hat. Tatum ist bewusst, dass Hollis und Dru-Ann sich auf dem College nahegekommen sind, und das macht sie unheimlich eifersüchtig, aber auf keinen Fall stehen sich Dru-Ann und Hollis so nah wie Tatum und Hollis. Dru-Ann hat Hollis einfach nur beeindruckt – oder sie vielleicht irgendwie unter Druck gesetzt.

Hollis setzt auf Schadensbegrenzung: »Ich will dich unbedingt als Trauzeugin haben, Tay, es ist nur so, dass Dru-Ann die anderen Mädchen besser kennt und so viele coole Ideen hat.«

»Was für Ideen?«

»Sie will die Junggesellinnenfeier im Ritz-Carlton in Boston veranstalten, mit einem Wellness-Tag und Dinner im Sorellina ...«

Das Ritz-Carlton kann Tatum sich nicht leisten, und sie hat keine Ahnung, was das Sorellina ist. »Du meinst also, sie hat mehr Geld und einen ausgefalleneren Geschmack.«

»Nein!«, sagt Hollis nachdrücklich. Sie seufzt. »Sei bitte nicht so, Tay.«

Tatums Tränen sind getrocknet, jetzt ist sie nur noch wütend. Nein, nicht nur wütend, sie ist fuchsteufelswild. »Wie bin ich denn?«, fragt sie, obwohl sie es weiß: Sie ist besitzergreifend und kleinlich und eifersüchtig, obwohl sie eigentlich sagen sollte: *Prima, Dru-Ann und ich teilen die Aufgaben unter uns auf und spielen Schnick-Schnack-Schnuck darum, wer als Letzte zum Altar geht.*

Stattdessen sagt sie: »Ich will das gar nicht machen. Viel Spaß bei deiner Hochzeit ohne mich.« Und dann legt sie auf.

Hollis ruft sofort zurück. Tatum lässt den Anrufbeantworter rangehen. Hollis hinterlässt eine Nachricht, jetzt ist *sie* es, die weint, was Tatum eine kindische Befriedigung verschafft. Hollis sagt, ohne Tatum könne sie nicht heiraten, aber ob Tatum nicht bitte einsehen könne, dass sie hier einen Kompromiss sucht und alle glücklich machen will, sich aber fühlt wie König Salomons Baby (was auch immer das heißen mag).

Am nächsten Tag beschließt Tatum, Größe zu zeigen. Sie ruft zurück und sagt, okay, sie wird die Co-Trauzeugin sein, solange sie diejenige sein darf, die als Letzte zum Altar geht.

»Aber es war eine niederschmetternde Enttäuschung«, sagt Tatum jetzt in die Kamera. »Ich war verletzt. Deine Mutter ging weg und lernte eine neue beste Freundin kennen, für mich aber war Hollis immer meine einzige beste Freundin. Sogar in den Jahren, in denen wir kaum miteinander redeten, habe ich sie immer als meine beste Freundin betrachtet.«

Diese Geschichte ist so viel … *mehr*, als Caroline erwartet hatte. Sie hatte gedacht, Tatum würde ein bisschen in Erinnerungen schwelgen und ein paar O-Töne für die Website produzieren. Aber Tatum hat ihr echtes Material geliefert, herzzerreißendes Material.

»Aber am Ende ist alles wieder gut geworden, oder?«, fragt Caroline. »Du bist schließlich hier?«

Eigentlich nicht, denkt Tatum. Die Geschichte spielte in der Vergangenheit, aber sie ist auch die Gegenwart: Zwischen ihr und Hollis ist es nie wieder so geworden wie früher. Sie geht Hollis jeden Sommer aus dem Weg, geht rasch einen Gang weiter, wenn sie sich im Supermarkt begegnen, lehnt jede Einladung zum Essen ab. Tatum ist immer noch wütend wegen dem, was bei der Junggesellinnenfeier in Boston passiert ist, und auch wegen dem, was Dru-Ann beim Hochzeitsempfang auf der Toilette des Wellesley Country Club zu ihr gesagt hat.

Davon wird Tatum jetzt nicht anfangen. Sie ist erschöpft von den emotionalen Kämpfen dieses Wochenendes, von Kyles und Jacks Abend in der Stadt und davon, nicht an die Biopsie-Ergebnisse denken zu wollen, was sich anfühlt, als wolle sie eine Wasserwand zurückhalten. Tatum will draußen eine rauchen, sich dann in ihr Zimmer zurückziehen, Kyle anrufen und eine Runde schlafen.

Sie steht auf. Das Gespräch ist beendet.

31.
Intime Aussprache

Brooke ist so glücklich, dass sie sich vergewissern muss, ob ihre Füße noch den Boden berühren. Ja, ja, das tun sie, ihre Füße stehen im nassen Sand an der Wasserlinie. Dru-Ann hat sie zu einem Spaziergang eingeladen, nur sie beide. Brooke wünscht sich, Caroline würde sie jetzt filmen, sie kommt sich vor wie in einem Kinofilm. Die Sonne brennt weniger stark, der Wind von der See hat aufgefrischt, die Wellen umschäumen ihre Knöchel, und der Saum von Dru-Anns elfenbeinfarbenem Kaftan wird nass, aber das scheint sie nicht zu kümmern, genauso wenig wie es Brooke kümmert, dass sich ihr Bauch nach vorn wölbt, weil sie sich beim Lunch nicht zurückhalten konnte. Brooke und Dru-Ann haben die Blicke nach vorn gewandt, was das Reden irgendwie erleichtert. Es war herrlich mit anzusehen, wie Dru-Ann Charlie heruntergeputzt hat, fast schon erregend.

Jetzt sagt Dru-Ann Dinge wie: *Du brauchst dich nicht mit so einem Typen abzugeben, der Frauen nicht respektiert und sich für was Besseres hält, nur weil er einen Penis hat, er hat dich nicht verdient, Brooke. Du bist süß und nett und hübsch, es gibt eine Menge Männer da draußen, die dich besser behandeln würden.*

Daran hat Brooke ihre Zweifel. Sie ist fünfzig Jahre alt, hat keinen Beruf und ein negatives Selbstbild. Wenn sie Charlie verlässt, wird er innerhalb von Minuten jemand Neues finden – das tun Männer immer –, aber Brooke wird ein Profil bei einer Dating-App erstellen müssen, wo sie Männer mit billig aussehenden Zahnprothesen und Haaren in den Ohren kennenlernt, die alt genug sind, um ihr Großvater zu sein. Sie wird das schnell wieder aufgeben und entweder nach Boca zu ihrer Mutter ziehen oder in dem Haus im Dichterviertel hängenbleiben, während Charlie mit seiner neuen Freundin in wilder Ehe in Seaport lebt (sie wird Callie oder Brianna heißen und entweder Nachrichtensprecherin sein oder Cheerleaderin der Patriots), und Brooke wird versuchen müssen, Will und Whitney nicht auf die Nerven zu gehen, während sie das College beenden und in ihr eigenes fabelhaftes Leben durchstarten. Charlie zu verlassen, war nie eine realistische Option gewesen, denn ein Leben ohne ihn schien ihr immer eine Spur weniger reizvoll zu sein als das Leben mit ihm.

Aber jetzt, während sie auf diesem Spaziergang eine, sie kann es nicht anders nennen, intime Aussprache mit Dru-Ann führt, beginnt Brooke, die Dinge anders zu sehen. Sie bedauert, dass sie irgendwann umdrehen und zurückgehen werden.

»Was ist mit dir?«, fragt sie. »Gibt es in deinem Leben jemanden?«

»Ach«, sagt Dru-Ann. »Das ist kompliziert.«

Alles ist kompliziert, so viel hat Brooke begriffen. Aber ihre eigenen Emotionen sind in diesem Moment herrlich einfach und direkt: Sie ist glücklich! Sie fühlt sich befreit! Sie stellt sich vor, wie Charlie in seinem dämlichen Free-Brady-T-Shirt niedergeschlagen die hortensiengesäumte Auffahrt hinuntertrottet, und denkt nur noch: *Hau bloß ab, zieh Leine, verzieh dich, sonst mach ich dir Beine.*

Brookes gute Laune wird nur geringfügig gedämpft, als sie zum Haus zurückkommen und von Caroline erwartet werden.

»Ich würde mir Dru-Ann gern für ein paar Minuten ausleihen«, sagt sie. »Wenn das okay ist?«

»Natürlich«, sagt Brooke. Sogar ihre Stimme klingt verändert. Ihr Ton ist cool und lässig.

Sie hat noch reichlich Zeit für ein bisschen Entspannung vor dem nächsten Programmpunkt, den Cocktails vor dem Abendessen. Brooke beschließt, sich in ihrem Zimmer einzuschließen, sich aufs Bett zu legen und ein bisschen zu zaubern.

32.
Auf ex

»Ist irgendwas passiert?«, fragt Dru-Ann Caroline, als sie Richtung Haus gehen. »Muss ich vor dem Kongress aussagen?«

»Nein, nein«, sagt Caroline. »Ich möchte nur mit dir über deine Freundschaft zu meiner Mutter reden und das filmen, wenn es okay ist?« Sie führt Dru-Ann in das Heimkino im Keller.

»Das kriegt niemand außer uns zu sehen, oder?«, fragt Dru-Ann. Nachdem sie das Video von sich bei Gypsy gesehen hat, möchte sie alles lieber, als vor einer Kamera zu sitzen. *Vielen Dank, SexyBexx.* Inzwischen hat das Video wahrscheinlich eine Million Aufrufe.

»Eigentlich ist es für Moms Website gedacht«, sagt Caroline. »Aber allmählich glaube ich, ich könnte etwas anderes daraus machen? Ich mache ein Praktikum bei Isaac Opoku …«

»Ich kenne seine Arbeiten«, sagt Dru-Ann. »Er war an einem

Film über eine ägyptische Ultramarathonläuferin interessiert, die ich vertreten habe.«

»Isaac ist ein Genie«, sagt Caroline. »Er ist der intelligenteste, empfindsamste Mensch, der mir je begegnet ist.«

»Oh-oh«, sagt Dru-Ann. »Das klingt, als wäre jemand verknallt.«

Das Wort *verknallt* ärgert Caroline, sie ist keine zwölf. »Ich ...« Soll sie das wirklich verraten? Es war eine Qual, es für sich zu behalten, und Dru-Ann ist ihre Patin. Sind Patinnen nicht für so etwas da?

»Du ... was?« Dru-Ann zieht die Augenbrauen hoch. »Du hast was mit Isaac Opoku?«

Caroline sackt ein bisschen in sich zusammen. Sie muss die Vergangenheitsform benutzen. »Ich hatte«, sagt sie. »Wir waren ein paar Wochen zusammen, während seine Freundin einen Modeljob in Schweden hatte.«

»Mit *Freundin* meinst du Sofia Desmione?«, fragt Dru-Ann. »Ich lese auch das *People*-Magazin, weißt du?«

»Ja, Sofia. Die Affäre war zu Ende, als sie nach New York zurückkam, deshalb bin ich jetzt hier.«

»Ein frisch gebrochenes Herz also«, sagt Dru-Ann. »Warum hast du mir das nicht früher erzählt, Süße?«

»Du hattest schon genug um die Ohren.«

»Wer? Ich?«, fragt Dru-Ann, und beide lachen.

»Isaac hat mir seine Ausrüstung geliehen, einschließlich der Drohne. Am Anfang dachte ich: *Was soll's, ich mache nur die Standardaufnahmen: Ihr, gutes Essen und Gemeinschaftsgefühl ...*«

»Gab es da ein Gemeinschaftsgefühl?«, fragt Dru-Ann staubtrocken. Dann lächelt sie. »War nur Spaß.«

»Und es gibt auch Spannungen, das spüre ich«, sagt Caroline. »Dieses Wochenende bringt Dinge über meine Mutter ans Licht, von denen ich keine Ahnung hatte. Deshalb wollte ich dir ein paar Fragen über eure Freundschaft stellen.«

Carolines Handy beginnt zu vibrieren, doch sie ignoriert es. »Damit kann ich leben«, sagt Dru-Ann. Sie fühlt sich *ruhig* und *präsent*. Sie befindet sich in einem schalldichten Heimkino in der Squam Road auf der Insel Nantucket, hier wird das Internet sie nicht finden. Sie wird nicht über Golf oder psychische Probleme oder Cancel Culture reden. Sie wird über Hollis reden.

Caroline sagt: »Wie seid ihr Freundinnen geworden, du und meine Mutter?«

Es gibt einen Song, den Dru-Anns männliche Kollegen Mitte der Nullerjahre ständig gehört haben, *I Love College* von Asher Roth. Der war eigentlich was für weiße Verbindungsstudenten – er handelt vom Trinken, den Baseballstars jener Zeit und davon, wie man Mädchen ins Bett kriegt. Aber Dru-Ann mochte den Song insgeheim und musste sich der Kernaussage definitiv anschließen: *I wanna go to college for the rest of my life.*

Dru-Ann kommt frisch von der katholischen Mädchenschule. Als sie den Campus der Uni in North Carolina betritt, fühlt sie sich vom ersten Moment an zu Hause. Sie war ein Basketballstar an ihrer Highschool, und dank ihres Vaters und ihrer drei älteren Brüder ist sie Sportfanatikerin. Ihr Wissen reicht von Themen wie den Bears in der Saison 1984/1985 bis zu den letzten Details der Besetzung der Bulls. Sie ist Michael-Jordan-Fan, und es kümmert sie nicht, dass das ein Klischee ist, sie ist ein so leidenschaftlicher Fan, dass sie an der UNC studiert, um auf demselben Boden zu wandeln wie einst MJ.

Ihre Zimmergenossin im ersten Semester ist ein weißes Mädchen namens Hollis Shaw von Nantucket, Massachusetts. Über Nantucket weiß Dru-Ann kaum etwas, sie kennt nur Moby Dick und den anzüglichen Limerick. Sie hat die vage Vorstellung, dass es ein Sommertummelplatz für reiche Leute ist, vielleicht ein bisschen wie Petoskey in Michigan, wo Dru-Anns Eltern ein

Ferienhaus am See haben. Hollis ist ein WASP-Name, aber die Vorstellung, eine Ostküsten-Elitetussi als Mitbewohnerin zu haben, schreckt sie nicht ab, sondern fasziniert sie. Sie selbst ist eine Art Snob. Sie leben in einem mit Stickley-Möbeln eingerichteten Haus in Oak Park. Mit Stickley-Möbeln kennt Dru-Ann sich aus, seit sie acht ist.

Ihr erster Eindruck von Hollis ist positiv, und sie spürt, dass es umgekehrt genauso ist. Die Chemie stimmt, und sie sind sich über die Einrichtung des Zimmers einig. Dru-Anns Eltern helfen ihr beide beim Einzug, aber bei Hollis ist nur ihr Vater gekommen, und der ist ganz anders, als Dru-Ann erwartet hatte. Als sie ihn zum ersten Mal sieht, in Jeans und einem T-Shirt mit Pizzawerbung drauf, glaubt sie, er sei vom Hausmeister geschickt worden, um etwas im Zimmer zu reparieren. Er hat einen breiten Bostoner Akzent und schüttelt Dru-Anns Eltern die Hand, scheint sich aber sehr unwohl zu fühlen und fragt Hollis dreimal: »Ist dann alles klar?«

Hollis sagt, sie begleite ihn noch zum Van, um sich zu verabschieden, was Dru-Ann vermuten lässt, dass es Tränen geben wird. Dru-Anns Abschied von ihren Eltern ist unsentimental. Sie sind schon älter und haben das Ganze schon dreimal bei ihren Brüdern durchgemacht. Dru-Ann liebt ihre Eltern, aber sie kann es schon seit der siebten Klasse kaum erwarten, aufs College zu gehen.

Als Hollis mit leicht verweintem Gesicht ins Zimmer zurückkommt, fragt Dru-Ann nach ihrer Mutter. »Sind deine Eltern geschieden, oder …?«

»Nein«, sagt Hollis. Sie packt einen Satz extralanger Doppelbettlaken aus, die aus einem Laden namens Ocean-State-Restposten stammen, wie Dru-Ann lesen kann. »Sie ist noch im Hotel. Mein Vater holt sie gleich ab.«

»Wollte sie denn nicht mitkommen?«, fragt Dru-Ann, und Hollis schüttelt den Kopf.

Zu Caroline sagt Dru-Ann jetzt: »Richtige Freundinnen wurden deine Mutter und ich bei der letzten Bewerbungsparty für Beta Beta Beta.« (Das ist nicht der echte Name der Studentinnenverbindung, aber den wird Dru-Ann garantiert nicht vor der Kamera nennen, bei ihrem Glück verklagen die sie sonst.)

Man kann getrost davon ausgehen, dass weder Dru-Ann aus Chicago noch Hollis von Nantucket wirklich wissen, worum es bei der Aufnahme in eine Studentenverbindung an einer Südstaatenuni wirklich geht, aber die Verlockung ist einfach zu groß. Mädchen im dritten und vierten Studienjahr verteilen in den Wohnheimen Flyer für die Bewerbungspartys, die alle ziemlich amüsant klingen. Es gibt Teekränzchen, Mittagessen oder Picknicks mit echtem Carolina-Barbecue. Dru-Ann und Hollis beschließen, an so vielen Veranstaltungen wie möglich teilzunehmen, um herauszufinden, wohin sie gehören. Sie sind sich von Anfang an darüber einig, dass sie es vielleicht bei verschiedenen Verbindungshäusern probieren wollen, aber sie übertreiben es nicht.

Andere Mädchen im Old East stehen um drei Uhr früh auf, um sich die Haare auf Heißwickler aufzudrehen und sich zu schminken. Alle – außer Dru-Ann und Hollis – tragen Strumpfhosen und hohe Absätze. Dru-Ann trägt Designerstücke, die sie im Vintage Underground in Wicker Park gekauft hat, während Hollis einen ihrer beiden Röcke trägt – einen rosaroten Minirock oder einen kakifarbenen A-Linien-Rock, den sie mit Bootsschuhen kombiniert – und entweder ein weißes oder ein marineblaues Shirt. Keine von ihnen schminkt sich, und sie tragen beide die Haare zum Pferdeschwanz hochgebunden (im September sind es in Chapel Hill hundert Grad).

Zufällig kommen sie beide zu dem Schluss, dass Beta Beta Beta als die einzige Verbindung für sie infrage kommt. Beta hat ein Gleichgewicht von Mädchen aus dem Norden und Mädchen aus dem Süden, es scheint ihnen die entspannteste Verbindung zu sein (sie haben eine Pyjamaparty veranstaltet), und sie haben ein solides philanthropisches Programm mit einem Schwerpunkt auf hungernden Kindern. Beta ist auch bei vielen anderen Mädchen gefragt. Das Verbindungshaus hat die geschmackvollste Einrichtung und das beste Essen, und eine Gruppe älterer Verbindungsstudentinnen veranstaltet an den Sonntagnachmittagen Pool-Partys.

Dru-Ann ist zuversichtlich, dass sie aufgenommen wird – die Oberschichtfrauen schenken ihr viel Aufmerksamkeit (das Wort *einschleimen* drängt sich auf) –, aber bei Hollis hat sie ihre Zweifel. Die letzte Bewerbungsparty ist eine formelle Veranstaltung. Dru-Ann trägt ein rosa Chanel-Kostüm aus den 1960ern und Hollis ihren kakifarbenen Rock mit einem rosa Oxfordhemd und schwarzen Pumps, die zu einer mittelalten Beamtin gepasst hätten. Dru-Ann bietet Hollis an, sich irgendetwas aus ihrem Kleiderschrank auszusuchen – *Nimm das Pucci-Kleid!* –, aber Hollis sagt, sie finde sich schön so.

Auf der Party nimmt die Verbindungspräsidentin Stacia Starmack Dru-Ann zur Seite und sagt: »Dir werden wir auf jeden Fall ein Angebot machen. Die anderen Mädchen sind sich nicht ganz sicher, ob Hollis genug Feinschliff hat, um eine Beta zu sein, aber dir zuliebe werde ich ein gutes Wort für sie einlegen.« Sie drückt Dru-Anns Arm. »Wir *brauchen* Mädchen wie dich.«

»Als Stacia das Wort *brauchen* benutzte«, sagt Dru-Ann jetzt in die Kamera, »ging mir ein Licht auf. Beta wollte mich, weil ich Schwarz bin. War ich empfindlich und habe das falsch verstanden? Könnte Stacia gemeint haben, dass die Verbindung jemanden mit meiner Eleganz und meinem Stilbewusstsein brauchte? Vielleicht. Aber was sie über Hollis gesagt hatte, gefiel mir auch nicht. Denn mit »nicht genug Feinschliff« meinte sie, dass Hollis nicht genug Geld hatte. Also schnappte ich mir Hollis, und wir verließen die

Party, ohne uns zu verabschieden. Sie hat mich nie gefragt, was passiert war, obwohl sie vielleicht einen Verdacht hatte. Aber an diesem Abend erzählte mir Hollis, ihre Mutter sei Vorschullehrerin und habe immer gesagt, ein Kind komme schon zurecht, solange es nur einen guten Freund habe. Also beschlossen wir, unsere eigene Studentinnenverbindung zu sein.« Dru-Ann spürt, wie ihre Augen feucht werden. »Und von diesem Moment an waren wir das.«

Einige Teile der Geschichte findet Caroline peinlich, aber genau darin liegt die Schönheit. *Finde den Riss in der Fassade.* Caroline versucht sich vorzustellen, wie ihre Mutter – von der sie geglaubt hatte, sie sei schon immer beliebt und angesehen gewesen, auch schon vor ihrem Internet-Ruhm – die falschen Schuhe trug und nicht in die Verbindung aufgenommen wurde.

»Dann wart ihr also während eurer ganzen Collegezeit beste Freundinnen?«, fragt Caroline.

»Ja«, sagt Dru-Ann. »Wir haben die ganzen vier Jahre zusammengewohnt. Und im Abschlussjahr waren wir nicht zu bremsen.«

In ihrem letzten Collegejahr waren Dru-Ann und Hollis beide einundzwanzig – und das hieß, die Franklin Street gehörte ihnen.

»Wir hatten unsere Traditionen«, sagt Dru-Ann zu Caroline. »Wenn eine von uns Geburtstag hatte, gingen wir ins Flying Burrito. Und bevor wir feiern gingen, hörten wir jedes Mal Stephanie Mills mit *Never Knew Love Like This Before*.«

Carolines Augenbrauen schnellen in die Höhe. »Dann war das euer Lied? Habt ihr euch auch einen Tanz dazu ausgedacht, wie meine Mom und Tatum?«

Dru-Ann schnaubt verächtlich. »Nein, kein Tanz. Das ist Highschool-Kram.«

»Habt ihr euch auch mal gestritten?«, fragt Caroline. »Gab es holprige Abschnitte auf eurem Weg?«

»Hm«, macht Dru-Ann. »Das ist eine interessante Frage. Dafür muss ich ein bisschen ausholen.«

Im zweiten Studienjahr bittet Hollis Dru-Ann, sie über Weihnachten mit nach Chicago zu nehmen.

»Werden dich deine Eltern nicht vermissen?«, fragt Dru-Ann. Hollis spricht wenig über ihre Familie. Dru-Ann weiß nur, dass Hollis' Mutter Vorschullehrerin ist und ihr Vater Klempner und dass sie keine Geschwister hat.

Hollis zuckt die Schultern und sagt: »Ich rufe sie an.« Hollis hatte deutlich gemacht, dass sie Nantucket hinter sich lassen möchte, und Dru-Ann kann es ihr nicht verdenken. Die Insel ist sechseinhalb Kilometer breit, zwanzig Kilometer lang und liegt fünfzig Kilometer weit draußen vor der Küste. Im Sommer ist sie von Touristen und Milliardären überschwemmt, im Winter kalt, windig und trostlos. Das klingt nach einem Albtraum.

Also verbringt Hollis die Feiertage bei Familie Jones in Oak Park. Dru-Ann lernt ihre Familie und deren Weihnachtstraditionen durch Hollis' Augen ganz neu zu würdigen – der dreieinhalb Meter hohe Weihnachtsbaum, die heiße Schokolade, das Heiligabend-Dinner im Phoenix in Chinatown. Hollis hat leuchtende Augen wie ein Kind, ihr Staunen verleiht den Feiertagen einen neuen Glanz.

Am Weihnachtsmorgen, nach dem Auspacken der Geschenke und Eiern Benedict, ruft Hollis zu Hause an. »Ich werde es kurz machen«, sagt sie zu Mrs. Jones. »Ich will Ihre Telefonrechnung nicht in die Höhe treiben.« Sie benutzt das Telefon in Dru-Anns Zimmer, und Dru-Ann hat keine Ahnung, was sie dazu bewegt, aber sie nimmt den Hörer des Nebenstellengeräts im Zimmer ihrer Eltern ab und hört mit. Sie hört Hollis sagen: »Tut mir leid, dass du Weihnachten allein feiern musst, Daddy.«

Tom Shaw sagt: »Ist nicht so schlimm. Ich werde einen Kranz am Grab deiner Mutter ablegen und mich dann mit ein paar von den Jungs im Anglers Club treffen.«

Behutsam drückt Dru-Ann die Taste, um die Verbindung zu

trennen. *Am Grab deiner Mutter.* Anderthalb Jahre lang hatte sie geglaubt, Charlotte Shaw sei quicklebendig, würde Malen mit Fingerfarben unterrichten und Kindern versichern, sie bräuchten nicht mehr als einen guten Freund im Leben.

Stürmt Dru-Ann durch den Flur, um Hollis zu konfrontieren? Nein. Es ist Weihnachten. Mrs. Jones hat eine Gans im Ofen, und die Verwandtschaft ist auf dem Weg, darunter Dru-Anns Onkel Jimmy, der sie später am Klavier begleiten wird, wenn sie Weihnachtslieder singen. Also schweigt Dru-Ann, doch der Ärger brodelt in ihr. Das war nicht nur irgendein Geheimnis, das Hollis vor ihr hatte, sondern ein richtiger Betrug.

In den nächsten Tagen sagt Dru-Ann nichts. An Silvester gehen ihre Eltern auf eine Party, und ihre Brüder ziehen durch die Bars. Hollis und Dru-Ann bleiben zu Hause, bestellen italienische Rindfleisch-Sandwiches und schalten Dick Clark ein. Dru-Ann hat eine Neujahrstradition, die sie mit Hollis teilen möchte, eine Flasche Jeppson's Malört Liqueur. Es ist das ekelhafteste Zeug, das je erfunden wurde, aber sie kippen jede ein Schnapsglas davon, spülen mit einem Bier nach und trinken ein zweites Glas. Nach der unvermeidlichen Grimasse entspannt Hollis sich sichtlich, und Dru-Ann denkt: *Jetzt – jetzt, solange es noch 1988 ist und noch nicht 1989.* Wenn sie nicht jetzt sofort fragt, wird das womöglich bis zu ihrem Abschluss in ihr gären, wenn Hollis erklären muss, warum ihre Mutter nicht zur Feier kommt. Die Vorstellung ist zu furchtbar für Dru-Ann.

»Deine Mutter ist tot«, sagt sie.

Hollis schlägt sich die Hand vor den Mund und rennt ins Bad. Dru-Ann folgt ihr und hält ihr die Haare aus dem Gesicht.

In der letzten Stunde des Jahres erzählt Hollis ihr alles. »Meine Mutter ist gestorben, als ich noch ein Baby war. An dem Tag, als wir ins Wohnheim gezogen sind, konnte ich es dir nicht sagen. Ich war ohnehin schon so emotional. Ich war noch nie von zu Hause weg gewesen. Ich hatte keine Worte dafür. Und nachdem die Lüge einmal in der Welt war, wusste ich nicht, wie ich das geradebiegen sollte. Es tut mir so leid, Dru-Ann. Die wesentlichste Tatsache über mich ist, dass ich nie eine Mutter hatte. Ich bin von meinem Dad großgezogen worden – und von einem Haufen anderer Leute, die eingesprungen sind. Aber du solltest mich nicht als beschädigte Ware sehen, was eigentlich heißt, dass ich mich selbst nicht so sehen wollte. Das College war eine Chance, ganz von vorn anzufangen, und ich dachte wohl, ich könnte die Teile, die ich an mir nicht mochte, einfach ändern.«

Dru-Ann wägt ihre Optionen ab. Tagelang war sie darauf vorbereitet gewesen, mit Wut und Empörung zu reagieren. *Du hast mich anderthalb Jahre lang belogen!* Sie vermutet, dass jede in ihrer Situation so reagieren würde. Aber die Wahrheit ist, dass ihre Zeit in Chapel Hill nur aus einem einzigen Grund die glücklichste Zeit ihres Lebens ist, und das ist das nasehochziehende Mädchen, das nach Jeppson's riecht und in diesem Moment auf dem Fußboden der Jones'schen Gästetoilette sitzt.

»Das muss schwer für dich gewesen sein«, sagt Dru-Ann. »Ich hoffe, du bist erleichtert, nachdem die Wahrheit jetzt raus ist.«

»Und wie«, sagt Hollis.

»Und es tut mir leid, dass du ohne Mutter aufwachsen musstest. Das war bestimmt schlimm.«

Hollis zuckt die Achseln. »Ich kannte es nicht anders. Aber es gab viele Gelegenheiten, bei denen ich eine Mom hätte gebrauchen können.«

Dru-Ann hat Hollis' Outfits bei den Verbindungsbewerbungen vor Augen. »Hat deine Mutter wirklich gesagt, dass ein Kind schon zurechtkommt, solange es nur einen echten Freund hat?«

»Das hat man mir immer erzählt.«

Dru-Ann hilft Hollis auf die Beine. Das Mädchen muss unter die Dusche. »Na, dann wird ja alles gut.«

Caroline muss sich die Tränen wegwischen. »Wow«, sagt sie. »Ich will hier nicht einen auf emo machen, aber ich habe von alldem nichts gewusst.«

»Danach haben wir nicht mehr oft darüber geredet«, sagt Dru-Ann. »Wir haben nach vorn geblickt.« Sie atmet tief durch. »Das war eine nette kleine Reise in die Vergangenheit«, sie gibt sich überlegen, meint es aber ernst. Die letzte Dreiviertelstunde hat sie Jahrzehnte zurückversetzt – und nach Chapel Hill. Was für ein unerwartetes Geschenk – »aber ich sollte jetzt wieder nach oben gehen und mich fürs Abendessen fertig machen«.

»Ja«, sagt Caroline. »Vielen Dank.«

Dru-Ann steigt die Treppe hinauf, und Caroline nimmt sich ein paar Minuten Zeit, um sich wieder zu sammeln. Hat sie gerade ein Aha-Erlebnis gehabt? Sie hatte immer gewusst, dass Hollis' Mutter so früh gestorben war. Aber erst jetzt wird ihr bewusst, dass Hollis nie … selbst eine Hollis hatte. Sie hatte sich Tatums Mutter ausleihen müssen – und nachdem sie Nantucket verlassen hatte, musste sie alles allein auf die Reihe kriegen.

Caroline hat die Erinnerungen an ihren Vater romantisiert, weil er nicht mehr da ist. Aber es war Hollis, die ihr den vergessenen Flötenkoffer brachte und bei ihren Fußballspielen einen Stammplatz am Sprague Field hatte. Hollis opferte sechs Stunden, um mit ihr ein Kleid für ihren Debütantinnenball auszusuchen. Hollis blieb stets auf dem Laufenden, was Probleme mit Freundinnen, Jungs und dem College anging. Hollis war jeden Tag für sie da. Hollis war bedingungslos für sie da. Woher hatte sie eigentlich gelernt, wie man eine Mom war? Wenn sie jetzt darüber nachdenkt, findet Caroline das erstaunlich.

Das Summen ihres Handys lässt sie aufschrecken.

Sie schaut aufs Display. Es ist Isaac.

33.

Intermezzo

Hollis garniert den Dip aus Sour Cream und gerösteten Zwiebeln mit ein paar Röllchen Schnittlauch, die sie aus dem Kräuterbeet auf der rückwärtigen Terrasse gepflückt hat. Sie stellt zwei Schalen mit Chips auf – einmal kesselgebacken, einmal getrüffelt – und verteilt die Cocktailservietten, die sie eigens für dieses Wochenende gekauft hat. Darauf sind zwei Frauen abgebildet, und die eine schenkt der anderen Wein ein, darunter der Text: Die Klügere kippt nach. In der Küche duftet es himmlisch. Hollis macht ein paar Fotos von den Chips und dem Dip, dann eine Nahaufnahme von den Servietten. Ihre Followerinnen werden durchdrehen.

Es ist ihr egal.

Sie schenkt sich ein Glas Sancerre ein – heute Morgen noch hatte sie sich geschworen, nie wieder Alkohol zu trinken, aber sie muss jetzt irgendwie in bessere Stimmung kommen – und geht ins Schlafzimmer, um sich fürs Abendessen umzuziehen. Sie startet Dru-Anns Playlist, und das erste Lied ist *Poison* von Bell Biv DeVoe. Hollis versucht, die Energie ihres einundzwanzigjährigen Selbst heraufzubeschwören. Es erscheint ihr unvorstellbar, dass sie je so jung und sorglos gewesen sein soll. An der Badezimmertür hängt ihr schwarzes Leinenkleid von Eileen Fisher. Es ist ein formloser Sack, und das Schwarz lässt eher an Beerdigung denken als an Eleganz. Hollis nimmt eine weiße Jeans aus dem Schrank und dazu ein V-Neck-Top aus weißer Seide, das sie seit Jahren nicht mehr getragen hat, weil sie nicht mag, wie ihre Arme darin aussehen. Aber wen interessiert das schon? Niemanden. In Weiß wird sie fröhlicher wirken.

Sie trinkt noch einen großen Schluck Wein und löst das Gummiband aus ihren Haaren. Der nächste Song ist *Suicide Blonde* von INXS, und Hollis denkt daran, dass diese Phase des Stylens vor dem Ausgehen immer zu den glücklichsten Momenten ihres Lebens gehört hatte. Es sollte ein rauschender Abend werden, aber am liebsten würde sie den anderen jetzt sagen, sie sollen ohne sie gehen.

Sie setzt sich auf die Bank am Fußende ihres Bettes und lässt den Kopf in die Hände sinken.

Caroline hat recht. Sie *ist* eine Heuchlerin und legt zu viel Wert auf Äußerlichkeiten. Ihr Dip ist garniert, ihre Cocktailservietten sind witzig. *Du hast dich verändert,* hatte Matthew gesagt. *Und unsere Beziehung hat sich verändert.*

Hollis möchte die Zeit zurückdrehen. (*Na klar*, denkt sie. *So wie jeder Mensch, der je gelebt hat.*) Jetzt erkennt sie es so deutlich: Matthew und sie hätten glücklicher sein können. Sie hätten nur einen neuen Anlauf nehmen müssen.

Brooke erwacht aus ihrem Mittagsschlaf und findet vier verpasste Anrufe von Charlie sowie eine ganze Reihe vulgärer Textnachrichten von ihm vor.

Er tut ihr leid. Er muss mit einem einsetzenden Kater nach Wellesley zurückfahren, während sie eine herrliche Außendusche genießt. Hollis hatte nicht übertrieben, sie ist toll. Sie befindet sich unter einer von Kletterrosen umrankten Laube, das Wasser ist heiß und der Druck stark wie eine Massage. Hollis hat das Duschwägelchen mit Luxusbadeprodukten angefüllt, die nach Zitronengras duften.

Brooke wickelt sich in das weiche weiße Handtuch aus türkischer Baumwolle und drückt sich das Wasser aus den Haaren. Heute Abend wird sie ihre Locken richtig mit dem Föhn stylen, was sie etwa zweimal im Jahr macht. Ihre Haut spannt von der Sonne, vielleicht hat sie ein bisschen Farbe bekommen. In dem weißen Eyelet-Kleid wird sie hervorragend aussehen. Brooke *liebt* die Vorstellung von aufeinander abgestimmten Farben. Sie werden aussehen wie Mitglieder eines exklusiven Clubs.

Auf dem Weg zurück ins Haus begegnet sie Gigi im Flur. Sie trägt einen Morgenmantel aus rosa Seide.

»Die Außendusche ist *einfach hinreißend«*, sagt Brooke mit ihrem neuen falschen britischen Akzent. Die Worte kommen einfach so aus ihrem Mund. *Warum*, denkt sie, *muss ich mich immer so merkwürdig benehmen?*

Gigi lacht. »Heute in der Stadt war es so schön mit dir. Würdest du mir die Freude machen, beim Dinner neben mir zu sitzen?«

Brooke muss sich bremsen, um nicht loszusprudeln: *Oh ja, oh ja, ich fand es auch supertoll!* Stattdessen sagt sie: »Sehr gern«, und verschwindet in ihrem Zimmer.

Tatum sitzt in ein Handtuch gewickelt auf ihrem Bett. Seit einer Viertelstunde surft sie auf WebDoktor und anderen Websites, die »medizinisches Expertenwissen« versprechen, und studiert die Überlebenschancen bei Brustkrebs. Stadium 0 bedeutet, man hat einen nicht-invasiven Tumor. Stadium 1 – bevor der Krebs in die Lymphknoten streut – ist heilbar, wobei bei vielen Patientinnen mit Stadium 1 Mastektomien durchgeführt werden. Dreifach-positiv ist gut – das heißt, die Tumore reagieren auf Hormone –, aber dreifach-positive Patientinnen bekommen oft ein Medikament namens Tamoxifen, und das hassen alle, weil man davon zunimmt und es die Libido killt. In Stadium 2 hat der Krebs auf die Lymphknoten übergegriffen, manchmal fühlen sie sich geschwollen an. Tatum tastet unter ihren Armen, neulich Abend glaubte sie, eine Schwellung gespürt zu haben, aber heute ist da nichts. HER2-positiver Brustkrebs ist aggressiv – es gibt wirksame Behandlungen, aber dazu gehört fast immer eine Chemotherapie. Man kann sich eine »Kühlkappe« bestellen, damit einem nicht die Haare ausfallen, aber die sind teuer. Was soll das überhaupt sein, eine Kühlkappe? Tatum stellt sich eine Badehaube vor, wie alte Damen sie tragen, nur aus Eis. Hat man dann die ganze Zeit Hirnfrost? Stadium 3 hängt mit der Größe des Tumors zusammen, und Stadium 4 ist metastasierender Brustkrebs, was heißt, der Krebs hat in andere Körperteile gestreut, zum Beispiel ins Gehirn oder die Leber. Stadium 4 kann immer noch behandelt werden, aber irgendwann erledigt einen der Krebs, es sei denn, man wird vorher vom Bus überfahren oder ertrinkt in einer unberechenbaren Strömung.

Oder man kriegt einen Herzinfarkt, weil man sich diese ganzen Websites antut, denkt Tatum.

Sie erinnert sich an den Gesichtsausdruck ihrer Mutter, damals vor dem Abschlussball, als sie im Wohnzimmer Fotos von ihr und Kyle machte: ein Teil Freude, ein Teil Sehnsucht, ein Teil Resignation. Es sollte das letzte Mal sein, dass sie Tatum so zurechtgemacht sah. *Du siehst wunderschön aus, Kleine.* Glanz in ihren Augen.

Als Nächstes landet Tatum bei Mastektomie-Tiktok, wie sie es nennt – Brustkrebsüberlebende, meistens jünger als Tatum, die sich die Brüste abnehmen und rekonstruieren ließen. Alle sind sie grotesk gut gelaunt. *Ich liebe meine neuen Brüste! Ich werde nie wieder einen BH tragen!*

Tatum seufzt. Sie will keine neuen Brüste, sie mag die, die sie hat. Kyle mag die, die sie hat. Was diese Frauen nicht erwähnen, ist, dass sie ihre neuen Brüste nicht spüren. Jegliches Empfinden, jede sexuelle Erregung ist verschwunden. Wen interessiert es schon, wie sie *aussehen*, wenn man nichts spürt? Andererseits ist es ihr schon wichtig, wie sie aussehen. Sie liest über auftätowierte Brustwarzen. Eine Frau hat sich Mittelfinger auf die Brüste tätowieren lassen. Das will Tatum auch machen, falls es dazu kommt.

Wird es dazu kommen?

Endlich legt sie das Handy weg und schlüpft in ihre weiße Jeans und ein tief ausgeschnittenes schwarzes Spitzenbustier, das sie bei Forever 21 gekauft hat. Man soll zeigen, was man hat, denkt sie. Und sie hat. Jedenfalls noch.

Sie greift wieder nach dem Handy und schreibt Kyle: Trefft uns doch nach dem Essen in der Stadt, Jack und du. Dann schickt sie ihm ein Foto von sich.

Er schreibt augenblicklich zurück: Wenn du das anhast, komme ich noch vor dem Essen dazu!

Braver Junge, denkt Tatum, aber in ihren Augen brennen Tränen.

Nachdem Dru-Ann geduscht und angezogen ist – sie hat ihren üblichen Blazer-und-Jeans-Look gegen einen elfenbeinfarbenen Halston-Jumpsuit getauscht, eine Wahl, die sie womöglich bereuen wird, wenn sie zur Toilette muss –, ist sie so gut gelaunt, dass sie beschließt, sich endlich ihrer Mailbox zu stellen.

Sie sitzt in der Kitchenette, vor sich die Flasche Tequila und ein Schnapsglas.

Zuerst wird sie das Schlimmste hinter sich bringen: JB.

»Hallo, Dru-Ann, hier ist noch mal JB. Es macht mir keine Freude, dir diese Nachricht aufsprechen zu müssen, aber du lässt mir keine Wahl. Ich will dein Kündigungsschreiben Montag früh auf meinem Tisch liegen haben.« Pause. »Jim von der Rechtsabteilung hat versucht, dich zu erreichen. Wir haben uns die Arbeit gemacht, ein Entschuldigungsschreiben aufzusetzen, und du hast uns beide komplett ignoriert, was wohl nur bedeuten kann, dass dir dein Image oder das der Agentur egal ist. Wenn du nicht kündigst, Dru-Ann, werde ich dich feuern.« Sein Ton wird sanfter. »Warum hast du es so weit kommen lassen? Ich dachte, wir wären Freunde. Ich habe dir einen Ausweg geboten.« Er räuspert sich. »Also, wie dem auch sei, am Montag, bitte.«

Dru-Ann gießt sich einen Shot ein und stürzt ihn hinunter. Kündigung. Ist das sein *Ernst*? Na klar ist das sein Ernst. Sie verliert gerade den besten Job der Welt.

Als Nächstes hört sie die Mailboxnachricht von Zeke ab. Sie hört »deinen Vertrag beenden« … »dauerhaft durch Gabriella LeGrand ersetzen« … »tut mir leid, Schwester«.

Ha! Sie ist nicht seine Schwester, er ist bloß ein Bro, der sich als woke genug ausgibt, um eine frauenfördernde Sportsendung zu produzieren (wenn er textet, benutzt er schwarze Daumen-hoch-Emojis, obwohl er so weiß ist wie Wonder Bread; kann *sie* ihm dafür *seinen* Vertrag kündigen?). Zeke wird von Dru-Anns Fangemeinde hören. Niemand kann Crabby Gabby leiden, vor allem nicht Marla. Vielleicht wird Marla aus Solidarität kündigen, andererseits, warum sollte sie? Sie wäre dann die Hauptmoderatorin.

Dru-Ann gießt sich noch einen Shot ein, der erste hat keinerlei Wirkung gezeigt.

Dann hört sie sich die Mailboxnachricht von Dean Falzarano vom *New York*-Magazin an. Sie kann sich denken, was kommt, und sie behält recht: Er wird den Artikel über die grassierenden Essstörungen an der exklusivsten Eiskunstlaufakademie des Landes nicht bringen. Der Artikel hat Dru-Ann sechs Monate Arbeit und vier Recherchetrips in die Twin Citys gekostet. Sie musste sich das Vertrauen der Mädchen, der Eltern, der Schulpsychologin und des Teamarztes erarbeiten. Jetzt wird ihre Geschichte nicht erzählt werden − oder vielleicht schickt *USA Today* einen freien Mitarbeiter los, um darüber zu berichten.

Dru-Ann gießt sich den dritten Shot ein und kippt ihn hinunter.

Die Letzte, denkt sie und drückt bei Rosemarie Filbert auf Abspielen.

»Hi, Schätzchen, hier ist Rosemarie vom Ende der Straße. Ich wollte nur hören, wie es dir geht.« Langes Ausatmen. Rosemarie ist Kettenraucherin der alten Schule; die Filter ihrer Newports haben Revlon-rote Lippenstiftflecken. »Wenn du mit dem Gedanken spielst, dein Grundstück zu verkaufen, du weißt, wo du mich findest. Ich hole doppelt so viel für dich raus, wie du dafür bezahlt hast.« Inhalieren. »Pass gut auf dich auf, Schätzchen.«

Dru-Ann schließt die Augen, nun ist ihr Abstieg perfekt. Rosemarie Filbert kreist wie ein Geier über dem totgefahrenen Kadaver von Dru-Anns Leben.

Sie gießt sich einen vierten Shot ein. Alle drei Jobs wurden ihr gekündigt, und Rosemarie druckt wahrscheinlich genau in dieser Sekunde eine Immobilienanzeige für Dru-Anns Townhouse. Sie starrt das vierte Glas erstklassigen Tequila an, doch statt es zu trinken, steht sie vom Tisch auf, kippt den Shot ins Spülbecken, schnappt sich ihre Clutchbag und knirscht über die weiße Muscheleinfahrt zum Haupthaus, wo sie von allen, wenn schon nicht bewundert, doch zumindest erwartet wird.

34.
Mein kleiner Kohlkopf

Caroline ist nicht so dumm, Isaacs Anruf anzunehmen. Das ist garantiert Sofia, die ihr eine Falle stellt. Doch nachdem sie den Anruf abgewiesen hat, kommt eine Textnachricht: Geh ran, mon petit chou.

Mon petit chou, ein französischer Kosename, von dem Caroline hofft, dass er ihn nur für sie benutzt. Sofia nennt er *ma chérie.*

Wieder klingelt das Handy, und Caroline kann einfach nicht widerstehen. Sie ist sein kleiner Kohlkopf. Sie nimmt ab. »Hallo?« Sie versucht, ihre Stimme so sonnenhell klingen zu lassen wie ein Nachmittag auf Nantucket.

»Caroline«, sagt er, mit Betonung auf der letzten Silbe, die er immer »lien« ausspricht.

»Hey«, sagt sie. Bis jetzt ist sie stark geblieben, aber seine Stimme zu hören, ist einfach zu viel für sie. »Was ist los? Sofia hat mir geschrieben und dann angerufen.«

»Sie hat einen Verdacht«, sagt er. »Nicht dich, einfach nur irgendjemanden. Sie meint, ich hätte zu glücklich geklungen, während sie weg war. Sie wollte dich fragen, ob irgendwelche Frauen zu Besuch waren oder ich ausgegangen bin.«

Diese Aussage ist vielschichtig, doch zunächst ist Caroline erleichtert. »Dann hat sie mich nicht im Verdacht?«

»Nein«, sagt Isaac, und Caroline wird klar, dass Sofia sie nicht einmal in Erwägung zieht. Sie wollte sie nur als Spionin benutzen. Autsch.

»Bist du sicher?«, fragt Caroline. »Sie hat damals nämlich zu mir gesagt ›Bitte mach keine Schwierigkeiten‹. Was hatte das zu bedeuten?«

»*Mach keine Schwierigkeiten* bedeutet, komm nicht zu spät, sei aufmerksam, schau nicht die ganze Zeit auf dein Handy, benutz mich nicht für dein Netzwerk«, sagt Isaac. »Diese Art Schwierigkeiten hast du nicht gemacht.«

Für einen Moment herrscht Stille, in der Caroline und, wie sie vermutet, auch Isaac darüber nachdenken, welche Art Schwierigkeiten sie stattdessen gemacht hat.

»Wenn sie noch mal anruft, versichere ihr einfach, dass da niemand war. Da war niemand, ich war ein braver Junge. Bitte, das musst du für mich tun.«

»Weil du sie liebst?«

»Ja«, sagt Isaac. »Aber sie hat recht, ich war glücklich, als sie weg war. Ich war glücklich, weil wir zusammen waren.«

Caroline würde gern darauf hinweisen, dass er, wenn *sie* doch diejenige ist, die ihn glücklich macht, mit *ihr* zusammen sein sollte, und nicht mit Sofia. Aber sie spürt, dass es da ein schwer fassbares Wissen über die Liebe gibt, für dessen Verständnis sie noch nicht erwachsen genug ist. Etwas wie: Wahre Liebe macht, dass man sich elend fühlt, oder so.

»Wie läuft dein kleines Projekt?«, fragt er.

»Ach« – Carolines Laune hebt sich – »Besser, als ich erwartet.«

»Wenn du wieder in New York bist, schauen wir uns das Material zusammen an. Okay, *mon petit chou?*«

Er verhält sich gönnerhaft, aber die Vorstellung, wie sie beide Seite an Seite vor seinem Computer sitzen, gefällt ihr. »Okay«, flüstert sie. Sie wünscht sich ein zärtliches Ende für dieses Gespräch, dass Isaac ihr sagt, dass er sie vermisst, doch in diesem Moment piept ihr Handy.

Sofia ruft an.

»Sie ruft mich jetzt an«, sagt Caroline. »Was soll ich machen?«

»Ablehnen, bitte«, sagt Isaac. »Sie war mit Mauricio und Gemma zum Essen und hat bestimmt getrunken. Ruf sie morgen zurück, und dann beruhige sie.«

»Okay«, sagt Caroline. Das Piepen hört auf, Caroline weiß, dass Sofia ihr nicht auf die Mailbox sprechen wird.

»Du bist am Montag wieder da?«, fragt Isaac.

»Dienstag«, sagt Caroline.

Isaac seufzt. (Sehnsuchtsvoll?) »Bis dann, *mon petit chou*«, sagt er, was nicht ganz das ist, worauf Caroline gehofft hatte, aber sie nimmt, was sie kriegen kann.

Gerade als sie auflegt, kommt eine Textnachricht von Sofia. Telefonierst du gerade mit Isaac?

Kälte kriecht Caroline den Rücken hinauf. Der einsamste Ort der Welt, wird ihr klar, ist zwischen zwei anderen Menschen.

35.
Happy Hour III

Als Caroline in die Küche kommt, herrscht dort Partystimmung. Die einzige Miesepeterin ist Henny, die wieder anfängt, Gigi anzuknurren.

»So langsam kann ich es nicht mehr auf meine Katze schieben«, sagt Gigi. »Ich glaube, Henrietta hat etwas gegen mich.«

»Jetzt mach aber mal halblang«, sagt Brooke. »Wie sollte irgendjemand etwas gegen dich haben?«

Caroline muss zugeben, dass die Idee mit den aufeinander abgestimmten Farben *funktioniert*. Dru-Ann trägt Weiß, Gigi Schwarz, Brooke Weiß und Tatum Schwarz und Weiß.

Die Musik ist so gut – Tracy Chapman mit *Fast Car* – dass Caroline Tatum und Dru-Ann dabei ertappt, wie sie gemeinsam mitsingen. *We've gotta make a decision, leave tonight or live and die this way.* Alle glühen von der Sonne. Brooke zeigt Dru-Ann den Sonnenbrand auf ihren Schultern, und Gigi schaut sich auf Tatums Handy Bilder von Orion an.

Caroline filmt die Frauen eine Weile, während sie zu *Whatta Man* singen und tanzen. Noch immer keine Musik aus diesem Jahrhundert. Vielleicht kommt das ja morgen.

Brooke fragt Caroline: »Würdest du mit meinem Handy ein Gruppenbild von uns machen? Ich will es allen schicken.«

Ja! Alle lieben die Idee! Aber Moment … alles kommt zum Stillstand.

»Wo ist Hollis?«, fragt Gigi.

»Ich hole sie«, sagt Tatum.

»Nein, *ich* hole sie«, sagt Dru-Ann.

Caroline sieht, wie die beiden Frauen einander mit Blicken messen. »Ich hole sie«, sagt sie und geht den Flur hinunter.

Bevor sie anklopft, drückt Caroline ihr Ohr an die Tür. Sie hört nichts. Unter der Tür ist ein Streifen Licht zu sehen. Ihre Mutter ist da drin. Aber irgendetwas stimmt nicht. Sonst ist Hollis immer als Erste fertig. Es gibt keinen guten Grund, warum sie auch nur eine Minute der Cocktailstunde verpassen sollte. Nur schlechte Gründe.

Caroline klopft behutsam an die Tür. »Mama?«, fragt sie. Keine Antwort.

Das ist eine interessante Umkehrung. Caroline wird ganz schlecht vor Schuldgefühlen. Sie war furchtbar zu ihrer Mutter. Sie war narzisstisch, sarkastisch und gemein. Caroline ist nicht die Einzige hier, die jemanden verloren hat. Ihre Mutter hat gerade ihren Mann verloren. Und vor langer Zeit hat sie ihre Mutter verloren. Vor ihrem geistigen Auge sieht Caroline die neunjährige Hollis ein Gedicht für eine tote Frau vortragen, die sie nie kennengelernt hat, und dann die achtzehnjährige Hollis, die den Tod ihrer Mutter vor ihrer engsten Freundin geheim hält. Ist es da ein Wunder, dass ihre Mutter all die Jahre ein perfektes Bilderbuchleben erschaffen wollte?

Caroline öffnet die Tür.

Hollis sitzt in ihrer Mom-Unterhose und ihrem Mom-BH auf der Bank am Fußende des Bettes, die Ellbogen auf die Knie gestützt, das Gesicht in den Händen.

»Es tut mir leid«, sagt Caroline. »Mama, es tut mir leid.«

Langsam wendet Hollis den Kopf. Caroline streckt die Arme aus. »Es tut mir leid, Mama, es tut mir leid.« Caroline holt Luft, um noch mehr zu sagen, aber Hollis braucht nichts weiter zu hören. Sie steht auf, Caroline kommt auf sie zu und schlingt die Arme fest um ihre Taille, und hat endlich ihr kleines Mädchen wieder.

Sie halten einander im Arm und wiegen sich hin und her, bis Caroline sich schließlich zurückzieht.

»Mom«, sagt sie. »Du musst dich fertig machen. Die anderen warten alle auf dich.«

Eine Handvoll kaltes Wasser, ein bisschen Concealer. Hollis bürstet sich die Haare, legt Lippenstift auf, gibt ein paar Spritzer Grand Soir auf ihre Haut.

Caroline nimmt Hollis' spätem Auftauchen in der Küche die Peinlichkeit, indem sie die Frauen für ein Gruppenfoto zusammenruft. Wo sollen sie sich aufstellen, um das beste Licht zu haben? Und in welcher Reihenfolge? Hollis in der Mitte, sagt Brooke. Gut, so viel ist klar. Soll der Zwiebeldip mit aufs Bild? Nein, davon hat Hollis schon vorher Bilder gemacht, als er noch unverwüstet aussah. Die Bilder wird sie nach dem Wochenende auf ihrer Website posten. Weingläser? Klar, warum nicht, bleiben wir authentisch. Sollten sie sich drüben am Kamin aufstellen? Halt, warum machen sie die Fotos drinnen, wo es doch ein so herrlicher Abend ist. Sie sollten nach draußen auf die Terrasse! Gigi geht voraus, eine große, lässige Frau in einem figurbetonten, bodenlangen schwarzen Kleid. Die Sonne geht gerade unter. Das Licht fließt wie goldener Sirup. Hollis stellt sich auf und breitet die Arme aus. Sie fühlt sich besser. Stärker.

Caroline findet, dass Tatum und Dru-Ann auf einer Seite von Hollis stehen sollten und Brooke und Gigi auf der anderen – so ergibt es für Betrachter einen Sinn: die Freundinnen in chronologischer Reihenfolge. Aber Tatum und Dru-Ann zieht es auf verschiedene Seiten. Brooke geht mit Dru-Ann, Gigi mit Tatum.

»Auf drei«, sagt Caroline. Sie hält die Kamera über ihren Kopf, um den schmeichelhaftesten Winkel zu erwischen. Ihre Mutter ist empfindlich wegen ihres Kinns. Gigi und Dru-Ann setzen gekonnt einen Fuß nach vorn und drehen die Hüfte. Caroline hat schon eine Reihe Fotos geschossen, bevor sie »Eins … zwei … drei!« sagt und alle lächeln.

Der nächste Song ist *Good Vibrations* von Marky Mark, und alle umschwärmen Caroline, weil sie die Bilder sehen wollen.

Caroline nimmt ihre Mutter zur Seite. »Ich bleibe heute Abend zu Hause und bearbeite das Material, das ich bis jetzt habe. Macht ihr bitte Fotos und Videos im Nautilus. Wir treffen uns dann später im Chicken Box, versprochen. Schreibt mir einfach, wenn ihr losfahrt.«

Caroline erwartet, dass ihre Mutter protestiert und vielleicht von den zweieinhalb tausend Dollar anfängt, die sie bezahlt hat, aber Hollis lächelt nur. »Mach ich, Kleines.«

Caroline folgt den Ladys zur Auffahrt und filmt sie dabei, wie sie in den Bronco steigen. Tatum sitzt vorn, und Brooke wird hinten zwischen Gigi und Dru-Ann eingeklemmt. Hollis dreht den Zündschlüssel. Im Radio läuft *Believe* von Cher. Oh Mann. Die fünf Frauen werden lauthals *Do you believe in life after love?* In die salzgeschwängerte Abendluft schmettern.

Nachdem alle angeschnallt sind, drehen sie sich zu Caroline um und winken ihr zu.

»Tschüss!«, ruft Caroline. »Habt ganz viel Spaß!«

»Das werden wir!«, rufen sie.

36.
Captain's Table

Nur die Glücklichsten unter uns dürfen bezeugen, wie Hollis Shaw und ihre Sterne das Nautilus betreten. Schließlich ist es praktisch unmöglich, dort einen Tisch zu kriegen. Die blonde Sharon und ihre Schwester Heather (die brünett ist) sitzen an einem Zweiertisch an der Wand, Sharon mit dem Blick zur Tür, damit sie sieht, wer kommt und wer geht, und außerdem das Geschehen an der Bar verfolgen kann. Als sie Hollis und ihre Freundinnen hereinkommen sieht, schnappt sie hörbar nach Luft, und das weckt Heathers Aufmerksamkeit, denn nach so vielen Jahren ist Sharon nicht mehr so leicht zu beeindrucken. Wer könnte das sein?, überlegt Heather. Die Herzogin von Cambridge, Sydney Sweeney, der süße Jack Harlow?

»Da ist Hollis Shaw.« Sharon spricht, ohne die Lippen zu bewegen. »Mit ihren vier Sternen.«

Sogar Heather, deren Vorstellung von Hausmannskost Sushi vom Lieferdienst ist, weiß, wer Hollis Shaw ist. Sie dreht sich unauffällig auf ihrem Stuhl um und sieht, wie fünf Frauen mittleren Alters die Plätze am Captain's Table einnehmen – natürlich. Der Captain's Table ist ein großer Holztisch im vorderen Bereich des Restaurants. Er ist nicht nur der beste Tisch im Nautilus, er ist der gefragteste Tisch auf ganz Nantucket.

»Irgendwann sollten wir den Tisch auch mal buchen«, sagt Heather.

»Ha! Da müsstest du eine geheime Connection zu einem der Besitzer haben.«

Ihr Kellner bringt ihre Cocktails – einen Ack Nauti für Sharon (Tequila) und den Nauti Dog für Heather (Wodka).

»Auf einen nautilustigen Abend.« Heather hebt ihr Glas.

Doch Sharon ist in Gedanken woanders.

Hollis und ihre Freundinnen tragen alle Schwarz oder Weiß oder beides. Ist das Zufall? *Unmöglich*, denkt Sharon. *Das muss geplant sein*. Heute Vormittag in der Stadt schien es Misstöne zwischen den Frauen gegeben zu haben, doch jetzt haben sie anscheinend ihre Harmonie gefunden. Sharon steht vom Tisch auf und schreitet zum Captain's Table hinüber.

»Okay, prost«, sagt Heather zu Sharons leerem Stuhl. Sie nimmt einen tiefen Schluck aus ihrem Glas, ehe sie sich umdreht, um zu sehen, in welche Schwierigkeiten sich Sharon gerade bringt.

»Soll ich ein Gruppenfoto von Ihnen machen?«, fragt Sharon.

Hollis selbst antwortet ihr: »Das wäre wunderbar, vielen Dank für das Angebot.« Sie überreicht Sharon ihr Handy, aller Wahrscheinlichkeit nach genau das Gerät, mit dem Hollis ihre Kochvideos aufzeichnet. Sharon ist so hin und weg, dass sie es beinahe fallen lässt.

Das ganze Restaurant sieht ihnen zu, während Sharon Hollis und ihre Freundinnen bittet, enger zusammenzurücken – ganz eng! –, und dann eine Zillion Bilder aus verschiedenen Winkeln knipst. Das Ganze dauert ein bisschen länger, als nötig gewesen wäre, aber schließlich gibt Sharon das Handy wieder zurück.

»Sie sind eine umwerfende Gruppe«, sagt Sharon, und das ist nicht nur Fangirl-Gerede, das meint sie ehrlich. Da ist die glamouröse Dru-Ann Jones, die man aus dem Fernsehen kennt, eine fantastisch aussehende Frau mit Pixie-Schnitt, außerdem eine Brünette, die, wenn Sharon sich nicht irrt, für Irina Services arbeitet (Sharon bucht Irina Services, wenn sie Gäste bekommt, und war ihr die perfekte Figur dieser Frau nicht schon öfter aufgefallen?), eine Frau mit Locken und einem breiten Lächeln und schließlich und endlich Hollis' buttrig-zuckrig-goldener Glanz.

»Danke«, sagt Hollis. Die anderen Frauen setzen sich wieder und greifen nach den Speisekarten. Sharon will sich gerade vorstellen und vielleicht ihr Instagram-Handle nennen, falls Hollis sie als Urheberin des Fotos erwähnen möchte, da spürt sie eine Hand am Ellbogen. Es ist Heather, die sie behutsam zurück an ihren Tisch führt. Ihre gegrillten Shishito-Paprika wurden serviert.

»Ihr müsst meine Schwester entschuldigen«, raunt Heather Sharon zu, als die beiden wieder sitzen. »Sie hat ein Stalking-Problem.«

Sharon stört die Stichelei nicht. »Die sehen alle so glücklich aus«, sagt sie. »Wenn jemand eine so verrückte Idee zu einem Erfolg machen kann, dann Hollis Shaw.«

Der Captain's Table ist den Hype um ihn allemal wert, denkt Hollis. Er schreit geradezu *besonderer Anlass*. Ihr Kellner Sean erklärt ihnen die Speisekarte: Es gibt etliche kleine Gerichte aus aller Welt, die zum Teilen gedacht sind. Er nimmt ihre Bestellung auf. Die anderen nennen die Gerichte, die sie probieren möchten: Wraps mit Gelbflossen-Thun-Salat, Tempura-Austern-Tacos, japanischer Streetfood-Mais. Hollis wirft ihre Bestellung vom Hummer-Thai-Curry, Chicken-Fingers und ihrem persönlichen Favoriten, dem gebratenen Reis mit Blaukrabben und zwei knusprig gebratenen Eiern, dazwischen.

Hollis sitzt am Kopf des Tisches, Gigi und Brooke auf einer Seite, Tatum und Dru-Ann auf der anderen. Nicht zu glauben, dass Tatum und Dru-Ann freiwillig nebeneinandersitzen.

Hollis erhebt ihr Glas. »Es bedeutet mir unheimlich viel, dass ihr alle hier seid.« Ihre Augen werden feucht. »Als ich Matthew verlor, dachte ich, meine Welt bricht zusammen. Aber ich habe ein starkes Fundament, das mir Halt gibt, und das seid ihr alle.«

»Hab dich lieb, Sis.« Tatum stößt mit Hollis an.

»Du bist die *Beste*, Hollis!«, sagt Brooke, ein bisschen zu laut.

Gigi sagt: »Die anderen kennen die Geschichte bestimmt, Hollis, aber ich nicht. Wie habt ihr euch kennengelernt, du und Matthew?«

»Auf die altmodische Art«, sagt Hollis. »In einer Bar.« Sie nippt an ihrem Wein. Soll sie die Geschichte erzählen? Noch vor ein paar Stunden hätte die Antwort Nein gelautet, es wäre zu schmerzhaft gewesen, sich an so viele Details über Matthew zu erinnern. Aber in diesem Moment ist es okay für sie. »Es war 1995 in Boston.«

Hollis ist fünfundzwanzig, und ihr Leben ist genau so, wie sie es sich erhofft hatte. Sie wohnt in einem gemieteten Apartment mit Dielenböden und freiliegendem Mauerwerk im Cedar Lane Way in Beacon Hill. Das Apartment ist mit Pflanzen, Stumpenkerzen, Kissen und weißen Lichterketten dekoriert. Sie bestellt Thai-Essen, hört ihre Natalie-Merchant-CD und staunt über ihr Glück.

Sie hat einen Traumjob: Assistentin der Food-Redaktion beim *Boston*-Magazin, eine Position, in der sie die Firmenkreditkarte benutzen darf. Im Februar 1995 erkrankt die eigentliche Food-Redakteurin an Pfeifferschem Drüsenfieber und ist für drei Wochen außer Gefecht gesetzt. Das gibt Hollis die Gelegenheit, einen Artikel mit dem Titel *Gibt es in Beacon Hill überhaupt anständige*

Restaurants? vorzuschlagen. 1995 lautet die verbreitete Ansicht: »Nein!« Aber der Chefredakteur gibt Hollis eine Chance, alle vom Gegenteil zu überzeugen.

Hollis geht zum Brunch ins Paramount (sie steht anderthalb Stunden dafür an, aber der French Toast mit Karamell und Banane ist es allemal wert), ins Cheers, den Pub, wo jeder ihren Namen kennt (nicht wirklich, nein, niemand kennt sie, und der Laden ist voller Touristen, aber sie findet freundliche Worte für die Kartoffelecken und die Fischsuppe), und ins Sevens, eine sagenumwobene Abschleppkneipe mit einem unerwartet guten French Dip. Sie isst Pizza im Upper Crust, Welsh Rarebit im Marliave und besucht den Publikumsliebling, das Toscana (wo man Hollis zufolge das beste Steak der Stadt bekommt). Vom kulinarischen Ödland in der Cambridge Street hält sie sich bewusst fern, doch dann sagt ihre Freundin Regency, die im Apartment über ihr wohnt, Hollis könne keinen Artikel über Restaurants in Beacon Hill schreiben, ohne das Harvard Gardens zu erwähnen.

»Schon der Name klingt abschreckend«, sagt Hollis. »Das Restaurant hat nichts mit Harvard zu tun, und einen Garten hat es auch nicht.«

»Mag sein«, erwidert Regency. »Aber nirgendwo ist es so kinderleicht, einen süßen Arzt kennenzulernen.«

»Regency behielt recht«, sagt Hollis jetzt. »Denn an diesem Abend saß dort Matthew Madden an der Bar.«

»War es Liebe auf den ersten Blick?«, fragt Gigi.

»Darauf würde ich wetten!«, sagt Brooke. Sie hat sich vorgebeugt und trinkt ihren Lemon Krush viel zu schnell, aber wen interessiert's? Sie sitzt neben Gigi und gegenüber von Dru-Ann, sie fühlt sich in ihrem Kleid hübsch und will die Geschichte hören. Sie hat keine Ahnung, wie Hollis und Matthew sich kennengelernt haben.

»Nicht mal annähernd«, sagt Hollis. »Ich bin ihm nur aufgefallen, weil ich ein Notizbuch dabeihatte.«

Als Hollis das Harvard Gardens betritt, rechnet sie mit einer Enttäuschung, aber das Ambiente gefällt ihr sofort. Das Licht ist gedämpft, überall wird geredet und gelacht, und es riecht verführerisch nach Pommes und Bacon. Hollis geht an die Bar, wo nur noch ein einziger Platz frei ist, und zwar neben einem zerknautscht aussehenden Typen mit Brille in blauer OP-Kleidung. Er liest in einem Lehrbuch und schlingt ein Reuben Sandwich hinunter. Ein Faden Sauerkraut fällt auf die aufgeschlagene Seite. Als sie fragt, ob der Platz noch frei ist, murmelt der Typ irgendetwas, das bestätigend klingt.

»Sind Sie Arzt?«, fragt Hollis.

Er nickt, ohne auch nur aufzusehen, aber Hollis nimmt das nicht krumm. Sie guckt *Emergency Room* und weiß, dass angehende Ärzte Überstunden machen, ohne Essen und ohne Schlaf auskommen und ihr Liebesleben sich in freien Untersuchungszimmern abspielt.

»Wie ist das Reuben?«, fragt sie. Schon das buttrig gegrillte Roggenbrot und der duftende Schweizer Käse verraten ihr, dass es herausragend sein muss. Hollis bestellt sich ebenfalls eins, obwohl der Typ sich nicht zu einer Antwort herabgelassen hat.

Hollis bestellt außerdem ein Glas Chardonnay (Sauvignon blanc hat sie noch nicht entdeckt), die Zwiebelsuppe und den Erdbeer-Rucola-Salat (schließlich muss sie die Speisekarte testen), und als ihre Gerichte serviert werden, zückt sie ihr Notizbuch und schreibt: *Zwiebelsuppe, klassisch zubereitet mit Bacon-Note, Salat süß und pfeffrig, das Reuben ist gut angerichtet, perfektes Fleisch-Sauerkraut-Verhältnis, und das Russische Dressing ist hausgemacht.* Überraschung: Es gibt tatsächlich gutes Essen in der Cambridge Street. Dieses Bar-Menü im Harvard Gardens ist der Beweis!

Eine noch größere Überraschung ist es, als der Typ neben ihr energisch sein Lehrbuch zuklappt, sich ihr zuwendet und fragt: »Was schreiben Sie da?«

»Eine Restaurantkritik«, sagt Hollis. »Ich bin Food-Redakteurin beim *Boston*-Magazin.« Den Teil mit der Assistentin lässt sie weg, weil sie in diesem Moment die grünen Augen des Mannes hinter seinen Brillengläsern sieht und ihn plötzlich unbedingt beeindrucken will.

»Das ist ja famos«, sagt der Typ, und Hollis muss kichern. Wer benutzt 1995 noch das Wort *famos*? »Ich bin Matthew Madden, Chirurg im praktischen Jahr, direkt gegenüber. Tut mir leid, wenn ich vorhin unhöflich war, ich wollte den Abschnitt über die Takotsubo-Kardiomyopathie zu Ende lesen, auch als ›Broken-Heart-Syndrom‹ bekannt. Ich hatte heute einen ungewöhnlichen Fall im Katheter-Labor und wusste nicht, was es war.«

»Ich bin Hollis Shaw«, sagt sie. Sie und der grünäugige Chirurg im Praktikum schütteln sich die Hände. Hollis denkt: *Irre, dass er weiß, wie das menschliche Herz funktioniert, und dass er es heilen kann, wenn es bricht.*

Vermutlich geht das Gespräch noch weiter. Sie muss wohl erwähnen, dass sie ein paar Straßen weiter wohnt, und er, dass er noch bei seinen Eltern in Wellesley lebt, was nicht so erbärmlich ist, wie es klingt, weil er *immer* im Krankenhaus ist. Sie sagt vermutlich, dass sie auf Nantucket aufgewachsen ist, und er, dass er aus einer Sommerhaus-in-Maine-Familie stammt. Aber das meiste davon weiß Hollis nicht mehr. Woran sie sich erinnert, ist, dass Matthew, nachdem sie ihre Rechnung mit der Firmenkreditkarte bezahlt und ihr Notizbuch wieder eingesteckt hat, zu ihr sagt: »Nächsten Freitag findet im Krankenhaus eine Benefizveranstaltung statt, für die ich eine Begleitung brauche. Haben Sie rein zufällig Zeit?«

Hollis weiß, dass sie das dubios finden sollte – sie kennen sich vielleicht seit einer halben Stunde, und er lädt sie zu einem offiziellen beruflichen Anlass ein? Gibt es auf der anderen Straßenseite nicht Hunderte heißer Krankenschwestern? –, aber sie zögert keine Sekunde. »Ich habe tatsächlich Zeit«, sagt sie. »Und würde sehr gern mitkommen.«

»Abendgarderobe«, sagt er. »Im Ritz. Ich hole dich um halb sieben ab?«

Hollis lächelt. »Klingt super!«, sagt sie, und als sie nach Hause kommt, schiebt sie Regency einen Zettel unter der Tür hindurch: *Du hattest recht. Es war wirklich kinderleicht.*

Ihr Kellner Sean bringt das Essen, und sie stürzen sich darauf. Dru-Ann sagt: »Wenn ihr glaubt, dass ich euch von diesem Hühnchen etwas abgebe, habt ihr euch geschnitten. Seht euch diese Schönheit an!«

Gigi nimmt sich den gebratenen Reis mit Blaukrabben. »Dann war euer erstes Date also ein offizielles Event mit Abendgarderobe. Wart ihr von da an für alle Zeit ein glückliches Paar?« Sie verspürt ein starkes Interesse. Matthew hatte nie von seiner Vorgeschichte mit Hollis erzählt.

»So ziemlich«, sagt Hollis, obwohl das eine mächtige Vereinfachung ist. Wendungen wie *Liebe auf den ersten Blick* und *glücklich bis ans Ende ihrer Tage* entsprechen nie der Realität. Aber Hollis hatte schon immer einen Blick für *Qualität* gehabt – beim Essen, beim Service, bei Bettwäsche, bei Filmen und Büchern – und bei Menschen.

Als Hollis Matthew Madden in seinem Smoking sieht, erkennt sie, dass er ein seltener Glücksgriff ist. Er ist nicht nur ein Chirurgie-Star, er ist auch ein wahrer Gentleman. Er besitzt einen Smoking, kennt sich mit Wein aus (Matthew ist derjenige, der Hollis zum Sauvignon blanc bringt) und kann bei Tisch Konversation machen.

Erst ist Hollis von seiner Darbietung auf der Tanzfläche begeistert, später dann, als er sie nach Hause bringt, von seinen Küssen.

In der Woche nach der Benefizveranstaltung lädt Matthew Hollis zum Abendessen zu seinen Eltern ein. Das Backsteinhaus in Wellesley ist riesig, aber behaglich. In der Bibliothek, wo sie Cocktails trinken und über Bücher sprechen, brennt ein Feuer im Kamin. Matthews Vater Robert ist Anwalt und liebt Boston-Krimis. Er leiht Hollis *Die Freunde von Eddie Coyle*. Seine Mutter Judith ist im Vorstand der Boston Public Library. Sie weckt Hollis' Interesse an Barbara Kingsolver und empfiehlt ihr, da Hollis gern über Essen schreibt, die gesammelten Werke von Mary Frances Kennedy Fisher. Das Abendessen nehmen sie im großen Speisesaal ein, was schrecklich steif klingt, aber dank Robert und Judith wird es intim und fröhlich. Die beiden sind offensichtlich immer noch ineinander verliebt; vor dem Essen stoßen sie miteinander an und küssen sich. Hollis beobachtet sie fasziniert. Sie macht einen Witz darüber, wie viele Gabeln es gibt und dass sie es ihr nicht übelnehmen sollen, wenn sie nicht die richtige benutzt, sie sei in einem kleinen Häuschen auf einer Insel, dreißig Meilen vor der Küste aufgewachsen. Judith sagt: »Sie könnten auch mit den Händen essen, und wir fänden Sie immer noch hinreißend.«

Zum Abschied drückt Judith sie und sagt: »Ich hoffe, Sie in Zukunft öfter hier zu sehen.«

Dass sie Matthew kennengelernt hat, scheint ein unglaublicher Glücksfall zu sein, und trotzdem passt es irgendwie. Seit ihrer Trennung von Jack Finigan vor sieben Jahren hat Hollis keine ernsthafte Beziehung mehr gehabt. Sie hat auf den Richtigen gewartet – und endlich hat sich ihre Geduld ausgezahlt.

»Matthew und ich haben uns ein wundervolles Leben aufgebaut«, sagt Hollis. »Es war ein Segen, ihn zu treffen.«

Normalerweise macht es Tatum wahnsinnig, wenn jemand das Wort *Segen* benutzt, aber jetzt gerade könnte sie selbst einen gebrauchen. *Wenn Gigi nach ihrem Weinglas greift, bevor ich bis zehn gezählt habe*, denkt Tatum, *dann habe ich keinen Krebs*. Tatum zählt sehr langsam, aber Gigis Aufmerksamkeit gehört ganz Hollis.

Tatum spürt einen Stich der Angst. HER2-positiver Krebs, denkt sie, das muss der Typ gewesen sein, den ihre Mutter hatte. Aggressiv.

Dru-Ann reicht Tatum den Teller mit gegrilltem Hähnchen und knusprigen Pommes frites. »Das wirst du mögen.«

Du hast keine Ahnung, was ich mag oder nicht, denkt Tatum, nimmt den Teller aber entgegen und probiert das Hähnchen. Eigentlich sehen die Pommes auch gut aus. Dass Tatum neben Dru-Ann gelandet ist, liegt daran, dass Brooke verkündete: »Gigi hat gesagt, sie will neben mir sitzen«, als wären sie Teenager in der Schulcafeteria. Tatum sieht aus dem Fenster und hält Ausschau nach Jack und Kyle. Sie hatten gesagt, sie würden später zu ihr und Hollis stoßen – und für ihren Geschmack kann dieses »später« gar nicht früh genug kommen.

Dru-Ann bemüht sich, *ruhig* und *präsent* zu sein. Sie wird nicht darüber brüten oder auch nur einen Gedanken daran verschwenden, dass ihr alle drei Jobs gekündigt wurden. Eigentlich ist es sogar lustig (aus einer, sagen wir, nihilistischen Perspektive), dass ihr ganzes Leben durch einen einzigen Satz in Rauch aufgegangen ist. Also, wie geht's jetzt weiter? Jetzt genießt sie ihren Cocktail, nimmt sich vom Thai-Curry mit Hummer und stellt sich Hollis' Reaktion vor, wenn sie fragt, ob sie bei ihr wohnen bleiben darf.

Gigi will mehr wissen, sie will alles wissen, die ganze Geschichte von Hollis und Matthew, wie der Kauf ihres ersten Hauses abgelaufen ist, wer auf welcher Bettseite schlief, wie sie den Namen ihrer Tochter ausgewählt und ihre Hunde ausgesucht hatten.

Und wann fing es an, bergab zu gehen? Wann wurde Matthew Madden zu dem Mann, der einer Frau in einer Flughafenbar vorlog, er sei geschieden – um diese Lüge dann sieben Monate lang aufrechtzuhalten?

Aber Gigi ist klug genug, vorerst keine weiteren Fragen zu stellen. Sie wendet sich an Tatum. »Was machst du eigentlich, Tatum? Ich glaube, das weiß ich gar nicht.«

Tatum sagt: »Ich putze Häuser und mache Besorgungen für eine Firma namens Irina Services.«

»Das klingt so cool«, sagt Brooke, die nach ihrer Hochzeit aufgehört hatte zu arbeiten. Charlie will Alleinverdiener sein. Dabei geht es ihm um seinen Selbstwert, aber auch um Macht. Die letzten paarundzwanzig Jahre hat er immer das Sagen gehabt, weil er *die Brötchen nach Hause bringt*. »Ich beneide dich darum, dass du eine Arbeit hast. Ich mache im Grunde dasselbe – putzen und Erledigungen –, aber niemand bezahlt mich dafür.«

»Es ist ehrliche Arbeit«, sagt Dru-Ann.

»Ich wäre euch dankbar, wenn ihr mich nicht so herablassend behandeln würdet«, sagt Tatum. »Ich bin keine schicke Sportagentin und auch keine Pilotin. Ich bin keine Internetberühmtheit. Ich bin Putzfrau und Mädchen für alles, ich arbeite für Leute wie euch.«

Dru-Ann möchte gern sagen, dass es nicht *herablassend* gemeint war, weiß aber, dass Tatum ihr das nicht glauben würde.

Brooke sagt: »Wenn ich Charlie verlasse, kriege ich wahrscheinlich auch so einen Job.«

»Ich wohl auch, so, wie es bei mir gerade läuft«, sagt Dru-Ann.

»Hört doch bitte einfach auf«, sagt Tatum. »Ihr braucht nicht zu versuchen, die Unterschiede wegzureden. Ich bin ein großes Mädchen, ich komme klar.«

Unbehagliches Schweigen macht sich am Tisch breit, und Gigi bereut ihre Frage zutiefst.

Hollis spürt, dass die Stimmung zu kippen droht. Wie kann

sie das retten? Sie will gerade sagen: *Mein erster Job in der sechsten Klasse war Muscheln-Öffnen, unten an der Werft*, doch in dem Moment kommt eine Frau in einem Sommerkleid mit dramatischem schwarz-weißen Zickzackmuster ins Restaurant. Hollis' erster Gedanke ist, dass die Frau irgendwie zu ihrer Gruppe gehört.

Aber sie sind vollzählig. Die Frau trägt nur zufällig Schwarz und Weiß – *ist das nicht lustig, wir sollten sie auf einen Drink einladen* –, doch dann kommt Hollis der Gedanke, es könnte ein Superfan sein, der ihre Party crashen will (bei den vielen Leuten, die ihren Newsletter abonnieren, sind zwangsläufig ein paar mit schlechtem Urteilsvermögen dabei).

Dann sieht Hollis die dunkelroten Haare und den abfälligen Gesichtsausdruck, eine Augenbraue hochgezogen, die Lippen gespitzt, und betet unwillkürlich: *Herr erbarme dich.*

Das ist Electra Undergrove.

Wenn ein hungriger Sibirischer Tiger hereinspaziert wäre, Hollis wäre weniger alarmiert gewesen.

Offenbar macht Electra hier Urlaub. Aus der Gerüchteküche von Wellesley hat Hollis erfahren, dass Electra immer noch nach Nantucket fährt, und was soll sie dagegen unternehmen? Die Insel gehört ihr schließlich nicht. Instinktiv senkt sie den Kopf. Sie sind fertig mit dem Essen, auf den Tellern nur noch Hähnchenknochen, verschmiertes Eigelb, ein bisschen Garnitur. Hollis wollte gerade Espresso Martinis zum Nachtisch vorschlagen, aber das ist jetzt egal.

Die Freundschaft zwischen Hollis und Electra ist vor fünf Jahren unter sehr hässlichen Umständen zu Ende gegangen, und zwar wegen der Art, wie Electra Brooke behandelt hatte. Hollis schaut zur Seite, um zu sehen, ob Brooke Electra bemerkt hat. Ja, Brookes Augen sind so groß wie Teller, sie sieht Electra eindringlich an und schüttelt den Kopf, doch die rauscht direkt an ihren Tisch und sagt: »Guten Abend, die Damen.«

Hollis steht auf. Sie kommt sich vor wie eine Figur aus *Game of Thrones*, die ihrer Rivalin gegenübertritt. *Arme Brooke,* denkt sie. *Erst Charlie und jetzt Electra.* Aber sie wird sie beschützen. »Was willst du, Electra?«

Electra legt den Kopf in den Nacken und lacht. Sie trägt die Haare anders (früher waren sie braun), und ihre Haltung hat sich verändert – sie streckt jetzt die Brust raus. Stimmt ja, Hollis hat gehört, sie habe sich die Brüste machen lassen. Sieht hübsch aus, schön für sie. Simon ist bestimmt begeistert, aber Hollis interessiert das nicht. Jahrelang war diese Frau ihre engste Vertraute gewesen. Als die Kinder noch klein waren, halfen sie sich gegenseitig, nicht den Verstand zu verlieren. Hollis liebte Electras Humor und ihre *joie de vivre*. Sie machte aus jeder Verabredung der Kinder eine Party und stellte im Alleingang ein beneidenswertes Sozialleben für alle Mütter der Fiske Elementary School auf die Beine, und später für die Mütter der Mittelschule und dann für die Mütter der Wellesley High. Ihre Footballpartys wurden so legendär, dass ein Artikel darüber im *Globe* erschien.

Dann wurde es unschön.

Electra sagt: »Brooke und ich haben gestern im Slip 14 ein paar Gläser Wein getrunken, und sie hat mir das Programm für dein kleines Wochenende gezeigt. Da dachte ich mir, ich schnei mal vorbei und sehe, wie es so läuft.«

»Du …« Hollis begreift nicht ganz, was sie da hört. Brooke und Electra waren etwas *trinken*? Gestern Nachmittag … wann? Bevor Brooke zu ihr kam? Hollis erinnert sich, dass Brooke sagte, sie habe schon ein paar Gläser Rosé intus, war aber davon ausgegangen, das sei auf der Fähre gewesen. »Du hast mit Brooke Wein getrunken?«

Electra richtet ihren laserblauen Blick auf Brooke. »Willst du etwa sagen, du hast Hollis nicht erzählt, dass ich dich auf eine Flasche Rosé eingeladen habe?«

»Du hast mich nicht eingeladen«, sagt Brooke. »Ich habe dich eingeladen. Oder wir haben halbe-halbe gemacht.«

»Diese Flasche kostet hundertfünfzig Dollar, Brooke. Du hast mir nicht mal die Hälfte gegeben«, sagt Electra. »Aber das ist schon in Ordnung, schließlich hatten wir etwas zu feiern, nicht wahr?«

»Was denn?«, fragt Brooke entgeistert.

»Wir haben den Neubeginn unserer Freundschaft gefeiert.« Electra lächelt Hollis an. »Brooke kommt dieses Jahr wieder zu unserer Footballparty. Sonntag, zehnter September. Sie hat es sich in ihren Smartphone-Kalender eingetragen.«

»Hab ich nicht!«, wehrt Brooke ab. »Also, doch, habe ich, aber Charlie und ich haben nicht die Absicht, hinzugehen.«

»Nach allem, was man so hört, wird Charlie dann wohl ohnehin vor Gericht stehen«, sagt Electra. »Liesl hat mich heute Nachmittag angerufen. Sie sagt, er wird wieder verklagt, weil er eine Kollegin begrapscht hat.«

Brooke möchte sich unter dem Captain's Table verstecken – aber nein, sie wird nicht feige sein. Nicht vor Gigi und Dru-Ann. Sie hebt den Blick und sagt mit der kältesten Stimme, die sie zustande bringt: »Lass mich in Ruhe, Electra.«

Gut gemacht, Brooke, denkt Hollis, obwohl sie nicht *glauben* kann, dass Brooke so leichtgläubig und schwach war, Electra zum Opfer zu fallen. Hollis stellt sich vor, wie Electra verspricht, Brooke wieder an den ganzen amüsanten Veranstaltungen teilhaben zu lassen, und wie Brooke ihr im Gegenzug das Programm für das Wochenende anbietet, das Hollis exklusiv an ihre Abonnentinnen geschickt hat.

Als Hollis gerade sagen will: *Lass uns in Frieden, Electra, du bist hier nicht willkommen,* fällt ihr auf, dass Electra ausgerechnet Gigi anstarrt. »Kennen wir uns?«, fragt Electra.

Ein unbehaglicher Ausdruck streift Gigis Gesicht, und Hollis denkt: *Guter Gott, selbst Gigi lässt sich von Electra einschüchtern.*

»Nicht dass ich wüsste«, sagt Gigi. »Ich bin nicht von hier.«

»Der britische Akzent!«, sagt Electra. »Doch, ich bin sicher, wir sind uns irgendwo schon mal begegnet.«

»Definitiv nicht.« Gigi klingt schroff.

Tatum trinkt den Rest ihres Weins aus. Genau so hat sie sich Hollis' Freundinnen vorgestellt – biestige Miststücke wie aus *Real Housewives*. Wahrscheinlich kann sie froh sein, dass Brooke und Gigi so nett und normal sind. Verglichen mit diesem Satansweib, ist selbst Dru-Ann ganz große Klasse.

Dru-Ann juckt es in den Fingern, ihren Stuhl zurückzuschieben und sich diese Frau vorzuknöpfen – niemand redet so mit Hollis und Brooke, nicht in ihrem Beisein –, aber aus den Augenwinkeln sieht sie ihre alten Freundinnen Gucci-Bex und Laura Ingalls ins Restaurant kommen. *Nein,* denkt sie. *Das kann nicht wahr sein.* Aber natürlich ist es wahr, weil ihr an diesem Wochenende einfach keine Pause vergönnt ist. Sie hat alles verloren, und wenn der Ruf erst ruiniert ist und so weiter, aber selbst sie hat nicht den Mumm, vor den Augen dieser beiden eine Szene zu machen.

Wie sich herausstellt, wird sie gar nicht gebraucht, denn eine andere Person packt Electra am Arm, zieht sie vom Tisch weg und flüstert ihr wütend etwas ins Ohr – und diese Person ist die blonde Sharon. Sharon hat Electra Undergrove sofort erkannt, sie hatte nämlich ein paar Stunden zuvor eine Nachricht ihrem alten Freund Eddie erhalten, der Immobilienmakler ist. Darin stand: Das ist die schlimmste Mieterin in dreißig Jahren. Warte nur, bis du die Storys hörst!

Sharon braucht Electra nur zu sagen: »Du wirst die Frauen an diesem Tisch sofort in Frieden lassen, oder ich sorge dafür, dass du für immer von der Insel verbannt wirst. Glaub mir, ich habe die Macht dazu.«

Einen Moment lang sieht es aus, als würde Electra Sharon herausfordern, doch dann winkt sie ab und lacht. »Ich fand es nur lustig, dass wir die gleichen Farben tragen. Ich dachte, sie laden mich vielleicht auf einen Drink ein. Aber keine Sorge, hahaha, ich will sowieso ins LoLa!« Und damit geht sie aus der Tür.

37.
Night Changes II

Brooke muss allein mit Hollis reden. Sie muss es ihr *erklären*. Aber Hollis ist damit beschäftigt, ihren Kellner heranzuwinken und um die Rechnung zu bitten. Dru-Ann bietet ihre Kreditkarte an, und Gigi ebenfalls, aber Hollis sagt: »Nein, nein. Dieses Wochenende seid ihr meine Gäste«, auch wenn ihr fröhlicher Ton gezwungen klingt. Die ganze Wärme und das Licht, mit dem sie das Restaurant erfüllt hatten, sind erloschen. Wie kann sie den Abend noch retten?

»Wir gehen jetzt ins Chicken Box, oder?«, fragt sie. Aufs Chicken Box freut sie sich schon das ganze Wochenende. Es ist nur eine Bar, Hühnchen gibt's da nicht, aber Brooke hat den perfekten Pegel, um auf bierverklebtem Boden zu Livemusik zu tanzen und so zu tun, als wäre sie wieder Single.

Gigi sagt: »Ich bin vollkommen erledigt. Ich nehme mir ein Taxi nach Hause, aber euch allen viel Spaß! Gute Nacht, Hollis!« Sie ist so schnell von ihrem Platz aufgestanden, dass sie bereits aus der Tür ist, als Hollis vom Ausrechnen des Trinkgelds aufsieht.

»Um ehrlich zu sein, weiß ich nicht, ob ich in der richtigen Stimmung fürs Box bin«, sagt Hollis.

»Ich auch nicht«, sagt Tatum eilig. Sie hat gerade einen Text von Kyle bekommen: Jack und ich gehen im Queequeg's was trinken. Sag Bescheid, wenn wir uns draußen treffen sollen.

»Dann geht keine von euch ins Box?«, fragt Brooke. Warum überrascht sie das? Alle haben gehört, wie Electra sagte: Charlie wird wieder wegen sexueller Belästigung verklagt, und der Makel färbt auf Brooke ab. Niemand will etwas mit ihr zu tun haben.

Dru-Ann seufzt. »Ich gehe mit dir.« Sie wirft einen Blick über die Schulter. Gucci-Bex und Laura Ingalls sitzen an der Sushi-Theke. »Aber wir gehen jetzt gleich.«

»Danke!«, sagt Brooke. »Ich muss nur noch ganz schnell für Damen …«

»Sofort«, beharrt Dru-Ann. »Bevor ich es mir anders überlege.« Sie zwinkert Hollis zu und formt mit den Lippen: *Du schuldest mir was.* Dann nimmt sie Brookes Hand und schleift sie aus dem Restaurant, hinaus in die Nantucket-Nacht.

»Soll ich dich nach Hause fahren?«, fragt Hollis Tatum.

»Bist du verrückt?«, fragt Tatum. »Die Jungs sind im Queequeg's und wollen, dass wir dazukommen.«

»Was?«, fragt Hollis. »Nein, das geht nicht. Das mache ich nicht.«

»Warum nicht?«, fragt Tatum.

»Es ist zu früh für mich, um neu anzufangen«, sagt Hollis.

»Holly, jetzt mal ehrlich.« Sie nimmt Hollis bei den Schultern und sieht ihr in die Augen. »Niemand erwartet, dass du einen Neuanfang machst. Es ist ein Drink. Und es ist ja nicht so, als wollte ich dich mit einem Fremden verkuppeln. Wir reden hier von Jack Finigan. Denk nicht zu viel drüber nach.«

»Wenn ich noch ausgehe, dann müsste es das Box sein«, sagt Hollis. »Caroline wird dort sein.«

»Vertrau mir«, sagt Tatum, »der letzte Mensch, den Caroline im Box sehen will, ist ihre Mutter. Ich entscheide das jetzt. Du kommst mit.«

Als Hollis mit Tatum das Restaurant verlässt – wobei sie der netten blonden Frau zuwinkt, die sie vor Electra gerettet hat –, denkt sie: *Der Abend ist praktisch schon vorbei, alle anderen sind gegangen.*

Es ist nur ein Drink. Es ist ja nicht so, als würden Jack und sie wieder zusammenkommen.

»Gut«, sagt sie.

Als Hollis Jack auf dem Bürgersteig vor dem Queequeg's stehen sieht, macht sie beinahe auf dem Absatz kehrt. Er sieht *verboten* gut aus. Er trägt Jeans, Flip-Flops, ein weißes Leinenhemd mit hochgekrempelten Ärmeln. Als sie auf ihn zukommt, zeigen sich seine Grübchen.

Er sagt: »Du kriegst einfach nicht genug von mir.«

»Das war nicht meine Idee«, sagt Hollis, gestattet sich aber ein kleines Lächeln. »Ich habe sogar aktiv Widerstand geleistet.«

»Aktiv?«, sagt Jack. »Das hätte ich zu gern gesehen.«

»Ich habe eine Idee.« Tatum sieht tausendmal glücklicher aus als vorhin beim Essen, und allein aus diesem Grund ist Hollis froh, dass sie hier sind. Kyle hat Tatum den Arm um die Schultern gelegt, und sie lehnt den Kopf an seine Brust. »Gehen wir auf ein Glas ins Brotherhood.«

Vor dreißig Millionen Jahren, am Abend ihres Schulballs, waren sie zu viert zum Dinner im Brotherhood. In der Zwischenzeit wurde das Restaurant verkauft und renoviert und abermals verkauft und renoviert, aber im Erdgeschoss herrscht immer noch dasselbe gemütliche Pub-Ambiente mit freiliegendem Mauerwerk, gedämpftem Licht und Kamin. Doch als sie dort ankommen, führt Tatum sie die Treppe hinauf in die neue Bar.

Früher gab es kein »oben« im Brotherhood, aber jetzt befindet sich hier auf der einen Seite eine gehobene Whiskeybar und auf der anderen ein fröhlicher, hipper Raum, mit Surfbrettern und Lauren-Marttila-Fotos an den Wänden. Wundersamerweise sind an der Bar noch genau vier Plätze frei, ganz in der Nähe spielt ein Mann auf einer akustischen Gitarre. Sie setzen sich, die Männer bestellen Bier, Hollis und Tatum nehmen Espresso Martinis.

Als Hollis mit ihrem Martiniglas und Jack mit seiner Bud-Light-Flasche anstoßen, sagt sie: »Ich kann nicht glauben, dass ich hier mit dir sitze.« Sie kann die Gefühle nicht genau benennen, die da in ihr aufwallen. Nostalgie vielleicht? Sie denkt an den Mai 1986 zurück.

Hollis' Kleid für den Schulball ist weiß. Ihr Vater ist untypisch emotional, während sie die Fotos machen. Er gibt Hollis einen Kuss auf die Stirn und sagt: »Tut mir einen Gefallen und brennt heute Nacht nicht durch.«

»Damit warten wir bis zum Abschlussball nächstes Jahr, Sir«, sagt Jack augenzwinkernd, während er Hollis beim Einsteigen in seinen Pick-up hilft, den er eigens für diesen Anlass gewaschen und gesaugt hat.

Im Brotherhood bestellen Hollis und Tatum die Hähnchen-Piccata – eigentlich wollen beide Burger, aber sie machen sich Sorgen wegen Zwiebelatem und Ketchupflecken auf den Kleidern –, und die Jungs überlegen flüsternd, ob sie wohl nach ihrem Ausweis gefragt werden, wenn sie versuchen, Bier zu bestellen.

»Natürlich werdet ihr gefragt«, sagt Tatum. »Wir sind *Schüler auf dem Weg zum Schulball.* Terris Bruder ist der Geschäftsführer. Hier kennt uns jeder.«

Am Nebentisch sitzt ein älteres Pärchen. Sie beugen sich zu ihnen herüber und sagen: »Genießt es, Kinder, es geht so schnell vorbei.«

Im Augenblick wollen sie alle nur eins, nämlich älter sein.

Als sie aufgegessen haben, sagt ihnen der Kellner, dass das Paar die Rechnung für sie übernommen hat.

»Verdammt«, sagt Kyle. »Ich wusste, ich hätte Hummer bestellen sollen.«

Es geht so schnell vorbei, denkt Hollis jetzt. Wenn sie an jenem Abend eine Kristallkugel gehabt hätte und gesehen hätte, wie sie alle vier siebenunddreißig Jahre später im selben Lokal, nur eine Etage höher, sitzen – was hätte sie gedacht?

Jack trinkt einen Schluck Bier. »Du wirst nicht lange sitzen bleiben.« Er flüstert dem Gitarristen etwas ins Ohr und steckt ihm Geld zu.

Weiß sie, was jetzt kommt?

Natürlich weiß sie es – aber von den ersten Akkorden des Songs bekommt sie trotzdem eine Gänsehaut. Der Gitarrist klingt wie der junge Mick Jagger. »*I know living is easy to do …*«

Plötzlich steht Jack hinter ihr und singt in ihr Ohr. »*The things you wanted, I bought them for you.*« Er nimmt ihre Hand. »Tanz mit mir, Holly.«

Hollis sieht zu Tatum hinüber, doch sie und Kyle sind in ihrer eigenen Welt. Kyle streichelt Tatum übers Haar, Tatum hat die Augen geschlossen.

Hollis ist befangen – außer ihnen tanzt niemand –, aber was kümmern sie die anderen? Jack und sie tanzen in dem Zwischenraum zwischen dem Gitarristen und der Bar. Hollis schmiegt sich an Jack, atmet seinen Duft, denkt an den Jungen, der jeden Samstagmorgen mit seinem Fahrrad sieben Meilen nach Squam hinausfuhr und mit Tom Shaw Holz hackte, nur um eine Stunde allein mit Hollis am Strand verbringen zu dürfen. Sie denkt daran, wie ihr Vater sagte: *Brenn heute Nacht nicht durch*, und Jack antwortete: *Damit warten wir bis zum Abschlussball nächstes Jahr.* Das war ein Scherz gewesen, aber gleichzeitig auch Ernst. Sie hatten vorgehabt zu heiraten. In all den Jahren, die sie zusammen waren, war das der Plan gewesen.

Sie hat ihn sehr verletzt. *Wild horses, we'll ride them someday.*

Aber alles war gekommen, wie es kommen sollte. Es war Hollis bestimmt gewesen, Matthew zu heiraten, dessen ist sie sicher.

Jemand tippt ihr auf die Schulter. Es ist Tatum.

»Wir gehen.«

»Aber du kommst heute Abend noch zurück nach Squam, oder?«

»Ich fahr sie zu euch raus«, sagt Kyle augenzwinkernd. »Aber wir fahren einen Umweg.«

Nachdem die beiden die Treppe hinunter verschwunden sind, sagt Jack: »Möchtest du noch etwas trinken?«

»Ich glaube, ich habe genug«, sagt Hollis. »Der Bronco steht in der India Street, aber wahrscheinlich sollte ich ein Taxi nehmen.«

»Ich fahr dich im Bronco nach Hause«, sagt Jack. »Und lasse mich von Kyle mit zurücknehmen.« Er legt den Kopf schief. »Aber wir sollten einen Umweg fahren.«

Hollis hätte ihren Platz nicht wiedergefunden – die Stelle im Moor, wo sie und Jack in der Highschool immer mit dem Wagen gestanden hatten –, aber Jack fährt sie umstandslos zu der winzigen, von Tannen umstandenen Lichtung: dem Runden Raum. Sogar nach so vielen Jahren sieht er völlig unverändert aus – ein Grund, denkt Hollis, weshalb sie immer die Stiftung für Naturschutz auf Nantucket unterstützen wird. Jack stellt den Motor ab und schaltet das Licht aus. Ein paar Sterne sind zu sehen, aber die Mondsichel verbirgt sich hinter den Bäumen.

Hollis sagt: »Was glaubst du, wie viele Pärchen hier nach uns geparkt haben?«

»Und vor uns«, sagt Jack.

»Aber für einige Jahre hat dieser Ort uns gehört«, sagt sie. In den letzten beiden Schuljahren und dem Sommer dazwischen waren sie fast jedes Wochenende hergekommen. Die anderen wussten, dass sie sich fernzuhalten hatten.

»Ich will reden«, sagt Jack. »Erzähl mir alles.«

»Erzähl du *mir* alles«, sagt Hollis. »Was ist aus Mindy geworden?«

»Wir hatten eine gute Zeit«, sagt Jack. »Siebeneinhalb Jahre. Sie war cool, sie hat mir meinen Freiraum gelassen. Sie arbeitete für eine Pharmafirma, die Botox und so Zeug verkaufte. Ich fand es ein bisschen verstörend, dass diese ganzen Frauen ihre Gesichter erstarren lassen wollten, aber sie hatte Spaß daran. Sie spielte gut Darts und machte ein echt anständiges Brathähnchen.«

»Aber?«

»Aber sie wollte heiraten. Zu ihrem vierzigsten Geburtstag gab ich in meiner Bar eine Überraschungsparty für sie, und als alle anderen gegangen waren, setzte sie sich zu mir und sagte, wenn ich ihr keinen Ring an den Finger stecke, verlässt sie mich.«

»Die Kunst des Ultimatums für Einsteiger«, sagt Hollis.

»Sie hat einen anderen geheiratet und ist jetzt glücklicher. Alles ist gut ausgegangen.«

»Aber du bist allein«, sagt Hollis.

»Man kann in einer Beziehung sein und trotzdem allein.« Jack räuspert sich. »Wie geht es dir, Holly? Das muss hart gewesen sein.«

Hollis atmet aus. »Mit einem Schlag hat sich alles verändert. Aber ich musste stark sein – für Caroline natürlich, aber auch weil ich glaubte, dass die Leute das von mir erwarten.«

»Welche Leute?«

»Meine Freunde, meine Community, meine Abonnentinnen. Alle sehen in mir, ich weiß nicht, eine Art …«

»Haushaltsgöttin?«, schlägt Jack vor »Mutter der Nation?«

Wahrscheinlich liegt er gar nicht so weit daneben. »In ihren Augen habe ich immer alles unter Kontrolle – bin stabil und ausgeglichen. Ich bin diejenige, die Trost spendet. Ich hatte das Gefühl, ich darf nicht zusammenbrechen.« Tränen rinnen über ihr Gesicht. Das Weinen tut so gut, dass sie die Schluchzer nicht zurückhält. Jack nimmt sie in die Arme. Er flüstert in ihr Haar: »Ich bin hier, Holly Berry.«

Hollis richtet sich auf und tastet im Fußraum nach ihrer Tasche, in der sie ein Päckchen Taschentücher mit Lavendelduft aufbewahrt. Selbst bei einem Zusammenbruch bleibt sie ihrer Marke treu. »Und ich habe Schuldgefühle.« Sie putzt sich die Nase. »Matthew und ich hatten Probleme. Es war ein leise köchelnder Konflikt, nichts Aufsehenerregendes oder Dramatisches; wir haben uns einfach voneinander entfernt. Er war immer bei der Arbeit, dann wurde meine Website so erfolgreich, und ich steckte meine Energie hinein. Caroline war am College. Wir sprachen mehr mit dem Hund als miteinander.« Hollis fährt sich mit der Hand über die Augen. »An dem Morgen, als er starb, hatten wir ein Gespräch ... Er sagte mir, ich hätte mich verändert, und unsere Beziehung hätte sich verändert, und er hatte recht.«

»Ach, Holly.«

»Wenn es mit Matthew nicht gut lief, habe ich nachgesehen, was bei dir los ist. Ich habe deine Facebookseite gestalkt. Jedes Mal, wenn es mir schlecht ging und ich mich daran erinnern wollte, was es für ein Gefühl war, wirklich geliebt zu werden.« Wieder kommen ihr die Tränen. Was auch immer sie sich von diesem Wochenende erwartet hatte – es war ganz sicher nicht, im Runden Raum zu landen und Jack Finigan all ihre Geheimnisse zu beichten. »Ich habe das Bild von dir und Mindy gesehen ...«

»Vor drei Jahren?«, fragt Jack. Er lacht, und sie kann es ihm nicht verdenken. Es klingt so albern.

»Ich wollte wissen, ob ihr noch zusammen seid«, sagt Hollis. »Aber eigentlich wollte ich wohl wissen, ob du noch manchmal an mich gedacht hast.«

»Natürlich habe ich an dich gedacht, Holly. Du bist ein Teil von mir.«

»Aber du bist nie nach Nantucket zurückgekommen.«

»Ich bin ab und zu hier«, sagt er.

Ohne nachzudenken, sagt Hollis: »Einmal habe ich dich gesehen.«

»Das Thanksgiving damals«, sagt er.

Ja, denkt sie. In welchem Jahr mag das gewesen sein? Caroline war in der Middle School, also vor fast zehn Jahren. Es war der Freitag nach Thanksgiving, und sie, Matthew und Caroline waren in der Stadt, um sich die Lichterzeremonie anzusehen. Es ist einer von Hollis' Lieblingsabenden – ganz Nantucket findet sich auf der Main Street zusammen, und dann werden zeremoniell alle Weihnachtsbäume der Stadt erleuchtet. Hollis trug einen Grobstrickpullover und eine Daunenweste und schwebte in einer Wolke aus Zufriedenheit.

Doch als der Schalter umgelegt wurde und die Main Street im Licht erstrahlte, ließ ein Gesicht in der Menge Hollis erstarren. Sie kniff die Augen zusammen. War er es? War das Jack? Ja – und er sah sie an. Er lächelte, zeigte seine Grübchen und winkte ihr zu.

Hollis wurde von einem Rausch erfasst, mit dem sie nicht gerechnet hatte. Jack! Plötzlich fühlte sie sich unsicher. Sie sah sich nach Matthew um, doch er und Caroline standen drüben auf dem Gehweg, hatten die Handys gezückt und fotografierten die Bäume. Es musste so aussehen, als wäre Hollis allein hier, und darüber war sie froh. Sie sah Jack in die Augen und dachte: *Was mache ich jetzt?* Die normale Reaktion wäre gewesen, mit Matthew und Caroline zu ihm hinüberzugehen und sie einander vorzustellen. *Das ist Jack Finigan, ein Freund aus der Highschool.* Matthew hätte gewusst, dass Jack ihr Ex-Freund war, aber es hätte ihm nicht das Geringste ausgemacht. Matthew war der am wenigsten eifersüchtige Mensch, den sie kannte. Warum tat sie das nicht? Die Antwort: Sie wollte Jack nicht ihrer Familie vorstellen. Jack sollte nicht einmal wissen, dass sie eine Familie hatte. In diesem Augenblick wollte sie zu ihm gehen, ihn umarmen und sogar küssen. Sie spürte das Verlangen, ihn in die Quince Street zu ziehen, sich mit ihm zwischen zwei Ferienhäusern zu verstecken und wild mit ihm zu knutschen.

Stattdessen winkte sie lasch zurück und wandte sich ab. Als sie wieder zu Matthew und Caroline stieß, behauptete sie, sie hätte Kopfschmerzen. »Ich nehme mir ein Taxi nach Hause«, sagte sie. »Geht ihr beide essen.«

»Das ist doch albern«, sagte Matthew. »Wir gehen alle nach Hause. Wir haben noch tonnenweise Reste von Thanksgiving.«

Das stimmte. Hollis kochte an Thanksgiving für zehn, obwohl sie nur zu dritt waren. »Reste hatten wir schon zum Mittagessen«, sagte sie. »Ihr beide solltet die Reservierung nicht verfallen lassen, das wäre unhöflich. Ich nehme mir ein Taxi, und wir sehen uns später zu Hause. Hab euch lieb, ciao.« Dann schlängelte sie sich durch die Menge bis zu der Stelle, an der sie Jack gesehen hatte, doch er war fort. Sie lief durch die Straßen und suchte nach ihm – war sich dabei völlig im Klaren darüber, dass sie sich wie eine Verrückte aufführte, sie war eine glücklich verheiratete Frau und Mutter – aber das war ihr in diesem Moment egal. Sie wollte ihn sehen. War er in Begleitung gewesen? Das war natürlich möglich, doch wenn er allein wäre, könnten sie einen Moment für sich haben. Das war alles, was sie wollte: einen Moment allein mit Jack.

»Ich habe dich gesucht«, sagt Hollis jetzt. »Ich habe Matthew und Caroline abgehängt und dich gesucht.«

»Ich weiß«, sagt er. »Ich habe dich beobachtet.«

»Was? Warum bist du nicht zu mir gekommen?«

Er seufzt. »Ach, Holly, weil du nicht mehr zu mir gehört hast.« Er streckt die Arme nach ihr aus. »Komm her.«

Sie lehnt sich bei ihm an, und ohne darüber nachzudenken, hebt sie den Kopf, und sie küssen sich. Samt Tränen und laufender Nase. Hollis' Emotionen sind *opernhaft* übersteigert, und Hand in Hand mit ihrer Trauer und Verwirrung steigt Verlangen in ihr auf. Wie lange ist es her, dass sie so geküsst wurde? Matthew und sie waren seit Jahren verheiratet, sie knutschten nicht herum. Küsse dieser Art – mit hungrigen, beinahe verzweifelten Lippen und Zungen – kamen irgendwann einfach nicht mehr vor.

Aber jetzt, mit Jack, ist es berauschend. Hollis bekommt nicht genug. Die Jahre fallen von ihr ab, sie ist wieder ein junges Mädchen, siebzehn Jahre alt, das im August 1987 an genau dieser Stelle im Auto sitzt. Am nächsten Morgen wird sie nach Chapel Hill aufbrechen. Dieser Kuss soll – nein, muss – ihnen beiden für den Rest ihres Lebens in Erinnerung bleiben.

Jack zieht sich zurück, und Hollis denkt: *Ach ja*, was *tun wir hier eigentlich?* Sie ist nicht bereit für so etwas (obwohl sie sich in diesem Moment sehr bereit fühlt). Sie überlegt, ob Jack der Kuss einfach nicht so gefällt. Immerhin ist Mindy zehn Jahre jünger als sie. Vielleicht will er keine dreiundfünfzigjährige Frau küssen.

»Scheinwerfer«, flüstert er. »Da vorne. Kommen sie in unsere Richtung?«

Hollis' Blick folgt Jacks Finger – da ist ein Auto hinter den Bäumen. Sie will es mit Gedankenkraft dazu zu bewegen, einen anderen Weg einzuschlagen – die Moore sind kreuz und quer von schmalen, sandigen Wegen durchzogen –, aber die Lichter halten direkt auf sie zu. Ist das die nächste Generation junger Liebespaare? Sie müssten gleich bemerken, dass die Stelle besetzt ist (von einem älteren Pärchen), und weiterfahren. Dann sagt sie: »Meinst du, das sind Kyle und Tatum?« *Das* wäre witzig. Gut möglich, dass die beiden erraten haben, wohin es Hollis und Jack verschlagen würde, und dass Tatum (sie ist für die Streiche zuständig) darauf bestanden hat, herzukommen.

Als der Wagen näher kommt, sagt Hollis: »Sollen wir einfach wegfahren?« Aber es ist schon zu spät, der Wagen hat hinter ihnen angehalten und versperrt den Weg aus dem Runden Raum.

»Ach, du Scheiße«, sagt Jack.

Es ist die Polizei.

Neiiiiin, denkt Hollis. *Wie entsetzlich peinlich.* Bei all den vielen Malen, die Jack und sie hier waren, sind sie nur zweimal in die

Bredouille geraten: die leere Batterie (so haben sie gelernt, das Radio nur laufen zu lassen, wenn auch der Motor läuft), und einmal, in einem besonders schlammigen April, sind sie stecken geblieben. Von der Polizei sind sie noch nie erwischt worden. Die damaligen Streifenwagen waren nicht für dieses Gelände ausgelegt gewesen. Der Wagen, der jetzt hinter ihnen steht, ist ein SUV.

Der Polizist steigt aus. Hollis hört die Tür zuschlagen, ist allerdings zu verlegen, um sich umzudrehen. »Guten Abend, die Herrschaften, wie geht's denn so?«

Jack öffnet die Tür und steigt aus, und Hollis denkt sich, wie gern sie jetzt unsichtbar wäre.

Jack sagt: »Heiliger Strohsack, *Kevin*?«

Officer Kevin Dixon traut seinen Augen nicht. Da macht er einen Routine-Abstecher zum Runden Raum (Zack Crispin und Abigail Montero aus der Zwölften knutschen in letzter Zeit öfter hier, und er hat ihnen angedroht, beim nächsten Mal ihre Eltern zu informieren), aber diesmal sind es nicht Zack und Abby, sondern es ist ein Paar in seinem Alter. Und zwar nicht irgendein Paar, sondern Jack Finigan und Hollis Shaw.

Ist er in einer Zeitmaschine gelandet? Ist es wieder 1987?

»Mensch, Kevin, bist du's wirklich?«, sagt Jack. »Ich bin's, Jack Finigan, Mann. Verdammt, wie geht's dir?«

Dixon schüttelt Jack die Hand und zieht ihn in eine lange, herzhafte Umarmung. Jack Finigan war Tight End und ein verflucht guter Blocker für Dixon als Tailback. Dixon hat den Typ seit Ewigkeiten nicht gesehen. »Schön, dich zu sehen, Mann.« Dann wendet er sich an Hollis. »Hey, Holly, wie geht's?«

»Hi, Kev.« Hollis steigt auf der Beifahrerseite aus und geht um den Wagen herum, um Kevin ebenfalls zu umarmen. Sie hat er öfter auf der Insel gesehen, meistens im Auto – in genau diesem Bronco übrigens, ein hübsches Stück, schwer zu übersehen –, aber sie haben nicht viel miteinander gesprochen. Seine Ex-Frau ist besessen von Hollis' Website und gibt allen Ernstes vor ihren Freundinnen damit an, dass Dixon und Hollis zusammen zur Schule gegangen sind. Und natürlich hat er in der Zeitung gelesen, dass Hollis' Mann gestorben ist. War das letzten Winter oder das Jahr davor? Dixon ist inzwischen in dem Alter, in dem die Jahre miteinander verschmelzen. Er wird ihr nicht sein Beileid zum Verlust ihres Mannes aussprechen, weil ja offensichtlich ist, dass Hollis und Jack zusammen sind. Im Sinne von *zusammen*-zusammen. Was ziemlich lustig ist, denn hier ist doch genau die Stelle, an der Hollis und Jack zu Highschool-Zeiten immer geparkt haben? Der Platz *gehörte* ihnen damals praktisch, niemand hätte gewagt, ihnen den streitig zu machen.

Dixon würde sie gern fragen, was sie so machen, und Hollis zu ihrem großen Erfolg gratulieren, aber es ist nicht zu übersehen, dass er die beiden gestört hat. Hollis' Haare sind zerzaust, und sie hat dunkle Mascaraschlieren auf den Wangen. Ein Schwätzchen mit ihm ist wahrscheinlich das Letzte, was die beiden jetzt wollen.

Dixon hebt die Hand. »Wollte nicht stören. Ich halte nur Ausschau nach Kids, die trinken oder rauchen. Diesen Sommer ist es so trocken, da könnte eine Zigarettenkippe das Moor in Brand stecken. Aber schön, euch beide zu sehen.« Er lacht. »Mit euch habe ich hier ganz sicher *nicht* gerechnet.« Kevin geht zu seinem Wagen, und während er zurücksetzt, kann er beobachten, wie Jack und Hollis ebenfalls wieder ins Auto steigen.

Schön für sie, denkt er und schmunzelt auf dem ganzen Weg zurück zur Milestone Road vor sich hin.

38.
Was im Box passiert

Der Erste, den Caroline sieht, als sie ins Chicken Box kommt, ist …
Dylan McKenzie. Er steht allein an der Bar, und als er Caroline
sieht, hellt sich seine Miene auf, und er bietet ihr ein kaltes Corona
an.

»Ich hoffe, das ist okay«, sagt er. »Pol Roger haben sie hier nicht.«

»Äh, hi?«, sagt Caroline. »Was machst du hier?«

»Wir hatten heute eine private Veranstaltung, da bin ich früher
weggekommen und dachte, du bist bestimmt hier.«

Caroline trinkt einen Schluck Bier. Hatte sie die Zeichen gestern Abend falsch gedeutet? Hat Dylan tatsächlich auf sie gewartet? Das ist so verrückt. »Das war aufmerksam, danke schön.«

»Du siehst toll aus heute Abend.«

Rein zufällig sieht sie wirklich toll aus. Sie ist endlich aus der
Jogginghose gestiegen und hat eine Jeans und ein gelbes Neckholdertop von der Größe eines Taschentuchs angezogen. Sie hat sich
die Haare gestylt und sich geschminkt, sie hat nämlich einen Plan,
und zwar, sich dabei zu fotografieren, wie sie sich im Chicken Box
amüsiert, und das auf Instagram und Snapchat zu posten. Sie ist
sich jetzt sicher, dass Isaac es sehen wird, und er soll wissen, was
ihm entgeht.

Noch besser wäre es, wenn sie ein Foto davon postet, wie sie sich
in der Box mit Dylan amüsiert.

»Komm, wir machen ein Selfie«, sagt sie, und er legt sofort den
Arm um sie und macht *cheese* (er ist verdammt sexy, das ist nicht
zu leugnen).

»Ist meine Mutter hier?«, fragt sie.

»Sie und meine Mutter sind verschollen«, sagt Dylan. »Und darüber bin ich *nicht* unglücklich.«

Maxxtone spielen *The Middle* von Jimmy Eat World, und obwohl Caroline dankbar für Musik ist, die nicht vom Oldie-Sender Sirius XM stammt (die Playlists ihrer Mutter sind *wirklich* anstrengend), sagt sie: »Ich geh schnell mal aufs Klo.«

»Ich warte hier«, sagt Dylan. »Dann können wir tanzen.«

Caroline bahnt sich einen Weg durch die Menge aus jungen, offensiv schönen Sommergästen. Dylan könnte hier so ziemlich jede Frau abschleppen, deshalb ist sie sich nicht so sicher, warum er ausgerechnet ihr Aufmerksamkeit schenkt, aber es ist Balsam für ihr verletztes Ego. Alleine in der Toilettenkabine, scrollt sie durch die vielen Bilder, die sie gemacht hat, sucht das aus, auf dem sie und Dylan a) am heißesten und b) am meisten »zusammen« aussehen, und schreibt darunter: Was im Box passiert … Dann postet sie es. Mission erfolgreich.

Als sie zur Bar zurückkommt, wartet Dylan mit zwei neuen Bieren auf sie, doch bevor sie ihn erreicht, ruft jemand ihren Namen.

Carolines Kopf schnellt herum – und sie entdeckt Dru-Ann und Brooke, die gerade zur Tür hereinkommen. Caroline winkt sie zu sich an die Bar und stellt ihnen Dylan vor.

»Das ist Tatums Sohn«, sagt sie. »Dylan, das ist Dru-Ann, Moms Freundin vom College, und Brooke, ihre Freundin aus Wellesley.«

Dylan sagt: »Wow, Ms. Jones. Ich sehe Sie jede Woche bei *Wirf wie ein Mädchen*. Das ist so cool. Sie machen bei diesem Wochenend-Dings mit meiner Mom mit? Hat sie mir gar nicht erzählt.«

Dru-Ann denkt: *Tja, Kumpel, das hat einen Grund.* Dann denkt sie: *Und wenn du am Dienstag einschaltest und Crabby Gabby auf meinem Platz vorfindest, wirst du erfahren, dass ich bei ESPN rausgeflogen bin.* Aber heute Abend will sie sich nicht die Stimmung verderben. »Ja, das bin ich«, sagt sie und streckt die Hand aus. Sie mustert Dylans Statur und Körperbau. »Sag nichts – College Lacrosse.«

»Gut geraten«, sagt er. »Ich habe ein Jahr an der Syracuse gespielt.«

Syracuse? Sie ist beeindruckt. »Nur ein Jahr?«

»Ja«, sagt er. »Dann ist etwas dazwischengekommen.«

Aus ihrer Erfahrung mit jungen Sportlern weiß Dru-Ann, was so »dazwischenkommen« kann: Das sind entweder schlechte Noten, Drogen oder Sex. Der Typ hier ist offensichtlich ein Ladykiller, weshalb Dru-Ann auf Sex tippt.

»Darf ich euch zu einer Runde Shots einladen?«, fragt er.

»Ja, bitte!«, sagt Brooke. In der Bar ist es so warm, dass sie sich die Haare zu einem hohen Knoten zusammenbindet. Sie spürt, wie sich ihre Wangen röten. Unglaublich, sie ist mit Dru-Ann hier, die so superberühmt ist, dass selbst Tatums Sohn sie erkennt! Wen interessiert schon Electra Undergrove? (Bei diesem Gedanken sucht sie die Menge ab, denn wenn sie doch hier ist, muss Brooke verschwinden.) »Was soll's denn sein?«

»Es gibt nur einen akzeptablen Shot«, sagt Dru-Ann.

»Tequila«, sagen Caroline und Dylan gleichzeitig, und Dru-Ann denkt: *Vielleicht gibt es doch noch Hoffnung für diese Generation.*

Dylan bestellt vier Gläser Patrón, alle stoßen miteinander an, und dann ab hinter die Binde damit.

Die Band macht mit *Kiss* von Prince weiter. »Ich will tanzen.« Brooke sieht Dru-Ann an.

»Ich bin nicht deine Babysitterin, Liebes«, sagt Dru-Ann. »Such dir 'nen heißen Typen und leg los.«

Brooke wünscht sich, dass Dru-Ann mit ihr kommt. Sie ist noch nicht betrunken genug, um vergessen zu haben, dass sie eine Vorstadthausfrau in den mittleren Jahren ist. Aber sie will nicht bedürftig wirken. Als sie Charlie kennenlernte, war das in einer ganz ähnlichen Bar wie dieser. Sie wird einfach ihr sorgloses fünfundzwanzigjähriges Selbst heraufbeschwören und versuchen, jemanden für sich zu gewinnen, der genau das Gegenteil von Charlie ist. Sie wagt sich in die wogende Menge.

Dru-Ann sagt: »Ich könnte noch einen Shot gebrauchen. Und ihr?«

»Unbedingt«, sagen die anderen, und Dru-Ann schwingt die Kreditkarte wie der Girl-Boss, der sie mal war.

Eine Stunde und eine unbestimmte Anzahl Tequilas später zieht es auch Dru-Ann, Caroline und Dylan auf die Tanzfläche. Sie finden Brooke – okay, wow – umringt von einer Gruppe junger Schnösel (Dru-Ann weiß nicht mehr, wie man eine Gruppe Schnösel nennt, ein *Privileg* oder eine *Erbschaft*). Diese Jungs tragen weiße Hosen, pastellfarbene Polohemden, von ihren reichen, untätigen Müttern handbestickte Gürtel und Slipper ohne Socken. Sie schwenken ihre Wodka-Sodas und jubeln ihrem neuen Maskottchen Brooke zu.

»MILF!«, schreit der Schnösel im rosa Hemd, während der Schnösel in Flieder Brooke unter seinem Arm herumwirbelt.

»Ich muss sie da rausholen«, sagt Dru-Ann zu Caroline und Dylan. Sie tippt Brooke auf die Schulter, und als diese sie sieht, kreischt sie auf und wirft ihr schwungvoll den Arm um den Hals.

»Das! Ist! Meine! Freundin!«

»Hey, das ist Dru-Ann von *Wirf wie ein Mädchen*!«, sagt der Pfirsichschnösel. Er zückt sein Handy für ein Selfie, aber Dru-Ann schlägt das Gerät weg.

»Keine Fotos.«

»Wurdest du nicht *gecancelt*?«, fragt der Schnösel in Meerschaumgrün.

»Ich bin hier, oder nicht?«, sagt Dru-Ann. Sie mustert die Gruppe und denkt: *Die sind nicht groß genug für Basketball, nicht kräftig genug für Football oder Hockey, nicht schlank genug für Lacrosse oder Fußball. Wahrscheinlich spielen sie mieses Golf und noch schlechteres Tennis.* »Ich werde mir die MILF hier mal ausleihen. Bis später, Jungs.« Sie geht mit Brooke zu den Notausgängen, wo sie mehr Raum zum Atmen haben.

»Die Jungs haben mich gerade angesprochen«, sagt Brooke. Sie war dem Pfirsichfarbenen, Archie, aufgefallen, als der DJ in der

Bandpause *Through the Storm* gespielt und Brooke jedes Wort mit-gegrölt hatte. (Ihre Kinder hören beide ausschließlich Rap und Hip-Hop, Brooke hat den Song Hunderte Male gehört.) Offenbar fand Archie, eine Mom, die YoungBoy Never Broke Again mochte, sei cool – oder vielleicht auch nur eine Kuriosität –, und stellte sie seinen Freunden vor. Das war lustig, auch wenn Brooke lieber mit Dru-Ann getanzt hätte.

Als die Band *Watermelon Sugar* spielt, tanzt Dylan dicht hinter Caroline. Sie hebt das Handy über den Kopf und macht ein paar Bilder. Die werden Isaac wahnsinnig machen. Als Nächstes läuft *Champagne Supernova*. Dylan legt Caroline die Hände auf die Hüften und dreht sie zu sich herum, beugt sich vor und küsst sie. Dieses Mal klappt es viel besser – vielleicht wegen der Musik oder der heißen Körper überall um sie herum oder wegen des Tequilas. Caroline knutscht mit Dylan McKenzie, und sie genießt es!

Aber im nächsten Augenblick klatscht ihr von der Seite etwas erschreckend Nasses, Kaltes an den Kopf. Irgendein Getränk läuft ihr an Gesicht und Hals hinunter – es riecht nach Rum und Cola – und hinterlässt braune Flecken auf ihrem gelben Top. Sie fährt sich mit dem Handrücken über die Augen und sieht – Überraschung! – die fiese, gemeine, furchtbare Aubrey Collins mit einem leeren Plastikbecher in der Hand.

»Geh weg von ihm!«, schreit Aubrey.

»Verdammt, Aubrey, was soll das?«, fragt Dylan. »Es tut mir so leid, Caroline.« Er zieht ein Taschentuch aus der Hosentasche, und Caroline wischt sich damit übers Gesicht.

»Ihr seid jetzt also ein offizielles Instagram-Pärchen, ja?« Aubrey grinst Caroline höhnisch an. »Ich hab deinen Post gesehen. Aber ich muss dir leider sagen, er ist *mein* Baby-Daddy – also tschüss dann.«

Oh mein Gott, denkt Caroline. *Es passiert noch einmal?*

Lächelnd drückt sie Aubrey das klebrige Taschentuch in die Hand. *Was im Box passiert,* denkt sie.

»Er gehört ganz dir, Psycho«, sagt Caroline und verlässt den Club durch die Seitentür – nass, klebrig und zutiefst befriedigt.

39.
Peperoni-Pizza

Die Band spielt einen großartigen Song nach dem anderen – Violent Femmes, The Cure, Weezer –, und die Schnösel versorgen Brooke und Dru-Ann mit Getränken. Als die Lichter angehen und der Leadsänger zu *Closing Time* ansetzt, schiebt Dru-Ann Brooke zur Seitentür hinaus, vorbei an den Pärchen, die sich gleich gegenseitig abschleppen werden. Doch draußen stoßen sie auf eine absurd lange Schlange von Menschen, die auf Taxis warten.

Nein, denkt Dru-Ann. *So wird das nichts.* Ach, was soll's, sie wird Alto nutzen, die teuerste RideShare-App der Welt. Haben die hier auf Nantucket überhaupt Alto? Nein, haben sie nicht, wie sich herausstellt. Also UberXL – aber das nächste Fahrzeug ist siebenunddreißig Minuten entfernt. Sie hätten früher gehen sollen. Es ist schon nach eins, vor zwei werden sie nicht bei Hollis sein. Dru-Ann drückt auf *Fahrt bestätigen,* denn was bleibt ihr anderes übrig, zum Laufen ist es zu weit – dann sieht sie die Pizzabude auf der anderen Straßenseite.

Sie ist am Verhungern. Das Hähnchen mit Fritten im Nautilus ist schon eine Ewigkeit her. »Komm mit«, sagt sie zu Brooke. »Wir holen uns ein Stück.«

Kurz darauf nehmen sie die Pappteller mit den herrlich saftigen Peperoni-Pizza-Stücken mit nach draußen und setzen sich mit lang ausgestreckten Beinen auf den Bordstein am Parkplatz.

So weit ist es gekommen, denkt Dru-Ann. »Also, was ist mit deinem Mann los?«, fragt sie. »Hat er Probleme?«

»Er hat bei der Arbeit jemanden begrapscht. Die neue Brandmanagerin. Sie heißt Irish Fahey und ist dreiundzwanzig.«

»Cooler Name«, sagt Dru-Ann.

»Sie verklagt ihn wegen sexueller Belästigung. Am Donnerstag war der Sheriff bei uns, um Charlie die Vorladung zu überbringen.«

»Hatte er etwas zu seiner Verteidigung zu sagen?«

»Er behauptet, er hätte nur Spaß gemacht. Was Charlie ›lustig‹ findet, ist ekelhaft, unangemessen und übergriffig.« Brooke beißt in ihre Pizza und zieht beeindruckende Käsefäden.

»Ich kenne eine Menge Charlies«, sagt Dru-Ann.

»Es ist nicht das erste Mal, dass so etwas passiert«, sagt Brooke. »Vor ein paar Jahren hat er eine Kellnerin begrapscht. Damals wurde die Sache außergerichtlich beigelegt.«

»Himmel, Brooke.«

»Ich weiß. Er ist ein Arsch. Und dieses Mal wurde er gefeuert.« Plötzlich fängt sie an zu weinen. »*Gefeuert!* Unsere Zwillinge fangen gerade ihr letztes Jahr in Yale und an der Wesleyan an …«

»Du hast *Zwillinge*? In *Yale* und an der *Wesleyan*?« Warum wusste sie das nicht?

»Will und Whitney sind großartig, aber ich rede nicht viel über sie, weil ich ziemlich sicher bin, dass Electra mich deswegen aus ihrer Clique rausgedrängt hat.«

»Electra ist die Frau, die beim Abendessen aufgekreuzt ist?«

Brooke nickt unter Tränen. »Alles ist so *saublöd gelaufen.* Ich habe ihr wirklich das Programm von unserem Wochenende gezeigt, und ich habe mir auch das Datum für die Footballparty in den Kalender eingetragen, und jetzt hasst Hollis mich.«

»Hollis hasst dich nicht.«

»Aber deswegen ist sie nicht mit ins Box gekommen. Sie wollte nicht in meiner Nähe sein.«

»Tja, ihr Pech«, sagt Dru-Ann. Sie stellt ihren Pappteller ab. »Ich hatte heute Abend eine Menge Spaß mit dir.«

Brooke dreht den Kopf zu Dru-Ann. »Wirklich?«

»Ja«, sagt Dru-Ann und wischt Brooke mit ihrer Serviette einen Klecks Tomatensoße von der Nase. »Ja, das war ein toller Abend mit dir.«

Brooke fasst sich an die Nase, und bevor Dru-Ann weiß, wie ihr geschieht, beugt Brooke sich vor und küsst sie. Zuerst glaubt Dru-Ann, das sei nur Brookes wie üblich übertriebene Form der Begeisterung, doch dann spürt sie Brookes Zunge zwischen ihren Lippen. *Ach, du meine Güte.* Behutsam legt sie ihr die Hände auf die Schultern und schiebt sie von sich. Es ist nicht das erste Mal, dass eine Frau versucht, sie zu küssen, offenbar hören die Leute *Sportagentin* und sehen Dru-Ann in ihren Blazern und gehen davon aus, dass sie lesbisch ist.

»Brooke«, sagt sie.

Brooke starrt sie benommen, mit aufgerissenen Augen und bebender Unterlippe an. »Du fühlst dich nicht zu mir hingezogen? Du hast gerade gesagt, es wäre ein toller Abend mit mir gewesen. Und so, wie du mit mir getanzt hast, dachte ich …«

Hatte Dru-Ann zweideutig mit Brooke getanzt? Ein bisschen vielleicht, aber das war nur Spaß gewesen, weil sie Brooke für hetero gehalten hatte. Ganz sicher war es nicht als Anmache gedacht gewesen. Sie hatte mit Brooke getanzt, wie Frauen es eben machen, wenn sie sich amüsieren.

Dru-Anns Handy piept – das UberXL ist noch eine Minute entfernt. *Dem Himmel sei Dank.* Sie wirft die Pappteller weg und zieht Brooke auf die Füße. »Unser Wagen ist da.«

Auf dem dunklen Rücksitz des Uber schläft Brooke mit dem Kopf an Dru-Anns Schulter ein. Während der Fahrt versucht Dru-Ann sich Hollis' Reaktion vorzustellen, wenn sie ihr erzählt: *Brooke hat mich auf dem Parkplatz geküsst. Mit Zunge.* Beim Gedanken an Hollis' Gesichtsausdruck muss sie kichern.

Dieses Wochenende steckt voller Überraschungen.

40.
Should I Stay or Should I Go?

Als Gigi zurückkommt, wird sie von der Hündin Henrietta ange-knurrt. Sie seufzt. »Ich weiß, du hasst mich, und dazu hast du auch allen Grund.« Sie holt sich ein Glas Eiswasser und geht durch den Flur in ihr Zimmer, wo sie ihr Jerseykleid gegen T-Shirt und Shorts tauscht. Dann packt sie ihre Sachen.

Sie kann nicht glauben, was beim Abendessen passiert ist. Diese Frau, Electra. *Ich bin sicher, wir sind uns irgendwo schon mal begegnet.*

Sie muss bereit sein, jederzeit abzureisen.

Sie legt sich ins Bett, kann aber nicht schlafen. Über eine Stunde liegt sie da, bis sie Stimmen in der Küche hört. Hollis und … Ta-tum, wie es klingt. Sie kichern. Gigi hört das Klappen der Kühl-schranktür, das Knistern einer Chipstüte. Betrunkene Mitter-nachtssnacks und Gespräche, bei denen sie nur stören würde, auch wenn Hollis freundlicherweise so tun würde, als wäre das nicht so.

Irgendwann werden die Stimmen schwächer, und Gigi döst weg – aber kurz darauf wird sie wieder geweckt, als sie Brooke und Dru-Ann durch den Flur taumeln hört. Es klingt, als würde Dru-Ann Brooke ins Bett bringen.

»Hier sind Wasser und ein paar Aspirin. Vertrau mir, die wirst du brauchen.«

»Aber du bist mir nicht böse. Bist mir nicht böse, oder? Es tut mir soooo, so so so leid.«

»Nein, ich bin nicht böse. Versuch ein bisschen zu schlafen. Morgen früh wirst du dich an nichts mehr erinnern.«

Gigi hört, wie Brookes Zimmertür geschlossen wird und Dru-Ann seufzt. Sie greift nach ihrem Handy. Sie hat eine Nachricht von ihrem Nachbarn Tim: Wie läuft es??? Weiß sie Bescheid? Wirst du es ihr sagen? Ich will Infos!!

Gigi tippt: Gut, nein, weiß nicht – dann löscht sie es wieder. Wie lahm.

Sie tippt: Na ja, ich bin noch hier! Und während sie auf Senden drückt, denkt sie: *Aber wer weiß, was morgen ist.*

41.
Alle aus den Federn

Um acht Uhr am nächsten Morgen ist die Serbische Hirtenhündin Henrietta als Einzige wach. Das ist extrem ungewöhnlich: Hollis verschläft nur am Neujahrsmorgen oder wenn es in Strömen regnet.

Henrietta muss nach draußen. Sie trabt einmal durch die Küche – kein Frühstück, nicht mal Kaffee läuft durch; was ist hier *los*? Die Hintertür mit dem Fliegengitter kann sie mit der Schnauze aufschieben – dafür ist sie groß genug –, aber um wieder hereinzukommen, wird sie bellen müssen. Da ist es besser, einfach Hollis zu finden.

Henrietta tappt in Hollis' Schlafzimmer und hört sie leise schnarchen. Es widerstrebt ihr zutiefst, Hollis zu wecken; nach Matthews Tod hat sie monatelang fast gar nicht geschlafen. Aber sie hat keine Wahl. Sie hechelt Hollis ins Gesicht. Ihr Atem ist so schrecklich (hat man ihr wiederholt gesagt), der wird sie aufwecken.

Aber das tut er nicht, also verlegt sich Henrietta aufs Lecken.

Dafür gibt es manchmal einen Klaps auf die Nase, doch an diesem Morgen lacht Hollis nur, nimmt Henriettas Gesicht in beide Hände und bedeckt es mit Küssen.

»Hallo, meine Schöne!«, sagt sie und springt aus dem Bett. »Musst du Pipi?« Sie zieht sich einen Morgenmantel über und geht mit Henrietta hinaus auf die hintere Terrasse. Die Sonne steht schon am Himmel und der Tau auf dem Gras ist bereits weggetrocknet, aber es gibt noch viele gute Morgengerüche. Bevor Henrietta loszieht, um sie zu erkunden, dreht sie sich nach Hollis um, die mit einem unergründlichen Lächeln auf dem Gesicht dasteht und die Arme um ihren Oberkörper geschlungen hat.

Was ist bloß in sie gefahren?, fragt sich Henrietta.

Tatum wacht auf, neben sich auf dem Nachttisch eine halbe Packung Doritos. Hat sie orangefarbene Fingerabdrücke auf der blütenweißen Decke hinterlassen? Ja, ein paar – aber mit ein bisschen Baking Soda und Zitronensaft gehen sie problemlos raus. (Bei Irina Services hat Tatum für jedes Haushaltsmalheur einen Trick gelernt.) Sie kann nicht glauben, dass Kevin Dixon Hollis und Jack im Runden Raum erwischt hat! Hollis sagte, sie habe erst gedacht, sie und Kyle hätten ihnen einen Streich spielen wollen, und Tatum ist enttäuscht, dass sie nicht darauf gekommen ist. Das wäre nämlich ein guter Streich gewesen. Aber das mit Dixon ist noch besser. Was er sich wohl gedacht hat?

Einen Moment lang hängt Tatum der Vorstellung von einer Zukunft nach, in der Jack und Hollis wieder zusammen sind und mit ihr und Kyle auf Nantucket leben.

Dann berührt sie ihre Brust. Die Einstichstelle der Biopsie tut nicht mehr weh, aber Tatum weiß, dass der Knoten noch da ist, wie eine faule Stelle in einem ansonsten perfekten Apfel.

Vor Montag darf sie nicht über die Zukunft nachdenken.

Brooke wacht mit hämmernden Kopfschmerzen auf. Auf ihrem Nachttisch steht ein Glas Wasser, daneben zwei Aspirin. Sie stützt sich auf den Ellbogen, schluckt die Tabletten und fällt in die üppigen Kissen zurück.

Gestern Abend hat sie Dru-Ann geküsst. Und auch wenn Dru-Ann den Kuss nicht erwidert hat, war es kein Totalverlust. Das Geheimnis, das sie gehütet hat, ist draußen. Sie, Brooke Kirtley, hat sich geoutet.

Auf eine Art ist es ein gutes Gefühl. Ihr ganzes Leben lang hatte sich Brooke wie ein Puzzleteil mit den falschen Rändern gefühlt – im Ungleichgewicht, ein bisschen schräg, nicht *passend*.

Aber gestern Abend hat sie endlich ihren Platz gefunden.

Hollis ruft gerade Henny wieder zu sich – sie sollte Kaffee aufsetzen und das Granola und den Obstsalat anrichten – als sie Gigi über die Brücke am Teich kommen und verlegen winken sieht.

Wie zu erwarten war, fängt Henny an zu knurren. Hollis fasst sie am Halsband und gibt ihr einen Klaps aufs Hinterteil. »Wirst du damit aufhören, Mädchen? Gigi ist unser Gast. Sie ist unsere Freundin.«

Gigi zuckt die Achseln. »Sie hat ein Recht auf ihre eigne Meinung.«

»Bist du gestern Abend gut nach Hause gekommen?«, fragt Hollis. »Ich muss mich für den Vorfall nach dem Essen entschuldigen. Diese Frau war früher mal meine Freundin, aber wir sprechen nicht mehr miteinander.«

»Schon gut«, sagt Gigi schnell. »Und ja, ich habe direkt ein Taxi gefunden und war im Nu zu Hause, danke.« Sie geht an Hollis vorbei und taucht die Füße in die flache Wanne, bevor sie die Fliegengittertür öffnet.

»Möchtest du Kaffee oder Obst?«, fragt Hollis. »Granola?«

»Alles bestens, danke«, sagt Gigi. »Ich bin noch ein bisschen müde. Wahrscheinlich bleibe ich heute Vormittag in meinem Zimmer.«

»Oh«, sagt Hollis. »Okay.« Sicher, sie kennt Gigi nicht besonders gut, aber sie merkt, dass etwas nicht stimmt. Wo ist die sonnige, fröhliche Gigi hin, die für jeden Spaß zu haben war? Wahrscheinlich ist sie erschöpft von dem ganzen Drama – und könnte man ihr das verdenken? »Ist alles in Ordnung, Gigi?«

»Ja«, sagt Gigi über die Schulter. »Warum denn nicht?«

Als Dru-Ann in ihrem Bett unter dem Glaskugelleuchter aufwacht und auf die alte George-Nelson-Sonnenuhr an der Wand gegenüber blickt, denkt sie: *Ich werde dieses Haus nie wieder verlassen.*

Was wartet zu Hause denn noch auf sie?

Sie wird Hollis fragen, ob sie eine Woche bleiben darf. Vielleicht zwei. Wahrscheinlich möchte Hollis sie bis morgen gern losgeworden sein, aber wenn sie ihr erzählt, dass sie aus ihrem Leben rausgeflogen ist, wird Hollis Ja sagen müssen.

Sie bereitet sich einen Espresso zu und überlegt, wie es Brooke wohl geht. Die Arme hatte bei ihrem Mann nie einen Orgasmus, weil sie nicht auf Männer steht.

Dru-Ann programmiert gerade den Heimtrainer, als ihr Handy piept. Eine Textnachricht. *Das,* denkt sie, *ist bestimmt Brooke, die mich anfleht, es niemandem zu verraten.*

Aber die Nachricht kommt von Nick. Da steht: Phineas ist in Führung gegangen.

Dru-Ann kreischt und klappt ihren Laptop auf. Und tatsächlich, Phineas Pine und Rory McIlroy liegen vor den Back Nine mit acht unter Par gleichauf.

Er hat geträumt, dass er gewinnt, hatte Posey gesagt.

Interessiert sie das überhaupt, nach allem, was passiert ist? Dass Phineas die British Open spielt, ist doch überhaupt erst der Auslöser für den ganzen Schlamassel gewesen, in dem sie steckt. Theoretisch müsste sie hoffen, dass er verliert – und zwar haushoch. Aber stattdessen freut sie sich. Ist Phineas mental stark genug, um McIlroy zu schlagen? Neun Löcher sind eine Menge Golf. Wenn er übermütig wird, könnte er an ein bis drei Löchern einen Bogey spielen. Dru-Ann sieht, dass Hovland bei sechs unter Par liegt, und er ist für sein starkes Schlussspiel bekannt. Der Drops ist noch lange nicht gelutscht. In den USA startet die Berichterstattung erst ab mittags, genau dann, wenn sie zum Lunch aufbrechen. Verdammt.

Soll Dru-Ann Nick antworten? Wenn er sie über Phineas auf dem Laufenden hält, denkt er immerhin an sie.

Sie springt aufs Fahrrad.

Caroline hört ihr Handy auf dem Nachttisch vibrieren, aber sie ist in einer Schlafphase, in der sie sich wie unter Wasser fühlt und sich nicht rühren kann. Das Vibrieren bricht ab, und Caroline sinkt in den Schlaf zurück wie ein Stein, der auf den Meeresgrund fällt.

Wieder vibriert es, und aus irgendeinem Grund schreckt Caroline jetzt hoch. *Okay, okay, ich bin ja da.* Sie greift nach dem Handy.

Sofia.

»Hallo?« Caroline weiß, dass sie Sofia etwas vorlügen soll ... oder soll sie ihr die Wahrheit sagen? Es fällt ihr nicht mehr ein.

»Caroline?« Genau wie Isaac spricht Sofia ihren Namen »Carolien« aus. Bei ihr ist es nervig.

»Ja, Sofia. Hallo, guten Morgen.«

»Caroline, du hast mich gestern Abend nicht zurückgerufen.«

Caroline setzt sich auf und räuspert sich. Kann sie sich gegenüber Sofia einen überheblichen Ton erlauben? Sie kann, beschließt sie. »Ich weiß, Sofia. Ich drehe hier auf Nantucket. Ich hatte zu viel zu tun, um dich anzurufen, tut mir leid. Was ist los?«

»Wir müssen über Isaac reden.«

»Geht es ihm gut?«, fragt Caroline mit gespielter Besorgnis. »Ist etwas passiert?«

»Er war mir untreu.« Sie klingt dermaßen überzeugt davon, dass die Angst wie eine Flamme in Carolines Brust flackert. Hatte Isaac sich geirrt? Verdächtigt Sofia Caroline?

Caroline atmet durch. Sie schafft das. »Sei nicht albern, Sofia. Er würde dich nie betrügen. Er liebt dich.«

»Liebe und Sex«, sagt Sofia, »sind zweierlei Dinge.«

Autsch, denkt Caroline. Sie sagt nichts, weil sie fürchtet, sich sonst zu verraten.

»Wer war im Loft, während ich in Schweden war?«, fragt Sofia.

»Niemand«, sagt Caroline.

»Niemand außer dir?«

»Genau«, sagt Caroline. »Niemand außer mir.« Ihre Gedanken rasen. Das Loft hat keinen Pförtner, und es gibt auch keine Nachbarn, die Sofia berichten könnten, dass Caroline das Loft erst spätabends oder überhaupt nicht verlassen hatte. Oder doch?

»Und er hat dir seine Kamera gegeben?«, fragt Sofia. »Sein Stativ? Die Drohne? Isaac leiht *niemandem* seine Ausrüstung, und ganz bestimmt nicht einer mickrigen Praktikantin.«

Mickrig?, denkt Caroline. »Hat er aber. Ich brauchte die Sachen für dieses Wochenende.«

»Ja, hat er mir erzählt. Du filmst irgendwas für deine Mutter. Eine Familienfeier.«

Caroline schüttelt den Kopf. Sei's drum. Sie wird Sofia nicht die Idee des Fünf-Sterne-Wochenendes erklären, so viel steht fest. »Es war niemand im Loft, während du weg warst. Die ganze Zeit nicht«, sagt sie. »Ich würde es dir sonst sagen.«

Caroline hört Sofia ausatmen. Sie raucht.

»Eigentlich müsste ich dich und Isaac verdächtigen, aber …« Sie lacht. »Das ist zu lächerlich.«

327

Caroline ist empört. *Dein Freund und ich hatten – haben – echte Gefühle füreinander. Und der Sex war glutheiß.*

»Na klar, total lächerlich«, sagt sie.

»Genau. Ich hab nämlich gestern Abend deinen Post mit diesem Jungen gesehen. Was für ein süßer Typ! Ich hab das Bild Isaac gezeigt. Er fand auch, ihr beide seid ein sehr schönes Paar.«

Auf diesem Instagram-Bild geben Caroline und Dylan tatsächlich ein sehr schönes Paar ab – aber Instagram ist nicht die Wirklichkeit. In Wirklichkeit hat Dylan Caroline nur benutzt, um Aubrey eifersüchtig zu machen. Caroline hatte, nachdem sie das Box verlassen hatte, eine Flut von Nachrichten von ihm erhalten:

Alles okay?

Aubrey ist wahnsinnig eifersüchtig auf dich, schon seit der Highschool.

Ich fahre sie nach Hause, vielleicht frage ich sie morgen, ob wir es noch mal zusammen versuchen. LOL, meinen Eltern wird das nicht gefallen. Sie hassen sie. Aber für O-Man ist es am besten.

War cool, dieses Wochenende mit dir zu feiern. Danke.

Caroline entwirft eine Reihe von Antworten, die von *Willst du mich verarschen?* bis *Passt ja prima, ihr zwei habt euch echt verdient* reichen. Aber der Text, den sie schließlich abschickt, lautet: Kein Problem. Dylan McKenzie bedeutet ihr nichts. Und wahrscheinlich ist es wirklich besser für O-Man, wenn seine Eltern wieder zusammen sind. Wenn Caroline dazu beitragen konnte, prima. Dass Aubrey Collins ausgerechnet auf *sie* eifersüchtig ist, verschafft ihr eine enorme Befriedigung.

Sofia sagt: »Ich werde ihm in Zukunft eine bessere Freundin sein. Ich werde weniger reisen und nicht mehr in die Clubs gehen.« Einatmen, ausatmen. »Vielleicht heiraten wir und kriegen ein …«

»Ganz wunderbar, Sofia«, sagt Caroline. Sofia hat Caroline ihren Stiletto ins Herz gerammt. Sie erträgt kein einziges weiteres Wort. »Ich bin am Dienstag zurück, dann sehen wir uns.«

»Vielleicht können wir ja alle drei zusammen essen gehen«, sagt Sofia. »Und du kannst uns von deinem Wochenende erzählen.«

Nur über meine Leiche, denkt Caroline, sagt aber: »Okay, ciao!«, und legt auf. Eine Sekunde später möchte sie Sofia am liebsten zurückrufen und sagen: *Ich war es! Isaac war mit mir zusammen!* Aber das wird sie nicht tun. Sie wird Sofia und Isaac zusammen glücklich sein lassen. Sie wird Dylan und Aubrey glücklich sein lassen.

Was ihr bleibt, ist … ihr nettes kleines Projekt. Und dafür schafft sie jetzt endlich ihren Hintern aus dem Bett. Sie will mit Brooke reden.

42.

Fallen lassen II

Caroline findet Brooke in der Küche, wo sie sich eine Tasse Kräutertee kocht. Sie trägt noch ihr weißes Kleid vom Abend zuvor, das sehr hübsch ist, wie Caroline zugeben muss – auch wenn es jetzt ein bisschen zerknittert ist und den klassischen Chicken-Box-Geruch – Bier und Schweiß – verströmt. Außerdem hat es an der Vorderseite einen orangefarbenen Fleck (sieht nach Pizzasoße aus).

»Hattest du gestern Abend Spaß?«, fragt Caroline.

Sie erwartet, dass Brooke sagt: *SO viel Spaß, bester Abend meines Lebens, diese Jungs waren SO süß, kannst du glauben, dass sie mit mir tanzen wollten?*

Aber Brooke lächelt nur und tunkt den Teebeutel in ihre Tasse. Jasminduft zieht durch den Raum.

»Hast du ein paar Minuten Zeit, mit mir über deine Freundschaft mit meiner Mutter zu reden?«

»Natürlich«, sagt Brooke.

Caroline zeigt Brooke, wo sie sich hinsetzen soll, und stellt das Ringlicht auf.

»Ich müsste das eigentlich wissen«, sagt Caroline, als die Kamera läuft. »Wie hast du meine Mutter kennengelernt?«

Brooke holt Luft. »Ich habe Hollis in Dr. Lamberts Wartezimmer im Newton-Krankenhaus in Wellesley kennengelernt. Es war die Woche nach dem elften September. Wir waren beide schwanger, ihr Termin war im November und meiner im Februar, aber unsere Bäuche waren gleich groß. Darüber hat Hollis sich ganz schön gewundert – wahrscheinlich dachte sie, ich hätte es mit den Oreos gewaltig übertrieben –, bis ich ihr sagte, dass ich Zwillinge erwarte.«

Caroline lacht. Sie kann nicht glauben, wie elegant und souverän Brooke vor der Kamera agiert. Sie ist ein Naturtalent.

»Hollis stellte sich vor und sagte, dein Dad und sie seien gerade aus der Stadt nach Wellesley gezogen. Wir tauschten Nummern aus und wurden Freundinnen. Als du zur Welt kamst, brachte ich ihr Sandwiches aus dem Lindon Store. Als Will und Whit geboren wurden, brachte sie mir ein Brathähnchen mit Kartoffelgratin, grünen Salat mit Vinaigrette, frisch gebackenes Brot, eine Karamell-Schoko-Torte, ein Sixpack Belgisches Ale, das ihr bei der Milchproduktion geholfen hatte, und zwei unglaublich weiche Babydecken. Deine Mutter hatte so viel Zeit, Mühe und *Gedanken* in das Essen und die Geschenke investiert, da wusste ich, dass wir Freundinnen bleiben würden, bis unsere Kinder mit dem College fertig wären. Und darüber hinaus.« Brooke zwinkert. »Ich hatte recht.«

»Was sind deine schönsten Erinnerungen an deine Freundschaft mit meiner Mutter?«

Brooke denkt einen Moment nach.

»Da waren die goldenen Jahre, als unsere Kinder neun, zehn, elf waren. In der vierten und fünften Klasse.« Brooke macht eine

Pause. »Dass es goldene Zeiten waren, weiß man natürlich immer erst, wenn es vorbei ist.«

Wellesley im Jahr 2011. Brookes Zwillinge und Hollis' Tochter gehen auf die Fiske Elementary School. Brooke und Hollis sind Teil einer größeren Gruppe Frauen, zu der Liesl, Bets und Rhonda gehören – und Electra Undergrove, die unausgesprochene Anführerin. Sie organisiert den Mittwochmorgen-Kaffeetreff, nachdem sie die Kinder zur Schule gebracht haben, und einmal im Monat einen »Mom-Ausgehabend« in Boston. (Am Morgen danach machen Textnachrichten die Runde, in denen die Moms über ihren Kater klagen und sagen, dass sie das Fußballtraining heute nicht schaffen und ausnahmsweise die Männer einspringen müssen. *Aber es hat so gutgetan, einen Abend wieder wild und frei zu sein, ein richtiger Mensch, nicht nur Ehefrau und Mutter.)*

Als die Kinder in die Middleschool kommen, erfindet Electra die Footballparty. Das Konzept ist ein sonntägliches Treffen in Electras offen geschnittenem Haus. Sie haben einen riesigen Fernseher, und der Keller ist für ihre Kinder Carter und Layla eingerichtet (Sitzsäcke, Videospiele, ein Billardtisch und ein Kühlschrank voller Cola). In der Footballsaison treffen sich die Eltern und Kinder jeden Sonntag bei den Undergroves. Electra bereitet das Hauptgericht zu – Fisch-Tacos, Hähnchen-Chili, glasierter Schinken –, und die anderen bringen Vorspeisen, Beilagen und Nachtisch mit. Electras Mann Simon ist für die Drinks zuständig. Er verwandelt Bier in Micheladas, die aus einem riesigen Glaskrug mit einem kleinen Zapfhahn kommen. Er mixt Margaritas und Daiquiris. Während die Kinder im Keller spielen, werden die Eltern … angenehm beschwipst.

Wenn die Footballspiele vorbei sind und das Ticken der Uhr von *60 Minutes* beginnt, wenn also die meisten normalen Menschen ihre Kinder rufen und nach Hause fahren würden, um sich auf die anstrengende nächste Woche vorzubereiten, geht die Musik los. Simon gibt den DJ – er mag es laut –, und die Kinder stürmen die Treppe herauf. Alle tanzen.

It's the end of the world as we know it, and I feel fine.

Sie tanzen eine Stunde, manchmal länger, je nach Stimmung (und der Stärke der Cocktails). Liesl, Bets und Rhonda können mit ihrer Truppe zu Fuß nach Hause gehen, Hollis muss das Auto nehmen, aber es ist nur knapp eine Meile. Brooke und Charlie haben den weitesten Weg, weshalb Brooke weitgehend nüchtern bleiben muss, weil Charlie das garantiert nicht tut.

Wenn sie am Montagmorgen die Kinder zur Schule bringen, werden am Tor Kleidungsstücke, Sonnenbrillen und Geschirrteile ausgetauscht und zurückgegeben. Die Lehrer und übrigen Eltern bemerken das, genau wie die geröteten Augen und erschöpften Mienen der Football-Eltern. Es geht das Gerücht, bei den Undergroves werde jeden Sonntag eine Orgie inklusive Partnertausch gefeiert.

Electra liebt diese Gerüchte. *Alle sind so neidisch!*

Die Footballparty ist das Coolste, was in Wellesley passiert. Brooke freut sich die ganze Woche darauf – sie informiert sich, welche Mannschaften spielen, plant ihr Outfit, bestellt die Käseplatte bei Wasiks (sie kann nicht kochen, deshalb ist das ihr wöchentlicher Beitrag). Am wichtigsten ist ihr nicht das Essen oder das Tanzen – sondern die Gemeinschaft. Kinder zu erziehen, ist hart (und bei Zwillingen ist es *wirklich* hart!), und es kann einsam sein – aber während der Jahre, die sie vereint in den Schützengräben lagen, hatte Brooke das Gefühl, Teil des sprichwörtlichen Dorfes zu sein, das es braucht, um ein Kind großzuziehen.

Ja, an diese Partys erinnert sich Caroline. Im Keller ging es nicht ganz so unschuldig zu, wie die Eltern vielleicht glaubten. Einmal haben sie sich trotz ausdrücklichen Verbots *Ted* angesehen. Ein anderes Mal, da waren sie in der achten Klasse, klaute Carter Undergrove seinem Vater ein paar Bier, sie ließen die Dosen kreisen, und jeder trank. Dann war da der Sex auf der Gästetoilette – zum Beispiel Will Kirtley und Layla Undergrove. Aber davon wird Caroline Brooke nichts erzählen. Warum soll sie ihre vergoldeten Erinnerungen zerstören?

»Gibt es auch weniger schöne Erinnerungen?«, fragt Caroline, die weiß, dass die Antwort ja lautet, weil die ganze Sache mit den Undergroves in die Brüche gegangen ist. Aber als Kind hatte Caroline nie ganz verstanden, was da genau vorgefallen war.

»Ja, schon«, sagt Brooke. »Electra hat mich abserviert.«

Jedermann weiß, dass bei den Footballpartys eine Hierarchie herrscht, Electra und Hollis stehen an der Spitze der Pyramide und Liesl, Bets, Rhonda und Brooke unten an der Basis. Liesl, Bets und Rhonda sind Brooke weitgehend egal. Sie sind absolut nette Frauen mit absolut netten Männern und Kindern im gleichen Alter wie ihre Zwillinge. Wollte sie pingelig sein, könnte sie sagen, Bets hat Vorurteile, Liesl kann einem auf die Nerven gehen, und Rhonda gibt ständig damit an, wie heiß es bei ihnen im Bett zugeht (was Brooke verdächtig findet). Brooke ist lieber mit Hollis und Electra zusammen, aber eigentlich vor allem mit Electra.

Brooke bietet jedes Mal an, beim Aufräumen zu helfen, und folgt Electra auf Schritt und Tritt, sobald sie den Raum verlässt, sie macht ihr Komplimente zu ihrer Frisur, ihren Ohrringen, dem neuen Spiegel im Gästebad. Sie mischt sich in Gespräche zwischen Electra und Hollis ein, entschuldigt sich zu oft und ist zu demütig und bedürftig. Electra hat ebenfalls einen Tick: Sie ist auf die Erfolge von Brookes Kindern fixiert. Will ist Kapitän im Fußball, Basketball und Lacrosse, außerdem Klassensprecher und Gründer eines Schachclubs. Whitney spielt die Hauptrolle bei der Schulaufführung und schreibt lauter Einsen. Brooke versucht, nichts von ihnen zu erzählen, weil es immer nach Prahlerei klingt, aber Electra fragt sie ständig, wo sie Nachhilfelehrer findet, ob sie private Trainer beschäftigt oder den Kindern Nahrungsergänzungsmittel gibt.

»Nein«, sagt Brooke. »Das sind einfach tolle Kinder. Keine Ahnung, warum.« Mit etwas Verspätung fügt sie hinzu: »Von mir oder ihrem Vater haben sie es sicher nicht.«

Aus welchem Grund auch immer – einer oder alle davon – bekommt Brooke eines Donnerstags eine Nachricht von Electra. Das ist nicht ungewöhnlich. Electra schickt jeden Donnerstag eine Nachricht an die ganze Football-Clique. Aber diese hier geht nur an Brooke.

Da steht: Wir probieren diese Woche ein anderes Format beim Football. Wir werden dich und Charlie vermissen. Danke für dein Verständnis. Küsschen, E.

Erst rückblickend kann Brooke sich selbst eingestehen, dass sie furchtbar in Electra verknallt war. Das zu sublimieren, hatte dazu geführt, dass sie sich schwach und verletzlich und – sie muss es einfach aussprechen – furchtbar nervtötend aufführte. Brooke blickt offen in die Kamera. »Ich kriege nicht immer jeden Hinweis mit«, sagt sie. »Aber diese Botschaft ist selbst bei mir angekommen: Charlie und ich waren nicht mehr eingeladen.«

Brooke ruft Electra sofort an, landet aber auf der Mailbox. Sie versucht es noch einmal – Mailbox. Sie versucht es ein drittes, viertes, fünftes Mal. Schließlich hinterlässt sie eine Nachricht, die so erbärmlich ist, dass sie den Gedanken daran kaum erträgt: »Bitte, Electra, ich weiß nicht, was ich falsch gemacht habe. Bitte, ruf mich an. Lass uns über alles reden.«

Sie überlegt, Charlie oder sogar Simon Undergrove anzurufen – aber die beiden sind Kerle und damit nutzlos.

Als Brooke schließlich Hollis anruft, ist sie völlig hysterisch. Weil sie kaum noch ein zusammenhängendes Wort herausbringt, kopiert sie Electras Text schließlich einfach und schickt ihn an Hollis. Was soll Hollis dazu sagen? »Du hast recht, das klingt vielleicht …«

»Hat sie *dir* geschrieben?«, fragt Brooke.

Kleinlaut sagt Hollis: »Ja, sie meinte, sie macht gebratenen Reis mit Shrimps im Wok. Ich bringe Dumplings mit.«

»An wen ging die Nachricht noch?«, fragt Brooke.

Hollis sieht nach: Liesl, Bets, Rhonda. »Tut mir leid«, sagt sie. »Mir ist nicht aufgefallen, dass du nicht dabei warst. Du bist immer dabei.«

Das ergibt keinen Sinn! Brooke zermartert sich das Hirn und versucht, sich an irgendetwas zu erinnern, was am Sonntag zuvor ungewöhnlich gewesen sein könnte. Electras Schwester Nadine war aus Manhattan zu Besuch da gewesen. Nadine ist eine geschmeidigere, glänzendere Version von Electra, komplett durchgestylt mit aufwendiger Frisur, Make-up, Kleidung, Nägeln, Parfüm. Eine Frau wie mit einem Lacküberzug. Brooke hatte nur wenige Worte mit ihr gewechselt, ehe Nadine sich abwandte, um mit Rhonda zu reden. Hatte Nadine ihre Schwester gefragt, warum jemand so Unspektakuläres wie Brooke in ihrer Footballgruppe war? Dann stockt Brooke der Atem. War Charlie bei Nadine übergriffig geworden? War er ihr vielleicht auf die Toilette gefolgt und hatte Annäherungsversuche gemacht?

»Kannst du sie anrufen?«, bittet sie Hollis. »Kannst du sie fragen, was ich gemacht habe?«

»Ach, Brooke«, sagt Hollis. »Ich möchte nicht zwischen die Fronten geraten. Das musst du mit Electra direkt ausmachen.«

»Ich habe sie sechsmal angerufen«, sagt Brooke. »Ich habe ihr Nachrichten hinterlassen. Sie will nicht mit mir reden. Sie hat mich einfach … ausgeschlossen.«

»Es tut mir so leid, Brooke«, sagt Hollis. »Ohne dich wird es nicht dasselbe sein.«

»Deine Mutter ist weiterhin zu Electra gegangen. Nicht nur an diesem Sonntag, sondern jeden Sonntag bis zum Ende der Football-Saison«, sagt Brooke. »Sie ging zu ihr, obwohl sie wusste, dass Electra mich aus der Gruppe ausgestoßen hatte.« Brooke hebt die Hand. »Dass Liesl und Rhonda nichts unternommen haben, konnte ich verstehen. Aber deine Mom war meine Freundin. Ich war davon ausgegangen, dass sie sich für mich einsetzen würde.«

»Das hat sie irgendwann«, sagt Caroline. »Electra und sie sind nicht mehr befreundet.«

»Sie hat bis nach dem Super Bowl gewartet«, sagt Brooke. »In eurem letzten Schuljahr haben Electra und die anderen Frauen in den Frühlingsferien einen Ausflug nach Harbor Island gebucht, und Hollis teilte Electra mit, sie würde nicht mitfahren. Dann rief sie mich an, und wir planten stattdessen eine Reise auf die Jungferninseln.«

»Ah!«, sagt Caroline. Ja, das passt. Ihre Mutter und sie waren mit Brooke und den Kirtley-Zwillingen auf die Jungferninseln gefahren. Charlie blieb in Wellesley, weil Steuersaison war, und Matthew musste irgendwo einen Vortrag halten. Caroline war froh gewesen, Carter, Layla und die anderen Kinder los zu sein. Sie hatte gewusst, dass bei den Erwachsenen irgendein Drama ablief, aber was interessierte sie das? Will, Whitney und sie waren damals achtzehn und durften damit in St. John Alkohol trinken. Also hatten sie die Woche damit verbracht, sich an der Strandbar Rumpunsch reinzuziehen und Livemusik zu hören.

Caroline schaltet die Kamera aus. »Wow, Electra ist ja ein echtes Biest. Tut mir leid, dass du das erlebt hast.«

Brooke zuckt die Schultern. Beim Erzählen der Geschichte hatte sie eine angenehme Losgelöstheit empfunden, als ginge es um jemand anderen. »Electra trampelt auf anderen herum, um sich größer zu fühlen«, sagt Brooke und hört selbst, dass das nach Küchenpsychologie klingt. »Zu ihrer Verteidigung muss ich sagen, dass ich mich in der Gruppe immer unsicher gefühlt habe – eigentlich in meinem ganzen *Leben* –, und das hat mein Verhalten beeinflusst. Ich habe mich zu sehr bemüht und hatte zu wenig Selbstvertrauen. Ich dachte, ich müsste Menschen dazu bringen, mich zu mögen, ich müsste mich verbiegen, statt mich natürlich zu verhalten.« Brooke seufzt. »Aber jetzt spielt das keine Rolle mehr. Deine Mutter und ich sind Freundinnen, und Electra ist unwichtig.«

Irgendetwas ist heute Morgen anders an Brooke, aber Caroline kann nicht genau sagen, was es ist. Zu Beginn des Wochenendes war sie so ein Meme gewesen – wie sie mit dem übertriebenen Strohhut hier auftauchte und viel zu viel von ihrem Liebesleben mit Charlie preisgab, sich einen schlimmen Sonnenbrand einfing, obwohl sie sich vermummt hatte wie Tutanchamun. Aber jetzt strahlt sie Selbstsicherheit aus. Es ist, als hätte sie in der Nacht ein Brené-Brown-Seminar belegt.

»Ich sollte langsam los«, sagt Brooke. »Ich möchte am Pool noch in meinem neuen Buch lesen, bevor wir zum Lunch losfahren.«

Caroline schaut auf ihr Handy. Es ist schon Viertel vor elf, wie ist denn das passiert? Ihr bleibt keine Zeit mehr, mit Gigi zu sprechen, das wird sie also nach dem Segeln machen müssen. Sie hat ein schlechtes Gewissen, dass Gigi als Letzte drankommt. Sie kennt ihre Mutter erst seit kurzer Zeit, und das auch nur online. Ihre Geschichte wird unmöglich mit dem mithalten können, was Caroline von Tatum, Dru-Ann und Brooke gehört hat. Das ist einfach nicht möglich.

43.
Tisch 20

Der beste Platz im Galley Beach ist der runde Sechsertisch in der Ecke, direkt am Sandstrand, bekannt als Tisch 20. Für diejenigen unter uns, die am Sonntag im Galley zu Mittag essen, ist es keine Überraschung, dass Hollis Shaw und ihre Sterne an diesem Tisch platziert werden. Die Damen tragen alle Pink oder Orange oder beides, was der ohnehin atemberaubenden Ästhetik des Restaurants einen sommerlichen Farbtupfer verleiht.

Das Galley ist ein Open-Air-Restaurant mit weißen Tischdecken und Kapitänsstühlen aus Rattan. Es gibt eine Zinkbar und am Strand einen Loungebereich mit Liegen und Feuerkörben. Die Kunstwerke an den Wänden sind ebenso handverlesen wie das Publikum. Hierher kommt die Prominenz (auch wenn wir so tun, als würden wir sie nicht erkennen).

Ethan und Terri Falcone genießen eine Flasche Domaines Ott Rosé an einem Hochtisch draußen auf der Terrasse – sie arbeiten beide in geschlossenen Räumen, weshalb sie jede Gelegenheit nutzen, um in der Sonne zu sitzen –, und als Hollis und ihre Freundinnen ihre Plätze einnehmen, hat Terri den perfekten Blick darauf. Die abgestimmten Farben findet sie ein bisschen übertrieben, aber da könnte auch die Eifersucht aus ihr sprechen. Ihr fällt sofort auf, dass Hollis Tatum McKenzie eingeladen hat. Terri kennt die beiden aus der Highschool, und zwar ziemlich gut. Als Hollis zum Studieren an die UNC ging, war Terri als Tatums beste Freundin nachgerückt.

Ethan teilt den restlichen Rosé auf ihre beiden Gläser auf. (Es ärgert ihn, hundertvierzig Dollar für eine Flasche Wein auszugeben, die er für seine Spirituosenhandlung für achtundzwanzig Dollar bestellt, aber er weiß auch, dass man im Galley für die Aussicht bezahlt.) »Sollen wir zum Mittagessen hierbleiben?«, fragt er

Terri. (Er erwartet, dass sie Nein sagt, weil es zu teuer ist. Terri ist die Sparsame von ihnen.) »Oder holen wir uns ein Sandwich und setzen uns damit an den Strand?«

»Hierbleiben«, sagt Terri mit Blick auf Hollis' und Tatums Tisch. »Ganz klar.«

Ethan ist angenehm überrascht. Er will unbedingt die Heilbutt-Tostadas probieren. Er winkt nach dem Kellner.

»Es ist göttlich hier«, sagt Gigi. »Ich komme mir vor wie in St. Tropez.«

Bisher fand Tatum das Galley immer protzig, genau wie das South Beach, aber jetzt, wo sie hier ist, empfindet sie das anders. Sie sitzt schon wieder neben Dru-Ann, die auf ihr Handy schaut. Tatum kann sich einen heimlichen Blick auf das Display nicht verkneifen, sie fragt sich, was wohl spannender sein könnte als das, was man im Galley zu sehen bekommt. Da ist irgendein Typ mit Schirmmütze zu sehen, der im Nebel einen Golfball versenkt. Aha.

»Sollen wir Champagner bestellen?«, fragt Hollis. Sie ruft ihren Kellner Louis zu sich und bestellt eine Magnumflasche Veuve Clicquot. Sie will feiern – es ist ein herrlicher Sommertag am Strand, und sie haben den besten Tisch im Galley. Alle tragen Pink und Orange. Obwohl Dru-Ann in ihrem eng anliegenden fuchsiafarbenen Kleid brandheiß aussieht, ist die Fashionsiegerin heute wohl Brooke, die eine schulterfreie pink-orange Paisley-Tunika mit Fransen trägt.

Nachdem Louis ihnen die Magnumflasche präsentiert hat und den Korken knallen lässt (Hollis kann spüren, wie das ganze Restaurant heimlich zu ihrem Tisch herübersieht), hebt Hollis ihr Glas. »Cheers, meine Freundinnen«, sagt sie. »Auf einen frohen Sonntag!«

»Auf das Fünf-Sterne-Trinkwochenende!«, sagt Dru-Ann augenzwinkernd, obwohl sie ein Kontergetränk genauso dringend braucht wie alle anderen. Die Berichterstattung über die British

Open ist in vollem Gange, und die große Story ist, dass Phineas Pine nach vierzehn Löchern Kopf an Kopf mit Rory McIlroy liegt. Noch vier Loch sind zu spielen.

Tatum nippt an ihrem kalten, prickelnden Champagner. Sie blickt hinaus zu der Fähre, die den Nantucket Sound kreuzt, und ertappt sich bei dem Wunsch, das Wochenende möge noch ein bisschen länger dauern. Offenbar hat sie sich an den Luxus gewöhnt, und die Rückkehr in ihr normales Leben könnte ihr schwerfallen. Kyle und Jack sind zum Brandungsangeln nach Great Point rausgefahren, und seltsamerweise wünscht sie sich nicht, bei ihnen zu sein.

Gehen jetzt zum Lunch ins Galley, hatte sie Kyle vorhin geschrieben. Dann Segeln auf der Endeavor!

Brooke wendet sich an Tatum. »Dru-Ann und ich haben deinen Sohn gestern Abend im Chicken Box getroffen.« Sie nippt an ihrem Champagner. »Ich gebe ihm die Schuld an meinem Kater.«

»Dylan war im Box?«, fragt Tatum.

»Er war mit Caroline da.«

Tatum und Hollis wechseln einen Blick.

»Macht euch keine Hoffnungen«, sagt Caroline. »Tut mir leid, euch mitteilen zu müssen, dass Dylans Ex-Freundin aufgetaucht ist, mir ihren Drink ins Gesicht gekippt und Dylan für sich beansprucht hat.«

»Uff«, sagt Tatum. »Aubrey ist so eine Landplage.«

»Das hast du gesagt, nicht ich.« Caroline packt die Kamera aus und fängt an, die Frauen am Tisch zu filmen, als Louis kommt, um ihre Bestellungen aufzunehmen. Sie zoomt auf Gigi, die ein knallpinkes Neckholdertop und lange, mandarinenfarbene Quastenohrringe trägt. Die Farben bilden einen knalligen Kontrast zum Sand und dem Wasser hinter ihr.

»Sie hat dir ihren Drink ins Gesicht geschüttet, und du hast mich nicht geholt?«, fragt Dru-Ann.

»Du hast mit Brooke getanzt«, sagt Caroline.

Brooke spürt, wie sie rot wird. Ihre Wangen haben wahrscheinlich dieselbe Farbe wie ihre Tunika.

Brooke müsste hungrig sein – wegen des Gesprächs mit Caroline hat sie das Frühstück ausgelassen –, aber sie möchte zum Lunch nur das Tages-Omelette (Brie, sautierte Zucchini und Thymian) und einen grünen Salat. Warme Brötchen werden herumgereicht, doch sie kommt nicht in Versuchung, eines zu nehmen. Neben ihr bestellt Gigi den Galley Burger, der mit einem Berg dünner, knuspriger Pommes serviert wird, doch Brooke lehnt Gigis Angebot, sie zu probieren, ab. Das Omelett genügt ihr. Es ergänzt sich perfekt mit dem Champagner, wobei Brooke im Gegensatz zu den anderen noch bei ihrem ersten Glas ist.

Gigi hingegen ist bei Glas Nummer drei, und die Bläschen sind ihr direkt zu Kopf gestiegen, da auch sie nicht gefrühstückt hat. Es ist doch unsinnig, jetzt nervös zu werden, wo das Wochenende beinahe vorbei ist, oder? Wahrscheinlich sitzt ihr noch der Schreck vom Vorabend in den Knochen – diese grässliche Frau und ebenso ihr eigener plötzlicher Impuls, Hollis die Wahrheit zu sagen. *Oh Gott!* Jetzt kann Gigi sich das um nichts in der Welt mehr vorstellen. Sie mag Hollis und ihre Freundinnen und möchte den Rest des Wochenendes in Frieden genießen und dann nach Hause fahren und nach einem Weg suchen, sich selbst zu vergeben.

Dru-Ann schlingt ihr Hummerbrötchen hinunter, ehe sie sich entschuldigt und auf die Damentoilette verschwindet. Amüsiert über den Soundtrack aus Brandung und Möwengeschrei setzt sie sich auf den Toilettendeckel und schaut auf ihr Handy. McIlroy hat am Fünfzehnten einen Birdie gespielt, was vermutlich *Gute Nacht, Phineas* bedeutet. Hovland liegt zwei Schläge zurück. Die Kamera schaltet auf Phineas auf dem Grün am Fünfzehnten. Für einen Birdie muss er auf fünfundzwanzig Meter putten, und obwohl Dru-Ann schon jetzt länger auf der Toilette ist, als sich vernünftig erklären lässt, kann sie den Blick nicht losreißen. Phineas richtet seinen Schlag aus, geht in die Hocke, um das Loch auf eine Art ins Auge zu fassen, die Dru-Ann an Phil Mickelson erinnert, dann steht er auf und schlägt den Ball.

Er rollt, er rollt, er bricht nach links aus, und Dru-Ann ertappt sich dabei, wie sie sich vorbeugt und *Komm schon, komm schon!* flüstert. Und tatsächlich, in der allerletzten Sekunde dreht der Ball ein und fällt ins Loch.

Dru-Ann springt auf. Er hat am Fünfzehnten einen Birdie gespielt. Unglaublich! Hat sie irgendeine Möglichkeit, sich vor dem Segeln zu drücken? Sie muss sehen, wie das ausgeht. Nick muss ja wahnsinnig werden! (Posey auch, aber Posey ist Dru-Ann egal.)

Als Dru-Ann sich wieder an den Tisch setzt, sind die Teller abgeräumt und die Dessertkarten verteilt. Caroline ist mit der Kamera draußen, läuft barfuß über den Strand und macht stimmungsvolle Panoramaaufnahmen, dann filmt sie ihren Tisch von dort aus. Alle winken, Dru-Ann mit Verspätung.

»Sollen wir Dessert bestellen?«, fragt Hollis. »Den Brownie à la mode sollte man sich nicht entgehen lassen.«

»Für mich nicht, danke«, sagt Brooke. »Ich nehme vielleicht einen Kaffee.«

»Ich würde mir einen Brownie teilen«, sagt Gigi.

»Bestell ihn, Sis«, sagt Tatum.

Igitt, denkt Dru-Ann. Sie will das hier hinter sich haben. So lange, wie sie auf der Toilette war, kann sie Hollis einfach sagen, sie hätte sich den Magen verdorben und sollte wohl nicht auf ein Segelboot. Sie holt Luft. Das ist ihr Ausweg. In dreißig, maximal vierzig Minuten sitzt sie vor dem Fernseher – reichlich Zeit, um zu sehen, wie das Turnier ausgeht.

Der Fudge Brownie mit Vanilleeis und Schlagsahne macht einmal die Runde um den Tisch, dann noch einmal, und dann verkündet Tatum, dass sie den Rest isst. Als sie den letzten Bissen zum Mund führt, sieht sie an einem der Hochtische draußen auf der Terrasse vor der Bar ein Pärchen sitzt, das ihr bekannt vorkommt. *Au weia,* denkt sie. Das sind Terri und Ethan Falcone. (Wie können sie sich das Essen hier leisten? Der Spirituosenladen muss ja gut laufen.) Terri starrt her und sagt etwas zu Ethan. Fast hätte Tatum ihr zugewinkt, aber sie will auf keinen Fall, dass Terri und Ethan zu ihnen kommen.

Tatum setzt sich ein bisschen aufrechter hin. *Ja, Terri, ich sitze in einem orangefarbenen Lilly-Pulitzer-Kleid beim Lunch mit Hollis Shaw am Tisch 20. Komm damit klar.*

Es ist keine Frage, dass Terri über sie spricht, das sieht Tatum ihr an. Aber was sagt sie?

»Weißt du, woran ich immer denken muss, wenn ich Hollis Shaw und Tatum Grover zusammen sehe?«, fragt Terri Ethan.

»Nein?« Ethan schiebt seinen Teller von sich weg und teilt den Rest aus der zweiten Flasche Domaines Ott auf ihre beiden Gläser auf. *So lässt es sich leben,* denkt er. In der Sonne sitzen, guten Wein trinken, ein gemütliches Essen genießen. Terri ist ganz schön beschwipst, Ethan hofft auf nachmittägliche Freuden.

»Ich denke daran, wie wir im letzten Schuljahr die Landesmeisterschaft im Softball verloren haben«, sagt Terri. »Tatum hat im linken Feld einen Ball fallen lassen, und das andere Team erzielte den entscheidenden Run zum Sieg.«

Ethan nickt. Er hat diese Geschichte schon Tausende Male gehört. Er ist versucht, *Glory Days* von Bruce Springsteen zu singen, aber das fände Terri nicht lustig.

»Tatum hat anderen ständig Streiche gespielt«, sagt Terri. »Und für einen Sekundenbruchteil dachte ich, sie *tut nur so, als ob sie* den Ball fallen lässt, um uns alle reinzulegen. Ein Taschenspieler-trick, du weißt schon. Und dass sie den Ball am Schluss aus ihrem Handschuh zaubern würde. Weil es *aussah*, als ob sie ihn hätte. Aber in der nächsten Sekunde lag er im Gras.«

»Du meinst, sie hat ihn absichtlich fallen lassen?«, fragt Ethan. Das wäre eine neue Wendung dieser Geschichte.

»Aus welchem Grund hätte sie das tun sollen?«, fragt Terri. »Ta-tum ist der ehrgeizigste Mensch, den ich kenne. Aber trotzdem hat mir diese Sache all die Jahre keine Ruhe gelassen.« Terris Blick klebt an dem anderen Tisch. »Na ja, daran denke ich jedenfalls.«

Ethan drückt ihre Hand. Das ist etwas, das er immer an seiner Frau geliebt hat: dass sie im Herzen immer siebzehn geblieben ist.

Hollis bittet um die Rechnung, aber dann warten sie ewig – oder vielleicht kommt es Dru-Ann auch nur so vor. Sie späht unter dem Tisch auf ihr Handy. Hovland ist auf dem Grün am Sechzehnten. Die Rechnung kommt. Hollis übergibt ihre Kreditkarte. *Danke, Hollis,* sagen alle. Dru-Ann mit Verspätung.

Es entsteht eine Pause, und Brooke, die während des Essens un-gewöhnlich still war, räuspert sich. »Es gibt da etwas, das ich euch gern mitteilen würde und das vielleicht ein kleiner Schock sein könnte«, sagt sie.

Dru-Ann reißt den Kopf hoch. Wird Brooke sich *jetzt* outen?

Doch bevor Brooke etwas sagen kann, wird sie unterbrochen. Eine Frau in einem wogenden pink-orangefarbenen Kaftan kommt vom Strand her zu ihnen herangeweht. Sie trägt eine über-große Sonnenbrille, die für Dru-Ann nach »1970er-Jahre-Schei-dungsverhandlung« aussieht, weshalb es einen Moment dauert, bis sie erkennt, dass es dieselbe Verrückte ist wie am Abend zuvor.

»Hey, Mädels«, sagt sie.

Hollis reißt den Kopf herum, und direkt vor ihr steht Electra. Sie trägt Pink und Orange. Das ist ein Witz, oder?

Brooke verzieht höhnisch das Gesicht. »Das muss ja wohl ein Witz sein. Du machst dich zum Affen, Electra. Niemand will dich hier haben.«

Hollis ist von Brookes Courage beeindruckt, aber sie will nach diesem wunderbaren Lunch hier im Galley auf keinen Fall eine Szene machen.

»Wir wollten gerade gehen, Electra.« Hollis greift nach ihrer Handtasche und signalisiert Brooke mit einem Blick, aufzustehen. Das ist die Lösung: einfach weggehen. Brooke schiebt ihren Stuhl zurück, doch die drei anderen Frauen sitzen wie gebannt da und starren Electra an.

»Ich bin nur kurz vorbeigekommen, weil mir gestern Abend eingefallen ist, woher Sie mir so bekannt vorkommen.« Electra setzt sich die enorm große Sonnenbrille auf den Scheitel und blickt Gigi direkt an. »Ich bin Ihnen und Matthew in Atlanta begegnet. Sie kamen aus einem Lokal, in das mein Mann, mein Sohn und ich gerade hineingingen.«

Hat sie gerade »mit Matthew« gesagt? »Hör bitte auf, Electra«, sagt Hollis. »Gigi und Matthew kennen sich gar nicht, wir haben uns erst nach seinem Tod angefreundet.«

Electra lässt Gigi nicht aus den Augen. »Das waren Sie. Sie waren mit Matthew dort. Ich erinnere mich an Ihr Gesicht, und vor allem an diesen Akzent.«

Hollis sagt: »Was hast du für ein *Problem*, Electra? Warum belästigst du uns?« Sie hält Ausschau nach einem Kellner, der hier einschreiten könnte. Aber im Restaurant herrscht reger Betrieb, Louis nimmt ganz am anderen Ende eine Bestellung auf. Niemand achtet auf sie, und wahrscheinlich sollte Hollis darüber erleichtert sein.

»Ich dachte nur, du solltest es wissen«, sagt Electra zu Hollis.

»*Was* wissen? Dass du eine Soziopathin bist?«

»Dass diese Frau, deine Freundin, dein *Stern*, mit Matthew in Atlanta war«, sagt Electra. »Sie waren *zusammen*.«

Hollis schüttelt den Kopf. Es ist absurd, unmöglich. Elektra ist einfach auf ein bisschen Drama aus. Hollis wendet sich Gigi zu, doch deren Platz ist leer. Hollis sieht sie zwischen den Tischen hindurch Richtung Tür laufen. Sie haut ab.

Gigi!, denkt Hollis, aber sie ruft es nicht laut, weil sie fest entschlossen ist, die Contenance zu bewahren.

»Danke für das Gespräch, die Damen«, sagt Electra. »Viel Spaß« Was hat Electra *getan*?, denkt Brooke.

Gigi geht einfach?, fragt sich Dru-Ann. *Darf ich auch?*

Caroline schaltet die Kamera aus und lässt sie am Arm herabhängen. Sie sieht Gigi draußen auf dem Parkplatz in ein Taxi steigen. »Mom?«, fragt sie.

Hollis ist aufgestanden. »Fahrt ihr bitte direkt zur *Endeavor*«, sagt sie. »Gigi und ich kommen nach.«

44.
Die Freundschafts-Schaluppe

Ihr Segeltörn auf der *Endeavor* soll von zwei bis vier gehen, aber als um Viertel nach zwei weder Hollis noch Gigi eingetroffen sind, merkt Caroline, dass Captain Jim unruhig wird. Sein Sohn James ist der Erste Maat, und der fragt Caroline, wie lange es wohl noch dauern wird, bis sie ablegen können.

»Sie müssten jeden Moment hier sein«, sagt Caroline.

Aber ein paar Minuten später erhält Caroline eine Nachricht von Hollis, in der steht: Fahrt ohne uns.

Ernsthaft? Schreibt Caroline zurück. Wo seid ihr?

Fahrt, schreibt Hollis. Bitte, fahrt einfach.

»Offenbar kommt meine Mutter nicht mit«, sagt Caroline zu James. »Dann kann es wohl losgehen.«

Caroline, Brooke, Dru-Ann und Tatum suchen sich ihre Plätze im Cockpit aus, und James gibt ihnen eine kurze Einweisung – Schwimmwesten, kein Papier auf der Toilette und so weiter –, außerdem eine kurze Geschichte des Bootes. Die *Endeavor* ist eine einunddreißig Fuß lange Schaluppe, die Captain Jim höchstpersönlich gebaut hat.

Dru-Ann schaut immer wieder heimlich auf ihr Handy, während James redet. Hovland hat am Siebzehner einen Bogey gespielt, er ist draußen. Phineas und McIlroy liegen am achtzehnten Loch Kopf an Kopf.

Sie hätte mit Gigi und Hollis gehen sollen, denkt sie.

Tatum schickt Kyle eine kurze Nachricht: Du glaubst nicht, was beim Essen passiert ist! Eine Frau stalkt uns! Tatum ist dankbar für das ganze Drama, das lenkt ihre Gedanken von der anderen Sache ab. Sie denkt über Electras Anschuldigung nach. Gigi war *mit Matthew zusammen*, etwa als seine *Geliebte*? Tatum kann gut verstehen, dass Gigi die Flucht ergriffen hat. Sie selbst hätte der Frau *erst* eine runtergehauen und wäre *dann* abgehauen.

Während Brooke James zuhört, ist sie immer noch verblüfft über Electras Unverfrorenheit. Wer geht denn beim Lunch auf eine Gruppe Frauen zu und beschuldigt eine von ihnen, mit dem toten Ehemann einer anderen geschlafen zu haben? Provokation ist Electras Superkraft – aber irgendetwas daran lässt Brooke keine Ruhe. Electra hat im Slip 14 gesagt, *ich glaube, wir haben ihn überrascht*. Hatte Electra gemeint, dass Matthew in Begleitung einer Frau gewesen war? Möglich, aber das war ganz sicher nicht Gigi.

Caroline macht sich Sorgen um ihre Mutter. Geht es dir gut?, schreibt sie.

Ja, Liebes, alles in Ordnung. Wir sehen uns später zu Hause.

Sie klingt normal; wahrscheinlich bereitet sie den Teig für die Pizzaparty heute Abend vor. Gigi wird ihr bei den Belägen helfen, und die beiden lachen darüber, was für ein Biest Electra ist.

347

Caroline packt die Kamera aus und macht die wahrscheinlich atemberaubendsten Aufnahmen des ganzen Wochenendes. Sobald die Schaluppe das Hafenbecken verlässt, hisst Captain Jim die Segel, die im Wind knattern. Dann stellt er den Motor ab, und die Welt wird still. Sie gleiten am Brant Point Light am Strand entlang, wo ein Mann in der Brandung angelt und kleine Kinder eine Sandburg bauen. Die Kinder winken, und Caroline und Brooke winken zurück. Caroline filmt die prächtigen Sommerhäuser am Hafen. Nantucket vom Wasser aus zu sehen, ist immer noch das Beste, um sich ganz neu in die Insel zu verlieben.

Dru-Ann geht nach vorn zum Bug und lässt sich den Wind ins Gesicht wehen. Okay, es war nett, so präsent und ruhig zu sein – aber jetzt muss sie sehen, wie es in St. Andrews läuft. Ihr stockt der Atem: McIlroys Drive am Achtzehnten landet im Wasser. Das wird … schwierig, das noch zu retten. Phineas ist der Nächste. Er legt einen wunderschönen Schlag hin, direkt aufs Fairway. *Heiliger Strohsack,* denkt sie. Er hat eine Chance. *Er hat eine Chance!*

Er hat geträumt, dass er gewinnt.

»Hey!«

Dru-Ann sieht von ihrem Handy auf. Tatum setzt sich neben sie.

»Ich weiß, ich war dieses Wochenende ganz schön ätzend.«

Du doch nicht, höhnt Dru-Ann in Gedanken.

»Ich dachte, wir könnten vielleicht reden«, sagt Tatum.

»Jetzt?« Das ganze Wochenende will Dru-Ann schon mit Tatum reinen Tisch machen, und gerade jetzt, wo sie sich auf etwas anderes konzentrieren muss, ist Tatum endlich dazu bereit. Typisch.

»Ja, jetzt.«

Na gut, warum soll es nicht möglichst filmreif sein, denkt Dru-Ann. Sie sitzen am Bug eines Segelboots – einer Friendship-Schaluppe! –, die Sonne im Gesicht, den Wind in den Haaren. Widerwillig legt Dru-Ann ihr Handy weg. »Okay, schieß los.«

»Du findest es bestimmt kindisch oder kleinlich oder so, dass ich dir das nie verziehen habe.«

Dru-Ann seufzt. »Wir waren jung. Ich war besitzergreifend in meiner Freundschaft zu Hollis.« Sie räuspert sich. »Aber du auch, Tatum.«

»Du hast bei Hollis' Hochzeit diese gemeine Sache gesagt.«

»Das sollte ein Witz sein«, sagt Dru-Ann. »Aber wenn du eine offizielle Entschuldigung möchtest, bekommst du sie jetzt. Es tut mir leid, Tatum. Was ich gesagt habe, war schroff, gedankenlos und kein bisschen lustig.«

»Es war ja nicht nur dieser Witz«, erklärt Tatum. »Da war auch das Junggesellinnen-Wochenende und die Art, wie du unilaterale Entscheidungen getroffen hast, ohne die sozioökonomischen Umstände anderer Personen zu berücksichtigen.« Kyle fände es lustig, dass Tatum diese ganzen großen Wörter benutzt, um Dru-Ann einzuschüchtern, aber sie hat diese Rede ja auch seit langer, langer Zeit geplant.

Es ist der Herbst des Jahres 1998: Hollis' Hochzeit soll im kommenden Februar stattfinden, und Dru-Ann ist die Trauzeugin. Hollis teilt Dru-Ann mit, dass Tatum »auch« Trauzeugin ist, und ihre einzige Bitte sei, dass sie als Letzte zum Altar gehen dürfe. Das geht Dru-Ann gegen den Strich, und sie sagt: »Warum gibst du ihr gegenüber ständig nach? Das machst du schon dein Leben lang.«

Hollis sagt: »Ich kenne sie schon mein Leben lang. Sie ist wie eine Schwester für mich. Bitte, Dru, sei die Erwachsenere und spiel mit.«

Dru-Ann ist (natürlich) die Erwachsenere, und, na gut, sie wird mitspielen. Ihre eigene »Bitte« ist, dass sie den Junggesellinnen-abschied in Boston planen darf.

Das wird episch. Sie werden zwei Nächte im Ritz-Carlton in

der Arlington Street verbringen. Am Freitagabend werden sie im North End italienisch essen, am Samstag in der Newbury Street shoppen, sie werden Massagen im hoteleigenen Spa genießen, und am Samstagabend gibt es ein elegantes Dinner im Sorellina. Dru-Ann schickt allen Frauen auf Hollis' Liste einen Brief, in dem sie die Aktivitäten und die geschätzten Kosten auflistet, je nachdem, was für ein Zimmer sie im Ritz haben wollen. (Dru-Ann bucht eine Suite und lädt Hollis ein, sie mit ihr zu teilen.)

Dru-Ann hat die Gesamtkosten dieses Wochenendes für jede Brautjungfer auf irgendwas zwischen sechs- und siebenhundert Dollar geschätzt, weil sie, zusätzlich zu ihren eigenen Kosten, Hollis' Anteil unter sich aufteilen wollen.

Ich kann nicht mitfahren, denkt Tatum. *Das ist zu viel Geld. Das Ritz, das Sorellina. Massagen?* Tatum übernimmt ein paar Schichten die Woche im Anglers Club und kellnert im Lobster Trap, aber im November ist da die Saison vorbei. Sie verdient vielleicht dreihundert die Woche. Sie hat ein Auto abzubezahlen, und Kyle und sie sparen für ein Haus.

Sie ruft Hollis an, um ihr zu sagen, dass sie sich den Junggesellinnenabschied nicht leisten kann, und Hollis geht, wie zu erwarten war, in den Problemlösungsmodus. Tatum kann die Massagen auslassen, sie kann das Ritz komplett auslassen. Sie kann doch in Hollis' Wohnung übernachten, das sind nur zehn Minuten zu Fuß. Dann bräuchte sie nur die Fähre, den Bus nach Boston und ihr Essen zu bezahlen.

»Du darfst die Feier nicht verpassen, Tay. Du bist meine Trauzeugin.«

Es ist das erste Mal, dass Tatum und Dru-Ann sich persönlich begegnen. Dru-Ann umarmt Tatum sofort und sagt: »Ich hab das Gefühl, schon alles über dich zu wissen. Ehrlich, *alles*. Hollis redet ständig von dir.«

Wie nett sie ist!, freut sich Tatum. Doch das entpuppt sich als Irrtum. Den Rest des Wochenendes gibt Dru-Ann Tatum das Gefühl, unwichtig zu sein – eine Person zweiter Klasse, das schwächste Glied. Tatum übernachtet in Hollis' Apartment statt im Hotel und verpasst so die besten Teile der Feier – das Frühstück vom Zimmerservice, den Champagner, den Dru-Ann vor dem Ausgehen auf die Suite bestellt, das Schwatzen und Lästern zu später Stunde. Tatum lässt die Massage aus und läuft stumm mit, während die anderen auf der Newbury Street shoppen. Beim Dinner bestellt sie Hühnchen, während die anderen Krebs, Hummer und Foie gras nehmen. Ihre Gedanken drehen sich die ganze Zeit darum, wie viel Geld sie gerade ausgibt oder in der nächsten Stunde ausgeben wird. Es ist anstrengend. Auf dem Rückweg zu Hollis' Wohnung kauft sie ein Lotterielos. Wenn sie zehn Millionen Dollar gewinnt, wird sie augenblicklich eine Suite in dem Hotel buchen und auch die Rechnung für alle anderen übernehmen. Es wird Kaviar zum Frühstück geben, und auf dem Heimweg werden sie in einer Stretch-Limo fahren – nicht in einem Peter-Pan-Bus.

Sie gewinnt nicht, natürlich nicht. Aber als sie wieder in Hollis' Apartment ist, ruft sie Kyle an und weint.

»Du hast den Junggesellinnenabschied an dich gerissen«, sagt Tatum. »Das hängt mir immer noch nach.«

»Ich weiß«, sagt Dru-Ann. »Es tut mir leid. Wenn ich jetzt zurückblicke, erkenne ich, dass es unausstehliche Prahlerei war.«

Tatum mustert Dru-Anns Profil. Sieht sie hinter ihrer Designerbrille zerknirscht aus?

»Ich war eifersüchtig auf dich«, sagt Dru-Ann. »Du hattest eine Geschichte mit Hollis, viele Jahre mehr als ich. Die ganze Kindheit, das Erwachsenwerden. Du wusstest, wer sie im Kern ihres Wesens war, und ich wusste nur, wer sie sein wollte, nachdem sie von zu Hause weg war. Und was soll ich sagen? Ich wollte gewinnen. Ich wollte ihre beste Freundin sein. Ich wollte diejenige sein, die sie am meisten liebt und die von ihr am meisten geliebt wird.«

»Mir ging es genauso«, sagt Tatum.

»Weil ich nicht schmälern konnte, wie viel du Hollis bedeutet hast, habe ich versucht, dich in anderer Hinsicht kleinzumachen. Was ich beim Empfang gesagt habe, ist durch nichts zu entschuldigen«, sagt Dru-Ann. »Glaub mir, Tatum, es tut mir leid. Ich hasse mich dafür.«

Die Zeremonie in der Episkopalkirche St. Andrews, gefolgt vom Empfang im Wellesley Country Club, ist wunderschön. Tatum kommt in Begleitung von Kyle, und ihnen fällt auf, dass Hollis außer ihnen und ihrem Vater niemanden aus Nantucket eingeladen hat. Fast alle Hochzeitsgäste sind Freunde von Matthews Eltern. Tatum amüsiert sich trotzdem. Die Brautjungfern tragen Etuikleider aus altrosa Seide, und Mrs. Madden hatte sie angewiesen, als Accessoire »eines Ihrer eigenen Perlenhalsbänder zu tragen, unbedingt kürzer als Opernlänge«. (Tatum besaß keinerlei Perlenketten, egal welcher Länge, also musste sie losziehen und sich eine kaufen.)

Mrs. Madden übernimmt die Kosten für Haare und Make-up der Brautjungfern, und Tatum entscheidet sich für einen französischen Kranz mit eingeflochtenen Rosenblüten. Sie darf, wie sie es eingefordert hat, als Letzte zum Altar schreiten, und in der Einladung steht Trauzeugin: Mrs. Tatum McKenzie, was sie sehr freut.

Direkt vor dem Empfang teilt Dru-Ann ihr mit, dass sie den Toast sprechen wird. Tatum hat zwar ein Gedicht geschrieben, aber wenn sie ehrlich ist, hat sie tierisch Angst, vor Publikum zu sprechen, weshalb sie Dru-Anns Verkündung höflich akzeptiert. Sie wird Hollis das Gedicht später geben. Allerdings hört Mrs. Madden die Unterhaltung der beiden Frauen mit und setzt Dru-Ann darüber in Kenntnis, dass ausschließlich ihr Mann und Matthews Trauzeuge an diesem Abend Toasts aussprechen werden.

Tatum schenkt Dru-Ann ein hämisches Lächeln und macht sich auf die Suche nach mehr Champagner.

Als alle tanzen, macht der Bandleader zwischen zwei Songs eine Pause und sagt: »Das nächste Stück ist ein besonderer Wunsch der Braut für ihre Trauzeugin Tatum McKenzie.« Die Band spielt *Take My Breath Away*. Tatum und Hollis treffen sich auf der Tanzfläche und führen unter dem Jubel der inzwischen reichlich angetrunkenen Gäste ihren Tanz auf. Es ist die größte Ehre, die Tatum sich hätte vorstellen können.

Kurz vor dem Ende des Empfangs geht Tatum zur Toilette. Sie hat viel getrunken, und ihre Füße schmerzen vom Tanzen in den passend zum Kleid gefärbten Seidenpumps. Sie steht vor dem Spiegel und löst den französischen Kranz – sie bekommt Kopfschmerzen davon –, und dabei bleibt sie mit den Fingern an ihrem Perlenhalsband hängen. Die Schur reißt, die Perlen prasseln auf den Boden, und in diesem Moment tritt Dru-Ann aus einer der Kabinen.

Beim Händewaschen schaut Dru-Ann Tatum im Spiegel an. »So was passiert, wenn man sie bei Kmart kauft«, sagt sie – und geht.

Wenn sie jetzt daran denkt, möchte Dru-Ann sich über Bord stürzen. Wer *sagt* so etwas? Sie war keinen Deut weniger gedankenlos und idiotisch als gewisse junge Menschen, mit denen sie heute das Vergnügen hat. »Es tut mir leid, dass ich diesen klassistischen Witz gemacht habe«, sagt Dru-Ann. »Das war mies von mir, und ich schäme mich dafür.« Sie legt die Hand auf Tatums Arm. »Es tut mir leid, Tatum.«

Einen Moment lang schweigt Tatum, und Dru-Ann hofft, dass sie erkennt, dass die Entschuldigung aufrichtig ist.

»Ich verzeihe dir«, sagt Tatum schließlich. »Ich habe im Moment größere Sorgen als meine Kmart-Perlenkette.«

Dru-Ann lacht. »Ja, ich auch.«

Caroline schleicht mit ihrer Kamera über das Boot. Sie schafft es, den Moment zwischen Dru-Ann und Tatum einzufangen. Endlich haben sich die beiden versöhnt.

Dru-Ann und Tatum haben einen besonderen Moment am Bug, Caroline ist mit Filmen beschäftigt, und Brooke sitzt allein im Cockpit. Noch gestern hätte ihr das etwas ausgemacht, aber heute ist sie zufrieden damit, die Landschaft zu betrachten und nachzudenken. Der Erste Maat, James, kommt vorbei und fragt: »Wie geht es Ihnen?«

Er scheint ein netter Junge zu sein, und er fragt auf eine Art, als wolle er es wirklich wissen: Wie *geht* es ihr?

Sie lächelt ihn an. »Ich bin an diesem Wochenende aus meinem Schrank gekommen«, sagt sie.

Er legt den Kopf schief, als hätte er sie gehört, aber nicht verstanden.

»Ich bin lesbisch«, sagt sie.

Ein überraschtes Lächeln macht sich auf James' Gesicht breit. *Damit* hatte er vermutlich nicht gerechnet. »Freut mich für Sie!«, sagt er. »Herzlichen Glückwunsch.«

Nicht alle Menschen in ihrem Leben werden diese Neuigkeit als einen Grund zum Feiern betrachten, aber der Erste Maat tut es. Brooke findet Kinder in seinem Alter super. Die Zukunft sieht rosig aus, beschließt sie.

45

Direkt vor ihren Augen

Hollis fährt, so schnell sie kann, ohne Kevin Dixon oder jemand anderem von der Nantucket Police aufzufallen.

Ich bin Ihnen und Matthew in Atlanta begegnet, hatte Electra gesagt. Woher konnte sie wissen, dass Gigi in Atlanta lebte? Das stand nirgendwo im Programm.

Sie waren zusammen, hatte Electra gesagt.

Vielleicht war Gigi aus dem Restaurant verschwunden, *geflohen,* weil sie ertappt worden war.

Matthew und Gigi?

Wann hatte Gigi angefangen, an der Pinnwand des Forums zu posten? Ein halbes Jahr vor Matthews Tod? Neun Monate vorher? Hatte Gigi sich *absichtlich* bei Hollis beliebt gemacht? Hatte sie die vielen Kommentare geschrieben, um Hollis auf sich aufmerksam zu machen?

War sie *deshalb* nach Nantucket gekommen?

Hollis ruft sich noch einmal ins Gedächtnis, was Gigi am Strand gesagt hatte: *Der Mann, mit dem ich zusammen war … Wir waren nicht verheiratet und hatten keine gemeinsamen Kinder. Aber irgendwie macht es das sogar noch schwerer. Jetzt, nach seinem Tod, bleibt mir nichts von ihm, außer meinen Erinnerungen.* Hatte sie da von *Matthew* gesprochen? Hollis denkt daran, wie Gigi in der Bibliothek vor ihren Familienfotos gestanden hatte. Und dann die kleineren Dinge: Gigi fragt, wer den Orgasmus vortäuscht. Gigi will hören, wie Hollis und Matthew sich kennengelernt haben.

Hollis tritt aufs Gas. Ihre Haare wehen im Wind, hinter der Sonnenbrille füllen sich ihre Augen mit Tränen. Sie riskiert, selbst tödlich zu verunglücken, aber sie kann nicht schnell genug nach Squam kommen. Electra ist eine Giftschlange – aber während die Teiche und Felder rechts und links der Polpis Road an ihr vorbeiflitzen, ist sich Hollis immer sicherer, dass sie die Wahrheit gesagt hat.

Matthew und Gigi. Ihr wird ganz schlecht davon. Sie hat sich Gigi *anvertraut*. Sie hat ihr von dem Streit mit Matthew vor seinem Aufbruch zum Flughafen erzählt, und von dem Frühstück mit Jack. Inmitten aller Dramen an diesem Wochenende schien ihr Gigi ein sicherer Hafen zu sein.

Überraschende Wendung: *Gigi* ist *das Drama*.

Aus vollem Hals brüllt sie in den strahlenden Nantucket-Nachmittag. Immer und immer wieder schreit sie das eine Wort und legt nur eine Pause ein, als sie auf dem Weg neben der Polpis Road zwei Frauen auf Fahrrädern sieht.

Die beiden Frauen sind die blonde Sharon und ihre Schwester Heather. Sharon bleibt so abrupt stehen, dass Heather beinahe in sie hineinfährt.

»Hey!« Heather rettet sich mit einem Ausweichmanöver. Sharon lacht. Sie sind wie eine weibliche Version von Abbott und Costello.

»War das Hollis Shaw, die gerade vorbeigefahren ist und das F-Wort gebrüllt hat?«, fragt Sharon.

»Wahrscheinlich hat sie gesungen«, sagt Heather. »Und wie wäre es beim nächsten Mal mit einer Warnung, wenn du so plötzlich bremst?«

Hollis möchte glauben, dass es für das alles eine vernünftige Erklärung gibt. Vielleicht hatte Gigis Freund ein seltenes Herzproblem, das nur Dr. Matthew Madden vom Mass General heilen konnte, und obwohl Matthew alles in seiner Macht Stehende tat, starb ihm der Patient auf dem OP-Tisch weg, und Matthew hatte sich gemerkt, dass Gigi in Atlanta lebte, und lud sie zum Essen ein, um zu sehen, wie es ihr ging.

Vielleicht hatte Matthew oder Gigi einen DNA-Test gemacht

und herausgefunden, dass sie Cousin und Cousine oder sogar Halbgeschwister waren.

Aber da macht sich Hollis natürlich etwas vor. Matthew und sie hatten sich auseinandergelebt. Er war die ganze Zeit auf Reisen, und wenn er zu Hause war, war er mit den Gedanken woanders. Es hatte unzählige Momente gegeben, in denen Matthew Hollis direkt in die Augen blickte, sie aber wusste, dass er sie nicht sah.

Er sah Gigi.

Hollis biegt in die hortensiengesäumte Auffahrt ein, deren Schönheit in diesem Moment der blanke Hohn für sie ist. Sie war so zufrieden, so *selbstgefällig* gewesen, dass sie nicht gesehen hatte, was sich direkt vor ihren Augen abspielte.

Was sich jetzt vor ihren Augen abspielt, ist, dass Gigi ihren Koffer und ihre Tasche die Eingangsstufen hinunterträgt. Sie schaut auf ihr Handy, mit Sicherheit wartet sie auf ein Uber. Als sie den Bronco sieht, nimmt ihr Gesicht einen verängstigten Ausdruck an.

Nein, nicht verängstigt, denkt Hollis. *Schuldig*.

Sie steigt aus dem Wagen und knallt die Tür so fest zu, dass es wahrscheinlich bis nach Quidnet zu hören ist. Sie zeigt auf das Haus.

»Geh rein«, sagt sie zwischen zusammengebissenen Zähnen.

»Ich reise ab«, sagt Gigi. »Ich mache dir keinen Ärger mehr.«

»Ins Haus!« Hollis steigt die Stufen hinauf. Hinter der Tür steht Henrietta und knurrt Gigi an.

Natürlich, denkt Hollis. *Henny hat es die ganze Zeit gewusst.*

46.
Der heiße Stuhl

Unten im Heimkino stehen sich zwei Clubsessel gegenüber. Neben einem befinden sich ein Stativ und ein Ringlicht. Dort sitzt Hollis und weist Gigi den zweiten Stuhl zu.

»Du hattest eine Affäre mit Matthew?«, fragt sie.

Gigi nickt. *Es wird befreiend sein, die Wahrheit zu sagen,* denkt sie und fühlt sich schon jetzt beinahe schwerelos. Es gäbe viele Möglichkeiten, das Ganze herunterzuspielen. Aber Gigi wird die Wahrheit sagen, die ganze Wahrheit. Sie wird eine Fünf-Sterne-Aussage machen.

»Wie lange?«, fragt Hollis.

»Wir haben uns im vorletzten Oktober kennengelernt«, sagt Gigi. »Also waren wir etwas über ein Jahr zusammen, als er starb.«

Vorletzten Oktober. Hollis würde in ihrem Kalender nachsehen müssen. Was war im vorletzten Oktober in ihrem Leben los gewesen? Sie kann nur vermuten, dass sie Kartoffelscheiben in eine Gratinform geschichtet hatte, Karamelläpfeln den letzten Schliff verliehen und ihre Kaschmirpullover aus der Reinigung geholt hatte.

»Wie oft habt ihr euch getroffen?«, fragt Hollis. Der Champagner und ihr Lunch rumoren in ihrem Magen. Ihr ist schwindelig, ihre Wangen brennen. Sie ist so wütend, dass sie sich auf Gigi stürzen und sie würgen könnte. Ist sie in ihrem Leben schon jemals so wütend gewesen? Ist sie je von irgendjemandem so betrogen worden? Natürlich nicht. »Wo seid ihr noch gewesen, außer in Atlanta?«

»Wir sahen uns alle paar Wochen. Entweder flog ich dorthin, wo er einen Vortrag hielt – San Francisco, Baltimore –, oder er traf mich in Madrid oder Rom.«

»Madrid?«, fragt Hollis. »Rom? Ihr hattet eine internationale Affäre?«

»Das waren damals meine Flugrouten.«

Dann hatte Matthew Hollis also angelogen. Er hatte Konferenzen erfunden, weil er wusste, dass Hollis das nie nachprüfen würde, und er musste auch im Job gelogen haben, wahrscheinlich hatte er behauptet, mit Hollis für ein romantisches Wochenende zu entschwinden.

Mr. Wonderful.

Hollis stellt sich vor, wie Matthew und Gigi Hand in Hand durch Madrid und Rom schlendern. Wahrscheinlich hatten sie ihre Lieblingsorte – kleine versteckte Weinbars, Cafés, Geschäfte, in denen Matthew Gigi ein Halstuch oder einen Gürtel schenkte. Sie blieben stehen, um Straßenmusikern zu lauschen. Gigi beeindruckte Matthew mit ihren Sprachkenntnissen. Aber sich Matthew und Gigi in diesen fremden Städten vorzustellen, ist weniger schlimm als in Städten, die Matthew und sie selbst gemeinsam bereist hatten.

»Wo habt ihr in San Francisco übernachtet?« Die Frage ist masochistisch, aber sie muss es wissen.

»Oh«, sag Gigi. Sie scheint einen Moment nachzudenken. »Einmal im Four Seasons …«

Also hatte Matthew immerhin den Anstand gehabt, mit Gigi nicht ins Fairmont zu gehen. Aber das wird Hollis ihm nicht positiv anrechnen. Das Four Seasons scheint ihr eine Verbesserung zu sein.

»Und einmal im St. Regis, und dann waren wir einmal in Napa in der Auberge du Soleil.«

»Ihr habt euch *drei Mal* in San Francisco getroffen?« Darüber ist Hollis so entsetzt, dass sie nicht mal weinen kann. Matthew war mit ihr in *Napa*? *Diese Frechheit,* denkt sie. *Diese Überheblichkeit.* Er hätte zahllosen Menschen begegnen können, die ihn oder Hollis kannten.

»Dass er verheiratet ist, habe ich erst im letzten Mai erfahren«, sagt Gigi. »Am Abend unseres Kennenlernens sagte er, er sei geschieden und habe eine Tochter …«

Hollis schreit auf.

»Und ich habe ihm geglaubt. Er trug keinen Ring. Er war nicht auf Social Media, und Google zeigte nur seine beruflichen Erfolge an, sein professionelles Profil.«

»Aber dann hat er es dir erzählt?«

»Ja. Da waren wir in Griechenland. Auf Santorini.«

Griechenland! Kann das alles noch schlimmer werden? Sie muss sich bewusst daran erinnern zu atmen. Griechenland im vergangenen Mai – genau, während Hollis hier war und ganz allein das Haus für den Sommer vorbereitete.

»Er sagte, wir könnten uns im Sommer nicht oft sehen, weil er dann auf Nantucket wäre. Mit seiner Tochter … und seiner Frau.« Gigi macht eine Pause. »Ich habe geschrien, geweint, mit Sachen geworfen. Aber damals war ich schon zu sehr in ihn verliebt, um es zu beenden.« Sie sieht Hollis direkt an. »Das ist mein Verbrechen.«

Ja, denkt Hollis, *das stimmt.* Matthew hatte eine Frau, eine Familie, zwei Häuser, einen Hund, Freunde, Kollegen, die ihn respektierten, ein soziales Umfeld, ein Leben. Bei ihm zu bleiben, nachdem sie davon erfuhr, das *war* ein Verbrechen.

Aber es fasziniert sie, dass Gigi sagt, sie sei zu verliebt in ihn gewesen, um es zu beenden.

»Hat er dich auch geliebt?«, fragt Hollis. »Hat er das gesagt?«

»Hat er nicht«, sagt Gigi. »Ich glaube, er hatte Gefühle für mich, bin mir aber nicht sicher, ob er mich geliebt hat.« *Jetzt ist der richtige Zeitpunkt,* denkt sie. »Es gibt da noch etwas, das du wissen solltest.«

Hollis hebt die Hand. »Ich bin noch nicht fertig!«, sagt sie. Sie kann kaum glauben, dass sie es ist, die da spricht. Sie ist wie besessen. »Wann hast du Kontakt zu mir aufgenommen?«

»Direkt nachdem er mir gesagt hat, wer du bist.«

»Und warum? *Warum?*«

Gigi legt die Handflächen an die Wangen und atmet stockend aus. »Es ist wohl nur normal, dass man so viel wie möglich über die Frau des Geliebten erfahren möchte.«

Hollis lacht bitter. »Ach ja, ist es das?« Fast hätte sie hinzugefügt: *Woher soll* ich *das wissen?*, aber dann fällt ihr ein, wie sie auf Mindys Facebookseite gegangen war, nachdem sie sie auf Bildern mit Jack gesehen hatte. Mindys Profilfoto zeigte einen Quilt. Und hatte Hollis dann etwa nicht Quilting-Clubs in West-Massachusetts gegoogelt, in der Hoffnung, weitere Fotos von Mindy zu finden? Oh doch, das hatte sie.

»Ja«, sagt Gigi. »Und weil du eine Person des öffentlichen Lebens bist, habe ich alles gefunden.«

»Warum hast du mit mir Kontakt aufgenommen?«, fragt Hollis. »Du hast nicht einfach nur aus der Ferne beobachtet, du hast jeden meiner Beiträge kommentiert, du hast kluge Sachen gesagt, du wolltest, dass ich dich bemerke. *Während du mit meinem Mann geschlafen hast.*«

»Vielleicht war das ein bisschen verrückt«, sagt Gigi. »Ich wollte, dass du mich kennenlernst. Auch wenn du nie erfahren würdest, wer ich war. Ich wollte, dass du mich *magst.*«

»Das hat funktioniert«, sagt Hollis. »Ich *habe* dich gemocht. Als Matthew starb, habe ich darauf gewartet, von dir zu hören. Es hat eine ganze Woche gedauert.«

»Ja«, sagt Gigi. »Ich wusste nicht, was ich tun sollte.«

»Und dann hast du mir gesagt, du wärst da, um mir zuzuhören.«

»Das war ich ja auch.«

»Ich habe mich dir *anvertraut.* Ich habe dir Dinge erzählt, die ich sonst keiner Menschenseele erzählt habe. Weil ich dich ja nicht kannte, dachte ich, das wäre unbedenklich. Du warst wie eine … virtuelle Therapeutin. Ich habe dir erzählt, dass Matthew und ich Streit hatten, bevor er aus dem Haus ging« – Hollis schluckt –

»und dann hast du mich *geghostet*! Du hast mir das Gefühl gegeben, ich hätte Schuld an dem Unfall.«

»Oh, Hollis«, sagt Gigi. »Darf ich jetzt bitte etwas sagen?«

»Nein«, sagt Hollis. »Der beste Teil kommt ja erst noch. Weißt du, was der beste Teil ist, Gigi Ling?«

Gigi umklammert die hellen Wildlederarmlehnen des Clubsessels. Sie muss nicht hierbleiben. Sie kann sich ein neues Uber bestellen, zum Flughafen fahren, nach Boston, New York oder DC fliegen und von dort aus nach Hause. Äußerlich wird sich ihr Leben nicht verändern. Sie wird mit Mabel kuscheln, mit Tim und Santi gut essen, ihre Strecken fliegen – vielleicht nimmt sie wieder die Routen nach Europa. Sie kann Hollis und dieses Drama hinter sich lassen.

Aber das kann sie eben nicht.

Gigi weiß, dass mit »der beste Teil« der schlimmste Teil gemeint ist. »Der beste Teil ist, dass du mich zu deinem Fünf-Sterne-Wochenende nach Nantucket eingeladen hast und ich angenommen habe. Und hier sind wir nun.«

»Du bist in mein Haus gekommen, hast mein Essen gegessen, meinen Wein getrunken, in meiner besten Gästesuite geschlafen – ich will ehrlich sein, ich habe sie dir gegeben, weil ich vor allem dich beeindrucken wollte –, du hast dich an meinem Strand entspannt. Ich habe eine Playlist für dich erstellt. Die Kluge-Frauen-Playlist, weil ich dachte, du würdest das zu schätzen wissen.« Hollis unterbricht sich für einen Moment, ihr Furor macht ihr selbst Angst. »Du hast meine Freundinnen kennengelernt. Frauen, die ich seit Jahrzehnten kenne. Frauen, die mir beigestanden und mich unterstützt haben. Frauen, die mich lieben. Du hast einen Platz unter ihnen eingenommen, aber du bist eine Lügnerin und Betrügerin, eine Hochstaplerin!«

»Ja«, sagt Gigi.

»Warum?«, fragt Hollis. »Warum bist du hergekommen?«

Das ist die entscheidende Frage, nicht wahr? Gigi könnte vieles darauf antworten: *Aus demselben Grund, warum du mich eingeladen hast – weil wir uns gut verstanden haben. Ich bin gekommen, weil ich mich Matthew näher fühlen wollte. Ich bin gekommen, um so viel wie möglich über eure Ehe zu erfahren. Ich bin gekommen, weil ich mich auf unerklärliche Weise zu der Person hingezogen gefühlt habe, die ich hintergangen habe.* Sie könnte sogar sagen: *Ich bin gekommen, weil ich einsam war.*

Eigentlich ist Gigi nicht nach Nantucket gekommen, um sich als Matthews Geliebte zu offenbaren – aber jetzt, wo es passiert ist, muss Hollis noch etwas anderes erfahren. Etwas Wichtiges.

47.
Unter Influencerinnen II

Die *Endeavor* setzt die Frauen um vier Uhr wieder an der Werft ab. Caroline erwartet, dass Hollis sie am Dock mit einem Tablett Eistee empfängt und vielleicht mit ein paar selbst gemachten Gougères als Entschuldigung für den verpassten Segeltörn. Doch ihre Mutter ist nirgends zu sehen. Caroline schaut auf ihr Handy – und sieht eine Nachricht von Isaac.

Der Anblick seines Namens jagt ihr einen Adrenalinstoß durch den Körper. Hat er erkannt, dass er Sofia doch nicht liebt? Hat ihn das Foto, das Caroline von sich und Dylan gepostet hat, eifersüchtig gemacht, sind seine Gefühle für Caroline so stark, dass er sie nicht mehr verleugnen kann?

Solange sie den Text nicht liest, kann die Antwort auf diese Fragen immer noch Ja lauten.

Sie ruft ihre Mutter an, landet aber direkt auf der Mailbox. *Also gut*, denkt sie. Nehmen sie eben ein Taxi.

Caroline sieht die andern von Bord gehen. Jede der drei Frauen ist in ihre eigenen Gedanken versunken.

Tatum denkt, dass sie morgen um diese Zeit die Antwort kennen wird. Außerdem freut sie sich darauf, Hollis zu erzählen, dass Dru-Ann sich endlich entschuldigt hat. *Es hat nur fünfundzwanzig Jahre gedauert, aber jetzt haben wir uns vertragen.* Mehr als das. Gegen alle Wahrscheinlichkeit werden Tatum und Dru-Ann Freundinnen. Denn die Wahrheit ist, dass sie Dru-Ann irgendwie *gut leiden* kann.

Dru-Ann denkt, was für ein Wunder es ist, dass Phineas Pine, die Nummer 127 der Weltrangliste, die British Open gewonnen hat. (Sie hat sich auf die Bootstoilette zurückgezogen, um es sich auf dem Handy anzusehen.) Genau deswegen liebt sie Sport so sehr – Wettkampf ist spannend und aufregend und unberechenbar. Alle lieben Underdogs.

Brooke denkt, wie leicht es gewesen war, James zu erzählen, dass sie lesbisch ist. Als sie von Bord ging, wollte sie ihm ein Trinkgeld geben, aber er drückte ihr das Geld wieder in die Hand und sagte: »Sie haben mir bereits etwas geschenkt. Danke, dass Sie Ihre Neuigkeit mit mir geteilt haben.«
Mal ehrlich, wie süß kann man sein.

Als Caroline bei Provisions vorbeikommt, sieht sie an einem der Tische davor einen Mann sitzen, der von hinten aussieht wie Dylan. Als sie näher kommt, erkennt sie, dass ihm eine Frau gegenübersitzt, die aussieht wie Aubrey. Dann sieht sie das kleine Kind zwischen ihnen, dem eine Scheibe Bacon aus dem Mund hängt.
Dylan, Aubrey und Orion essen bei Provisions zu Mittag – oder schon zu Abend, bevor Dylan zur Arbeit muss.

Caroline spürt eine Hand auf ihrem Arm. Es ist Tatum, die sie in die entgegengesetzte Richtung zieht.

»Du willst doch nicht wieder ein Getränk abkriegen«, sagt sie. »Tun wir einfach so, als hätten wir sie nicht gesehen.«

Das Taxi wartet mit laufendem Motor am Bordstein. Caroline steigt ein, Brooke und Tatum ebenfalls. Als Dru-Ann gerade einsteigen will, ruft jemand ihren Namen.

Sie blickt zur anderen Straßenseite, und da kommen Gucci-Bex und Laura Ingalls gerade aus dem Blue Beetle – und Gucci-Bex wedelt mit den Armen. »Dru-Ann! Warte!«

Ich soll auf euch warten, damit ihr mich vor meinen Freundinnen öffentlich bloßstellen könnt?, denkt Dru-Ann. *Nein, vielen Dank.*

»Dru-Ann, es tut mir leid, es tut uns leid!«, schreit Gucci-Bex. Sie rennt in ihren Mary Janes über die kopfsteingepflasterte Straße. »Du hattest recht, wir hatten unrecht«, sagt sie schnaufend.

Dru-Ann blinzelt.

»Wegen Posey«, sagt Laura Ingalls. (*Ein neuer Tag, ein neues Prärierkleid*, bemerkt Dru-Ann.)

»Was ist mit Posey?«, fragt sie. *Ihr Freund hat gerade den größten Coup des Jahres gelandet. Er wird diese Woche garantiert auf dem Cover der* Sports Illustrated *sein. Es ist verrückt.*

»Fahren wir jetzt nach Squam oder nicht?«, fragt der Taxifahrer. »Das ist so weit draußen, wir müssen jetzt los, wenn wir vor Einbruch der Dunkelheit da sein wollen. Ich hoffe, Sie haben Proviant eingepackt.«

»Steig ein, Sis«, sagt Tatum, und Dru-Ann kann sich ein Lächeln nicht verkneifen. *Sis!*

»Schau auf Twitter nach«, sagt Gucci-Bex. »Und noch mal, entschuldige bitte!«

»Meinetwegen.« Dru-Ann steigt ins Taxi und schiebt die Tür zu. Das Taxi holpert die Straße hinunter.

Dru-Ann verdreht die Augen. »Influencerinnen.«

»Die sind so stylish!«, schwärmt Brooke. »Wie heißen ihre Accounts? Ich will ihnen folgen.«

48.
Unfallbericht II

Gigi sagt: »Du weißt, dass Matthew bei der Konferenz in Leipzig einen Aufsatz vorstellen wollte?«

Bei dem Wort *Leipzig* ist alles wieder da: Der Dezembermorgen, der Schnee, Matthews Rasiergel, seine Rentiermanschettenknöpfe, das Stück Quiche, das in Hennys Fressnapf gelandet war, die Weihnachtslieder. Das Klopfen an der Tür. Hollis erstarrt, als würde Gigi eine Waffe auf sie richten.

»Ja?«, flüstert sie.

»Wir wollten uns am Freitagabend in Paris treffen und das Wochenende zusammen verbringen«, sagt Gigi. »Es sollte *unser* Weihnachten werden.«

»*Euer* Weihnachten? In Paris?«, fragt Hollis. »An dem Samstag fand unsere alljährliche Weihnachtsparty statt. Matthew hatte gesagt, er könne nicht dabei sein. Er würde bis zum Ende der Konferenz in Leipzig bleiben und anschließend seinen Professor in Berlin besuchen.« Hollis hat das Gefühl, splitternackt vor Gigi zu sitzen.

»Ja«, sagt Gigi. »Er hat mir von der Weihnachtsparty erzählt.«

Er hatte Gigi von der Party erzählt.

»Raus!« Hollis zeigt zur Treppe. »Verschwinde aus meinem Haus! Ich will nie wieder von dir hören! Ich werde dich von der Website sperren.« Hollis spürt einen stechenden Schmerz direkt unterhalb des Brustbeins. Sie denkt an den Abend im Harvard

Gardens, als sie Matthew kennenlernte. *Ich wollte nur den Abschnitt über die Takotsubo-Kardiomyopathie zu Ende lesen, auch bekannt als »Broken-Heart-Syndrom«.*

Broken-Heart-Syndrom.

»Lass mich bitte ausreden«, sagt Gigi. »Matthew hat mich an dem Tag, als er starb, angerufen. Aus dem Auto.«

Was? Hollis erstarrt.

Gigi sagt: »Wir haben oft telefoniert, wenn er im Auto unterwegs war – so war es am sichersten, niemand konnte mithören. Sein Anruf weckte mich, mein Flug nach Paris wäre erst gegen Abend gegangen.«

»Bitte, hör auf«, sagt Hollis. »Ich will das alles nicht hören.«

»Doch, das willst du«, sagt Gigi.

Matthew teilt Gigi mit, dass er unterwegs nach Logan ist. Er ist spät dran, und es schneit wie verrückt. »Ich habe mit Hollis geredet, bevor ich losgefahren bin.« Eine lange Pause. »Ich bin hin- und hergerissen.«

»Hin- und hergerissen?«, fragt Gigi. Sie nimmt an, dass Matthew Gewissensbisse hat – das kommt hin und wieder vor. Sicher fühlt er sich schuldig, weil er Hollis in der Weihnachtszeit allein lässt und nicht an ihrer Party teilnimmt.

»Ich weiß nicht, ob ich das mit Paris machen kann«, sagt Matthew.

Das hat man davon, denkt Gigi, *wenn man mit einem verheirateten Mann schläft.* Sie sagt: »Sollen wir uns in Leipzig treffen?« Eine gemeinsame Nacht wäre besser als gar nichts.

»Hollis ruft gerade an«, sagt Matthew.

»Okay«, sagt Gigi. »Willst du später zurückrufen?«

»Gigi«, sagt er. Sein Ton gefällt ihr nicht. Es klingt, als würde er ihr gleich sagen …

»Ich will an meiner Ehe arbeiten«, sagt er.

Für einen Moment sagt niemand etwas, aber in der Stille hört Gigi das Anklopfen des anderen Anrufs auf seinem Handy.

»Machst du ... machst du gerade mit mir Schluss?«, fragt sie.

Er seufzt. »Es ist nicht fair, dass du meine Nummer zwei bist. Du verdienst es, die Nummer eins für jemanden zu sein.«

»Nein«, sagt Gigi. »Stell das jetzt nicht so hin, als würdest du unsere Beziehung aus Sorge um mich beenden.« Sie hört das Schaben der Scheibenwischer – hin und her, hin und her.

»Du hast recht«, sagt er schließlich. Sie hört ein klickendes Geräusch. Der Blinker? »Ich möchte bei Hollis zu Hause sein. Ich werde Leipzig absagen.«

»Du machst Witze.« Matthew sagt eine Konferenz ab, auf der er einen Vortrag halten soll? Oder sagt er das nur, damit sie ihm nicht im Hotel auflauert?

»Ich liebe sie, Gigi.«

»Sie ist deine Frau«, sagt Gigi. »Und ich bin nur jemand, den du in einer Flughafenbar kennengelernt hast und mit dem du zehn Tage vor Weihnachten am Telefon Schluss machen kannst.«

»Es tut mir leid, Gigi. Alles. Mach's gut.«

»Kurz nachdem wir aufgelegt haben, muss der Unfall passiert sein. Von seinem Tod habe ich erst aus der Bekanntmachung auf deiner Website erfahren.« Gigi steht auf. »Es tut mir leid, Hollis. Ich weiß, dass du das nicht so siehst, aber auch ich habe jemanden verloren. Und ich habe Kontakt zu dem einzigen Menschen gesucht, der verstand, wie ich mich fühlte.«

Matthew hatte beschlossen, die Reise abzusagen? Er hatte Gigi gesagt, er wolle an seiner Ehe arbeiten? Hollis möchte das so gern glauben – aber Gigi könnte sich das alles nur ausdenken, um den Schmerz über die Affäre abzumildern. Besser kein Wort glauben, das aus Gigis Mund kommt.

Gigi steht auf. »Du sollst außerdem wissen, dass ich eine wunderbare Zeit hatte. Du hast großes Glück, eine so gut geratene Tochter zu haben …« Gigis Stimme bricht, sie räuspert sich. »Und Freundinnen wie Tatum, Dru-Ann und Brooke. Also, so pervers das jetzt auch klingt, ich danke dir, dass du mich eingeladen hast. Ich bereue nicht, dass ich hergekommen bin.« Damit geht sie die Treppe hinauf.

»Warte«, sagt Hollis. Vielleicht liegt es am ganzen Kamera-Equipment um sie herum, aber sie fühlt sich wie eine Schauspielerin im Film. Warum hält sie Gigi auf? *Lass sie gehen!* Verzeihen kann Hollis ihr ganz sicher nicht. »Kannst du bitte kurz warten? Ich möchte etwas überprüfen. Würdest du dich noch mal für einen Moment hinsetzen? Ich bin gleich wieder da.«

Langsam geht Gigi die Stufen wieder hinunter – wobei sie nicht ganz sicher ist, warum. Sie sollte verschwinden, bevor die anderen zurückkommen. Unter keinen Umständen wird Hollis sie noch eine Nacht hierbleiben lassen.

Oder?

Hollis geht nach oben in die Bibliothek, klappt ihren Laptop auf und klickt auf den Ordner mit der Aufschrift *MM*, und zwischen all den Dokumenten – der Sterbeurkunde, der Lebensversicherung, der Besitzübertragung – findet sie den Unfallbericht.

Wonach sucht sie eigentlich? Sie weiß es selbst nicht.

Name des Fahrers: Madden, Matthew

Hollis scrollt hinunter bis zu TOTE ODER VERLETZTE. Das Feld bei TOTE und das Feld FAHRER sind beide angekreuzt. Hollis versucht, ihren Atem zu beruhigen. Sie scrollt ein Stück weiter.

Da ist eine Abbildung der Straße mit eingezeichneten Linien. Die Legende sagt, die durchgehende Linie zeigt die Bewegung vor dem Unfall, die gestrichelte Linie die danach. Die beiden *X* markieren die Hirsche – Mutter und Kalb. Hollis fährt die gestrichelte Linie mit dem Finger nach: Sie schert scharf aus, bevor das Fahrzeug von der Straße abkommt, in den Feldern landet und sich überschlägt. Hollis' Hände sind klamm, ihr ist übel. Es gibt Gründe, warum sie sich das nie angesehen hat.

Sie liest die zugehörige Beschreibung: **Fahrzeug fährt in südöstlicher Richtung auf der Dover Road.**

Südöstlich, denkt Hollis. Um nach Logan zu kommen, hätte Matthew auf der Dover Road Richtung Nordwesten fahren müssen. Sie sieht sich die Zeichnung noch einmal an und gleicht sie mit der Karte auf ihrem Handy ab.

Gigi muss die Wahrheit sagen – Matthew hatte gewendet.

Er war auf dem Heimweg gewesen.

Hollis senkt den Kopf und schließt die Augen.

Sie nimmt sich einen Moment Zeit, die Vergangenheit umzuschreiben.

Es ist der fünfzehnte Dezember, und Matthew ist zum Flughafen gefahren. Hollis wickelt das übrig gebliebene Frühstück in Folie und stellt es neben den Tarte-Teig in den Kühlschrank. Sie setzt sich an ihren Laptop, doch statt Jack Finigan auf Facebook zu stalken, ruft sie die *Hollis hat Hunger*-Seite auf und postet ihr Rezept für Cheddar-Tartlets. Ihre Fans haben lautstark danach verlangt. Aus den Lautsprechern kommt *Carol of the Bells.*

Sie hört, wie die Tür geöffnet wird, dann Schritte, dann das Klingeln von Hennys Glöckchen. Als Hollis in die Küche kommt, ist Matthew da, Kopf und Schultern mit Schnee bestäubt, die Brille beschlagen. Ehe sie fragen kann: *Was ist los? Ist etwas passiert?,* hat er den Trenchcoat und die Anzugjacke ausgezogen. Eilig öffnet er die Rentiermanschettenknöpfe und lockert die Weihnachtsmänner-in-Schnellbooten-Krawatte.

»Warte«, sagt Hollis. Sie ist ihm jetzt so nah, dass sie sein Rasiergel riechen kann. »Du fährst nicht?«

»Ich fahre nicht«, sagt Matthew.

Sie will ihn fragen, ob er Hunger hat, ob sie ihm sein Frühstück aufwärmen soll … da nimmt er ihre Hand und geht mit ihr nach oben.

Reglos wie eine Statue sitzt Gigi noch genau da, wo Hollis sie verlassen hat. Hollis ist beeindruckt. Sie an Gigis Stelle wäre weggelaufen, solange sie die Chance dazu hatte.

»Ich habe gerade im Unfallbericht nachgelesen.« Hollis setzt sich. »Matthew hatte gewendet. Er war auf dem Weg nach Hause.«

Gigi nickt, sagt jedoch nichts.

Hollis weiß nicht, was sie jetzt sagen oder tun soll. Gigi sieht aus wie ein Schulmädchen, das einen Tadel bekommen hat und jetzt darauf wartet, dass sie zu ihrem Platz gehen darf. Sollte Hollis das tun? Soll sie Gigi sagen, sie sei entlassen?

Plötzlich hört Hollis von oben Tumult: fröhliches Bellen von Henny, Brookes Ruf, sie gehe als Erste unter die Außendusche, Tatum, die wissen will, ob noch Zwiebeldip da ist, weil sie *am Verhungern* ist, und Dru-Ann, die ankündigt, sie werde jetzt ins Gästehaus gehen, um sich umzuziehen, aber wenn sie zurückkäme, sollten lieber alle bereit sein, ihre Frau zu stehen, weil sie noch eine halbe Flasche Tequila zu vernichten hätten, ehe dieses Wochenende vorbei sei.

Sie hört Caroline sagen: »Ich glaube, ich habe genug Material, um daraus einen richtigen Kurzfilm zu schneiden. Was haltet ihr davon, wenn ich euch am Ende alle *berühmt* mache?«

»Lieber berühmt als berüchtigt«, sagt Dru-Ann. »Davon hatte ich dieses Wochenende genug.«

»Das Beste sind die Interviews mit euch«, sagt Caroline. »Ich habe so viel über meine Mutter erfahren, danke für eure Ehrlichkeit. Manche dieser Geschichten waren sicher nicht leicht zu erzählen.«

Hollis braucht sich die Interviews nicht anzusehen, um zu wissen, wie sehr sie jede dieser Frauen im Stich gelassen hat. Sie hatte Tatum versprochen, in Massachusetts zu bleiben, und ist dann nach North Carolina gegangen, sie hat Dru-Ann anderthalb Jahre lang Lügen über ihre Mutter erzählt, sie hat Electra nicht damit konfrontiert, dass sie Brooke aus der Footballclique ausgegrenzt hatte.

Tatum, Dru-Ann und Brooke haben ihr verziehen. Und Hollis erkennt jetzt, dass das für ihren Anstand, ihre Großzügigkeit und ihren Edelmut spricht. Hollis könnte anführen, dass Gigis Verrat irgendwie größer ist als alles, was sie selbst getan hat. Gigi hat mit ihrem Mann geschlafen. Gigi hat sie über ihre Website ausspioniert. Gigi hat sie und ihre Freundinnen mit ihrem eleganten Stil und ihrem unwiderstehlichen Akzent beeindruckt – unter Vorspiegelung falscher Tatsachen.

Hollis atmet einmal durch … dann noch einmal. Sie denkt über den Ausdruck *fünf Sterne* nach. Was bedeutet er? Für sie heißt das »bemerkenswert, das Beste seiner Klasse, von ausgezeichneter Qualität, herausragend«. Es ist eine Sache, frische Blumen auf einen Nachttisch zu stellen oder eine Instagram-taugliche Vorspeisenplatte anzurichten. Aber was, wenn das Fünf-Sterne-Erlebnis tiefer geht? Wenn es bis zu diesem Augenblick reicht? Was wäre, wenn Hollis Gigi nicht rauswirft, sondern sagt: *Bitte bleib. Ich bin vielleicht noch nicht so weit, dass ich dir vergebe – der Schmerz über den Betrug ist noch sehr frisch und stark –, aber irgendwann werde ich so weit sein, und bis dahin bin ich bereit, die Sache durchzuziehen.*

Gibt es so etwas wie Fünf-Sterne-Vergebung? Und wenn nicht, kann Hollis sie jetzt erfinden?

»Bleib«, sagt sie zu Gigi.

»Was? Hollis – nein, auf keinen Fall.«

Hollis steht aus ihrem Sessel auf und geht auf Gigi zu. Ihre

Schönheit ist schmerzhaft für Hollis, weil sie daran denkt, wie sehr sie Matthew gefallen haben muss – aber das ist Vergangenheit.

»Bitte«, sagt Hollis. Zu einer Umarmung kann sie sich nicht überwinden, aber sie reicht Gigi die Hand, um ihr beim Aufstehen zu helfen. »Nur bis morgen Vormittag. Wenn ich das kann, kannst du es auch.«

»Willst du es den anderen sagen?«, fragt Gigi. Sie stellt sich vor, dass sie von den anderen gesteinigt wird wie die Heldin der einen Erzählung von Shirley Jackson.

»Um Himmels willen, nein«, sagt Hollis. »Das geht niemanden außer uns etwas an. Und außerdem haben die anderen im Moment alle ihre eigenen Probleme.«

49.
Twist

Dru-Ann wollte den Bakelite-Plattenspieler in ihrem Gästehaus ausprobieren. Sie steht in der kleinen Nische und blättert den Plattenstapel im Regal darunter durch: The Turtles, Marvin Gaye, Joni Mitchell. Die Hüllen sind alle abgenutzt, wurden aber liebevoll behandelt, und Dru-Ann überlegt, ob Hollis sie gebraucht gekauft hat oder ob sie vielleicht ihren Eltern gehört haben.

Sie nimmt Marvin Gaye heraus – das dürfte die Stimmung sein, die sie sucht –, und dann fällt ihr Blick auf die gerahmte 45er, die über dem Plattenteller an der Wand hängt.

Chubby Checker. *The Twist*. Und sie ist signiert!

Aaaaaah!

Gibt es für Dru-Ann noch einen anderen »Twist«, also eine überraschende Wendung? Als sie die vielen Benachrichtigungen auf ihrem Handy sieht – sie hatte es im Auto die ganze Zeit vibrieren hören, aber ignoriert –, hält sie das durchaus für möglich.

Schau auf Twitter nach, hatte Gucci-Bex gesagt.

Dru-Ann blinzelt. Hat sie Halluzinationen, oder trendet #TeamDruAnn?

Sie kann nicht anders als Marvin Gaye mitzusingen: »*What's going on? What's going on?*«

Dru-Ann scrollt und klickt, bis sie ein sehr süßes Foto findet, auf dem Phineas Pine den Pokal in die Höhe hält. Neben ihm steht Posey Wofford und blickt ihren Geliebten voller Bewunderung an.

Twitter hat zu diesem Foto eine Menge zu sagen. Hatte Posey Wofford ihr eigenes Turnier nicht wegen »psychischer Probleme« abgebrochen? Kann es sein, dass sie die psychische Gesundheit nur aus Ausrede benutzt hat, um nach Schottland zu fliegen und ihren Freund anzufeuern? Danach sieht es zumindest aus, sagt Twitter. Und wenn ja, wie widerwärtig! Posey Wofford ist nicht nur anti-feministisch (sie stellt Phineas' Karriere über ihre eigene), sondern auch respektlos gegenüber Menschen, die unter Ängsten und Depressionen leiden.

Posey Wofford war »depressiv«, bis ihr Schatz @phinpinegolf anfing, Putts zu versenken, steht in einem Tweet. Dann ging es ihr schlagartig besser! #supportmentalhealth #cancelPosey #TeamDruAnn.

Das kommt ihr wie das übliche Twittergetöse vor – diesen Leuten dürfte bewusst sein, dass Posey fröhlich aussehen und trotzdem innerlich leiden kann. Dann findet Dru-Ann einen Videoausschnitt von Phineas' Pressekonferenz. Er strahlt nur so vor Freude, und das ist auch richtig so. Die British Open zu gewinnen, ist eine Riesensache. Sein Name wird in die Geschichte eingehen.

Als er nach Poseys psychischem Zustand gefragt wird, sagt Phineas: »Ich habe ihr von meinem Traum erzählt, dass ich gewinne. Und dass ich sie dabeihaben will, damit sie es von Anfang bis Ende sehen kann.«

»Dann hat sie nicht mit psychischen Dämonen zu kämpfen?«, fragt eine Reporterin.

»Psychische Dämonen?«, fragt Phineas. »Posey? Quatsch.« Er klingt so ungläubig, dass Dru-Ann sich fragt, ob er absichtlich versucht, Poseys Ruf zu ruinieren. Wo er jetzt das neue Lieblingskind des Golfsports ist, will er vielleicht upgraden. Vielleicht geht er nächsten Monat mit Zendaya aus.

Ha, das wäre eine überraschende Wendung, denkt Dru-Ann.

Sie bekommt eine Nachricht von Nick: Ich glaube, Posey braucht deine Hilfe in diesem Schlamassel.

Posey ist gefeuert, schreibt Dru-Ann zurück. Aber ich wäre bereit, Phineas als ersten männlichen Klienten zu übernehmen. Sag ihm, er soll mich anrufen.

Drei Punkte erscheinen. Und was ist mit mir?, fragt Nick. Kannst du einem nachgiebigen Vater verzeihen?

Diese Entscheidung wird noch geprüft, schreibt Dru-Ann und drückt auf Senden.

Sie pflügt sich durch den Strom ihrer Mailbox-Nachrichten. Dean Falzarano vom *New York*-Magazin hat angerufen, um sich zu entschuldigen. Sie bringen nicht nur Dru-Anns Artikel über die Eiskunstläuferinnen, sondern wollen auch tausend Wörter über »die Sache mit Posey Wofford« in Auftrag geben. »Haben Sie zu dem Thema etwas zu sagen?«, möchte Dean wissen. *Oh, und ob ich das habe,* denkt Dru-Ann.

Zeke von *Wirf wie ein Mädchen* hat eine Nachricht hinterlassen: »Erwarte dich Dienstag im Studio. Entschuldige das Durcheinander.« Dru-Ann möchte Zeke am liebsten sagen, er könne sich seine Sendung sonst wohin stecken, aber sie liebt die Sendung und fühlt sich Marla – und ihren Zuschauern – gegenüber verpflichtet, ihnen Crabby Gabby zu ersparen. Vielleicht ist jetzt der richtige Zeitpunkt, um über einen besseren Sendeplatz zu verhandeln. Montagabends, direkt vor *SportsCenter*?

Zuletzt ist da noch eine Sprachnachricht von JB, der seine Forderung nach ihrer Kündigung zurückzieht. Dru-Ann seufzt. Sie ist sich nicht sicher, ob sie JB verklagen soll, eine feindliche Übernahme seiner Firma anzetteln oder Phineas' Agenten Gannon anrufen, um ihn zu fragen, ob er mit ihr eine neue Agentur aufziehen will.

Sie wird darüber nachdenken.

Caroline sitzt auf Stufen vor dem Haus, von wo aus sie die Hortensienbüsche entlang der Einfahrt sehen kann, und öffnet Isaacs Textnachricht.

Es ist ein Selfie von ihm und Sofia, sie schmiegen die Wangen aneinander und grinsen wie die Honigkuchenpferde. Ihre Augen sind voller Liebe. Unter dem Bild steht: *Danke*.

Caroline schließt die Text-App. Es ist nicht fair, erst Dylan und Aubrey, dann Isaac und Sofia. Und sie selbst bleibt allein.

Sie hört, wie eine Tür geöffnet wird, und sieht Dru-Ann aus dem Gästehaus kommen. »Sieht aus, als wäre da jemand traurig«, sagt Dru-Ann. Sie setzt sich neben Caroline auf die Stufen. »Spuck's aus, Mädchen, was ist los?«

Eigentlich will Caroline das mit sich selbst ausmachen, aber sie weiß, dass Dru-Ann sich tatsächlich für ihre Probleme interessiert. Sie erzählt ihr alles – wenn auch wenig zusammenhängend: das Lagerfeuer mit Dylan vor ewigen Zeiten, bei dem Aubrey ihr Sand ins Gesicht gekickt hatte, Isaac, der um seine früh verstorbene Mutter weinte, Orion, der an Bacon nuckelt, bitte mach keine Schwierigkeiten, Isaacs goldener Tee und die Cashews von Kalustyan's, ihr Kuss, die Drohnen-Flugstunde im Central Park, Thomas die kleine Lokomotive, Sofias Rückkehr, wie Dylan im Box auf sie gewartet hat, das Küssen, Sofias Textnachrichten, ihr eigener Instagram-Post, Aubrey, die ihr einen Drink ins Gesicht kippt, ihr Telefonat mit Sofia, wie sie Dylan mit Aubrey und Orion einträchtig an einem Tisch gesehen hat, *mon petit chou*.

Als sie endlich innehält, um Luft zu holen, sagt Dru-Ann: »Du erzählst mir also, du hast mit deinem Highschool-Schwarm rumgemacht und hattest eine kurze, heiße Affäre mit deinem genialen Chef?«

Caroline nickt.

»Ist dir klar«, sagt Dru-Ann, »dass die meisten von uns von solchen romantischen Abenteuern nur träumen?«

»Außerdem«, sagt Caroline, »fehlt mir mein Dad so sehr.«

»Ach, Süße.« Dru-Ann nimmt Caroline in den Arm, wo diese endlich anfängt zu weinen. »Das heißt nur, dass du ein fühlender Mensch bist.«

Im Board Room zieht Brooke ihren Nantucket-Reds-Minirock und den neuen Pullover an. Bevor sie in die Küche geht, klappt sie ihren Laptop auf und loggt sich bei Facebook ein. Sie überlegt, ob sie ihre Neuigkeit posten soll. Sie findet die Vorstellung einschüchternd, jedem einzeln von ihrem Coming-out zu erzählen. Sie tippt: Hallo, ihr Lieben, große Neuigkeiten: Ich bin lesbisch!

Die Leute werden Unterstützendes schreiben, und die, die es »nicht kapieren«, werden hoffentlich weiterscrollen. Ihre Mutter wird in Tränen aufgelöst anrufen, nicht weil Brooke lesbisch ist, sondern weil sie es aus dem Internet erfahren hat.

Nein, sie kann es nicht auf Facebook posten, jedenfalls noch nicht jetzt. Erst muss sie mit Charlie reden, mit den Zwillingen, mit ihrer Mutter. Sie weiß, was Whitney sagen wird: Ein betrunkener Kuss heißt noch nicht unbedingt, dass du lesbisch bist, Mom. Nimm dir Zeit, das herauszufinden.

Sie schreibt Will und Whitney: Können wir morgen bei Juniper zu Abend essen? Ich habe spannende Neuigkeiten!

Will sagt, er sei bis acht im Fitnessstudio, könne aber anschließend dazukommen. Whitney fragt: Richtig spannend, oder nur Mom-spannend?

Brooke denkt, es wäre besser, die Erwartungen niedrig zu halten, und schreibt: Mom-spannend. Aber es lohnt sich allemal, dafür ein Bumble-Date zu verschieben.

Sobald sie von Charlie geschieden ist, wird sie ein Profil bei Bumble erstellen – oder gibt es eine eigene Dating-App für Frauen, die Frauen suchen? Gibt es eine für Menschen, die bi sind, und eine für Menschen, die queer sind? Sie wird sich informieren müssen.

Brooke hört leise Musikfetzen aus der Küche. Es ist *Stacy's Mom* von Fountains of Wayne. Brooke liebt diesen Song. Das muss jetzt endlich die Playlist sein, die Hollis für sie erstellt hat. Sie kann es nicht erwarten, sich ein Glas Rosé einzuschenken, Hollis mit den Pizzen zu helfen und durch die Küche zu tanzen.

Aber zuerst geht sie noch einmal auf Facebook und entfreundet Electra.

Tatum hört die Musik aus der Küche, während sie ihr Lilly-Kleid auszieht. Heute Abend stehen Pizza, Eiswagen und Feuerwerk auf dem Programm, und da will sie etwas Bequemes anhaben. Sie will ihre abgeschnittene Jeans aus dem Koffer nehmen – und schreit auf!

Da liegt, zusammengerollt, die verdammte Schlange.

Tatum lacht. Ha-ha-ha. Dru-Ann hat sich revanchiert, aber so was von. Fast hätte Tatum sich eingenässt. Sie schmeißt die Schlange quer durchs Zimmer, als ihr Handy piept. Es ist Kyle.

Was hältst du davon, wenn Jack und ich heimlich zum Feuerwerk dazukommen?

Tatum kann es kaum glauben, aber ihr erster Gedanke ist Nein. Das ist ihr letzter Abend. Da sollten sie unter sich sein.

Reiner Mädelsabend heute, schreibt sie. Sag Jack, er soll noch einen Tag dranhängen, dann kann er Holly morgen sehen, wenn die anderen weg sind.

Kyle schreibt: Er sagt, er will im Herbst wiederkommen und eine ganze Woche bleiben. Den werden wir nie wieder los.

Ach Schatz, schreibt sie und fügt ein Zwinker-Emoji hinzu. Vermutlich wird er dann nicht bei uns wohnen.

Als Caroline in die Küche kommt, läuft *Since You've Been Gone*. Eindeutig Brookes Playlist (sogar Caroline erinnert sich noch daran, wie besessen Brooke von American Idol war).

Hollis steht an der Backstation und rollt auf der Marmoroberfläche perfekte Kreise aus Pizzateig aus.

Caroline umarmt sie. »War mit Gigi alles okay?«, fragt sie. »Sie hat Dad doch nicht gekannt, oder?«

»Natürlich nicht«, sagt Hollis. Zur Bekräftigung tätschelt sie Caroline den Rücken. Sie hat wegen Gigi die richtige Entscheidung getroffen, denkt sie, und sei es nur um ihrer Tochter willen. Caroline soll ihren Vater nicht zum zweiten Mal verlieren. »Electra war einfach nur Electra. Gigi ist in ihrem Zimmer und zieht sich um.«

»Okay«, sagt Caroline. Sie tritt einen Schritt zurück und mustert ihre Mutter. Hollis sieht ihr nicht in die Augen, aber das muss nicht zwingend heißen, dass sie lügt. Sie hat fünfzehn Pizzen zu backen und muss sehen, dass sie vorankommt. Aber was wäre, wenn Gigi sich über die Website mit Hollis angefreundet hätte, weil sie mit Matthew geschlafen hat? Und dann, nach dessen Tod, kommen sich die beiden Frauen näher, und Hollis lädt Gigi als ihre »beste Freundin aus der Lebensmitte« zu ihrem Fünf-Sterne-Wochenende ein, ohne Gigis wahre Identität zu kennen?

Das, denkt Caroline, *wäre richtig krasses Podcast-Material.*

Während des Filmens wird Caroline überraschend melancholisch. Das Wochenende neigt sich dem Ende zu, die Frauen füllen ihre Gläser und machen sich über Chips und Guacamole her. Dru-

Ann unterhält alle prächtig mit der Geschichte ihrer Schicksalswende – das Internet liebt sie wieder.

Gigi kommt als Letzte dazu und sieht in ihrem blassgelben Kleid so faszinierend aus wie immer. Hollis geht mit ihnen auf die hintere Terrasse. Das Sonnenlicht überzieht den Teich mit feurigem Rosa, die Wolken am Horizont glühen. Heute Abend werden sie einen Zuckerwattehimmel haben.

Brookes Playlist mag Caroline am liebsten, sie weiß noch, wie ihre Eltern diese Songs gespielt haben, als sie heranwuchs – *Umbrella* von Rihanna, *Need You Now* von Lady A., *Mr. Brightside* von den Killers.

Tatum erzählt Gigi vom Segeltörn. »Ich habe mein ganzes Leben auf Nantucket verbracht, aber draußen auf dem Wasser zu sein, an einem Tag wie heute, das verliert nie seinen Reiz.«

Dru-Ann sagt zu Hollis: »Dein Glück, dass sich das Blatt für mich gewendet hat. Ich war schon drauf und dran, dauerhaft bei dir einzuziehen.«

Hollis schiebt die erste Pizza, eine klassische Margherita, in den mobilen Pizzaofen. *Du schaffst das*, redet sie sich gut zu. *Konzentrier dich einfach auf das Essen.* Aber dann fängt der Song *Fake Ass Friends* an, und während alle anderen tanzen, beginnt in Hollis die Wut zu brodeln. Sie holt die Pizza aus dem Ofen und sieht mit Entsetzen, dass sie schwarz verbrannt ist und raucht. Der Belag rutscht herunter und landet klatschend auf der Terrasse.

Nein, das bildet sie sich ein. Die Pizza ist perfekt geworden – der Käse zart schmelzend, die Kruste dünn und knusprig.

Ihr ganzer Körper ist vor Wut erstarrt. Sie kann sich nicht zu Gigi an den Tisch setzen – also beschließt sie, im Stehen zu essen.

Gigi kommt sich vor wie gebrandmarkt. Sie ist Hester Prynne, Ehebrecherin, mit einem scharlachroten A auf der Brust. Sie spürt, dass Hollis auf Abstand bleibt und Kälte verströmt wie ein offen gelassener Kühlschrank. Gigi hat das Gefühl, als würden auch die anderen Frauen Abstand zu ihr halten. Caroline hat die Kamera ausgepackt – Gigis Schuldgefühle gegenüber Caroline spielen noch mal in einer ganz anderen Liga –, und sie versucht nach Möglichkeit, nicht im Bild zu sein. Sie weiß, dass die anderen Frauen Einzelgespräche mit Caroline geführt haben, und aus naheliegenden Gründen hatte sich Gigi das ganze Wochenende lang vor dem Moment gefürchtet, an dem sie an der Reihe wäre. Aber jetzt ist die Zeit abgelaufen, und ohne dass Caroline davon wüsste, hat Gigi ein Interview etwas anderer Art erlebt.

Gigi weiß nicht, wie sie etwas herunterkriegen soll. Aus reiner Höflichkeit nimmt sie ein Stück Pizza. Sie versucht, normal zu wirken. Beim ersten Bissen stellt sie fest, dass sie noch nie eine bessere Pizza gegessen hat, nicht einmal in Italien. Sie erwägt, das Hollis zu sagen – *Dein Essen ist pure Zauberei* –, aber Hollis wird denken, dass sie sich nur einschmeicheln will, weshalb sie sich einfach noch ein Stück Pizza mit Shrimps und Hummer und eins mit Brie und Birne nimmt. Am Rand der Terrasse stehend, betrachtet sie den Teich mit der kleinen Brücke.

Brooke taucht an Gigis Seite auf. Sie trägt den Rock und den dunkelblau-weiß gestreiften Pullover, den Gigi mit ihr ausgesucht hat … war das erst gestern gewesen? Es kommt ihr vor, als wäre sie schon seit Wochen auf Nantucket.

»Du siehst hübsch aus«, sagt Gigi. Brooke hat Farbe bekommen. Ihre Haare sind zu einem Knoten zusammengebunden.

»Hast du gewusst, dass Matthew diese Brücke in einem Winter als Überraschung für Hollis gebaut hat?«, fragt Brooke. »Weil Hollis die Brücken in Monets Garten in Giverny so liebt. Ist das nicht romantisch?«

»Sehr.« Das zu hören, tut weh, aber es hilft Gigi auch. Gigi ist zwischen zwei Menschen geraten, die sich ein gemeinsames Leben aufgebaut hatten. Matthew hatte eine Brücke für Hollis gebaut.

Gigi möchte eines Tages auch jemanden, der ihr eine Brücke

baut – zumindest eine metaphorische. *Du verdienst es, die Nummer eins für jemanden zu sein,* hatte Matthew in ihrem letzten Gespräch gesagt. Damals klang es herablassend, aber Gigi weiß, dass er recht hatte. Sie verdient es wirklich.

Brooke sagt: »Ich bin so froh, dich kennengelernt zu haben. Du hast einen guten Einfluss auf mich.«

»Ach, Brooke, nicht doch. Hör auf.«

»Aber es stimmt«, beharrt Brooke. Sie dreht sich zu den anderen um. »Hey, Leute, lieben wir Gigi nicht einfach alle?«

Tatum hebt ihr Weinglas, sagt aber nichts, weil sie den Mund voll hat. Dru-Ann sagt: »Wir lieben dich einfach, Gigi!«, auf eine Art, die gleichzeitig spöttisch und süß ist.

Caroline legt für einen Moment die Kamera weg, um etwas zu essen. »Nur meine Mom bringt es fertig, eine völlig Fremde zu so einem Event einzuladen, die dann so cool ist wie Gigi«, sagt sie.

Einen Augenblick herrscht Stille. Warten alle darauf, dass Hollis etwas sagt? Sie sieht von ihrem Schneidebrett auf. »Wer will ein Stück Veggie Supreme?«

50.
Das große Finale

Um neun Uhr trifft der Eiswagen von Island Kitchen ein, und die Frauen gehen hinaus, um sich etwas auszusuchen.

Das ist mal ein Eiswagen, denkt Dru-Ann. Sie bestellt sich Snickers Cheesecake im Becher. Brooke nimmt Flambierte Kirsche im Waffelhörnchen. Tatum kann sich nicht zwischen Französischer Zitronencreme und Pfirsich und Keks entscheiden. Sie möchte Pfirsich und Keks, aber in ihrem Kopf läuft wieder diese Nummer ab: *Wenn ich Zitronencreme nehme, ist der Tumor gutartig.* Sie bestellt sich eine Kugel Zitronencreme. Gigi nimmt Bananencremetorte. Sie muss nur noch das Feuerwerk überstehen, dann kann sie sich entschuldigen und ins Bett gehen. Sie hat für morgen früh den ersten Flug gebucht, der sie um 6:45 Uhr von der Insel bringt. Wenn die anderen aufwachen, wird sie längst weg sein. Womöglich werden sie es bedauern, sich nicht verabschieden zu können, oder deswegen beleidigt sein. Vielleicht wird Hollis ihnen dann alles erzählen, und sie können beim Morgenkaffee über sie herziehen.

Da taucht wie aus dem Nichts Hollis neben Gigi auf und sagt leise: »Lustig, Bananencremetorte war auch Matthews Lieblingssorte.«

Hollis breitet Decken im Sand aus und stellt dazwischen Eiskübel für die Weinflaschen auf, dazu Schalen mit Trüffelpopcorn. Sie hatte jedes Detail dieses Wochenendes im Vorfeld geplant – und doch ist nichts so gekommen wie erwartet.

Caroline führt Malik, den Pyrotechniker, über die Terrasse am Pool. »Ist ja irre hier«, sagt er. »Ich wohne seit der sechsten Klasse hier auf der Insel, aber in dieser Straße war ich noch nie.«

»Willkommen in Squam«, sagt Caroline. Malik und sie gehen durch die Dünen zum Strand. Er muss das Feuerwerk in einigem Abstand zu den Frauen, den Dünen und dem Haus aufbauen. »Ist es okay, wenn ich dich bei der Arbeit filme?«

»Werden das meine fünfzehn Minuten Ruhm?«, fragt Malik grinsend.

Der ist ganz süß, denkt Caroline. Und vorhin hat James, der Erste Maat von der Endeavor, sie auf Snapchat angefragt.

I'm still standing, denkt sie und stöhnt dann. Sie wird noch zu einer Playlist von ihrer Mutter.

Caroline lernt zwar als Einzige die Namen der Feuerwerkskörper, aber ihre Wirkung genießen alle am Strand. Dru-Ann fällt auf, dass Brooke wieder zu alter Form aufgelaufen ist: Sie klatscht in die Hände und jubelt. Ganz besonders begeistert ist sie von den Glühwürmchen, den hellen Lichtern, die überall am Himmel aufplatzen. Dru-Ann mag am liebsten die kreischenden Raketen, die superhoch in die Luft schießen und dann herabtropfen.

Wenn das nächste blau ist, denkt Tatum, *wird alles gut.*

Der nächste Feuerwerkskörper ist lila. Lila, argumentiert sie, ist praktisch dasselbe wie Blau.

Gigi hat Feuerwerk über dem Wasser immer geliebt – Lichter am Himmel, Spiegelungen der Lichter auf dem Meer. Sie schenkt sich noch ein Glas Wein ein und isst das buttrige Popcorn. Was würde Matthew denken, wenn er sie hier sitzen sähe, so dicht neben seiner Frau? Wäre er wütend auf sie, weil sie Hollis gestalkt hat? Oder wäre er wütend auf sich selbst, weil er eine Situation geschaffen hatte, in der Gigi Hollis stalken wollte? Würde es ihn wundern, dass Gigi noch hier ist? Matthew, möchte Gigi ihm sagen, du warst mit einer bemerkenswerten Frau verheiratet.

Malik ist stolz auf sein großes Finale. Er hat gehört, dass die Frau, die ihn gebucht hat, eine berühmte Foodbloggerin ist – seine Mutter folgt ihr –, deshalb hat er kostenlos ein paar Raketen extra eingefügt. Er zündet sie mit größter Präzision, nicht nur wegen der Sicherheit, sondern auch für ein perfektes Timing, damit ein einziger, ununterbrochener Strom aus Licht und Farbe, Spiralen, Blüten, Ringen und Kronen, Pfeifen und Knallen entsteht. Malik liebt diese Geräusche, er liebt den Geruch von Kordit, aber vor allem liebt er es, wenn die Leute »Oooh« und »Aaah« machen – und er Staunen auf ihren Gesichtern aufleuchten sieht.

Das war's, denkt Brooke, denkt Dru-Ann, denkt Tatum, als der Himmel schwarz wird. Es ist vorbei.

Sie gehen ins Haus, nehmen leere Popcornschalen und Weingläser mit.

Tatum schüttelt die Decken auf und faltet sie zusammen. In weniger als zwölf Stunden wird sie Bescheid wissen.

Auf der Terrasse fängt Gigi an, schmutzige Teller zu stapeln und Pizzarandstücke in eine leere Guacamoleschale zu werfen.

»Nein«, schreit Hollis sie an. »Hör auf damit!«

Hollis' Stimme klingt so scharf, so böse, dass Gigi beinahe den Teller fallen lässt, den sie in der Hand hält. Sehr behutsam stellt sie ihn ab.

»Es tut mir leid«, sagt sie.

Die anderen Frauen sind wie erstarrt stehen geblieben.

»Holly?«, fragt Dru-Ann. »Geht es dir gut? Gigi wollte nur helfen.«

Gigi wird flau im Magen. *Jetzt ist es so weit*, denkt sie. *Die große dramatische Konfrontation am Ende des Wochenendes. Das eigentliche Feuerwerk. Das verdammte große Finale. Hör auf, Gigi zu verteidigen!*, will Hollis wahrscheinlich sagen. *Sie hat meinen Mann gevögelt! Sie war seine Geliebte. Sie haben sich in Atlanta getroffen! In San Francisco! Madrid! Rom!*

Stattdessen scheint sie schlagartig wieder zu sich zu kommen. »Entschuldige«, sagt sie. Ihre Augen füllen sich mit Tränen. »Ich bin einfach noch nicht bereit dafür, dass alles schon vorbei ist.«

»Ich weiß ja nicht, wie es den anderen geht«, sagt Brooke, »aber ich werde mich für den Rest meines Lebens an dieses Wochenende erinnern.«

»Du hast uns verwöhnt, Sis«, sagt Tatum. »Danke, dass ich ein paar Tage wie ein Sommergast leben durfte.«

»Es war genau die Auszeit, die ich gebraucht habe«, sagt Dru-Ann. »Danke, Holly.«

Gigi möchte Hollis ebenfalls ihren Dank ausdrücken, doch sie hat zu viel Angst, etwas zu sagen. Als abzusehen ist, dass Gigi nichts sagen wird, springt Brooke wieder ein. Gigi dankt ihr im Stillen für ihre Abneigung gegen unbehagliches Schweigen.

»Du bist bestimmt superstolz auf dich, Hollis«, sagt Brooke. »Alles ist reibungslos gelaufen.«

Die Frauen gehen in der umgekehrten Reihenfolge, in der sie in Hollis' Leben gekommen sind, in ihre Zimmer. Gigi entschuldigt sich zuerst. (Hollis kann ihre Erleichterung nicht leugnen, als Gigi ihnen eine gute Nacht wünscht.) Kurz darauf zieht sich Brooke zurück. Dann umarmt Dru-Ann sowohl Hollis als auch Tatum und wünscht ihnen eine gute Nacht. Hollis muss blinzeln. *Was ist denn auf der Endeavor für ein Wunder geschehen?*, fragt sie sich. *Die beiden wirken fast wie … Freundinnen?*

Damit bleiben nur noch sie selbst und Tatum übrig.

Es endet so, wie es begonnen hat, denkt sie. Tatum und sie trocknen die Weingläser ab und stellen sie in den Schrank. Hollis wischt die Arbeitsflächen ab und stellt eine Kanne Kaffee zum Aufbrühen für morgen bereit.

Sie sagt: »Kyle hat mir von der Biopsie erzählt, Tay. Gestern, beim Frühstück. Als du auf der Toilette warst.«

Tatum nickt langsam. Das überrascht sie nicht. Kyle McKenzie hat in seinem Leben noch nie ein Geheimnis für sich behalten können. »Ja«, flüstert sie. »Ich … Ich habe Angst. Ich will nicht enden wie meine Mom. Die Diagnose, die Chemo und dann … dann bin ich tot.« Sie sieht Hollis mit großen Augen an. »Ich will nicht sterben, Holly.«

Hollis nimmt Tatum in die Arme. »So schnell stirbt sich's nicht, Tatum McKenzie, hast du mich verstanden? Ich weiß, du hast Angst. Aber du bist nicht allein. Ich bleibe dieses Jahr den Herbst über auf Nantucket. Ich überlege, das Haus in Wellesley zu verkaufen und für immer zurückzukommen.«

Darf Tatum sich schon darüber freuen? Sie stellt sich vor, Hollis mitten im Februar anzurufen, um sich mit ihr fürs Kino zu verabreden. Sie stellt sich Frühstück bei Downyflake vor und wie sie ganze Nachmittage lang an Hollis' scheißvornehmem Pool liegen. Sogar mit Yoga würde sie anfangen, wenn sie dafür die beste Freundin ihres Lebens zurückbekäme.

»Ehrlich?«, fragt Tatum.

»Ehrlich«, sagt Hollis. »Hat Kyle vielleicht noch einen Platz für mich im Softballteam von McKenzie Heiz- und Kühlsysteme?«

»Rein zufällig«, sagt Tatum, »brauchen wir einen Pitcher.« Sie lacht und schüttelt den Kopf. »Ich gehe jetzt schlafen. Morgen früh erfahre ich die Biopsie-Ergebnisse.«

»Wirst du schlafen können?«, fragt Hollis.

»Aber so was von«, sagt Tatum. »Ich bin komplett erledigt.«

Hollis gibt ihr einen Kuss auf die Stirn. »Träum süß, Sis.«

Wer nicht schlafen kann, ist Hollis. Um Mitternacht kommt Henny in die Küche gestromert – manchmal ist sie eine Nachteule – und lässt sich zu Hollis' Füßen nieder, als diese ihren Laptop aufklappt und die *Hollis hat Hunger*-Website aufruft. Sie hatte versprochen, ihren Abonnentinnen einen vollständigen Bericht über das Fünf-Sterne-Wochenende zu liefern, aber wo soll sie anfangen? Ein Teil von ihr möchte natürlich allen die ganze Wahrheit sagen: Gigi Ling ist Matthews Geliebte gewesen. Was Molly Beardsley oder Bailey Ruckert wohl dazu zu sagen hätten? Es würde einen Aufschrei der Empörung geben. Nur die wenigsten von Hollis' Followern würden Vergebung überhaupt verstehen, erwarten würde sie niemand. Erwarten würden sie, dass Hollis Gigi mit einem Tritt in ihren perfekten Allerwertesten vor die Tür setzt.

Hollis erinnert sich an Brookes Worte. Sie tippt: Es ist alles reibungslos gelaufen.

Als sie diese Zeile wieder löscht – so dreist kann sie nicht lügen, an diesem Wochenende gab es so viel Drama, dass man einen

Roman darüber schreiben könnte –, vibriert ihr Handy. Eine Textnachricht. Henny hebt den Kopf.

»Ja, oder?«, fragt Hollis sie. »Wer schreibt mir denn mitten in der Nacht?«

Es ist Jack: Gerade zu Hause angekommen. Tut mir leid, dass ich mich nicht verabschieden konnte. Es war schön, dich zu sehen, Holly Berry.

Hollis schreibt: Es war auch schön, dich zu sehen.

Dieser Kuss, denkt sie. Wenn Kevin Dixon nicht auf seiner Streife vorbeigekommen wäre, hätte sie sich vielleicht gewünscht, den »Sex and the Widow«-Artikel doch gelesen zu haben.

Aber was an diesem Wochenende zwischen ihr und Jack passiert ist, war genug. Mehr schafft sie noch nicht. Jetzt kann sie ihn wieder online stalken.

Weißt du was??

Was?, denkt sie. Ein Teil von ihr wünscht sich, dass er schreibt, er stehe in Wirklichkeit draußen an ihrem Strand und sie solle sich eine Decke schnappen und dazukommen.

Sie tippt: ????

Ich komme in der ersten Oktoberwoche wieder nach Nantucket. Wir könnten zusammen Muscheln angeln gehen.

Du willst doch nur den Geheimplatz meines Vaters erfahren, tippt Hollis.

Ich habe lange darauf gewartet, schreibt Jack. Dann haben wir ein Date?

Hollis lächelt. *Wild Horses,* tippt sie.

Dann sagt sie Henny gute Nacht und geht schlafen.

51.
Glücklich und zufrieden

Gigi wacht beim ersten Vogelzwitschern auf, obwohl es noch fast dunkel ist. Sie zieht sich an, packt ihre letzten Sachen, zieht das Bett ab und legt die Laken auf einen Stapel mit den Handtüchern. Niemand soll sagen können, sie sei kein umsichtiger Gast gewesen.

Sie bekommt eine Benachrichtigung, dass ihr Uber noch fünfundzwanzig Minuten entfernt ist, und beschließt, unten am Ende der Auffahrt zu warten. Sie will ungesehen verschwinden, eine Verabschiedung schafft sie nicht. Deshalb schleicht sie sich auf Zehenspitzen aus dem Zimmer und an Brookes Tür vorbei zur Küche. Sie hat Glück, der Hund ist nirgends zu sehen.

Sie riecht Kaffee und sieht, dass Hollis' Becher zum Mitnehmen sowie Mandelmilch und Rohrzucker bereitgestellt hat. Die Frau denkt einfach an alles. Als Gigi gerade den Deckel auf ihren Becher setzt, hört sie nackte Füße auf dem Holzboden. Hollis kommt aus dem Flur.

Gigis Herz ist im freien Fall. Sie hätte es fast geschafft.

»Hey«, sagt Gigi. Hollis trägt ein T-Shirt mit dem Aufdruck *Harvard Medical School*. Der riesige Diamant ihres Verlobungsrings funkelt im Licht, das durch das Fenster hereinfällt.

»Reist du ab?«, fragt Hollis.

»Ja«, sagt Gigi. »Mein Uber ist gleich da.« Sie zögert, sucht nach einer Möglichkeit, diese Situation für sie beide nicht zur Qual zu machen. »Danke, Hollis. Für alles.«

Hollis starrt Gigi an und schüttelt dann den Kopf. »Ich wünschte, ich fände dich nicht so cool«, sagt sie. »Das würde alles viel einfacher machen.«

Gigi nickt. »Geht mir ganz genauso.«

Das Fifty Shades of White grenzt direkt an die Küche, und so kann Tatum hören, wie Hollis, Brooke und Dru-Ann sich unterhalten: *Der Kaffee ist fertig. Möchte jemand Granola? Das ist der Obstsalat, der sich ewig frisch hält. Ist Gigi schon weg?*

Henny bellt.

Dru-Ann sagt: »Wisst ihr, was komisch ist? Henrietta hatte *definitiv* etwas gegen Gigi.«

»Aber ich verstehe nicht, warum«, sagt Brooke. »Gigi war einfach so toll. Und du hast sie ja vorher nicht mal gekannt, Hollis. Sie hätte auch irgendeine Irre sein können.«

Darauf folgt ein Augenblick Stille.

Dann hört Tatum, wie Caroline zu der Gruppe stößt. »Ich habe einen früheren Flug gebucht. Ich kann es nicht erwarten, nach New York zu kommen und das Filmmaterial zu schneiden. Ich glaube, es wird richtig gut, und das Beste sind die Interviews.«

»Werde ich diese Interviews irgendwann zu sehen kriegen?«, fragt Hollis.

Auch darauf folgt ein Moment Stille.

»Ich schicke dir alles, sobald ich fertig bin«, sagt Caroline schließlich. »Fährt jemand zum Flughafen?«

»Ich«, sagt Dru-Ann. »Mein Fahrer ist hier. Hol deine Sachen, Süße.«

Tatum schaut auf ihr Handy. Zehn vor acht. Sie hat eine Textnachricht von Kyle bekommen: Soll ich zu Hause auf dich warten und dabei sein, wenn du die Ärztin anrufst?

Nein, schreibt Tatum. Ich melde mich, sobald ich Bescheid weiß. Und wir sehen uns nach der Arbeit.

Aber du rufst an, ja?

Ja, Babe.

Ich liebe dich, Mrs. McKenzie, schreibt er.

Tatum hört Schritte, Gepäck wird auf der vorderen Veranda abgestellt. Autotüren werden geschlossen, dann ein Kofferraum, das

Knirschen von Reifen in Hollis' Einfahrt. Tschüss, Caroline und Dru-Ann. Tatum schließt die Augen und versucht, sich in eine Art Zen-Zustand zu versetzen, aber ihre innere Uhr tickt. In ein paar Minuten wird sie es wissen.

Sie hört Brooke sagen: »Ich habe dir dein Gastgeschenk noch nicht gegeben. Es ist eine Duftkerze aus dem Christmas Tree Shop. Ich glaube, mein Geschenk an dich ist, dass ich sie dir nicht gebe.«

Hollis lacht, und Tatum denkt: *Kluge Entscheidung.* Letztes Jahr hatte Irina allen Mitarbeiterinnen und Mitarbeitern zu Weihnachten billige Duftkerzen geschenkt, und Tatums Gäste-WC riecht seitdem nach Kokos-Sonnenöl.

Brooke sagt: »Da ist noch etwas anderes, was ich dir sagen möchte, Hollis.«

»Mach dir bitte keine Sorgen wegen der Sache mit Electra«, sagt Hollis. »Sie wollte nur Aufmerksamkeit, wie immer.«

»Darum geht es nicht«, sagt Brooke. »Ich wollte dir sagen, dass mir etwas klar geworden ist …« Sie lacht nervös. »Ich meine, das ist jetzt ein ziemlicher Schock, aber ja, mir ist klar geworden … dass ich lesbisch bin.«

Whoa! Dieses Wochenende spart wirklich nicht an Überraschungen. Brooke ist lesbisch!

Einen Moment lang stammelt Hollis nur. »W-wow, okay, nicht das, was ich erwartet hatte … aber Brooke, ich will einfach nur, dass du glücklich bist.«

Sie unterhalten sich noch weiter. Brooke ist ein bisschen weinerlich, sie wird es ihrem Mann und den Kindern sagen, sobald sie zu Hause ist. Tatum gerät in Versuchung, in die Küche zu gehen und Brooke ebenfalls zu umarmen. Das ist eine ganz schön große Sache, in ihrem Alter mit so etwas konfrontiert zu sein. Gut für sie, sie soll den blöden Typen sitzenlassen, sich eine heiße Braut suchen und ganz neu anfangen.

Brooke muss ihre Fähre kriegen, ihr Lyft fährt vor. Hollis und sie verabschieden sich, und dann ist es still im Haus. Tatum hört, wie Hollis die Hündin fragt, ob sie Lust auf einen Spaziergang hat.

Tatum steigt aus dem Bett, schleicht sich ans Fenster und sieht Hollis und Henrietta die hortensiengesäumte Auffahrt hinuntergehen.

Es ist drei Minuten nach acht.

Tatum sitzt auf der Bettkante. Ihr Magen macht seltsame Geräusche. Soll sie vorsichtshalber zur Toilette gehen? *Nein, jetzt ruf schon an.*

Der Anruf wird beim ersten Klingeln angenommen. »Dr. Constable hier.«

»Guten Morgen, hier spricht Tatum McKenzie.« Tatum räuspert sich. »Sie haben mir Donnerstagmorgen eine Nachricht hinterlassen, dass meine Biopsie-Ergebnisse vorliegen?«

»Oh, hallo, Tatum. Ja, tut mir leid, dass ich Sie verpasst habe.«

Tatum kann nicht sprechen. Sie hält die Luft an. Sie hört Dr. Constable mit Papier rascheln. Akten? Sucht sie die Ergebnisse? Weiß sie es nicht mehr?

Dr. Constable atmet langsam aus. »Also, die Ergebnisse waren nicht das, was wir …«

Tatums Gedanken rasen. Es ist das Ende des neunten Durchgangs, zwei Outs, zwei Runner auf dem Feld, Nantucket liegt mit einem Run vorn. Rückblickend wünscht sie sich, sie hätte den verdammten Ball nicht fallen lassen.

Sie hätte im Lobster Trap die Mittagsschicht übernommen und jeden Abend mit Dylan verbracht, als er klein war.

Sie wäre in den letzten weißgottwievielen Jahren zum Dinner in die Squam Road gefahren, wenn Hollis sie einlud.

Kyle, denkt sie. Dylan. O-Man. Und Holly. Ihre beste Freundin, die sie gerade erst wiedergefunden hat. Tatum hat in ihrem Leben nicht viele Menschen an sich herangelassen, aber die besten.

Und sie hatte den besten Ort: Nantucket. Tatum denkt an ihre

Lieblingsstrände. Sie denkt an die Moore, sie liebt es, durch die Wälder zum Jewel Pond zu wandern, den Blick vom Altar Rock. Jedes Jahr zum vierten Juli muss Kyle Tatum durch Sconset fahren, damit sie die Cottage-Rosen fotografieren kann, das ganze Dorf ist voll davon, wie in einem Märchenbuch. Tatum stellt sich vor, auf einer Bank an der Main Street zu sitzen, wenn die Stadt im April aus ihrem Winterschlaf erwacht – Knospen an den Bäumen, die Geschäfte öffnen wieder, aber noch sind nur die Einheimischen da. Tatum kennt jeden, der vorbeikommt.

Auch Nantucket war die Liebe ihres Lebens.

»... befürchtet haben«, sagt Dr. Constable. »Die Biopsie war negativ.«

»Was?«, fragt Tatum. Sie ist verwirrt. Negativ heißt in diesem Zusammenhang gut, oder?

»Die Biopsie war negativ. Es ist nur eine Zyste, nichts Besorgniserregendes«, sagt Dr. Constable. »Aber wegen Ihrer familiären Vorgeschichte müssen wir wachsam sein. Behalten Sie die Dinge im Auge. Aber für heute sind es gute Nachrichten.«

Tatum legt auf, und als sie ausatmet, laufen ihr die Tränen über die Wangen. Ohne nachzudenken, zieht sie ihre kurze Jeans und Sneakers an und rennt nach draußen.

»Holly!«, ruft sie. »Holly!«

Hollis und Henrietta sind erst ein paar Hortensienbüsche weit gekommen, und als Hollis Tatum rufen hört, lässt sie die Leine fallen und rennt zurück zum Haus.

Tatum stürmt die Treppe hinunter. Sie weint, aber Hollis sieht, dass es die richtige Art Weinen ist. Hollis packt ihre Freundin an den Armen, und sie hüpfen zusammen auf und ab. Wer sie jetzt sieht, würde meinen, sie hätten gerade zehn Millionen im Lotto gewonnen.

Aber das hier ist so viel besser.

Epilog: Nantucket

Zur Wochenmitte ist das Gerede über Hollis Shaws Fünf-Sterne-Wochenende auf der Insel abgeebbt, auch wenn die Followerinnen von Hollis' Blog unter uns immer noch geduldig darauf warten, dass sie die versprochenen Rezepte postet. Der Dip mit Sour Cream und gerösteten Zwiebeln! Der Schwertfisch, mariniert mit Koriander und Limette! Die Cookies mit Grapefruit- und Tequila-Frosting!

Obwohl die blonde Sharon schwer beschäftigt ist – einen Parkplatz am Nobadeer Beach finden, ihre widerwilligen Teenager ins Observatorium scheuchen und versuchen, eine Reservierung fürs Cru zu bekommen –, will ihr Hollis' Fünf-Sterne-Wochenende einfach nicht aus dem Kopf gehen.

»Langsam machst du mir Sorgen«, sagt Sharons Schwester Heather. »Du bist ja völlig besessen.«

Sharon weiß nicht, wie sie es erklären soll. Sie hat viele Geschichten über Mädelswochenenden gehört (Collegetreffen in Tulum, Müttertrips zum Coachella) –, aber irgendwie ist das hier anders. Deine Lebensgeschichte in Freundinnen. Sharon kennt Hollis nicht sehr gut (oder eigentlich überhaupt nicht), aber trotzdem wünscht sich ein Teil von ihr, sie wäre dabei gewesen.

»Da hilft nur eins«, sagt Heather. »Veranstalte dein eigenes Fünf-Sterne-Wochenende.«

Und genau das wird sie tun. Jetzt muss sie nur noch entscheiden, wen sie einlädt.

Wie viel doch in einem einzigen Jahr passiert.

Hollis Shaw verkauft ihr Haus in Wellesley und zieht dauerhaft in die Squam Road. Wir freuen uns riesig, sie wieder bei uns zu haben, wo sie schließlich hingehört. Aber ist das genug Happy End für sie?

Nein – da geht noch was, das können wir besser.

Hollis Shaw und Jack Finigan haben wieder angefangen, miteinander auszugehen. Allerdings lebt Jack immer noch in West-Massachusetts. Die Entfernung tut beiden gut, so haben sie ihren Freiraum und Zeit für sich, auch wenn sie hin und wieder davon sprechen, dass Jack sich ein Häuschen auf Nantucket kaufen könnte.

Hollis' Tochter Caroline schließt die Uni mit Auszeichnung ab und bekommt einen Traumjob angeboten – Regieassistentin bei einer kleinen Produktionsfirma in Los Angeles. Das glühende Empfehlungsschreiben von Isaac Opoku hat sicher nicht geschadet, aber wirklich beeindruckt waren die Chefs bei KeepItReal von Carolines eingereichtem Kurzfilm *Das Fünf-Sterne-Wochenende*.

Nachdem Caroline erfolgreich ins Leben gestartet ist, beschließen Hollis und Jack, eine Reise zu unternehmen. Sie machen, was manche vorhersehbar nennen würden, eine Viking-Flusskreuzfahrt in Italien. Beim Begrüßungscocktail werden sie gefragt, wie lange sie schon zusammen sind, und Jack sagt allen, sie seien »ein Highschool-Pärchen« gewesen. Keiner von beiden hat das Bedürfnis, mehr zu erklären. Sagen wir, Tatum und Kyle McKenzie sind ebenfalls auf der Kreuzfahrt – sie haben schließlich was zu feiern –, und wenn wir schon dabei sind, wie wäre es mit Dru-Ann Jones und ihrem Verlobten Nick Wofford, und Brooke Kirtley mit ihrer neuen Freundin Trinh Nguyen? (Trinh ist die Professorin vom Wellesley College, die den Buchclub leitet, den Brooke so einschüchternd fand. Inzwischen ist sie eine eifrige Leserin und bringt sich lebhaft in die Diskussionen ein.)

Es ist ein Fünf-Sterne-Wiedersehen. Jedenfalls fast.

Auf dem Rückflug von Rom hören sie die übliche Durchsage: »Guten Abend, Ladys und Gentlemen, hier spricht Ihre Kapitänin.«

Die Stimme ist unverkennbar.

Brooke greift über den Gang hinweg nach Hollis' Arm. »Das ist Gigi!«, sagt sie. »Sie ist unsere Pilotin. Ich glaub's nicht! Wir müssen nach vorn gehen und ihr Hallo sagen!«

Ist Hollis beunruhigt oder hat gar Angst, weil Gigi ihr Flugzeug fliegt?

Kein bisschen. Zwar schreiben sich Hollis und Gigi nicht mehr, aber Hollis zoomt manchmal auf die Küchenlichter in Atlanta Buckhead. Sie stellt sich vor, dass in Gigis Küche das Licht brennt, dass Gigi sich vielleicht an Hollis' Rezept für *erschreckend knuspriges Brathähnchen* versucht. Hollis hofft, dass Gigi jemanden an ihrer Seite hat – vielleicht einen Pilotenkollegen, vielleicht jemanden, den sie im Fitnessstudio kennengelernt hat, vielleicht Mabels Tierarzt. Es ist nicht wichtig, wer es ist, solange Gigi für ihn die Nummer eins ist.

»Das werden wir«, sagt Hollis. »Aber wir sollten warten, bis wir sicher gelandet sind.« Sie lehnt den Kopf an Jacks Schulter und schließt die Augen.

Sie selbst ist bereits sicher gelandet.

Danksagung

Dieses Buch ist zweien der wichtigsten Männer in meinem Leben gewidmet: Michael Carlisle und David Forrer, meinen Agenten bei Inkwell Management. Michael lernte ich während des Writer's Workshops an der Universität von Iowa kennen. Es ist eine lange Geschichte, aber die Kurzfassung lautet, dass wir uns über unsere gemeinsame Liebe zu Nantucket anfreundeten, und als ich ihm erzählte, ich schriebe einen Roman mit dem Titel *The Beach Club*, der auf der Insel spielte, sagte er, ich solle ihm den Text schicken. Das war im Frühling 1998. Inzwischen ist er seit fünfundzwanzig Jahren mein Agent. (Ich sage immer, die Beziehung zwischen Autorin und Agent sei wie eine Ehe – jede zweite endet mit einer Scheidung. Aber Michael und ich können zum Glück unsere »Silberhochzeit« feiern!) David Forrer kam im Sommer 2006 dazu und brachte seinen scharfen Lektorenblick, Humor, Sinn fürs Detail und einen unerschöpflichen Quell an Güte mit. Michael und David haben in der oft chaotischen Verlagswelt einen sicheren Raum für mich geschaffen. Ohne sie säße ich jetzt nicht hier und würde die Danksagung für meinen neunundzwanzigsten Roman schreiben. Sie sind nicht nur Fünf-Sterne-Agenten, sondern auch Fünf-Sterne-Menschen.

Ich danke meiner Lektorin Judy Clain, die es wieder einmal geschafft hat! Ich empfinde große Bewunderung für Judys Sensibilität, immer wieder bringt sie meinen Stil und die Geschichten zum Strahlen.

Ein Riesendank gilt dem gesamten Team von Little, Brown, einschließlich (aber nicht beschränkt auf) Anna de la Rosa, Mariah Dwyer, Bryan Christian, Danielle Finnegan, Jayne Yaffe Kemp,

Tracy Roe, Terry Adams, Craig Young, Karen Torres, Brandon Kelly, Lauren Hesse, Sabrina Callahan, Bruce Nichols, die Legende Michael Pietsch und meine liebste Presseagentin Katharine Myers.

Debbie Briggs Details über Wellesley, Massachusetts, waren unschätzbar wertvoll. (Etwaige Ungenauigkeiten, Änderungen oder Übertreibungen gehen allein auf mein Konto.) Wenn ich einen zweiten Schauplatz einbeziehe, dann will ich es richtig machen, und das hätte ich nie geschafft, wenn mir Debbie nicht vom Linden Store, von den Fireball-Shots beim Thanksgiving-Match Wellesley gegen Needham, dem Dichterviertel und all den anderen Gründen erzählt hätte, warum diese Stadt so großartig ist.

Ich danke Grace Bartlett, die mir geholfen hat, eine angehende Dokumentarfilmerin darzustellen. (Caroline kann nur hoffen, halb so talentiert zu sein wie Grace.)

Die Inspiration für Hollis' Rezepte habe ich aus verschiedenen Quellen bekommen. Die Pekannüsse mit Bacon und Rosmarin verdanke ich Lulu Powers (sie hat sie im Herbst 2021 für mich gemacht, und seitdem vergeht kein Tag, an dem ich nicht an sie denke). Der Sourcream-Dip mit Röstzwiebeln stammt von einer meiner liebsten Foodbloggerinnen @bevcooks, der Pfirsich-Cobbler mit der heißen Zuckerkruste von der Köchin Renee Erickson. Und jeder, der schon einmal in Liz Georgantas fantastischem Haus auf Nantucket war, weiß, woher ich die Idee für die Pizza-Party habe – und den Deckenleuchter aus Colaflaschen.

An meinen Lieblingskollegen Tim Ehrenberg von @timtalksbooks und Nantucket Book Partners: Ich kann nicht in Worte fassen, wie lieb ich dich habe (und wie sehr ich dich brauche). Santi hat großes Glück mit dir.

Ich danke Timothy Field, der jeden Tag genau das sagt und tut und ist, was ich brauche.

Ich danke meiner Schwester Heather dafür, dass sie immer, immer, immer hinter mir steht – schon seit der Zeit von Kniestrümpfen und George-Washington-Pagenschnitten.

Ich danke meinen Nantucket-Menschen: Rebecca Bartlett, Wendy Hudson, Wendy Rouillard, Margie und Chuck Marino, Richard Congdon, Anne und Whit Gifford, Liz und Beau Almodobar, Evelyn und Matthew MacEachern, Helaina Jones, Heidi Holdgate, Shelly Weedon, West Riggs, Manda Riggs, David Rattner und Andrew Law, Sally Horchow, Sue Decoste, Linda Holliday, Jeannie Esti, Melissa Long, Katie Norton, Deb Gfeller, der fabelhaften Jane Deery, Bill Emery und Julie Lancia (französische Haarnadeln forever!). Ich möchte meinem Ex-Mann Chip Cunningham danken, der nicht nur die Cunningham-Familie mit mir lenkt und leitet, sondern mir auch ein teurer Freund ist.

Womit ich bei den Kindern wäre: Maxx, Dawson, Shelby und Alex. Im vergangenen Jahr durfte ich mit ansehen, wie ihr erwachsen wurdet und in euer eigenes Leben gestartet seid. Es gibt vieles, wofür ich mich glücklich schätzen kann, aber das Wichtigste davon seid ihr.